DVB

SAMMLUNG DIETERICH BAND 23

R. L. STEVENSON

Der weite Horizont

ERZÄHLUNGEN

DIETERICH'SCHE
VERLAGSBUCHHANDLUNG
LEIPZIG

Aus dem Englischen übertragen von Curt Thesing
(›Die tollen Männer‹, ›Der Leichenräuber‹,
›Die Vorsehung und die Gitarre‹,
›Die Geschichte einer Lüge‹,
›Der Schatz von Franchard‹, ›Die Insel der Stimmen‹),
Elisabeth Seidel (›Der Strand von Falesa‹,
›Der Flaschenteufel‹),
Richard Mummendey (›Die Landfremde‹),
Irma und Albrecht Schaefer (›Villon‹)

ISBN 3-7350-0026-6

Inhalt

Die Landfremde

Im Ton einer Saga

Dies ist eine Geschichte aus Island, der Insel der Erzählungen, sie handelt von einer Begebenheit, die sich in dem Jahre zutrug, als das Christentum dort hingebracht wurde.

Im Frühling desselben Jahres kam ein Schiff von den Südinseln, um Handel zu treiben, und geriet in Snowfellness in eine Flaute. Die Winde hatten ihm gute Fahrt gegeben. Es war das erste, das in diesem Jahr anlangte, und die Fischer gingen längsseits, um Neuigkeiten aus dem Süden zu hören. Eifrige Leute fuhren mit ihren Booten hinaus, um sich die Waren anzuschauen und zu feilschen. Von der Tür der Halle auf Frodis Water aus sah das Gesinde das stilliegende Schiff und die ringsumher an- und abfahrenden Boote. Und die Kaufleute an Bord konnten sehen, wie der Rauch aufstieg und die Männer und Frauen in Scharen zu den Mahlzeiten in die Halle kamen und wieder gingen.

Der Herr dieses Hauses hieß Finnward Keelfarer und sein Weib Aud die Leichtherzige. Ihr Sohn war Eyolf, ein ansehnlicher Knabe, und ihre Tochter Asdis, ein zierliches Mägdlein. Finnward war wohlhabend; er hielt ein offenes Haus und hatte gute Freunde. Aber Aud, sein Weib, war nicht so sehr geachtet. Ihr Sinn stand nach Tand und prächtigen Kleidern, nach der Bewunderung der Männer und dem Neid der Frauen, und es hieß, sie sei nicht immer so vorsichtig in ihrem Tun, wie sie es hätte sein sollen; aber ich will niemandem zu nahe treten.

Am Abend des zweiten Tages kamen Männer von der See her zu dem Hause. Sie erzählten von den Waren auf dem Schiff, die reichlich und zu mäßigen Preisen zu haben seien, und von einer landfremden Frau, die darauf zur See führe, man wüßte nicht warum, und die Truhen voll von nie gesehenen Kleidern hätte, schön gefärbte Stoffe, fein gewebt, das Beste, das jemals auf diese Insel gekommen sei, und Schmuck für eine Königin. Als Aud dies hörte, leuchteten ihre Augen. Sie ging früh zu Bett, und noch vor dem Morgenrot war sie schon am Strand. Sie schob ein Boot ins Wasser und ruderte nach dem Schiff hinüber. Unterwegs hielt sie scharf nach allen Booten Ausschau, aber in keinem befand sich eine Frau, und das war mehr nach ihrem Sinn, denn vor den Männern hatte sie keine Angst.

Als sie zu dem Schiff kam, waren bereits Boote da, und die Händler saßen mit den Leuten von der Küste im Heck und scherzten und feilschten. Aber im Bug des Schiffes saß die Frau allein und blickte düster vor sich hin auf die See. Sie nannten sie Thorgunna. Sie war so groß wie ein Mann und wohlgenährt, ein üppiges Weib. Ihr Haar war dunkelrot; die Zeit hatte es nicht verfärbt. Ihr Gesicht war finster, die Wangen voll und die Stirn glatt. Einige Kaufleute sagten, sie sei sechzig Jahre alt, andere lachten und meinten, sie sei erst vierzig, aber sie sprachen nur flüsternd von ihr, denn sie dachten anscheinend, es sei nicht gut mit ihr umzugehen und sie sei ungewöhnlich verschlagen.

Aud ging zu dem Platz, wo sie saß, und hieß sie in Island willkommen. Thorgunna entbot ihr ihren Gruß auf dem Schiff. So fuhren sie eine Weile fort, nach Weiberart einander zu loben und zu beobachten. Aber Aud war ein zu kleines Gefäß, um ein großes Verlangen zu bewahren, und augenblicklich entrang sich ihr der Schrei ihres Herzens.

»Die Leute sagen«, begann sie, »du hättest den feinsten Frauenputz, der jemals nach Island gekommen ist«, und während sie sprach, wurden ihre Augen groß.

»Es wäre seltsam, wenn ich ihn nicht hätte«, antwortete Thorgunna. »Königinnen besitzen keinen schöneren.«

Da bat Aud, sie möchte ihn einmal sehen.

Thorgunna blickte sie von der Seite an. »Diese Dinge sind wirklich zu nichts anderem nütze, als gezeigt zu werden.« Sie griff nach einer Truhe und öffnete sie. Da war ein Mantel von seltenem Scharlach, mit Silber verziert, unglaublich schön. Dicht daneben lag eine silberne Spange aus Kreuzgeflecht, die so fein gearbeitet war wie eine Muschel und so breit wie das Gesicht des Vollmondes. Und Aud sah die Kleider gefaltet in der Truhe liegen, in allen Farben des Tages und des Feuers, und sie sah kostbare Edelsteine, und ihr Herz brannte vor Neid. So begann sie, da es sie so unbändig danach verlangte, etwas zu kaufen, beiläufig von dem Handel zu sprechen. »Das sind ganz hübsche Dinge«, sagte sie, »wenn ich auch bessere zu Hause in meiner Truhe habe. Das ist ein recht schöner Mantel, und ich brauche einen neuen.« Damit griff sie nach dem scharlachroten Stoff, und die Berührung mit dem feinen Gewebe durchdrang ihr Inneres wie Gesang. »Komm«, sagte sie, »und wenn es nur wäre, weil du so höflich warst, sie mir zu zeigen, was willst du für deinen Mantel haben?«

»Weib«, sagte Thorgunna, »ich bin kein Händler.« Und sie schloß die Truhe und verriegelte sie wie im Zorn.

Da erhob Aud Einspruch und fing an, sie zu liebkosen. Das war ihre Art, denn sie glaubte, wenn sie jemanden umarme und küsse, könne ihr niemand etwas abschlagen. Zuerst nahm sie zu Schmeicheleien ihre Zuflucht und meinte, sie wisse, daß diese Dinge zu vornehm wären für ihresgleichen – sie seien gemacht für ein stattliches, schönes Weib wie Thorgunna, und dabei küßte sie sie aufs neue, und Thorgunna schien etwas erfreut. Dann schützte sie Armut vor und bat um den Mantel als Geschenk. Dann wieder rühmte sie den Wohlstand ihres Hausherrn und bot Unzen über Unzen feinen Silbers, den Preis für drei lebende Männer. Thorgunna lächelte, aber es war ein grimmiges Lächeln, und immer noch schüttelte sie den Kopf. Schließlich geriet Aud außer sich und brach in Tränen aus.

»Mein Leben würde ich dafür geben!« rief sie.

»Närrin!« erwiderte Thorgunna. »Aber es hat schon viele Närrinnen vor dir gegeben.« Und nach einer Weile sagte sie: »Lassen wir es genug sein mit Bitten. Diese Dinge gehören mir. Ich war verrückt, daß ich sie dir zeigte, aber wozu taugen sie, wenn wir sie nicht zeigen können? Mein sind sie, und mein sollen sie bleiben, bis ich sterbe. Ich habe sie teuer genug bezahlt.«

Aud sah, daß alle Mühe ihr nichts nützte. So trocknete sie ihre Tränen und fragte Thorgunna nach ihrer Reise, und dabei stellte sie sich, als hörte sie zu, während sie in ihrem kleinen Verstand weiterüberlegte. »Thorgunna«, fragte sie jetzt, »bist du verwandt mit irgend jemand auf Island?«

»Ich bin mit niemandem verwandt«, erwiderte diese. »Meine Verwandtschaft gehört zu den größten, aber ich bin nicht immer glücklich gewesen. So rede ich um so weniger darüber.«

»So daß du kein Haus hast, wo du die Zeit verbringen

kannst, bis das Schiff zurückkehrt?« rief Aud. »Liebe Thorgunna, du mußt kommen und bei uns wohnen. Mein Hausherr ist reich, seine Hand und sein Haus sind offen, und ich will dich pflegen wie eine Tochter.«

Darauf lächelte Thorgunna zwar, aber im Innern machte sie sich lustig über des Weibes Einfalt. Ich werde es ihr heimzahlen für das Wort Tochter, dachte sie bei sich und lächelte wieder.

»Ich werde gern bei euch wohnen«, sagte sie, »denn euer Haus hat einen guten Namen, und ich habe den Rauch eurer Küche vom Schiff aus gesehen. Aber eins mußt du wissen. Ich mache keine Geschenke. Ich gebe nichts, wo ich einkehre – keinen Fetzen und keine Unze. Wo ich bleibe, arbeite ich für meinen Unterhalt, und da ich so stark bin wie ein Mann und so fleißig wie ein Ochse, so waren diejenigen, die meinen Unterhalt bestritten, die Bessergestellten.«

Nur mit Mühe bewahrte Aud ihre Fassung, am liebsten hätte sie angefangen zu weinen. Und doch fühlte sie, daß es unschicklich gewesen wäre, ihre Einladung zurückzuziehen. Und wie ein oberflächliches Weib, eines, das einen Ehemann stets an der Nase herumgeführt hat, sagte sie sich, sie werde schon einen Weg finden, Thorgunna zu schmeicheln und schließlich an ihr Ziel zu gelangen. So machte sie eine gute Miene dazu, nahm Thorgunna in ihr Boot, ihre beiden großen Truhen dazu, und brachte sie mit sich heim in die Halle am Strand.

Unterwegs erwies sie der Frau jede Freundlichkeit und gab ihr, als sie ankamen, eine verschlossene Schlafkammer in der Halle, wo sich ein Bett, ein Tisch, ein Schemel und Platz für die beiden Truhen befanden.

»Das soll dein sein, solange du hier bist«, sagte sie; und sie trug Sorge für ihren Gast.

Nun öffnete Thorgunna die zweite Truhe und nahm ihr Bett heraus, Laken von englischem Linnen, wie es noch nie gesehen ward, eine Decke von gesteppter Seide und Vorhänge von Purpur, mit Silber durchwirkt. Bei diesem Anblick war Aud wie verstört. Gier verblendete ihren Sinn. Mächtig stieg ihr der Schrei in die Kehle. Er mußte heraus.

»Für wieviel willst du dein Bettzeug verkaufen?« rief sie, und ihre Wangen erglühten.

Mit finsterem Gesicht blickte Thorgunna zu ihr auf. »Fürwahr, du bist eine höfliche Gastgeberin«, sagte sie. »Aber dir zum Vergnügen möchte ich nicht auf Stroh schlafen.«

Da wurden Auds Ohren heiß wie ihre Wangen. Sie nahm Thorgunna beim Wort und ließ sie fortan in Frieden.

Die Frau war so gut wie ihr gesprochenes Wort. Im Hause und draußen arbeitete sie wie drei, und alles, was sie in die Hand nahm, war wohlgetan. Wenn sie molk, gaben die Kühe mehr Milch als gewöhnlich; machte sie Heu, so war stets gutes Wetter, und war die Reihe zu kochen an ihr, so leckten die Leute den Löffel ab. Wenn es ihr gefiel, war ihr Benehmen unnachahmlich wie bei einer, die mit Königen in ihren Hochburgen gesessen hat. Es schien auch, daß sie fromm war, denn es verging kein Tag, ohne daß sie in der Kirche war, um dort zu beten. Das übrige war nicht so gut. Sie verlor wenig Worte und nie eins über ihre Verwandtschaft und ihr Schicksal. Düsterheit brütete auf ihrer Stirn, und es war schlecht, ihr zu widersprechen. Hinter ihrem Rücken nannte man sie die Landfremde oder die Windfrau, ihr ins Gesicht stets Thorgunna. Und wenn einer der jungen Leute sie Mutter nannte, sprach sie an diesem Tage kein Wort mehr, sondern saß abseits in der Halle und murrte vor sich hin.

»Das ist eine seltsame Person, die wir da bekommen haben«, meinte Finnward Keelfarer. »Hoffentlich haben wir keinen Schaden von ihr. Aber der Hausfrau Wille geschehe«, sagte er, und das war stets seine Rede.

War Thorgunna bei der Arbeit, dann trug sie immer das Gröbste an einfachem Zeug, wenn auch stets so sauber wie eine Katze. Aber am Abend in der Halle war sie feiner gekleidet, denn sie liebte es, bewundert zu werden. Zweifellos machte sie sich ansehnlich, und mancher dachte, sie sei noch eine anmutige Frau, und denen gegenüber war sie stets gefällig und freundlich in ihren Worten. Aber je mehr ihr jemand gefiel, um so weniger mochte ihn Aud, wie es Leuten mit gutem Urteil schien.

Als der Mittsommer vorüber war, kam eine Gesellschaft von jungen Männern, die sich auf einer Reise befanden, nach Frodis Water. Das war stets ein großer Tag für Aud, wenn stattliche Männer bei Tisch saßen, und was diesen Tag noch bedeutsamer machte, war, daß Alf von den Fells bei der Gesellschaft war. Sie glaubte nämlich, Alf liebe sie. Gewiß trug sie ihren kostbarsten Putz, aber als Thorgunna aus ihrer Schlafkammer kam, war sie geschmückt wie eine Königin und trug die große Spange an ihrem Busen. Den ganzen Abend über stritten diese beiden Frauen in der Halle miteinander, und das kleine Mägdlein Asdis blickte beschämt auf und wußte nicht warum. Aber Thorgunna gefiel über alles. Sie erzählte von seltsamen Dingen, die sich in der Welt zugetragen hatten. Wenn es ihr behagte, gab sie das Stichwort für fröhliches Lachen. Sie sang, und ihre Stimme klang voll, ihre Lieder waren neu auf dieser Insel, und wohin sie sich wandte, leuchteten ihr die Augen entgegen, und die Spange blitzte an ihrer Brust, so daß die jungen Männer die Worte der Kaufleute vom Alter der Frau vergaßen und sie mit ihren Blicken den ganzen Abend verfolgten.

Aud war krank vor Neid, und der Schlummer floh sie. Ihr Gatte schlief, aber sie saß aufrecht neben ihm im Bett und nagte an ihren Fingern. Jetzt haßte sie Thorgunna, und das Blitzen der großen Spange stand im Finstern vor ihren Augen. Sicherlich, sagte sie sich, ist es der Glanz dieser großen Spange! Thorgunna ist nicht so schön wie ich. Sie ist so alt wie die Toten am Berghang, und von ihrem Verstand und ihren Liedern halte ich nicht viel. Damit erhob sie sich, entzündete ein Licht an der heißen Asche und ging zur Schlafkammer ihres Gastes. Die Tür war verschlossen, aber Aud besaß einen Nachschlüssel und kam hinein. Drinnen standen die Truhen offen, und oben in der einen, vom Schein ihres Wachsstocks beleuchtet, lag die glitzernde Spange. Wie ein Hund nach dem Bissen schnappt, griff sie danach und wandte sich dann nach dem Bett um. Thorgunna lag auf der Seite. Es schien, als schliefe sie, aber dabei sprach sie mit sich selbst, und ihre Lippen bewegten sich. Es war, als kehrten ihre Jahre im Schlummer zu ihr zurück, denn ihr Gesicht war grau, ihre Stirn gefurcht, und ihre Augen starrten in die Auds. Dem törichten Weibe stockte das Herz im Busen, aber ihre Habgier war noch größer, und sie entfloh mit dem, was sie gestohlen hatte.

Als sie wieder im Bett lag, kamen ihr die Worte Thorgunnas in den Sinn, daß diese Dinge nicht zum Gebrauch, sondern nur zum Zeigen gut seien. Hier hatte sie die Spange und zugleich die Schande, denn sie konnte den Schmuck nicht tragen. So zitterte sie die ganze Nacht über voll Furcht vor der Entdeckung und weinte Tränen der Wut, daß sie vergebens gesündigt haben sollte. Der Tag kam, und Aud mußte sich erheben, aber sie ging im Hause umher wie eine Irre. Sie sah Asdis' Augen seltsam auf sich gerichtet, und darob schlug sie das Mägdlein. Sie schalt das Gesinde, und was es auch immer tat, nichts war richtig. Zuerst war sie zärtlich zu ihrem Gatten und erwies ihm jede Freundlichkeit, denn sie sagte sich, sie müsse mit ihm auf gutem Fuß stehen, wenn es Ärger gebe. Dann besann sie sich eines anderen und brach einen Streit mit ihm vom Zaun. Sie fiel über den armen Mann her, bis ihm die Ohren klangen, so daß er glaubte, zuvor im Unrecht gewesen zu sein. Die Spange verbarg sie draußen in einem Heuschober.

Währenddessen lag Thorgunna in ihrer Schlafkammer. Das war nicht ihre Art, denn gewöhnlich war sie früh auf den Beinen. Schließlich kam sie heraus, und in ihrem Gesicht lag etwas, daß alle im Hause einander anblickten und Auds Herz sich zusammenkrampfte. Kein Wort sprach der Gast und aß keinen Bissen. Man sah, wie heftige Schauer die Frau packten und sie schüttelten, während sie dasaß. Nach einem Weilchen, und ohne einen Ton zu sagen, ging sie zurück in ihre Schlafkammer, und die Tür wurde verschlossen.

»Das ist ein krankes Weib«, sagte Finnward. »Ihr Schicksal ist über sie gekommen.«

Bei diesen Worten schöpfte Auds Herz wieder Hoffnung.

Den ganzen Tag lag Thorgunna zu Bett. Am nächsten Morgen sandte sie nach Finnward.

»Finnward Keelfarer«, sagte sie, »Beschwernis hat mich befallen, und ich bin am Ende meiner Tage.«

Er antwortete mit den üblichen Redensarten.

»Ich habe mein Gutes gehabt«, sagte sie, »jetzt ist

meine Stunde gekommen. Laß es genug sein. Ich habe nicht nach dir gesandt, um dein Geschwätz zu hören.«

Finnward wußte nicht, was er darauf antworten sollte, denn er sah, daß ihre Seele düster war.

»Ich sandte nach dir wegen wichtiger Dinge«, begann sie wieder. »Ich sterbe hier – ich – in diesem schwarzen Hause, auf einer rauhen Insel, fern von aller Bequemlichkeit und jeder schicklichen Art der Menschen, und jetzt muß mein Schatz zurückbleiben. Wenig Freude habe ich daran gehabt, und ich hinterlasse ihn mit noch geringerer.«

»Gute Frau«, entgegnete Finnward, »›was sein muß, muß sein‹, wie die Leute sagen«, denn die Rede ärgerte ihn.

»Deswegen rief ich dich«, sagte Thorgunna. »In diesen beiden Truhen sind viele Reichtümer und sehr begehrenswerte Dinge aufgehäuft. Ich wünsche, daß mein Leib in Skalaholt in der neuen Kirche bestattet wird, wo ich hoffe, des Messepriesters Gesang über meinem Haupte zu hören, solange die Zeit währt. Dieser Kirche, so will ich, sollst du geben, was notwendig ist, und ich überlasse es deinem Gewissen, das zu entscheiden. Meinen Scharlachmantel mit Silber hinterlasse ich der armen Närrin, deinem Weibe. Sie verlangte so bitter danach, gerade jetzt mag ich ihn ihr nicht verweigern. Gib ihr auch die Spange! Ich warne dich vor dem Weib. Ich war so wie sie, nur klüger. Ich warne dich. Der Grund, auf dem sie steht, ist Wasser, und wer immer ihr vertraut, stützt sich auf Fäulnis. Ich hasse sie, und sie tut mir leid. Wenn sie einmal da liegt, wo ich liege ...« Hier brach sie ab. »Den Rest meiner Habe hinterlasse ich deinem schwarzäugigen Mägdlein, der kleinen Asdis, wegen ihres schlanken Körpers und ihres reinen

Herzens. Nur mein Bettzeug sollst du verbrennen lassen.«

»Es ist gut«, sagte Finnward.

»Es kann gut sein, wenn du gehorchst«, sagte sie. »Mein Leben war für alle ein Wunder und für viele ein Schrecken. Solange ich lebte, hat niemand sich mir widersetzt und dabei Glück gehabt. Sieh zu, daß sich auch nach meinem Tode niemand mir widersetzt. Es geht um deine Sicherheit.«

»Es geht um meine Ehre«, erwiderte Finnward, »und man nennt mich einen ehrenwerten Mann.«

»Man nennt dich einen Schwächling«, entgegnete Thorgunna. »Gib acht, Finnward, gib acht, sonst wird dein Haus es bereuen!«

»Der Dachbaum meines Hauses ist mein Wort«, sagte Finnward.

»Und das ist wahr gesprochen«, erwiderte die Frau. »Also gib acht! Thorgunnas Rede ist zu Ende.«

Damit drehte sie ihr Gesicht zur Wand, und Finnward verließ sie.

In derselben Nacht, in den ersten Stunden nach Mitternacht, verschied Thorgunna. Es war eine wilde Sommernacht. Der Wind sang um die Dachtraufen, und Wolken bedeckten den Mond, als die finstere Frau dahinging. Von jenem Tage an bis heute hat kein Mensch ihre Geschichte oder ihres Volkes Namen erfahren, aber sicherlich war jene bewegt und dieses groß. Sie war, eine Landfremde, auf einem Schiff zu der Insel gekommen. Von dort ging sie dahin, und nichts blieb zurück von ihr als ihre schweren Truhen und ihr starker Leib.

Am Morgen betteten und kleideten die Frauen des Hauses den Leichnam. Dann kam Finnward und trug die Laken und die Vorhänge aus dem Hause und ließ auf dem Sande ein Feuer aufschichten. Aber Aud hatte ein Auge auf das Tun ihres Mannes.

»Und was ist das, was du da treibst?« fragte sie.

Da berichtete er ihr.

»Verbrennen? Die guten Laken?« rief sie. »Und wo bleibe ich mit meinen beiden Händen? Nein, weiß Gott, nicht, solange dein Weib am Leben ist.«

»Liebe Frau«, sagte Finnward, »das geht dich nichts an. Hier ist mein Wort verpfändet, und der toten Frau habe ich es gegeben. Um so mehr bin ich gebunden. Laß mich tun, wie ich tun muß, Frau!«

»Larifari und Narrenspossen, Mann«, entgegnete sie. »Vom Fischen verstehst du vielleicht etwas, und du bist, soviel ich weiß, gut zum Schafescheren. Aber du bist kein Fachmann in damastenen Bettlaken. Und das Beste, was ich dazu sagen kann, ist dies« – damit griff sie nach einem von den Stücken –, »daß du, wenn du entschlossen bist, das Zeug zu verbrennen, dein Weib mit verbrennen mußt.«

»Ich glaube, so schlimm wird es nicht sein«, sagte Finnward, »und ich bitte dich, nicht so laut zu sprechen, daß die Dienstboten dich hören.«

»Laß die leise sprechen, die sich schämen müssen«, schrie Aud. »Ich rede vernünftig.«

»Du mußt bedenken«, entgegnete Finnward, »daß die Frau in meinem Hause gestorben ist und daß dies ihr Letzter Wille war. Fürwahr, Weib, wenn ich ihn nicht erfüllen würde, so wäre das ein Ding, das mir lange in der Kehle steckte und mir einen schlechten Namen bei den Nachbarn gäbe.«

»Und du mußt bedenken«, erwiderte sie, »daß ich dein treues Weib bin und soviel wert wie alle Hexen, die jemals verbrannt wurden, und daß ich meinem alten Ehemann zugetan bin« – damit legte sie ihm ihre Arme um den Hals –, »und du mußt bedenken, daß du feinen Stoff verbrennen willst, wie wir ihn unter keinen Umständen wiederbekommen, und daß sie es dir nur auftrug, um mich zu kränken – denn ich wollte ihr dieses Bettzeug zu einem von ihr festgesetzten Preis abkaufen, als sie noch lebte –, und daß sie mich haßte, weil ich jung und hübsch bin.«

»Das ist ein wahres Wort, daß sie dich haßte«, bemerkte Finnward, »denn sie sagte es selbst, ehe sie dahinging.«

»So daß auf der einen Seite eine alte Vettel ist, die mich haßte und tot ist wie ein Eimer, und auf der anderen Seite ein junges Weib, das dich innig liebt und dazu noch lebendig ist« – und damit küßte sie ihn –, »und daß es sich darum handelt, welcher du zu Willen sein willst.«

Den Mann bedrängte seine Schwäche, und er schwankte. »Ich fürchte, es wird Unheil daraus entstehen«, sagte er.

Jetzt griff sie ein, ließ die Jungen das Feuer austreten und die Mägde das Bettzeug zusammenrollen und ins Haus tragen.

»Liebste«, sagte er, »meine Ehre – das geht gegen meine Ehre!«

Aber sie zog seinen Arm unter den ihren. Dabei liebkoste sie seine Hand und küßte seine Knöchel und führte ihn hinab zur Bucht. »Babbel-babbel-babbel!« sagte sie und machte ihn nach wie ein kleines Kind, obwohl sie gar nicht mehr so jung war. »Babbel-babbel und ein alter Griesgram! Wir müssen das fremde Weib beerdigen, und das ist schon Ärger genug, weiß der Himmel! Die Pferde müssen schwitzen, ehe sie nach Skalaholt kommt. Das ist meine Meinung, sie war ein Mann in Weiberkleidern. Und deshalb jetzt Schluß damit! Wir wollen sie aufbahren und beerdigen. Das ist mehr, als sie verdient, aber ihre alten Lappen müssen als Bezahlung dienen. Und wenn das vorüber ist, können wir von dem anderen reden.«

So war Finnward nur allzu froh darüber, die Sache beiseite schieben zu können.

Am nächsten Tage machten sie sich beizeiten auf den Weg über die Heide nach Skalaholt. Es war ein schweres Wetter, und es war grau über ihnen. Die Pferde schwitzten und wieherten, und die Männer gingen schweigend ihren Weg, denn sie kamen von dem Gedanken nicht los, daß die Tote ein verschlagenes Weib gewesen war. Nur Aud sprach unterwegs wie eine mürrische Seemöwe, die auf einem Riff krächzt, und die übrigen schwiegen. Die Sonne ging unter, ehe sie Weißwasser überquert hatten, und die schwarze Nacht überfiel sie noch vor Netherness. In Netherness klopften sie an. Der Hausherr war noch nicht zu Bett und auch keiner von seinen Leuten, sondern sie saßen plaudernd in der Halle, und ihm erklärte Finnward den Zweck seiner Reise.

»Ich will euch keineswegs ein Dach verweigern«, sagte der Hausherr von Netherness, »aber ich habe keine Mahlzeit bereit, und wenn ihr nicht ohne Essen auskommen könnt, so müßt ihr eben weiterziehen.«

Sie legten die Leiche in einen Schuppen und banden ihre Pferde an. Dann kamen sie ins Haus, und die Tür wurde wieder verschlossen. So saßen sie dort um die Lichter herum. Es wurde wenig gesprochen, denn sie waren alle nicht sehr zufrieden mit ihrem Empfang. Alsdann fing in dem Raum, wo die Speisen aufbewahrt wurden, das Geschirr an zu klappern, und ein Leibeigener des Hauses wurde angewiesen, hinzugehen und zu sehen, wer das Klappern verursache. Kaum war er gegangen, als er schon wieder zurückkam und berichtete, da sei ein großes üppiges Weib, wohlgenährt und so nackt, wie es geboren sei, das Speisen auf eine Anrichte setze. Finnward wurde bleich wie die Dämmerung. Er sprang auf und die übrigen mit ihm, und alle Teilnehmer des Leichenbegängnisses liefen zur Tür der Speisekammer. Aber die tote Thorgunna achtete nicht auf ihr Kommen, sondern fuhr fort, Speisen anzurichten, und während sie das tat, schien sie mit sich selbst zu sprechen, und sie war splitternackt.

Große Furcht befiel alle, und es wurde ihnen kalt bis zum Rückenmark. Kein Wort sprachen sie, weder ein gutes noch ein böses, sondern sie wichen zurück in die Halle und fielen auf ihre gebeugten Knie, um zu beten.

»Nun, in Gottes Namen, was fehlt euch denn?« rief der Hausherr von Netherness.

Und als sie ihm berichteten, befiel ihn Scham wegen seiner Knauserigkeit.

»Die tote Frau tadelt mich«, sagte der ehrenwerte Mann. Und er segnete sich und sein Haus und ließ die Tische decken, und alle aßen sie von den Speisen, welche die Tote angerichtet hatte.

Das war das erste Erscheinen Thorgunnas, und verständige Leute meinten, es wäre gewiß das letzte gewesen, wenn die Menschen klüger gewesen wären.

Am nächsten Tage kamen sie nach Skalaholt. Dort wurde die Leiche bestattet, und am Tage darauf machten sie sich auf den Weg nach Hause. Finnwards Herz war schwer, er war mit sich selbst uneins. Er fürchtete das tote Weib und das lebende, er fürchtete die Unehre und den Unfrieden, und sein Wille war wie eine Möwe im Wind. Nun räusperte er sich und wollte sprechen, aber da zwinkerte Aud ihm zu und blickte den Hausherrn spöttisch an, und seine Rede verging ihm. Schließlich gab ihm die Scham neuen Mut ein.

»Aud«, begann er, »das war eine sehr unheimliche Sache dort in Netherness.«

»Ohne Zweifel«, erwiderte sie.

»Ich habe nie daran gedacht«, fuhr er fort, »daß dieses Weib das war, was sie sein sollte.«

»Das kann ich nicht sagen«, entgegnete Aud, »daran habe ich nie gedacht«.

»Das steht außer Frage, daß sie mehr als verschlagen war«, meinte Finnward kopfschüttelnd. »Kein Zweifel, daß sie altertümliche Anschauungen hatte.«

»Auch körperlich wurde sie ziemlich alt«, erwiderte Aud.

»Weib«, sagte er, »es überkommt mich mit aller Macht. Das ist keine von den Frauen, denen man ungehorsam ist, zumal wenn sie tot sind und umgehen. Ich meine, Weib, man müßte doch tun, wie sie befohlen hat.«

»Nun«, entgegnete sie und ritt dicht an ihn heran, um ihm die Hand auf die Schulter zu legen, »wie ist denn immer deine Rede? ›Der Hausfrau Wille geschehe.‹ Ist das nicht mein Finnward?«

»Der Himmel weiß, ich mißgönne dir nichts«, rief Finnward. »Aber bei diesem Geschäft rinnt mir das Blut kalt in den Adern. Schlimmeres wird danach kommen«, rief er. »Schlimmeres wird daraus entstehen.«

»Was machst du viel Wesens darum?« rief Aud. »Sie war eine alte Schwefelhexe, die man hätte steinigen sollen und die mich überdies haßte. Vergebens hat sie versucht, mich zu erschrecken, solange sie lebte. Soll ich sie jetzt fürchten, da sie tot und vergangen ist? Ich glaube es nicht. Denke an die Scham für deinen Bart, Mann! Sind das eines Mannes Schuhe, in denen ich dich zittern sehe, wenn dein Weib neben deiner Zügelhand reitet, so aufrecht wie ein Nagel?«

»Ja, ja«, meinte Finnward, »aber es gibt ein Sprichwort im Lande, das heißt: Wenig Verstand, wenig Furcht.«

Das gab Aud zu denken, denn im allgemeinen war er leichter zu lenken. So versuchte sie es jetzt auf eine andere Weise.

»Ist das dein Wort?« schrie sie. »Ich küsse dir die Hand! Wenn ich nicht Verstand genug habe, kann ich dich von meiner Gegenwart befreien. Verstand sucht er!« schrie sie. »Der alte Besenstiel, den wir gestern begraben haben, hatte Verstand für dich!«

So ritt sie weiter voraus und hatte nicht einen Blick für seinen Weg.

Der arme Finnward folgte ihr auf seinem Pferde, aber das Licht des Tages war erloschen, denn sein Weib war ihm sein Leben. Sechs Meilen weit ritt er und blieb seinem Herzen treu, aber die siebente hatte er noch nicht halb hinter sich gebracht, als er zu ihr hinritt.

»Soll der Hausfrau Wille geschehen?« fragte sie.

»Aud«, sagte er, »du sollst deinen Willen haben. Gott sei mir gnädig, daß nichts Böses daraus entstehe!«

Nun erwies sie ihm jede Freundlichkeit, und sein Herz war wieder getröstet.

Als sie nach Hause kamen, ließ Aud die beiden Truhen in ihre Kammer bringen und freute sich die ganze Nacht über an dem, was sie darin fand. Finnward schaute ihr zu, und Sorgen verfinsterten sein Gemüt.

»Weib«, sagte er schließlich, »vergißt du nicht, daß diese Dinge Asdis gehören?«

Da sprang sie ihn an wie ein Hund.

»Bin ich eine Diebin?« schrie sie. »Der Balg soll sie haben, wenn er erwachsen ist. Verlangst du etwa, ich soll sie ihr jetzt geben, um ihr damit ihren eitlen Kopf zu verdrehen?«

So ging der schwache Mann voller Sorgen seiner Wege und machte sich an seine Geschäfte. Die an diesem Tage mit ihm arbeiteten, merkten, daß er bald wie ein Wütender schuftete und werkte und bald wieder dasaß und wie ein Irrer vor sich hinstarrte. In Wahrheit war er der Meinung, die Sache werde ein schlimmes Ende nehmen.

Eine Zeitlang geschah nichts, und es fiel kein Wort mehr über das Vergangene. Aud hütete ihre Schätze, und niemand sonst wußte davon außer Finnward. Nur den Mantel trug sie bisweilen, denn der war ihr Eigentum nach dem Letzten Willen der Toten, aber das andere ließ sie liegen. Sie wußte, daß sie es zu Unrecht besaß, denn sie fürchtete Finnward ein wenig und Thorgunna sehr.

Schließlich gingen der Mann und die Frau eines Abends zu Bett. Er war der erste, der sich ausgezogen hatte und hinlegte.

»Was sind das für Laken?« schrie er, als er sie mit den Beinen berührte, denn diese waren weich wie Wasser und die in Island rauh wie Sackleinwand.

»Saubere Laken, nehme ich an«, sagte Aud, aber ihre Hand bebte, als sie ihr Haar flocht.

»Weib!« schrie Finnward, »das sind Thorgunnas Bettlaken – das sind die Laken, in denen sie gestorben ist! Belüge mich nicht!«

Daraufhin wandte Aud sich um und blickte ihn an. »Nun?« erwiderte sie, »sie sind ja gewaschen.«

Finnward legte sich wieder in das Bett zwischen Thorgunnas Laken und stöhnte. Kein Wort sagte er mehr, denn jetzt wußte er endgültig, daß er ein Feigling war und ein Entehrter. Sofort legte sich sein Weib neben ihn. Sie lagen ganz still, aber keiner schlief.

Es mochte Mitternacht sein, als Aud fühlte, wie Finnward so stark zitterte, daß die Bettstatt bebte.

»Was fehlt dir?« fragte sie.

»Ich weiß es nicht«, antwortete er. »Ich fühle eine Kälte wie die des Todes. Meine Seele ist elend davon.« Seine Stimme wurde leise. »So war es, als Thorgunna krank wurde.« Und er erhob sich und ging in die finstere Halle, bis es Tag wurde.

Früh am Morgen fuhr er mit vier Burschen hinaus auf die See zum Fischen. Aud war voller Sorgen und beobachtete ihn von der Tür aus, und selbst als er zum Strand hinunterging, sah sie, wie er geschüttelt wurde von Thorgunnas Schauern. Es war ein rauher Tag. Die See wütete, das Boot schlingerte heftig, und es mag sein, daß Finnwards klares Denken durch seine Krankheit getrübt war. Tatsache ist, daß sie unterhalb von Snowfellness auf ein Riff aufliefen und daß ihr Boot zerschellte. Die vier Burschen wurden in die See gespült, die Wogen gingen über sie hinweg und begruben sie. Aber Finnward wurde auf die Klippe geworfen und kletterte hinauf. Dort saß er den ganzen Tag lang. Gott weiß, was er dachte. Die Sonne war fast untergegangen, als ein Schäfer beim Hüten an die Klippe kam und mitten in den Brechern der stürmischen See auf einer Zacke des Riffs einen Mann sitzen sah. Er rief ihn an, und der Mann wandte sich um und rief zurück. Nun toste in dieser Bucht das Meer so stark, und die Seevögel kreischten so schrill, daß der Hirt wohl die Stimme hörte, aber die Worte nicht verstand. Nur der Name Thorgunna drang zu ihm, und er sah das Gesicht Finnward Keelfarers, das Gesicht eines alten Mannes. In aller Hast lief der Schäfer zu Finnwards Haus, und als er dort seinen Bericht vorgebracht hatte, fuhr der Knabe Eyolf mit einem Boot eilends hinaus, um seinem

Vater zur Hilfe zu kommen. Mit aller Kraft ihrer Hände trieben sie den Kiel gegen die See, und mit Geschick und Mut erreichte Eyolf die Klippe und kletterte hinauf. Dort saß sein Vater tot, und das war Thorgunnas erste Rache für sein gebrochenes Versprechen.

Es war ein saures Geschäft, den Leichnam an Bord zu schaffen, und ein noch saureres, ihn gegen die wogende See nach Hause zu bringen. Aber der Knabe Eyolf war ein hoffnungsvoller Junge, und die Burschen, die ihn ruderten, waren handfeste Männer. So wurde der Körper des Wortbrüchigen heimgebracht, um aufgebahrt und in dem Hügel bestattet zu werden. Aud war eine gute Witwe und weinte viel, denn sie hatte Finnward sehr geliebt. Aber ein Vogel sang ihr ins Ohr, daß sie nun einen jungen Mann heiraten könne. Wenig habe sie zu fürchten, meinte sie, für eine Wahl nach ihrem Sinn, mit all den schönen Dingen Thorgunnas. Und ihr Herz war voll Freude.

Als nun der Leichnam im Hügel bestattet war, kam Asdis in die Halle, wo Aud allein saß, und stand eine Weile wortlos neben ihr.

»Nun, Kind?« fragte Aud, und abermals: »Nun?« und dann: »In Gottes Namen, wenn du etwas zu sagen hast, heraus damit!«

Da trat das Mägdlein noch näher heran. »Mutter«, sagte sie, »ich möchte, daß du die Dinge nicht trägst, die Thorgunna gehörten.«

»Ach!« rief Aud, »war es das? Du fängst früh an, Balg! Und wer hat deinen Sinn vergiftet? Dein Vater, der Narr, nehme ich an.« Und damit stockte sie und wurde blutrot. »Wer hat dir gesagt, sie gehörten dir?« fragte sie um so heftiger nach diesem Fehlgriff. »Wenn du erwachsen bist, dann sollst du dein Teil haben, und keinen Tag früher. Diese Dinge taugen nicht für Säuglinge!«

Bestürzt blickte das Kind sie an. »Ich will sie nicht haben«, sagte es. »Ich möchte, daß sie verbrannt werden.«

»Auf mein Wort, was denn?« schrie Aud. »Und warum sollen sie verbrannt werden?«

»Ich weiß, daß mein Vater diese Dinge verbrennen wollte«, erwiderte Asdis. »Er nannte Thorgunnas Namen, ehe er auf der Klippe starb. Ach, Mutter, ich fürchte, sie haben uns Unglück gebracht.«

Aber je tiefer Aud erschrak, desto mehr wollte sie die Sache auf die leichte Schulter nehmen.

Das Mägdlein legte seine Hand auf die seiner Mutter. »Ich fürchte, sie sind auf böse Weise zu uns gekommen.«

Aud stieg das Blut ins Gesicht. »Und wer erlaubt dir, über deine Mutter zu urteilen, die dich geboren hat?« schrie sie.

»Gevatterin«, sagte Asdis und schlug die Augen nieder, »ich habe dich mit der Spange gesehen.«

»Was sagst du? Wann? Wo hast du mich gesehen?« rief die Mutter.

»Hier in der Halle«, antwortete Asdis und blickte zu Boden, »in der Nacht, als du sie gestohlen hast.«

Aud stieß einen Schrei aus. Dann hob sie die Hand, um das Kind zu schlagen. »Du kleiner Spion!« schrie sie. Dann bedeckte sie ihr Gesicht und weinte, und ihr Körper bebte.

»Was kannst du davon wissen?« rief sie. »Was verstehst du davon? Du, ein kaum entwöhnter Säugling! Er wußte es – er, dein Vater, der liebe gute Mann – tot und dahingegangen! Er hatte Verständnis und Mitgefühl, er war gut zu mir. Jetzt hat er mich allein gelassen mit herzlosen Kindern. Asdis!« rief sie, »hast du kein Gefühl in dir? Du weißt nicht, was ich dafür getan und gelitten habe. Ich habe es getan – ach, und ich hätte noch mehr tun können! Und jetzt ist dein Vater tot. Und nach all dem verlangst du von mir, ich solle sie nicht benutzen? Keine Frau in Island hat etwas Ähnliches. Und du willst, ich soll sie vernichten? Nicht einmal, wenn die Tote wiederkehrte!« schrie sie. »Nein! Nein!« Und sie hielt sich die Ohren zu. »Nicht einmal, wenn die Tote wiederkehrte! Und jetzt Schluß damit!«

Aber ungeachtet dessen, daß Aud so leidenschaftlich davon gesprochen hatte, bemerkte man doch, daß die Dinge Aud lange Zeit unberührt ließen. Nur schloß sie sich täglich eine Zeitlang in ihre Schlafkammer ein, wo sie alles betrachtete und den Schmuck insgeheim zu ihrem Vergnügen trug.

Nun war der Winter nahe. Die Tage wurden kurz und die Nächte lang, und unter dem goldenen Antlitz des Morgens stand die Insel silbern im Frost. Von Holyfell kam eine Nachricht nach Frodis Water von einer Gesellschaft junger Männer, die sich auf einer Reise befanden. An diesem Abend waren sie in Holyfell zu Gast, am nächsten sollten sie in Frodis Water sein. Und Alf von den Fells war dabei und Thongbrand Ketilson und Hall der Schöne. Aud ging früh in ihre Kammer, und dort starrte sie den Putz an, bis ihr Herz schmolz vor Eitelkeit. Da war ein Mieder in vielerlei Farben. Blau ging über in Grün, und das Grün hob sich ab von dem Blau, so wie auf dem Meer die Farben spielen zwischen Tiefen und Untiefen. Sie glaubte nicht länger leben zu können, wenn sie das nicht trüge. Da war ein Armband, eine Elle lang und wie eine Schlange gearbeitet, mit brennenden Juwelen als Augen. Sie sah es blinken auf ihrem weißen Arm, und ihr Kopf wurde wirr vor Verlangen. Ach, dachte sie, niemals fanden feinere Dinge eine schönere Trägerin! Sie schloß die Augen und sah sich selbst in der Gesellschaft, und wie die Augen der jungen Männer ihr bewundernd folgten. Dabei ging es ihr durch den Sinn, daß sie bald einen von ihnen heiraten müsse, und sie überlegte, wer es wohl sein könnte. Alf, meinte sie, war vielleicht der beste, oder Hall der Schöne, aber sie war sich dessen nicht sicher. Dann dachte sie wieder an Finnward Keelfarer in seinem Grabhügel auf dem Berge und war beunruhigt. Ja, sagte sie sich, er war mir ein guter Ehemann, und ich war ihm eine gute Frau. Aber das ist jetzt ein altes Lied. So wandte sie sich wieder den Stoffen und Juwelen zu. Schließlich legte sie sich ins Bett mit den weichen Laken, und als sie da lag, stellte sie sich vor, wie sie aussehen werde, und sie bewunderte sich selbst und sah, wie andere sie bewunderten, und sie erzählte sich selbst Geschichten, bis ihr das Herz warm wurde und sie vor sich hinlachte zwischen den Laken. Eine Weile schüttelte sie sich vor Lachen, dann ließ das Lachen nach, aber nicht das Schütteln, ein Grausen kam über ihr Fleisch und die Kälte des Grabes über ihren Leib und die Todesangst über ihre Seele. Und eine Stimme klang ihr ins Ohr: »So war es, als Thorgunna krank wurde.« Dreimal in der Nacht ergriff sie das Schaudern und die Angst, und dreimal vergingen sie wieder. Als sie sich am Morgen erhob, lag der Atem des Todes auf ihren Zügen.

Sie sah, wie die Blicke des Gesindes und ihrer Kinder auf ihr ruhten, und sie wußte wohl, warum. Sie sah, daß ihr Tag gekommen war, der letzte ihrer Tage, und daß ihre letzte Stunde geschlagen hatte, und in ihrer Seele kümmerte sie das kaum. Alles war verloren, es war nichts mehr zu ändern. Sie wollte die Sache fortsetzen, bis sie fiel. So gab sie sich wie gewöhnlich und betrieb das Fest für die jungen Männer und schalt auf ihr Gesinde, aber ihre Füße wankten, ihre Stimme klang ihr selbst fremd in den Ohren, und die Blicke der Leute wichen ihr aus. Bisweilen ergriff sie ein Frösteln und damit die Angst. Sie mußte sich niedersetzen. Ihre Zähne klapperten, und der Schemel schwankte auf dem Fußboden. In diesen Augenblicken glaubte sie zu sterben, und Thorgunnas Stimme klang ihr ins Ohr: »Diese Dinge sind zu nichts anderem nütze, als gezeigt zu werden«, sagte sie. »Aud, Aud, hast du sie jemals gezeigt? Nein, nicht ein einziges Mal.« Und der Stachel dieser Gedanken belebte ihren Mut und ihre Kraft aufs neue. Sie erhob sich wieder und ging an ihre Arbeit.

Jetzt nahte die Stunde. Aud ging in ihre Schlafkammer und legte das Prächtigste an von ihrem Putz und trat heraus, um ihre Gäste zu begrüßen. Nie war eine Frau in Island so gekleidet gewesen wie sie. Die Grußworte waren auf ihren Lippen noch nicht verhallt, als das Schaudern über sie kam, so heftig wie Geburtswehen, und eine Angst, so tief wie die Hölle. Ihr Gesicht veränderte sich in all ihrem Putz, und die Gesichter der Gäste veränderten sich, als sie es sahen. Furcht trieb Runzeln auf ihre Stirn, und Angst hemmte ihre Schritte. Aus den Blicken ringsum las sie ihr Schicksal und floh in ihre Kammer. Dort warf sie sich auf die Bettdecke der Frau und drehte ihr Gesicht zur Wand.

Dann sagte Aud kein Wort mehr, und in den ersten Stunden nach Mitternacht verschied sie. Asdis war immer wieder gekommen, um zu sehen, ob sie helfen konnte, wo weder von Mann noch von Weib Hilfe möglich war. Es war hell in der Schlafkammer, als das Mägdlein zurückkehrte, denn ein Wachsstock stand auf der Truhe. Da lag Aud in ihren schönen Kleidern, und neben ihr auf dem Bett hockte auf ihren Schenkeln das tote Weib Thorgunna. Kein Laut war zu hören, aber nach den Bewegungen ihres Mundes sah es aus, als ob sie sänge, und zu ihrem Gesang schien sie die Arme zu wiegen.

»Gott sei uns gnädig«, rief Asdis, »sie ist tot.«

»Tot!« sagte das tote Weib.

»Hat sich das Schicksal erfüllt?« rief Asdis.

»Wenn die Sünde begangen ist, erfüllt sich das Schicksal«, sagte Thorgunna, und damit war sie verschwunden.

Am nächsten Tage ließen Eyolf und Asdis am Strande zwischen den Tidenmarken ein Feuer aufschichten. Dort verbrannten sie das Bettzeug und die Kleider und den Schmuck und sogar die Bretter von den Truhen der Landfremden. Und als die Flut wiederkehrte, spülte sie die Asche hinweg. So wurde Thorgunnas Fluch von Frodis Water genommen.

Die tollen Männer

1

Eilean Aros

Es war ein schöner Morgen Ende Juli, als ich zu Fuß die letzte Strecke Weges nach Aros antrat. Ein Boot hatte mich nachts zuvor in Grisapol abgesetzt; ich hatte mit dem mageren Frühstück des kleinen Gasthofes vorliebgenommen, hatte Sack und Pack zurückgelassen, um mein Gepäck gelegentlich auf dem Seewege abzuholen, und machte mich frohen Herzens auf den Weg quer über die Landzunge.

Als Nachkomme eines echten Lowlandgeschlechtes war ich hierzulande ein Fremdling. Ein Onkel von mir, Gordon Darnaway, hatte sich nach einer ärmlichen harten Jugend und mehreren auf dem Meere verbrachten Jahren hier auf den Inseln ein junges Weib genommen; Mary Maclean war ihr Name, die letzte ihres Geschlechtes; und als sie bei der Geburt einer Tochter starb, ging Aros, der meerumspülte Hof, in meines Oheims Besitz über. Mehr als den nackten Lebensunterhalt bot ihm dieser Hof nicht, das wußte ich. Der Onkel war ein Mann, den das Mißgeschick verfolgte; mit dem kleinen Kinde belastet, wagte er es nicht, von neuem den Kampf mit dem Leben aufzunehmen, und blieb, ruhelos mit seinem Lose grollend, in Aros hängen. Jahre der Einsamkeit zogen über ihn hinweg, ohne ihm Hilfe und Zufriedenheit zu schenken. Unsere Familie in den Lowlands starb inzwischen langsam aus.

Keinem dieses Geschlechtes hatte das Glück gelächelt; vielleicht war mein Vater der Glücklichste von allen: er überlebte nicht nur die meisten seiner Verwandten, sondern hinterließ auch einen Sohn als Erben seines Namens sowie eine kleine Summe Geldes, um diesen Erben zu versorgen. Ich studierte an der Edinburgher Universität und konnte leidlich, wenn auch ohne Sippe und Freunde, von meinem Gelde leben, als Kunde von meiner Existenz zu meinem Oheim Gordon auf die Ross von Grisapol drang; und dieser, für den Blut dicker war als Wasser, schrieb mir noch am gleichen Tage, da er von meinem Dasein erfuhr, und bat mich, Aros als meine Heimat zu betrachten. So kam es, daß ich von nun an meine Ferien weitab von menschlicher Gesellschaft und Behaglichkeit in jener Gegend unter Klippfischen und Moorgeflügel verbrachte; und auch an jenem Julitage kehrte ich nach beendetem Studium leichten Herzens wieder dorthin zurück.

Die Ross, wie wir sie nennen, ist eine Landzunge, weder breit noch hoch ansteigend, aber so wild, wie Gott je eine geschaffen hat, rechts und links vom Meer umspült, in dem wüste Inseln und Riffe den Seemann bedrohen; im Osten überragt von hohen Klippen und dem majestätischen Gipfel des Ben Kyaw. ›Nebelberg‹ sollen diese Worte auf gälisch bedeuten, und der Berg trägt diesen Namen mit Recht. Der über dreitausend Fuß emporstrebende Bergrücken fängt alle vom Meere herangetriebenen Wolken auf; ja, oft wollte es mich dünken, als erzeuge der Ben Kyaw selber die Wolken, da er sogar dann von einem Schleier umwallt wurde, wenn der weite Himmel bis herab zum Meeresspiegel sich rein und klar vor mir dehnte. Auch Wasser spendete der bis zu seinem Scheitel sumpfige Berg. Häufig habe ich es erlebt, daß wir auf der Ross im hellen Sonnenscheine saßen, während sich der Regen wie schwarzer Krepp auf den Berg niedersenkte. Mitunter ließ diese Feuchtigkeit ihn nur noch schöner erscheinen; wenn die Sonnenstrahlen auf seine Lehne fielen, funkelten zahllose Felsblöcke und Wasserläufe gleich Edelsteinen zu dem fünfzehn Meilen entfernten Aros herüber.

Der Weg, dem ich folgte, war nur ein Hirtenpfad. Er machte so zahlreiche Krümmungen, daß sich meine Wanderstrecke fast verdoppelte; bald führte der Pfad über rauhes Gestein, das man nur springend zu überqueren vermochte, bald über sumpfige Niederungen, auf denen man knietief im Moore versank. Nirgends eine Spur bebauten Bodens; auf der zehn Meilen langen Strecke von Grisapol bis Aros war kein einziges Haus zu entdekken. Natürlich gab es Häuser – zum mindesten deren drei –, aber sie lagen rechts und links weitab vom Wege, so daß kein Fremder sie hätte aufspüren können. Ein großer Teil der Ross ist mit Granitblöcken übersät, von denen einzelne ein zweistöckiges Gebäude an Größe übertreffen; ein Block ruht neben dem anderen. In den Spalten wuchern Farne und dichtes Heidekraut, die Vipern als Brutstätte dienen. Aus welcher Richtung der Wind auch weht, stets führt er Meeresluft mit sich, salzig wie auf einem Schiffe; Möwen sind hier ebenso zahlreich wie auf der Ross das Moorgeflügel, und überall, wo der Weg ein wenig ansteigt, blitzt leuchtend der Meeresspiegel auf. An stürmischen Tagen habe ich bei Hochflut mitten im Landinnern das Tosen der gegen Aros anstürmenden Brandung laut wie Schlachtengebrüll vernommen, übertönt von den mächtigen, furchtbaren Stimmen jener Wirbel, die wir die ›Tollen Männer‹ zu nennen pflegen.

Aros selbst – Aros Jay sagen die Einheimischen und

erklären, das bedeute ›Haus Gottes‹ – gehört nicht im eigentlichen Sinne zu der Ross und ist auch keine Insel. Es bildet die südwestliche Ecke des Festlandes, dem es sich eng anschmiegt; nur an einer Stelle ist es durch ein kleines Watt, dessen schmalster Übergang kaum vierzig Fuß mißt, von der Küste getrennt. Bei Hochflut liegt das Watt klar und ruhig und gleicht einem Teiche oder einem Binnensee, nur sind Pflanzen und Fische von anderer Art, und das Wasser schimmert grün statt braun. Wenn die Ebbe ihren Tiefstand erreicht, kann man an ein oder zwei Tagen im Monat trockenen Fußes von Aros nach dem Festland gelangen. Es gibt stellenweise gute Weideplätze, auf denen mein Onkel seine Schafe, die seine wichtigste Nahrungsquelle waren, grasen ließ; vermutlich gedieh das Gras hier besser, weil die kleine Insel höher lag als die Landzunge; ich bin jedoch zu wenig Kenner, um das entscheiden zu können. Das Wohnhaus war für die dortigen Verhältnisse stattlich, besaß es doch zwei Stockwerke. Mit der Front blickte es gen Westen über die Bucht hinaus; in seiner Nähe befand sich der Landungssteg für die Boote, und von der Haustür aus konnte man die Nebel auf dem Ben Kyaw brauen sehen.

Überall an der Küste, besonders bei Aros, wandern die Granitblöcke scharenweise gleich Rinderheeren an einem Sommertage weiter und weiter ins Meer hinaus. Genau wie ihre Nachbarn auf dem Lande verweilen sie dort, nur trennt sie statt der stummen Erde die seufzende salzige Flut, und an Stelle des Heidekrautes umkränzen sie Scharen von Seerosen, und an Stelle der giftigen Sandviper schlängelt sich um ihren Sockel der fleischige Seeaal. An windstillen Tagen kann man stundenlang im Boot zwischen diesen Blöcken umherirren, ständig von dem Echo in diesem Labyrinth verfolgt.

Anders bei Flut! Der Himmel stehe dem Menschen bei, an dessen Ohr das Brodeln dieses Kessels dringt!

Am zahlreichsten und gewaltigsten sind die Felsblöcke an der Südwestspitze von Aros. Noch mächtiger und größer müssen sie weiter draußen im Meere sein, ist doch die offene See zehn Meilen im Umkreise so dicht mit Felsen übersät wie ein Bauerndorf mit Häusern. Manche dieser Trümmer ragen dreißig Fuß hoch aus dem Meere; andere bleiben unsichtbar, aber den Schiffen droht von allen Gefahr. Wenn an nebelfreien Tagen der Wind aus Westen wehte, sah ich von Aros aus an vierundsechzig verborgenen Riffen gewaltige, schwere weißschäumende Sturzwellen aufbranden. Am drohendsten ist die Gefahr in der Nähe der Küste am Ende der Landzunge, wo die gleich einem Malstrome tosende Flut einen einzigen brodelnden Wasserwirbel, die Roost genannt, bildet. Oft habe ich bei totenstiller Ebbe hier draußen verweilt, und wahrlich geheimnisvoll ist dieser Ort. Das Meer wirbelt und schäumt, das Wasser siedet mit seltsam klagendem, geschwätzigem Geräusch, als hielte die Roost mit sich heimliche Zwiesprache. Sobald die Flut zu steigen beginnt, besonders bei schwerer See, gibt es niemand, der es wagen würde, sich dieser Stelle auf mehr als eine halbe Meile zu nähern, es gibt kein Schiff, das hier zu steuern und flott zu bleiben vermag. Auf sechs Meilen Entfernung hört man bereits das Getöse. – Am stärksten ist der Wirbel nach dem Meere zu; hier befindet sich jene Stelle, wo die gewaltigen Sturzwellen, die hierzulande die ›Tollen Männer‹ genannt werden, ihren wüsten Tanz – den Totentanz – aufführen. Man sagt, sie stiegen bisweilen fünfzig Fuß hoch empor; wahrscheinlich ist damit nur das grüne Wasser gemeint, denn der Gischt erhebt sich oft doppelt so hoch. Ob diese Wirbel ihren Namen jenen raschen, wilden, possenhaften Bewegungen, ob sie ihn ihrem unheimlichen Tosen verdanken, das beim Wechsel der Flut ganz Aros erdröhnen läßt, vermag ich nicht zu entscheiden.

Bei südwestlichem Wind ist dieser Teil des Inselmeeres eine einzige riesige Falle. Hat wirklich ein Schiff glücklich durch diese Riffe seinen Weg gefunden, hat es unversehrt die ›Tollen Männer‹ passiert, so muß es trotzdem an der Südküste von Aros in der Bucht von Sandag stranden, wo unserer Familie die zahlreichen traurigen Unfälle zustießen, von denen ich hier berichten will. Die Erinnerung an all die Gefahren an diesem mir seit so langer Zeit vertrauten Orte läßt mich die jetzt endlich begonnenen Arbeiten für die Errichtung von Leuchttürmen auf den Landzungen und der Verankerung von Bojen längs den Engpässen dieser steinumgürteten, ungastlichen Inseln freudig begrüßen.

Bei dem Landvolk sind zahlreiche Sagen über Aros im Schwange; das hatte mir Rorie, der Knecht meines Oheims, erzählt, ein alter Diener der Macleans, der seit der Heirat meines Oheims in dessen Diensten stand. Die Sage berichtet von einem ruhelosen Seegespenst, das auf seltsame, unselige Art in den brodelnden Wirbeln der Roost sein Wesen treibe. Vor langer Zeit war eine Seejungfrau am Strande von Sandag einem Dudelsackpfeifer begegnet und hatte ihm während der langen, milden Sommernacht ihre Lieder vorgesungen, und am folgenden Morgen traf man den Pfeifer, von Wahnsinn umnachtet umherirrend; von Stund an bis zu seinem Tode vermochte der Wahnsinnige nur einen einzigen Satz zu stammeln; wie dieser Satz auf gälisch ursprünglich gelautet hat, weiß ich nicht, ich kenne nur die Übersetzung: ›O süßes, süßes Singen aus dem Meere‹. Von den jene Küste umlagernden Seehunden wird berichtet, daß sie Menschen bisweilen in menschlicher Sprache angesprochen und schweres Unheil prophezeit hätten. An dieser nämlichen Stelle ist ein bekannter Heiliger auf seiner Fahrt nach Irland, wo er die Hebrider bekehren wollte, zum ersten Male an Land gestiegen. Er besaß, wie mich dünken will, ein gewisses Anrecht auf den Titel eines Heiligen; denn mit einem Schiffe, wie es in jenen fernen Zeiten gebaut wurde, heil eine so stürmische Fahrt zu vollenden und an einer so gefahrvollen Küste zu landen, grenzt wahrlich ans Wunderbare. Ihm und seinen mönchischen Gefolgsleuten verdankt die kleine Insel ihren schönen, frommen Namen: ›Haus Gottes‹.

Unter diesen Altweibergeschichten findet sich eine, der Glauben zu schenken ich wohl geneigt bin: Wie man mir erzählt hat, strandete in dem Unwetter, das die Schiffe der unbesiegbaren Armada über die weite Küste Nord- und Westschottlands zerstreute, eines dieser mächtigen Fahrzeuge bei Aros und ging vor den Augen einiger auf einem der Hügel versammelten Zuschauer mit Mann und Maus und wehender Flagge unter. Diese Erzählung besitzt eine gewisse Wahrscheinlichkeit, ruht doch ein anderes Schiff dieser Flotte zwanzig Meilen von Grisapol entfernt auf dem Grunde des Meeres. Wie mir scheint, wird diese Mär nachdrücklicher und häufiger erzählt als irgendeine andere Sage, und besonders die zahlreichen Einzelheiten tragen viel dazu bei, mich von ihrer Wahrheit zu überzeugen; selbst der Name des Schiffes haftet im Gedächtnis der Leute und klingt in meinen Ohren echt spanisch. ›Espiritu Santo‹ wird es genannt – ein gewaltiges Schiff mit zahlreichen Decks und Kanonen, beladen mit Kostbarkeiten und spanischen Granden und wüsten Soldados an Bord, die jetzt westlich von Aros in der Bucht von Sandag klaftertief unter dem Wasserspiegel von ihren Kriegen und Fahrten bis in alle Ewigkeit ausruhen. Verklungen sind die Salute für das mächtige Fahrzeug, entschwunden der ›Heilige Geist‹, verweht die günstigen Winde und glückbringenden Abenteuer; nun fault es unter Tang verborgen beim Toben der ›Tollen Männer‹ dort, wo die anstürmende Flut gegen die Insel brandet. Von jeher war mir dies eine seltsame Vorstellung, deren Seltsamkeit noch wuchs, je mehr ich über Spanien erfuhr, vor dessen Küste es die Segel gehißt und von wo es unter dem Schutze der stattlichen Flotte König Philipps, des prunkliebenden Monarchen, ausgesandt worden war.

Und jetzt muß ich berichten, weshalb mir an jenem Tage auf meinem Wege von Grisapol nach Aros der Gedanke an die ›Espiritu Santo‹ nicht aus dem Kopfe gehen wollte. Es war mir gelungen, die wohlwollende Aufmerksamkeit des damaligen Rektors der Edinburgher Universität, des berühmten Schriftstellers Doktor Robertson, auf mich zu ziehen, als er mich mit der Ordnung und Sichtung verschiedener alter Schriften betraut hatte; in einer dieser Schriften entdeckte ich nämlich zu meiner größten Überraschung nähere Angaben über die ›Espiritu Santo‹ sowie den Namen ihres Kapitäns; es wurde dort auch erwähnt, daß sich ein großer Teil des spanischen Schatzes an Bord befunden hätte und daß sie auf der Höhe der Ross von Grisapol untergegangen wäre. Die genaue Stelle jedoch hätte man trotz eifriger Nachforschungen seitens des Königs von den wilden Stämmen jener Zeit und jenes Ortes nicht zu erfahren vermocht. Als ich nun das eine zum anderen fügte, König James' Suche nach Gold mit unserer Inseltradition verknüpfte, erwuchs in mir der Glaube, daß die Stelle, die der König vergeblich zu erforschen sich bemüht hatte, nur die schmale Bucht von Sandag bei meines Onkels Hof sein könnte; und da ich von jeher Neigung zur Technik hegte, überlegte ich hin und her, wie man wohl jenes mächtige Schiff samt allen seinen Barren, Unzen und Dublonen zu heben und dem Hause Darnaway sein lang entschwundenes Ansehen und seinen Reichtum wiederzugewinnen vermöchte.

Schon bald sollte ich diesen Plan bereuen. Rasch wurde meinem Sinnen und Streben eine andere Richtung gegeben; seit ich Zeuge eines seltsamen Gottesurteiles geworden war, vermochte mein Gewissen selbst den bloßen Gedanken an diese Schätze der Toten nicht mehr zu ertragen. Bereits zu jener Zeit kann ich mich von kleinlicher Habgier freisprechen. Ich begehrte den Reichtum ja nicht für mich, ich erstrebte ihn für jemand, der meinem Herzen nahestand – für meines Oheims Tochter Mary Ellen. Sie hatte längere Zeit auf dem Festlande die Schule besucht und eine gute Erziehung genossen, ohne die das arme Kind sich vermutlich glücklicher gefühlt haben würde. Aros mit dem alten Diener Rorie und ihrem Vater als einzigem Verkehr war für Mary Ellen kein passender Aufenthalt. Der auf dem Lande unter den Cameronianern schlecht und recht erzogene langjährige Clyde- und Inselschiffer, der in tiefster Seele mißvergnügt seine Schafe betreute und um des lieben Brotes willen kärgliche Küstenfischerei betrieb, war einer der beklagenswertesten Männer Schottlands. Selbst mir, der ich nur ein, zwei Monate hier verweilte, erschien das Leben auf Aros langweilig; wieviel bedrückender mußte es auf Mary wirken, die jahraus, jahrein unter Schafen und kreischenden Möwen, beim Tanz und Tosen der ›Tollen Männer‹ in der Roost ihre Tage in dieser Wildnis verbrachte.

2

Wie das Wrack nach Aros gelangte

Zwischen Flut und Ebbe erreichte ich endlich Aros und war gezwungen, am Ufer zu warten und nach Rorie zu pfeifen, damit er mich mit dem Boote hinüberholte. Ich brauchte das Signal nicht zu wiederholen, gleich beim ersten Ton trat Mary vor die Tür und winkte mir als Antwort mit ihrem Taschentuch, während der alte Knecht steifbeinig über den Kies zum Landungssteg hastete. Trotz seiner Eile verstrich geraume Zeit, bis er endlich bei mir anlangte, da er mehrmals im Rudern innehielt, zum Heck wankte und neugierig in das Kielwasser starrte. Als er endlich auf mich zukam, hatte ich den Eindruck, als wäre er sehr gealtert, sähe noch ausgemergelter aus als früher, und er schien meinem Blicke auszuweichen. Das Boot war mittels zweier neuer Spanten und zahlreicher Bretter aus seltenem ausländischem Holze, dessen Name mir unbekannt war, ausgebessert worden.

Auf der Rückfahrt fragte ich: »Was ist das für kostbares Holz, Rorie? Wo hast du das aufgetrieben?«

»Es ist schwer zu bearbeiten gewesen«, entgegnete er mürrisch, ließ im gleichen Augenblicke die Riemen sinken, unternahm wieder einen seiner plötzlichen Vorstöße nach dem Heck, die mir bereits während seiner Herfahrt aufgefallen waren, und glotzte, auf meine Schulter gestützt, entgeistert in das Wasser.

»Was ist los?« erkundigte ich mich besorgt.

»Es war wohl nur ein großer Fisch«, entgegnete der Alte und griff wieder zu den Rudern, und außer einem vielsagenden Kopfschütteln und seltsamen Augenzwinkern war kein Wort weiter aus ihm herauszuholen. Gegen meinen Willen wurde ich von einer merkwürdigen Unruhe ergriffen; ich drehte mich gleichfalls um und musterte das Kielwasser. Hier in der Mitte der Bucht war die See still und klar, aber sehr tief. Längere Zeit bemerkte ich nichts, aber schließlich schien es mir, als folge etwas Dunkles – vielleicht ein riesiger Fisch, vielleicht auch nur ein Schatten – der Spur des dahingleitenden Bootes. Eine der abergläubischen Sagen Rories tauchte in meiner Erinnerung auf: wie jahrelang, während der zwischen den Clans von Morven tobenden Blutfehden, ein in diesen Gewässern noch nie beobachteter Fisch der Fähre zu folgen pflegte, bis niemand mehr die Überfahrt zu unternehmen wagte. »Er wird wohl auf den Richtigen lauern«, murmelte Rorie.

Mary erwartete mich am Strande und führte mich den Abhang hinauf in das Haus von Aros. Außerhalb und auch im Innern des Hauses hatte sich vieles verändert. Der Garten war mit Latten aus dem gleichen edlen Holze, das mir bereits an dem Boote aufgefallen war, umzäunt; in der Küche standen mehrere mit Brokat überzogene Sessel; Brokatvorhänge umrahmten die Fenster; auf der Anrichte stand eine stumme Uhr; von der Decke herab hing eine Bronzelampe; der Mittagstisch war mit zartestem Linnen und Silber gedeckt; all diese fremden Kostbarkeiten zierten die alte, mir so wohlbekannte Küche mit der hochlehnigen Bank und den Hockern und dem alten Wandbett Rories, mit den Pfeifen und dem Kaminsims und den dreieckigen Spucknäpfen, die an Stelle von Sand mit Muscheln gefüllt waren; mit den kahlen Steinwänden, dem holprigen Holzboden und mit den drei aus alten Flicken hergestellten Teppichen, die früher den einzigen Schmuck gebildet hatten: richtigen Armeleuteflickereien aus selbstgewebtem Stoffe, schwarzem Sonntagstuch und auf Ruderbänken abgewetzten Öltuchresten, wie man sie in der Stadt nicht kannte. Dieser Raum hatte, genau wie das Haus, dank seiner Sauberkeit und Behaglichkeit weit und breit als eine Sehenswürdigkeit gegolten; ihn jetzt durch diese fremden Prunkstücke entstellt zu finden erfüllte mich mit Entrüstung, ja mit Zorn. Angesichts der Aufgaben, die ich mir bei meinem Besuch auf Aros gestellt hatte, war meine Empörung freilich grundlos und unberechtigt, trotzdem loderte sie bei diesem Anblick in meinem Herzen auf.

»Mary, Liebste!« rief ich. »ich war gewohnt, dieses Haus als mein Heim zu betrachten, aber diesmal erkenne ich es kaum.«

»Es ist mein angestammtes, nicht mein erworbenes Heim; der Ort, wo ich geboren bin und wo ich wohl auch sterben werde; ich liebe weder diese Neuerungen noch die Art, wie sie gekommen sind, noch das, was sie zu uns führte. Mir wäre es lieber, sie ruhten nach Gottes Willen auf dem Meeresgrunde und die ›Tollen Männer‹ würden über ihnen ihren Tanz aufführen.« Mary war stets ernst – vielleicht der einzige Zug, den sie mit ihrem Vater gemein hatte –, der Ton, mit dem sie diese Worte sprach, klang jedoch noch ernster als gewöhnlich.

»Das begreife ich«, lautete meine Entgegnung. »Ich fürchte, sie sind durch Schiffbruch, mit anderen Worten, durch den Tod zu euch gekommen; doch auch ich übernahm nach meines Vaters Tod sein Gut ohne Reue.«

»Dein Vater starb einen reinen, ehrlichen Tod, sagen die Leute«, war Marys Antwort.

»Wahr, wahr«, bestätigte ich, »und ein Wrack gleicht einem Gottesgericht. Wie lautete sein Name?«

»Es hieß die ›Christ-Anne‹«, sagte eine Stimme hinter mir, und als ich mich umwandte, sah ich meinen Onkel auf der Türschwelle stehen.

Der Oheim war ein kleiner, sauertöpfischer, galliger Mann, mit langem Gesicht und auffallend dunklen Augen, sechsundfünfzig Jahre alt; sein Äußeres erinnerte halb an einen Schäfer, halb an einen Seemann. Ich habe ihn nie lachen hören: er pflegte stundenlang in der Bibel zu lesen und nach Art der Cameronianer, unter denen er aufgewachsen war, eifrig zu beten. Ja, bisweilen gemahnte er mich an einen Hochlandspriester aus den mörderischen Zeiten vor der Revolution. Allein, er schöpfte aus seiner Frömmigkeit keinen sonderlichen Trost und, soviel ich feststellen konnte, nicht einmal Einsicht. Häufig überfielen ihn düstere Stimmungen, in denen ihm vor der Hölle bangte; er hatte ein rauhes Leben geführt, an das er neiderfüllt zurückdachte, und auch jetzt war er noch ein rauher, abweisender, finsterer Mann.

Als er mit seiner Kappe auf dem Kopfe und einer im Knopfloch befestigten Pfeife aus dem Sonnenlicht zur Tür hereintrat, erschien er mir bleicher als früher und, gleich Rorie, gealtert; die Falten hatten sich tiefer in sein Gesicht eingegraben, und das Weiße der Augen schimmerte gelblich wie Elfenbein oder wie Totenknochen.

»Ja, die ›Christ-Anne‹«, begann er und legte eine besondere Betonung auf dieses Wort, »ein heiliger Name.«

Ich begrüßte ihn und machte ihm ein Kompliment über seine Gesundheit, obwohl ich annahm, er sei krank gewesen.

»Ich bin bei Leibe«, erwiderte er unwirsch, »jawohl, bei Leibe und in den Sünden des Leibes, genau wie du. Essen!« rief er unvermittelt Mary zu, um dann wieder, zu mir gewendet, fortzufahren: »Schöne Sachen, kostbare Sachen, die wir ergattert haben, nicht wahr? Die Uhr ist ausgezeichnet, freilich geht sie nicht, aber das Gehäuse ist ausgezeichnet; überhaupt lauter feine, teure Sachen, Sachen, für die viele Leute den Frieden Gottes eintauschen würden, obwohl dieser Friede höher steht denn alle Vernunft; Sachen, für derengleichen, ja für geringere als derengleichen, die Leute dem Herrgott trotzen und stracks in der Hölle brennen würden; daher nennt die Schrift sie auch, wie ich gelesen habe, verflucht. Mary, Frauenzimmer, warum hast du die beiden Leuchter nicht auf den Tisch gestellt?« unterbrach er sich unwillig.

»Wozu brauchen wir sie am hellichten Mittag?« lautete Marys Gegenfrage.

Doch der Oheim ließ sich nicht von seinem Wunsche abbringen. »Wir wollen sie benutzen, solange wir es noch können«, beharrte er, und so wurde das für den ärmlichen Inselhof schon störende Gedeck noch um zwei schwere Leuchter aus getriebenem Silber vermehrt. »In der Nacht zum zehnten Februar, so um die zehnte Stunde, ist die ›Christ-Anne‹ gestrandet«, fuhr er, zu mir gewandt, fort. »Wind gab's nicht, aber 'ne starke Dünung, da ist sie in den Strudel der Roost geraten. Rorie und ich hatten sie schon den ganzen Tag vor dem Winde treibend beobachtet. Sie war kein fügsames Schiff, mein ich, die ›Christ-Anne‹, wollte nicht parieren, wollte sich nicht steuern lassen. Haben einen schlimmen Tag mit ihr gehabt. Die Leute kamen keine Sekunde aus der Takelung 'runter, und 's war schneidend kalt – zu kalt für Schnee –, und sooft 'ne Brise ihnen Hoffnung einblies, ging's weiter. Mann, Mann, 'nen bösen Tag hatten sie zu guter Letzt! Fest, festen Herzens mußte der sein, der auf jenen Planken glücklich trockenen Boden erreichen wollte.«

»Sind alle umgekommen?« fragte ich. »Möge Gott ihnen beistehen!«

»Halt den Mund!« zischte er. »An diesem Herde darf niemand für die Toten beten.«

Ich verteidigte meinen Ausruf gegen jede papistische Auslegung, und merkwürdigerweise nahm er meine Äußerungen widerspruchslos entgegen und fuhr fort, sich über das, was anscheinend jetzt sein Lieblingsthema war, weiter auszulassen.

»Wir fanden sie in der Bucht von Sandag, Rorie und ich, mitsamt all dem Kram. Du weißt ja Bescheid; die Bucht hat ihre Tücken, wenn die Strömung scharf auf die ›Tollen Männer‹ zutreibt. Aber bei Hochflut, wenn man die Roost bereits am anderen Ende von Aros brausen hört, gibt's 'ne Gegenströmung stracks in die Bucht hinein. Die Geschichte hat der ›Christ-Anne‹ den Rest gegeben. Ist offenbar mit dem Heck voran aufgelaufen; denn bei Hochflut liegt der Bug unter Wasser, während das Achterdeck herausragt. Mann, Mann, muß das einen Stoß gegeben haben, als sie strandete! Der Herr sei uns gnädig! Ein heilloses Leben so auf dem Meere – ein kaltes, hartes, schlimmes Leben. Hab selbst zu meiner Zeit manchen Sprung in die Tiefe getan; wozu aber der Herr jenes doppelzüngige Wasser geschaffen hat, hab ich nie begriffen. Er hat die Täler und Triften, den guten grünen Garten und das sichere feste Land geschaffen –

Und sie preisen und lobsingen dir,
die du sie froh gemacht,

wie der Psalm in Versen sagt. Glaub nicht, daß ich meinen Glauben auf solchen Klingklang stützte, aber es klingt lieblich und prägt sich leicht ein. Und es heißt auch:

Und wer auf fernen Schiffen
dem Meere sich vertraut,
des Herren Werk und Wunder
in seiner Tiefe schaut.

Hört sich gar anmutig an, aber David, der Psalmist, hat vermutlich das Meer nicht gekannt. Stünd's nicht in der Bibel, meiner Seel, ich möchte fast glauben, nicht der Herr, sondern der Böse in eigener Person habe das Meer geschaffen. Kommt nichts Gutes aus ihm – die Fische ausgenommen; wahrscheinlich hat David an das Bild des Herrn gedacht, wie er auf den Fluten wandelt. Sind verdammte Wunder gewesen, die Gott der ›Christ-Anne‹ gezeigt hat. Wunder, sag ich? Gottesgericht, Gericht der Finsternis inmitten der Drachen der Tiefe! Und ihre Seelen – denk an ihre Seelen, Mann, vielleicht waren sie unvorbereitet! Das Meer – der geradeste Weg zur Hölle!«

Während mein Oheim so sprach, fiel mir seine ungewöhnliche Erregung auf und das Beben seiner Stimme. Bei den letzten Worten zum Beispiel beugte er sich weit vor und berührte mit gespreizten Fingern mein Knie und starrte mir mit geisterbleichem Antlitz ins Gesicht; in seinen Augenhöhlen brannte ein Feuer, und die Falten um seinen Mund gruben sich tiefer ein und zuckten.

Selbst Rories Kommen und der Beginn unserer Mahlzeit vermochten ihn nicht eine Sekunde von diesen Gedankengängen abzulenken. Zwar stellte er mir einige Fragen über meine Erfolge auf der Universität, aber ich wurde den Eindruck nicht los, als wäre er nur mit halber Seele bei der Sache; ja selbst bei seinem extemporierten Tischgebet, das wie gewöhnlich langatmig und weitschweifig war, glaubte ich, die Spuren seiner

Gedankentätigkeit verfolgen zu können. Er betete: »Möge sich Gott in Gnaden vier armer, schwacher, törichter, sündhafter Geschöpfe in ihrer Verlassenheit am Rande der unendlichen, gewaltigen Gewässer erbarmen!«

Dann begannen mein Oheim und Rorie miteinander zu flüstern.

»Hat es sich wieder gezeigt?« fragte mein Onkel.

»Ja!« entgegnete Rorie.

Die beiden Männer machten einen befangenen Eindruck und blickten scheu zur Seite, und auch Mary errötete und starrte auf ihren Teller. Zum Zeichen, daß ich alles durchschaute, und um über die peinliche Situation hinwegzuhelfen, vielleicht auch aus Neugierde, mischte ich mich in das Gespräch ein und fragte: »Ihr meint wohl den Fisch?«

»Welchen Fisch?« knurrte mein Oheim. »Fisch, sagt er! Fisch! Mann, deine Augen scheinen geblendet, dein Hirn von weltlichem Wissen abgenutzt zu sein! Fisch! Ein Geist ist es!« Die Worte klangen erregt, fast zornig. Ich war nicht willens, mich so kurzerhand abweisen zu lassen; junge Menschen neigen zum Widerspruch, jedenfalls erinnere ich mich, daß ich dem Oheim in rascher Antwort seinen kindischen Aberglauben vorwarf.

»Und der kommt von der Universität!« höhnte Onkel Gordon. »Gott mag wissen, was den jungen Leuten dort alles gelehrt wird; bestimmt nichts Nützliches! Mann, meint er etwa, dort draußen in dieser salzigen Wüste gäbe es tagaus, tagein nichts anderes als Seegras, Seegetier und Sonnenschein? Nein, das Meer ist gleich dem Lande, nur gefahrvoller. Auf dem Lande gibt es Menschen, und im Meere ebenfalls – tot mögen sie sein, aber Menschen bleiben sie dennoch; und was die Teufel anbelangt, so sind die Meerteufel die ärgsten. Wenn man's recht betrachtet, sind die Landteufel gar nicht so schlimm. Vor langer Zeit, ich war ein junger Bursche, da kannte ich im Moor von Peewie einen alten kahlköpfigen Geist. Ich habe mit eigenen Augen gesehen, wie er, grau wie ein Grabstein, auf dem Erdboden hockte. Ein garstiger Köter war er, bei meiner Seel'! Wär ein Verworfener, einer, der in des Herrn Zorne wandelt, einer mit der Sünde in seinen Eingeweiden an meiner Statt gewesen, den und seinesgleichen hätte dieses Getier wohl angefallen. Im tiefen Meere jedoch hausen Teufel, die sich selbst an einem Kommunikanten vergreifen würden. Ich sag euch, wäret ihr mit der ›Christ-Anne‹ in die Tiefe gefahren, ihr hättet des Meeres Barmherzigkeit kennengelernt. Hättet ihr so viele Jahre wie ich die See befahren, ihr würdet den bloßen Gedanken an das Meer so hassen wie ich. Hättet ihr euch der Augen bedient, mit denen der Herrgott euch gesegnet, längst würdet ihr die Bosheit jenes trügerischen, bitteren, frostigen, unsteten Elementes und allen Gezüchts, das nach Gottes Ratschluß in ihm haust, erkannt haben: Hummer und Krebse und ihresgleichen, die von Leichen zehren; riesige, großmäulige, schnaubende Wale, Fische und alles übrige Gewürm – kaltblütiges, blindäugiges, unheimliches Getier. Oh!« schrie er auf. »Oh! Über dieses Grauen – dieses Grauen des Meeres!«

Uns allen lief bei diesem Aufschrei ein kalter Schauer über den Rücken, und mein Oheim versank nach jenen letzten, qualvoll herausgestoßenen Worten in seinen düsteren Geisteszustand. Aber Rorie, der nach abergläubischen Märchen gierte, führte ihn durch eine Frage wieder auf sein Thema zurück.

»Habt Ihr schon einmal einen leibhaften Seeteufel gesehen?« erkundigte er sich.

»Gesehen gerade nicht«, erwiderte mein Oheim. »Ich bezweifle, ob ein leiblicher Mensch einen Seeteufel sehen und am Leben bleiben kann; aber ich bin einmal mit einem Seemann gefahren – Sandy Gabart hieß er –, der hat einen leibhaftig gesehen und ist dran krepiert. Sieben Tage zuvor waren wir vom Clyde ausgelaufen mit Sämereien und allerlei Waren für MacLeod, scharf nach Norden – harte Arbeit hat es gegeben. Wir waren dicht an die Cutchullens geraten, dann vor Soa gekreuzt, und jetzt fuhren wir bei gutem Winde und hofften, er würde bis Copnahow anhalten. Ich erinnere mich noch genau der Nacht; der Mond versteckte sich hinter Nebelfetzen; eine scharfe Brise fegte über das Wasser, scharf, aber unstet, und – was keinem von uns angenehm in den Ohren klang – hoch über unseren Köpfen brauste und heulte von den düsteren, uralten Felsen der Cutchullens her ein anderer Wind. Sandy stand vorn beim Klüversegel; sehen konnten wir ihn nicht, denn zwischen ihm und uns blähte sich gerade das Großsegel; plötzlich stieß er ein Gebrüll aus. Ich rannte ums liebe Leben; ich fürchtete, wir wären zu nahe an Soa herangeraten; aber nein, das war nicht der Fall, es war des armen Sandys Todesschrei oder fast sein Todesschrei, denn erst eine halbe Stunde später starb er. Alles, was er zu sagen vermochte, war, ein Seeteufel oder ein Seegeist oder ein Seegespenst wäre am Bugspriet entlanggeklettert und hätte ihm einen einzigen eisigen, unheimlichen Blick zugeworfen. Und noch bevor Sandy seinen Geist aufgab, wußten wir, was diese Erscheinung zu bedeuten hatte und weshalb der Wind die Zinnen der Cutchullens umbrauste; denn 'runter kam er. Wind hab ich gesagt?! Der Zornwind Gottes war es; die ganze Nacht über schufteten wir wie Menschen, die den Verstand verloren haben, und das erste, was uns klar zu Bewußtsein kam, war, daß wir in Loch Oskevah an Land stiegen und daß in Benoecula die Hähne krähten.«

»Vermutlich wird's ein Meermann gewesen sein«, meinte Rorie.

»Ein Meermann!« höhnte mein Oheim verächtlich. »Altweibergeschwätz! Ein Meermann! Den gibt's nicht.«

»Wie sah denn das Wesen aus?« erkundigte ich mich.

»Wie es aussah? Gott verhüte, daß wir es je erfahren! Auf den Schultern trug es so eine Art Kopf – das war das einzige, was irgendeiner zu sagen vermochte.«

Rorie, den die Zurückweisung wurmte, erzählte zahlreiche Geschichten von Meermännern, Seejungfern und Seepferden, die auf Inseln an Land gestiegen wären oder auf offenem Meere die Mannschaften von Schiffen angegriffen hätten, und trotz seines Unglaubens hörte mein Oheim geduldig, ja mit Interesse zu.

»Gut, gut«, sagte er, »es mag ja so etwas gegeben haben; vielleicht irre ich mich; aber in der Schrift steht von Meermännern kein Wort.«

»Auch über die Roost von Aros werdet Ihr bestimmt in der Schrift kein Wort finden«, warf Rorie ein, und sein Einwand wirkte überzeugend.

Nach dem Essen führte mich mein Onkel ins Freie zu einem hinter dem Hause abfallenden Hang. Es war ein heißer, schwüler Nachmittag; nur selten kräuselte eine schwache Brise das Meer, und außer den vertrauten Stimmen der Schafe und Möwen war kein Laut zu vernehmen. Vielleicht war es dieser Stille in der Natur zuzuschreiben, daß mein Verwandter sich jetzt vernünftiger und gesetzter benahm. Sachlich, ja fast heiter sprach er von meiner Laufbahn und wies dabei gelegentlich auf das gestrandete Schiff und die mit ihm nach Aros verschlagenen Schätze hin. Ich hörte ihm wie im Traume zu, genoß aus vollem Herzen die vertraute Szenerie und schlürfte freudig die Seeluft und den ihr beigemischten Rauch der von Mary angezündeten Torfstücke ein.

Eine Stunde mochte vergangen sein, als mein Onkel, der während der ganzen Zeit verstohlen den Wasserspiegel der kleinen Bucht beobachtet hatte, sich plötzlich erhob und mich bat, seinem Beispiel zu folgen. Einschaltend muß ich hier bemerken, daß die starke Flut an der Südwestspitze von Aros auf die gesamte Küste eine beunruhigende Wirkung ausübte. Im Süden in der Bucht von Sandag entstand bei Flut, so gut wie bei Ebbe, zu bestimmten Zeiten eine starke Strömung; in der nördlichen Bucht dagegen, der Bucht von Aros, an der unser Haus steht und auf die mein Onkel jetzt hinabblickte, machten sich erst gegen Ende der Ebbe gewisse Zeichen bemerkbar – und auch diese nur so schwach, daß sie einem kaum auffielen. Bei bewegter See war überhaupt nichts zu sehen; trat dagegen Meeresstille ein, wie das hier häufig geschah, so malten sich auf dem glasigen Wasserspiegel seltsame, wirre Zeichen ab – Seerunen hätte man sie nennen können. An tausend Stellen der Küste konnte man die gleiche Beobachtung machen, und gar mancher junge Bursche mag sich, gleich mir, die Zeit damit vertrieben und sich abgemüht haben, aus diesen Runenzeichen irgendwelche Hinweise auf sich oder auf Menschen, die ihm teuer waren, herauszulesen. Auf diese Zeichen lenkte jetzt mein Onkel mit sichtlichem innerem Widerstreben meine Aufmerksamkeit.

»Siehst du dort das Zeichen auf dem Wasser, dort neben dem grauen Stein? Ja dort. Was hältst du davon? Es ist doch kein Buchstabe?«

»Doch, es ist ein Buchstabe«, widersprach ich. »Ich habe dieses Zeichen schon häufiger bemerkt. Es ist ein C.«

Der Oheim stieß einen schweren Seufzer aus, als hätte ihn meine Antwort geschmerzt, und sagte leise: »Ja, ja. Die ›Christ-Anne‹.«

»Früher, Oheim, habe ich dieses Zeichen auf mich bezogen, auf meinen Namen Charles.«

»So, du hast es schon früher gesehen?« sagte er, ohne auf meine Bemerkung zu achten. »So, so. Recht geheuer ist die Sache nicht. Vielleicht lauert es dort schon die liebe lange Zeit bis auf den heutigen Tag. Mann, ist das ein schauriger Gedanke!« Er schwieg eine Weile, dann fragte er: »Siehst du gar noch ein zweites Zeichen?«

»Ja«, entgegnete ich, »ich sehe noch einen zweiten Buchstaben – ein M – dort, wo der Weg einmündet, nahe bei der Ross.«

»Ein M?« wiederholte er kaum hörbar. »Und wie deutest du diesen Buchstaben?« erkundigte er sich gespannt.

»Ich glaubte immer, er bedeute Mary, Oheim«, antwortete ich errötend, überzeugt, an der Schwelle einer entscheidenden Erklärung zu stehen.

Allein jeder von uns beiden verfolgte, des anderen nicht achtend, seine eigenen Gedanken. Mein Oheim ließ meine Rede wieder unbeantwortet; der Kopf sank ihm auf die Brust, und wären seine nächsten Worte nicht gewissermaßen ein Echo der meinen gewesen, ich hätte annehmen können, er habe sie überhaupt nicht gehört.

»An deiner Stelle würde ich Mary gegenüber nichts von diesem Geschwätz erwähnen«, bemerkte er und machte sich wieder auf den Weg.

Den Rand der Bucht von Aros umzieht ein Grasstreifen, auf dem es sich angenehm geht; auf diesem folgte ich schweigend meinem schweigenden Verwandten. Vielleicht war ich ein wenig enttäuscht, eine so günstige Gelegenheit für eine Liebeserklärung versäumt zu haben. Jedoch viel stärker beschäftigte mich die Veränderung, die mit meinem Onkel vorgegangen war. Er war nie ein besonders entgegenkommender oder gar liebenswürdiger Mensch gewesen; aber selbst in seinen schwärzesten Momenten wäre mir nicht einmal der Gedanke gekommen, daß sich sein Wesen so verändern könnte. Offenbar bedrückte ihn etwas, das war unverkennbar; im Geiste ließ ich die verschiedenen Worte an mir vorüberziehen, die der Buchstabe M hätte ausdrükken können: Misere, Mary, Milde, Mangel, Mißgunst und so fort. – Erschreckt hielt ich bei dem Wort Mord inne. Ich war noch dabei, den häßlichen Klang dieses Wortes zu erwägen, als uns unser Spaziergang an eine Stelle führte, von der man nach zwei Seiten freie Aussicht hatte, rückwärts nach der Bucht von Aros und dem Gehöft und geradeaus auf die hohe See, aus der sich im Norden zerstreut eine Reihe Inseln erhob, während sie sich im Süden blau und frei unter dem Himmel breitete. Hier blieb mein Führer stehen und starrte eine Weile auf die unendliche Fläche. Dann wandte er sich mir zu und legte seine Hand auf meinen Arm.

»Du meinst, dort unten gäbe es nichts?« fragte er und deutete mit seiner Pfeife in die Ferne. Dann rief er plötzlich in einer Art Ekstase: »Ich versichere dir, Mann, die Toten dort unten sind … zahlreich wie Ratten!« Schroff machte er kehrt, und ohne ein weiteres Wort schritten wir den Weg zurück nach dem Hause von Aros.

Ich brannte darauf, Mary allein sprechen zu können;

aber erst nach dem Abendbrot gelang mir das, und auch nur auf wenige Minuten. Ohne Umschweife redete ich sofort von dem, was mir das Herz bedrückte.

»Mary«, begann ich. »ich bin voller Hoffnung nach Aros gekommen. Sollte meine Hoffnung begründet sein, so könnten wir vielleicht alle fort von hier an einen anderen Ort ziehen und auch dort des täglichen Brotes und einigen Behagens gewiß sein; ja vielleicht wird uns sogar weit mehr beschert sein, was aber jetzt schon zu versprechen mir als Überheblichkeit erscheinen würde. Weit näher als Geld und Gut liegt meinem Herzen eine andere Hoffnung!« Ich machte eine kurze Pause, dann fuhr ich fort: »Kannst du erraten, was ich meine, Mary?« Sie blickte stumm in die Ferne. Das erschien nicht sehr ermutigend, aber ich ließ mich nicht irremachen. »Mein Lebtag habe ich von dir mehr als von der ganzen übrigen Welt gehalten. Die Zeit verfliegt, und du bist mir ständig mehr wert geworden. Ich könnte in diesem Leben nie hoffen, ohne dich glücklich oder froh zu werden; du bist mein Augapfel.« Noch immer starrte sie wortlos in die Ferne, und mir war, als zittere ihre Hand. »Mary«, stammelte ich angsterfüllt, »liebst du mich nicht?«

»Charlie, ist es jetzt an der Zeit, von so etwas zu sprechen?« murmelte sie. »Gönn mir noch eine Frist; laß mich, wie ich bin. Das Warten soll dein Schaden nicht sein!«

Ihre Stimme verriet mir, daß sie dem Weinen nahe war, und ich hatte nur noch den einen Gedanken, sie zu trösten.

»Mary Ellen«, sagte ich, »kein Wort mehr davon; ich will dich nicht betrüben. Dein Weg sei mein Weg, und deine Zeit sei meine Zeit. Du hast mir alles gesagt, was ich zu wissen mir ersehnte. Nur noch eine Frage: was bedrückt dich?«

Zögernd gestand sie, ihr Vater mache ihr Kummer. Näheres konnte ich nicht erfahren; abweisend schüttelte sie den Kopf und klagte nur, daß er sich nicht wohl befände und nicht mehr er selber sei und daß sie das quäle. Von dem Wrack wußte sie nichts. »Ich bin nie dort gewesen. Weshalb sollte ich dort hingehen, Charlie? Längst haben die armen Seelen Rechenschaft ablegen müssen, und ich wünschte nur, sie hätten ihr Hab und Gut mitgenommen – die Ärmsten.«

Das konnte mich nicht gerade ermutigen, ihr von der ›Espiritu Santo‹ zu erzählen, aber ich wagte es dennoch, und schon nach den ersten Worten entfuhr ihr ein Ruf der Überraschung. »Im Monat Mai kam jemand nach Grisapol, ein kleiner, gelber, schwarzhaariger Kerl, erzählen die Leute, mit goldenen Ringen an den Fingern und struppigem Bart, der weit und breit nach diesem Schiffe Umschau hielt.«

Ende April war es gewesen, als Doktor Robertson mir jene Papiere anvertraut hatte, und plötzlich dämmerte es mir, daß diese Papiere für einen spanischen Geschichtsforscher oder für einen Mann, der sich dafür ausgegeben und sich, mit gewichtigen Empfehlungsschreiben versehen, wegen Ausrüstung einer Forschungsexpedition über den Verbleib der großen Armada an den Rektor gewandt hatte, bestimmt gewesen waren. Fügte ich eins zum anderen, so wurde mir klar, daß der Besucher mit den goldenen Ringen an den Fingern vermutlich mit Doktor Robertsons Madrider Geschichtsforscher identisch sei. Traf meine Vermutung zu, so erschien es wahrscheinlicher, daß dieser Mann, anstatt zur Information einer gelehrten Gesellschaft, in eigennütziger Absicht nach dem Schatze suchte. Ich beschloß daher, meine Nachforschungen unverzüglich zu beginnen. War das Schiff, wie ich und offenbar auch der Fremde vermutete, in der Bucht von Sandag gesunken, so sollte es nicht diesem beringten Abenteurer in die Hände fallen, sondern Mary und mir sowie der guten, alten, ehrlichen und freundlichen Familie Darnaway zugute kommen.

3

Land und Meer in der Sandager Bucht

Am folgenden Morgen war ich schon früh munter und begab mich, nachdem ich rasch einen Bissen gegessen hatte, auf meinen Forschungsgang. Eine innere Stimme sagte mir, ich würde das Schiff der Armada finden, und obwohl ich diesem hoffnungsfreudigen Gefühl nicht unbedingt vertraute, war ich doch frohen Herzens und schritt beflügelt dahin. Aros ist eine kleine rauhe Insel, der Boden mit großen Felsblöcken übersät, zwischen denen struppiges Heidekraut und Farne wuchern. Mein Weg verlief über den höchsten Hügelkamm hinweg von Norden nach Süden, und obwohl die Entfernung kaum zwei Meilen betrug, beanspruchte der Gang mehr Zeit und Kraft als ein Marsch von vier Meilen auf ebener Strecke. Auf dem höchsten Punkt blieb ich stehen; er war nicht sehr hoch – nach meiner Schätzung kaum dreihundert Fuß –, aber er überragte das ihn umgebende Flachland der Ross und gewährte einen umfassenden Ausblick auf das Meer und die Inseln. Die Sonne war bereits vor längerer Zeit aufgegangen und brannte heiß auf meinen Nacken; die Luft war schwül und gewitterschwer, aber von durchsichtiger Klarheit. Nordwestlich, in weiter Ferne, dort, wo die Inseln sich am dichtesten drängten, hatte sich ein halbes Dutzend kleiner Wolkenfetzen zusammengeballt, und das Haupt des Ben Kyaw trug statt des üblichen Nebelschleiers eine dichte Nebelhaube. Etwas Drohendes schien in der Luft zu liegen. Dabei war das Meer glatt wie ein Spiegel; selbst die Roost bildete nur einen weißen Saum um das glatte Wasser und die ›Tollen Männer‹ eine Reihe von Schaumkuppen. Aber meinen Augen und Ohren, denen jede Einzelheit dieser Szenerie so vertraut war, erschien des Meeres Schlummer von Unrast erfüllt. Ein Laut, einem langgedehnten Seufzer vergleichbar, drang an mein Ohr, und mir war, als sänne die Roost trotz ihrer Ruhe auf Unheil. Ich muß hier einfügen, daß wir, die wir in dieser Gegend lebten, diesem seltsamen und gefährlichen Geschöpf der Fluten wenn auch nicht prophetisches Wissen, so doch die Gabe warnender Prophezeiung zuschrieben.

Ich beschleunigte meinen Schritt und eilte rasch den Aroser Abhang hinunter nach jenem Platze, den wir die Bucht von Sandag nennen. Im Vergleich mit der Insel ist die Bucht ein ziemlich ausgedehntes Gewässer mit sandigem Strande, wohlgeschützt gegen alles, die vorherrschenden Winde ausgenommen, im Westen von niedrigen Dünen begrenzt und im Osten sich an einige klafterhohe Felsen anschmiegend. An dieser Seite drängt zu bestimmten Zeiten die Flut die von meinem Onkel erwähnte Strömung gewaltsam in die Bucht hinein; wenn dann nach kurzer Zeit die Roost zu steigen beginnt, setzt eine noch stärkere, tiefere Gegenströmung ein, und ihr ist es wohl auch zuzuschreiben, daß hier der Boden so tief ausgehöhlt worden ist. Von der Bucht von Sandag aus vermag man nur einen kleinen Ausschnitt des Horizontes und bei schwerer See die sich an einem unsichtbaren Riffe brechenden Sturzwellen zu überblicken.

Schon von halber Berghöhe aus hatte ich das Wrack vom verflossenen Februar erkannt, eine Brigg von beträchtlicher Tonnage, die mit geborstenem Deck hoch und trocken im östlichen Winkel der Dünen lag. Ich eilte in gerader Richtung auf das Wrack zu und hatte schon fast den Dünenrand erreicht, als mein Blick plötzlich wie gebannt auf einer von Farnkraut und Heide gesäuberten Stelle haftenblieb, auf der sich einer jener flachen, länglichen Hügel erhob, die wir von Friedhöfen her nur allzugut kennen. Wie von einer Kugel getroffen, blieb ich stehen. Niemand hatte mir auch nur ein Wort von einer Leiche oder einem Begräbnis auf unserer Insel erzählt; Rorie, Mary und mein Oheim, alle drei hatten geschwiegen. Von Mary war ich überzeugt, daß sie nichts wußte; aber als unumstößlicher Beweis wölbte sich hier vor meinen Augen der Hügel. Hier war ein Grab; und schaudernd fragte ich mich, welcher Mensch darin seinen letzten Schlaf schlief und in dieser öden, meerumbrausten Ruhestätte auf das Zeichen des Herrn harrte. Mein Verstand gab mir immer nur die eine Antwort, die zu glauben ich mich fürchtete. Bestimmt war der Tote das Opfer eines Schiffbruchs; vielleicht stammte er gleich den Matrosen der Armada aus einem gesegneten Lande jenseits des Meeres; vielleicht war er meinem Stamme entsprossen und mußte nun hier angesichts des Rauches seiner heimatlichen Hütte elend verwesen. Lange Zeit stand ich barhäuptig neben seinem Grabe, von dem Wunsche beseelt, unsere Religion hätte es gestattet, für den unglücklichen Fremdling ein Gebet zu verrichten oder nach uraltem klassischem Brauch sein Mißgeschick laut zu beklagen. Wohl war mir bewußt, daß seine unsterbliche Seele längst in weiter Ferne weilte, um die Wonnen ewigen Sabbats oder die Qualen der Hölle zu kosten, mochten auch seine Gebeine als ein Teil von Aros hier ruhen, bis die Posaune des Jüngsten Gerichts ertönte. Trotz dieses Bewußtseins zitterte ich innerlich vor Furcht, er könnte sich, während ich hier an seinem Grabe stand, nahe bei dem Orte seiner Leiden aufhalten.

Deutlich erinnere ich mich, mit welch bedrücktem Gemüt ich die Grabstätte verließ und mich dem kaum weniger melancholischen Anblick des Wracks zuwandte. Der Schiffsrumpf lag so hoch, daß die vordersten Flutwellen ihn nicht erreichten; dicht vor dem Vordermast, oder richtiger vor der Stelle, wo dieser einst geragt hatte – denn jetzt besaß das Schiff keine Maste mehr, beide waren bei der Katastrophe zersplittert –, war der Rumpf geborsten; und da der Strand steil abfiel und der Bug mehrere Fuß tiefer als das Heck lag, klaffte ein breiter Riß, durch den man mitten durch das unglückliche Schiff bis auf die andere Seite sehen konnte. Der Name war kaum zu entziffern; ich konnte nicht erkennen, ob die ›Christ-Anne‹ nach der norwegischen Stadt Kristiania oder nach der frommen Christin Christiana, Christians Weib, in dem alten Buche ›Die Pilgerreise‹ getauft worden war. Dem Aussehen nach handelte es sich um ein ausländisches Schiff, doch es war mir unmöglich, seine Nationalität festzustellen. Ursprünglich hatte es einen grünen Anstrich, aber die Farbe war verblaßt und verwittert und löste sich in Streifen ab. Halb im Sande begraben lagen neben dem Rumpf die Trümmer des Hauptmastes. Er bot einen trostlosen Anblick, und nicht ohne Rührung konnte ich die herabhängenden Tauenden betrachten, die so vielen lärmenden Matrosen Halt gewährt hatten, die zerrissenen Strickleitern, auf denen sie bei ihrer Arbeit hinauf- und hinabgeklettert waren, und die Galionsfigur, einen armseligen, nasenlosen Engel, der in so manche heranrollende Woge getaucht haben mochte.

Ich weiß nicht, was Schuld trug, der Anblick des Schiffes oder der des Grabes, aber während ich, die Hände gegen die geborstenen Planken gestützt, dastand, überfiel mich plötzlich eine tiefe Melancholie. Die Heimatlosigkeit der Menschen, selbst die Heimatlosigkeit lebloser, an fremden Gestaden gestrandeter Schiffe, fiel mir schwer auf die Seele. Es erschien mir unritterlich, ja schamlos, aus einem solchen tragischen Verhängnis Nutzen ziehen zu wollen, und die Aufgabe, die ich mir gestellt hatte, wurde in meinen Augen fast zu einem Sakrileg. Als ich indes Marys gedachte, schöpfte ich wieder Mut. Mein Oheim würde bestimmt seine Zustimmung zu einer leichtfertigen Heirat verweigern, und Mary würde nie – das war meine feste Überzeugung – ohne seine Einwilligung eine Ehe eingehen. Es war daher meine Pflicht, für meine Frau zu sorgen, und mich selbst verspottend, hielt ich mir vor Augen, wie viele Jahre verstrichen waren, seit die ›Espiritu Santo‹ ihr Gerippe in der Bucht von Sandag gelassen hatte, und daß es eine unverzeihliche Schwäche sein würde, auf so lange erloschene und längst vergessene Rechte und Schicksalsschläge Rücksicht zu nehmen.

Ich hatte mir eine Theorie zurechtgelegt, auf welche Weise ich nach dem Wrack forschen wollte. Die Richtung der Strömung und die Lotungen wiesen nach den Felsvorsprüngen an der Ostseite der Bucht. Falls das Schiff wirklich in der Bucht von Sandag gescheitert war und seine Trümmer nach all den Jahrhunderten noch zusammenhielten, so mußte ich es dort finden. Der Meeresboden fiel, wie bereits erwähnt, unfern der Küste bis zu bedeutenden Tiefen ab; bereits unmittelbar an den Uferfelsen zeigte das Lot mehrere Faden an. Während ich am Uferrande entlangschritt, konnte ich den sandigen Meeresboden auf weite Strecken überblicken.

Die Sonne erleuchtete hell und klar die grüne Tiefe. Die Bucht glich einem riesenhaften glasklaren Kristall, nur ein leises Beben, ein Zittern der Sonnenstrahlen, ein Schwanken des Netzwerkes aus Licht und Schatten, ein leises Plätschern, ein glucksendes Geräusch am Strande verrieten, daß hier Wasser war. Die von den Felsen geworfenen Schatten reichten weit über die Bucht hinaus, und wenn ich mich bewegte und über den Uferrand beugte, so reckte sich mein Schatten fast über die Hälfte der Bucht. Sorgfältig durchforschte ich diesen Schattengürtel nach den Überresten der ›Espiritu Santo‹, denn hier machte sich die Unterströmung am stärksten bemerkbar. Selbst an diesem siedendheißen Tage stieg von der weiten Wasserfläche ein erfrischender Hauch empor; hier lockte sie am stärksten und schien, wenigstens nach meinem Gefühl, eine geheimnisvolle Anziehungskraft auszustrahlen. Aber sosehr ich auch spähte, außer einigen Fischen, einem Gewirr von Seetang und verstreutem Gestein, das abgebröckelt auf dem sandigen Meeresboden ruhte, vermochte ich nichts zu entdecken. Zweimal ging ich von einem Ende des Felsengestades zum andern und wieder zurück, ohne die leiseste Spur des Wracks oder – von einer Ausnahme abgesehen – auch nur eine Stelle zu erspähen, wohin es möglicherweise hätte abgetrieben sein können. Diese Stelle war eine weit ausladende Felsenstufe, die sich in einer Tiefe von schätzungsweise fünf Faden über den Sandboden erhob und, von oben gesehen, einen Teil des Felsens bildete, auf dem ich stand. Diese Felsenstufe war eine einheitliche, von Seetang überzogene, grottenähnliche Masse; ihre wahre Beschaffenheit vermochte ich nicht zu erkennen, aber in Größe und Form erinnerte das Ganze an den Rumpf eines Schiffes. Hier und sonst nirgends, das war mir klar, lag meine Chance. Ruhte die ›Espiritu Santo‹ nicht auf der Felsplatte unter Seetang begraben, dann befand sie sich bestimmt nicht in der Sandager Bucht. Daher war ich entschlossen, diese Frage ein für allemal zu klären und entweder als reicher Mann nach Aros heimzukehren oder für immer auf die Erfüllung meiner Träume zu verzichten.

Ich legte meine Kleider ab und stellte mich zaudernd, mit gefalteten Händen, hart an den Uferrand. Das Wasser der Bucht war zu jener Stunde spiegelglatt; weit und breit kein Laut; nur irgendwo hinter der Landzunge hielt eine Schar Tümmler eine Versammlung ab; aber eine geheime Scheu hielt mich auf der Schwelle meines Abenteuers zurück. Trübselige Meeresgeschichten, Bruchstücke von meines Onkels Aberglauben, Bilder von Toten, von Gräbern, von alten, zerborstenen Schiffen tauchten in meiner Erinnerung auf. Doch die glühende Sonne auf meinen Schultern erwärmte mich bis ins Herz hinein; ich beugte mich vor und stürzte mich in die Flut.

Mit Anspannung meiner Kräfte krampfte ich mich an einem Büschel Seetang fest, der die Felsenstufe überwucherte. Ich packte einen ganzen Arm voll dieses zähen, schleimigen Gewächses, und dieser provisorische Anker sicherte mich. Die Füße gegen den Felsen gestemmt, schaute ich mich um. Nach allen Seiten bis zum Rande des Felsens dehnte sich eine ebene Sandfläche, in welche der Wechsel von Flut und Ebbe eine Furche, ähnlich einem Gartenwege, ausgehoben hatte. Vor mir lag, so weit mein Blick reichte, der gleiche sandgewellte, von der Sonne überflutete Meeresboden. Nur die Stufe, an die ich mich klammerte, war dicht mit Tang bewachsen, wie ein Hügel im Moor mit Heidekraut, und der von ihr aufragende Fels war unter dem

Wasserspiegel mit einem Vorhang aus braunem Tang verkleidet. In diesem von den Wellen hin und her bewegten Labyrinth von Formen konnte man kaum einen Gegenstand unterscheiden, und es blieb mir zweifelhaft, ob ich meine Füße gegen die natürliche Felswand oder gegen die Planken des Schatzschiffes der Armada stemmte. Plötzlich löste sich das Tangbüschel, das ich gepackt hielt. Im Nu war ich an der Oberfläche, und vor mir leuchteten in purpurnem Glanze die Ufer der Bucht und das spiegelglatte Wasser.

Ich schwang mich auf die Felsen und befreite meine Füße von den Gewächsen des Meeres. Im gleichen Augenblick ertönte ein heller Klang wie von einer aufschlagenden Münze. Ich bückte mich, und wahrhaftig! – vor meinen Füßen lag eine mit Rost überzogene eiserne Schuhschnalle. Der Anblick dieses armseligen Überbleibsels eines menschlichen Wesens erfüllte mein Herz – nicht mit Furcht, auch nicht mit Hoffnung – nur mit trüber Melancholie. Ich nahm die Schnalle in die Hand, und wie einen leibhaftig anwesenden lebenden Menschen sah ich ihren Besitzer vor mir stehen. Sein wettergebräuntes Gesicht, seine Seemannshände, seine vom Rufen am Ankerspill heisere Matrosenstimme, seinen Fuß sogar, der einst jene Schnalle auf schwankendem Deck getragen hatte – seine ganze menschliche Körperlichkeit, die einem Geschöpf, wie ich selbst es war, mit Haaren, Blut und sehenden Augen glich, erschien mir in der mich umgebenden sonnenbeschienenen Einsamkeit nicht wie ein Gespenst, nein, eher wie ein Freund, dem ich ein schweres Unrecht zugefügt. Lag das mächtige Schatzschiff mit allen Kostbarkeiten, Ketten und Geschützen, mit denen beladen es von Spanien aus in See gestochen, tatsächlich dort in der Tiefe? War sein Deck ein Garten aus Meeralgen, seine Kajüte der Brutplatz für Fische, hatte sich die alte, einst von Menschen wimmelnde Feste in ein Riff der Sandager Bucht verwandelt? Oder, und das dünkte mich wahrscheinlicher, waren dort auf dem Felsen nur vereinzelte Trümmer der gestrandeten fremden Fregatte angeschwemmt worden? War diese Schuhschnalle vielleicht erst kürzlich von einem Manne gekauft und getragen worden, welcher der gleichen weltgeschichtlichen Periode angehörte, der ich selbst entstammte, der täglich die nämlichen Neuigkeiten erfahren, die gleichen Gedanken gedacht, ja vielleicht mit mir zusammen im selben Gotteshaus gebetet hatte? Wie konnte ich darüber Klarheit erlangen? Düstere Gedanken bestürmten mich; meines Oheims Worte klangen in meinen Ohren: ›Dort in der Tiefe hausen die Toten.‹ Zwar war ich entschlossen, noch einmal zu tauchen, aber nur mit heftigem Widerstreben trat ich an den Rand des Felsens.

Fast im gleichen Augenblick veränderte sich das Aussehen der Bucht. Das klare, durchsichtige Wasser, in dessen Tiefe man hinabzublicken vermochte wie in ein mit Glas gedecktes Haus, erhellt vom meeresgrünen, lautlosen Sonnenschein, war plötzlich verschwunden. Eine Brise hatte die Oberfläche getrübt, und in der Tiefe wirbelten grelle Lichter und flüchtige Schatten in drohender Unrast. Auch über die unterirdische Stufe lief ein Zittern und Beben. Mit einem Male erschien es mir fast tollkühn, sich in jenen von lauernden Gefahren erfüllten Ort hinabzuwagen, aber mit laut klopfendem Herzen stürzte ich mich dennoch in die Fluten.

Wie bei meinem ersten Tauchversuch verankerte ich mich wieder an dem Felsen und tastete mit der Hand in dem leicht sich wiegenden Tang. Alles, was ich berührte, fühlte sich kalt, weich und gallertig an. In dem

Gewirr wimmelte es von Krabben und Hummern, die plump umherkrochen; ich mußte mein Herz gegen die Greuel dieser Aaswelt stählen. Wo ich hingriff, überall traf ich nur auf Risse und Kanten des gewachsenen Gesteins, keine Balken, kein Eisen, keine Spur eines Wracks; hier ruhte die ›Espiritu Santo‹ bestimmt nicht. Ich erinnere mich noch deutlich, daß ich statt Enttäuschung fast ein Gefühl der Erleichterung empfand. Ich wollte meinen Versuch schon aufgeben, als ein Ereignis eintrat, das mich, zu Tode erschrocken, an die Oberfläche trieb. Meine Nachforschungen hatten länger gedauert, als ich vorausgesehen; der Eintritt des Flutwechsels verstärkte die Strömung, und dann bedeutete die Bucht von Sandag für einen Schwimmer Gefahr. Gerade in diesem Augenblick hatte die Strömung besonders stark eingesetzt und überflutete den wuchernden Tang gleich einer Welle. Ich verlor den Halt und wurde zur Seite geschleudert, und als ich instinktiv nach einer neuen Stütze suchte, umklammerten meine Finger etwas Hartes, Kaltes. Ich glaube, ich wußte sofort, was ich erfaßt hatte. Jedenfalls ließ ich den Tang fahren, schnellte mich an die Oberfläche und stand wenige Sekunden später, einen menschlichen Beinknochen in der Hand, auf dem schutzverheißenden Felsen.

Der Mensch ist ein materielles Geschöpf, träge im Denken, schwerfällig im Erkennen der Zusammenhänge. Das frische Grab, das Wrack der Brigg, die rostige Schnalle waren wahrlich Anhaltspunkte genug. Ein Kind hätte ihre traurige Geschichte zu deuten vermocht, mich jedoch überkam das Grausen vor dem Beinhaus Meer erst, als ich dieses Stück von einem Menschen greifbar in meiner Hand hielt. Ich schleuderte den Knochen neben die Schnalle, raffte meine Kleider zusammen und rannte nackt, wie ich war, über den felsigen Boden dem bewohnten Gestade zu. Ich konnte mich gar nicht weit genug von diesem Orte des Schrekkens entfernen; kein Schatz, auch nicht der kostbarste, hätte vermocht, mich zurückzulocken. Die Gebeine der Ertrunkenen würden in Zukunft vor mir sicher sein, mochten sie auf Seetang oder auf gemünztem Golde ruhen. Als ich endlich wieder auf guter Erde stand und meine Nacktheit vor der Sonne geschützt hatte, sank ich, das Gesicht dem Wrack zugewandt, auf die Knie und sandte aus übervollem Herzen ein langes, leidenschaftliches Gebet für all die armen Seelen auf dem Meeresgrunde gen Himmel. Eine aus warmem Herzen hervorquellende Bitte wird nie vergebens ausgesprochen: sie mag verweigert werden, aber der Bittende wird, das ist mein fester Glaube, durch einen Gnadenakt belohnt. So wurde bei mir zum Beispiel das Grauen aus meinem Herzen verscheucht, und ich vermochte wieder ruhigen Gemütes jene gewaltige, strahlende Schöpfung Gottes, Meer genannt, zu bewundern. Und als ich auf dem Heimweg den steilen Hang vor Aros erklomm, waren meine Sorgen geschwunden und nur der feste Entschluß übriggeblieben, mich in Zukunft nie wieder mit der Plünderung gestrandeter Schiffe und mit den Schätzen der Toten zu befassen.

Nachdem ich bereits einen guten Teil meines Weges zurückgelegt hatte, machte ich halt, um Atem zu schöpfen und mich umzuschauen. Der Anblick, der sich mir bot, verblüffte mich.

Der Sturm, dessen Ausbruch ich vorausgeahnt hatte, näherte sich mit tropischer Geschwindigkeit. Der leuchtende Meeresspiegel hatte eine stumpfe, runzelige Bleifarbe angenommen. Schon sah ich fern am Horizont weißkämmige Wogen, ›des Schiffers Töchter‹, vor der nahenden Brise fliehen, von der man hier auf Aros noch nichts spürte, und von den Krümmungen des Sandager Strandes drang das Geräusch des Anpralls schäumender Wellen zu mir herüber. Noch auffallender war die Veränderung, die mit dem Himmel vor sich gegangen war. Südwestlich stieg ein riesiger Kontinent drohender Wolken empor, aus dessen Rissen und Spalten die Sonne eine Garbe von Lichtstrahlen entsandte, während von seinen Rändern aus tiefschwarze Wolkenstreifen den noch unbewölkten Himmel zu überziehen begannen. Gefahr lag in der Luft und rückte näher und näher. Während ich noch so stand und schaute, erlosch plötzlich die Sonne. Jeden Augenblick mußte das Unwetter mit aller Macht über Aros hereinbrechen.

Die Plötzlichkeit dieses Wettersturzes hielt meinen Blick fest an den Himmel gebannt; einige Sekunden verstrichen, ehe ich meine Augen auf die zu meinen Füßen sich ausbreitende, jetzt der Sonne beraubte Bucht richtete. Von meinem erhöhten Standpunkt aus konnte ich seitwärts ein kleines Amphitheater aus niedrigen, zum Meere abfallenden Hügeln und daran anschließend den halbmondförmigen Strand um die Sandager Bucht von einem Ende bis zum anderen überschauen. Wie oft hatte ich schon von hier hinuntergeblickt, ohne je einen Menschen zu entdecken. Es war erst kurze Zeit verstrichen, seit ich dieser Einöde den Rücken gekehrt hatte; wer beschreibt daher mein Erstaunen, als ich jetzt an jenem verlassenen Orte ein Boot und eine Anzahl Männer erblickte? Das Boot lag neben den Felsen am Strande. Zwei barhäuptige Matrosen in Hemdsärmeln, mit einem Bootshaken bewaffnet, mühten sich ab, es bei der immer stärker einsetzenden Strömung am Ankerplatz festzuhalten, während in einiger Entfernung am Uferrand zwei schwarzgekleidete Personen von anscheinend höherem Range die Köpfe über einen Gegenstand beugten, den ich nicht zu erkennen vermochte; aber nach kurzem Nachdenken wurde mir klar, daß sie mit Hilfe eines Kompasses ihren gegenwärtigen Standort festzustellen versuchten. Jetzt bemerkte ich, wie der eine eine Papierrolle entfaltete und mit dem Finger auf sie deutete, als vergliche er die einzelnen Punkte auf der Landkarte mit der Örtlichkeit. Eine dritte Gestalt schritt unterdessen auf und ab, stöberte zwischen den Felsen oder spähte, über deren Rand gebeugt, in das Wasser. Während ich diesem Treiben in lähmender Bestürzung zuschaute und mein Geist sich abmühte, was meine Augen ihm berichteten, zu erfassen, bückte sich plötzlich dieser dritte und stieß einen lauten Schrei aus, der bis zu mir herübertönte. Bei diesem Rufe liefen die beiden andern zu ihm und ließen in ihrer Hast sogar den Kompaß fallen, und ich sah und hörte, wie Knochen und Schuhschnalle unter Ausrufen der Verwunderung von Hand zu Hand wanderten. Fast im gleichen Augenblick erhob sich im Boot ein wildes Geschrei; mit besorgten Gebärden deuteten die Matrosen westwärts auf die Wolkenmassen, die mit wachsender Geschwindigkeit den Himmel einhüllten. Die anderen schienen zu zaudern und zu beraten, allein die Gefahr war zu offenkundig, kein vernünftiger Mensch hätte es wagen können, ihr zu trotzen. Meine Funde mit sich nehmend, sprangen alle ins Boot und legten sich kraftvoll in die Riemen.

Ich zögerte nicht lange, sondern wandte mich ab und eilte nach Hause. Wer diese Männer auch sein mochten, mein Oheim mußte so rasch wie möglich von ihrer Anwesenheit unterrichtet werden. Zur damaligen Zeit mußte man immer noch auf einen Einfall der Jakobiten gefaßt sein; vielleicht befand sich gar Prinz Charlie, den mein Oheim wie den Tod haßte, unter den drei Anführern, die ich auf den Felsen beobachet hatte. Aber während ich im Laufe, von Stein zu Stein springend, mir die Sache ruhiger überlegte, erschien mir diese Annahme doch höchst unwahrscheinlich. Der Kompaß, die Landkarte, das auffallende Interesse an der Schuhschnalle, vor allem das Benehmen des einen Fremdlings, der so gespannt das Wasser durchforschte, all diese Einzelheiten zusammengenommen boten eine viel näherliegende Erklärung für ihre Landung auf dieser entlegenen, unbedeutenden, kleinen Insel im westlichen Ozean. Der Madrider Historiker, die von Doktor Robertson eingeleiteten Untersuchungen, der bärtige Fremde mit den Ringen, mein eigenes fruchtloses Suchen in den Tiefen der Bucht von Sandag tauchten der Reihe nach in meiner Erinnerung auf, und plötzlich wurde mir klar: die Fremden waren Spanier auf der Jagd nach dem verschollenen Schatz und dem gesunkenen Schiffe der großen Armada. Die auf so gottverlassenen Inseln wie Aros lebenden Menschen sind gezwungen, selbst für ihre Sicherheit zu sorgen; Meilen im Umkreis gibt es niemand, der sie beschützen oder ihnen zu Hilfe eilen könnte, daher erfüllte mich die Anwesenheit einer Bande ausländischer Abenteurer, die arm, habgierig und vermutlich auch gesetzlos waren, sowohl für das Geld meines Oheims wie für die Sicherheit seiner Tochter mit ernster Sorge. Immer noch mit der bangen Frage beschäftigt, wie wir uns diese Bande vom Halse schaffen könnten, langte ich atemlos auf der Höhe von Aros an. Die ganze Welt lag in Finsternis gehüllt, nur im äußersten Osten auf einer Bergspitze des Festlandes funkelte ein verspäteter Sonnenstrahl wie ein Demant. Es hatte zu regnen begonnen, nicht stark, aber in schweren Tropfen; das Meer wurde von Sekunde zu Sekunde unruhiger; schon schlang sich ein weißer Gürtel um Aros und die benachbarte Küste von Grisapol. Noch immer steuerte das Boot aufs offene Meer hinaus, und jetzt entdeckte ich, was mir vorher auf halber Höhe verborgen geblieben war, einen mehrmastigen, stattlichen Schoner, der an der Südspitze von Aros vor Anker lag. Da ich seine Anwesenheit am Morgen, als ich eifrig nach dem Wetter ausschaute, nicht bemerkt hatte und ein Segel an dieser einsamen Küste eine Seltenheit bedeutete, war es klar, daß der Schoner während der verflossenen Nacht im Schutz der menschenleeren Insel Gour gelegen haben mußte; dadurch war der Beweis erbracht, daß die Besatzung die hiesige Küste nicht kannte: trotz seines verlockenden Aussehens ist nämlich jener Ankerplatz eine heimtückische Schiffsfalle. Bei einer so leichtfertigen Mannschaft an unserer ungastlichen Küste erschien es nicht ausgeschlossen, daß der nahende Sturm der Besatzung den Tod auf seinen Schwingen bringen würde.

4

Der Sturm

Bei meiner Ankunft stand mein Oheim mit der Pfeife unter dem Giebeldach und beobachtete das Wetter.

»Oheim«, begann ich, »in der Bucht von Sandag sah ich Männer ans Land stei ...«

Weiter kam ich nicht. Ich vergaß Worte und Erschöpfung, so unerwartet war die Wirkung dieser Feststellung auf Onkel Gordon. Die Pfeife entsank seinen Händen, mit hängendem Unterkiefer, glasigen Augen und geisterbleichem Antlitz lehnte er sich gegen die Hausmauer. Wohl eine Viertelminute starrten wir uns schweigend an, ehe er die folgende sonderbare Antwort stammelte: »Hatte er eine Pelzkappe auf dem Schädel?«

Eins jedoch wurde mir plötzlich klar, als wäre ich zugegen gewesen: der Mann, der in Sandag begraben lag, hatte eine Pelzkappe getragen und war lebend an Land gestiegen. Zum ersten und einzigen Male verließ mich die Fassung dem Manne gegenüber, der mein Wohltäter und der Vater des Mädchens war, das ich mir zur Frau erwählt hatte.

»Diese Männer leben!« rief ich. »Vielleicht sind sie Jakobiten, vielleicht Franzosen, vielleicht Abenteurer, die auf der Suche nach dem spanischen Schatzschiff hierher gekommen sind; mögen sie aber sein, wer und was sie wollen, auf jeden Fall bedeuten sie für Eure Tochter, für meine Kusine, eine Gefahr. Und was Euer eigenes angstgequältes Gewissen betrifft, so will ich Euch verraten, daß der Tote dort, wohin Ihr ihn gebettet habt, ruhig schläft. Heute früh habe ich an seinem Grabe gebetet; bevor die Posaune des Jüngsten Gerichts ertönt, wird er nicht erwachen.«

Mein Verwandter sah mich während dieser Rede scheel an; dann schlug er den Blick zu Boden und zerrte blöde an seinen Fingern. Die Sprache versagte ihm.

»Kommt«, herrschte ich ihn an, »Ihr habt jetzt an andere Dinge zu denken. Ihr müßt mit mir den Berg ersteigen und Euch das Schiff betrachten.«

Ohne ein Wort, ohne einen Blick folgte er gehorsam meinen ungeduldigen Schritten. Alle Spannkraft war aus seinem Körper gewichen; statt wie sonst von einem Stein auf den nächsten zu springen, kletterte er schwerfällig die Felsen hinauf und hinunter. Vergeblich versuchte ich ihn durch Zurufe zur Eile anzuspornen. Nur ein einziges Mal antwortete er weinerlich mit der

Stimme eines Menschen, der körperliche Schmerzen erleidet: »Ja, ja doch, ich komme schon.«

Lange bevor wir den Gipfel erreichten, empfand ich nur noch Mitleid mit ihm. Mochte es sich auch um ein verabscheuungswürdiges Verbrechen handeln, die Strafe schien der Tat angemessen zu sein.

Endlich hatten wir die Höhe erklommen und konnten das Land überblicken. Düster und drohend lag es vor unseren Augen; der letzte Sonnenstrahl war verschwunden. Der Wind blies zwar nicht stark, doch in kurzen, heftigen Stößen; es hatte aufgehört zu regnen. Trotz der kurzen Zeit, die bis zu meiner Rückkehr verstrichen war, hatte sich die Kraft der Wogen vervielfacht. Hier und dort fegten sie über die vorgeschobenen Riffe hinweg und klagten und stöhnten in den Grotten von Aros. Vergeblich spähte ich anfangs nach dem Schoner aus; endlich entdeckte ich ihn.

»Dort, dort segelt er!« rief ich. Der Kurs, den das Schiff eingeschlagen hatte, verursachte mir Kopfzerbrechen. »Sie können doch nicht so wahnsinnig sein, sich auf das offene Meer hinauszuwagen!« schrie ich.

»Doch, das ist ihre Absicht«, entgegnete mein Oheim, und Genugtuung klang aus seiner Stimme. Im gleichen Augenblick änderte der Schoner seinen Kurs und segelte in einer Richtung, die jeden Zweifel ausschloß. Angesichts des drohenden Sturmes hatten die Fremden in erster Linie daran gedacht, vom Lande abzukommen. Bei dieser Windstärke jedoch und in diesen klippenübersäten Gewässern gegen eine so starke Strömung ankämpfend, bedeutete der neue Kurs den sicheren Tod.

»Großer Gott«, stöhnte ich. »Sie sind verloren, alle miteinander!«

»Ja«, bestätigte mein Onkel, »alle miteinander – alle

miteinander sind verloren. Es bleibt ihnen nichts übrig, als Kyle Dona zu erreichen. Aber bei so 'ner Fahrt kommen sie nicht durch. Selbst wenn sie den Bösen zum Steuermann hätten. Eine feine Nacht für einen Schiffbruch!« setzte er hinzu und berührte mit seinen Fingerspitzen meinen Arm. »Meinst du nicht auch? Das zweite in diesem Jahre! Hoi, werden die ›Tollen Männer‹ tanzen!«

Ich starrte ihm ins Gesicht, und zum ersten Male begann ich, an seinem Verstande zu zweifeln. Zustimmung heischend blickte er halb schüchtern, halb freudig zu mir auf, aber alles Gewesene versank angesichts dieser neuen Katastrophe.

»Wäre es nicht bereits zu spät, würde ich das Boot nehmen und hinausrudern, um die Leute zu warnen«, rief ich entrüstet.

»Nein, nein«, protestierte er. »Das darfst du nicht, du darfst dich nicht in solche Sachen einmischen. Es ist Sein Wille.« Bei diesen Worten lüftete er die Mütze. »Und eine schöne Nacht, eine herrliche Nacht hat Er sich dazu ausersehen.«

Furcht begann sich in mein Herz zu schleichen. Ich erinnerte ihn daran, daß wir noch nicht gespeist hätten, und schlug vor, nach Hause zu gehen. Aber nein! Nichts in der Welt konnte ihn bewegen, seinen Beobachtungsposten zu verlassen.

»Charlie, Junge, ich muß mir die Sache ansehen«, erklärte er. »Schau«, rief er, als der Schoner zum zweiten Male beidrehte, »die verstehen ihr Geschäft! Mit denen hätt's die ›Christ-Anne‹ nicht aufnehmen können!«

Offenbar hatten die Männer an Bord die Gefahren, welche ihr dem Tode geweihtes Schiff bedrohten, wenigstens einen Bruchteil derselben, erkannt. Bei jeder Flaute, die auf die heftigsten Windstöße folgte, wurden sie immer wieder von der Strömung weit zurückgetrieben. In fruchtlosem Ringen strafften sie die Taue. Über immer neue verborgene Riffe schäumte und brauste die steigende Flut. Sturzwelle nach Sturzwelle brach sich in dröhnendem Verderben an dem Bug des Schiffes, in den Wogentälern trieb brauner Schlick und triefender Tang. Hier galt es, die Herrschaft über Steuerruder und Takelung nicht zu verlieren! Gott weiß, an Bord jenes Schiffes gab es keine einzige müßige Hand. Dieses für jedes menschlich fühlende Herz so grauenvolle Schauspiel verfolgte mein Oheim mit unnatürlicher Aufmerksamkeit und wollüstiger Kennermiene. Der Anblick schien ihn geistig und körperlich um Jahre zu verjüngen. Als ich mich abwandte und den Hang hinunterschritt, lag der alte Mann flach auf dem Bauche, mit ausgestreckten Armen, die Hände im Heidekraut verkrampft.

In trüber Stimmung gelangte ich nach Hause, und Marys Anblick machte mich noch niedergeschlagener. Mit gelassener Miene, die kräftigen Arme entblößt, war sie beim Brotbacken. Schweigend nahm ich einen Haferkuchen von der Anrichte, setzte mich neben sie und begann zu kauen.

»Bist müde?« erkundigte sie sich nach einer Weile.

»Nicht körperlich ermüdet, Mary«, antwortete ich und stand auf, »aber müde des Aufschubs und auch dieses Ortes. Du kennst mich genugsam, um mich gerecht zu beurteilen, was ich auch sagen mag. Und, Mary, das eine muß ich dir sagen: an jedem anderen Orte wärest du besser aufgehoben als hier.«

»Ich werde auf jeden Fall dort sein und bleiben, wo die Pflicht mich hinruft; das ist gewiß«, lautete ihre Antwort.

»Vergiß nicht, daß du auch dir selber gegenüber Pflichten hast«, mahnte ich.

»So, so; hast du das etwa in der Bibel gelesen?« entgegnete sie, heftig den Teig knetend.

»Mary«, sagte ich ernst, »in diesem Augenblick darfst du nicht spotten. Gott weiß, mir ist nicht nach Lachen zumute. Das beste wäre, wir könnten deinen Vater mit uns nehmen; aber ob mit oder ohne ihn, von hier mußt du fort, mein Mädchen; um deinet-, meinet- und auch um deines Vaters willen möchte ich dich weit, weit fort von hier wissen. Mit ganz anderen Wünschen bin ich hierher gekommen; ich kam her wie jemand, der heimkehrt. Aber inzwischen hat sich alles gewandelt, und in mir lebt nur noch der eine Wunsch und die eine Hoffnung – zu fliehen; ja, das ist das rechte Wort, zu fliehen vor dieser verfluchten Insel – wie ein Vogel vor des Vogelstellers Netzen flieht.«

Während ich so sprach, hatte Mary ihre Arbeit unterbrochen. Jetzt sagte sie: »Glaubst du, glaubst du wirklich, ich hätte nicht selbst Augen und Ohren? Merkst du nicht, wie ich mich dieser Schätze wegen – wie er sie, Gott verzeih's ihm, nennt – fast zu Tode gegrämt habe und sie am liebsten in das Meer versenkte? Meinst du, ich hätte mit ihm tagaus, tagein zusammen leben können, ohne das zu erkennen, was du in ein, zwei Stunden erkannt hast? Ich fühle, daß Sünde an diesem Plunder klebt; welche Art Sünde, weiß ich freilich nicht und will es auch nicht wissen. Ich hab noch nie gehört, daß ein arg Ding durch unnütz Fragen besser geworden wäre. Aber, Charlie, du darfst nie von mir fordern, daß ich meinen Vater im Stich lasse. Solange noch Atem in ihm ist, werde ich bei ihm bleiben. Lange, Charlie, wird das nicht mehr sein, nein, nicht mehr lange, das weiß ich. Seine Stirn ist gezeichnet. Vielleicht ist das besser so – ja, besser.« Ich schwieg, ich wußte nicht, was ich ihr antworten sollte, und als ich endlich aufblickte und zu sprechen anhob, fiel sie mir ins Wort.

»Charlie, was für mich recht ist, braucht es nicht für dich zu sein. Sünde ist über dieses Haus gekommen und Unheil. Du bist ein Fremder; ergreif dein Hab und Gut und zieh fort an einen besseren Ort und zu besseren Menschen, aber wenn es dich je zurücktreibt, und sei es nach zwanzig Jahren, wirst du mich deiner wartend finden.«

»Mary Ellen«, sprach ich, »ich habe dich gebeten, mein Weib zu werden, und du hast mir dein Jawort zugesagt, und damit basta! Wo du bist, da werde ich auch sein, so wahr ich mich einst vor meinem Gott zu verantworten habe.«

Als ich noch so sprach, brach plötzlich tobend der Wind los, einen Augenblick später schien er innezuhalten und unheilverkündend das Haus von Aros zu umkreisen. Es war der erste Ausbruch, das Vorzeichen kommenden Sturms, und als wir uns erschreckt umblickten, hatte sich um das Haus Finsternis gelagert, als wäre es Nacht. »Gott erbarme sich aller armen Menschen auf dem Meere!« flehte Mary. »Den Vater werden wir vor der Morgenstunde nicht zu Gesicht bekommen.«

Als wir später vor dem Feuer saßen und den immer heftigeren Windstößen lauschten, erzählte mir Mary, wie diese seltsame Veränderung im Wesen meines Oheims vor sich gegangen war. Den ganzen Winter über war er trübsinnig und unstet. Wenn die Roost stieg oder, wie Mary sich ausdrückte, wenn die ›Tollen Männer‹ ihren Tanz aufführten, legte er sich regelmäßig nachts stundenlang auf den vorspringenden Uferfelsen oder am Tage auf der Höhe von Aros auf die Lauer, den Kampf der Wellen verfolgend und den Horizont nach einem Segel absuchend. Als am 10. Februar das Wrack mit all den Kostbarkeiten bei Sandag an Land getrieben wurde, war er in der ersten Zeit unnatürlich heiter, aber seine Erregung ließ um keinen Grad nach, und sein Trübsinn steigerte sich allmählich zu tiefer Melancholie. Er vernachlässigte seine Arbeit und hielt auch Rorie von der Arbeit ab.

Stundenlang hockten die beiden unter dem Giebeldach beisammen, unterhielten sich flüsternd und mit schuldbewußten Mienen, und wenn Mary gelegentlich eine Frage stellte, wie sie das im Anfang zu tun pflegte, gaben sie ihr nur ausweichend und widerwillig Antwort. Seit Rorie den Fisch bemerkt hatte, der der Fähre folgte, hatte sein Herr nur ein einziges Mal den Fuß auf das Festland gesetzt, und zwar zur Zeit des Flutwechsels, wenn man bei Ebbe trockenen Fußes hinübergehen konnte. Er hatte sich bei dieser Expedition verspätet, und die wiederkehrende Flut hatte ihn von Aros abgeschnitten. Mit Ausrufen des Entsetzens überquerte er in weiten Sprüngen die Furt und gelangte, vom Fieber geschüttelt, nach Hause. Auf Schritt und Tritt, in Reden und Gebeten verrieten sich seine Furcht vor dem Meere, die quälenden, nagenden Gedanken an das Meer, und auch wenn er schwieg, sprach Angst aus seinen Zügen.

Zum Abendessen erschien Rorie allein; aber kurz danach betrat auch mein Onkel die Küche, ergriff eine Flasche, steckte ein Stück Brot in die Tasche und begab sich, von Rorie gefolgt, zurück auf seinen Beobachtungsposten. Wie ich ihren Gesprächen entnehmen konnte, hatte die Strömung den Schoner noch näher ans Land getrieben, aber die Besatzung setzte den ungleichen Kampf mit Geschick und dem Mute der Verzweiflung fort; diese Nachricht erfüllte meine Seele mit Bangen. Kurz nach Sonnenuntergang setzte der Sturm mit einer Plötzlichkeit und Gewalt ein, wie ich es im

Sommer, ja selbst im Winter nie wieder erlebt habe. Mary und ich saßen in Schweigen versunken; das Dach über unserem Kopfe krachte in allen Fugen, der Wind heulte, und schwere Regentropfen fielen zischend durch den Kamin in das prasselnde Feuer. Unsere Gedanken wanderten weiter zu den armen Menschen auf dem Schoner und zu meinem nicht minder unglücklichen Oheim, der schutzlos auf dem Felsvorsprung auf der Lauer lag. Unwillkürlich schreckten wir zusammen, wenn ein besonders heftiger Windstoß gleich einer festen Masse gegen den Giebel schlug oder der Sturm plötzlich abflaute und das Feuer hell aufflammte. Auch in unseren Herzen flammte es dann hell auf. Aber sofort packte der Sturm von neuem das Dach an allen vier Winkeln und schüttelte und rüttelte daran wie ein zorniger Leviathan, um im nächsten Augenblick in eisigen Wirbeln durchs Zimmer zu fegen, daß sich die Haare auf unseren Köpfen sträubten. Dann folgte ein Chor melancholischer Stimmen, ein dumpfes Sausen im Kamin, und flötengleiche Klagetöne durchzitterten das Haus.

Es mochte acht Uhr sein, als unvermutet Rorie in der Türöffnung erschien und mir heimlich winkte. Selbst diesem hartgesottenen Manne flößte meines Oheims geheimnisvolles Gebaren Furcht ein, und er beschwor mich eindringlich, die Wache mit ihm zu teilen. Ich erklärte mich sofort bereit, diesem Wunsche zu willfahren, zumal Furcht und Grauen und die mit Elektrizität geschwängerte Nacht mich selbst unruhig gemacht hatten und mich zum Handeln drängten. Ich bat Mary, sich keine unnötigen Sorgen zu machen, da meine Gegenwart ja einen Schutz für ihren Vater bedeute, hüllte mich fest in mein Plaid und folgte Rorie ins Freie.

Obwohl Mittsommer erst kurz hinter uns lag, war die

Nacht finster wie im Januar. Trügerisches Zwielicht wechselte mit tiefster Dunkelheit, ohne daß man eine Ursache für diesen Wechsel in dem sausenden Schrekken des Himmels zu ergründen vermochte. Der Sturm sog einem den Atem aus der Lunge; das Himmelsgewölbe glich einem riesigen schlagenden Segel, und wenn sekundenlang sich Stille über Aros senkte, erklang in der Ferne das Jammern der Windstöße. Über den Niederungen der Ross tobte der Orkan mit gleicher Gewalt wie auf hoher See, und Gott allein hätte sagen können, mit welcher Wut der Sturm das Haupt des Ben Kyaw umbrandete. Regen und Gischt hüllten uns wie mit nassen Laken ein. Rings um die Insel hämmerte die Brandung mit regelmäßigen, wuchtigen, donnernden Schlägen gegen Riffe und Strand. Bald laut, bald leise, wie die Klangsymphonie eines Orchesters strömte die stetige Tonflut. Doch diesen Wirrwarr übertönten die klagenden Stimmen der Roost und das abgerissene Gebrüll der ›Toten Männer‹. In dieser Stunde wurde mir klar, weshalb man ihnen diesen Namen beigelegt hatte. Ihr Tosen und Toben, das alle anderen Geräusche der Nacht überschrie, besaß einen fast ausgelassenen, sonoren und doch auch wieder unheimlichen, an wüste Menschenstimmen gemahnenden Klang. Gleich einer Schar wilder Gesellen, denen die Trunkenheit den Verstand umnebelt und die Macht über die Sprache geraubt hat und die ihren Wahnsinn stundenlang in die Nacht hinausbrüllen, so schrien und tollten diese tödlichen Wirbel von Aros an meinen Sinnen vorüber.

Uns gegenseitig stützend, erkämpften Rorie und ich taumelnd unter Aufbietung unserer letzten Kräfte den Weg. Wir glitten auf dem schlüpfrigen Boden aus oder stolperten über Felsbrocken. Fast eine halbe Stunde benötigten wir, um die kurze Strecke vom Aroser Gehöft bis zu dem Felsvorsprung, der einen freien Überblick über die Roost gewährte, zurückzulegen, und langten endlich zerschunden und zerschlagen und bis auf die Haut durchnäßt keuchend auf der Höhe an. Hier befand sich der Lugaus meines Onkels. Wo die Klippe am höchsten und steilsten ragte, bildete ein niedriger, brustwehrförmiger Erdhügel einen Schutzwall gegen die anstürmenden Winde; von dort aus konnte man in Sicherheit der Brandung und dem irren Wettstreit der Wogen zuschauen. Wie man von einem Fenster aus die Vorgänge auf der Straße verfolgt, so konnte man von dieser Warte aus das Steigen und Sinken der ›Tollen Männer‹ beobachten. In einer Nacht wie dieser blickte man freilich nur in eine Welt der Finsternis, in der die Wasser kochen und brodeln, die Wogen mit dem Donnergepolter von Explosionen aufeinanderprallen und Berge aus Gischt sich mit Gedankenschnelle über die Ufer wälzen. Wucht, Höhe und Behendigkeit dieser Sprünge und Tänze vermag keine Feder zu schildern. Hoch über unsere Köpfe schossen hellschimmernde Säulen in die Dunkelheit, um in der nächsten Sekunde gespenstergleich zu verschwinden. Mitunter sah man drei solcher Schaumsäulen zugleich in die Höhe streben und wieder versinken; bisweilen wurden sie von einer Bö gepackt, so daß sich der Gischt schwer wie eine Woge über uns ergoß. Dennoch wirkte dieses Schauspiel in seiner Wildheit eher aufreizend als erhaben und ehrfurchterregend. Das Denken wurde durch den ohrenbetäubenden Lärm verwirrt; eine seltsame Leere bemächtigte sich des menschlichen Hirns, ein Zustand, der an Irrsinn grenzte. Ich ertappte mich selbst dabei, wie ich dem Tanz der ›Tollen Männer‹ lauschte, als handelte es sich um eine Jahrmarktsmelodie.

Erst als wir uns dem Zufluchtsorte auf wenige Meter

genähert hatten, wurde ich meines Oheims beim Scheine jenes flüchtigen Dämmerlichtes gewahr, das von Zeit zu Zeit die pechschwarze Finsternis der Nacht erhellte. Er stand mit rückwärts geneigtem Kopfe, die Flasche an den Lippen, aufrecht hinter der Brüstung. Als er die Flasche vom Munde nahm, erkannte und begrüßte er uns mit unsicherem Händeschwenken.

»Ist er betrunken?« schrie ich Rorie ins Ohr.

»Wenn's bläst, ist er immer besoffen«, entgegnete Rorie mit kreischender Stimme; trotzdem konnte ich ihn kaum verstehen.

»War er – war er auch im Februar schon so?« fragte ich.

Rories ›Ja‹ war für mich ein Quell der Freude. Der Mord war also nicht mit kaltblütiger Überlegung verübt worden; er war eine Tat des Wahnsinns, weder zu verurteilen noch zu verzeihen. Mein Oheim war ein bedauernswerter Geisteskranker, doch nicht, wie ich gefürchtet hatte, ein grausamer und schlechter Mensch. Aber – welch Schauplatz für eine Zecherei! Wie konnte ein Mann einem solchen abstoßenden Laster verfallen! Von Kindheit an hatte ich Trunksucht für eine der schlimmsten, mehr teuflischen als menschlichen Sünden gehalten. Wie war es möglich, daß ein fühlender Mensch, gar hier in tobender Finsternis, auf einsamer Felsklippe über einer Hölle brodelnden Wassers, mit wirbelndem Kopfe und zitternden Gliedern gierig auf den Untergang eines Schiffes lauernd, diesem abstoßenden Laster frönte? War es vorstellbar, daß irgendein Mensch so tief sinken konnte? Und gar mein Oheim, der fest an die ewige Verdammnis glaubte und von düstersten Ängsten heimgesucht wurde? Und dennoch war es so. Als wir hinter dem schützenden Wall Zuflucht gefunden hatten und wieder zu atmen vermochten, sah ich trotz finsterer

Nacht, wie dieses Mannes Augen in unnatürlichem Glanze aufleuchteten. »Charlie, Junge!« begrüßte er mich, »ist das nicht herrlich? Schau her!« Und er zerrte mich an den Rand des Abgrundes, aus dessen Tiefe Lärm und Wolken von Gischt zu uns empordrangen. »Sieh nur, wie sie tanzen, sieh doch! Ist das nicht die nackte Sünde?«

Er brüllte diese Worte mit wollüstigem Behagen, einem Behagen, das die Schauerlichkeit dieser Szene noch erhöhte.

»Sie heulen nach dem Schoner«, fuhr er mit irrer, zischender Stimme fort, die an diesem windgeschützten Ort deutlich vernehmbar war. »Und er kommt immer näher; jawohl, näher, näher, immer näher; und sie wissen's, die dort unten wissen's genau – sie wissen, daß sie verloren sind. Charlie, Mann, sie sind alle besoffen dort auf dem Schoner – sternhagelbesoffen. An Bord der ›Christ-Anne‹ hatten auch alle 'nen Rausch. Niemand kann auf dem Meer ohne Schnaps zum Teufel gehn. Schwatz nicht dummes Zeug!« brach er plötzlich zornig los. »Was vestehst du davon! Ich sag dir, es ist so und nicht anders. Ohne Schnaps wagt kein Mensch zu ersaufen. Hier, trink 'nen Schluck!« schloß er und drängte mir die Flasche auf.

Ich wollte sie schon zurückweisen, als mich Rorie am Ärmel zupfte. Ich besann mich dank dieser Warnung eines Besseren, ergriff die Flasche, tat einen kräftigen Zug und verschüttete dabei heimlich den größten Teil des Inhaltes. Es war reiner Alkohol und benahm mir fast den Atem. Mein Verwandter hatte zum Glück meinen Streich nicht bemerkt, nahm mir die Flasche aus der Hand, bog wieder den Kopf in den Nacken und schlürfte den Rest bis zur Neige. Dann schleuderte er die Flasche mit trunkenem Gelächter den ›Tollen Männern‹ hinab, die diese Gabe durch besonders lärmende, steile Sprünge zu begrüßen schienen.

»Da, Kinder«, kreischte er, »da habt ihr euren Teil! Noch vor Morgengrauen winkt euch ein fetterer Bissen!«

Plötzlich, eine augenblickliche Windstille war eingetreten, erscholl, kaum zweihundert Yard entfernt, aus der Finsternis klar und deutlich eine menschliche Stimme. Im nächsten Augenblick fegte der Sturm mit erneuter Wut über die Felsklippe, und die Roost brüllte, sprudelte und tanzte wilder als zuvor. Doch wir hatten die Stimme deutlich gehört, und sie hatte uns die qualvolle Gewißheit verkündet, daß der Schoner jetzt hart vor der Katastrophe stand und daß der Kapitän sein letztes Kommando erteilt hatte. Weit über den Felsrand gebeugt, alle Sinne bis zum Bersten angespannt, erwarteten wir, dicht aneinandergedrängt, das unvermeidliche Ende. Lange Zeit – uns erschien es eine Ewigkeit – verstrich, da tauchte der Schoner plötzlich sekundenlang vor einem Hintergrund leuchtenden Schaumes auf. Noch sehe ich das gereffte, wild schlagende Großsegel, sehe, wie der Mastbaum krachend auf das Deck stürzt, ich sehe die düsteren Umrisse des Schiffsbuges, ja, ich glaubte neben der Ruderpinne hingestreckt den Körper eines Menschen zu erkennen. Mit Blitzesschnelle zogen diese Bilder an meinen Augen vorüber; die gleiche Woge, die uns diesen Anblick enthüllte, versenkte das Schiff für immer in sein nasses Grab; ein vielstimmiger Todesschrei stieg zu uns empor und wurde von dem Brausen der ›Tollen Männer‹ erstickt. Das war der Schlußakt der Tragödie. Während vielleicht in der Kajüte die Lampe noch friedlich brannte, war das stolze Schiff, waren zahlreiche kraftstrotzende Menschen, um deren Leben andere Menschen bangten, mit Hab und Gut in dem brodelnden Wasser versunken. Gleich einer Fata Morgana war alles entschwunden. Und weiter stürmte und heulte der Orkan, und die gefühllosen Strudel der Roost stiegen und sanken wie zuvor.

Wie lange wir drei starr, keines Wortes fähig, auf unserem Lugaus verweilten, vermag ich nicht zu sagen; es muß eine lange Zeit gewesen sein. Endlich schleppten wir uns fast mechanisch in unseren Zufluchtsort. Mit Trauer im Herzen, meiner Sinne kaum mächtig, stützte ich mich auf die Brustwehr. In der Stimmung meines Onkels war plötzlich ein Umschwung eingetreten. Ich hörte ihn leise vor sich hinschwatzen und konnte die weinerlich hervorgestoßenen Worte unterscheiden: »Wie sie kämpften – wie hart sie kämpften –, die armen Burschen, die armen Burschen!« Dann schien er darüber zu jammern, daß der Schoner nicht gestrandet, sondern in den Strudel der ›Tollen Männer‹ hinabgerissen worden war. »All das schöne, kostbare Gut! Hin, für immer hin!« hörte ich ihn stöhnen. In diesen wirren Reden spielte der angstvoll hervorgestoßene Name ›Christ-Anne‹ eine wichtige Rolle.

So rasch der Sturm heraufgezogen war, so schnell flaute er ab; dieser Wetterumschlag wurde von einem wolkenbruchartigen, eiskalten Regen begleitet oder verursacht. Ich mußte dann vor Erschöpfung eingeschlafen sein; als ich wieder zu mir kam, war ich steif gefroren und völlig durchnäßt. Der Tag war bereits angebrochen, ein grauer, regenschwerer, trostloser Tag. Der Wind blies in unregelmäßigen, schwachen Stößen; Ebbe war eingetreten; die Roost hatte ihren niedrigsten Stand erreicht, nur die rings um Aros gegen die Küste anrennende Brandung kündete noch von den Schrekken der Nacht.

5

Der dem Meere entstiegene Mann

Rorie trieb die Aussicht auf ein warmes Zimmer und das Frühstück nach Hause, mein Oheim hatte es sich dagegen in den Kopf gesetzt, die Küste von Aros abzusuchen, und ich empfand es als meine Pflicht, ihn nicht allein gehen zu lassen. Er war jetzt gefügig und ruhig, nur körperlich und geistig abgespannt, trotzdem betrieb er seine Nachforschung mit kindischem Eifer. Er kletterte die Felsen hinauf und hinunter und folgte am Strande den zurückweichenden Wellen. Jede zersplitterte Planke, jeder Taufetzen waren in seinen Augen Kostbarkeiten, die es selbst unter Lebensgefahr zu bergen galt.

Zusehen zu müssen, wie er mit unsicheren Schritten sich in die Brandungszone vorwagte, auf die mit Tang überzogenen glitschigen Felsen kroch, war für mich eine nervenzerrüttende Aufgabe. Ich hielt Arme und Hände stets bereit, um ihn zu stützen oder ihn am Rock zu packen; ich half ihm, seine armseligen Funde dem Bereich der anrollenden Wogen zu entziehen. Eine Amme hätte nicht größere Mühe gehabt, ein unmündiges Kind zu betreuen.

Obwohl ihn die Tobsuchtsanfälle der verflossenen Nacht geschwächt hatten, verlieh ihm die in seinem Innern brennende Leidenschaft die Ausdauer eines gesunden Mannes. Hartnäckig, aber vergeblich versuchte er seine krankhafte Furcht vor dem Meere zu überwinden. Wäre der Ozean ein See aus glühender Lava gewesen, er hätte nicht peinlicher die leiseste Berührung mit ihm meiden können. Als er einmal ausglitt und mit dem Fuß in eine Wasserlache geriet, stieß er einen Schrei aus, der wie ein Todesschrei klang. Zitternd und schnaufend gleich einem Köter hockte er auf dem Boden, jedoch die Beutegier siegte abermals über seine Furcht; wieder wagte er sich in den schäumenden Gischt, wieder kroch er zwischen platzenden Wasserblasen auf den glatten Felsen umher; sein Sinnen und Trachten schien nur darauf gerichtet, Treibholz aufzufischen, das höchstens zum Anschüren des Feuers verwendet werden konnte. Bei jedem Funde strahlte er vor Entzücken, um gleich darauf sein Mißgeschick zu verfluchen.

»Für einen Schiffbruch ist Aros kein günstiger Ort, gar kein günstiger Ort«, klagte er. »Während all der Jahre, die ich hier wohne, war das heute der zweite Schiffbruch, und all die feinen Sachen sind verloren, unwiederbringlich verloren!«

»Oheim«, sagte ich, als wir eine Strecke offenen Strandes erreicht hatten, »Oheim, gestern sah ich dich in einem Zustand, wie ich niemals erwartet hätte, dich je zu sehen. – Du warst betrunken.«

»Nicht doch, nicht doch«, wehrte er ab, »so arg war's nicht. Gewiß, ich hatte getrunken. Na, um die Wahrheit zu gestehen, du hast recht, aber ich kann's nicht mehr ändern. Im allgemeinen ist niemand so nüchtern wie ich, aber wenn der Wind pfeift, werd ich manchmal verrückt.«

»Du bist doch ein frommer Mann«, mahnte ich, »und trinken ist eine Sünde.«

»Wär's keine Sünde, würd ich mich den Teufel drum scheren«, entgegnete er. »Ich sauf ja nur aus Trotz, weißt du. Dort auf dem Meere lebt ein Stück der uralten Erbsünde; 's ist ein unchristliches Gewässer; das ist noch milde gesprochen. Wenn es nun gar tobt und der Sturm heult – Meer und Wind sind so 'ne Art Vettern, mein ich – und die ›Tollen Männer‹, die verrückten Burschen, brüllen und lachen und die armen Seelen draußen in der Öde auf ihren Nußschalen gegen den Tod ankämpfen – ja dann, dann überkommt's mich wie Besessenheit. Ich weiß, in mir steckt der Teufel. An die armen Schiffbrüchigen verschwende ich keinen Gedanken. Ich gehöre dem Meere an, ich bin selbst einer der ›Tollen Männer‹.«

Ich hoffte, ihn mit seinen eigenen Waffen schlagen zu können. Sinnend blickte ich aufs Meer hinaus. Die Brandung ging noch immer hoch. Welle auf Welle kam mit fliegender Mähne herangefegt, bäumte sich auf und stürzte, sich überschlagend, den glattgewalzten Strand hinauf. Salzluft wehte herüber, aufgeschreckte Möwen kreisten über dem Wasser. Und immer neue schaumgekrönte Wogen, diese Streitrosse der See, tauchten aus den Fluten empor und begrüßten sich wiehernd, während sie sich zum Sturmangriff auf Aros sammelten, aber dicht vor unseren Füßen zog sich in Schlangenwindungen über den Sandstrand jene Linie, die zu überschreiten ihnen trotz ihrer Zahl, trotz ihrer Wut nie beschieden war.

»Bis hierher und nicht weiter!« rief ich. »Hier sollen sich legen deine stolzen Wellen!« Und dann deklamierte ich mit feierlicher Stimme eine Strophe, die ich schon früher oft dem Chor der Wellen entgegengeschleudert hatte:

> Der Herr, der ob den Wolken thront,
> gebeut dem sündgen All,
> gewaltger als der Wasser Wucht
> und wilder Wogen Schwall.

»Hast recht«, sagte mein Oheim, »zu guter Letzt wird der Herr triumphieren; daran zweifle ich nicht. Aber hier auf Erden trotzen ihm die törichten Menschen frech ins Antlitz. 's ist unklug! Ich behaupte nicht, daß es klug sei; aber 'ne Freude ist's, 'ne Würze, 'ne Lust und 'ne Augenweide.«

Ich wußte darauf keine Antwort. Wir überschritten gerade die schmale Landenge zwischen uns und der Bucht von Sandag, und ich hielt die wenigen mir verbliebenen Argumente, mit denen ich die bessere Natur dieses Mannes aufzurütteln hoffte, zurück, bis wir auf dem Schauplatz seines Verbrechens angelangt wären. Auch der Oheim verfolgte das Thema nicht weiter, aber er ging jetzt in straffer Haltung an meiner Seite. Die Mahnung an seine Vernunft hatte wie ein Kräftigungsmittel gewirkt. Offenbar beschäftigten seinen Geist düstere, aber anregende Gedanken, die ihn das Ausspähen nach wertlosem Plunder vergessen ließen. Nach drei oder vier Minuten hatten wir den Abhang erklommen und befanden uns bereits auf dem Abstieg nach der Bucht von Sandag. Der Sturm hatte dem Wrack übel mitgespielt; der Rumpf war zur Seite geschleudert und lag tiefer im Wasser, nur das Heck, das jetzt gänzlich losgebrochen war, hatte seinen alten, höher gelegenen Platz beibehalten. Als wir bei dem Grab anlangten, blieb ich stehen, entblößte trotz des heftigen Regens mein Haupt und sagte, meinem Oheim fest ins Antlitz schauend: »Durch Gottes Vorsehung wurde ein Mann aus Todesnöten errettet; er war arm, er war nackt, er war durchnäßt, er war erschöpft und ein Fremdling in diesem Lande. Er hatte Anspruch auf das Mitleid deines Herzens; vielleicht war er das Salz der Erde, heilig, hilfreich und gut; vielleicht war er auch mit Sünde beladen, ein Armer, für den der Tod Höllenpein bedeutete. Ich frage dich hier im Angesicht des Himmels, Gordon Darnaway: wo ist dieser Mann, für den Christus gestorben ist?«

Bei diesen letzten Worten lief ein Zittern durch den Körper meines Oheims; eine Antwort kam nicht; sein Gesicht verriet nur Unruhe und Besorgnis.

»Du bist meines Vaters Bruder«, fuhr ich fort, »du hast mich gelehrt, dein Haus als mein Vaterhaus zu betrachten; wir sind beide sündige Menschen, die vor des Herrn Angesicht in den Sünden und Fährnissen des Lebens wandeln. Aber Gott führt uns durch das Böse, das wir tun, zum Guten; wir sündigen, ich wage nicht zu sagen, von ihm in Versuchung geführt, aber ich sage getrost, mit seinem Wissen, und für jeden Menschen, der nicht zum Tier hinabgesunken ist, bedeuten seine Sünden den Eingang zur Weisheit. Gott hat dich durch dieses Verbrechen gewarnt; er warnt dich auch jetzt durch dieses blutbesudelte Grab zu unseren Füßen; möge diese Warnung dein Herz ihm wieder zuwenden, dich zur Reue und Besserung bewegen, bedenke, was sonst deiner harrt, gedenke des letzten Gerichts!«

Während ich also sprach, irrten meines Oheims Augen scheu umher. Und plötzlich sah ich eine erschreckende Veränderung mit ihm vor sich gehen: seine Gesichtszüge wurden schlaff, alle Farbe wich aus seinen Wangen, mit zitternder Hand deutete er über meine Schulter in die Ferne, und stammelnd klang von seinen Lippen der Name »Christ-Anne«.

Rasch blickte ich mich um, und wenn mich auch nicht das gleiche Entsetzen packte wie diesen Unglücklichen – dem Himmel sei Dank, mein Herz war frei von Schuld –, so konnte ich doch einen furchtbaren Schrekken über den Anblick, der sich mir bot, nicht unterdrücken. Auf dem Kajütdach des gescheiterten Schiffes stand hochaufgerichtet, den Rücken uns zugekehrt, die Gestalt eines Mannes. Die Augen mit der Hand beschirmend, schien er das offene Meer abzusuchen. Seine hohe Statur zeichnete sich scharf gegen den Horizont ab. Wohl tausendmal habe ich betont, daß Aberglaube mir fremd ist; trotzdem erfüllte in diesem

Augenblick, da mein ganzes Denken nur auf Sünde und Tod gerichtet war, die spukhafte Erscheinung eines Fremden auf dieser meerumschlungenen, einsamen Insel mich mit tiefem Grauen. Es erschien fast unmöglich, daß bei einem Seegang, wie er gestern nacht die Küste von Aros umtobt hatte, eine Menschenseele lebend das Land hätte erreichen können, und das einzige Fahrzeug in meilenweiter Runde war vor unseren Augen in den Strudel der ›Tollen Männer‹ hinabgerissen worden. Wirre Gedanken kreisten in meinem Hirn; diese Ungewißheit war unerträglich. Um Klarheit zu gewinnen, trat ich einen Schritt vor und rief die Gestalt an, wie man ein Schiff anruft.

Der Mann fuhr herum und schrak bei unserem Anblick zusammen. Sofort kehrte mein Mut zurück, und ich forderte ihn durch Zeichen und Rufe auf, zu uns zu kommen. Er sprang auch sogleich auf den Strand hinab, näherte sich aber nur zögernd und mit häufigen Pausen. Bei jedem neuen Zeichen seiner Angst wurde ich selbstsicherer, ich trat wieder einen Schritt vor und versuchte, ihm durch freundliches Nicken und Winken mit Kopf und Hand Vertrauen einzuflößen. Der Schiffbrüchige mußte offenbar über die Gastlichkeit auf unserer Insel nicht viel Gutes gehört haben, und in der Tat stand die Bevölkerung des hohen Nordens in dieser Hinsicht in keinem erfreulichen Rufe.

»Sieh, Oheim«, sagte ich, »es ist ein Schwarzer!« Im gleichen Augenblick brach mein Onkel mit völlig veränderter Stimme in eine mit Stoßgebeten untermischte Flut von Flüchen aus. Er war auf die Knie gesunken, das Gesicht qualverzerrt. Bei jedem Schritt, den der Schiffbrüchige sich uns näherte, schrillte des Oheims Stimme lauter, verdoppelte sich sein Wortschwall und die Inbrunst seines Flehens. Ich nenne seine Worte Gebete, weil sie an Gott gerichtet waren, aber bestimmt hat nie zuvor eine Kreatur so schändliche Lästerungen zu ihrem Schöpfer emporgesandt; wahrlich, wenn Gebete Sünde sein können, dann waren es diese Reden eines Wahnsinnigen. Ich trat an ihn heran, packte ihn an den Schultern und zerrte ihn auf die Füße.

»Schweig, Mensch«, brüllte ich ihn an, »ehre deinen Gott wenigstens mit Worten, wenn schon nicht durch Taten! Hier, auf dem Schauplatz deiner Schuld, sendet er dir die Möglichkeit zur Sühne. Auf, nimm sie wahr! Tritt jenem Unglücklichen, der zitternd dein Erbarmen heischt, wie ein Vater entgegen.«

Gleichzeitig versuchte ich, ihn zu dem Neger hinzudrängen, aber unvermutet schlug er mich zu Boden, entriß sich meinem Griffe, wobei er einen Fetzen seiner Jacke in meiner Hand zurückließ, und flüchtete wie ein Hirsch den Aroser Berg hinauf. Ich erhob mich halb betäubt, taumelnd und mit schmerzenden Gliedern. Der Schwarze war auf halbem Wege vor Schrecken und Überraschung stehengeblieben. Mein Oheim hatte inzwischen, in weiten Sprüngen von Felsen zu Felsen schnellend, bereits eine erhebliche Strecke zurückgelegt. Zwischen Pflicht und Pflicht hin- und hergerissen, überlegte ich, was ich tun sollte. Meine Entscheidung fiel – und ich hoffe zu Gott, daß ich recht gehandelt habe – zugunsten des armen Schiffbrüchigen aus, denn er hatte sein Unglück nicht selbst verschuldet, und ich konnte ihm bestimmt hilfreich zur Seite stehen und sein Schicksal lindern. Es war mir auch immer klarer zum Bewußtsein gekommen, daß der Wahnsinn meines Oheims unheilbar sei. Ich ging daher langsam auf den Schwarzen zu, der mein Kommen mit über der Brust gekreuzten Armen erwartete wie ein Mensch, der sich in alles ergeben hat. Als ich noch einige Schritte von ihm entfernt war, streckte er mir mit weitausholender Gebärde wie ein Priester von der Kanzel seine Hand entgegen und sprach in feierlichem Tone einige Worte, die ich jedoch nicht verstand. Zuerst versuchte ich ihn englisch, dann gälisch anzureden, beides gleich vergeblich. Wir mußten uns daher zur Verständigung auf Mienen- und Gebärdensprache beschränken. Durch eine Geste forderte ich ihn auf, mir zu folgen, was er nach einer tiefen, eines entthronten Königs würdigen Verneigung bereitwillig tat. Sein Gesicht war die ganze Zeit über steinern geblieben; es hatte während des Wartens weder Angst verraten noch zeigte es jetzt, nachdem jeder Anlaß zur Furcht geschwunden war, eine Spur von Erleichterung. Vermutlich war er ein Sklave, er, der, nach seinem Verhalten zu schließen, einst in seinem Heimatland eine hohe Stellung bekleidet hatte, und trotz seiner Dürftigkeit rang mir seine Haltung Bewunderung ab. Als wir an das Grab gelangten, blieb ich stehen, deutete mit Hand und Augen gen Himmel zum Zeichen meiner ehrfürchtigen Trauer um den Toten, und auch der Schwarze verneigte sich tief mit weit ausgebreiteten Armen. Seine Bewegungen wirkten fremdartig und erinnerten an einen herkömmlichen Brauch; wahrscheinlich gehörten sie zum Zeremoniell des fernen Landes, dem er entstammte. Nach beendeter Andacht wies er auf meinen Oheim, dessen hockende Gestalt auf einem Erdhügel über uns zu sehen war, und berührte dann mit dem Finger die eigene Stirn, womit er andeuten wollte, daß er ihn für geistesgestört hielt.

Da ich befürchtete, bei einem Gang quer über die Insel meinen Oheim aufzuschrecken, schlug ich den weit längeren Pfad längs des Strandes nach Hause ein. Unterwegs hatte ich Muße, mir einen kleinen dramatischen Plan zurechtzulegen, der, wie ich hoffte, mir endlich Gewißheit verschaffen und die letzten Zweifel beheben würde. Auf einem Felsplateau blieb ich vor dem Neger stehen und begann, das Verhalten des Mannes nachzuahmen, den ich tags zuvor beim Studium der Landkarte beobachtet hatte. Er verstand mich und setzte mein Spiel fort, indem er zuerst auf die Stelle deutete, an der das Boot gelandet war, dann auf das Meer hinauswies, wo der Schoner Anker geworfen hatte, und endlich, auf das Felsufer zeigend, mit fremdartiger Betonung, aber doch klar verständlich die Worte ›Espiritu Santo‹ aussprach. Das bestätigte meine Vermutungen; die historischen Forschungen waren lediglich ein Deckmantel für die Schatzsucherei gewesen. Doktor Robertson war hinters Licht geführt worden, und zwar von dem gleichen Manne, der im Frühjahr in Grisapol sich herumgetrieben hatte und nun mit all seinen Kameraden in der Roost von Aros begraben lag, wo ihre Gebeine von den Wogen geschaukelt wurden. Ohne Unterbrechung setzte der Neger sein Gebärdenspiel fort: jetzt blickte er himmelwärts, das Herannahen des Sturmes beobachtend; jetzt verwandelte er sich in einen Matrosen, der den Kameraden winkt, eilig an Bord zu kommen; jetzt spielte er den Offizier, der zum Strande stolzierte und das Boot bestieg, um sich gleich darauf wieder in der Rolle eines Matrosen mit aller Kraft in die Riemen zu legen. Alles geschah mit der gleichen feierlichen Miene, so daß ich nie in Versuchung geriet, über sein Gebaren zu lachen. Im letzten Akt deutete er mit einer nicht zu schildernden schauspielerischen Kunst an, wie er am Wrack hinaufgeklettert war, alle Räume durchstöbert hatte und wie die Kameraden ihn bei ihrer Abfahrt zu seiner Empörung schnöde im Stich gelassen hatten; dann kreuzte er wieder die Arme über der Brust und neigte den Kopf zum

Zeichen, daß er sich in sein Schicksal ergeben habe. – Nachdem das Rätsel seiner Anwesenheit auf Aros geklärt war, bemühte ich mich, ihm mit Hilfe einer Skizze das Schicksal des Schoners und aller, die sich an Bord befunden hatten, zu schildern. Er zeigte weder Überraschung noch Teilnahme; durch ein plötzliches Öffnen und Heben der Hände wollte er offenbar seine verunglückten Freunde oder Herren – mochten sie das eine oder das andere gewesen sein – der Gnade Gottes empfehlen. Je länger ich diesen Neger beobachtete, desto höher stieg er in meiner Achtung. Er war bestimmt ein Mann von Geist und ernstem, gesetztem Charakter, mit einem Wort ein Mann, den man gern zum Freunde gewonnen hätte, und noch ehe wir das Aroser Gehöft erreichten, hatte ich seine unheimliche schwarze Hautfarbe so gut wie vergessen und ihm diesen Schönheitsfehler völlig verziehen.

Zu Hause angelangt, erzählte ich Mary rückhaltlos, wenn auch bangen Herzens, alle Einzelheiten, aber ich hatte unrecht, auch nur eine Sekunde ihr Billigkeitsgefühl anzuzweifeln.

»Du hast recht getan«, sagte sie. »Gottes Wille geschehe!«

Und unverzüglich tischte sie uns ein reichliches Frühstück auf.

Sobald ich meinen Hunger gestillt hatte, schärfte ich Rorie ein, den Schiffbrüchigen keinen Moment aus dem Auge zu verlieren, und begab mich auf die Suche nach meinem Oheim. Schon von weitem sah ich ihn auf dem höchsten Hügel an der gleichen Stelle und in der gleichen Haltung sitzen. Es war jener Punkt, zu dessen Füßen der größte Teil von Aros und die Ross wie eine Landkarte ausgebreitet lagen. Er mußte scharf nach allen Seiten Ausschau halten, denn kaum tauchte mein

Kopf hinter der vordersten Anhöhe auf, da sprang er schon auf die Füße und machte eine Bewegung, als wolle er mir entgegeneilen. Ich rief ihm ein paar Worte in dem gleichen Tone zu, dessen ich mich bediente, wenn ich ihn zum Essen zu kommen bat. Er verriet mit keiner Miene, daß er meine Stimme gehört hätte. Ich wagte mich ein Dutzend Schritte weiter und versuchte noch einmal mein Glück mit demselben Mißerfolg. Als ich mich ihm jedoch von neuem näherte, floh er, von irrsinniger Furcht ergriffen, aber stumm bleibend wie ein Grab, mit unglaublicher Behendigkeit den Bergrükken entlang. Eine Stunde zuvor war er zu Tode erschöpft, ich dagegen noch verhältnismäßig frisch gewesen. Jetzt jedoch verlieh ihm die Glut des Wahnsinns neue Kräfte. Jede Hoffnung, ihn einzuholen, wäre eitel gewesen. Ja, ein solcher Versuch hätte wahrscheinlich seine Angst noch heftiger aufgepeitscht und die Gefahr der Lage nur erhöht. Mir blieb daher nichts anderes übrig, als nach Hause zurückzukehren und Mary meinen Mißerfolg zu beichten.

Sie nahm diese Beichte wie die erste mit ruhiger Fassung auf, riet mir, mich hinzulegen und der Ruhe zu pflegen, die ich dringend benötigte, und machte sich dann selbst auf den Weg, um ihren irren Vater zu suchen. In jenen jungen Jahren vermochte nichts mir meinen Schlaf und meinen Appetit zu rauben. Ich schlief lange und fest, und die Mittagsstunde war längst vorüber, als ich aufwachte und die Treppe hinunter in die Küche eilte. Mary, Rorie und der schwarze Schiffbrüchige saßen schweigend um den Herd, und ich sah, daß Mary geweint hatte, leider aus triftigen Gründen, wie ich bald erfahren sollte. Erst war sie und nach ihr Rorie aufgebrochen, um meinen Onkel zu suchen, und beide hatten ihn gleich mir oben auf dem Hügel hockend gefunden, und vor beiden war er wortlos geflohen. Vergebens hatte Rorie versucht, ihn einzuholen; der Wahnsinn verlieh seinen Sprüngen eine ungeahnte Spannkraft. Er schnellte von Fels zu Fels über die breitesten Klüfte, jagte wie der Wind über die Hügel, floh kreuz und quer wie ein gehetzter Hase vor den Hunden; erschöpft mußte Rorie die Jagd aufgeben, und als er ein letztes Mal sich umblickte, hockte mein Oheim bereits wieder auf der Anhöhe von Aros. Selbst während der tollsten Hetze, selbst als der schnellfüßige Diener ihm fast zum Greifen nahe gekommen war, hatte der beklagenswerte Irre keinen Laut von sich gegeben. Er flüchtete stumm wie ein Tier, und gerade diese Stummheit hatte dem Verfolger Entsetzen eingeflößt. Das Herz konnte einem brechen. Wie sollten wir es anfangen, diesen Geisteskranken einzufangen? Wie konnten wir ihm Nahrungsmittel zukommen lassen? Und was sollte später mit ihm geschehen? Das waren drei Rätsel, die es zu lösen galt.

»Die Ursache dieses Anfalls ist der Neger«, sagte ich. »Vielleicht trägt seine Anwesenheit im Hause Schuld, daß mein Oheim in die Berge geflohen ist. Wir haben getan, was recht und billig war; wir haben den Schiffbrüchigen unter diesem Dache erwärmt und gespeist; jetzt möchte ich vorschlagen, daß Rorie ihn in dem Schifferkahn übersetzt und ihn über die Ross nach Grisapol geleitet.«

Mary stimmte diesem Vorschlag sofort von Herzen zu; wir forderten daher den Schwarzen auf, uns zu begleiten, und begaben uns zu viert nach dem Landungssteg. Aber der Himmel schien sich gegen Gordon Darnaway verschworen zu haben; etwas Unerhörtes hatte sich auf Aros ereignet: Während des Unwetters hatte sich das Boot losgerissen, war gegen die rauhen Pfähle des Stegs getrieben worden und lag jetzt mit zerschmettertem Bug vier Fuß tief unter Wasser. Mindestens drei Tage waren erforderlich, um es wieder flottzubekommen. Trotzdem ließ ich mich nicht entmutigen. Ich führte meine Begleiter bis zu der schmalsten Stelle des Watts, schwamm an das andere Ufer und winkte dem Schwarzen, meinem Beispiel zu folgen. Durch Zeichen gab er mir zu verstehen, daß er der Kunst des Schwimmens unkundig sei. Sein Gesicht war so ehrlich, daß es keinem von uns eingefallen wäre, die Wahrheit seiner Aussage zu bezweifeln. So war also auch diese Hoffnung vernichtet, und wir mußten unverrichtetersache in unser Gehöft zurückkehren. Der Neger begleitete uns mit der gleichen steinernen Miene.

An diesem Tage war das einzige, was wir für den armen Kranken tun konnten, ihn mit Essen und warmen Sachen zu versorgen. Wieder kauerte er oben auf seinem Ausguck, wieder flüchtete er schweigend bei unserem Nahen. Wir legten daher die mitgebrachten Nahrungsmittel sowie einen warmen Mantel neben seinen Platz. Zum Glück regnete es nicht mehr, und die Nacht versprach, milde zu werden. Dies vollbracht, hofften wir bis zum Morgengrauen ausruhen zu können; Ruhe tat uns vor allem not, um den uns bevorstehenden Anstrengungen gewachsen zu sein, und da niemand Lust zum Reden verspürte, trennten wir uns zeitig.

Lange lag ich wach und grübelte über den Feldzugsplan für den kommenden Tag nach. Der Neger sollte sich an die Bucht von Sandag schleichen und von dort aus meinen Oheim dem Gehöft zutreiben, während Rorie und ich, so gut es ging, im Osten und Westen den Einkreisungsring schlössen. In Anbetracht der Bodenverhältnisse der Insel erschien es zwar schwierig, aber nicht unmöglich, den Kranken nach der Bucht von Sandag abzudrängen; ja bei genauer Überlegung war ich überzeugt, daß dieser Plan gelingen müßte. Hatten wir das glücklich erreicht, dann war, trotz der ihm von seinen Wahnvorstellungen verliehenen Kräfte, ein Entkommen kaum noch zu befürchten. Ich rechnete dabei in erster Linie mit seiner abergläubischen Scheu vor dem Schwarzen; denn das erschien mir sicher, welche Richtung er auch bei seiner Flucht einschlagen mochte, unter allen Umständen würde er es vermeiden, dem Manne in die Arme zu laufen, der nach des Oheims Meinung dem Grabe entstiegen war. Das stand für mich unumstößlich fest.

Endlich schlummerte ich ein; aber schon nach kurzer Frist schreckte mich ein wüster Traum von Schiffskatastrophen, Negern und verzweifelten Kämpfen in der Tiefe aus dem Schlafe. Dieser Traum hatte meine Nerven in fieberhafte Aufregung versetzt. Ich schlüpfte aus dem Bett, schlich die Treppe hinunter und trat vor die Tür. In der Küche schnarchten Rorie und der Schwarze. Es war eine herrliche, sternenklare Sommernacht; nur einige vereinzelte Wolkenstreifen, Nachzügler des Unwetters, zogen über den Himmel. Es war die Stunde der Hochflut; die Schreie der ›Tollen Männer‹ durchschnitten die Stille. Nie zuvor, selbst nicht als der Orkan am wildesten raste, habe ich mit solch dumpfer Beklemmung ihrem Gesange gelauscht. Die Winde waren schlafen gegangen, die Wellen hatten sich in Schlummer gewiegt, vom Himmel sandten Milliarden Sterne ihr sanftes Licht über Land und Meer, aber immer noch kreischten die Strudel Aufruhr und Verderben. Sie erschienen mir wie ein Teil des Bösen auf der Welt, wie ein Teil von allem Leid dieses Daseins. Aber diese teuflischen Schreie waren nicht die einzigen Laute, die das Schweigen der Nacht störten. In das Tosen der Roost mischte sich, bald schrill ansteigend, bald ersterbend, der Ton einer menschlichen Stimme. Es war meines Oheims Stimme. Entsetzen ergriff mich vor den Strafen Gottes und vor dem Bösen in dieser Welt. Als wäre dort eine Freistatt, flüchtete ich in das Dunkel meines Zimmers, warf mich auf das Bett und grübelte noch lange über diese Geheimnisse.

Der Tag war längst angebrochen, als ich zum zweiten Male erwachte. Ich schlüpfte in meine Kleider und eilte in die Küche. Die Küche war leer; Rorie und der Schwarze hatten sich bereits vor längerer Zeit heimlich auf die Suche begeben. Diese Entdeckung raubte mir den Atem. Auf Rories Treue konnte ich bauen, nicht aber auf seinen Verstand. Bestimmt hatte er sich lediglich meinem Oheim zuliebe wortlos entfernt. Aber welchen Dienst konnte er ohne meinen Beistand und nun gar in Begleitung des Menschen, der für den Onkel die Verkörperung aller Schrecken bedeutete, zu leisten hoffen? Falls es nicht bereits zu spät war, um Unheil zu verhüten, so durfte ich jedenfalls keine Sekunde mehr verlieren. Mit Gedankenschnelle stürzte ich zum Hause hinaus. Ich hatte schon manchen Lauf über die rauhen Hänge von Aros gemacht, aber mit jenem an diesem verhängnisvollen Morgen konnte keiner einen Vergleich aushalten. Knapp zwölf Minuten waren verstrichen, da stand ich schon auf dem Gipfel.

Der Schlupfwinkel meines Oheims war leer. Zwar stand der Korb offen, aber das Essen lag verstreut auf dem Boden, gegessen hatte er keinen Bissen. Weit in der Runde konnte ich keine Spur eines menschlichen Wesens entdecken. Der Himmel leuchtete bereits in durchsichtiger Klarheit, der Gipfel des Ben Kyaw glühte blutigrot im Schein der Morgensonne, nur die mit Heide bewachsenen Hügel von Aros und der weite Meeresspiegel waren noch von grauem Dunst bedeckt.

»Rorie!« rief ich, und noch einmal: »Rorie!« Schweigen – keine Antwort! Falls die beiden wirklich hofften, sich meines Oheims bemächtigen zu können, so mußten sie sich auf ihre Geschicklichkeit im Anpirschen statt auf die Behendigkeit ihrer Beine verlassen haben. Ich setzte mich wieder in Trab, hielt mich immer auf dem Grate, um frei nach allen Seiten ausspähen zu können, und machte erst auf dem Hügel von Sandag eine Pause. Unmittelbar zu meinen Füßen lagen das Wrack, ein kahler Sandsaum, die träge Bucht und das sie begrenzende Felsgestade; zur Rechten und Linken streifte mein Blick über ein Labyrinth aus Felsbrocken, Anhöhen und Schluchten. Nirgends eine Menschenseele!

Die höher steigende Sonne verscheuchte unversehens den dunstigen Schleier, und an Stelle des öden Graus traten langgedehnte harte Schatten und grelle Farben. Eine halbe Minute später entstand im Westen in einer Schafherde ein wilder Tumult. Ein Schrei durchzitterte die Luft. Mein Oheim kam dahergestürzt und hinter ihm in langen Sätzen der Schwarze. Bevor ich recht begriff, was vorging, tauchte Rorie auf, in gälischer Mundart Befehle brüllend, wie man sie einem Hunde zuruft, der eine Schafherde treibt.

Ich sprang vor, um mich zwischen sie zu werfen, doch wäre es verständiger gewesen, zu bleiben, wo ich war, und nicht dem Wahnsinnigen den letzten Ausweg abzuschneiden. Jetzt war nur noch der Weg frei nach dem Grab, dem Wrack und dem Wasser der Sandager Bucht. Doch Gott ist mein Zeuge, daß ich nur das Beste wollte.

Als mein Onkel erkannte, an welch schaurigen Ort die Hetze ihn zwang, schlug er einen Haken und suchte in Zickzacklinie laufend seinem Verfolger auszuweichen. Doch wenn auch das in seinen Adern rasende Fieber seine Füße beschwingte, der Neger war flinker als er. Mochte er sich noch so geschickt drehen und wenden, jedesmal versperrte ihm der Schwarze den Weg. Plötzlich stieß der Unselige einen Schrei aus, von dem die Felsen widerhallten. Rorie und ich beschworen den Schwarzen, von dem Kranken abzulassen. Vergebens! Es stand anders geschrieben! Der Verfolger hielt nicht inne, die Jagd stürmte lärmend an uns vorbei; jetzt wichen sie dem Grabhügel aus; jetzt streiften sie die Planken des Wracks; jetzt war der Sandstrand überquert; jetzt schnellte sich mein Oheim mitten in die Brandung hinein, auf Armeslänge gefolgt von dem Schwarzen. Rorie und ich standen gelähmt; hier versagte Menschenkraft und -wille; hier vor unseren Augen vollzog sich Gottes Gericht. Nie endete eine Tragödie schneller! An dieser steilen Küste bedurfte es eines einzigen Sprunges, um in die Tiefe gerissen zu werden; und keiner von ihnen konnte schwimmen. Mit ersticktem Schrei bäumte sich der Schwarze auf, ehe ihn die dem Meere zustrebende Strömung ergriff. Sollten ihre Leiber noch einmal an die Oberfläche gekommen sein, was nur Gott zu beantworten vermöchte, so kann es nur zehn Minuten später am äußersten Ende der Roost geschehen sein, dort, wo die Meeresvögel kreisen und fischen.

Der Leichenräuber

Abend für Abend, das ganze lange Jahr hindurch, saßen regelmäßig vier von uns in der kleinen Gaststube zum ›George‹ in Debenham – der Leichenbestatter, der Wirt, Fettes und ich. Bisweilen waren noch andere dort versammelt; doch ob schön oder schlecht, Regen, Schnee oder Frost, wir vier saßen unentwegt dort, jeder in seinem besonderen Lehnstuhl. Fettes war ein alter, versoffener Schotte, offenbar ein Mann von Bildung und ein Mann mit einigem Vermögen, der sein Leben in Müßiggang verbrachte. Vor Jahren hatte er sich in Debenham niedergelassen, damals noch ein junger Mann, und war dann lediglich durch die Dauer seines hiesigen Aufenthaltes ein anerkannter Bürger der Stadt geworden. Sein blauer Kamelottmantel gehörte zu den Altertümern der Stadt, genau wie der Kirchturm. Sein Hocken in der Wirtsstube des ›George‹, sein Fernbleiben von der Kirche, seine alten, üblen, schimpflichen Laster betrachtete man in Debenham als ganz natürliche Dinge. Er besaß gewisse unklare, eingewurzelte Anschauungen, eine gewisse oberflächliche Ungläubigkeit, deren er sich ständig rühmte und die er mit unsicheren Schlägen auf den Tisch verkündete. Er trank Rum – regelmäßig jeden Abend seine fünf Gläser; und die meiste Zeit während seiner abendlichen Besuche im ›George‹ saß er, mit dem Glas in der rechten Hand, in einem Stadium trübsinniger alkoholischer Zufriedenheit. Wir nannten ihn den Doktor, denn es hieß, er besäße ein gewisses medizinisches Wissen und verstände zur Not, einen Bruch einzurichten oder eine Verrenkung wieder in Ordnung zu bringen. Doch abgesehen von diesen wenigen Einzelheiten, wußten wir eigentlich nichts über seinen Charakter und sein Vorleben.

An einem trüben Winterabend – es hatte bereits vor einiger Zeit neun geschlagen, bevor sich der Wirt zu uns setzte – war ein Kranker in den ›George‹ gebracht worden, ein bekannter Hausbesitzer aus der Nachbarschaft, der plötzlich auf dem Wege zum Parlament einen Schlaganfall erlitten hatte. Des großen Mannes noch größerer Londoner Arzt war telegraphisch an sein Bett berufen worden. Es war das erstemal, daß sich so etwas in Debenham ereignet hatte, denn die Bahn war erst kürzlich in Betrieb genommen worden. Natürlich erregte dieser Zwischenfall unser Interesse.

»Er ist angekommen«, sagte der Wirt, nachdem er sich seine Pfeife gestopft und angezündet hatte.

»Er?« fragte ich. »Wer – doch nicht der Doktor?«

»Gewiß«, erwiderte unser Wirt.

»Wie heißt er?«

»Doktor Macfarlane«, entgegnete der Wirt.

Fettes war mit seinem dritten Glase beinahe fertig und ziemlich angetrunken. Bald nickte er ein, bald glotzte er wieder verwirrt um sich.

Doch bei dem letzten Wort schien er aufzuwachen und wiederholte den Namen ›Macfarlane‹ zweimal; das erste Mal bedächtig, das zweite Mal aber in plötzlicher Erregung.

»Ja«, sagte der Wirt, »so heißt er. Doktor Wolfe Macfarlane.«

Fettes war im Augenblick nüchtern. Seine Augen weiteten sich, die Stimme wurde klar, laut und fest, seine Sprache bestimmt und ernst. Wir alle waren über diese Veränderung so erschrocken, wie wenn ein Mensch von den Toten auferstanden wäre.

»Entschuldigen Sie«, sagte er, »ich fürchte, ich habe Ihrer Unterhaltung nicht genügend Aufmerksamkeit gezollt. Wer ist dieser Wolfe Macfarlane?« Als er die Erklärung des Wirtes gehört hatte, fügte er hinzu: »Es kann nicht sein; es kann nicht sein; und doch würde ich ihm gern Aug in Aug gegenübertreten.«

»Kennen Sie den Doktor?« erkundigte sich der Leichenbestatter und hielt vor Erstaunen den Atem an.

»Das verhüte Gott!« lautete die Antwort. »Und doch, der Name ist selten. Es wäre ein zu erstaunlicher Zufall, zwei Träger dieses Namens anzunehmen. Sagen Sie mir, ist er alt?«

»Hm«, meinte der Gastwirt. »Er ist kein junger Mann mehr, das ist sicher, und sein Haar ist weiß, aber er sieht jünger aus als Sie.«

»Trotzdem ist er älter, Jahre älter, aber«, mit einem Schlag auf den Tisch, »es ist der Rum, der aus meinem Gesicht spricht – Rum und Sünde. Dieser Mann hat vielleicht ein leichtes Gewissen und eine gute Verdauung. – Gewissen! Hört, was ich euch sage. Ihr glaubt vielleicht, ich wäre ein guter alter ehrlicher Christenmensch? Das denkt ihr doch? Nein, wahrlich nicht. Ich habe nie scheinheilig geplärrt. Wenn Voltaire in meinen Schuhen gesteckt hätte, würde er vielleicht zu heucheln angefangen haben. Doch das Hirn« – dabei schlug er derb gegen seinen kahlen Schädel –, »das Hirn war stets klar und rührig, und ich machte und mache mir niemals Flausen vor.«

»Falls dieser Doktor der gleiche ist, den Sie kennen«, wagte ich nach einer etwas bedrückenden Pause zu bemerken, »so will es mir scheinen, daß Sie die gute Meinung des Wirtes nicht teilen.«

Fettes schenkte mir keinerlei Beachtung.

»Ja«, sagte er dann mit plötzlichem Entschluß, »ich muß ihm Angesicht in Angesicht gegenübertreten.«

Wieder entstand eine Pause, dann wurde im ersten Stock eine Tür ziemlich laut geschlossen, und man hörte einen Schritt auf der Treppe.

»Das ist der Doktor!« rief der Wirt. »Passen Sie gut auf, dann bekommen Sie ihn vielleicht zu Gesicht.«

Es waren nur zwei Schritte aus dem kleinen Wirtszimmer zur Tür des alten ›George‹-Gasthauses. Die breite Eichenstiege mündete fast unmittelbar auf die Straße. Zwischen der Haustürschwelle und der letzten Windung der Treppe war gerade noch Platz für einen türkischen Teppich und für nichts anderes. Aber dieser kleine Raum war jeden Abend hell erleuchtet durch eine Lampe im Treppenhaus und die große Laterne unter dem Wirtshausschild und außerdem durch den warmen Widerschein des Fensters der Schenkstube. Auf diese Weise zog der ›George‹ schon von weitem die Aufmerksamkeit der auf der kalten Straße Vorübergehenden auf sich. Eilig schritt Fettes dorthin, und wir, die wir zurückblieben, sahen die beiden Männer einander Aug in Aug gegenübertreten, wie der eine von ihnen es sich gewünscht hatte. Doktor Macfarlane schritt rasch und kräftig aus, das weiße Haar umrahmte ein bleiches, sanftes, aber energisches Gesicht. Er war elegant gekleidet, der Anzug aus feinstem schwarzem Tuch, die Wäsche blendend weiß; dazu eine große goldene Uhrkette, Manschettenknöpfe und Brille aus dem gleichen kostbaren Material. Um den Hals hatte er einen breiten weiß und lila getupften Schal geschlungen, und über seinem Arm hing ein behaglicher, pelzgefütterter Reisemantel. Kein Zweifel, er nahm eine seinen Jahren angemessene Stellung ein, und jeder Zug kündete Reichtum und Bedeutung. Es war ein erstaunlicher Kontrast, unseren Saufkumpan – kahlköpfig, schmierig, blatternarbig, in seinem alten Kamelottrock – ihm am Fuße der Treppe gegenübertreten zu sehen.

»Macfarlane!« sagte er mit ziemlich lauter Stimme, mehr wie ein Ausrufer als ein Freund.

Der große Arzt blieb unvermittelt auf der vierten Treppenstufe stehen, als fühle er sich durch die Familiarität der Anrede überrascht und in seiner Würde gekränkt.

»Toddy Macfarlane!« wiederholte Fettes.

Der Herr aus London taumelte zurück. Nur den Bruchteil einer Sekunde starrte er den Mann vor sich an, dann blickte er sich ängstlich um und stammelte mit gepreßter Flüsterstimme: »Fettes! Du!«

»Ja«. sagte der andere, »ich. Dachtest du, ich wäre auch tot? Unsere Bekanntschaft endet nicht so leicht.«

»Still, still!« rief der Doktor, »still, still! Diese Begegnung ist so unerwartet – ich verstehe, daß du die Fassung verloren hast. Im ersten Augenblick erkannte ich dich kaum, weißt du. Aber ich bin entzückt – einfach entzückt über diesen Zufall. Zunächst muß es allerdings bei einem ›Wie geht's‹ und ›Lebewohl‹ bleiben, denn mein Wagen wartet, und ich darf den Zug nicht versäumen. Aber du – laß mich überlegen –, ja du wirst mir deine Adresse aufschreiben, und du kannst bestimmt sehr bald auf eine Nachricht von mir rechnen. Wir müssen etwas für dich tun, Fettes. Ich fürchte, du befindest dich nicht in guten Verhältnissen, aber um der schönen alten Zeiten willen, wie wir einst beim Essen sangen, muß dagegen etwas geschehen.«

»Geld!« schrie Fettes. »Geld von dir! Das Geld, das ich von dir bekam, liegt noch immer dort, wo ich's im Regen hinschmiß.«

Doktor Macfarlane hatte in einem etwas verlegenen und vertraulichen Tone gesprochen, aber die ungewöhnliche Energie dieser Zurückweisung stürzte ihn wieder in Verwirrung.

Ein furchtbarer, böser Ausdruck kam und ging über sein fast ehrwürdiges Gesicht. »Mein lieber Junge«, sagte er, »halte das ganz, wie du magst. Ich hatte nicht die leiseste Absicht, dich zu beleidigen, und dränge mich niemandem auf. Ich werde dir meine Adresse geben, jedoch ...«

»Ich will nicht – nein, ich wünsche nicht das Dach zu kennen, das dich schützt!« unterbrach ihn der andere. »Ich hörte deinen Namen, ich fürchtete, du könntest es sein. Ich wollte wissen, ob es trotz allem einen Gott gäbe. Jetzt weiß ich, es gibt keinen. Scher dich fort!«

Er stand noch immer mitten auf dem Teppich zwischen Treppe und Haustor. Der große Londoner Arzt wäre gezwungen gewesen, zur Seite zu treten, um vorbeizukommen. Es war klar, daß er bei dem Gedanken an diese Demütigung zögerte. Kreideweiß, wie er dastand, kam ein gefährliches Funkeln in seine Augen. Aber während er noch unentschieden zögerte, bemerkte er, daß der Kutscher auf seinem Wagen von der Straße aus diese etwas ungewöhnliche Szene beobachtete, und gleichzeitig fing er auch die Blicke unserer kleinen, in der Ecke der Schenke zusammengedrängten Gesellschaft auf. Die Gegenwart so zahlreicher Zeugen bestimmte ihn zu sofortiger Flucht. Er duckte sich zusammen, schmiegte sich eng an die Täfelung und machte einen Sprung wie eine Schlange, um den Ausgang zu gewinnen. Aber seine Prüfung war noch nicht zu Ende, im Moment, als er vorüberschlüpfen wollte, packte Fettes seinen Arm, und flüsternd und doch peinlich verständlich sprach er folgende Worte: »Hast du es wieder gesehen?«

Der große, reiche Londoner Doktor stieß einen scharfen, erstickten Schrei aus, schleuderte den Frager quer durch den freien Raum und floh mit hocherhobenen Händen wie ein ertappter Dieb zur offenen Tür hinaus. Ehe noch einer von uns eine Bewegung machen konnte, ratterte die Kutsche bereits dem Bahnhof zu. Wie ein Traum war das Schauspiel vorübergezogen, aber der Traum hatte Beweise und Spuren seines Vorüberziehens hinterlassen. Am nächsten Tage fand der Hausknecht die schöne goldene Brille zerbrochen auf der Türschwelle, und am gleichen Abend noch standen wir alle atemlos an dem Gasthausfenster, neben uns Fettes, nüchtern, bleich und mit entschiedenem Ausdruck.

»Gott schütze uns, Mr. Fettes«, sagte der Wirt, der zuerst wieder seine Fassung gewann. »Was in aller Welt hat das zu bedeuten? Das sind seltsame Dinge, die Sie da gesprochen haben.«

Fettes wandte sich uns wieder zu, blickte jedem von uns der Reihe nach ins Gesicht und sagte: »Seht zu, daß ihr den Mund haltet! Den Weg dieses Mannes Macfarlane kreuzt man nicht ohne Gefahr. Alle, die es einmal gewagt, haben es zu spät bereut!«

Und dann, ohne auch nur sein drittes Glas zu leeren, geschweige denn auf die beiden anderen zu warten, bot er uns gute Nacht und schritt hinaus unter der Laterne des Wirtshauses in die dunkle Nacht.

Wir drei kehrten auf unsere Plätze in der Wirtsstube vor dem großen roten Feuer und zu den vier hellen Kerzen zurück. Und als wir dann noch einmal alles, was sich ereignet hatte, durchsprachen, verwandelte sich der erste Schauder der Überraschung in brennende Neugier. Noch lange saßen wir so. Es war die längste Sitzung, die ich in dem alten ›George‹ erlebt habe. Bevor wir auseinandergingen, hatte jeder einzelne seine bestimmte Theorie, die zu beweisen er sich anheischig machte. Und niemand von uns hatte etwas Dringenderes auf der Welt zu tun, als der Vergangenheit unseres verfemten Kameraden nachzuspüren und das Geheimnis aufzudecken, das ihn mit dem berühmten Londoner Doktor verband. Es ist kein großer Ruhm, aber ich glaube, ich vestand es besser als meine beiden Genossen im ›George‹, jemandem eine Geschichte herauszulocken, vielleicht lebt heute kein zweiter Mensch auf dieser Welt, der euch die nachstehenden widerwärtigen und widernatürlichen Ereignisse zu erzählen vermöchte.

In seiner Jugend studierte Fettes in Edinburgh Medizin. Er besaß eine gewisse Begabung, jene Begabung, die rasch auffaßt, was sie hört, und es schleunigst als eigene Weisheit wiedergibt. Zu Hause arbeitete er wenig, aber er war höflich, dienstbeflissen und verständig in Gegenwart seiner Lehrer. Bald hatten sie herausgefunden, daß er ein Bursche war, der aufmerksam zuhören konnte und sich gut der Dinge erinnerte. Ja, so merkwürdig es mich berührte, als ich zuerst davon hörte: sein Äußeres nahm damals für ihn ein und machte ihn beliebt. Zu jener Zeit gab es in Edinburgh außerhalb der Universität noch einen zweiten Lehrer der Anatomie, den ich hier mit dem Buchstaben K. bezeichnen werde. Später wurde sein Name nur allzu bekannt. Der Mann, der diesen Namen trug, durchschlich verkleidet die Straßen Edinburghs, während der Pöbel der Hinrichtung Burkes zujauchzte und laut nach dem Blut seines Auftraggebers verlangte. Aber Mr. K. stand damals auf dem Gipfel seines Ruhms. Er erfreute sich einer großen Popularität, teils dank seines Talentes und seiner Lebensart, teils wegen der Unfähigkeit seines Rivalen, des Universitätsprofessors. Die Studenten wenigstens schworen auf ihn. Fettes war daher überzeugt, und auch die anderen glaubten es, daß der Grundstein für eine erfolgreiche Laufbahn gelegt wäre, sobald man sich die Gunst dieser meteorgleichen Berühmtheit erworben hätte. Mr. K. war ein ebenso großer Bonvivant wie vorzüglicher Lehrer. Er liebte eine versteckte Anspielung nicht weniger als ein sorgfältig hergestelltes Präparat. In dieser doppelten Hinsicht erfreute sich Fettes seiner Beachtung und verdiente sie auch. Und im zweiten Jahre seiner Kollegzeit wurde ihm die halboffizielle Stellung eines zweiten Prosektors oder Hilfsassistenten bei ihm übertragen.

In dieser Eigenschaft ruhte vor allem die Aufsicht über den Anatomiesaal und das Vorlesungszimmer auf seinen Schultern. Er war für die Sauberkeit der Räumlichkeiten und die Disziplin der Studenten verantwortlich. Es gehörte ferner zu seinem Pflichtenkreis, die verschiedenen notwendigen Objekte zu beschaffen, sie in Empfang zu nehmen und zu verteilen. In Hinsicht auf diese letzte Obliegenheit – damals eine äußerst delikate Sache – wurde er bei Mr. K. in dem gleichen Flügel und zuletzt in dem nämlichen Gebäude einquartiert, in dem sich auch der Seziersaal befand. Hier wurde Fettes häufig nach einer Nacht wüster Ausschweifungen, mit noch zitternden Händen, der Blick trübe und verwirrt, in der dunkelsten Stunde vorm Dämmern eines Wintertages durch die unsauberen und verwegenen Ruhestörer aus dem Bett geschreckt, die den Anatomietisch mit Material versorgten. Gewöhnlich öffnete er nachts die Pforte drei Männern, seither berüchtigt im ganzen Lande. Er half ihnen beim Heraufschaffen ihrer traurigen Last, bezahlte ihnen den schmutzigen Lohn und blieb, wenn sie gegangen waren, mit den unholden Überresten verblichenen Menschentums allein. Von solch einer Szene pflegte er dann wieder in sein Bett zurückzukehren, um sich noch eine oder zwei Stunden Schlummer zu stehlen, die Schändung der Nacht wettzumachen und sich für die Arbeit des Tages zu stärken.

Kaum ein anderer Mensch wäre derart unempfindlich für die Eindrücke eines Lebens gewesen, das so ständig unter den Zeichen der Sterblichkeit verlief. Sein Geist war allen allgemeinen Erwägungen verschlossen. Er war unfähig jeglichen Interesses an dem Geschick und Glück anderer, nur Sklave seiner eigenen Begierden und eines niederen Ehrgeizes. Kalt, leichtsinnig und selbstsüchtig bis zum Äußersten, besaß er jenen Funken Bedachtsamkeit, mißbräuchlich Moralität genannt, der einen Mann zurückhält von sinnloser Trunkenheit oder strafwürdigem Verbrechen. Daneben erstrebte er auch ein gewisses Maß von Achtung und Beachtung bei Lehrern und Mitschülern und wollte um keinen Preis, was die äußeren Lebensumstände betraf, Schiffbruch leiden. Es war daher sein Streben, sich bei seinen Studien auszuzeichnen, und er leistete seinem Auftraggeber, Mr. K., tagaus, tagein tadelfreien Augendienst. Für die Plackerei des Tages entschädigten ihn lärmende, gemeine nächtliche Vergnügungen. Zog er dann die Bilanz, so erklärte sich das Organ, das er sein Gewissen nannte, für befriedigt.

Die Beschaffung von Leichen bedeutete für ihn sowohl wie für seinen Chef eine ständige Sorge. Unter den zahlreichen, fleißigen Studenten fehlte es ständig an anatomischem Rohmaterial, und die dadurch erforderliche Geschäftigkeit war nicht nur an sich unerfreulich, sondern bedrohte auch alle, die damit zu tun hatten, mit gefährlichen Folgen. Es war Mr. K.s Politik, bei seinen Aufträgen den Händlern keine Fragen zu stellen. »Sie bringen den Leichnam, und wir bezahlen den Preis – quid pro quo«, pflegte er zu sagen, und auch seinen Assistenten riet er frivol: »Stellt um eurer Gewissensruhe willen keine Fragen.« Nie wurde die Vermutung geäußert, die Leichen könnten womöglich durch Mord beschafft worden sein. Hätte man diesen Gedanken in klaren Worten ihm gegenüber geäußert, er wäre entsetzt zurückgefahren. Aber schon die Leichtfertigkeit seiner Reden war angesichts des Ernstes dieser Angelegenheit ein Verstoß gegen die guten Sitten und eine Versuchung für die Leute, mit denen er es zu tun hatte. Fettes hatte sich schon wiederholt über die merkwürdige Frische der Leichen Gedanken gemacht. Wieder und wieder hatte er sich vor den Galgengesichtern und widerlichen Blicken der Räuber, die früh vor Tagesgrauen kamen, entsetzt. Indem er im geheimen eine Tatsache an die andere reihte und diese mit den leichtfertigen Reden seines Lehrers in Verbindung brachte, gelangte er allmählich zu einer abstoßenden und kategorischen Theorie. Nach seiner Ansicht umfaßte sein Pflichtenkreis, kurz gesagt, drei Aufgaben: in Empfang zu nehmen, was gebracht wurde, den Preis zu entrichten und die Augen vor der Wahrscheinlichkeit eines Verbrechens zu verschließen.

An einem Morgen im November wurde diese Politik des Schweigens auf eine besonders harte Probe gestellt. Die ganze Nacht hatte er mit rasenden Zahnschmerzen durchwacht – gleich einem gefangenen Raubtier war er in seinem Zimmer auf und ab gerannt, um sich dann wieder wütend aufs Bett zu werfen –, und endlich war er in jenen tiefen, unerquickenden Schlaf gesunken, der so oft auf eine Nacht des Leidens folgt, als er durch die dritte oder vierte ungestüme Wiederholung des vereinbarten Signals aufgeschreckt wurde. Der Mond schien dünn und hell, es war bitter kalt, windig und frostig; noch war die Stadt nicht erwacht, aber ein undefinierbares Gesumme verkündete bereits des Tages Lärm und Geschäftigkeit. Die Vampire waren später als gewöhnlich gekommen und schienen auch besorgter als gewöhnlich, sich wieder entfernen zu können. Schlaftrunken leuchtete Fettes ihnen die Treppe hinauf, wie im Traum hörte er das Gemurmel ihrer irischen Stimmen, und während sie den Sack von seinem traurigen Inhalt befreiten, wartete er verschlafen mit der Schulter gegen die Wand gelehnt. Er mußte sich zusammenreißen, um das Geld für die Leute zu finden. Dabei fielen seine Augen auf das tote Antlitz. Er stutzte und trat mit erhobener Kerze zwei Schritte näher. »Allmächtiger Gott!« rief er, »das ist ja Jane Galbraith!«

Die Männer schwiegen und schlichen zur Tür. »Ich kenne sie, sage ich euch«, fuhr er fort; »gestern lebte sie noch und war kerngesund. Es ist unmöglich, daß sie gestorben ist. Unmöglich könnt ihr euch diesen Leichnam auf ehrliche Weise beschafft haben.«

»Da sind Sie ganz auf dem Holzwege«, brummte einer der Kerle. Der andere jedoch blickte Fettes finster in die Augen und forderte auf der Stelle das Geld.

Es ging nicht an, die Drohung mißzuverstehen oder die Gefahr zu übertreiben. Fettes entsank der Mut. Er stammelte ein paar Entschuldigungen, bezahlte die Summe und sah seine verhaßten Besucher abziehen. Kaum waren sie fort, da eilte er auch schon, seine Zweifel zu bestätigen. An einem Dutzend unzweifelhafter Kennzeichen erkannte er das Mädchen, mit dem er noch gestern gescherzt hatte. Mit Schauder sah er an ihrem Körper Merkmale, die auf eine Gewalttat hinwiesen. Panische Furcht ergriff ihn, und er flüchtete in sein

Zimmer. Dort dachte er lange über die von ihm gemachte Entdeckung nach, überlegte nüchtern die Tragweite von Mr. K.s Verhaltungsmaßregeln und die Gefahr, die ihm selbst aus seiner Verstrickung in ein derart verbrecherisches Geschäft drohte, und entschloß sich endlich in seiner furchtbaren Bestürzung, den Rat seines unmittelbaren Vorgesetzten, des Assistenten, einzuholen.

Der Assistent war ein junger Doktor, Wolfe Macfarlane, der besondere Liebling aller etwas leichtsinnigen Studenten, geschickt, ausschweifend und skrupellos bis zum Äußersten. Er war im Ausland gewesen und hatte dort studiert. Sein Benehmen war leicht, nur etwas anmaßend, und in Theatersachen galt er als Autorität. Auch war er gewandt auf der Eisbahn und den Spielplätzen mit Schlittschuhen und Golfschläger, kleidete sich mit gewagtester Eleganz und hielt sich, um seinem Ruhm den letzten Glanz zu verleihen, ein Gig und einen kräftigen Traber. Mit Fettes verkehrte er auf freundschaftlichem Fuße. In der Tat verlangte ja ihre beiderseitige Position eine gewisse Gemeinschaftlichkeit der Lebensführung. Wenn Leichen knapp wurden, pflegte das Paar in Macfarlanes Gig über Land zu fahren, um irgendeinen einsamen Friedhof aufzusuchen und zu entweihen; vor Morgengrauen kehrten sie dann mit ihrem Raube zu der Pforte des Seziersaales zurück.

An diesem unheilschwangeren Morgen stellte sich Macfarlane früher ein, als es seiner Gewohnheit entsprach. Fettes hörte ihn kommen, traf ihn bereits auf der Treppe, erzählte ihm die Geschichte und zeigte ihm die Veranlassung seiner Sorge. Macfarlane prüfte die Male an dem Körper.

»Ja«, sagte er mit einem Nicken, »das sieht faul aus.«

»Nun, was soll ich tun?« fragte Fettes.

»Tun?« erwiderte der andere. »Warum willst du etwas tun? Je weniger man über diese Sache spricht, desto besser.«

»Aber die Male könnten doch auch anderen auffallen«, widersprach Fettes. »Das Mädel war so bekannt wie Castle Rock.«

»Hoffen wir, daß das nicht geschieht!« entgegnete Macfarlane. »Na, und wenn die Strangulierungszeichen wirklich jemand auffallen – was tut's! Du hast sie jedenfalls nicht bemerkt, verstanden! Und damit Schluß. Tatsache ist, dieses Geschäft dauert schon allzulange. Wühle den Schlamm auf, und du bringst K. in die tollste Klemme. Auch du selbst gerätst in eine verzweifelte Patsche und ich ebenfalls. Möchte wissen, wie wir uns vor einer christlichen Zeugenschranke ausnehmen würden oder was zum Teufel wir zu unserer Entschuldigung anführen sollten. Für mich, weißt du, steht etwas absolut fest – daß, praktisch gesprochen, alle unsere Leichen durch Mord beschafft worden sind.«

»Macfarlane!« schrie Fettes.

»Na, hör mal«, höhnte der andere; »als ob du das nicht schon selbst vermutet hättest!«

»Vermuten ist eine Sache für sich ...«

»Ja, und Beweise wieder was anderes, das weiß ich. Ich bin übrigens genauso beunruhigt wie du, daß man dies hier«, dabei schlug er mit seinem Stock auf den Leichnam, »zu uns geschafft hat. Das Beste, was man tun kann, ist, die Leiche nicht zu erkennen, und«, fügte er kaltblütig hinzu, »ich erkenne sie tatsächlich nicht. Du kannst ja tun, was dir beliebt. Ich mache dir keine Vorschriften. Aber ich bin überzeugt, ein Mann von Welt würde genauso handeln wie ich, und ich möchte noch hinzufügen, daß vermutlich auch K. ein solches Verhalten von uns erwartet. Warum wählte er gerade uns beide zu seinen Assistenten? Darauf antworte ich: Weil er keine alten Weiber gebrauchen konnte.«

Das war gerade der richtige Ton, um auf den Geist eines Burschen wie Fettes zu wirken. Er versprach, Macfarlanes Verhalten nachzuahmen. Die Leiche des unglücklichen Mädchens wurde vorschriftsmäßig zerlegt, und niemand bemerkte etwas oder schien sie wiederzuerkennen.

Eines schönen Nachmittags, als das Tagewerk beendet war, schlenderte Fettes in eine bekannte Kneipe und traf dort Macfarlane in Gesellschaft eines Fremden. Der Unbekannte war ein kleiner Mann, auffallend bleich und finster, mit kohlschwarzen Augen. Die Züge seines Gesichts verrieten Verstand und eine gewisse Kultur. In seinem Verhalten kamen aber diese Eigenschaften nur schwach zum Ausdruck, und bei näherer Bekanntschaft erwies er sich sogar als roh, gewöhnlich und dumm. Trotzdem übte er auf Macfarlane eine erstaunliche Herrschaft aus; ja, er erteilte Befehle wie der Großpascha, wurde bei dem leisesten Widerspruch oder Verzug wütend und nahm die Unterwürfigkeit, mit der ihm gehorcht wurde, als etwas Selbstverständliches hin. Diese äußerst widerwärtige Persönlichkeit faßte sofort Zuneigung zu Fettes, trank ihm eifrig zu und beehrte ihn mit einem außergewöhnlichen Vertrauen hinsichtlich seiner früheren Laufbahn. Wenn auch nur der zehnte Teil von dem, was er ihm beichtete, stimmte, so wäre er ein mit allen Wassern gewaschener Schurke gewesen. Die Aufmerksamkeit eines so erfahrenen Mannes schmeichelte der Eitelkeit des jungen Menschen.

»Ich bin selbst ein ziemlich schlimmer Bursche«, bemerkte der Fremde, »aber Macfarlane ist ein ganz schwerer Junge – Toddy Macfarlane, wie ich ihn nenne. Toddy, bestell für deinen Freund ein neues Glas!« Oder auch, »Toddy, steh auf und mach die Tür zu! Toddy haßt mich«, sagte er dann wieder, »o gewiß, Toddy, das tust du.«

»Nenne mich nicht bei dem verdammten Namen«, brummte Macfarlane.

»Hören Sie ihn! Haben Sie je eine Messerstecherei mit angesehen? Mit Begeisterung würde Toddy sein Messer an meinem Leib ausprobieren«, bemerkte der Fremde.

»Wir Mediziner haben eine bessere Methode«, entgegnete Fettes. »Wenn wir einen unserer toten Freunde nicht schätzen, sezieren wir ihn.«

Macfarlane blickte scharf auf, als wäre dieser Scherz nicht nach seinem Geschmack.

Der Nachmittag ging vorüber. Gray, das war der Name des Fremden, lud Fettes ein, ihm beim Abendessen Gesellschaft zu leisten, und bestellte ein so üppiges Festmahl, daß die ganze Kneipe in Bewegung geriet, und als sie damit fertig waren, befahl er Macfarlane, die Rechnung zu bezahlen. Als sie sich trennten, war es schon spät. Gray war sinnlos betrunken. Macfarlane, den die Wut ernüchtert hatte, konnte seinen Ärger über das Geld, das zu vergeuden er gezwungen worden war, und über die Nichtachtung, die er hatte hinunterschlukken müssen, nicht verwinden. Fettes, dessen Kopf von den zahlreichen Likören brummte, kehrte schwankenden Schrittes und völlig benebelt nach Hause zurück. Am nächsten Tage blieb Macfarlane den Vorlesungen fern, und Fettes lachte sich ins Fäustchen bei der Vorstellung, wie jener noch immer den unerträglichen Gray von Kneipe zu Kneipe begleiten mußte. Sobald die Stunde der Freiheit geschlagen hatte, eilte er auf der Suche nach seinen nächtlichen Kumpanen von Ort zu Ort, doch nirgends konnte er die beiden finden. So kehrte er zeitig nach Hause zurück, ging früh zu Bett und schlief den Schlaf der Gerechten.

Um vier Uhr in der Frühe wurde er durch das wohlbekannte Signal aufgeschreckt. Als er zur Tür herunterkam, überraschte es ihn, dort Macfarlane mit seinem Gig zu finden und in dem Gig eines jener langen schaurigen Pakete, die er nur zu genau kannte.

»Was?« rief er. »Bist du allein fortgewesen? Wie hast du das fertiggekriegt?«

Aber Macfarlane gebot ihm grob, den Mund zu halten, und forderte ihn auf, mit zuzugreifen. Sobald sie die Leiche nach oben geschafft und auf den Seziertisch gelegt hatten, traf Macfarlane Anstalt, sich sofort wieder zu entfernen. Dann blieb er jedoch stehen, schien zu zögern und sagte in einem etwas erzwungenen Tone: »Du hättest dir das Gesicht besser ansehen sollen!« Und als Fettes ihn erstaunt anstarrte, wiederholte er: »Du tätest gut daran.«

»Aber wo, wie und wann bist du dazu gekommen?« rief der andere.

»Schau dir das Gesicht an!« war die einzige Antwort.

Fettes war verblüfft. Seltsame Zweifel bestürmten ihn. Er blickte von dem jungen Doktor auf den Leichnam und dann wieder auf den Doktor. Endlich, mit einem Ruck, tat er, wozu man ihn aufgefordert hatte. Fast hatte er den Anblick, der sich seinen Augen bot, erwartet, dennoch war er vor Entsetzen fassungslos. Selbst in dem gedankenlosen Fettes regten sich Gewissensängste, als er den gleichen Mann, den er gut gekleidet und strotzend von Gesundheit und Laster auf der Türschwelle der Kneipe verlassen hatte, jetzt in der Starre des Todes, nackt und bloß, auf dem rohen Lager von Sackleinwand hingestreckt liegen sah. Ein ›Cras tibi!‹ widertönte in seiner Seele. Zwei, die er gut gekannt, waren auf diesen eisigen Tisch niedergelegt worden. Doch das waren nur nebensächliche Erwägungen. Seine Hauptsorge konzentrierte sich auf Wolfe. Unvorbereitet auf eine so ungeheuerliche Herausforderung, wußte er nicht, wie er seinem Kameraden ins Gesicht blicken sollte. Er wagte es nicht, seinen Augen zu begegnen, und Wort und Stimme versagten ihm.

Macfarlane selbst machte den ersten Vorstoß. Er kam aus dem Hintergrund hervor und legte seine Hand leicht, aber bestimmt auf des anderen Schulter.

»Richardson«, sagte er, »kann den Kopf haben.«

Nun war Richardson ein Student, der schon seit langem darauf brannte, diesen Teil des menschlichen Körpers zur Präparation angewiesen zu erhalten. Es kam keine Antwort, und der Mörder fuhr fort: »Um vom Geschäft zu sprechen, du mußt mir den Leichnam bezahlen. Deine Abrechnungen, verstehst du, müssen stimmen.«

Endlich fand Fettes seine Stimme wieder, doch war es nur der Hauch seiner Stimme. »Dich bezahlen!« rief er, »bezahlen, dafür?«

»Warum nicht? Natürlich mußt du das. Unter allen Umständen und in jeder Hinsicht mußt du das!« erwiderte der andere. »Ich kann nicht wagen, so etwas umsonst zu liefern, und du nicht, es kostenlos anzunehmen. Wir würden uns beide kompromittieren. Es ist der gleiche Fall wie bei Jane Galbraith. Je mehr Sachen nicht stimmen, um so mehr müssen wir den Schein wahren, als ob alles in Ordnung sei. Wo bewahrt der alte K. sein Geld auf?«

»Dort!« antwortete Fettes heiser und zeigte auf einen Schrank in der Ecke.

»Dann gib mir den Schlüssel«, versetzte der andere ruhig und streckte seine Hand aus.

Ein kurzes Zögern, und der Würfel war gefallen. Macfarlane konnte ein nervöses Zucken nicht unterdrücken, ein kaum merkliches Zeichen seiner ungeheuren Erleichterung, als er den Schlüssel in der Hand hielt. Er öffnete den Schrank, nahm aus einem Fach Feder, Tinte und ein Schreibheft und außerdem von dem Gelde in einer Schieblade eine der Gelegenheit angemessene Summe.

»Paß jetzt auf!« sagte er. »Die Zahlung ist geleistet – der erste Beweis für unseren guten Glauben: der erste Schritt zu deiner Sicherheit. Jetzt mußt du die Sache durch einen zweiten bekräftigen; trage die Zahlung in dein Buch ein, dann brauchst du dich den Teufel um das Weitere zu scheren!«

Die nächsten Sekunden verliefen für Fettes in völliger Geistesabwesenheit. Aber als er seine Befürchtungen abwog, triumphierte die unmittelbare Sorge. Jede künftige Sorge schien ihm fast willkommen, falls sich nur ein sofortiger Streit mit Macfarlane vermeiden ließ. Er stellte den Leuchter hin, den er die ganze Zeit herumgeschleppt hatte, und trug mit fester Hand Datum, Art und Höhe des Geschäftes ein.

»Und jetzt«, sagte Macfarlane, »ist es nur billig, daß du den Gewinn einstreichst. Ich habe meinen Anteil bereits empfangen. Doch nebenbei: wenn ein Mann von Welt einmal Glück hat und ein paar Shilling extra in seiner Tasche trägt – ich schäme mich fast, es auszusprechen –, dann gibt es für diesen Fall bestimmte Verhaltungsmaßregeln: kein Freihalten, kein Kauf von teuren Lehrbüchern, keine Bezahlung alter Schulden; borgen, aber nichts verleihen.«

»Macfarlane«, begann Fettes noch immer etwas heiser, »ich habe meinen Hals in eine Schlinge gesteckt, um dir zu dienen.«

»Um mir zu dienen!« rief Wolfe. »Ach, geh doch. Soweit ich die Sache zu beurteilen vermag, tatest du genau das, was du zur Selbstverteidigung tun mußtest. Angenommen, ich geriete in Schwierigkeiten, was würde dann wohl aus dir? Diese zweite kleine Angelegenheit ist die logische Folge der ersten. Mr. Gray ist die Fortsetzung von Miß Galbraith. Du kannst nicht etwas beginnen und dann plötzlich aufhören. Wenn du dich auf so etwas einläßt, mußt du einfach bei der Stange bleiben. Das ist nackte Wahrheit. Keine Ruhe für den Gottlosen!«

Ein furchtbares Gefühl des Unheils und der Treulosigkeit des Schicksals senkte sich schwer auf die Seele des unglücklichen Studenten.

»Mein Gott!« rief er, »was habe ich nur getan! Und wann fing es an? Zum Hilfsassistenten ernannt werden – im Namen der Vernunft –, darin liegt doch kein Unrecht? S. hat die Stellung auch gewollt. Er hätte sie statt meiner erhalten können. Würde er dann auch dort stehen, wo ich jetzt stehe?«

»Mein lieber Junge«, sagte Macfarlane, »was bist du doch für ein Kind. Was ist dir Schlimmes passiert? Was kann dir Übles geschehen, wenn du den Mund hältst? Höre, Mensch, weißt du überhaupt, was dieses Leben bedeutet? Es gibt zwei Klassen von Menschen – die Löwen und die Lämmer. Wenn du zu den Lämmern gehörst, wirst du einst, genau wie Gray oder Jane Galbraith, auf diesem Tisch liegen. Bist du aber Löwe, so wirst du leben und dein Pferd lenken wie ich, wie K., wie alle in der Welt, die Witz und Mut besitzen. Du bist zunächst beunruhigt, aber sieh dir K. an. Mein lieber Junge, du bist doch geschickt. Du hast Mut. Ich liebe dich, und K. liebt dich. Du bist zum Führer geboren. Und ich erkläre dir bei meiner Ehre und bei meiner Lebenserfahrung: Laß drei Tage vergehen, und du wirst über diese Schreckgespenster lachen wie ein Schuljunge über eine Posse.«

Mit diesen Worten verabschiedete sich Macfarlane und fuhr in seinem Gig die Allee hinunter, um noch vor Tagesanbruch seine Wohnung zu erreichen. Fettes blieb also allein mit seinen Schmerzen. Er erkannte die schreckliche Gefahr, in die er verstrickt war. Mit unaussprechlicher Bestürzung sah er, daß für Schwächlichkeit kein Raum blieb und daß er durch Zugeständnis über Zugeständnis aus dem Herrn über Macfarlanes Geschick zu dessen bezahltem und hilflosem Spießgesellen gesunken war. Die ganze Welt würde er hingegeben haben, hätte er sich zur richtigen Zeit etwas unerschrockener benommen. Daß er auch jetzt noch Mut beweisen könnte, dieser Gedanke kam ihm überhaupt nicht in den Sinn. Das Geheimnis der Jane Galbraith und die verwünschte Eintragung in sein Geschäftsbuch verschlossen ihm den Mund.

Stunden verstrichen, der Saal begann sich zu füllen, die Gliedmaßen des unglücklichen Gray wurden an den einen und den anderen ausgeteilt und ohne Bemerkung übernommen. Richardson wurde mit dem Kopf beglückt, und noch ehe die Stunde der Freiheit schlug, zitterte Fettes vor innerem Frohlocken, als er sah, welch gute Fortschritte sie in bezug auf ihre Sicherheit gemacht hatten. Mit wachsender Freude beobachtete er während der nächsten zwei Tage den furchtbaren Prozeß der Zerstörung.

Am dritten Tag erschien Macfarlane wieder auf der Bildfläche. Er war, wie er behauptete, krank gewesen. Aber durch die Energie, mit der er die Studenten antrieb, holte er die verlorene Zeit wieder ein. Besonders Richardson förderte er durch wertvolle Hilfeleistungen und Ratschläge, und der junge Student, ermutigt durch das Lob des Prosektors, sonnte sich in ehrgeizigen Träumen und sah die Medaille bereits in Greifweite. Ehe noch die Woche verstrichen war, hatte sich Macfarlanes Prophezeiung erfüllt. Fettes' Besorgnis war zerronnen, die Gemeinheit vergessen. Er fing an, sich mit seinem Mute zu brüsten, und hatte bereits die ganze Geschichte in seinem Geist so schön geordnet, daß er mit ungekränktem Stolz auf diese Vorgänge zurückblickte. Seinen Spießgesellen sah er nur flüchtig. Natürlich trafen sie sich bei der Studienarbeit und empfingen dort ihre Anweisungen von Mr. K. Bisweilen tauschten sie auch privat ein oder zwei Worte aus, und Macfarlane benahm sich vom ersten bis zum letzten Moment besonders freundlich und jovial. Aber es war offensichtlich, daß er jede Anspielung auf ihr gemeinsames Geheimnis vermied. Selbst als Fettes ihm zuflüsterte, daß er sein Geschick mit den Löwen verbunden und den Lämmern abgeschworen hätte, bedeutete er ihm nur lächelnd durch ein Zeichen, den Mund zu halten.

Bald bot sich eine neue Gelegenheit, die das Paar noch enger aneinanderfesseln sollte. Mr. K. klagte wieder über Mangel an Leichen, die Schüler waren voller Eifer, und es bildete den Ehrgeiz dieses Lehrers, stets reichlich mit Material versehen zu sein. Gleichzeitig kam die Mitteilung von einem Begräbnis auf dem ländlichen Friedhof von Glencorfe. Die Zeit hat den fraglichen Ort nur wenig verändert. Er lag damals wie heute an einem Kreuzweg, außer Rufweite von jeder menschlichen Wohnung und klaftertief unter dem Gezweig von sechs mächtigen Zedern verborgen. Das Blöken der Schafe auf den benachbarten Hügeln, die kleinen Flüßchen zu beiden Seiten, von denen der eine laut unter Pappeln sang, der andere sich verstohlen von Weiher zu

Weiher schlängelte, das Rascheln des Windes in den alten, weitausladenden blühenden Kastanien und einmal in sieben Tagen die Stimmen der Glocken und die alten Melodien des Kantors waren die einzigen Laute, die das Schweigen rund um die ländliche Kirche störten. Die Auferstehungsmänner – um die zu jener Zeit übliche Bezeichnung zu gebrauchen – ließen sich durch die gebotene Unverletzlichkeit von Pietätsbezeugungen nicht abschrecken. Es gehörte zu ihrem Geschäft, die Wappen und Abzeichen alter Gräber, den von den Füßen der Andächtigen und Leidtragenden getretenen Pfad und die Gaben und Inschriften verwaister Liebe zu verachten und zu entweihen. Weit davon entfernt, sich durch natürliche Ehrfurcht abhalten zu lassen, besaßen ländliche Gegenden, wo Liebe treuer als sonst bewahrt wird und Bande des Bluts und der Gemeinschaft die gesamten Mitglieder einer Gemeinde verknüpfen, für den Leichenräuber infolge der Leichtigkeit und Sicherheit der Aufgabe eine besondere Anziehungskraft. Plötzlich schien auf die Leichen, die in hoffnungsvoller Erwartung einer so ganz anderen Auferstehung in die Erde gebettet worden waren, jener flüchtige Laternenschimmer, kam die angstbeflügelte Auferweckung durch Spaten und Spitzhacke. Der Sarg wurde erbrochen, das Leichentuch herausgerissen, und die traurigen Überreste, umhüllt mit Sackleinwand, wurden endlich nach stundenlanger ratternder Fahrt über mondlose Seitenwege der schimpflichsten Verunglimpfung seitens einer Schar gaffender Knaben ausgesetzt.

Wie zwei Geier auf ein sterbendes Lamm wollten sich Fettes und Macfarlane auf ein Grab in jenem grünen, friedlichen Ruheplatz stürzen. Die Frau eines Bauern, ein Weib, das sechzig Jahre gelebt hatte und nur bekannt war wegen ihrer guten Butter und ihrer gottgefälligen Reden, sollte um Mitternacht ihrer Gruft entrissen und starr und nackt in jene ferne Stadt entführt werden, die sie stets nur in ihrem Sonntagsstaat beehrt hatte. Bis zum Anbruch des Jüngsten Gerichts sollte der Platz neben ihrer Familie leer bleiben und ihr unschuldiger, ja fast ehrwürdiger Leib der üblen Neugier der Anatomen ausgeliefert werden.

Spät an einem Nachmittag machte sich das Paar auf den Weg, fest in Mäntel gehüllt und ausgerüstet mit einer riesigen Flasche. Ohne Unterlaß strömte der Regen – ein kalter, dichter, peitschender Regen. Dann und wann fegte ein Windstoß über die Erde, aber die Flut stürzenden Wassers hielt ihn nieder. Trotz Flasche und allem war es bis Penicuik, wo sie den Abend verbringen wollten, eine trübselige, schweigsame Fahrt. Einmal hielten sie an, um in einem dichten Buschwerk, unfern des Friedhofes, ihre Werkzeuge zu verbergen; ein zweites Mal bei Fishers Tryst, um am Küchenfeuer Toast zu rösten und den Whisky durch ein Glas Bier abzulösen. Als sie das Ziel ihrer Reise erreichten, wurde das Gig eingestellt, das Pferd gefüttert und versorgt, und die beiden jungen Doktoren ließen sich in einem Privatzimmer beim besten Essen und beim besten Weine, den das Haus zu bieten vermochte, nieder. Die Kerzen, das Feuer, der gegen das Fenster klopfende Regen, das kalte finstere Werk, das vor ihnen lag, verlieh den Genüssen ihres Mahls besondere Würze. Jedes Glas steigerte ihre Ausgelassenheit. Nach einiger Zeit händigte Macfarlane seinem Gefährten einen kleinen Haufen Goldstücke aus.

»Meinen Glückwunsch«, sagte er. »Unter Freunden sollten diese verdammten kleinen Gefälligkeiten so selbstverständlich wie Fidibusse sein.«

Fettes steckte das Geld ein und applaudierte diesem

Kernspruch. »Du bist ein Philosoph!« rief er. »Und ich war ein Esel, bevor ich dich kennenlernte. Du und K., ihr seid Kerle, zum Henker! Ihr werdet noch einen Mann aus mir machen!«

»Natürlich werden wir das«, stimmte Macfarlane zu. »Einen Mann? Ich sage dir, es erfordert schon einen ganzen Kerl, am nächsten Morgen wieder der alte zu sein. Es gibt manchen großen, lärmenden, vierzig Jahre alten Schurken, dem es beim Anblick jenes verdammten Dinges schlecht geworden wäre; dir jedoch nicht – du behältst deinen Kopf oben. Ich habe dich genau beobachtet.«

»Na, warum auch nicht?« entgegnete Fettes prahlerisch. »Was ging mich die Sache eigentlich an? Auf der einen Seite war nichts zu gewinnen, höchstens Verdrießlichkeiten; andererseits konnte ich aber auf deine Dankbarkeit rechnen. Das siehst du ja jetzt«, und er klopfte gegen seine Tasche, daß die Goldstücke klangen.

Macfarlane empfand bei diesen unerfreulichen Worten eine gewisse Besorgnis. Vielleicht bedauerte er es, seinen jungen Gefährten mit allzu gutem Erfolg unterrichtet zu haben. Aber er kam gar nicht dazu, eine Meinung zu äußern, denn der andere fuhr lärmend in dem gleichen ruhmseligen Tone fort:

»Die Hauptsache ist, keine Angst zu haben. Na, und was dich und mich anbetrifft, so möchte ich eben nicht gern hängen – das ist mal Tatsache, und für jede Art Heuchelei, Macfarlane, habe ich von Geburt an nur Verachtung gehabt. Hölle, Gott, Teufel, Recht, Unrecht, Sünde, Verbrechen, kurz die ganze uralte Raritätensammlung – die kann vielleicht Knaben in Angst versetzen, aber Männer von Welt wie du und ich haben für solche Kindereien nur Verachtung. Komm, prost! Auf das Andenken Grays!«

Mittlerweile war es ziemlich spät geworden. Das Gig wurde der Anweisung entsprechend vorgefahren, beide Lampen wurden angezündet, die jungen Leute bezahlten ihre Rechnung und machten sich auf den Weg. Sie erzählten, sie müßten nach Peebles fahren; sie hielten diese Richtung auch ein, bis die letzten Häuser des Städtchens hinter ihnen lagen. Dann löschten sie die Laternen, kehrten den gleichen Weg zurück und folgten einer Seitenchaussee nach Glencorfe. Kein Laut war zu hören außer dem Rattern ihres eigenen Gefährts und dem unaufhörlichen schneidenden Geräusch des Regens. Es war stockfinster. Hier und dort nur leitete sie ein heller Zaun oder ein weißer Stein in der Mauer eine kurze Strecke durch die Nacht. Meist mußten sie im Schritt, ja fast kriechend, ihren Weg durch das tönende Dunkel zu dem geheiligten und einsamen Bestimmungsort tasten. In den tiefen Wäldern, die die Umgebung des Gottesackers durchziehen, schwand auch der letzte Schimmer, und es erwies sich als nötig, ein Zündholz anzuzünden und eine der Giglaternen wieder anzustecken. So erreichten sie unter tropfenden Bäumen, umringt von gewaltigen schwankenden Schatten, den Schauplatz ihrer ruchlosen Arbeit.

Beide besaßen in solchen Dingen Erfahrung und wußten den Spaten zu gebrauchen. Sie waren noch kaum zwanzig Minuten bei ihrem Werk, als sie durch ein dumpfes Klappern auf dem Sargdeckel belohnt wurden. Im gleichen Moment schleuderte Macfarlane, dem ein Stein in die Hand geraten war, diesen sorglos hoch über seinen Kopf hinaus. Das Grab, in dem sie jetzt fast bis zu den Schultern standen, befand sich dicht am Rande des Kirchhofplateaus, und die Wagenlaterne stand, um ihnen bei der Arbeit besser zu leuchten, gegen einen Baum gelehnt, hart am Rande des steilen Hanges, der zum Flusse abfiel. Der Zufall hatte dem Stein ein sicheres Ziel gegeben, das Klirren zerbrochenen Glases ertönte. Nacht senkte sich auf sie. Abwechselnd dumpfe und klirrende Geräusche verkündeten das Herabstürzen der Laterne den Hang hinunter und ihren gelegentlichen Anprall gegen die Bäume. Ein oder zwei Steine, die sie bei ihrem Fall mitgerissen hatte, kollerten hinter ihr drein in die Tiefe der Schlucht. Sie mochten ihr Gehör bis zum Äußersten anspannen, nichts ließ sich vernehmen: nur der Regen, jetzt gejagt vom Winde, dann wieder ruhig fallend über Meilen offenen Landes.

Ihr scheußliches Werk war fast beendet. Sie hielten es daher für das klügste, die Arbeit im Dunkeln zu vollenden. Der Sarg wurde der Erde entrissen und aufgebrochen, der Leichnam in den triefenden Sack getan, und nun trugen sie ihn gemeinsam zum Wagen. Einer stieg auf, um ihn an seinem Platz zu verstauen; der andere ergriff das Pferd beim Zügel und tastete sich an Mauer und Gebüsch entlang, bis sie bei Fishers Tryst die breite Straße erreichten. Hier leuchtete ein schwacher, unsicherer Widerschein, den sie wie das Tageslicht begrüßten. Sie setzten das Pferd in scharfen Trab und begannen vergnügt in Richtung auf die Stadt weiterzurattern.

Beide waren während ihrer Arbeit bis auf die Haut durchnäßt worden, und als das Gig jetzt über die ausgefahrenen Geleise holperte, fiel das Ding, das zwischen ihnen gelehnt stand, bald auf den einen, bald auf den anderen. Bei jeder Wiederholung dieser scheußlichen Berührung stießen sie es instinktiv mit größerer Hast wieder zurück. So natürlich dieser Vorgang war, begann er doch den beiden Komplicen auf die Nerven zu gehen. Macfarlane machte über das Bauernweib einige rohe Witze, aber sie kamen nur mißtönend über seine Lippen und verhallten schweigend. Noch immer taumelte ihre widernatürliche Last von einer Seite zur anderen. Jetzt lehnte sie fast vertrauensvoll den Kopf gegen ihre Schultern, jetzt klatschte ihnen die durchweichte Sackleinwand eisig ins Gesicht. Schleichende Kälte begann von Fettes' Seele Besitz zu ergreifen. Er schielte auf das Bündel, und es erschien ihm etwas größer als zuerst. Im ganzen weiten Lande und aus jeder Entfernung begleiteten die Bauernköter ihre Fahrt mit klagendem Geheul. Und stärker und stärker festigte sich in Fettes' Geist der Gedanke, daß sich etwas Übernatürliches begeben hätte, daß eine unbekannte Änderung mit dem toten Körper vorgegangen wäre, daß die Hunde, aus Furcht vor ihrer unheiligen Last, so heulten.

»Um Gottes willen«, sagte er, nur mühsam die Worte hervorstoßend, »um Gottes willen, laß uns Licht machen!«

Macfarlane kämpfte anscheinend mit einer ähnlichen Erregung; obwohl er keine Antwort gab, parierte er das Pferd, gab seinem Gefährten die Zügel, stieg ab und machte sich daran, die ihnen verbliebene Laterne anzuzünden. Sie waren erst bis zu dem Kreuzwege nach Auchenclinny gekommen. Der Regen strömte noch immer, als wäre die Sintflut zurückgekehrt. Es war keine leichte Aufgabe, in einer Welt so voller Feuchtigkeit und Finsternis Licht zu machen. Als endlich das flackernde blaue Flämmchen auf den Docht übertragen war und aufzublühen und sich zu klären begann und einen weiten Kreis trüben Lichtes rund um den Wagen zog, ermöglichte es den beiden jungen Leuten, einander und das Ding, das sie bei sich hatten, genauer zu betrachten. Der Regen hatte den groben Sack gleich einer Gußform über den darunter befindlichen Leichnam gezogen, der Kopf trat scharf hervor, und die Schultern waren deutlich abgezeichnet. Etwas Geisterhaftes und Menschliches zugleich hielt ihre Augen auf den gespenstischen Fahrtgenossen gefesselt.

Macfarlane stand eine Weile regungslos mit hocherhobener Lampe. Ein namenloses Entsetzen schlang sich wie ein nasser Lappen um den Körper Fettes' und straffte die fahle Haut auf seinem Antlitz. Eine Angst, die sinnlos war, ein Grauen vor dem, was kommen würde, nahm sein Hirn gefangen; ein Sekundenschlag der Uhr, und er hätte gesprochen, doch sein Spießgeselle kam ihm zuvor.

»Das ist kein Weib«, sagte Macfarlane mit leiser Stimme.

»Es war aber ein Weib, als wir es hineinsteckten«, flüsterte Fettes.

»Halte die Laterne«, versetzte der andere, »ich muß ihr Gesicht sehen.«

Und als Fettes die Lampe genommen hatte, löste sein Gefährte die Stricke des Sackes und zog die Hülle herunter von dem Haupte. Scharf fiel das Licht auf die düsteren, wohlgestalteten Züge, auf die glattrasierten Wangen eines nur zu bekannten Gesichts, das diese beiden jungen Leute oft in ihren Träumen verfolgt hatte. Ein wilder, geller Schrei klang durch die Nacht. Beide sprangen von der Seite des Wagens auf die Straße, die Lampe fiel, zerbrach und verlöschte, und das Pferd, erschreckt durch diese ungewohnte Bewegung, bäumte sich und raste im Galopp gen Edinburgh, mit sich führend als einzigen Insassen des Wagens den Leichnam des toten, längst zerstückelten Gray.

Villon

Es war spät im November 1456. Über Paris fiel der Schnee mit strenger, unnachgiebiger Beharrlichkeit; zuweilen machte der Wind einen Ausfall und zerblies ihn in fliegende Wirbel; zuweilen lullte der Wind ein, und Flocke um Flocke kam aus der schwarzen Nacht herunter, schweigend, kreisend, unablässig. Armen Seelen, die unter nassen Augenbrauen nach oben sahen, schien's ein Wunder, woher das alles kam. Meister François Villon hatte an einem Kneipenfenster, nachmittags, zwei Möglichkeiten in Vorschlag gebracht: War's nur dieser heidnische Jupiter, Gänse rupfend auf dem Olymp? Oder waren die heiligen Engel in der Mauser? – Er wäre bloß, setzte er hinzu, ein armer Meister der Künste, und da die Frage einigermaßen ans Göttliche rührte, dürfte er nicht wagen, sie zu entscheiden. Ein alter, alberner Priester von Montargis, der unter der Kumpanei war, lud den jungen Lumpen zu einer Flasche Wein ein, zu Ehren dieses Witzes und der Grimassen, die ihn begleiteten; und er schwor bei seinem eigenen weißen Bart, er wäre genau so ein unehrerbietiger Hund gewesen in Villons Alter.

Die Luft war beißend und geschärft, aber nicht tief unterm Frierpunkt, und die Flocken waren dick, naß und backig. Die ganze Stadt war in Leinen gewickelt. Eine Armee hätte vom einen Ende zum andern marschieren können, und nicht ein Fußtritt hätte Alarm verursacht. Gab es ein paar verspätete Vögel am Himmel, so sahen sie die Seine-Insel als breiten, weißen Flekken und die Brücken als schmale, weiße Sparren auf dem schwarzen Grunde des Stroms. Hoch oben darüber lagerte der Schnee zwischen dem Maßwerk der Münstertürme. Manche Nische war vollgeweht; manche Steinfigur hatte eine hohe weiße Haube auf ihrem grotesken oder heiligen Kopf. Die Wasserspeier waren in lange falsche Nasen umgewandelt, herabgesenkt zu ihrer Spitze. Das Laubwerk glich aufrecht stehenden Kissen, geschwollen auf der einen Seite. In den Pausen, die der Wind machte, gab es ein dumpfes Tönen von dem Tropfen im Umkreis der Kirche.

Der Kirchhof von Saint-Jean hatte seinen Teil Schnee abbekommen. Alle Gräber waren gehörig zugedeckt; hohe weiße Dächerspitzen standen in ernster Ordnung herum, die würdigen Bürger waren lange zu Bett, benachtmützt wie ihre Behausungen; in der ganzen Nachbarschaft war kein Licht, ausgenommen den kleinen Blinkblick einer Lampe, die im Kirchenchor schaukelnd hing und zuweilen, im Takt ihrer Schwingungen, die Schatten anstieß. Die Uhr war knapp an zehn, als die Patrouille mit Hellebarden und einer Laterne vorüberkam; sie schlugen in ihre Hände und sahen nichts Verdächtiges am Kirchhof von Saint-Jean.

Doch war da, mit dem Rücken an die Friedhofsmauer gelehnt, ein kleines Haus, das noch wach war; wach aus einem übeln Grunde in diesem schnarchenden Bezirk. Äußerlich gab es nicht viel, diesen Grund zu verraten; nur einen Strom warmen Dunstes aus dem Rauchfang, einen Fleck auf dem Dach, wo der Schnee schmolz, ein paar halbverwischte Fußtapfen vor der Tür. Drinnen aber, hinter verschlossenen Läden, hielten Meister François Villon, der Poet, und etliche von der Diebsbande, mit der er Umgang hatte, die Nacht lebendig und ließen die Flasche kreisen.

Vom gewölbten Kamin aus streute ein großer Haufen lebendig hoher Scheiter eine kräftige und rötliche Glut aus. Mit dem Rücken davor rekelte sich Domine Nikolas, der pikardische Mönch, die Röcke hochgezogen, die fetten Schenkel entblößt, gegen die behagliche Wärme. Sein langgezogener Schatten schnitt den Raum in zwei Hälften; nur zur Rechten und Linken von seiner breiten Person entwischte der Feuerschein und stand in einer kleinen Pfütze zwischen seinen gespreizten Beinen. Sein Gesicht hatte die zerquetschte Biermiene des Dauersäufers, überzogen mit einem Netzwerk blutgestopfter Adern, purpurn unter gewöhnlichen Umständen, jetzt aber von bläßlichem Violett, denn selbst mit der Kehrseite zum Feuer zwickte die Kälte ihn vorn. Seine Kapuze, halb nach hinten gefallen, machte an jeder Seite seines Stiernackens einen seltsamen Auswuchs. So rekelte er sich, brummte und halbierte den Raum mit dem Schatten seines wuchtigen Leibgestells.

Rechts von ihm hudelten Villon und Guy Tabary sich über einem Fetzen Pergament zusammen; Villon machte eine Ballade, die er die ›Ballade vom Bratfisch‹ nennen wollte, und Tabary an seiner Schulter sabberte Bewunderung. Der Poet war ein Splint von Mensch, dunkel, klein, mager, hohlwangig und mit dünnen, schwarzen Strähnen. Seine vierundzwanzig Jahre trug er mit fiebriger Lebhaftigkeit. Gier hatte Runzeln um seine Augen gelegt, schlimmes Lächeln seinen Mund faltig gemacht. Wolf und Schwein verschlangen sich in seinem Gesicht. Eine beredte, scharfe, häßliche, weltliche Miene. Seine Hände, klein und griffig, hatten Finger, knotig wie Stricke, und flatterten fortwährend vor ihm in heftigem und ausdrucksvollem Gebärdenspiel. Was den Tabary angeht, so atmete ein breiter, behaglicher, staunender Schwachsinn von seiner plattgedrückten Nase und den Sabberlippen: Dieb war er geworden, wie er gerad so gut der anständigste Bürger hätte werden können durch Majestät des Zufalls, der die Lebensläufe menschlicher Enteriche und Esel lenkt.

Zur andern Hand des Mönchs machten Montigny und Thevenin Pensete ein Glücksspiel. Um jenen hing ein Ruch von Geburt und Erziehung – wie um einen gefallenen Engel –, merklich an dem Geschmeidigen, Langen, Höfischen seiner Gestalt, an dem Adlerhaften, Dunklen seiner Züge. Thevenin, die arme Seele, war höchst obenauf: er hatte am Nachmittag im Faubourg Saint-Jacques einen schönen Schurkenstreich verübt, und die ganze Nacht hatte er von Montigny gewonnen. Ein plattes Lächeln erleuchtete sein Gesicht; rosig, in einer Girlande roter Locken, glänzte sein Kahlkopf; sein kleiner, vorstehender Bauch zitterte unter stillen Glucksern, wenn er seinen Gewinn einstrich.

»Paar oder unpaar?« sagte Thevenin.

Montigny nickte grimmig.

»Der eine tafelt gern mit Glorie«, schrieb Villon, »auf Silbertellern Käse und Zichorie. Auf – auf – hilf mir aus, Guido!« Tabary kicherte.

»Auf goldnen Schüsseln Petersilie«, kritzelte der Poet.

Draußen war der Wind aufgefrischt; er trieb den Schnee vor sich her, erhob seine Stimme mitunter zu einem siegreichen: Huup! und machte ein Grabesgebrumm im Kamin. Die Kälte war mit dem Weitergang der Nacht schärfer geworden. Villon, die Lippen vorschiebend, machte Windstöße nach mit einem Laut zwischen Pfeifen und Stöhnen – ein unheimliches, unbehagliches Talent des Poeten, das der pikardische Mönch verabscheute.

»Kannst du's klappern hören am Galgen?« sagte Villon. »Sie tanzen da alle oben auf dem Nichts ihre Satansgigue. Losgetanzt, Galane, ihr werdet nicht wärmer davon! Huih! was für'n Windstoß! Da kam einer herunter! Eine Mispel weniger am dreibeinigen Mispelbaum, was? – Domine Nikolas, heute nacht wird's kalt sein an der Rue Saint-Denis.«

Domine Nikolas zwinkerte mit seinen großen Augen und schien am Adamsapfel ersticken zu wollen. Montfaucon, der greuliche, große Pariser Galgen, stand dicht an der Rue Saint-Denis, und der Scherz ging ihm an die Nieren. Hingegen Tabary lachte unmäßig über die Mispeln; er hatte nie etwas Leichtfertigeres gehört, hielt sich die Seiten und krähte. Villon versetzte ihm einen Nasenstüber, der seine Lustigkeit in einen Hustenanfall verkehrte. »Oh, hör auf mit dem Radau«, sagte Villon, »und besinn dich auf einen Reim mit ›Petersilie‹!«

»Paar oder unpaar?« sagte Montigny hündisch.

»Von Herzen gern«, sprach Thevenin.

»Ist noch was in der Flasche?« fragte der Mönch.

»Mach eine andre auf«, sagte Villon. »Wie kannst du bloß hoffen, deinen dicken Schweinskopf von Leib mit Kleinigkeiten wie Flaschen zu füllen? Und wie meinst du in den Himmel zu kommen? Wie viele Engel, bildest du dir ein, können entbehrt werden, einen einzelnen Mönch aus der Picardie nach oben zu holen? Oder hältst du dich für einen andern Elias und denkst, sie schicken eine Kutsche für dich?«

»Hominibus impossibile«, erwiderte, sein Glas füllend, der Mönch.

Tabary verging vor Entzücken.

Villon versetzte ihm noch einen Nasenstüber.

»Lach über meine Witze, wenn's beliebt«, sagte er.

»Es war ausgezeichnet!« versetzte Tabary.

Villon schnitt eine Fratze. »Denk an Reime auf ›... silie‹«, sagte er. »Was geht dich Lateinisch an? Du wirst froh sein, nichts davon zu wissen bei der großen Sitzung, wenn der Teufel nach Guido Tabary clericus ruft – der Teufel mit Buckel und rotglühenden Fingernägeln. – Da wir vom Teufel reden«, setzte er im Flüsterton hinzu, »sieh Montigny an!«

Alle drei äugten versteckt nach dem Spieler. Er schien sich des Glücks nicht zu erfreun. Sein Mund war ein wenig schief gezogen, ein Nasloch fast zu, das andre weit aufgeblasen. Der schwarze Hund war hinter ihm, wie es in gruseliger Ammenmetapher heißt, und er atmete kaum unter seiner gespenstischen Last.

»Er sieht aus, als könnte er ihn erdolchen«, wisperte mit runden Augen Tabary.

Der Mönch schudderte, wandte das Gesicht ab und spreizte die offenen Hände zu den roten Glutstücken. Die Kälte war's, die solche Wirkung auf Domine Nikolas hatte, nicht ein Übermaß von moralischer Empfindlichkeit.

»Also los«, sagte Villon, »mit dieser Ballade! Wie geht sie soweit?« Und Takt schlagend mit der Hand, las er sie Tabary laut vor.

Beim vierten Vers wurden sie unterbrochen durch eine kurze und verhängnisvolle Bewegung unter den Spielern. Die Runde war aus, und Thevenin öffnete eben den Mund, einen neuen Sieg auszuschreien, als Montigny aufsprang, schnell wie eine Natter, und ihm nach dem Herzen stach. Der Stoß wirkte, ehe er Zeit hatte, einen Schrei zu tun, ehe er Zeit hatte, sich zu bewegen. Ein- oder zweimal überlief ein krampfhaftes Zittern seinen Körper: die Fäuste gingen auf und schlossen sich, seine Absätze klapperten auf den Dielen; dann rollte sein Kopf über seine Schulter nach hinten, die Augen weit offen –, und Thevenin Pensetes Geist war zurückgekehrt zu dem, der ihn gemacht hatte.

Jedermann sprang auf die Füße – aber die Geschichte war in zwei Augenblicken vorüber. Die vier lebenden Kerle sahen sich auf ziemlich geisterhafte Weise an; der Tote betrachtete einen Winkel der Zimmerdecke mit einem eigenartigen, häßlichen Blick.

»Mein Gott!« sagte Tabary; und er fing an zu beten auf lateinisch.

Villon brach in ein hysterisches Gelächter aus. Er kam einen Schritt vor, duckte sich mit einer lächerlichen Verbeugung zu Thevenin und lachte noch lauter. Dann saß er plötzlich auf einem Stuhl wie ein Haufen und fuhr fort, bitter zu lachen, als ob er sich in Stücke schütteln wollte. Montigny gewann seine Haltung zuerst wieder.

»Laß sehen, was er bei sich hat«, bemerkte er; und er leerte die Taschen des Toten mit geübter Hand; das Geld teilte er auf dem Tisch in vier Teile. »Hier für euch«, sagte er. Der Mönch nahm sein Teil mit einem tiefen Seufzer an sich und mit einem versteckten Blick auf den toten Thevenin, der anfing, in sich hineinzusinken und seitwärts vom Stuhl zu rutschen.

»Wir hängen alle dran!« schrie Villon, seine Lustigkeit überschluckend. »Eine Galgensache für jeden von uns Lumpenkerlen hier – nicht zu reden von denen, die nicht hier sind.« Die rechte Hand hebend, machte er in der Luft eine abscheuliche Geste, streckte die Zunge heraus und warf den Kopf auf eine Seite, wie um das Aussehn eines Gehenkten abzubilden. Dann steckte er sein Teil an der Beute zu sich und vollführte ein Fußgescharr, um den Blutumlauf wieder herzustellen.

Tabary war der letzte, der sich bediente, schoß auf die Beute zu und zog sich ans andre Ende des Raumes zurück. Montigny stieß Thevenin aufrecht in den Stuhl und zog den Dolch heraus, dem ein Strahl von Blut folgte.

»Ihr tätet besser, Kerls, euch fortzumachen«, sagte er und wischte die Klinge am Wams seines Opfers ab.

»Das täten wir, denk ich«, erwiderte Villon und schluckte.

»Verdammnis über den Dickkopf«, brach er aus; »er steckt mir wie ein Kloß in der Kehle. Was berechtigt einen Menschen, rote Haare zu haben, wenn er tot ist?« Er sackte wieder zu einem Häufchen auf dem Hocker zusammen und bedeckte sein ganzes Gesicht mit den Händen.

Montigny und Domine Nikolas lachten laut; sogar Tabary stimmte schwach ein.

»Kindlein, weine!« sagte der Mönch.

»Ich hab immer gesagt, er wäre ein Frauenzimmer«, setzte Montigny höhnisch hinzu. »Sitz gerade, kannst du nicht?« sprach er weiter, den ermordeten Leichnam abermals schüttelnd. »Tritt das Feuer aus, Nick!«

Nick aber war besser beschäftigt; er nahm ruhig Villons Börse, dieweil der Poet, schlottrig und zitternd, auf dem Stuhl saß, wo er kaum drei Minuten früher eine Ballade gemacht hatte. Montigny und Tabary verlangten stumm einen Anteil der Beute, den der Mönch schweigend versprach, indem er den kleinen Sack in den Busen seiner Kutte gleiten ließ. – Auf mancherlei Weise ist eine künstlerische Natur ungeeignet fürs praktische Leben.

Kaum war der Diebstahl fertig, so schüttelte sich Villon, sprang auf die Füße und begann beim Zerstreuen und Auslöschen der Gluten zu helfen. Unterweilen öffnete der Mönch die Tür und spähte behutsam auf die Straße. Die Küste war klar, keine Patrouille, die sich einmischen konnte, in Sicht. Dennoch wurde es für das schlauste gehalten, einzeln auszuschlüpfen; und da Villon selber Eile hatte, der Nachbarschaft des Toten zu entwischen, und die übrigen noch mehr Eile, ihn loszuwerden, ehe er den Verlust seines Geldes entdecken konnte, war er auf allgemeines Abkommen der erste, der hinaus auf die Straße trat.

Der Wind hatte triumphiert und alle Wolken vom Himmel gefegt. Nur ein paar Dunstfetzen, mondscheindünn, flossen über die Sterne weg. Es war bitter kalt, und infolge einer ungewöhnlichen Lichtwirkung schienen die Dinge noch schärfer umgrenzt als im breitesten Tageslicht. Die schlafende Stadt war völlig still – eine Gesellschaft weißer Hauben, ein Feld voll kleiner Alpen unter zwinkernden Sternen. Villon verfluchte sein Glück. Wenn es doch noch schneien wollte! Jetzt, wohin er auch ging, ließ er eine unwiderlegbare Spur in den glitzernden Straßen hinter sich; wohin er auch ging, blieb er gekettet an das Haus beim Kirchhof Saint-Jean; wohin er auch ging, mußte er – sich plackend mit eignen Füßen – den Strick spinnen, der ihn an die Untat knüpfte und ihn an den Galgen knüpfen würde. Der Blick des Toten kam ihm wieder mit neuer Bedeutung; er schnippte mit den Fingern, wie um selber seinen Lebensgeistern aufzuhelfen, und aufs Geratewohl eine Straße einschlagend, ging er kühnlich vorwärts durch den Schnee.

Zwei Dinge beschäftigten ihn sonderlich im Gehen: die Aussicht auf den Galgen zu Montfaucon in dieser lichten, windigen Phase der Nacht einerseits, andrerseits der Blick des Toten mit seinem kahlen Kopf und der Girlande roter Locken. Beide schlugen ihm kalt aufs Herz, er beschleunigte weiterhin seine Schritte, als könnte er durch bloße Flinkheit der Füße unbehaglichen Gedanken entwischen. Mitunter blickte er mit plötzlichem nervösem Ruck über die Schulter zurück; er war jedoch das einzige bewegliche Wesen in den weißen Straßen, es sei denn, daß der Wind um eine Ecke stürzte und den Schnee, der zu frieren begann, in Kaskaden von glitzerndem Dunst aufwarf.

Auf einmal gewahrte er eine große Strecke vor sich einen schwarzen Klumpen und zwei Laternen. Der Klumpen war in Bewegung, und die Laternen schwankten, als würden sie von Gehenden getragen. Eine Patrouille war's. Und obgleich sie nur seine Weglinie kreuzte, hielt er es für klüger, außer Augenweite zu kommen, so schnell er konnte. Er war nicht in der Laune, sich anrufen zu lassen, und war sich bewußt, eine höchst augenfällige Spur im Schnee zu ziehn. Gerade stand ein großes Haus zu seiner Linken mit ein paar Türmchen und einem breiten Vordach überm Tor; es war – er erinnerte sich – halb zerfallen und hatte lange leer gestanden; also machte er drei Schritte draufzu und sprang in den Schutz der Vorhalle. Hübsch dunkel war's drinnen nach dem Glimmerlicht der verschneiten Straßen, und er tastete sich mit ausgestreckten Händen vorwärts, als er über eine Masse stolperte, die ein unbeschreibliches Gemisch von Widerständen bot, hart und weich, fest und locker. Sein Herz machte einen Satz, er sprang zwei Schritt hinter sich und starrte furchtsam auf das Hindernis. Danach brach er in ein kleines Lachen der Erleichterung aus. Es war nur eine Frau, und die war tot. Er kniete neben sie hin, um sich über diesen letzten Punkt zu vergewissern. Sie war kalt wie Eis und steif wie ein Stock. Im Windzug flatterte ein kleiner Fetzen Kopfputz um ihr Haar, ihre Wangen waren erst am Nachmittag dick rot geschminkt. Gänzlich leer waren ihre Taschen; aber im einen Strumpf, unterm Strumpfband, fand Villon zwei von jenen kleinen Münzen, die unter dem Namen Weißlinge gingen. Das war wenig genug, doch war's immerhin etwas – und den Poeten bewegte ein tiefes Gefühl des Pathos, daß sie sterben mußte, bevor sie ihr Geld ausgegeben hatte. Dies deuchte ihn ein düstres und beklagenswertes Mysterium; er starrte von den Weißlingen in seiner Hand auf die Tote und wieder auf die Weißlinge, den Kopf schüttelnd über das Rätsel des menschlichen Lebens. Henry V. von England, der in Vincennes starb, gerade nachdem er Frankreich erobert hatte – und diese arme Dirne, die in eines großen Mannes Torweg von einem kalten Luftzug umgebracht war, ehe sie Zeit gehabt hatte, ihre zwei Weißlinge zu vergeuden – das schien ihm eine grausame Art, für die Welt zu sorgen. Zwei Weißlinge hätten so wenig Zeit in Anspruch genommen, um sich verschwenden zu lassen; und doch hätte ein guter Geschmack mehr im Munde sein können, ein Lippenschlecken mehr, bevor der Teufel die Seele bekam und der Körper Vögeln und Würmern überlassen wurde. Er wollte lieber seinen ganzen Talg aufbrauchen, bevor das Licht ausgeblasen und die Laterne zerschlagen wurde.

Er fühlte, derweil diese Gedanken ihn durchzogen, halb mechanisch nach seiner Börse. Jählings hörte sein Herz zu schlagen auf; über seinen Rücken kroch eine Gänsehaut, und ein kalter Schlag schien auf seine Kopfhaut zu fallen. Er stand versteinert einen Augenblick; dann brach der Verlust auf ihn ein, und er war im Nu schweißbedeckt. Geld ist für Verschwender so lebendig und tatsächlich – ein so dünner Schleier zwischen ihnen und ihrem Vergnügen! Nur eine Grenze kennt ihre Glückseligkeit – die der Zeit; und ein Verschwender im Besitz von ein paar Kronenstücken ist der Kaiser von Rom, bis sie verschwendet sind. Sein Geld zu verlieren ist für solch einen der abscheulichste Glücksumschlag, ein Fall vom Himmel zur Hölle, vom

All ins Nichts, in einem Atemzug. Und dies um so mehr, wenn er den Kopf dafür in die Schlinge gesteckt hat; wenn er am Morgen hätte gehenkt werden können für diese selbe Börse, so teuer erworben, so töricht dahingegangen! Villon stand und fluchte; er schmiß die zwei Weißlinge auf die Straße; er schüttelte die Faust zum Himmel, er stampfte, er erschrak nicht bei der Entdeckung, daß er auf den armen Leichnam trampelte. Danach begann er schleunig seinen Schritten nach dem Hause beim Kirchhof zurückzufolgen. Alle Angst vor der Wache hatte er vergessen, die jedenfalls längst vorübergekommen war; er hatte keinen andern Gedanken als den seiner verlorenen Börse. Umsonst war's, daß er rechts und links auf den Schnee schaute; nichts war zu sehn. In den Straßen hatte er sie nicht fallen gelassen. War sie im Haus hingefallen? Liebend gern wäre er hineingegangen, um nachzusehn; aber der Gedanke an den grausigen Bewohner entmannte ihn. Zudem sah er beim Näherkommen, daß ihre Anstrengungen, das Feuer zu löschen, nicht von Erfolg gewesen waren; im Gegenteil, es war in eine Lohe ausgebrochen, und in den Ritzen von Tür und Fenster spielte ein Wechsellicht, das seine Furcht vor der Obrigkeit und dem Pariser Galgen wieder belebte.

Er drehte um nach dem Haus mit der Vorhalle und tappte auf dem Schnee herum nach dem Gelde, das er in seiner kindischen Leidenschaft hingeworfen hatte. Aber nur einen Weißling konnte er finden; der andre war vermutlich auf die Kante gefallen und tief eingesunken. Einen einzigen Weißling in der Tasche, schwanden ihm gänzlich alle Pläne für eine rauschende Nacht in einer wüsten Kneipe. Und es war nicht die Vergnüglichkeit allein, die seinem Griff lachend entfloh; tatsächlicher Verdruß, tatsächlicher Schmerz warfen sich über ihn, wie er, reuegefüllt, unter dem Überdach stand. Der Schweiß war an ihm getrocknet; obgleich jetzt der Wind sich gelegt, hatte ein bündiger Frost eingesetzt, mit jeder Stunde strenger, und er fühlte sich betäubt und im Herzen krank. Was war zu machen? Er wollte es, so spät es war und so unwahrscheinlich der Erfolg, mit dem Hause seines Adoptivvaters versuchen, des Kaplans von Saint-Benoît.

Er lief den ganzen Weg und klopfte bänglich. Keine Antwort. Er klopfte wieder und wieder, Mut fassend mit jedem Pochen, und endlich wurden Schritte hörbar, die sich drinnen näherten. Ein vergittertes Fenster fiel in der eisenbeschlagenen Tür und ließ einen Guß von gelbem Licht heraus.

»Halten Sie Ihr Gesicht hoch zum Fenster«, sagte der Kaplan von innen.

»Ich bin's nur«, winselte Villon.

»Oh, du bist's nur, wahrhaftig?« erwiderte der Kaplan; und er verfluchte ihn mit entsetztlichen, unpriesterlichen Verwünschungen, daß er ihn zu solcher Stunde störte, und hieß ihn zur Hölle gehen, aus der er käme.

»Meine Hände sind blau bis an die Gelenke«, gab Villon vor. »Meine Füße sind abgestorben und voll Geprickel; meine Nase tut mir weh in der scharfen Luft, die Kälte liegt mir im Herzen. Ich sterbe vielleicht, eh's Tag wird. Nur dies eine Mal, Vater, und bei Gott, ich will's nie wieder versuchen!«

»Du hättest früher kommen sollen«, sagte der Geistliche kühl. »Junge Leute brauchen ab und zu eine Lehre.« Er schloß das Fenster und zog sich bedächtig ins Innere des Hauses zurück.

Villon war außer sich; er hieb auf die Tür ein mit Händen und Füßen und schrie sich heiser nach dem

Kaplan. »Lausiger alter Fuchs!« schrie er. »Wenn ich dich beim Kragen hätte, würde ich dich im Fluge kopfunter in die Grube ohne Boden schicken.«

Eine Tür im Innern fiel zu, deutlich hörbar für den Poeten vom Ende langer Gänge her. Er fuhr mit der Hand über den Mund unter einer Verwünschung. Darauf ergriff ihn der Humor seiner Lage; er lachte und sah leicht zum Himmel auf, wo die Sterne über seine Niederlage zu blinzeln schienen. Was war zu machen? Es sah heftig nach einer Nacht in den gefrorenen Straßen aus. Das Bild der Toten platzte in seine Einbildung und erschreckte ihn herzlich; was im früheren Teil der Nacht ihr zugestoßen war, das konnte ganz gut ihm zustoßen vor Morgen. Und er so jung und mit so unermeßlichen Möglichkeiten liederlichen Vergnügens vor sich! Er hatte ein höchst pathetisches Empfinden bei der Erkenntnis seines eigenen Geschicks – wie wenn es das eines andern gewesen wäre – und machte sich eine kleine imaginäre Vignette von der Szene im Morgengrauen, wenn sie seinen Leichnam finden würden.

All seine Aussichten übermusternd, drehte er den Weißling zwischen Daumen und Zeigefinger. Unglücklicherweise stand er sich schlecht mit etlichen alten Freunden, die früher einmal, wenn er in solcher Patsche gesteckt hätte, Mitleid mit ihm gehabt haben würden. Er hatte sie in Versen verunglimpft, hatte sie geschlagen und betrogen; und doch, jetzt, wo er in einer so engen Zwickmühle saß, dachte er, am Ende wäre da einer, der vielleicht nachgeben würde. Es war eine Möglichkeit. Zumindest war's wert, es zu versuchen, und er wollte gehen und zusehn.

Auf seinem Wege begegneten ihm zwei Zufälle, die seine Gedanken auf sehr unterschiedliche Weise färbten. Zuerst nämlich geriet er in die Fußspur einer Patrouille und ging einige hundert Ellen darin weiter, obgleich sie außerhalb seiner Wegrichtung lag. Dies richtete seinen Geist auf; er hatte wenigstens seine Spur verwirrt; denn er war noch von dem Gedanken besessen, daß ihm Leute rings um Paris über den Schnee nachgingen und ihn am nächsten Morgen beim Kragen haben würden, ehe er wach wäre. Das zweite wirkte sehr verschiedenartig auf ihn: Er war um eine Straßenecke gekommen, wo nicht lange zuvor eine Frau mit ihrem Kinde von Wölfen zerrissen wurde. Dies war gerade die Art Wetter, überlegte er, wo es sich Wölfe in den Kopf setzen könnten, wieder nach Paris zu kommen; und ein einzelner Mann in diesen verlassenen Straßen würde die Aussicht auf Schlimmeres haben als auf einen bloßen Schrecken. Stehenbleibend, besah er den Fleck mit unbehaglicher Teilnahme: es war ein Kreuzungspunkt, wo mehrere Straßen einander schnitten; er blickte eine nach der andern hinunter und hielt horchend den Atem an, um etwaige galoppierende schwarze Wesen überm Schnee zu entdecken oder den Laut eines Heulens zwischen sich und dem Flusse zu hören. Er erinnerte sich, daß seine Mutter ihm die Geschichte erzählt und den Fleck angegeben hatte, als er noch Kind war. Seine Mutter! Wenn er nur gewußt hätte, wo sie lebte, wäre er wenigstens eines Obdachs sicher gewesen. Er beschloß, am Morgen nachzufragen – nein, er würde sogar gehen und nach ihr sehn – das arme alte Mädchen! – Unter derlei Gedanken erreichte er sein Ziel – seine letzte Hoffnung für die Nacht.

Das Haus war ganz dunkel wie seine Nachbarn; und doch, nach einigen Klopfern hörte er eine Bewegung oben, eine aufgehende Tür, und eine vorsichtige Stimme fragte, wer da wäre. Der Poet nannte sich, laut flüsternd, und wartete, nicht ohne einiges Beben, auf die Folgen. Und er hatte nicht lange zu warten. Plötzlich wurde ein Fenster geöffnet, und ein Eimer voll Spülwasser platschte auf die Türstufen herunter. Villon war nicht unvorbereitet auf etwas der Art und hatte sich so weit geschützt, wie die Beschaffenheit des Vordaches zuließ; aber trotzdem war er von der Mitte abwärts jämmerlich durchnäßt. Seine Trikots fingen stracks an zu gefrieren. Tod infolge von Frost und Blöße starrte ihm ins Gesicht; ihm fiel ein, daß er zur Lungenschwäche neigte, und er begann versuchsweise zu husten. Aber der Ernst der Gefahr festigte seine Nerven. Ein paar hundert Ellen vor der Tür, wo er so roh behandelt war, blieb er stehen und überlegte, den Finger an der Nase. Er konnte nur eine Art, Nachtquartier zu erlangen, sehen, und das war die, es zu nehmen. Nicht weit von hier hatte er ein Haus bemerkt, das aussah, als wäre da leicht einzubrechen, und schleunig begab er sich dorthin, unterwegs sich mit der Vorstellung von einem Raum unterhaltend – noch warm –, mit einem Tisch, noch beladen mit den Überbleibseln eines Abendbrots –, wo er den Rest der schwarzen Stunden hinbringen und den er verlassen würde am andern Morgen mit einem Arm voll wertvoller Teller. Er überlegte, welche Speisen und welche Weine er bevorzugen sollte; und indem er das Verzeichnis seiner Lieblingsleckerbissen entrollte, stellte er sich Bratfisch dar mit einer seltenen Beimischung von Angst und Vergnügen.

›Ich werde diese Ballade niemals fertig schreiben‹, dachte er bei sich; und dann, mit neuem Schauer der Erinnerung, »o Verdammung über seinen Dickkopf!« wiederholte er hitzig und spie auf den Schnee.

Das fragliche Haus sah auf den ersten Blick finster aus; als Villon aber eine vorläufige Besichtigung vorgenommen hatte auf der Suche nach der handlichsten

Stelle, um es in Angriff zu nehmen, traf ein kleines Lichtgezwinker sein Auge hinter einem verhängten Fenster hervor.

›Teufel auch!‹ dachte er. ›Da ist einer wach! So ein Gelehrter oder Heiliger – verfluchte Bande! Können sie sich nicht besaufen und im Bette liegen und schnarchen wie ihre Nachbarn? Wozu gibt es denn Abendläuten und arme Teufel von Glöcknern, die am Strickende in Glockentürmen herumspringen? Wozu ist denn der Tag nütze, wenn die Menschen die ganze Nacht aufsitzen? Daß sie die Masern kriegten!‹ Er grinste, innewerdend, wohin die Logik ihn gebracht hatte. ›Jedermann kümmre sich um seine Sachen – also‹, setzte er hinzu, ›und wenn sie hier wach sind, beim Himmel, kann ich diesmal zu einem ehrlichen Abendbrot kommen und den Teufel hineinlegen.‹

Er trat kühn an die Tür und klopfte mit sicherer Hand. Bei beiden Gelegenheiten zuvor hatte er ängstlich geklopft und mit der Befürchtung, Aufmerksamkeit zu erregen; jetzt aber, wo er eben die einbrecherische Absicht des Eintretens verworfen hatte, schien ihm Anpochen ein mächtig einfaches und unschuldiges Vorgehen. Der Schall seiner Schläge widerhallte durch das Haus mit dünnem, phantastischem Echo, als wäre es ganz leer; doch der Laut war kaum hingestorben, als ein gemessener Tritt herankam, ein paar Bolzen fortgezogen wurden und ein Türflügel sich breit aufschlug, wie wenn denen im Innern keine Arglist, oder Angst vor Arglist, bekannt wäre. Die hohe Gestalt eines Mannes, hager und muskulös, jedoch ein wenig gebeugt, trat Villon gegenüber. Sein Kopf war massig im Schädelbau, aber fein gemeißelt; die Nase am Ende flach, aber verfeinert nach oben, wo sie sich mit einem Paar strenger und ehrenfester Brauen vereinte; Mund und Augen waren von zartem Gefältel umgeben, und das ganze Antlitz beruhte auf einem dichten weißen Bart, der kühn war und viereckig beschnitten. Sichtbar wie es war beim Schein einer flackernden Handlampe, sah es vielleicht edler aus, als es zu erscheinen ein Recht hatte; jedoch war's ein schönes Gesicht, mehr ehrenhaft als geistig, kräftig, rechtlich und einfach.

»Sie klopfen spät, Herr«, sagte der alte Mann höflich mit tönender Stimme.

Villon grinste und brachte zu seiner Verteidigung viele dienstfertige Worte vor. In derartigen Lebenslagen hatte der Bettler in ihm die Oberhand, und der Mann von Genie barg sein Haupt mit Verwirrung.

»Sie frieren«, wiederholte der Alte, »und sind hungrig? Gut, treten Sie ein.« Und er forderte ihn ins Haus mit einer recht adligen Handbewegung.

›Ein großer Herr‹, dachte Villon, während sein Wirt, die Lampe auf den Fliesenboden der Halle setzend, die Bolzen wieder an ihre Plätze stieß.

»Verzeihen Sie, wenn ich vorangehe«, sagte er, als das getan war. Und er führte den Poeten treppauf in einen weiten Raum, durchwärmt von einem Becken mit Holzkohlen und erhellt durch eine große, von der Decke hängende Lampe. An Möbeln war er sehr arm: nur etwas goldenes Geschirr auf einem Wandbrett, einige Folianten und ein Gestell mit einer Rüstung zwischen den Fenstern. Ein paar schöne Bildwebereien hingen an den Wänden; eine davon stellte die Kreuzigung des Herrn dar, eine andre eine Szene mit Schäfern und Schäferinnen an einem fließenden Wasser. Über dem Kamin hing ein Wappenschild.

»Wollen Sie sich setzen«, sagte der alte Mann, »und verzeihen, wenn ich Sie verlasse? Ich bin heute nacht allein in meinem Haus, und wenn Sie essen sollen, muß ich selber für Sie sorgen.« Villon, kaum daß sein Wirt gegangen war, sprang von dem Stuhl, auf den er sich eben niedergelassen, und begann den Raum zu durchspüren mit der Heimlichkeit und Leidenschaft einer Katze. Er wog die goldenen Karaffen in der Hand, öffnete sämtliche Folianten, untersuchte die Zeichen des Wappens und prüfte den Stoff, mit dem die Sessel bespannt waren. Die Vorhänge hebend, sah er, daß auf den Fenstern in reicher Glasmalerei Figuren dargestellt waren von – soweit er sehen konnte – kriegerischer Bedeutung. Dann stand er in der Mitte des Zimmers, tat einen tiefen Atemzug und blickte, ihn mit aufgeblähten Backen anhaltend, um und um im Raum, indem er sich auf den Fersen drehte, als wollte er jeden Zug des Gemaches seinem Gedächtnis einprägen.

»Sieben Stück Geschirr«, sagte er. »Wenn's zehn gewesen wären, hätt ich's riskiert. Ein feines Haus, und ein feiner alter Herr – alle Heiligen stehen mir bei!«

Jetzt, da er den Schritt des alten Mannes den Korridor wieder heraufkommen hörte, stahl er sich flugs zu seinem Stuhl und begann bescheiden seine nassen Beine an der Kohlenpfanne zu rösten.

Sein Gastgeber trug einen Teller mit Fleisch in der einen und einen Krug mit Wein in der andern Hand. Den Teller setzte er auf den Tisch, indem er Villon bedeutete, den Stuhl heranzurücken, trat zum Wandbrett und brachte zwei Becher, die er füllte.

»Ich trinke auf bessere Umstände für Sie«, sagte er, Villons Becher mit dem seinen ernsthaft berührend.

»Auf unsere bessere Bekanntschaft«, sagte, kühner geworden, der Poet. Ein einfacher Mann aus dem Volke wäre durch die Artigkeit des alten Edelmanns eingeschüchtert worden, aber Villon war in dieser Beziehung abgehärtet; er hatte früher vor großen Herren Späße getrieben und sie für so schwarze Schurken befunden wie sich selber. Also widmete er sich den Speisen mit rabenartigem Appetit, dieweil der alte Mann, rücklings angelehnt, ihn mit stetem und neugierigem Auge beobachtete.

»Sie haben Blut an der Schulter, Mann«, sagte er.

Montigny muße seine feuchte Rechte darauf gelegt haben, als er das Haus verließ. Er verfluchte Montigny von Herzen.

»Keins, das ich vergoß«, stammelte er.

»Das hatte ich nicht angenommen«, erwiderte sein Gastfreund ruhig. »Eine Rauferei?«

»Ja, etwas der Art«, bestätigte Villon klappernd.

»Vielleicht einer umgebracht?«

»O nein, nicht umgebracht«, sagte der Poet, mehr und mehr verwirrt. »Es ging durchaus anständig zu – erstochen durch Zufall! Ich hatte die Hände nicht dazwischen, Gott schlag mich tot!« setzte er hitzig hinzu.

»Ein Gauner weniger, wenn ich so sagen darf«, bemerkte der Hausherr.

»So dürfen Sie sagen«, stimmte Villon bei, grenzenlos erleichtert. »Ein so großer Gauner, wie es zwischen hier und Jerusalem geben kann. Er drehte seine Zehen nach oben wie ein Schöps – aber es war unflätig anzusehn. Sie haben tote Leute gesehn, Herr, wenn ich fragen darf, zu Ihrer Zeit?« fügte er bei, auf die Rüstung blickend.

»Viele«, sagte der alte Mann. »Ich war im Kriege, wie Sie denken können.«

Villon legte Messer und Gabel hin, die er grade eben aufgenommen hatte.

»War einer davon kahl?« fragte er.

»O ja – und so weißhaarig wie ich.«

»Ach, ich dächte – auf das Weißhaarige sollt es mir

nicht so sehr ankommen«, sagte er. »Seins war rot.« Und er hatte einen neuen Anfall von Schaudern und Lachen, was er in einem großen Schluck Wein ersäufte. »Ich bin ein bißchen angekratzt, wenn ich dran denke«, fuhr er fort. »Ich kannte ihn – verdammt noch mal! Und dann – von der Kälte kriegt ein Mensch Einbildungen – oder von Einbildungen kriegt der Mensch Kälte – ich weiß nicht, was von beiden.«

»Haben Sie Geld?« fragte der alte Mann.

»Ich habe einen Weißling«, erwiderte der Poet und lachte; »ich nahm ihn in einer Vorhalle aus dem Strumpf einer toten Hure. Sie war so tot wie Cäsar, die arme Schneppe, und so kalt wie eine Kirche; Stücke Band saßen in ihrem Haar. Es ist eine harte Welt für Wölfe und Huren und arme Halunken wie mich.«

»Ich«, sagte der alte Herr, »bin Enguerrand de la Feuillée, Herr von Brisetout, Amtmann des Patatrac. Wer und was mögen Sie sein!«

Villon erhob sich und machte eine geziemende Verbeugung. »Ich bin François Villon genannt, ein armer Meister der Künste an dieser Universität. Ich weiß etwas Lateinisch und eine Menge Laster. Ich kann Chansons machen, Balladen, Lieder, Ringellieder und Rondells, und ich liebe den Wein ungemein. Geboren wurde ich auf einem Hängeboden, und sterben werde ich nicht unwahrscheinlicherweise an einem Galgen. Ich kann hinzufügen, mein Herr, daß ich von heute nacht an Eurer Gnaden ganz gehorsamster Diener bin – über mich zu befehlen.«

»Nicht mein Diener«, sagte der Ritter, »mein Gast für diesen Abend – und nicht mehr.«

»Ein überaus dankbarer Gast«, sagte Villon höflich und trank mit stummer Geste seinem Gastfreund zu.

»Sie sind verschlagen«, begann der Alte, an seine

Stirn klopfend, »äußerst verschlagen; Sie haben Verstand; Sie sind ein Schreiber; und doch nehmen Sie einer toten Frau auf der Straße ein kleines Geldstück ab. Ist das nicht eine Art Diebstahl?«

»Es ist eine im Kriege viel geübte Art Diebstahl, mein Herr.«

»Kriege sind das Feld der Ehre«, erwiderte der Alte stolz. »Dort spielt der Mann um sein Leben; er ficht im Namen seines Herrn Königs, seines Herrn Gotts und aller Herrlichkeiten der hohen Heiligen und Engel.« – »Gesetzt«, sagte Villon, »ich wäre wirklich ein Dieb – sollte ich nicht ebenfalls um mein Leben spielen und gegen hohe Einsätze?«

»Um Gewinst, nicht um Ehre.«

»Gewinst?« wiederholte Villon achselzuckend. »Gewinst! Arme Kerle brauchen Abendbrot und nehmen's. Ebenso der Soldat im Felde. Sieh da, was sind all diese Requirierungen, von denen man so viel hört? Wenn sie kein Gewinn sind für die, die sie machen, sind sie Verlust genug für die andern. Der Krieger trinkt an einem behaglichen Feuer, dieweil der Bürger seine Nägel beißt, um ihm Wein und Holz zu schaffen. Ich habe eine schöne Masse Bauern an Bäumen hängen sehen im Land, – ah, ich habe dreißig Stück an einer einzigen Ulme gesehn, – eine höchst armselige Figur machten sie. Und als ich einen fragte, wie alle die ans Hängen gekommen wären, wurde mir gesagt, das wäre, weil sie nicht genug Taler zusammenkratzen konnten, um die Kriegsbeute zu befriedigen.«

»Diese Dinge sind eine Notwendigkeit des Kriegs, welche der Niedriggeborene mit Standhaftigkeit überdauern muß. Es ist wahr, daß manche Hauptleute arg übertreiben; in jedem Range gibt es Geister, die durch Mitleid nicht leicht bewegt werden; und freilich trägt mancher Waffen, der nichts Besseres ist als ein Räuber.«

»Da sehn Sie's«, sagte der Poet, »Sie können den Soldaten nicht vom Räuber trennen; und was ist ein Dieb anders als ein vereinzelter Räuber mit umsichtigen Manieren? Ich stehle ein paar Hammelkoteletts, ohne nur jemandes Schlaf zu stören; der Pächter brummt ein bißchen und ißt nichtsdestoweniger auskömmlich zu Abend von dem, was übrigblieb. Sie kommen daher, blasen glorreich die Trompete, nehmen das ganze Schaf weg und schlagen den Pächter obendrein zum Erbarmen. Ich hab keine Trompete; ich bin bloß Jean, Jacques oder Pierre; ich bin ein Hund und Halunke, und Hängen ist zu gut für mich – aus dem Herzen gesprochen; sobald sie aber den Pächter fragen, wen von uns er vorzieht, sobald werden Sie herausfinden, wegen wessen von uns er fluchend wach liegt in kalten Nächten.«

»Betrachten wir uns zwei«, sagte Seine Herrlichkeit. »Ich bin alt, stark und geehrt. Wenn ich morgen vor meine Tür gesetzt würde – hundert wären stolz, mir Obdach zu geben. Arme Leute würden hinausgehn und mit ihren Kindern die Nacht auf der Straße verbringen, wenn ich nur den Wunsch andeutete, allein zu sein. Und ich finde Sie auf, obdachlos herumwandernd und toten Frauen am Straßenrand ihre Heller abnehmend. Ich fürchte niemand und nichts; ich sah Sie zittern und die Fassung verlieren – bei einem Wort. Ich erwarte Gottes Ruf zufrieden im eigenen Hause oder, wenn es dem König gefällt, mich wieder hinauszurufen, auf dem Schlachtfeld. Sie blicken nach dem Galgen aus; ein rauher, eiliger Tod, ohne Hoffnung oder Ehre. Ist da kein Unterschied zwischen diesen beiden?«

»So weit wie zum Monde«, gab Villon zu. »Wenn aber ich als Graf von Brisetout geboren wäre und Sie als der arme Scholar François, würde der Unterschied um irgend etwas geringer sein? Sollte nicht ich meine Knie an dieser Kohlenpfanne gewärmt haben, und würden nicht Sie nach Hellern im Schnee herumgetappt sein? Wäre nicht ich der Soldat gewesen und Sie der Dieb?«

»Ein Dieb!« schrie der alte Mann. »Ich ein Dieb! Wenn Sie Ihre Worte verstünden, so würden Sie sie bereun!«

Villon streckte mit einer Geste von unnachahmlicher Frechheit die Hände aus. »Wenn Euer Gnaden mir nur die Ehre erwiesen hätte, meiner Beweisführung zu folgen!« sagte er.

»Ich tue Ihnen zu viel Ehre an, mich zu Ihrer Gegenwart herbeizulassen«, sagte der Ritter. »Lernen Sie Ihre Zunge im Zaum halten, wenn Sie mit alten und ehrenhaften Männern reden, oder ein Hastigerer als ich dürfte Sie in schärferer Weise strafen!« Und er stand auf und ging am unteren Ende des Gemaches hin und her, mit Unmut und Abneigung streitend. Villon füllte verstohlen seinen Becher neu und setzte sich bequemer im Stuhl, die Beine überschlagend, den Kopf in eine Hand stützend und den Ellbogen gegen die Rücklehne. Er war jetzt gefüllt und erwärmt; und er war in keiner Weise in Angst um seinen Wirt, nachdem er ihn so gerecht, wie das zwischen zwei so verschiedenen Naturen möglich war, eingeschätzt hatte. Die Nacht war zum großen Teil verbracht und – alles in allem – auf sehr tröstliche Weise; auch fühlte er sich moralisch eines sicheren Abgangs am Morgen gewiß.

»Sagen Sie mir eins«, sprach der Alte, im Gange anhaltend: »sind Sie wirklich ein Dieb?«

»Ich berufe mich auf die geheiligten Rechte der Gastfreundschaft«, erwiderte der Poet – »Herr Graf, ich bin's.«

»Sie sind sehr jung«, fuhr der Ritter fort.

»Ich wäre niemals so alt geworden«, versetzte Villon, seine Finger weisend, »wenn ich mir nicht mit diesen zehn Talenten geholfen hätte. Sie sind meine stillenden Mütter und nährenden Väter gewesen.«

»Sie können noch bereuen und sich ändern!«

»Ich bereue täglich«, sagte der Dichter. »Wenige Leute sind der Reue dermaßen ergeben wie der arme François. Was die Änderung angeht, so laß einen meine Umstände ändern. Der Mensch darf nicht aufhören zu essen, wenn's nur darum wäre, daß er nicht aufhören soll zu bereuen.« – »Die Änderung muß im Herzen beginnen«, wandte der alte Mann feierlich ein.

»Teurer Graf«, antwortete Villon, »stellen Sie sich wahrhaftig vor, ich stehle zu meinem Vergnügen? Ich hasse Stehlen wie irgendein Stück Arbeit oder Gefahr. Mir klappern die Zähne, wenn ich einen Galgen sehe. Aber ich muß essen, muß trinken, muß in irgendeine Art Gesellschaft kommen. Teufel auch! Der Mensch ist kein Einzeltier – cui deus feminam tradit. Machen Sie mich zum Königstruchseß, machen Sie mich zum Abt von Saint-Denis; machen Sie mich zum Amtmann des Patatrac; dann werde ich tatsächlich verändert sein. Aber solange Sie mich den armen Scholar François Villon sein lassen, ohne einen Heller – ja, natürlich, da bleibe ich derselbe.«

»Die Gnade Gottes ist allmächtig.«

»Ich wäre ein Ketzer, wenn ich sie in Frage stellte«, sagte François. »Sie hat Sie zum Grafen von Brisetout gemacht und zum Amtmann des Patatrac; sie hat mir nichts als den flinken Witz unterm Hut gegeben und diese zehn Zehen an die Hände. Darf ich mir einschenken? Ich danke Ihnen ehrerbietigst. Bei Gottes Gnade, Sie haben einen ganz hervorragenden Weinberg.«

Der Graf von Brisetout ging auf und nieder, die

Hände hinter dem Rücken. Vielleicht war sein Gemüt noch nicht ganz beruhigt über die Parallele von Dieben und Soldaten; vielleicht hatte Villon ihm Teilnahme abgewonnen durch irgendeinen Querfaden der Zuneigung; vielleicht war sein Geist einfach verwirrt durch eine so ungewöhnliche Beweisführung; was aber die Ursache sein mochte – er begehrte irgendwie, den jungen Mann zu einer bessern Denkungsart zu bekehren, und konnte sich nicht entschließen, ihn wieder hinaus auf die Straße zu treiben.

»Noch etwas ist da, das ich hier nicht verstehen kann«, sagte er endlich. »Ihr Mund ist voller Feinheiten, und der Teufel hat Sie so weit irregeführt; der Teufel aber ist nur ein äußerst schwacher Geist vor Gottes Wahrheit, und all seine Feinheiten schwinden auf ein Wort wahrhaftiger Ehre, wie Dunkelheit am Morgen. Hören Sie mich noch einmal! Ich lernte vor langer Zeit, daß ein Edelmann ritterlich leben solle und in Ehrfurcht vor Gott, vorm König, vor seiner Dame; und wenn ich auch viele seltsame Dinge habe verrichten sehen, so habe ich doch gestrebt, meine Wege nach dieser Regel zu lenken. Sie ist nicht nur in allen Adelschroniken geschrieben, sondern in jedermanns Herzen, wenn er sich bemühen will zu lesen. Sie sprechen von Holz und Wein, und ich weiß sehr wohl, daß Hunger eine schwer zu bestehende Prüfung ist; aber Sie sprechen nicht von andern Bedürfnissen; Sie sagen nichts von Ehre, von Glauben an Gott und Menschen, von Höflichkeit, von Liebe ohne Makel. Mag sein, daß ich nicht sehr klug bin – und doch, ich denke, ich bin's –, aber Sie scheinen mir wie einer, der den Weg verlor und einen großen Irrweg im Leben machte. Die kleinen Bedürfnisse befriedigten Sie und haben die großen und einzig wirklichen völlig vergessen, wie einer, der an einem Zahnweh doktern wollte beim Jüngsten Tage. Denn solche Dinge wie Ehre und Liebe und Glauben sind nicht allein edler als Futter und Getränk, sondern ich glaube vielmehr, daß wir sie tiefer begehren und schärfer durch ihre Abwesenheit leiden. Ich rede so zu Ihnen, wie ich denke, daß Sie mich am leichtesten verstehen werden. Sind Sie nicht, derweil Sie sich sorgen, Ihr Gekröse zu füllen, Verächter andern Hungers in Ihrem Herzen, der Ihnen die Freuden Ihres Lebens raubt und Sie immerwährend im Elend erhält?«

Villon war von all dem Predigen empfindlich zerstochen. »Sie denken, ich hätte kein Ehrgefühl!« schrie er. »Ich bin arm genug, Gott mag's wissen! Es ist hart, reiche Leute in Handschuhen zu sehn und sich selbst, wie man in die Hände bläst. Ein leerer Darm ist 'ne bittre Sache, obschon Sie so leicht von reden. Wenn Sie so oft einen gehabt hätten wie ich, würden Sie vielleicht Ihre Weise ändern. Jawohl, ich bin ein Dieb – machen Sie's Beste draus –, aber ich bin kein Höllenteufel, Gott schlag mich tot! Ich wünschte, Sie wüßten, daß ich meine eigene Ehre habe, so gut wie Sie Ihre, wenn ich auch nicht den ganzen Tag lang von plappre, als ob's ein Wunder Gottes wäre, eine zu haben. Mir kommt sie ganz natürlich vor; ich lasse sie im Kasten, bis sie gebraucht wird. Also was! sehn Sie mal zu, wie lange bin ich in diesem Raum mit Ihnen? Sagten Sie mir nicht, Sie wären allein im Hause? Sehn Sie Ihre goldenen Teller an! Sie sind kräftig, wenn's beliebt, aber alt und unbewaffnet, und ich hab mein Messer. Was hätt ich nötig als einen Ruck mit dem Ellbogen, und da wären Sie – mit dem kalten Eisen im Gedärm, und da wär ich und trippelte auf die Straße mit einem Arm voll goldner Becher. Bilden Sie sich ein, ich hätte nicht Witz genug, das zu sehn? Und ich verachtete diese Handlung. Da sind Ihre verdammten Kelche, so sicher wie in der Kirche; da sind Sie, und Ihr Herz tickt so gut wie neu; und hier bin ich mit meinem einen Weißling, den Sie mir zwischen die Zähne geworfen haben! Und Sie meinen, ich hätte kein Ehrgefühl – Gott schlag mich tot!« Der Alte streckte den rechten Arm aus. »Ich werde Ihnen sagen, was Sie sind«, sagte er. »Sie sind ein Halunke, Mann, ein unverschämter und ein schwarzhaariger Halunke und Vagabund. Ich habe eine Stunde mit Ihnen verbracht. Oh, glauben Sie mir, ich fühle mich entehrt! Und Sie haben an meinem Tisch gesessen und getrunken. Aber nun ekelt mich Ihre Anwesenheit; der Tag ist da, und der Nachtvogel macht sich zu seiner Hühnerstiege davon. Wollen Sie vor mir gehen oder hinter mir?«

»Wie's beliebt«, versetzte der Poet und lachte. »Ich halte Sie für pünktlich ehrenhaft.« Er leerte seinen Becher gedankenvoll. »Ich wollte, ich könnte hinzusetzen, Sie hätten Geist«, fuhr er fort, mit den Fingerknöcheln an die Stirn pochend. »Das Alter! das Alter! Gehirn steif und rheumatisch.«

Aus Ursachen der Selbstachtung ging der alte Mann vor ihm her; Villon folgte pfeifend, die Daumen im Gürtel.

»Gott erbarme sich Ihrer!« sagte der Graf von Brisetout an der Tür.

»Adieu, Papa«, erwiderte Villon gähnend. »Vielen Dank für den kalten Hammel.«

Die Tür schloß sich hinter ihm. Über den weißen Dächern war die Morgendämmerung angebrochen. Ein frostiger, unbehaglicher Morgen eröffnete den Tag. Villon stand und reckte sich von Herzen mitten auf der Straße.

›Ein sehr langweiliger alter Herr‹, dachte er. ›Wüßt ich nur, was seine Becher wert sein mögen!‹

Die Vorsehung und die Gitarre

1

Monsieur Léon Berthelini legte auf sein Äußeres größten Wert und paßte unverdrossen sein Benehmen dem Kostüm der Stunde an. In seinem Wesen lag etwas spanisch Geziertes und etwas von einem Banditen mit leichtem Beigeschmack von Rembrandt in seinen vier Wänden. Von Gestalt war er ziemlich klein und neigte zum Dickwerden; sein Antlitz war der Spiegel guter Laune; seine dunklen, außerordentlich ausdrucksvollen Augen erzählten von einem gütigen Herzen, einem lebhaften, fröhlichen Naturell und einem unermüdlichen Geist. Hätte er die Kleider unserer Zeit getragen, man würde ihn für eine bis dato unentdeckte Kreuzung zwischen dem Barbier, dem Schankwirt und dem liebenswürdig lächelnden, pillendrehenden Apotheker gehalten haben. Aber in dem fabelhaften Staat eines Samtjacketts und breitkrempigen Schlapphuts, mit Hosen, die richtiger nur als Trikots beschrieben werden können, mit einem weißen Taschentuch keck um den Hals geschlungen, einem Schock olympischer Locken über der Stirn und Füßen, die bei jeder Witterung mit den zierlichsten Molière-Schuhen bekleidet waren –, brauchte man ihn nur anzusehen, um zu wissen, daß man sich in Gegenwart eines großen Mannes befand. Wenn er einen Mantel trug, verschmähte er es, die Ärmel zu benutzen; ein einziger Knopf hielt das Kleidungsstück auf seinen Schultern. Nach Art eines spanischen Mäntelchens wurde es nach rückwärts geworfen und erzeugte zugleich den Gang und den Eindruck eines Almaviva. Nach meiner Überzeugung war Monsieur Berthelini nicht weit von den Vierzigern, aber er besaß das Herz eines Knaben; stolz auf seine Eleganz, schritt er in einer ständigen theatralischen Pose, ein Kind, durch das Leben. War er trotzdem kein Almaviva, so lag es nicht an dem Mangel, diesen Glauben zu erzeugen, und er genoß als Entschädigung dafür die Freuden des Künstlers. Wenn er auch nicht wirklich Almaviva war, konnte er bisweilen doch genauso glücklich sein, als wäre er es gewesen.

Ich habe ihn in Momenten beobachtet, wenn er glaubte, allein mit seinem Schöpfer zu sein; auch dann zeigte er ein so fröhliches, ritterliches Benehmen und spielte seine Rolle mit solcher Wärme und Gewissenhaftigkeit, daß die Illusion vollkommen war und ich unbedingt an des großen Mannes Pose glaubte.

Doch, ach! Das Leben läßt sich nicht ganz nach diesen Grundsätzen leben; und durch Almaviverei allein kann man nicht das Dasein fristen. Nachdem der große Mann auf zahlreichen Theatern Schiffbruch erlitten hatte, sah er sich gezwungen, jeden Abend von seinen Höhen herabzusteigen und ein halbes bis ein ganzes Dutzend komischer Lieder vorzutragen, auf der Gitarre zu klimpern, eine bäuerische Zuhörerschaft bei guter Laune zu halten und endlich bei den Geheimnissen einer Tombola den Vorsitz zu führen.

Madame Berthelini, die sich mit ihrem Gatten in diese unwürdigen Arbeiten teilte, nahm auf der Stufenleiter der menschlichen Geschöpfe vielleicht eine noch höhere Stellung ein; sie besaß eine angeborene Würde. Ihr Herz jedoch saß nicht ganz auf dem rechten Fleck; das war einfach unmöglich. Über ihr Wesen breitete sich ein leichter Hauch von Melancholie, der äußerst anziehend, aber doch nicht so erfreulich wirkte wie das glückliche, himmelstürmerische, jungenhafte Temperament ihres Gebieters.

Hoch über irdischem Kummer ließ er sich wie ein Papierdrache von günstigen Winden treiben. Gewitterausbrüche waren in den Zonen, die er durchstreifte, freilich nicht selten, Nebeldünste jedoch und tränenvolle Depressionen in seinen Höhen gewissermaßen unbekannt. Ein befreiender Faustschlag auf den Tisch oder eine vornehme Attitüde, einem Mélingue oder einem Frédérick abgesehen, lösten seine Spannung so sicher wie ein Donnerwetter. Wäre auch der Himmel eingestürzt, Berthelini wäre es zufrieden gewesen, hätte er nur seine Rolle dabei mit Anstand durchgeführt! Und die Atmosphäre dieses Mannes, wenn nicht gar sein Beispiel, wirkten auf sein Weib zurück. Das Paar war direkt ineinander vernarrt; ja, obwohl man hätte denken sollen, daß sie in zwei verschiedenen Welten wandelten, gingen sie doch ständig Hand in Hand.

Eines Tages geschah es, daß Monsieur und Madame Berthelini mit zwei Schachteln und einer in einem schmierigen Futteral verpackten Gitarre den Bahnhof der kleinen Stadt Castel-le-Gâchis verließen. Der Omnibus brachte sie samt ihrem Gepäck nach dem ›Hotel zum Mohrenkopf‹. Das war ein trauriges klosterähnliches Gebäude in einer engen Gasse, fähig – man brauchte nur die Gitter zu schließen –, einer Belagerung zu trotzen. Das Innere roch seltsam nach Stroh, Schokolade und Altweiberkleidern, und von schmerzlicher Erinnerung ergriffen, blieb Berthelini auf der Türschwelle stehen. Es wollte ihm scheinen, als hätte er in irgendeinem früheren Stadium seines Lebens bereits einmal ein Wirtshaus besucht, das genauso geduftet hatte, und als wäre er dort schlecht aufgenommen worden.

Der Wirt, eine tragische Gestalt mit breitem Filzhut,

erhob sich von einem Pult unterhalb des Schlüsselbrettes und kam, mit beiden Händen seinen Hut ziehend, nach vorn.

»Mein Herr, ich grüße Sie! Darf ich mir die Frage gestatten, wie hoch Ihr Preis für Künstler ist?« forschte Berthelini mit einer Höflichkeit, imponierend und einschmeichelnd zugleich.

»Für Künstler?« fragte der Wirt. Sein Gesicht wurde lang, und das Willkommenslächeln erstarb. »Ach, Künstler!« fügte er brutal hinzu. »Vier Francs pro Tag.« Damit kehrte er diesen unbedeutenden Gästen den Rücken. Ein Handlungsreisender? Ja, auch dieser genießt Preisermäßigung! Trotzdem ist er willkommen, trotzdem kann er das gemästete Kalb verlangen; aber ein Künstler, mochte er das Benehmen eines Almaviva haben, mochte er gleich Salomo geschmückt sein mit dem Strahlenkranz seines Ruhmes, wird wie ein Hund aufgenommen und bedient wie eine schüchterne, alleinreisende alte Jungfer! Sosehr Berthelini an die Unvollkommenheiten seines Berufes gewöhnt war, dieser Empfang des Wirtes berührte ihn peinlich.

»Elvira«, sagte er zu seiner Gattin, »denke an meine Worte: Castel-le-Gâchis ist eine tragische Torheit.«

»Warte ab, bis wir sehen, was wir einnehmen«, erwiderte Elvira.

»Nichts werden wir einnehmen«, widersprach Berthelini. »Mit Beleidigungen wird man uns füttern; ich habe ein Auge dafür, Elvira; ich besitze die Gabe der Divination; und dieser Platz hier ist verflucht! Der Gastwirt benahm sich unhöflich, der Kommissar wird brutal sein, die Zuhörerschaft filzig und aufrührerisch, und du wirst dir eine Halsentzündung holen. Dumm genug, daß wir hierherkamen; doch der Würfel ist gefallen – es wird ein zweites Sedan werden.«

Sedan war für die Berthelinis eine verhaßte Stadt, nicht nur aus patriotischen Gründen – denn die Berthelinis waren Franzosen und hörten von Haus aus auf den etwas landläufigen Namen Duval –, es war zugleich der Schauplatz ihres eigenen tragischsten Schicksalsschlages gewesen. Drei Wochen mußten sie in dieser Stadt der unbezahlten Hotelrechnung wegen in Schuldhaft ausharren, und wäre nicht ein ganz unerwarteter Glücksfall eingetreten, sie würden bis zum heutigen Tage dort in Schuldhaft sitzen. Den Namen Sedan erwähnen bedeutete daher für die Berthelinis die Heraufbeschwörung von Erdbeben und Sonnenfinsternissen. Mit einer Gebärde ausdrucksvollster Verzweiflung schleuderte Graf Almaviva seinen Hut zu Boden, und selbst Elvira hatte das Empfinden, als sei das Unheil in Person heraufbeschworen.

Mit dem sicheren Takt einer Frau sagte sie jedoch: »Wir wollen Frühstück bestellen.«

Der Kommissar der Polizei von Castel-le-Gâchis war ein großer, rotgesichtiger Kommissar, blatternarbig und ständig in Schweiß gebadet. Ich habe die Bezeichnung seines Amtes wiederholt, weil er weit mehr Kommissar als Mensch war. Das Bewußtsein seiner Würde hatte ganz von ihm Besitz ergriffen, und er führte seinen Schmerbauch spazieren, als sei selbst dieser etwas Amtliches. Sooft er einen einfachen Bürger belästigte, hatte er das Gefühl, dadurch gleichzeitig geschickt der Regierung zu schmeicheln; in Ermangelung von Würde war er aus eingebildetem Pflichtgefühl heraus grob. Sein Büro war eine Höhle, aus der die Vorübergehenden wüste Worte herausklingen hörten, nicht um dem Gesetz Nachdruck zu verschaffen, nein! nur als Äußerungen der jeweiligen Laune des Herrn Kommissars.

Sechsmal an diesem Tage eilte Monsieur Berthelini dorthin, um die erforderliche Erlaubnis für sein abendliches Auftreten zu erhalten; sechsmal stellte er fest, daß der Beamte ausgegangen war. Léon Berthelini fing schon an, in den Straßen von Castel-le-Gâchis eine volkstümliche Figur zu werden; er wurde zu einer lokalen Berühmtheit; man bezeichnete ihn als ›den Mann, der den Kommissar sucht‹. Müßige Kinder hefteten sich an seine Fersen und trabten vor ihm her auf seinem Wege zwischen Hotel und Kommissariat. Léon konnte anstellen, was er wollte; er mochte sich Zigaretten drehen, gespreizten Schrittes einherstolzieren, seinen Schlapphut in einem Dutzend verschiedener eleganter Neigungen stülpen – die Rolle des Almaviva ließ sich unter solchen Umständen nur schwer durchführen.

Als er bei der siebenten Expedition den Marktplatz querte, zeigte man ihm den Kommissar, der dort stand, den Rock aufgeknöpft, die Hände hinter dem Rücken verschränkt, und den Verkauf und das Abwiegen der Butter beaufsichtigte. Berthelini kämpfte sich einen Weg durch die Marktstände und Körbe und redete den Würdenträger mit einer Verbeugung an, einem wahren Triumph histrionischer Kunst.

»Habe ich die Ehre, mit Monsieur le Commissaire zu sprechen?«

Der Kommissar war von der Vornehmheit dieser Anrede aufs angenehmste berührt; er übertraf Léon noch in der Tiefe, wenn auch nicht in der leichten Grazie seiner Begrüßung.

»Die Ehre ist ganz auf meiner Seite«, sagte er.

»Ich bin«, fuhr der fahrende Sänger fort, »ich bin Künstler, mein Herr, und habe mir die Freiheit genommen, Sie bei einer amtlichen Angelegenheit zu unterbrechen. Heute abend veranstalte ich im Café ›Zum siegreichen Pflug‹ eine kleine musikalische Soiree – ich gestatte mir, Ihnen dieses kleine Programm zu überreichen – und bin hergekommen, Sie um die erforderliche Genehmigung zu ersuchen.«

Bei dem Wort ›Künstler‹ hatte der Kommissar seinen Hut rasch mit der Miene eines Mannes aufgesetzt, der sich allzu tief herabgelassen hat und sich jetzt plötzlich der Pflichten seiner Stellung erinnert.

»Geht, geht«, sagte er, »ich bin beschäftigt – ich muß die Butter abwiegen.«

›Heidnischer Jude‹, dachte Léon: laut aber sagte er: »Verzeihung, mein Herr, aber ich bin bereits sechsmal ...«

»Kleben Sie nur Ihre Plakate an«, unterbrach ihn der Kommissar, »so etwa in einer Stunde werde ich mir im Büro Ihre Papiere ansehen, aber jetzt lassen Sie mich in Frieden, ich bin beschäftigt.«

›Butter abwiegen!‹ dachte Berthelini. ›O Frankreich, und dafür haben wir 1793 gehabt!‹

Die Vorbereitungen waren rasch getroffen; die Plakate wurden angeschlagen, die Programme auf den Speisetischen sämtlicher Hotels der Stadt ausgelegt, und an dem einen Ende des Cafés ›Zum siegreichen Pflug‹ wurde eine Bühne errichtet. Als Léon dann in das Büro zurückeilte, war der Kommissar schon wieder ausgeflogen.

›Er gleicht Madame Benoîton‹, dachte Léon. ›Erbärmlicher Kommissar!‹

Im gleichen Augenblick stand er dem Mann Aug in Aug gegenüber.

»Hier sind meine Papiere, mein Herr«, sagte Léon; »wollen Sie so freundlich sein, sie zu prüfen?«

Aber dem Kommissar winkte jetzt das Mittagessen. »Nicht nötig«, erwiderte er, »nicht nötig; ich bin beschäftigt; es genügt mir. Veranstalten Sie nur Ihr Konzert.«

Und fort war er.

›Erbärmlicher Kommissar‹, dachte Léon.

2

Die Zuhörerschaft war ziemlich zahlreich, und der Besitzer des Cafés machte mit seinem Bier ein gutes Geschäft. Doch die Berthelinis plagten sich vergebens.

Léon erstrahlte in Baumwollsamt; er hattte eine verwogene Art, zwischen seinen Vorträgen eine Zigarette zu rauchen: die war allein schon Geld wert; er unterstrich jede komische Pointe, daß selbst der dümmste Trottel in Castel-le-Gâchis merkte, wann er lachen müßte; und er handhabte die Gitarre mit einer seiner würdigen Meisterschaft. Weiß Gott, wie er auf diesem Instrument spielte, konnte er einem ein ganzes romantisches Drama ersetzen, so feurig, so glühend, so ganz Kavalier.

Und Elvira sang ihre patriotischen und romantischen Lieder mit ganz hervorragendem Ausdruck; ihre Stimme besaß Charme und Tragfähigkeit; und als Léon sie betrachtete in ihrem tief ausgeschnittenen karmesinfarbenen Staat, die Arme entblößt bis zu den Schultern, eine rote Rose herausfordernd am Mieder befestigt, wiederholte er sich selbst zum soundsovielten Male, daß sie eines der lieblichsten Geschöpfe in der Welt der Frauen wäre.

Aber ach, als sie dann mit dem Tamburin die Runde machte, wandte sich die Jeunesse dorée von Castel-le-Gâchis kalt von ihr ab, nur hie und da kamen ein paar vereinzelte Centimestücke zum Vorschein; das traurige

Ergebnis der ersten Sammlung war noch kein halber Franc; selbst der Bürgermeister steuerte nur ganze fünf Centimes bei, und auch das erst nach siebenmaliger Aufforderung. Ein eisiger Hauch breitete sich über die Künstler; es war ihnen, als sängen sie vor gefühllosen Larven; vor einer solchen Zuhörerschaft hätte Apoll selbst den Mut verloren. Die Berthelinis kämpften gegen diesen Eindruck; mit aller Kraft stürzten sie sich in ihre Arbeit; sie sangen laut und lauter, die Gitarre schwirrte wie ein lebendes Wesen, und endlich erhob sich Léon zu seiner ganzen Höhe und schmetterte mit unnachahmlicher Kraft sein großes Lied in das Publikum: »Y a des honnêtes gens partout!« Nie hatte er einen überzeugenderen Beweis seiner künstlerischen Meisterschaft gegeben; und doch bildete Castel-le-Gâchis nach seiner innersten, unerschütterlichen Überzeugung eine Ausnahme von dem Gesetz, das er jetzt lyrisch verkündete. Dies Nest war ausschließlich von Dieben und Straßenräubern bevölkert! Dennoch schmetterte er die Töne wie eine Herausforderung in den Saal; sie brausten dahin wie ein Glaubensbekenntnis, und sein Antlitz strahlte, während er sang; ja man hätte meinen sollen, ein Gerichtshof, selbst ein Gerichtshof müßte sich von so viel Inbrunst überzeugen lassen.

Er war auf dem Höhepunkt seines Könnens angelangt, den Kopf in den Nacken geworfen, den Mund aufgerissen, als heftig die Tür aufflog und zwei neue Ankömmlinge geräuschvoll das Café betraten. Es war der Kommissar, gefolgt vom Gendarmen.

Berthelini trug unverzagt weiter vor: »Y a des honnêtes gens partout!« Jetzt aber erhob sich unter der Zuhörerschaft ein vernehmbares Flüstern. Berthelini wunderte sich darüber; er kannte nicht die Vorgeschichte des Gendarmen; er hatte noch nie etwas von Stempelmarken gehört, aber dem Publikum war die Geschichte mit den Stempelmarken vertraut, und dieser bloße Zwischenfall machte den Leuten höllischen Spaß.

Der Kommissar pflanzte sich auf einen leeren Stuhl, betrachtete mit der Miene eines Cromwell die Bühne und sprach gelegentlich im Flüsterton mit dem Gendarmen, der respektvoll hinter seinem Stuhle stand. Beider Augen waren auf Berthelini gerichtet, der unverdrossen seine dramatischen Erklärungen wiederholte.

Zum zwanzigsten Male sang er: »Y a des honnêtes gens partout!« Da sprang der Kommissar auf und winkte dem Sänger mit seinem Stock.

»Meinen Sie mich?« fragte Léon, seinen Gesang unterbrechend.

»Ja, Sie«, erwiderte der Gewaltige.

›Erbärmlicher Kommissar‹, dachte Léon, stieg vom Podium herab und bahnte sich seinen Weg zu dem Beamten.

»Wie kommt es«, brüllte der Kommissar, sich plusternd wie ein Truthahn, »daß ich Sie hier in einem öffentlichen Café Allotria treibend finde, ohne meine Genehmigung?«

»Ohne Ihre Genehmigung?« schrie der empörte Léon. »Gestatten Sie mir, Sie daran zu erinnern ...«

»Kommen Sie, kommen Sie«, sagte der Kommissar, »ich wünsche keine Erklärungen.«

»Den Teufel scher ich mich um Ihre Wünsche«, erwiderte der Sünder. »Ich will Erklärungen abgeben und denke nicht dran, mich mundtot machen zu lassen. Ich bin Künstler, Herr, eine Würde, die Sie natürlich nicht kapieren können. Ich erhielt Ihre Genehmigung, und auf Grund dieser Erlaubnis stehe ich hier; unterbreche mich, wer es wagt.«

»Sie haben nicht meine Unterschrift erhalten, sage

ich Ihnen«, schnauzte der Kommissar; »zeigen Sie mir meine Unterschrift! Wo ist meine Unterschrift?«

Das war gerade die Frage: Wo war seine Unterschrift? Léon erkannte, daß er in einer Klemme steckte. Doch mit der Not wuchs sein Mut, stolz blies er sich auf und schüttelte seine Locken zurück. Der Kommissar übernahm als Gegenspieler die Rolle des Tyrannen; und wenn sich der eine vornüber beugte, lehnte sich der andere weiter zurück: Erhabenheit, der Wut trotzend! Die Zuhörerschaft beobachtete mit Spannung diese neue Vorstellung und lauschte atemlos mit jenem schweigenden Ernst, der jedem Franzosen in der Nähe der Polizei eigen ist. Elvira hatte sich ruhig hingesetzt; sie war an derartige Zerstreuungen gewöhnt, und eher Betrübnis als Furcht lastete auf ihrem Herzen.

»Noch ein Wort«, brüllte der Kommissar, »und ich verhafte Sie!«

»Mich verhaften?« kreischte Léon. »Ich spotte Ihrer.«

»Ich bin der Polizeikommissar«, entgegnete der Beamte.

Léon beherrschte seine Empfindungen und erwiderte mit geschliffenster Ironie: »So könnte es scheinen.«

Diese Pointe war für Castel-le-Gâchis zu fein: auch nicht ein Lächeln regte sich, und der Kommissar befahl einfach dem Sänger, ihm nach seinem Büro zu folgen, und wandte seine stolzen Schritte der Türe zu. Da blieb nichts übrig, als zu gehorchen. Léon tat dies mit einer angemessenen Gebärde der Gleichgültigkeit, trotzdem bedeutete das – es ließ sich nicht leugnen – ein Zu-Kreuze-Kriechen.

Der Bürgermeister hatte sich schon vorher gedrückt und wartete bereits an der Tür des Kommissariats. Bekanntlich ist der Maire in Frankreich die Zuflucht der

Unterdrückten. Er steht zwischen seinen Bürgern und der rauhen Härte der Polizei. Bisweilen begreift ein Bürgermeister sogar, was man ihm sagt! Er ist ja nicht immer über alles Maß durch die eigene Würde aufgebläht. Das ist eine Tatsache, die sich jeder Reisende merken sollte. Wenn alles verloren scheint und man sich bereits zähneknirschend der Ungerechtigkeit beugen will, besitzt der Maire, gleich den Helden der Romanze, noch ein kleines Zauberhorn an seinem Gürtel, auf dem er blasen kann; ja, der Maire kann selbst dann noch als behaglicher Deus ex machina herabsteigen und den Unglücklichen den Häschern des Gesetzes entreißen. Der Bürgermeister von Castel-le-Gâchis, obwohl unzugänglich den Reizen der Musik – davon wußten die Berthelinis ein Stückchen zu erzählen –, kannte in bezug auf die Rechtmäßigkeit dieser Sache kein Schwanken. In schärfsten Ausdrücken fiel er sofort über den Kommissar her, und der Kommissar, angespornt durch diese Demütigung, zögerte nicht, den Kampf aufzunehmen. Mit wechselndem Erfolg wogte der Streit eine Zeitlang hin und her, bis sich der Sieg endlich so offensichtlich an des Kommissars Fahnen heftete, daß der Maire sich genötigt sah, durch Berufung auf seine Amtsstellung sein Ansehen wiederherzustellen. Durch Gründe war er zwar besiegt, aber er blieb doch der Maire. Und seinem Gegner den Rücken wendend, empfahl er Léon kurz, aber freundlich, wieder zu seinem Konzert zurückzukehren.

»Es ist bereits ziemlich spät geworden«, fügte er hinzu.

Léon ließ sich das nicht zweimal sagen. In größter Eile lief er in das Café ›Zum siegreichen Pflug‹ zurück. Doch, o weh! Das Publikum war während seiner Abwesenheit zusammengeschmolzen. In trostloser Verfassung thronte Elvira auf dem Gitarrekasten; sie hatte es mit ansehen müssen, wie ihr Publikum zu zweien und dreien auseinanderging, und dieser ständige Anblick hatte ihre Lebensgeister niedergeschmettert. ›Jeder einzelne‹, überlegte sie, ›flieht mit einem bestimmten Teil meiner Einnahme in seiner Tasche.‹ Dann gedachte sie der Ausgaben für Nachtlogis und die morgige Eisenbahnfahrt und endlich für das morgige Mittagessen, und ein Gast nach dem andern eilte durch die Caféhaustür und entschwand in dem nächtlichen Dunkel.

»Was war los?« fragte sie matt.

Aber Léon antwortete nicht. Er überblickte den Schauplatz seiner Niederlage; kaum ein Dutzend Zuhörer waren geblieben und diese obendrein von der wenigst versprechenden Sorte. Der Minutenzeiger der Uhr kletterte bereits nach der Elf hinauf.

»Die Schlacht ist verloren«, sagte er. Dann ergriff er die Geldbüchse und schüttete den Inhalt aus. »Drei Francs fünfundsiebzig!« schrie er, »gegen vier Francs Logis und sechs Francs Bahnfahrt! Und keine Zeit mehr für die Tombola. Elvira, dies hier ist Waterloo«, und er ließ sich auf einen Stuhl fallen und fuhr sich mit beiden Händen verzweifelt durch die Locken. »O erbärmlicher Kommissar!« rief er, »erbärmlicher Kommissar!«

»Wir wollen unsere Sachen zusammenpacken und uns auf den Weg machen«, erwiderte Elvira; »wir könnten es ja noch mit einem Lied versuchen, aber es sind nicht mehr fünfzig Centimes in dem Saal.«

»Fünfzig Centimes?« schrie Léon. »Sechshunderttausend Teufel! In dieser ganzen Stadt lebt keine einzige menschliche Kreatur – nichts außer Schweinen und Hunden und Kommissaren. Geb's der Himmel, daß wir sicher in unser Bett gelangen!«

»Oh, berufe nicht die Dinge«, jammerte Elvira schaudernd.

Dann machten sie sich an ihre Vorbereitungen: die Tabakbüchse, die Zigarettenspitze, die drei Schächtelchen mit Hemdenknöpfen, die die Preise für die Tombola bilden sollten, falls eine Tombola stattgefunden hätte, wurden mit den Musikinstrumenten zu einem Bündel verschnürt. Man verstaute die Gitarre in den schmierigen Gitarrenkasten, und nachdem Elvira einen dünnen Schal um Hals und Schultern geschlungen hatte, verließ das Paar das Café und machte sich auf den Weg nach dem ›Mohrenkopf‹.

Als die beiden den Marktplatz überschritten, schlug es vom Kirchturm elf Uhr. Es war eine dunkle, milde Nacht, kein Mensch mehr in den Straßen.

»Das ist ja alles ganz schön«, sagte Léon, »aber ich habe so ein Vorgefühl; die Nacht ist noch nicht vorüber!.«

3

Auch nicht ein Lichtstrahl drang aus dem ›Mohrenkopf‹ auf die Straße, und die Toreinfahrt war geschlossen.

»Das ist beispiellos«, bemerkte Léon, »ein Wirtshaus, und fünf Minuten nach elf schon geschlossen! Dabei waren doch mehrere Geschäftsreisende noch zu später Stunde im Café. Elvira, mein Herz läßt mich Böses ahnen. Wir wollen klingeln!«

Die Glocke hatte einen kräftigen Klang; wenn man sie unter dem Torbogen läutete, erfüllte sie das ganze Haus vom Dach bis zum Keller mit scharfem Widerhall. Ihr Ton erhöhte noch den klösterlichen Eindruck des Gebäudes; ein Kältegefühl, der Gedanke an Gebet und Tod ergriff Elviras Geist, und was Léon betraf, so schien er die szenischen Bemerkungen zu einem überaus traurigen fünften Akt zu studieren.

»Das ist deine Schuld«, klagte Elvira, »das kommt davon, wenn man Dinge beruft.«

Von neuem riß Léon an dem Klingelzug, von neuem erregte die feierliche Sturmglocke die Echos des Wirtshauses, und ehe noch ihr Klang erstorben war, schimmerte ein Licht in dem Torweg, und eine mächtige Stimme ließ sich vernehmen, empört und vor Grimm tremolierend.

»Was soll das bedeuten?« brüllte der tragische Wirt durch die Stäbe des Gitters. »Kurz vor zwölf, und da kommt ihr lärmend wie die Preußen an die Tür eines respektablen Hotels? Oh, jetzt erkenne ich euch! Fahrendes Volk! Leute, die mit der Polizei in Konflikt geraten! Und dabei gebärden sich diese Menschen um Mitternacht wie Lords und Ladies. Schert euch zum Teufel!«

»Ich möchte mir gestatten, Sie daran zu erinnern«, erwiderte Léon im schrillen Ton, »daß ich Gast in Ihrem Hause bin, daß ich ordnungsgemäß eingetragen bin und daß ich Gepäck im Werte von vierhundert Francs hinterlegt habe.«

»Um diese Stunde könnt ihr nicht mehr hereinkommen«, entgegnete der Mann; »dies ist keine Diebshöhle für Trunkenbolde und Nachtvögel und Drehorgelspieler.«

»Vieh!« kreischte Elvira, denn der Drehorgelspieler ging ihr auf die Nerven.

»Dann verlange ich mein Gepäck«, sagte Léon mit unerschütterlicher Würde.

»Weiß nichts von eurem Gepäck«, erwiderte der Wirt.

»Sie halten mein Gepäck zurück? Sie wagen es, mein Gepäck zurückzuhalten!« schrie der Sänger.

»Wer seid ihr überhaupt?« erwiderte der Wirt; »es ist dunkel, ich kann euch nicht erkennen.«

»Sehr schön, Sie halten also mein Gepäck zurück«, schloß Léon. »Das sollen Sie mir büßen. Ich werde Ihnen mit meinen Verfolgungen das Leben sauer machen; von Gerichtshof zu Gerichtshof werde ich Sie schleppen. Wenn es in Frankreich noch Gerechtigkeit gibt, soll diese Sache zwischen Ihnen und mir ausgetragen werden, und ich werde für Sie einen Spottnamen erfinden – Ihr Name soll in ein Lied kommen, in ein gemeines Lied – ein unanständiges Lied – ein populäres Lied –, das die Bengels in den Straßen singen und um Mitternacht durch dieses Gitter brüllen werden.«

Bei jedem einzelnen Satz hatte Léon seine Stimme immer stärker erhoben, denn der Wirt zog sich inzwischen ganz gemächlich weiter zurück. Und als jetzt der letzte Lichtschimmer unter dem Torbogen erloschen, der letzte Schritt im Innern erstorben war, wandte sich Léon mit heroischem Ausdruck seiner Gattin zu: »Elvira«, sagte er, »jetzt habe ich eine Pflicht im Leben; ich werde diesen Menschen vernichten, wie Eugène Sue den Portier vernichtet hat. Wir wollen sofort die Gendarmerie aufsuchen. Rache, du bist im Zug!«

Er hob den Gitarrekasten auf, den er gegen die Mauer gelehnt hatte, und mit flammendem Herzen machten sie sich auf den Weg durch die schlafende, nur spärlich erleuchtete Stadt.

Die Gendarmerie lag neben dem Telegraphenamt im Hintergrunde eines geräumigen Hofes versteckt, der teilweise von Gartenanlagen eingenommen wurde; hier ruhten die Wächter der braven Bürger in wohltuendem Schlafe befangen. Ein starkes Pochen war nötig, um endlich einen aufzuwecken; doch als er dann an die Tür kam, wußte er nichts weiter zu sagen als: »Das ist nicht meine Sache.« Léon suchte ihn zu überzeugen, drohte ihm, beschwor ihn. »Hier«, sagte er, »hier steht Madame Berthelini in Abendtoilette – eine zarte Frau – in interessanten Umständen« –, ich glaube, die letzte Bemerkung war nur der stärkeren Wirkung wegen angefügt worden, aber selbst darauf hatte dieser Vertreter der bewaffneten Macht nur die gleiche Antwort: »Das ist nicht meine Sache.«

»Ausgezeichnet«, sagte Léon, »dann werden wir den Kommissar aufsuchen.« Jetzt ging es also dorthin. Das Büro war natürlich geschlossen und finster, aber dicht daneben lag des Kommissars Haus, und ein paar Minuten später zerrte Léon wie ein Verrückter an der Glocke. Die Frau des Kommissars erschien am Fenster, ein spindeldürres Geschöpf, das ihnen erklärte, der Kommissar wäre noch nicht nach Hause gekommen.

»Ist er beim Bürgermeister?« forschte Léon.

Sie meinte, das wäre nicht unwahrscheinlich.

»Wo liegt das Haus des Maire?« fragte er.

Sie gab ihm eine ziemlich undeutliche Erklärung.

»Bleibe du hier, Elvira«, erklärte Léon, »falls ich ihn auf dem Wege verfehlen sollte. Finde ich dich bei meiner Rückkehr nicht mehr vor, so werde ich dir sofort nach dem ›Mohrenkopf‹ folgen.«

Und er setzte sich in Trab, um den Maire aufzuspüren. Etliche zehn Minuten mußte er durch finstere Gassen irren, und als er endlich ankam, war es bereits eine halbe Stunde nach Mitternacht. Eine langgestreckte weiße Gartenmauer, von ein paar dichten Kastanienbäumen überschattet, eine Tür mit einem Briefkasten und ein messingner Klingelzug waren alles, was er von des Bürgermeisters Heim zu sehen vermochte. Léon packte den Klingelzug mit beiden Händen und tanzte wie rasend auf dem Bürgersteig umher. Die Klingel selbst befand sich unmittelbar auf der anderen Seite der Mauer: sie beantwortete seinen Tatendrang und gellte aufruhrerregende Töne weit und breit durch die nächtliche Stille.

In einem Hause quer über der Straße wurde ein Fenster aufgerissen; eine Stimme erkundigte sich nach der Ursache dieses unzeitgemäßen Lärms.

»Ich wünsche den Bürgermeister zu sprechen«, sagte Léon.

»Um diese Zeit pflegt er im Bett zu liegen«, antwortete die Stimme.

»Er muß aufstehen«, beharrte Léon und wollte von neuem an der Glocke reißen.

»Er wird es doch nicht hören«, sagte die Stimme; »der Garten ist sehr ausgedehnt, und das Haus liegt am fernsten Ende; außerdem sind der Maire und seine Haushälterin beide taub.«

»Aha«, meinte Léon, sich unterbrechend, »der Bürgermeister ist also taub? Das erklärt die Sache.« Und mit einem Gefühl momentaner Erleichterung gedachte er seines abendlichen Konzerts. »Ah«, fuhr er fort, »der Maire ist also taub, der Garten groß und das Haus am äußersten Ende?«

»Ja, und Ihr könnt die ganze Nacht läuten«, fügte die Stimme hinzu, »und würdet doch nichts erreichen; nur mich würdet Ihr wach halten.«

»Vielen Dank, Nachbar«, erwiderte der Sänger, »Ihr sollt schlafen.«

Und im schärfsten Trab machte er sich von neuem auf den Weg zum Kommissar. Elvira schritt noch immer vor der Tür auf und ab.

»Ist er noch nicht gekommen?« fragte Léon.

»Nein.«

»Gut«, erwiderte Léon. »Ich bin überzeugt, unser Mann ist drinnen. Reich mir mal den Gitarrekasten, Elvira. Ich werde die Belagerung in aller Form eröffnen; ich bin wütend; ich bin indigniert; ich bin von kriegerischer Gemütsart, aber, Dank sei meinem Schöpfer, noch hab ich Sinn für einen Spaß. Der ungerechte Richter soll mittels einer Serenade bestürmt werden! Elvira, gib's ihm tüchtig – gib's ihm tüchtig.«

Inzwischen hatte er den Kasten geöffnet, griff ein paar Akkorde und setzte sich mit unnachahmlicher Grandezza in Positur.

»Und jetzt«, fuhr er fort, »probiere deine Stimme. Bist du bereit? Na, dann los!«

Die Gitarre erdröhnte, und die beiden Stimmen huben gemeinsam und mit aufpeitschender Kraft den Refrain eines Liedes des alten Béranger an:

Commissaire, Commissaire!
Colin bat sa ménagère.

Die Steine selbst von Castel-le-Gâchis erzitterten bei dieser tollkühnen Neuerung. Bis zu jener Stunde war die Nacht der Ruhe und den Nachtmützen geweiht gewesen; und jetzt! Was war das? Fenster nach Fenster wurde geöffnet; Zündhölzer kratzten, und Kerzen begannen zu flackern; verschwollene, schlaftrunkene Gesichter spähten in das Sternendunkel hinaus. Dort standen die beiden Gestalten vor des Kommissars Haus, bolzengerade, hochgereckt, die Köpfe zurückgeworfen und mit den Augen den sternklaren Himmel befragend. Die Gitarre jammerte, schrie und schrie von neuem wie ein halbes Orchester, und die Stimmen – mit frischem und mutigem Wurf – schleuderten die Last der Herzen gegen das Fenster des Kommissars. Hundertfältiges

Echo wiederholte des Beamten Titel, man glaubte eher einem Zwischenspiel in einem Schwank Molières als einer Szene wirklichen Lebens in Castel-le-Gâchis beizuwohnen.

Wenn der Kommissar nicht der erste war, so war er doch keineswegs der letzte unter den Nachbarn, sich dem Einfluß der Musik hinzugeben, und zornschnaubend riß er das Fenster seines Schlafzimmers auf. Er war außer sich vor Wut. Schimpfend und gestikulierend beugte er sich weit über das Fensterbrett hinaus; die Quaste seiner weißen Nachtmütze tanzte wie ein lebendes Ding; er öffnete seinen Mund zu Dimensionen ohne Beispiel bis dato – und doch, statt daß seine Stimme als Gebrüll dieser Riesenöffnung entströmte, kam sie gequetscht, erstickt und zitternd heraus. Noch eine kurze Zeit Serenade, und es war klar, er würde mit der Apoplexie nähere Bekanntschaft schließen.

Ich verschmähe es, seine Reden wiederzugeben; für einen schlichten Anekdotenerzähler berührte er allzu viele schwerwiegende Gegenstände. Obwohl er als ein Mann mit einer flinken Zunge bekannt war, dem eine ganze Heerschar kräftiger Ausdrücke zur Verfügung stand, übertraf er sich in dieser Nacht so sehr, daß eine Jungfrau, die wie die übrigen ihr Bett verlassen hatte, um der Serenade zu lauschen, bei dem zweiten Satz sich verpflichtet fühlte, ihr Fenster zu schließen; aber selbst das wenige, was sie vernommen hatte, belastete ihr Gewissen, und sie klagte am nächsten Tag, sie könne sich in Zukunft kaum länger als Jungfrau betrachten.

Léon versuchte seine peinliche Lage zu erklären, erhielt aber als Antwort nur Drohungen mit Arrest.

»Wenn ich herunterkomme ...«, brüllte der Kommissar.

»Ja, kommen Sie nur«, sagte Léon.

»Ich will nicht!« schrie der Kommissar.

»Sie wagen es nicht!« kreischte Léon.

Auf diese Frechheit hin schloß der Kommissar das Fenster.

»Jetzt ist alles zu Ende«, meinte der Sänger; »vielleicht war die Serenade doch nicht das richtige! Diese Flegel haben keinen Sinn für Humor.«

»Komm, wir wollen fortgehen«, sagte Elvira schaudernd. »Wie diese Leute alle glotzen, es ist so gemein, so brutal.« Dann aber brach sich ihre leidenschaftliche Erregung noch einmal Bahn, und mit scharfer Stimme rief sie zu den Kerzenlichtzuschauern hinauf: »Bestien! Bestien! Bestien! Bestien!«

»Rette sich, wer kann«, sagte Léon. »Jetzt hast du alles verpatzt.«

Und die Gitarre mit einer Hand, das Futteral mit der anderen ergreifend, verließ er mit einer Plötzlichkeit, die etwas gar zu eilig war, um nur als Eile bezeichnet zu werden, den Schauplatz dieses lächerlichen Abenteuers.

4

Im Westen von Castel-le-Gâchis bildeten vier Reihen altehrwürdiger Linden in dieser sternhellen Nacht einen dämmrigen Mittelgang mit zwei stockdunklen Seitenschiffen; hier und da waren steinerne Bänke zwischen den Stämmen errichtet. Nicht ein Windhauch wehte; bedrückender Blütenduft lagerte über den Bäumen, und die Blätter hingen regungslos an ihren Zweigen. Hier landeten endlich die Berthelinis, um die Nacht zu verbringen, nachdem sie vergeblich an einem oder zwei Gasthäusern geklopft hatten. Nach einem liebenswürdigen Streit bestand Léon darauf, Elvira seinen

Rock zu geben, und schweigend nahmen sie auf der ersten Bank Platz. Léon drehte sich eine Zigarette, rauchte sie zu Ende, blickte zu den Bäumen auf und darüber hinaus zu den Sternbildern, an deren Namen er sich vergebens zu erinnern suchte. Das Schweigen wurde durch die Kirchenglocke unterbrochen; mit hellem, klingendem Ton maß sie die vier Viertel; dann folgte ein einzelner, tiefer Schlag, der mählich in einem Erzittern dahinstarb. Und Stille errichtete wieder ihr Reich.

»Eins«, sagte Léon; »vier Stunden bis Tagesanbruch. Es ist warm; es ist sternklar; ich habe Zündhölzer und Tabak; wir wollen die Sache nicht übertreiben, Elvira – das Erlebnis ist doch eigentlich entzückend. Ich fühle eine Glut in mir; ich bin wie neugeboren. Das ist die Poesie des Lebens. Denke nur an Coopers Romane, Liebling.«

»Léon«, sagte sie finster, »wie kannst du solch einen leichtfertigen, schmählichen Unsinn plappern? Die ganze Nacht im Freien zubringen – das ist wie ein Alptraum! Wir werden sterben!«

»Du läßt dich zu sehr gehen«, erwiderte er beschwichtigend. »Hier ist es doch gar nicht ungemütlich; du brütest nur zuviel darüber nach. Munter, munter, wir wollen eine Szene wiederholen. Sollen wir es einmal mit Alceste und Célimène versuchen? Nein? Oder mit einer Stelle aus ›Die beiden Waisenkinder‹? Komm, das wird deinen Geist beschäftigen; ich werde spielen, wie ich noch nie im Leben gespielt habe; ich spür's, der Geist der Kunst regt sich in meinen Knochen.«

»Halt den Mund«, schrie sie, »du wirst mich noch zum Wahnsinn treiben! Vermag nichts dich ernst zu stimmen? – nicht einmal diese fürchterliche Lage?«

»Fürchterlich?« widersprach Léon. »Fürchterlich ist

nicht das richtige Wort. Wo möchtest du denn sein?« Und er intonierte: »›Dîtes, la jeune belle, où voulez-vous aller?‹ Na schön«, fuhr er fort und öffnete den Gitarrenkasten, »ich habe einen anderen Gedanken – singe. Sing: ›Dîtes, la jeune belle‹! Das wird deinen Geist beruhigen, Elvira, ganz sicher.« Und ohne eine Antwort abzuwarten, begann er die Ouvertüre zu klimpern. Die ersten Akkorde weckten einen jungen Menschen, der auf einer benachbarten Bank schlief.

»Hallo!« rief der junge Mann, »wer seid ihr?«

»Doch unter welchem König, du Halunk?« deklamierte der Künstler. »Sprich oder stirb!«

Zwar stimmte das Zitat nicht ganz, aber Ähnliches stand in einem französischen Trauerspiel zu lesen.

Der junge Mann kam in dem Dämmerlicht näher. Er war ein schlanker, kräftiger Bursche von anständigem Aussehen, mit etwas aufgedunsenem Gesicht. Er trug einen Sommeranzug sowie einen breitkrempigen Hut aus gleichem Stoff, und über einem Arm hing, als er jetzt vortrat, ein Rucksack.

»Kampiert ihr auch hier draußen?« fragte er mit starkem englischem Akzent. »Ich freue mich, wenn ich Gesellschaft bekomme.«

Léon erzählte ihm ihre unglücklichen Abenteuer, und der andere berichtete, daß er Student aus Cambridge sei und sich auf einer Wandertour befände. Ihm sei sein Geld ausgegangen, und er könne nicht länger für Nachtlogis etwas bezahlen. Nun hätte er bereits zwei Nächte im Freien geschlafen, und er fürchte, das gleiche Manöver noch mindestens zwei weitere Nächte durchführen zu müssen.

»Glücklicherweise ist das Wetter gut«, schloß er.

»Hörst du, Elvira?« sagte Léon. »Madame Berthelini regt sich in wirklich lächerlicher Weise über diesen unbedeutenden Zwischenfall auf. Ich meinerseits finde es hier romantisch und absolut nicht unkomfortabel oder wenigstens«, fügte er, auf die Steinbank deutend, hinzu, »nicht ganz so unkomfortabel, wie man's hätte erwarten können. Aber bitte, nehmen Sie doch Platz.«

»Stimmt«, entgegnete der Student und ließ sich nieder. »Hat man sich erst einmal daran gewöhnt, ist es hier hübscher als anderswo. Nur das Waschen bereitet einem höllische Schwierigkeiten. Ich liebe die frische Luft und die Sterne und all das andere.«

»Aha«, sagte Léon, »Monsieur sind Künstler.«

»Künstler?« entgegnete der andere mit offenem Munde. »Soviel ich weiß, nicht.«

»Verzeihen Sie«, entgegnete der Schauspieler, »was Sie eben über die Himmelskörper sagten …«

»Ach Unsinn!« rief der Engländer. »Ein Mensch kann wohl die Sterne bewundern und doch sein, was ihm beliebt.«

»Aber Sie haben eines Künstlers Seele, Mister … Verzeihung, darf ich, ohne indiskret zu sein, um Ihren Namen bitten?« erkundigte sich Léon.

»Mein Name ist Stubbs«, entgegnete der Engländer.

»Vielen Dank. Der meine ist Berthelini – Léon Berthelini, Exkünstler der Theater von Montrouge, Belleville und Montmartre. In wie tiefer Erniedrigung Sie mich hier auch vor sich sehen, habe ich doch unter Beifallsstürmen mehr als eine bedeutende Rolle kreiert. Die Presse war einstimmig im Lobe meines ›Heulenden Teufels vom Berge‹ in dem Stück gleichen Namens. Madame, die ich mir hier vorzustellen gestatte, ist ebenfalls Künstlerin, und ich darf die Feststellung nicht unterlassen: eine bessere Künstlerin als ihr Gatte. Auch sie ist schöpferisch; fast zwanzig erfolgreiche Lieder kreierte sie in einem der vornehmsten Pariser Konzertsäle! Aber, um wieder auf den Ausgangspunkt zurückzukommen, ich behauptete, Monsieur Stubbs, daß Sie eines Künstlers Seele besäßen, und Sie müssen mir schon zugestehen, daß ich in einer solchen Frage kompetent bin. Ich hoffe, Sie werden Ihren Neigungen keine Gewalt antun; ich beschwöre Sie, folgen Sie der Laufbahn eines Künstlers.«

»Besten Dank«, entgegnete Stubbs kichernd; »ich will Bankier werden.«

»Oh, sagen Sie das nicht«, erwiderte Léon. »Nicht das! Ein Mann, mit einer Seele wie Sie, sollte seine Würde nicht so weit vergessen. Was bedeuten ein paar Entbehrungen hier und da, solange Sie für ein hohes und edles Ziel arbeiten?«

›Der Kerl ist verrückt‹, überlegte sich Stubbs, ›aber das Weib ist recht hübsch; na, und er ist auch nicht unsympathisch in seiner Verrücktheit.‹

Laut entgegnete er aber etwas anderes: »Wenn ich Sie recht verstand, sind Sie Schauspieler?«

»Ja, das sagte ich«, entgegnete Léon. »Ich bin Schauspieler, oder, ach Gott! ich war einer.«

»Und deshalb möchten Sie, daß ich Schauspieler werde?« fuhr der Student fort. »Ach, lieber Mann, ich würde es nie fertigbringen, auch nur das Zeugs auswendig zu lernen: mein Gedächtnis ist das reinste Sieb; und was das Spielen anbetrifft, dafür habe ich nicht mehr Verständnis als eine Katze.«

»Die Bühne ist nicht die einzige Möglichkeit«, entgegnete Léon. »Werden Sie Bildhauer, Tänzer, Dichter oder Romanschreiber; mit einem Wort, folgen Sie Ihrem Herzen und schaffen Sie, bevor Sie sterben, irgendein Kunstwerk.«

»Und nennen Sie alle diese Dinge Kunst?« forschte Stubbs.

»Aber natürlich«, erwiderte Léon. »Sind sie nicht alle Zweige eines einzigen, großen Baumes?«

»Oh, das wußte ich nicht«, erwiderte der Engländer; »ich dachte immer, ein Künstler wäre so ein Kerl, der pinselt.«

Voller Erstaunen starrte ihn der Bänkelsänger an.

»Das macht die Verschiedenheit der Sprache«, meinte er endlich. »Wann werden wir von dieser babylonischen Verwirrung erlöst werden? Wenn ich Englisch sprechen könnte, würden Sie mich leichter verstehen.«

»Ich glaube nicht, daß das zwischen Ihnen und mir der Fall wäre«, widersprach der andere. »Sie scheinen mir verteufelt viel über dergleichen Geschichten nachgedacht zu haben. Ich meinerseits bewundere die Sterne und liebe es, wenn sie scheinen – das macht einen froh –; aber hängen soll man mich, wenn ich eine Ahnung habe, was das mit Kunst zu schaffen hat! Das gehört nun einmal nicht zu meinem Beruf. Ich bin kein Intellektueller. Ich habe genug zu schaffen, mich durch meine Examina durchzuwinden, kann ich Ihnen versichern. Aber im Grunde bin ich kein übler Kerl«, fügte er hinzu, als er trotz des trüben Sternenlichts bemerkte, daß sein Interviewer ganz bestürzt dreinblickte. »Und ich liebe natürlich auch Theater und Musik und Gitarren und all das andere Zeugs.«

Léon kam die Ahnung, daß das gegenseitige Verständnis etwas unvollständig wäre; er wechselte das Thema. »Sie machen also eine Fußreise«, fuhr er fort; »wie romantisch! wie mutig! Und wie gefällt Ihnen mein Land? Und welchen Eindruck erweckt die Szenerie zwischen diesen wilden Bergen?«

»Tatsache ist«, begann Stubbs … Er wollte eigentlich sagen, daß er sich um Szenerie keinen Deut schere. Das entsprach freilich durchaus nicht der Wahrheit; nein, ganz im Gegenteil, es war nur so eine kraftmeierische, studentische Großsprecherei; aber er fing an einzusehen, daß Berthelini eine andere Sorte Fleisch liebe, und wechselte den Tenor seiner Rede. »Tatsache ist, ich finde sie hübsch. Man sagte mir, es wäre hier nicht ganz geheuer; selbst der Baedeker behauptet das; aber ich weiß nicht, was die Leute damit sagen wollen. Ich finde es hier verdammt hübsch – auf mein Wort, das finde ich.«

In diesem Augenblick brach Elvira ganz unvermutet in Tränen aus.

»Meine Stimme!« rief sie. »Léon, wenn wir länger hier bleiben, werde ich meine Stimme verlieren.«

»Nicht einen Augenblick sollst du länger hier weilen!« schrie der Schauspieler. »Und wenn ich eine Tür einschlagen, wenn ich die Stadt niederbrennen müßte, du sollst ein Obdach finden!«

Bei diesen Worten packte er die Gitarre wieder ein, sprach Elvira zärtlich zu und zog ihren Arm durch seinen.

»Monsieur Stubbs«, sagte er dann und nahm seinen Hut ab, »die Aufnahme, die ich Ihnen biete, ist etwas problematischer Natur; trotzdem beschwöre ich Sie, uns das Vergnügen Ihrer Gesellschaft zu schenken. Im Augenblick befinden Sie sich in einer gewissen Verlegenheit; natürlich müssen Sie mir gestatten, Ihnen das Nötige vorzuschießen. Ich fordere das als eine Gunst. Nachdem wir uns auf so seltsame Weise getroffen haben, dürfen wir uns nicht so bald wieder trennen.«

»Ach, geht, geht«, sagte Stubbs, »ich kann es nicht zulassen, daß ein Mann wie Sie ...« Hier stockte er, da er fühlte, daß er sich irgendwie auf falscher Fährte befände.

»Ich möchte keine Drohung anwenden«, fuhr Léon lächelnd fort. »Wenn Sie sich aber weigern, weiß Gott, ich werde es nicht sehr freundlich aufnehmen.«

›Ich sehe nicht recht, wie ich aus dieser Geschichte herauskomme‹, dachte der Student, und nach einer Pause sagte er laut und ziemlich unliebenswürdig: »Na schön. Ich ... ich bin Ihnen natürlich sehr verpflichtet«, und er schickte sich an, den beiden zu folgen; aber in seinem Innersten dachte er: ›Es ist doch eigentlich eine recht üble Art, einem Menschen Verpflichtungen aufzudrängen.‹

5

Léon übernahm die Führung mit einer Sicherheit, als wüßte er genau, wohin er sich zu wenden hätte; noch immer hörte man Madame leise schluchzen, und niemand äußerte ein Wort. In einem Hof bellte wütend ein Köter, als sie vorüberschritten; dann schlug die Kirchenuhr zwei, und zahlreiche häusliche Uhren folgten mit schrillem Ton oder waren ihr vorangegangen. Gerade in diesem Augenblick entdeckte Berthelini ein Licht. Es brannte in einem kleinen Hause im Außenbezirk der Stadt, und dorthin lenkte jetzt die Gesellschaft ihre Schritte.

»Es ist doch immerhin eine Möglichkeit«, meinte Léon.

Das fragliche Haus stand abseits der Straße im Hintergrunde eines freien Platzes, teils Garten, teils Rübenfeld, und nach der Front zu sprangen mehrere Nebengebäude im rechten Winkel auf beiden Seiten vor. Eines dieser Gebäude hatte man erst kürzlich umgebaut; auf der Nordseite war ein riesiges Fenster in Mauer und Dach gebrochen, und Léon schöpfte Hoffnung, daß hier ein Atelier wäre. »Wenn dort ein Maler wohnt«, meinte er mit fröhlichem Glucksen, »zehn zu eins, dann finden wir eine Aufnahme, wie wir sie uns besser nicht wünschen können.«

»Ich dachte, Maler wären grundsätzlich arme Schlukker«, sagte Stubbs.

»Ach«, rief Léon, »Ihr kennt die Welt nicht, wie ich sie kenne; je ärmer, desto besser für uns!«

Und das Trio begann den Vormarsch durch das Rübenfeld.

Das Licht befand sich im Erdgeschoß. Da ein Fenster hell war, zwei andere dagegen nur schwach erleuchtet schienen, konnte man annehmen, daß sich dort nur ein einziges großes Zimmer befände, in dem eine spärliche Lampe brannte, und eine gewisse Unstetigkeit, ein zeitweises Heller- und Dunklerwerden, bewies, daß noch ein offenes Kaminfeuer zu dieser Wirkung beitrug. Jetzt wurde der Ton einer Stimme laut, und die Eindringlinge blieben stehen und lauschten. Die Stimme erging sich in hoher, ärgerlicher Rede, hatte aber doch einen guten, vollen, männlichen Klang. Die Sprache war geläufig, allzu geläufig sogar, um ganz verständlich zu sein; ein Strom von Worten schwoll an und verebbte, und hin und wieder hob sich ein einzelnes, schärfer betontes Wort heraus, als zähle der Sprecher auf dessen besondere Wirkung.

Plötzlich fiel eine zweite Stimme ein, diesmal die Stimme einer Frau; und war der Mann ärgerlich, so schien die Frau wutentbrannt. Sie sprach mit jener eisigen Ruhe, die der leidenden Männerwelt nur allzu vertraut ist, mit jener farblosen, unnatürlichen Gefaßtheit, die einen Geist verrät, der gerade noch zwischen Totschlag und Hysterie die Mitte hält. Dabei bediente sie sich jenes Tones, in dem selbst die besten Frauen manchmal Worte, schlimmer als der Tod, gegen den schleudern, der ihnen der Liebste ist. Wären Grüfte und Gebeine mit der Gabe der Sprache beschenkt, ihre Unterredung könnte nicht anders lauten. Léon war ein mutiger Mann und, wie ich fürchte, etwas skeptisch veranlagt – er war in einem papistischen Lande aufgewachsen –, aber die Gewohnheit der Kinderzeit siegte, und er bekreuzigte sich demütig. Während seiner Laufbahn waren ihm zahlreiche Frauen begegnet. Es war klar, sein Instinkt hatte ihn nicht getäuscht: im nächsten Augenblick brach die männliche Stimme in gewaltiger Leidenschaft los. Der Student, der die Bedeutung des Gesprächs von seiten der Frau nicht verstanden hatte, spitzte bei diesem Szenenwechsel schärfer die Ohren.

»Da scheint eine kleine Schlägerei in Gang zu kommen«, meinte er.

Jetzt sprach wieder die Frau, immer noch ruhig, aber ein wenig bestimmter.

»Hysterie?« fragte Léon seine Gattin. »Entspricht das der Bühnenanweisung?«

»Was weiß ich?« entgegnete Elvira ziemlich sauer.

»O Weiber, Weiber!« rief Léon und packte von neuem seine Gitarre aus. »Das ist eine der Bürden, die ich durchs Leben schleppen muß, Monsieur Stubbs; Frauen halten stets zueinander; sic behaupten zwar immer, darin läge kein System, es sei nur Natur. Ja, selbst Madame Berthelini, die doch eine dramatische Künstlerin ist, bildet keine Ausnahme!«

»Du bist herzlos, Léon«, sagte Elvira. »Die Frau ist doch in Not.«

»Und der Mann, mein Engel?« fragte Berthelini und stimmte seine Gitarre, »und der Mann, m'amour?«

»Nun, der Mann ist eben ein Mann«, lautete die Antwort.

»Da hören Sie's«, sagte Léon zu Stubbs. »Na, für Sie ist es noch nicht zu spät. Paß jetzt auf die Intonation auf«, fuhr er fort. »Was wollen wir den Leuten vorspielen?«

»Wollen Sie singen?« erkundigte sich Stubbs.

»Ich bin ein Troubadour«, entgegnete Léon; »ich heische Willkommen durch und für meine Kunst. Könnte ich mir als Bankier so etwas erlauben?«

»Nein, aber Sie würden es in dem Falle auch nicht nötig haben«, antwortete der Student.

»Meiner Treu, das ist wahr! Elvira, das ist wahr.«

»Natürlich ist es wahr«, wiederholte sie, »wußtest du das nicht?«

»Meine Liebe«, antwortete Léon eindringlich, »ich weiß nur das, was mir angenehm ist. Selbst meine Lebenserfahrung ist ein sorgfältig komponiertes Kunstwerk. Doch, was wollen wir spielen? Es muß etwas Passendes sein.«

Visionen von ›Mögen Hunde sich vergnügen‹ zogen durch des Studenten Hirn; aber es fiel ihm ein, daß das ein englisches Gedicht wäre und daß er die Melodie nicht kannte. Daher unterdrückte er seinen Einfall.

»Etwas über unsere Heimatlosigkeit«, meinte Elvira.

»Ich hab's!« rief Léon. Und er stimmte ein Lied von Pierre Dupont an:

Savez-vous où gît
Mai, ce joli mois?

Elvira fiel ein, und auch Stubbs sang mit sicherem Gehör und guter Stimme, freilich mit unvollkommener Kenntnis der Musik, mit. Léon und die Gitarre zeigten sich der Situation gewachsen. Mit verschwenderischer Freigiebigkeit und ehrlichem Enthusiasmus entlockte der Schauspieler seiner Brust die Töne, und als er in seiner heroischen Art zum Himmel emporblickte, die schwarzen Locken in den Nacken werfend, schien es ihm, daß selbst die Sterne seinen Anstrengungen dumpfen Applaus zollten und das Universum ihm für den Abgesang sein Schweigen schenkte. Es ist einer der liebenswürdigsten Züge der Himmelskörper, daß sie jedem einzelnen persönlich gehören; und ein Mann wie Léon gar, ein eingefleischter Endymion, der es fertigbekommt, ohne Ermutigung seinen Weg zu gehen, ist in den Augen seines eigenen Ichs stets das Zentrum der Welt. Er allein – und es muß betont werden, daß er der schlechteste Sänger von den dreien war – nahm sich die Musik wirklich zu Herzen und beurteilte das Ständchen von hoher künstlerischer Warte aus. Elvira dagegen quälten die Sorgen über die bevorstehende Aufnahme, und was Stubbs anbetrifft, so betrachtete er die Sache nur als einen großen Ulk.

»Weißt du, wo der Mai ruht, der schöne Mond?« klangen die drei Stimmen im Rübenfeld.

Jetzt waren die Einwohner aufgeschreckt; der Lichtschein bewegte sich hin und her, in dem einen Fenster aufleuchtend, im anderen verblassend; dann wurde die Tür aufgerissen, und auf der Schwelle erschien ein Mann in einem Kittel mit einer Lampe in der Hand. Er war ein kräftiger junger Geselle mit krausem Haar und Bart und entblößtem Hals; sein Kittel war in harlekinartiger Unordnung mit Ölfarben beschmiert, und Fasson und Weite seiner mit einem Gürtel befestigten Hose hatten etwas Bäurisches.

Unmittelbar hinter ihm, direkt über seine Schulter, spähte eine Frau in die Finsternis, das Gesicht trotz ihrer Jugend blaß und ein wenig müde. Zwar zeigte es noch Spuren einstmaliger Schönheit, aber bald würde es ganz verwelken, und der Ausdruck war gleichzeitig sanft und bitter. Man wurde dabei undeutlich an den Geschmack gewisser Drogen erinnert. Trotzdem war das Gesicht nicht ohne Reiz. Wenn dereinst die Jugendfrische ganz entschwunden sein würde, mochte eine gewisse herbe Schönheit an ihre Stelle treten. Und da Sanftheit sowohl wie Herbheit in diesem Falle Zeichen der Jugend waren, konnte man hoffen, daß mit den Jahren beide zu einer beständigen, mutigen und nicht unerfreulichen Einheit verschmelzen möchten.

»Was hat das alles zu bedeuten?« rief der Mann.

6

Im nächsten Augenblick hielt Léon seinen Hut in der Hand und trat mit seiner gewohnten Grazie vor – wieder einmal ein Moment, der ihm auf der Bühne einen Beifallssturm eingetragen hätte –, und Elvira und Stubbs schritten wie ein paar Schafe des Admetos im Gefolge des Gottes Apoll hinterdrein. »Monsieur«, sagte Léon, »die Stunde ist unverzeihlich spät, und unsere kleine Serenade könnte aufdringlich erscheinen. Glauben Sie mir, sie ist ein Bittruf. Monsieur sind, wie ich sehe, Künstler; auch wir sind drei Künstler, von der Nacht überrascht und ohne Obdach, einer von uns eine Frau – eine zarte Frau in Abendtoilette – in interessanten Umständen. Das wird nicht verfehlen, das echt weibliche Herz von Madame zu rühren, die ich undeutlich hinter Monsieur, ihrem Gatten, bemerke und deren Antlitz beredt einen wohlgeordneten Geist verkündet. Ach! Monsieur, Madame – eine edelmütige Regung, und Sie machen drei Leute glücklich. Zwei oder drei Stunden neben Ihrem Feuer – ich fordere es von Monsieur im Namen der Kunst, ich fordere es von Madame bei der Heiligkeit der Frauenwelt!« Wie in schweigender Verabredung traten die beiden von der Tür zurück.

»Kommen Sie herein!« sagte der Mann.

»Entrez, Madame!« sagte die Frau.

Die Tür führte direkt in die Küche, die allem Anschein nach das einzige Wohnzimmer war. Die Einrichtung war einfach und dürftig; aber an der Wand prangten ein oder zwei Landschaften in prächtigen Rahmen, als hätten sie bereits das Juryzimmer einer Ausstellung besucht und wären von dort wieder hinausbefördert worden. Léon trat zu den Gemälden und spielte vor jedem mit seiner gewohnten dramatischen Einführung und Kraft die Rolle des Kenners. Der Herr des Hauses folgte ihm, unwiderstehlich angezogen, mit der Lampe von Leinwand zu Leinwand. Elvira wurde direkt zum Kamin geleitet, an dem sie sich wärmte, während Stubbs inmitten des Zimmers stehen blieb und Léons Verhalten mit sanftem Erstaunen beobachtete.

»Sie sollten sie erst bei Tageslicht sehen!« meinte der Künstler.

»Diese Freude werde ich mir nicht entgehen lassen«, entgegnete Léon. »Wenn ich mir eine Bemerkung erlauben darf, mein Herr: Sie beherrschen die Kunst der Komposition bis zum Tz.«

»Sie sind sehr gütig«, erwiderte der andere: »aber wollen Sie sich nicht auch neben den Kamin setzen?«

»Mit dem größten Vergnügen.«

Und bald war die ganze Gesellschaft bei einem eiligen, nicht gerade üppigen kalten Abendessen, das mit dem billigsten Wein hinuntergespült wurde, um den Tisch versammelt. Niemand schmeckte das Essen, aber niemand beklagte sich; alle speisten mit zufriedener Miene und einem beifälligen Geklapper von Messern und Gabeln. Léon eine einzige kalte Knackwurst essen sehen bedeutete schon einen Triumph; er begleitete diese Beschäftigung mit einer Pantomime, die für eine ganze Ochsenlende ausgereicht hätte, und machte nachher einen so erschöpften Eindruck, als hätte er sich direkt übernommen.

Da sich Elvira natürlich neben Léon gesetzt und Stubbs ebenso selbstverständlich, wenn auch vielleicht unbewußt, neben Elvira Platz genommen hatte, saßen Wirt und Wirtin nebeneinander. Man konnte jedoch bemerken, daß sie nie ein Wort aneinander richteten, selbst ihre Augen trafen sich nicht ein einziges Mal. Das unterbrochene Scharmützel schwelte unter der Asche weiter und mußte, sobald die Gäste sich verabschiedet hätten, von neuem und erbitterter denn je aufflammen. Die Unterhaltung wanderte von diesem zu jenem Thema – einstimmig hatte die Gesellschaft erklärt, zum Schlafengehen sei es schon zu spät, trotzdem wurden die beiden Gatten gegeneinander nicht milder. Goneril und Regan, in geschwisterlichem Streit, waren auf ihre Feindschaft nicht versessener.

Elvira, von all den kleinen Aufregungen des Abends ermüdet, verzichtete diesmal auf ihre gesellschaftlichen Manieren, die sonst sicher und korrekt waren, und lehnte ihren Kopf in der natürlichsten Weise von der Welt gegen Léons Schulter; und da Müdigkeit Zärtlichkeit erzeugt, schlang sie die Finger ihrer rechten Hand um die Linke ihres Gatten und betrat so, mit halbgeschlossenen Augen, das Grenzland zwischen Schlafen und Wachen. Trotzdem beobachtete sie die ganze Zeit alle Vorgänge und merkte, wie die Frau des Malers sie mit Blicken, aus Verachtung und Neid gemischt, betrachtete.

Nach einiger Zeit erinnerte sich Léon, daß seine Konstitution den Gebrauch von etwas Tabak fordere; er löste daher seine Finger aus denen Elviras, um sich eine Zigarette zu drehen. Das geschah ganz behutsam, indem er sich die größte Mühe gab, nur ja nicht durch ein derartiges Nachgeben seiner Begierde die Ruhe seiner Frau zu stören. Dieses kleine Ehespiel schien des Malers Frau ganz besonders zu fesseln. Einen Augenblick starrte sie vor sich auf den Tisch, dann mit rascher, verstohlener Bewegung ergriff sie unter dem Tisch die Hand ihres Gatten. Aber, o weh! Sie hätte sich ihre Vorsicht sparen können, denn der arme Bursche war von dieser Zärtlichkeit so überwältigt, daß er mitten in einem Wort mit offenem Munde stockte, ja, der Ausdruck seines Gesichts verkündete jedem der kleinen Gesellschaft deutlich, daß seine Gedanken ganz und gar nicht auf solche weiche Regungen vorbereitet waren.

Wäre dieser Vorgang nicht so liebenswürdig gewesen, er hätte unendlich komisch gewirkt. Seine Gattin zog zwar sofort die Hand zurück, aber man merkte ihr an, daß sie sich Gewalt antun mußte. Der junge Mann errötete und sah einen Augenblick direkt schön aus. Léon und Elvira hatten dieses Zwischenspiel genau verfolgt, und ein Funken sprang von einem zum andern. Sie waren eingefleischte Heiratsstifter, ganz besonders zwischen Leuten, die bereits verheiratet waren.

»Ich bitte um Verzeihung«, bemerkte Léon plötzlich. »Ich sehe keinen Grund, hinter dem Berg zu halten. Ehe wir eintraten, hörten wir gewisse Töne, die darauf hindeuteten – nun, wenn ich mich so ausdrücken darf –, die auf eine nicht ganz vollständige Harmonie hindeuteten.«

»Monsieur …«, begann der Maler.

Aber seine Frau kam ihm zuvor.

»Er hat ganz recht«, sagte sie, »ich brauche mich deswegen nicht zu schämen. Wenn mein Mann schon einmal verrückt ist, will ich wenigstens mein Äußerstes tun, die Folgen zu verhindern. Stellen Sie sich nur vor, Monsieur und Madame«, fuhr sie fort, Mr. Stubbs übergehend, »dieser elende Bursche – dieser Anstreicher, dieser Nichtskönner, der nicht einmal zum Schildermaler geeignet ist – erhält heute morgen ein fabelhaftes Angebot von meinem Onkel – einem Onkel von mir, einem Bruder meiner Mutter, den ich zärtlich liebe –, ein Angebot als Buchhalter mit fast hundertfünfzig Pfund im Jahr, und er – stellen Sie sich das nur vor –, er lehnt dieses Anerbieten ab! Warum? ›Der Kunst wegen‹, sagt er. Sehen Sie sich mal diese Kunst an, ich sage – sehen Sie sich das Geschmiere bloß einmal an! Lohnt es sich überhaupt, so was anzuschauen? Fragen Sie ihn – kann man so etwas verkaufen? Und deswegen. Monsieur und Madame, verurteilt er mich zu dem jämmerlichsten Leben, ohne Luxus, ohne Komfort, in dem elenden Vorort eines Landstädtchens. Oh, non!« rief sie, »non – je ne me tairai pas – c'est plus fort que moi! Ich nehme diese Herren und diese Dame zu Zeugen – heißt das Liebe? Ist das anständig? Ist das männlich? Habe ich nicht Besseres von seiner Hand verdient, nachdem ich ihn geheiratet und ...«, hier stockte sie merklich, »und ihm alles in der Welt zuliebe getan habe.«

Ich zweifle, ob es je an einem Tisch eine verlegenere Gesellschaft gegeben hat. Jeder einzelne blickte wie ein Narr drein, der Gatte aber wie der größte.

Endlich brach Elvira das Schweigen: »Doch die Kunst von Monsieur ermangelt nicht der Bedeutung.«

»Sie hat die eine Bedeutung, daß kein Mensch das Zeugs kaufen will!« rief die Frau.

»Ich sollte meinen, ein Buchhalterposten ...«, begann Stubbs.

»Kunst ist Kunst!« fuhr Léon dazwischen; »ich grüße

die Kunst, sie ist schön, sie ist göttlich, sie ist der Atem der Welt und die Zierde des Lebens; aber ...«, hier stockte der Schauspieler.

»Ein Buchhalterposten ...«, begann Stubbs.

»Ich will Ihnen erklären, worum es sich handelt«, sagte der Maler, »ich bin ein Künstler, und – wie dieser Gentleman mit Recht bemerkt – Kunst ist das eine wie das andere. Aber wenn mir meine Frau den ganzen Tag lang das Leben zur Hölle macht, dann ziehe ich es vor, mich ins Wasser zu stürzen.«

»Geh«, sagte seine Frau, »das möchte ich mal erleben!«

»Ich wollte nur sagen«, bemerkte Stubbs, »daß ein Mann sehr wohl Buchhalter werden und doch so viel malen kann, wie er Lust hat. Ich kenne einen Herrn in einer Bank, der ganz prächtige Aquarellskizzen macht; eine hat er sogar für siebeneinhalb Francs verkauft.«

Diese Bemerkung schien den beiden Frauen ein Rettungsanker; hoffnungsvoll befragten sie die Gesichtszüge ihrer Herren und Meister; sogar Elvira, die doch selbst Künstlerin war! Der weiblichen Natur scheint stets etwas hoffnungslos Merkantiles innezuwohnen. Die beiden Männer tauschten einen Blick aus; er war tragisch! So grüßen sich zwei Philosophen am Ende eines arbeitsreichen Lebens in der Erkenntnis, daß sie für ihre Jünger Rätsel sind und bleiben. Léon erhob sich.

»Kunst ist Kunst«, wiederholte er düster. »Mit Wasserfarbenschmiererei und Klavierklimpern hat sie nichts zu schaffen; sie ist ein Leben, das man leben muß.«

»Und inzwischen verhungern die Leute«, bemerkte die Frau des Hauses. »Wenn das Leben ist, ist es jedenfalls kein Leben für mich.«

»Ich will Ihnen etwas sagen«, brach Léon los. »Sie, Madame, gehen in ein anderes Zimmer und sprechen die Sache mit meiner Frau durch, und ich bleibe hier und bespreche sie mit Ihrem Gatten. Vielleicht führt das zu nichts, aber wir wollen es wenigstens versuchen.«

»Damit bin ich sehr einverstanden«, erwiderte die junge Frau und zündete eine Kerze an. »Bitte durch diese Tür«, und sie führte Elvira die Treppe hinauf in ein Schlafzimmer. »Tatsache ist«, sagte sie, sich niederlassend, »daß mein Mann nicht malen kann.«

»Und der meine kann nicht spielen«, erwiderte Elvira.

»Das hätte ich nicht gedacht. Er schien mir so gewandt.«

»Das ist er auch, und obendrein der beste Mann von der Welt«, sagte Elvira, »aber spielen kann er nicht.«

»Aber er ist doch nicht der verkörperte Humbug wie der meine; er kann wenigstens singen.«

»Sie beurteilen Léon falsch«, entgegnete seine Frau warm. »Er behauptet gar nicht, singen zu können; dazu hat er einen viel zu guten Geschmack, er tut es des lieben Brotes wegen. Und, gauben Sie mir, keiner von den beiden Männern ist ein Schwindler, beide sind Menschen mit einer Mission – die sie erfüllen müssen.«

»Schwindler oder nicht«, entgegnete die andere, »Sie selbst hätten ja beinahe heute nacht auf freiem Felde schlafen müssen, und ich, ich lebe in ständiger Angst vor dem Verhungern. Ich sollte doch meinen, es wäre vor allem eines Mannes Mission, an seine Frau zu denken; das scheint hier aber nicht der Fall; seine einzige Mission ist, den Narren zu spielen. Oh«, schluchzte sie, »ist es nicht trostlos, sich einen Mann wie den meinen vorzustellen? Ach, wenn er nur malen könnte, niemand wäre froher als ich. Aber nein, er kann es nicht – nicht mehr als ich.«

»Haben Sie Kinder?« fragte Elvira.

»Nein, aber vielleicht bekomme ich noch welche.«

»Kinder ändern so vieles«, sagte Elvira mit einem Seufzer.

Gerade in diesem Augenblick erklang von unten her ein abgerissener Akkord auf der Gitarre, ein zweiter folgte; dann fiel Léons Stimme ein; und ein Lied wurde gespielt und gesungen, daß beiden Frauen die Sprache stockte. Wie festgebannt stand die Gattin des Malers, und als Elvira ihr in die Augen blickte, sah sie all die schönen Erinnerungen und freundlichen Gedanken, die bei jeder Note durch der anderen Seele zogen. Ein Stück ihrer Jugendzeit tat sich vor ihr auf; eine grüne französische Ebene, der Duft der Apfelblüten, die fernen, schimmernden Windungen eines Flusses und die Worte und Nähe der Liebe.

›Léon hat den Nagel auf den Kopf getroffen‹, dachte Elvira bei sich, ›ich möchte nur wissen, wie.‹

Das Wie war einfach genug. Léon hatte sich bei dem Maler erkundigt, ob es kein Lied gäbe, das mit ihrer Brautzeit und mit schönen Erinnerungen in Zusammenhang stände, und nachdem er erfahren hatte, was er wollte, und eine kurze Zeit hatte vorübergehen lassen, stimmte er an:

O mon amante,
o mon désir,
sachons cueillir
l'heure charmante!

»Verzeihen Sie, Madame«, sagte die Frau des Malers, »Ihr Gatte singt ja herrlich.«

»Er singt mit einem gewissen Empfinden«, erwiderte Elvira kritisch, obwohl sie selbst bewegt war, denn das Lied fand in beiden Herzen Eingang, »aber er singt wie ein Schauspieler, nicht wie ein Musikant.«

»Ach, das Leben ist so traurig«, meinte die andere; »es verrinnt einem so unter den Fingern.«

»Das habe ich nicht gefunden«, entgegnete Elvira; »ich denke vielmehr, die guten Stunden dauern und werden mit jedem Tage wichtiger.«

»Offenherzig, was würden Sie mir raten?«

»Offenherzig, ich würde meinen Gatten tun lassen, was er wünscht; er ist augenscheinlich ein sehr begeisterter Maler; als Buchhalter haben Sie ihn noch nicht ausprobiert. Und, wissen Sie, Sie müssen alles tun, seine besten Eigenschaften zu entwickeln – und wäre es auch nur, weil er vielleicht der Vater Ihrer Kinder wird.«

»Er ist ein prachtvoller Mensch«, sagte die Frau.

Bei Musik und allen Zeichen guter Kameradschaft blieb die kleine Gesellschaft bis Sonnenaufgang zusammen, und bei Sonnenaufgang – der Himmel war noch keusch und klar – trennten sie sich auf der Türschwelle mit tausend guten Wünschen, der eine für des andern Wohlergehen. Castel-le-Gâchis begann, seine Rauchwolken gegen den goldenen Osten aufzusenden, und die Kirchenuhr schlug sechs.

»Meine Gitarre ist ein guter Geist«, sagte Léon, während er Elvira auf dem nächsten Wege zum Gasthaus führte, »sie rief einen Kommissar ins Leben zurück, erweckte einen englischen Touristen und versöhnte Mann und Weib.«

Auch Stubbs schritt in Gedanken versunken durch den Morgen.

›Sie sind alle verrückt‹, dachte er, ›alle verrückt – aber fabelhaft anständig.‹

Die Geschichte einer Lüge

1

Der Admiral wird eingeführt

Während seines Aufenthaltes in Paris schloß Dick Naseby manche seltsame Bekanntschaft. Er war einer von jenen, die Ohren haben zu hören und die ihre Augen nicht weniger als ihren Verstand zu gebrauchen verstehen. Er machte sich ebenso viele Gedanken wie Stuart Mill. Aber seine Philosophie hatte Fleisch und Blut, und ihre Methoden gründeten sich auf Experimente. Ständig war er auf der Jagd nach menschlichen Originalen. Nichtssagende und unbedeutende Persönlichkeiten, mochten sie in Gestalt von Herzögen oder von Handlungsreisenden auftreten, verachtete er und ließ sie wie Seetang links liegen. Aber zeigt ihm ein verfeinertes oder charaktervolles Antlitz, laßt ihn ein einschmeichelndes oder tönendes Organ hören, ködert ihn mit einem lebensvollen Blick in eines anderen Auge, einer leidenschaftlichen Gebärde, einem bedeutungsvollen oder doppelsinnigen Lächeln, und sofort ist sein Interesse wach. ›Das ist ein Mann! Das ist ein Weib!‹ schien er dann zu sagen, und mit der Begeisterung eines Künstlers für seine Kunst machte er sich an die Lösung seiner Aufgabe.

Und wirklich war sein Interesse, richtig betrachtet, ein künstlerisches Interesse. Beim Studium der menschlichen Natur gibt es kein Wissen. Alles Verstehen bedeutet Nachschaffen. Die Frau, die ich liebe, ist zum

Teil meiner Hände Werk, und der ist der große Liebhaber wie der große Maler, der es versteht, seinen Gegenstand so zu veredeln, daß er ihn über das Menschliche hinaushebt, während er doch gleichzeitig, dank der Vollendung seiner Kunst, das Werk seiner Verklärung so in der Natur des Gegenstandes verankert, daß das Weib auch fernerhin ein echtes Weib zu bleiben und ihren Charakter frei zu entfalten vermag, daß sie Kleinlichkeit zeigen, ihre Bosheit pflegen oder gierig nach niedrigen Vergnügen sein kann und der Künstler trotzdem ohne ein Gefühl von Inkonsequenz an seinem Werke weiterschafft. Einen Charakter lieben ist nur der heroische Weg, ihn zu verstehen. Wenn wir aus einem edlen Gefühl heraus lieben oder wenn etwas Edles in der Haltung und dem Wesen eines anderen Liebe in uns erweckt, erfassen wir das geliebte Wesen mit dem, was in uns selbst das Edelste ist. Ja, selbst wenn wir eine Exzentrizität nur studieren, so besteht die Methode unseres Studiums in nichts anderem als in einer Reihe von Zugeständnissen. Anfangen zu verstehen heißt anfangen zu sympathisieren. Denn Verständnis erwacht erst, wenn wir eines anderen Fehler und Tugenden zu unseren eigenen in Beziehung gesetzt haben. Daher die sprichwörtliche Nachsicht der Künstler gegen ihre eigenen, schlechten Schöpfungen. So kam es auch, daß Dick Naseby, ein hochgesinnter Mann und so gewissenhaft und tapfer, wie ihr euch einen Gentleman nur wünschen könnt, eine gewisse Zuneigung zu den verschiedensten zweibeinigen Wesen faßte, die er kennengelernt und studiert hatte.

Eines von diesen war Mr. Peter van Tromp, ein englischsprechendes zweibeiniges Lebewesen internationaler Gattung und seiner Profession nach von allgemeiner, mehr als zweifelhafter Nützlichkeit. Vor Jahren hatte er in den Kolonien ein gewisses Ansehen als Maler genossen, und Porträts, gezeichnet ›van Tromp‹, hatten die großen kolonialen Führer und Richter verherrlicht. Zu jenen Zeiten war er verheiratet gewesen und hatte seine Frau und sein Töchterchen in einem Ponywagen spazierengefahren. Welches waren nun die Stufen seines Abstieges? Genau wußte das niemand. Er war nun einmal da und hatte in den ganzen letzten zehn Jahren in Paris die Rolle eines elenden Parasiten bei Ausländern gespielt.

Es wäre gewagt, van Tromps Tätigkeitsfeld scharf zu umgrenzen. Im großen und ganzen hätte seine Arbeit einen für unsere Ohren etwas unfreundlichen Namen verdient. So wie er sie betrieb, mit einer geschickten Zurückhaltung, in einer Art von gesellschaftlichem Chiaroscuro, war es für den Höflichen gerade noch möglich, ihn einen professionellen Maler zu nennen. Sein Standquartier waren die großen Hotels und die prächtigen Cafés. Dort konnte man ihn beobachten, wie er mit dem Anschein der Inspiration eine Skizze hinwarf; er war stets leutselig, und wohl kein zweiter Mensch war so geneigt, sich mit aller Welt in ein Gespräch einzulassen. Gewöhnlich gipfelte seine Unterhaltung in einer besonderen Art von Intimität, und es war erstaunlich, wie zahlreiche kleine Dienste van Tromp im Verlauf von sechsunddreißig Stunden zu leisten verstand. Er beanspruchte eine Zwischenstellung zwischen einem Freunde und einem Kurier; das machte es mehr als peinlich, ihn zu entlohnen. Aber jeder, der sich ihm verpflichtet fühlte, mußte zwangsläufig eines seiner abscheulichen kleinen Gemälde kaufen oder, wenn die Gefälligkeiten längere Zeit gedauert hatten und besonders delikater Natur waren, ein großes Ölgemälde bei ihm bestellen und bar bezahlen, mit der absoluten Sicherheit, nie wieder etwas von diesem Geschäft zu hören.

In der einheimischen Künstlerschaft genoß er eine gewisse Berühmtheit, die jedoch nichts mit seiner Kunst zu tun hatte. Er hatte mehr Geld verschwendet – mindestens drei große Vermögen, flüsterte man –, als irgendeiner seiner Kollegen je hoffen konnte zu verdienen. Nach seinem Aufenthalt in den Kolonien war er auf einer mit vier Messinggeschützen bestückten Brigantine in Griechenland gelandet; in einem Vierspänner hatte er Europa bereist und hatte vor den Palasttoren deutscher Fürstlichkeiten seine Rosse gezügelt. Königinnen des Gesanges und Tanzes waren ihm gleich Schafen nachgelaufen und hatten seine Schneiderrechnungen beglichen. Wenn man ihn jetzt erblickte, wie er mit jämmerlicher Leutseligkeit geringfügigen Darlehen nachjagte oder einen neunzehnjährigen Kunstschüler um ein Frühstück anschnorrte – ein gefallener Don Juan, der es versäumt hatte, auf der Höhe seines Glükkes zu sterben –, so hatte das für eine jugendliche Phantasie einen Schimmer von Romantik. Ja, sein Ruf und seine glänzende Vergangenheit, durch das Prisma heimlichen Klatsches betrachtet, hatten ihm den Spitznamen ›der Admiral‹ eingetragen.

Dick traf van Tromp eines Tages vor den Toren der Stadt, wie er rasch in ein kleines Skizzenbuch ein paar Hennen und einen Hahn zeichnete und dann und wann einen Blick zum Himmel emporwarf, gleich einem Manne, der bei der Muse Inspiration sucht. Dick, den es überraschte, daß ein Maler bei einem Absinth in einem öffentlichen Café arbeitete, blickte zu ihm hinüber. Die überalterte Flottheit seiner Erscheinung stach merkwürdig von der jugendlichen Kleidung ab. Er besaß eine unreputierliche graue Mähne und eine ebenso unreputierliche entzündete rote Nase. Aber der Anzug und die Gesten, die Außenseiten des Mannes, waren auf Wirkung berechnet. Dick trat an seinen Tisch und fragte, ob er sich ansehen dürfe, was der Herr zeichne.

Niemand war darüber begeisterter als der Admiral.

»Ach, ein Nichts«, sagte er, »ich werfe das nur so hin. Ja, ich werfe es so hin«, fügte er mit einer großartigen Handbewegung hinzu.

»Fabelhaft«, sagte Dick, der über die Schwäche der Arbeit entsetzt war.

»Sie müssen wissen«, fuhr van Tromp fort, »ich bin ein Mann von Welt und doch – einst ein Künstler, immer noch ein Künstler. Plötzlich packt mich auf der Straße eine Idee. Ich falle ihr einfach zur Beute! Es geht mir wie bei einer schönen Frau. Sinnlos, dagegen anzukämpfen! Ich muß es – muß es einfach hinwerfen.«

»Ich verstehe«, sagte Dick.

»Ja«, fuhr der Maler fort, »alles kommt ganz leicht, ganz leicht. Es ist für mich keine Arbeit. Es ist ein Vergnügen. Leben! heißt mein Geschäft – Leben! – diese große Stadt Paris – Paris nach Dunkelwerden – seine Lichter, seine Gärten, seine seltsamen Winkel. Ach!« rief er, »wieder jung sein! Das Herz ist jung, aber die Glieder werden schwer. Ein armseliges, erbärmliches Geschäft, das Altwerden! Nichts bleibt, nur der Coup d'œil, des beschaulichen Mannes Vergnügen, Mister …« Er wartete auf den Namen.

»Naseby«, erwiderte Dick.

Der andere lud ihn sofort zu einem anregenden Getränk ein und verbreitete sich über die Freude, in einem fremden Lande einem Landsmanne zu begegnen. Wenn man ihn hörte, konnte man glauben, sie hätten sich in Zentralafrika getroffen. Dick hatte noch nie jemanden kennengelernt, der so rasch eine Vorliebe für ihn gefaßt und diese Neigung in freierer und unaufdringlicherer Form gezeigt hätte. Der Alte schien Gefallen an Dick zu finden, wie ein älterer Lebemann sich für einen amüsanten und witzigen jungen Burschen interessiert. Er deutete an, daß er selbst durchaus kein Puritaner sei; aber auch in seinen wildesten Zeiten wäre er niemals ein solcher Draufgänger gewesen, wie er es von Dick annähme. Dick protestierte vergebens. Diese Art, eine Intimität gewissermaßen auf der Spitze des Bajonetts aufzuzwingen, war van Tromps Geschäftskapital. Bei einem älteren Manne schmeichelte er sich ein, einem jungen Menschen dagegen drängte er sich einfach auf und machte aus seinem Opfer im gleichen Atemzuge eine Idealgestalt, so daß diesem nichts übrigblieb, als sich zu jener Höhe aufzuschwingen oder die Achtung dieses alten und verderbten Patrons zu verlieren. Und welcher junge Mensch möchte wohl ertragen, einen lasterhaften Ruf einzubüßen?

Endlich, als die Dinerzeit herannahte, fragte van Tromp: »Kennen Sie Paris?«

»Sicherlich nicht so gut wie Sie«, sagte Dick.

»Das will ich meinen«, erwiderte van Tromp ausgelassen. »Paris! Mein junger Freund – Sie gestatten mir doch diese Bezeichnung? –, wenn Sie Paris erst so gut kennen wie ich, werden Sie seltsame Dinge erlebt haben. Mehr sage ich nicht! Alles, was ich sage, ist: seltsame Dinge! Wir beide sind Männer von Welt, Sie und ich – und sind in Paris, im Herzen der Zivilisation. Das ist ein Glückszufall, Mr. Naseby. Wir wollen zusammen dinieren. Gestatten Sie, Ihnen zu zeigen, wo man diniert?«

Dick stimmte zu. Auf dem Wege zum Abendessen zeigte ihm der Admiral, wo man Handschuhe kauft, und veranlaßte ihn, welche zu kaufen; wo man Zigarren kauft, und überredete ihn, sich eine ungeheuere Menge zuzulegen, von der er zuvorkommend einige annahm. Im Restaurant riet er ihm, was man bestellen sollte, mit überraschenden Folgen auf der Rechnung. Was van Tromp in dieser Nacht an Prozenten einstrich, würde sich nur schwer schätzen lassen. Und während dieser ganzen Zeit stimmte Dick lächelnd zu, obgleich er sehr wohl wußte, daß er geneppt wurde. Aber er nahm seine Verluste bei der Suche nach Charakteren hin, wie ein Jäger seine Hunde opfert. Was die ›seltsamen Dinge‹ betrifft, so wird es den Leser erleichtern, wenn er erfährt, daß sie nicht seltsamer waren, als man erwarten konnte. Er selbst kann genauso seltsame Dinge erleben ohne den Aufwand für einen van Tromp als Führer. Und doch war der Alte ein Führer von nicht geringer Qualität, der die Ärmlichkeit dessen, was er zu zeigen hatte, durch einen wort- und phantasiereichen Kommentar ersetzte.

»Das«, sagte er nach einem Rülpsen, »das ist Paris.«

»Puh!« machte Dick, den die Vorführung ermüdet hatte. Der Admiral ließ ein Ohr hängen und blickte ihn von der Seite mit leisem Argwohn an.

»Gute Nacht«, sagte Dick, »ich bin müde.«

»Echt englisch«, rief van Tromp und ergriff seine Hand. »Echt englisch! So blasé! Ein prächtiger Gefährte, ich werde Sie nach Hause begleiten.«

»Hören Sie«, erwiderte Dick, »ich habe ›Gute Nacht‹ gesagt und will jetzt gehen. Sie sind ein amüsanter alter Knabe; ich mag Sie in gewissem Sinn auch gern, aber für heute hat es hiermit sein Bewenden. Keine neuen Zigarren, kein weiterer Grog, keine weiteren Prozente sind aus mir herauszuholen!«

»Verzeihung«, rief der Admiral mit Würde.

«Aber, Mann. Sie sind ja gar nicht beleidigt; Sie sind

doch ein Mann von Welt, denke ich. Ich habe Sie studiert und bin mit meinem Studium fertig. Habe ich für die Lektion nicht bezahlt? Au revoir.«

Van Tromp lachte vergnügt, schüttelte Dicks Hände bis zum Ellbogen, hoffte von Herzen, daß sie sich, und zwar noch häufig, treffen möchten, blickte aber Naseby, als dieser sich entfernte, doch etwas indigniert nach. In der nächsten Zeit kreuzten die beiden noch häufig einer des anderen Weg, und Dick pflegte den alten Knaben dann oft zu einem anständigen Frühstück, allerdings in einem Restaurant seiner eigenen Wahl, einzuladen. Oft lieh er van Tromp auch ein oder zwei Pfund im Hinblick auf die bevorstehende Abreise dieses Gentlemans nach Australien. Dann pflegte eine fast rührende Abschiedsszene zu folgen, und eine Woche oder einen Monat später trafen sie sich ohne Überraschung oder Verlegenheit auf dem gleichen Boulevard. In der Zwischenzeit erfuhr Dick von allen Seiten immer neue Einzelheiten über seinen Bekannten; über seine Jacht, seinen Viererzug, seine kurze Berühmtheit inmitten einer vertrauensseligen Bevölkerung, über seine Tochter, bei deren Erwähnung er es liebte, in sein Glas hineinzuwinseln, über seine schmarotzende, ausschweifende Lebensführung, und mit jedem neuen Detail regte sich in seinem Herzen etwas, das mehr als bloßes Interesse, aber noch keine direkte Zuneigung für diesen unrühmlichen Stiefsohn der Künste war. Als Dick Paris verließ, gehörte van Tromp zu denen, die er zu einem Abschiedsessen einlud, und der alte Gentleman hielt den Toast des Abends. Dann sank er weinend, lächelnd und völlig betrunken unter den Tisch.

2

Ein Brief an die Zeitungen

Der alte Mr. Naseby besaß das unbeugsame, ungebildete Wesen der oberen Mittelklasse. Der Kosmos erschien ihm klar und einfach. Die Sache ist richtig, oder die Sache ist falsch, pflegte er zu sagen. Damit war für ihn die Angelegenheit erledigt. Aus seinen Äußerungen sprach eine verhaltene prophetische Energie, selbst bei den geringfügigsten Anlässen. Er durchschaute das verdammte Ding. Wenn man das nicht tat, konnte das nur auf einer Perversität des Willens beruhen, und das ließ ihm das Blut zu Kopfe steigen. Abgesehen von dieser Tatsache, die ihn zu einem etwas unbequemen Gefährten machte, war er einer der aufrechtesten, heißblütigsten, hitzköpfigsten alten Gentlemen in England. Von blühendem Aussehen, mit weißem Haar, dem Antlitz eines alten Jupiters und der Gestalt eines alternden Krautjunkers durchquerte er auf seinem kräftigen raschen Braunen das Tal der Thyme von einem Ende bis zum andern. Vor Dick, einem Burschen von Fähigkeiten, empfand er aufrichtigen Respekt, und Dick respektierte seinen Vater als den besten aller Männer; nur wurde dieser Respekt durch die vorsichtige Auflehnung eines Jünglings gemildert, der sich seine eigene Unabhängigkeit zu wahren entschlossen ist. Sooft das Paar miteinander stritt, kam es zu einem offenen Bruch. Argumente waren billig, denn beide waren sehr positiv, und beide liebten es, ihren Verstand zu gebrauchen. Es war ein Genuß, Mr. Naseby die Kirche von England mit einer Flut von Flüchen verteidigen zu sehen oder ihn mit einem Enthusiasmus, der nicht ganz frei von altem Portwein war, asketische Moral verfechten zu hören.

Dick wurde bei solchen Gelegenheiten in der Regel wütend, nicht zum wenigsten, weil er sich infolge der geschickten Dialektik seines Vaters nicht selten ins Unrecht gesetzt sah. Aber das verdoppelte nur seine Energie, und er erklärte mit innerster Überzeugung und in hitzigster Form, daß Schwarz Weiß wäre und Blau Gelb. Am nächsten Morgen aber lastete diese Zügellosigkeit des Streites wie ein Verbrechen auf ihm. Er pflegte dann seinen Vater auf der Terrasse aufzusuchen, auf der dieser regelmäßig vor dem Frühstück umherschlenderte und das weite Tal der Thyme überblickte.

»Ich muß mich wegen gestern abend noch bei Ihnen entschuldigen, Vater«, begann er gewöhnlich.

»Da hast du ganz recht«, fiel ihm der alte Gentleman dann meistens belustigt in die Rede. »Du sprachst wie ein Idiot. Lassen wir die Sache ruhen!«

»Sie mißverstehen mich, Vater. Ich denke an einen speziellen Punkt. Ich gebe zu, daß Ihre Beweisgründe bezüglich der Lehre von den Möglichkeiten eine starke Überzeugungskraft besitzen.«

»Natürlich besitzen sie die«, erwiderte sein Vater, »und jetzt begleite mich, wir wollen uns die Ställe ansehen; nur«, pflegte er hinzuzufügen, »schreib es dir hinter die Ohren und denke künftig daran, daß ein Mann von meinem Alter und meiner Erfahrung besser weiß, was er sagt, als so ein grüner Junge.«

Das Wort ›Junge‹ sprach er gewöhnlich noch unangenehmer aus als der Durchschnitt der Väter, und die Selbstverständlichkeit, mit der er diese Entschuldigungen entgegennahm, schnitt Richard ins Herz. Er zog dann peinliche Vergleiche und erinnerte sich, daß immer er es war, der sich entschuldigte. Dies verlieh ihm in seinen Augen ein großes Übergewicht und trug indirekt zu seinem besseren Benehmen bei; denn er war ebenso gewissenhaft wie vornehm denkend und auf nichts so stolz wie auf eine gerechte Unterwerfung.

So verliefen die Dinge bis zu der berühmten Gelegenheit, da Mr. Naseby, der großen Wert darauf legte, die Wahl eines tüchtigen Parteikandidaten ins Parlament zu sichern, einen flammenden Brief an die Zeitungen sandte. Der Brief wies so ziemlich alle Fehler auf, die Parteibriefe überhaupt besitzen können. Er hatte die energische Sprache eines Fanatikers. Er war persönlich. Er war ein wenig mehr als nur zur Hälfte unfair und etwa zu einem Viertel unwahr. Der alte Mann hatte keineswegs die Absicht, etwas Unwahres zu behaupten, das steht außer allem Zweifel; aber er hatte allzurasch Klatsch, der seiner Voreingenommenheit entgegenkam, aufgegriffen und ihn dann vorschnell, mit seinem Namen sanktioniert, in die Öffentlichkeit geschleudert.

»Der liberale Kandidat ist ein öffentlicher Mantelträger. Ist das die Sorte Männer, die wir brauchen? Man hat ihn der Lüge geziehen, und er hat die Beleidigung hinuntergeschluckt. Ist das die Sorte Männer, die wir brauchen? Ich sage nein! Mit der ganzen Kraft meiner Überzeugung antworte ich: Nein!«

Und dann unterzeichnete und datierte er den Brief mit dem ganzen Stolze eines Amateurs und sah sich in Gedanken schon am nächsten Morgen als Berühmtheit.

Dick, der von der ganzen Sache nichts wußte, war an jenem unheilvollen Tage als erster aufgestanden und ging mit der Zeitung in den Garten unter einen Baum. Er fand seines Vaters Manifest auf der einen Spalte und auf der anderen einen Leitartikel. ›Soviel wir wissen‹, hieß es in jenem Artikel, ›hat niemand Mr. Naseby wegen dieser Angelegenheit um Rat gefragt, aber hätte ihn selbst die gesamte Wählerschaft angerufen, so wäre sein

Brief gegen Mr. Dalton nicht weniger unedelmütig und ungerecht. Wir wollen Mr. Naseby nicht der Lüge beschuldigen, denn wir sind uns der Folgen zu klar bewußt. Allein wir werden uns gestatten, die tatsächlichen Verhältnisse der beiden Fälle, auf die sich dieser überhitzte Parteigänger bezieht, an einer anderen Stelle unseres Blattes darzulegen. Mr. Naseby ist zweifellos ein namhafter Großgrundbesitzer unserer Gegend, aber Treue den Tatsachen gegenüber, Anstandsgefühl und englische Grammatik sind noch wichtigere Eigenschaften als der Besitz von Grund und Boden. Mr. Naseby ist sicherlich ein bedeutender Mann. In seinen ausgedehnten Parkanlagen und seinen eine halbe Meile langen Gewächshäusern, in denen er wahrscheinlich seinen Verstand und sein Temperament hat ausreifen lassen, mag er zu seinen hörigen Vasallen sagen, was ihm beliebt: Allein – wie die Schotten es ausdrücken –: ‚Hier denke niemand Herr zu sein!'

Der Liberalismus‹, fuhr der anonyme Schreiber fort, ›ist ein zu starker und gesunder Bau, usw.‹ Richard Naseby las die ganzen Ausführungen von A bis Z. Quälende Scham packte ihn. Sein Vater hatte den Narren gespielt. Lärmend war er ins Feld gezogen, und geschlagen kehrte er nach Hause zurück. Im gleichen Augenblick, da er seine Trompete erklingen ließ, war er auch schon schmählich aus dem Sattel geworfen. Über die Tatsache konnte kein Zweifel bestehen. Alles ohne Ausnahme zeugte gegen den Gutsherrn. Richard würde seine Ohren geopfert haben, hätte er die Zeitung unterdrücken können. Da das aber nicht möglich war, sattelte er sein Pferd, versah sich mit einem geeigneten Stock und ritt sofort nach Thymebury.

Der Herausgeber saß in einem großen trübseligen Zimmer beim Frühstück. Das Fehlen von Möbeln, die äußerste Dürftigkeit der Mahlzeit und der abgezehrte, brennende, schwindsüchtige Blick des Schuldigen entwaffneten unseren Helden. Dennoch packte er seinen Stock und stand fest und kriegerisch da.

»Haben Sie den Artikel in der Morgenzeitung geschrieben?« erkundigte er sich.

»Sie sind der junge Mr. Naseby? Ich habe ihn veröffentlicht«, erwiderte der Herausgeber und erhob sich.

»Mein Vater ist ein alter Mann«, sagte Richard. Und dann losbrechend: »Und ein verdammt viel besserer Kerl als Sie oder Dalton!« Er machte eine Pause und schluckte. Er hatte beschlossen, daß alles ordnungsgemäß vonstatten gehen sollte. »Ich habe Ihnen nur eine Frage vorzulegen«, fuhr er fort. »Angenommen, mein Vater sei falsch unterrichtet, wäre es da nicht anständiger gewesen, den Brief zurückzuhalten und sich privat mit ihm in Verbindung zu setzen?«

»Glauben Sie mir«, erwiderte der Herausgeber, »diese Möglichkeit stand mir nicht offen. Mr. Naseby teilte mir in einem Begleitschreiben mit, daß er seinen Brief noch an drei andere Zeitungen gesandt hätte, und drohte mir, wie er es nannte, mit Bloßstellung, wenn ich seine Ausführungen nicht in meinem Blatte veröffentlichte. Die Sache betrübt mich aufrichtig. Ich verstehe und billige Ihre Erregung, junger Herr, aber der Angriff auf Mr. Dalton war übel, sehr übel. Mir blieb keine Wahl; ich mußte Mr. Dalton meine Spalten für eine Antwort öffnen. Die Partei legt einem Pflichten auf, mein Herr«, fügte der Redakteur erregt hinzu wie jemand, der eine Gefühlsaufwallung unterdrückt, »und der Angriff war übel.«

Eine halbe Minute stand Richard da und verdaute diese Antwort. Dann siegte in seinem Herzen der Gott des Anstandes, und mit einem gemurmelten »Guten

Morgen« floh er auf die Straße. Auf dem Heimwege trieb er sein Pferd nicht an, und es war schon spät, als er zum Frühstück erschien. Der Gutsherr stand mit dem Rücken gegen das Feuer in einem Zustande, der einen Schlagfluß befürchten ließ, die Hände unter den Schößen seines Rockes verkrampft. Als Richard eintrat, öffnete und schloß er den Mund wie ein Schellfisch, und seine Augen quollen heraus.

»Hast du das hier gesehen?« rief er aus und deutete auf die Zeitung.

»Ja, Vater.«

»So, du hast es gelesen. Wirklich?«

»Ja, ich habe es gelesen«, erwiderte Richard und blickte auf seine Füße.

»Nun?« forderte der alte Herr. »Und was hast du dazu zu sagen?«

»Man hat Sie anscheinend falsch informiert«, erwiderte Richard.

»Nun, und was jetzt? Ist dein Geist steril? Hast du kein Wort der Erklärung? Keinen Vorschlag?«

»Ich fürchte, Vater, Sie werden sich bei Mr. Dalton entschuldigen müssen. Das wäre gut – wirklich –, es wäre nur gerecht. Außerdem würde ein offenes Zugeständnis ...«. Richard machte eine Pause. Kein Wort schien ihm delikat genug, seinen Gedanken weiter auszuführen.

»Dieser Vorschlag hätte von mir kommen müssen, verstanden?« brüllte der Vater. »In deinem Munde ist er nicht am Platze. Das ist kein Gedanke für einen loyalen Sohn. Wäre mein Vater in eine so schmähliche Patsche geraten, ich hätte den Herausgeber jenes Schandblattes fast zu Tode geprügelt. Verprügelt hätte ich den Kerl! Das wäre zwar die Tat eines Esels gewesen, aber es hätte bewiesen, daß ich das Blut und die natürlichen

Empfindungen eines Mannes besitze. Sohn? Sie sind kein Sohn! Kein Sohn von mir!«

»Vater!« rief Dick.

»Ich will Ihnen sagen, was Sie sind«, schalt der Gutsherr weiter. »Sie sind ein Benthamit. Ich enterbe Sie. Ihre Mutter wäre vor Scham gestorben. Ihre Mutter hätte für solch modernen Cant kein Verständnis gehabt. Sie glaubte … sie sagte … ach, ich bin froh, daß sie im Grabe ruht, Dick Naseby! – Falsch unterrichtet! Falsch unterrichtet? Besitzen Sie überhaupt keine Loyalität? Keine Lebenskraft? Kein natürliches Empfinden? Sind Sie ein Uhrwerk, he? Fort! Hier ist kein Platz für Sie! Fort!« – die Hände in der Luft schwenkend –, »pack dich! Laß mich allein!«

In diesem Augenblick blies Dick in einem wahren Nervensturm zum Rückzug. Seine Arterien sausten und klangen, und er erlitt einen derartigen seelischen Zusammenbruch, daß er unfähig war zu sprechen oder zu hören. Und inmitten all dieses Aufruhrs grub sich tief in sein Gedächtnis ein Gefühl unverzeihlicher Ungerechtigkeit ein.

3

Im Namen des Admirals

In Zukunft kamen Dick und sein Vater nie wieder auf diesen Gegenstand zu sprechen. Sie verkehrten auf einem Fuße kühler Höflichkeit. Der aufrechte alte Gentleman wurde – gesteift durch ständigen Ärger – noch aufrechter, sobald er mit seinem Sohn zusammentraf; er erkundigte sich nach Dicks Gesundheit und sprach mit erschreckender Höflichkeit über das Wetter und das Getreide. Seine Aussprache war nadelspitz, seine Stimme kalt zurückhaltend, bestimmt. Bisweilen zitterte sie vor unterdrückter Empörung. Dick hatte ein Gefühl, als wäre sein Leben zu einem jähen Abschluß gelangt. Seine Theorien und seine Gewandtheit hatten ihn im Stich gelassen; sein vorzeitiges Weltmanntum, auf das er bei seinen Reisen so stolz gewesen war, ›schrumpfte zusammen wie ein erbärmlich Ding‹ vor dieser echten Sorge. Stolz, verletzte Ehre, Trauer und Achtung führten täglich in seinem Herzen einen wilden Streit; bald wollte er sich, um Haaresbreite, seinem Vater auf Gnade und Ungnade unterwerfen; bald sich heimlich in der Nacht auf und davon machen, um nie wieder nach Naseby House zurückzukehren. Er litt beim Anblick seines Vaters, ja ihn quälte selbst die Nähe dieses ihm so vertrauten Tales, wo jeder Winkel seine besondere Geschichte hatte und ihn mit Erinnerungen aus der Kinderzeit bestürmte. Wenn er in ein anderes Land zu lauter Fremden flüchtete, wer weiß, ob er nicht dort seinem Schicksal entgehen und seinen leichten Sinn zurückgewinnen könnte? Von jenem höchsten Gipfel der Hügel, der, einem mahnenden Finger gleich, dann und wann von einem Pfeil des Sonnenlichts getroffen, aufblitzte, konnte der Schäfer bei klarem Wetter den Schein des Meeres erspähen. Dort, glaubte Dick, läge die Hoffnung. Aber sein Herz versagte, wenn er den alten Herrn anblickte, und er blieb. Sein Geschick war nicht das eines Reisenden über Meer und Land; sein Reiseweg sollte ihn in das Gebiet des Geistes führen, und früher, als er glaubte, war ihm bestimmt, diese Reise anzutreten.

Eines Tages traf es sich, daß sein Weg ihn in eine Gegend des Hügellandes führte, die ihm fast unbekannt war. Mühsam hatte er sich durch einen unwegsamen

Wald gearbeitet und trat hinaus auf ein Hochmoor, das sich bis zu den Bergen dehnte. Unweit auf einer Kuppe streckten ein paar schottische Föhren ihre Zweige gen Himmel. Ein klarer Quell entsandte vom Fuße des Hügels ein Miniaturflüßchen, das sich durch Heidekraut schlängelte. Ein Hagelschauer war soeben vorübergezogen, aber jetzt strahlte die Sonne, und die Luft duftete von Tannen und Heu. Auf einem Stein unter den Bäumen saß eine junge Dame und zeichnete. Wir sind daran gewöhnt, Frauen vermöge ihrer Kleidung in einer gewissen symbolischen Verklärung zu betrachten. Der leichteste Weg, sich unsere Gebieterin ins Gedächtnis zu rufen, ist, sie uns als ein sehr kompliziertes Ding, hauptsächlich aus Unterröcken bestehend, vorzustellen. Doch Menschentum hat allmählich über Kleidung triumphiert; der Anblick, die Berührung eines Kleides haben Leben bekommen; und das Weib, das sich früher hinter diesen materiellen Hüllen verbarg, hat jetzt ihr Gewand völlig durchdrungen und ist aus ihm herausgetreten.

Es war lediglich ein schwarzes Kleid, das Dick Nasebys Auge fesselte. Aber es ergriff Besitz von seinem Denken, und alle anderen Gedanken schwanden. Dick trat näher, und das Mädchen drehte sich um. Ihr Gesicht bezauberte ihn. Es war ein Gesicht, wie er es sich ersehnt hatte, und gleich einem Atemzug nahm er es in sich auf.

»Ich bitte um Verzeihung«, sagte er und nahm seinen Hut ab. »Sie sind Malerin?«

»Oh!«, stieß sie hervor, »nur zu meiner Zerstreuung. Ich verachte das Zeug.«

»Zehn zu eins, Sie tun sich selbst unrecht«, erwiderte Dick. »Außerdem ist die Kunst eine Art Freimaurerei. Ich zeichne selbst, und Sie wissen, was das bedeutet.«

»Nein! Was hat das zu bedeuten?« erkundigte sie sich.

»Zweierlei«, war seine Antwort; »erstens, daß ich kein sehr schlimmer Kritiker bin, und zweitens, daß ich ein Anrecht habe, Ihr Bild zu sehen.«

»Oh, nicht doch«, sagte sie und verdeckte den Block mit beiden Händen. »Ich schäme mich.«

»Aber ich könnte Ihnen vielleicht einen Rat geben«, meinte Dick; »obgleich ich nicht selbst Künstler bin, habe ich doch zahlreiche Künstler kennengelernt; in Paris waren viele Künstler meine Freunde, und ich trieb mich meistens in Ateliers herum.«

»In Paris?« rief sie, und ihre Augen begannen zu blitzen. »Ist Ihnen je Mr. van Tromp begegnet?«

»Begegnet? Mir? Gewiß! Warum? Sie sind doch nicht des Admirals Tochter?«

»Des Admirals? Nennen die Leute ihn so?« erkundigte sie sich. »Oh, wie reizend von ihnen! Es sind wohl die jüngeren Künstler, die ihn so nennen, nicht wahr?«

»Ja«, antwortete Dick etwas gedrückt.

»Jetzt werden Sie auch verstehen«, sagte sie mit einem nicht wiederzugebenden Ton edelsten, befriedigtsten Stolzes, »warum ich meine Skizzen nicht zeigen möchte. Van Tromps Tochter! Des Admirals Tochter! Ich bin entzückt über den Namen. Der Admiral! Sie kennen also meinen Vater?«

»Natürlich«, entgegnete Dick. »Wir sind einander häufig begegnet. Wir waren sogar befreundet. Er hat vielleicht meinen Namen erwähnt – Naseby.«

»Er schreibt so selten. Er ist so beschäftigt, so ganz seiner Kunst hingegeben! Manchmal habe ich fast den Wunsch«, fügte sie lachend hinzu, »mein Vater wäre ein einfacherer Mann, dem ich helfen könnte – dem ich eine Stütze sein könnte; doch nur manchmal, wissen

Sie – und auch nur mit halbem Herzen. Er ist ein großer Maler! Haben Sie seine Werke gesehen?«

»Ich habe einige gesehen«, erwiderte Dick, »sie ... sie sind ... sehr niedlich.«

Sie lachte laut auf. »Niedlich?« wiederholte sie. »Ich merke, Sie haben für Kunst nicht viel übrig.«

»Stimmt«, gab er zu, »aber ich weiß, daß zahlreiche Leute froh sind, Mr. van Tromps Gemälde kaufen zu können.«

»Nennen Sie ihn den Admiral!« rief sie. »Das klingt so hübsch und vertraut, und ich freue mich beim Gedanken, daß er so geschätzt wird und daß die jungen Maler zu ihm aufblicken. Er wurde nicht immer richtig gewürdigt. Lange Jahre hat er ein schreckliches Leben gehabt. Und wenn ich denke« – Tränen traten in ihre Augen –, »wenn ich daran denke, könnte ich fast verrückt werden. Doch jetzt will ich nach Hause gehen. Sie haben mich ganz glücklich gemacht. Sie müssen wissen, Mr. Naseby, daß ich meinen Vater seit meinem sechsten Jahre nicht mehr gesehen habe, und dennoch lebt er den ganzen Tag in meiner Erinnerung! Sie müssen kommen und mich besuchen; meine Tante wird entzückt sein, das weiß ich genau. Und dann werden Sie mir alles erzählen, – alles, was Sie von meinem Vater wissen. Bitte, bitte!«

Dick half ihr, das Zeichenmaterial zusammenzupakken, und als alles fertig verschnürt war, reichte sie Dick ihrer Hand und erwiderte herzlich den Druck der seinen.

»Sie sind meines Vaters Freund«, sagte sie. »Wir wollen auch gute Freunde werden. Sie müssen kommen und mich recht bald besuchen.«

Dann verschwand sie in raschem Lauf den Hügel hinunter, und Dick stand da in einem Zustand der Verwirrung, ja sogar der Pein. Manches an dieser Begegnung war lächerlich. Aber das schwarze Kleid und das Antlitz, das dazu gehörte, und die Hand, die er in seiner gehalten hatte, stimmten ihn ernst. Wie sollte er sich unter den gegebenen Umständen verhalten? Vielleicht dem Mädchen aus dem Wege gehen? Hm. Er würde darüber nachdenken. Vielleicht ihr die Wahrheit mitteilen? Was hätte das für einen Zweck? Zehn zu eins, ihre Verblendung war so groß, daß er damit keinen Erfolg haben würde. Oder die Täuschung aufrechterhalten? Die Tatsachen beschönigen? Ihre falsche Vorstellung noch unterstützen, ohne jedoch direkte Lügen auszusprechen? Nun, auch darüber würde er noch nachdenken und auch, ob er nicht doch eine erneute Zusammenkunft vermeiden sollte. Über diesen letzten Punkt dachte er so gründlich nach, daß der nächste Nachmittag ihn bereits auf dem Wege, sie zu besuchen, sah.

Inzwischen war das junge Mädchen direkt, leicht wie ein Vogel, vor Freude jubilierend, zu dem Häuschen geeilt, in dem sie allein mit einer unverheirateten Tante lebte. Sofort berichtete sie der alten Dame, einer grämlichen sechzigjährigen Schottin mit zitterndem Kopf, ihre Begegnung und ihre Einladung.

»Ein Freund von ihm?« rief die Tante. »Was ist er für ein Mensch? Wie, sagtest du, war sein Name?«

Sie wurde totenstill und starrte die alte Frau fassungslos an. Dann sehr langsam: »Ich sagte dir doch, er wäre meines Vaters Freund; ich habe ihn in mein Haus gebeten, und er wird kommen.«

Damit ging sie auf ihr Zimmer, blieb dort den ganzen Abend und stierte die Wand an.

Miss M'Glashan – das war der Name der Tante – las in der Küche mit der Freude einer Märtyrerin in einer dicken Bibel. Es mochte gegen halb vier Uhr sein, als sich Dick, äußerst sorgfältig gekleidet, vor der Tür des Häuschens einstellte. Er klopfte, und eine Stimme bat ihn einzutreten. Die Küche, die sich direkt nach dem Garten öffnete, wurde durch das Laubwerk verdunkelt, aber er konnte trotzdem das junge Mädchen erkennen, als es aus dem entferntesten Winkel auf ihn zueilte. Diese zweite Begegnung mit ihr überraschte ihn. Ihre starken schwarzen Augenbrauen sprachen von einem leicht erregbaren, aber schwer zu besänftigenden Temperament; ihr Mund war klein, nervös und schwach. Es lag etwas Gefährliches und verborgen Trotziges in ihrem Wesen, aber auch vieles, das ehrenhaft, mitfühlend, ja sogar edelmütig anmutete.

»Meines Vaters Name«, sagte sie, »macht, daß Sie herzlich willkommen sind.« Und sie reichte ihm ihre Hand wie eine Gunstbezeugung. Es war eine freundliche Begrüßung, obgleich etwas gekünstelt. Dick fühlte sich wie im siebenten Himmel. Sie führte ihn durch die Küche in das Wohnzimmer und stellte ihn Miss M'Glashan vor.

»Esther«, sagte die Tante, »bereite bitte für Mr. Naseby den Tee.«

Sobald das Mädchen zu diesem gastfreundlichen Zweck hinausgegangen war, durchquerte die alte Frau das Zimmer und trat fast drohend dicht vor Dick hin.

»Sie kennen jenen Menschen?« erkundigte sie sich in herrischem Flüsterton.

»Mr. van Tromp?« fragte Dick. »Gewiß kenne ich ihn.«

»Nun? Und was bringt Sie hierher?« rief sie. »Ihre Mutter kann ich nicht schützen – sie ist tot –, wohl aber das Kind.« In ihrer Stimme lag ein Klang, der den armen Dick mit Bestürzung erfüllte. »Mann, worum handelt's sich jetzt?« fuhr sie fort. »Braucht er Geld?«

»Gnädige Frau«, sagte Dick, »ich glaube, Sie verkennen meine Stellung. Ich bin der junge Mr. Naseby von Naseby House. Meine Bekanntschaft mit Mr. van Tromp ist wirklich nur ganz oberflächlich. Ich fürchte, Miss van Tromp hat unsere Intimität in ihrer Einbildung übertrieben. Ich weiß positiv nichts von seinen Privatangelegenheiten und kümmere mich auch nicht um sie. Ich traf ihn zufällig in Paris – das ist alles.«

Miss M'Glashan schöpfte tief Atem. »In Paris? Nun, und was halten Sie von ihm? – Was halten Sie von ihm?« wiederholte sie in schärferem Ton, als Richard, dem eine solche Frage nicht nach seinem Geschmack war, auf eine Antwort warten ließ.

»Ich fand, daß er ein sehr angenehmer Gesellschafter sei«, entgegnete er.

»Ah«, sagte sie, »wirklich? Und womit verdiente er sich sein täglich Brot?«

»Ich vermute«, stieß Dick hervor, »Mr. van Tromp besitzt zahlreiche großzügige Freunde.«

»Dafür verbürge ich mich«, höhnte sie. Und bevor Dick noch ein Wort sagen konnte, war sie aus dem Zimmer verschwunden.

Esther kam mit dem Teebrett zurück und setzte sich.

»Und jetzt«, sagte sie behaglich, »erzählen Sie mir alles über meinen Vater.«

»Er ...«, stammelte Dick, »er ist ein sehr angenehmer Gesellschafter.«

»Ich fange bald an zu glauben, daß er ein angenehmerer Gesellschafter ist als Sie, Mr. Naseby«, sagte sie lachend. »Sie vergessen, ich bin seine Tochter. Fangen Sie mit dem Anfang an, und erzählen Sie mir alles, was Sie von ihm gesehen haben, alles, was er gesagt hat, und alles, was Sie antworteten. Sie müssen ihn doch irgendwo getroffen haben. Beginnen Sie damit.«

Er fing also an zu berichten: wie er den Admiral malend in einem Café erblickt und wie die Kunst ihren Vater so gefesselt hätte, daß er nicht hatte warten können, bis er nach Hause gekommen wäre, um – nun –, um seine Gedanken hinzuwerfen; daß seine Gedanken – dies als Antwort auf eine Frage – aus einem krähenden Hahn und zwei pickenden Hühnern bestanden hätten; daß er in seinem Atelier ein Gemälde nach einem griechischen Vorwurf in Arbeit hätte, das in mehrfacher Hinsicht sehr bemerkenswert zu sein schiene; wie nie jemand das Atelier, in dem dieses Kunstwerk rasch, wenn auch im verborgenen, seiner Vollendung entgegenreifte, gesehen habe noch seine genaue Lage kenne, wie – dies als Antwort auf eine entsprechende Anregung – diese Scheu dem Admiral, Michelangelo und anderen gemeinsam wäre; wie sie – Dick und van Tromp – auf den ersten Blick Bekanntschaft geschlossen und noch am gleichen Abend zusammen diniert hätten; wie er – der Admiral – einmal einem Bettler Geld gegeben hätte; mit welcher Rührung er von seiner kleinen Tochter spräche; wie er sich einmal Geld geborgt hätte, um ihr eine Puppe zu senden – ein Charakterzug, würdig eines Newton, war doch seine Tochter damals schon wenigstens neunzehn Jahre alt gewesen –; wie, falls die Puppe nicht ihren Bestimmungsort erreicht hätte– was tatsächlich nie geschah –, dieser Zug um so charakteristischer wäre für den höchsten Grad schöpferischen Intellekts; wie – nein, nicht schön – bestrickend er wäre, ja, Dick wollte soweit gehen, einfach bestrickend zu sagen; wie seine Schuhe glänzten, wie schwarz sein Rock wäre, kein Cutaway, nein, ein Gehrock; und so fort und so fort, meterweise. Es war eigentlich erstaunlich, wie wenig Lügen nötig waren. Alles in allem übertreiben die Leute die Schwierigkeiten des Lebens. Eine leichte Wendung, nur ein Ruderschlag dann und wann, und das Reich der doppelsinnigen Unterhaltung ist – einen willigen Zuhörer vorausgesetzt – unbegrenzt.

Ab und zu stattete Miss M'Glashan dem Wohnzimmer einen kühlen Besuch ab; dann wurde die Aufgabe ganz erheblich schwieriger. Aber Esther gegenüber, die ganz Auge und Ohr war, das Gesicht vor Spannung leuchtend, floß sein Redestrom ohne Unterbrechung und Stockung, und sein Geist war nie um treffliche Ausflüchte verlegen.

Was für ein Nachmittag war das für Esther!

»Ach«, sagte sie endlich, »wie gut es tut, all das zu hören! Sie müssen wissen, meine Tante ist engherzig und furchtbar fromm. Sie kann das Leben eines Künstlers nicht begreifen. Mich jedoch erschreckt das alles nicht«, fügte sie großartig hinzu, »ich bin eines Künstlers Tochter.«

Dieser Ausspruch tröstete Dick hinsichtlich seines Betruges. Die Täuschung war ja schließlich gar nicht so schlimm. Und wenn es auch wirklich Schwindel war, war dieser Schwindel nicht ein frommer Betrug? Konnte es eine höhere Aufgabe geben, als in dem Herzen einer Tochter das kindliche Vertrauen und die kindliche Ehrfurcht lebendig zu erhalten, die, selbst falsch angebracht, sie gleich einem geistigen Edelstein schmückte? Vielleicht regte sich bei Dick daneben noch ein Hintergedanke: ein Schatten von Feigheit, der egoistische Wunsch, zu gefallen. Der arme Dick war ja auch nur ein Mensch, und was würdet ihr an seiner Stelle getan haben?

4

Esther über die kindlichen Beziehungen

Einen Monat später trafen sich Dick und Esther am Zaun neben dem Kreuzweg. Wäre außer den Vögeln und Insekten jemand anderes dort gewesen, um sie zu beobachten, er würde bemerkt haben, daß ihr Beisammensein ganz anders verlief als an früheren Tagen. Dick zog sie in seine Arme, und lange Zeit preßten sich ihre Lippen aufeinander. Dann hielt er sie auf Armeslänge von sich, und sie blickten sich lange in die Augen. »Esther!« sagte er. Ihr hättet seine Stimme hören sollen!

»Dick!« sagte sie.

»Mein Liebling!«

Es dauerte einige Zeit, bevor sie weitergingen. Er schlang einen Arm um ihre Taille, und dicht aneinandergeschmiegt schritten sie weiter. Die Sonne, die Vögel, der Westwind, der durch die Bäume strich, ein Druck, ein Blick, das Umfassen eines einzelnen Fingers: diese Dinge vertraten bei ihnen die Stelle der Gedanken und erfüllten ihre Herzen mit Jubel. Der Pfad, dem sie folgten, führte durch ein lichtes Tannengehölz, dessen Boden mit Heide und Blaubeeren bedeckt war, und nicht ohne einen gewissen Ernst bat Dick Esther, sich auf diesem einladenden Teppich niederzulassen.

»Esther«, begann er, »es gibt etwas, das ich dir sagen muß. Du weißt, mein Vater ist ein reicher Mann, und du glaubst vielleicht, daß wir jetzt, da wir uns lieben, sobald es uns gefällt, heiraten können. Aber ich fürchte, Liebling, wir werden noch lange warten und unseren ganzen Mut zusammenraffen müssen.«

»Ich habe Mut zu allem«, sagte sie. »Ich besitze alles, was ich brauche. Mit dir und meinem Vater geht es mir so gut, und die Wartezeit ist so glücklich, daß ich ein ganzes Leben lang warten könnte, ohne müde zu werden.«

Bei Erwähnung des Admirals fühlte Dick einen stechenden Schmerz. »Hör mich zu Ende«, fuhr er fort, »ich hätte es dir schon eher sagen sollen. Aber ich schreckte von jeher vor dem Gedanken zurück. Wenn es möglich wäre, würde ich es dir auch jetzt noch nicht erzählen. Mein armer Vater und ich sprechen kaum miteinander.«

»Dein Vater?« wiederholte sie und wurde blaß.

»Das muß dich sonderbar berühren, und doch glaube ich nicht, daß ich mir etwas vorzuwerfen habe«, sagte er. »Ich werde dir erklären, wie alles kam.«

»Oh, Dick«, sagte sie, als sie ihn zu Ende angehört hatte. »Wie mutig du bist und wie stolz! Doch einem Vater gegenüber würde ich nicht stolz sein. Ich würde ihm alles sagen.«

»Was!« rief Dick. »Nach Monaten kommen und mich brüsten, daß ich die Absicht hatte, den Kerl zu verprügeln, und es dann doch nicht tat? Und warum tat ich es nicht? Weil mein Vater sich noch viel eselhafter benommen hatte, als ich annehmen konnte. Liebste, das ist Unsinn.«

Bei diesen Worten zuckte sie zusammen und zog sich ein wenig zurück. »Aber, wenn es doch gerade das ist, was er verlangt«, verteidigte sie sich. »Wenn er bloß wüßte, daß du diesen Wunsch gehabt hast, würde es ihn stolz und glücklich machen. Er würde einsehen, daß du trotz allem sein echter Sohn bist und die gleichen Gedanken und den gleichen ritterlichen Geist besitzt! Und dann hast du dir durch dein Schweigen ja nur selbst unrecht getan. Du verwarfst deinen ersten Entschluß doch nur, weil der Herausgeber schwach und arm war und sich entschuldigte. Wäre er ein großer, gesunder Mensch gewesen, mit einem Schnurrbart, du würdest ihn geschlagen haben. Gewiß, das hättest du getan, und wenn sich Mr. Naseby auch noch zehnmal ärger kompromittiert hätte. Glaubst du, wenn du es mir erzählst und ich es sofort begreife, daß es schwerer sein würde, es deinem eigenen Vater zu sagen? Und daß er nicht sogar noch freudiger mit dir sympathisieren würde als ich? Ich liebe dich, Dick, aber immerhin ist er doch dein Vater.«

»Mein Liebling«, sagte Dick verzweifelt, »das verstehst du nicht. Du weißt nicht, was es heißt, tagtäglich ohne jedes Verständnis behandelt zu werden und täglich, während der Kinderzeit und Knabenzeit und auch noch als Mann, kleine Ungerechtigkeiten zu erdulden, bis dich das bloße Anhören zur Verzweiflung treibt, bis dich diese Dinge quälen wie ein Nachtgespenst, bis du fast den Anblick des Mannes, den du liebst und der vor allem doch dein Vater ist, verabscheust. Mit einem Wort, Esther, du weißt nicht, was es heißt, einen Vater zu haben; das ist es, was dich blind macht.«

»Ich verstehe«, sagte sie träumerisch, »du weißt, daß es mein Glück ist, einen Vater wie den meinigen zu besitzen. Und doch bin ich nicht vollkommen glücklich! Du vergißt, ich kenne ihn ja gar nicht. Du, du kennst ihn. Er ist bereits mehr dein Vater als meiner«, und sie ergriff Dicks Hand. Dicks Herz erstarrte fast zu Eis. »Aber ich leide mit dir«, fuhr sie fort, »wie traurig und einsam mußt du dich fühlen.«

»Du mißverstehst mich«, stieß Dick hervor. »Mein Vater ist der beste Mann, den ich auf der ganzen Welt kenne. Er ist hundertmal mehr wert als ich, nur versteht er mich nicht, und das läßt sich nicht ändern.«

Eine Weile herrschte Schweigen. »Dick«, begann sie

dann wieder, »ich möchte dich um etwas bitten. Es ist die erste Bitte, seit du mir sagtest, du liebest mich. Kann ich deinen Vater wenigstens einmal sehen? – Nur im Vorübergehen sehen, meine ich, so daß er mich gar nicht bemerkt.«

»Warum?« fragte Dick.

»Es ist nur eine Laune. Du vergißt, daß Väter für mich etwas Romantisches haben.«

Diese Andeutung genügte Dick. Er stimmte eilig zu, und mit der Qual und dem Widerwillen eines armen Sünders führte er sie einen Seitenweg hinunter und hieß sie sich in einem Gebüsch verbergen, von dem aus sie den Gutsherrn zum Essen vorbeireiten sehen konnte. Dort saßen sie beide schweigend, Hand in Hand, fast eine halbe Stunde. Endlich erklang in der Ferne der Hufschlag eines Pferdes. Das Parktor öffnete sich geräuschvoll, dann erschien Mr. Naseby, mit gebeugtem Rücken und bedrücktem, galligem Gesichtsausdruck, in langsamem Schritt näher reitend. Esther erkannte ihn sofort. Sie hatte ihn bereits früher wiederholt gesehen. Doch bei der völligen Gleichgültigkeit gegen alles, was außerhalb des Umkreises ihrer Liebe lag, hatte sie sich nie darum gekümmert, wer er sei. Aber jetzt erkannte sie ihn sofort, fand ihn aber um zehn Jahre gealtert, verdüstert und abgespannt, mit dem Stempel schwerer Sorge auf dem Gesicht.

»Oh, Dick, Dick!« schluchzte sie, und Tränen liefen über ihr Antlitz, als sie es an seiner Brust barg. Auch seine Tränen strömten reichlich. Es war ein trauriger Heimweg. Und an diesem Abend, erfüllt von Liebe und guten Vorsätzen, versäumte Dick keine Gelegenheit, seinen Vater zu erfreuen, ihn von seiner Achtung und Liebe zu überzeugen, das zerrissene Band wieder anzuknüpfen und zwei Herzen zu vereinen. Aber ach! der

Gutsherr war müde und mürrisch; den ganzen Tag hatte er über Dicks Entfremdung gebrütet – denn so nannte er es bei sich selbst –, und mit Brummen, kalten Worten und kalten Schultern wies er alle Annäherungsversuche zurück und verschanzte sich erst recht hinter seinem gerechtfertigten Groll.

5

Des verlorenen Vaters erstes Auftreten zu Hause

Dieses ereignete sich an einem Dienstag. Am folgenden Donnerstag, als Dick auf Verabredung früher als gewöhnlich nach dem kleinen Häuschen ging, begegnete ihm zu seinem Schrecken auf der Straße ein Landwägelchen aus Thymebury mit der menschlichen Gestalt Miss M'Glashans. Sie ließ sich jedoch nicht herab, ihn beim Vorbeifahren zu bemerken. Ihr Gesicht war tränenüberströmt und drückte größte Sorge um das Gepäck aus, das rings um sie aufgestapelt lag. Dick blieb stehen und überlegte, was dieser Umstand wohl zu bedeuten hätte. Aber es war ein so herrlicher Tag, daß er keine Lust hatte, etwas Schlimmes anzunehmen. Dennoch mußte sich in dem Häuschen etwas Tragisches ereignet haben, etwas von entscheidender Natur, denn in dem Wagen befand sich Miss M'Glashan samt ihrem kleinen Erbe in braunen Packpapieren auf der Reise, und der alten Dame Verhalten verriet heißen Kampf und völlige Niederlage.

Würde das Haus ihm etwa verschlossen sein? War Esther allein zurückgeblieben, oder war ein neuer Beschützer aus der Reihe der Millionen Europäer in Erscheinung getreten? Es liegt im Wesen der Liebe, die nahen Verwandten des geliebten Gegenstandes zu verabscheuen. Viele Kapitel in der Geschichte der menschlichen Rassen haben dieses Gefühl gerechtfertigt, und besonders das Verhalten von Onkeln hat schon häufig eine Rüge von seiten des unabhängigen Romanschriftstellers erfahren. Miss M'Glashan erschien Dick jetzt im rosigen Lichte des Mitgefühls. Wer auch ihr Nachfolger sein mochte, Dick fühlte, die Veränderung konnte nur zum Schlechten sein. Seine Gedanken eilten ihm voran, und mit jedem Schritt wuchs seine Besorgnis. Als er endlich den Garten betrat, klang eine bekannte Stimme an sein Ohr, und er blieb wie angewurzelt stehen, diesmal aber nicht von Zweifeln gebannt, sondern durch die unleugbare Gewißheit eines Unheils. Der Blitz hatte eingeschlagen: der Admiral war da. In dem panischen Schrecken dieses Augenblicks wollte Dick die Flucht ergreifen, aber Esther hielt, wenn ihr Geliebter erwartet wurde, scharf Ausguck. Im Nu war sie an seiner Seite, übervoll von Neuigkeiten und Freude, zu glücklich, um seine Verlegenheit zu bemerken, und in einem goldenen Überschwang des Entzükkens, der sich nicht in Worten ergießen, sondern nur in Zärtlichkeiten ausströmen konnte. Sie ergriff ihn an den Fingerspitzen – indem sie sich vorbeugte, um seine Hände erreichen zu können, denn ihr einziger Gedanke war, Zeit zu sparen –, zog ihn an sich, stieß ihn vor sich zur Tür hinein und stellte ihn Mr. van Tromp, bekleidet mit einem Anzug aus französischem Samt und mit einem bemerkenswerten Furunkel auf der Nase, Angesicht in Angesicht gegenüber. Dann, als wäre dieses das Höchste, was sie an Freude ertragen konnte, wandte sich Esther ab und eilte aus dem Zimmer. Die beiden Männer blieben allein zurück und blickten sich beide in ziemlicher Verwirrung an. Natürlich war van Tromp der erste, der seine Fassung wiedergewann. Mit vornehmer Geste streckte er seine Hand aus.

»Sie kennen also mein kleines Mädchen, meine Esther?« fragte er. »Das ist schön; das ist, was ich von der Heimat erwartet habe. Heimat! Ein seltsames Wort für den alten Freibeuter. Doch wir alle haben eine Sehnsucht nach Heimat und Häuslichkeit, mögen wir dies Gefühl noch so tief verbergen. Diese Sehnsucht hat mich hierhergeführt, Mr. Naseby«, schloß er mit einem Ausdruck, der auf der Bühne sein Glück begründet haben würde, so angemessen, so schwermütig, so hoheitsvoll, so ganz eines Weltmannes und Philosophen würdig.

»Hier sehen Sie einen zufriedenen Menschen.«

»Ich sehe«, sagte Dick.

»Nehmen Sie Platz«, fuhr der Parasit fort und ging mit gutem Beispiel voran. »Fortuna war gegen mich – ich nippe grade ein wenig Likör, nach meiner Reise –, es ging mit mir bergab, Mr. Naseby; unter uns, ich stand da, décavé. Ich lieh mir fünfzig Francs, schmuggelte meine Handtasche am Portier vorbei – eine Arbeit, die erheblichen Takt erforderte –, und hier bin ich!«

»Ja«, sagte Dick, »hier sind Sie.« Er fühlte sich völlig idiotisch.

In diesem Augenblick betrat Esther wieder das Zimmer. »Freust du dich, ihn wiederzusehen?« flüsterte sie ihrem Geliebten ins Ohr, und das Frohlocken in ihrer Stimme unterbrach das Flüstern fast wie Gesang.

»Oh, gewiß, sehr.«

»Das wußte ich«, erwiderte sie. »Ich erzählte ihm, wie du ihn liebst.«

»Bedienen Sie sich«, sagte der Admiral, »bedienen Sie sich! Wir wollen auf ein neues Leben trinken.«

»Auf ein neues Leben!« wiederholte Dick und hob

das Glas an die Lippen, setzte es aber unberührt wieder hin. Für einen Tag hatte er genug Neuigkeiten.

Esther saß auf einem Schemel zu ihres Vaters Füßen, hielt ihre Knie mit den Armen umschlungen und blickte stolz von einem ihrer beiden Besucher zum andern. Ihre Augen glänzten, so daß man nie sicher war, ob nicht Tränen in ihnen ständen. Leichte Wonneschauer durchrieselten ihren Körper. Bisweilen preßte sie ihr Kinn gegen die Brust. Dann warf sie ekstatisch den Kopf zurück, mit einem Wort: sie befand sich in jenem Zustand, da man von einem Menschen sagt, er wisse sich vor Glück nicht zu lassen. Es wäre schwer, Richards Leiden zu übertreiben. Inzwischen schwatzte van Tromp unaufhörlich: »Ich vergesse nie einen Freund«, sagte er, »ebensowenig einen Feind; von letzteren hatte ich freilich nur zwei – mich selbst und das Publikum. Und ich denke, an beiden habe ich hübsch freigebig Rache genommen.« Er kicherte. »Aber diese Zeiten sind ein für allemal vorbei. Van Tromp existiert nicht mehr. Er war ein Mann, der Erfolge hatte. Ich denke, Sie wissen es, ich hatte Erfolge. Doch wir wollen deren fürder nicht mehr Erwähnung tun.« Mit einem Lächeln zupfte er seine Krawatte zurecht. »Wie gesagt, jener Mann existiert nicht mehr: durch einen Willensakt habe ich ihn vernichtet. Ähnliche Beispiele finden Sie in der Literatur. Erst ein glänzender und außergewöhnlicher Aufstieg, bemerkenswert für alle Kenner, einschließlich der Gerichtsdiener, möchte ich sagen; und dann, presto! Ein ruhiger, gewitzigter alter Bonhomme, der seine Rosen züchtet. In Paris, Mr. Naseby …«

»Nenne ihn Richard, Vater«, sagte Esther.

»Also Richard, wenn es mir gestattet ist. Wahrlich, wir sind ja alte Freunde und jetzt nahe Nachbarn; apropos, was für Nachbarn sind wir eigentlich, Richard? Ich glaube, dieses Häuschen steht auf Ihres Vaters Grund und Boden – eine Familie, die ich hochschätze –, und der Wald gehört, soviel ich weiß, Lord Trevanion. Nicht, daß ich mich darum kümmere. Ich bin ein alter Bohemien, ich habe mit der Gesellschaft in schroffster Form gebrochen. Ich schnitt sie, während ich mich im Glück befand, und ernte jetzt meinen Lohn: auch in meinem Niedergang kann ich sie noch mit Würde schneiden. Das sind so unsere kleinen Amours-propres, meine liebe Tochter: dein Vater muß sich seine Selbstachtung wahren. – Ich danke dir; ja bitte, nur ein Schlückchen, ein Schlückchen, verdünnt – Dank, besten Dank, du verwöhnst mich. Aber, was ich gerade sagen wollte, Richard, oder worüber ich sprechen wollte, man ließ meine Tochter hier versauern; ihre Tante war nur eine Anstandsdame; daher, in Parenthese, lieber Richard, ihr Mißtrauen gegen mich. Meine Art und die dieser Tugendwächterin sind Pole – die gegensätzlichsten Pole. Doch jetzt, da ich hier bin, jetzt, da ich den Kampf aufgegeben habe und hinfort nur noch für ein einziges meiner Werke leben will – ich bin so bescheiden, es für mein bestes Werk zu erklären –, für meine Tochter, jetzt werden wir das alles in Ordnung bringen. Was ist's mit den Nachbarn, Richard?«

Aus Richards Antwort ging hervor, daß zahlreiche vornehme Familien im Tale der Thyme wohnten.

»Sie werden uns bei ihnen einführen«, erklärte der Admiral.

Dicks Hemd wurde klatschnaß. Er stammelte eine unbeholfene Entschuldigung, er müsse leider aufbrechen, was Esther aufs Dicks Scheu, aufdringlich zu erscheinen, zurückführte und daher sehr zu Dicks Gunsten auslegte. Sie versuchte, ihn zurückzuhalten.

»Vor unserem Spaziergang?« rief sie. »Ausgeschlossen! Ich muß meinen Spaziergang haben.«

»Wir wollen alle gehen«, sagte der Admiral, sich erhebend.

»Du weißt ja gar nicht, ob wir dich heute brauchen können«, rief Esther und lehnte sich zärtlich an seine Schulter. »Ich möchte mich mit meinem alten Freund über meinen neuen Vater besprechen. Aber du darfst heute trotzdem mitkommen. Du darfst alles tun, was du willst. Ich habe mir fest vorgenommen, dich zu verwöhnen.«

»Ich würde gern noch einen Tropfen trinken«, sagte der Admiral und schenkte sich ein Glas Brandy ein. »Es ist erstaunlich, wie mich diese Reise ermüdet hat. Ich fange an, alt zu werden. Ja, ich werde alt, ich werde alt und – mit Trauer muß ich hinzufügen – kahl.«

Kokett stülpte er sich einen weißen Schlapphut auf den Kopf – sein Benehmen war das eines Herzensbrechers. Esther hatte bereits ihren Hut aufgesetzt und war fertig, als er noch in einem Spiegel das Resultat seiner Bemühungen studierte. Der Furunkel nahm seine Aufmerksamkeit etwas schmerzlich in Anspruch.

»Wir sind jetzt der Herr Papa; wir müssen ehrbar sein«, sagte der Admiral zur Erklärung seines stutzerhaften Wesens zu Dick; dann ging er zu dem Schirmständer und wählte sich einen Stock aus.

Wo waren die eleganten Stöcke seiner Pariser Zeit? Dieser Stab war eine Stütze für das Alter und bestimmt für ländliche Szenerien. Dick fing an, des Mannes Freude an seiner neuen Rolle zu verstehen und zu würdigen, als er sah, wie sorgfältig der Admiral ›seine Maske‹ vorbereitet hatte. Selbst einen besonderen Schritt hatte er sich für diesen ersten Landausflug mit seiner Tochter zugelegt, einen Schritt, der bewundernswürdig paßte. Er ging mit Anstrengung, er stützte sich auf den Stock; er blickte sich mit trauriger, lächelnder Freude nach allem um, was er sah; er erkundigte sich sogar nach dem Namen einer Pflanze und schalt sich selbst einen alten Stadtvogel, entfremdet der Natur. »Dieses Landleben wird mich wieder jung machen«, seufzte er. Beim Abenddämmern erreichten sie die Spitze des Berges. Die Sonne war im Untergehen, alle Farben hatten sich im Westen zusammengezogen, die feinsten Umrisse der Höhen wurden durch die sanften, schrägen Strahlen hervorgehoben, und das weite Moor, von Tälern und Haselnußhecken wie von Adern durchzogen, erstreckte sich westlich und nördlich in einem dunstigen Glorienschein. Der Maler in van Tromp erwachte.

»Gott, Dick!« rief er, »welche Tinten!«

Eine Ode von vierhundert Versen hätte Esther nicht so zu rühren vermocht. Ihre Augen füllten sich mit Tränen des Glücks. Ja, das war der Vater, von dem sie geträumt, wortkarg, freundlich, ein Maler im innersten Herzen und im Wesen ein echter Gentleman. Gerade in diesem Augenblick entdeckte der Admiral ein Haus am Wege und etwas über der Haustür, das man als ein Wahrzeichen für die Hoffnungsvollen und Durstigen deuten konnte.

»Ist das nicht ein Wirtshaus?« erkundigte er sich und deutete mit seinem Stock auf das Schild.

Eine auffällige Veränderung klang aus seiner Stimme, als messe er der Frage besondere Wichtigkeit bei: Esther lauschte in der Erwartung, etwas Witziges oder Kluges zu vernehmen.

Dick bejahte die Frage.

»Kennen Sie es?« erkundigte sich der Admiral.

»Ich bin wohl hundertmal an der Kneipe vorübergegangen, das ist alles«, erwiderte Dick.

»Ah«, rief van Tromp und schüttelte mißbilligend

sein Haupt. »Sie gehören also nicht zu der alten Garde! Sie müssen die Welt erst kennenlernen. Sehen Sie mich an. Ich entdecke ein Wirtshaus, unmittelbar bei meinem eigenen Hause, und mein erster Gedanke ist: mein Nachbar. Ich werde vorangehen, um mit meinem Nachbarn Bekanntschaft zu schließen; nein, ihr braucht nicht mitzukommen; es dauert nur eine Minute.«

Rasch schritt er auf die Schenke zu und ließ Dick und Esther allein auf der Straße.

»Dick«, flüsterte Esther, »ich bin so froh, mit dir ein paar erforderliche Worte sprechen zu können. Ich fühle mich ja so glücklich. Ich muß dir tausend Dinge sagen und muß dich bitten, mir etwas zuliebe zu tun. Stell dir vor, er ist ohne Malkasten, ohne Staffelei gekommen, und ich möchte ihn mit allem ausrüsten. Bitte besorge alles in Thymebury. Du sahst ja eben, wie sich sein Herz der Malerei zuwandte. Sie können ohne ihre Kunst nicht leben«, fügte sie hinzu und dachte dabei vielleicht an van Tromp und Michelangelo.

Bis zu diesem Augenblick war ihr an Dicks Benehmen nichts aufgefallen. Sie war zu glücklich, um neugierig zu sein. Und sein Schweigen in Gegenwart des großen und vornehmen Wesens, das sie Vater nannte, war ihr nur natürlich und lobenswert erschienen. Aber jetzt, da sie allein waren, wurde sie sich auf einmal einer Schranke zwischen sich und ihrem Geliebten bewußt, und Unruhe regte sich in ihrem Herzen.

»Dick!« rief sie, »du liebst mich nicht.«

»Ich liebe dich«, sagte er herzlich.

»Und doch bist du unglücklich! Du bist so seltsam! Du – du freust dich nicht, meinen Vater zu sehen«, schloß sie, und ihre Stimme brach.

»Esther«, sagte er, »ich versichere dir, daß ich dich liebe; wenn du mich liebst, weißt du, was das bedeutet und daß ich nur den einen Wunsch habe, dich glücklich zu sehen. Glaubst du, ich kann deine Freude nicht mitempfinden? Esther, ich tue es. Wenn ich traurig bin, wenn ich beunruhigt bin, wenn … Oh, glaube mir, versuche es und glaube an mich!« rief er, einer vielleicht glücklichen Eingebung folgend, unter Verzicht auf alle weiteren Argumente.

Doch der Argwohn des jungen Mädchens war geweckt, und obwohl sie die Sache nicht weiterverfolgte – denn sie sah bereits ihren Vater zurückkehren –, ging sie ihr keineswegs aus dem Kopf. In diesem Augenblick kränkte sie einfach die Selbstsucht eines Mannes, der durch seine finsteren Blicke und seine gequälte Sprache ihr Glück trübte. Es gibt nichts, was eine Frau schwerer zu verzeihen vermag als die Sprache eines Leids, das sie selbst, wenn auch nur im Augenblick, nicht teilt. Im nächsten Moment vermutete sie, er wäre auf ihren Vater eifersüchtig, und deswegen verachtete sie ihn, trotz gewisser Entschuldigungsgründe, die sie dafür fand. Doch so oder so, der gefahrdrohende Anfang einer Trennung zweier Herzen war in Sicht. Esther befand sich im Widerstreit mit ihrem süßesten Freunde; sie konnte fürder nicht in sein Herz blicken, hörte darin nicht die gleiche Sprache wie in ihrem eigenen. Sie konnte nicht länger an ihn als die Sonne denken, die nur Glück über ihr Leben strahlte. Zum erstenmal hatte sie sich mit einer Bitte an ihn gewandt, und er hatte kalt und düster geantwortet und Finsternis und Frost über sie gebreitet. Um alles in einem Wort zusammenzufassen: ihre Liebe begann, obgleich noch kaum merklich, zu schwinden.

6

Der verlorene Vater sinkt von Stufe zu Stufe

Wir wollen uns nicht über alle Einzelheiten der Rückkehr und Einnistung des Admirals verbreiten, sondern rasch bis zu der Katastrophe eilen und nur ein paar besonders einschneidende Vorfälle chronistisch aufzeichnen, wobei wir uns gänzlich auf das Zeugnis Richards stützen müssen, denn Esther hat bis heute über diese kritischste Zeit ihres Lebens nie den Mund geöffnet. Und was den Admiral anbetrifft – nun, obgleich dieser Seeoffizier noch lebt und jetzt zum Glück in einer Hafenstadt untergebracht ist, wo er ein Fernrohr hat und im Vorgarten eine Flagge hißt, so ist er unfähig, den leisesten Lichtschimmer auf jene Angelegenheit zu werfen. Wieder und wieder hat er dem Verfasser gegenüber erklärt: »Wenn ich wüßte, worum es sich eigentlich gehandelt hat, mein Herr, will ich ... sein«, mit einem Wort: sein, was er, wie ich hoffe, nicht ist. Dann pflegte er das Bildnis seiner Tochter, eine Photographie, anzublicken, mit einem versonnenen Ausdruck sein Haupt zu schütteln und sich zum Trost einen frischen Grog zu mischen. Nur einmal habe ich es erlebt, daß er darüber hinausging und seine Gefühle Esther gegenüber in einem einzigen, aber beredten Wort ausdrückte.

»Ein Schlingel«, sagte er nicht zornig, eher belustigt, und trank dabei einen kräftigen Schluck auf ihre Gesundheit. Sein schlimmster Feind müßte gestehen, daß er ein Mann ohne Bosheit war. Nie in seinem Leben hegte er einen Groll: dazu fehlte ihm der nötige Geschmack und die Konzentrationsfähigkeit.

Doch schon während dieser dunklen Periode hatte sich in Wahrheit ein Drama vollzogen, dessen Schauplatz verschlossen vor aller Augen in dem Herzen Esthers lag. Hätte das Schicksal mit diesem warmherzigen, geraden, halsstarrigen Mädchen anders verfahren, ja, wären die Ereignisse nur in einer anderen Folge über sie hereingebrochen – gewisse Dinge haben eben ihre logische Konsequenz –, der ganze Verlauf dieser Erzählung würde sich anders gestaltet haben, und Esther wäre nie fortgelaufen. So aber geschah es, daß sie, durch eine Reihe von Handlungen und Worten, von denen wir nur wenig wissen, und durch eine Folge von Gedanken, die jeder sich selbst vorstellen mag, innerhalb von vier Tagen aus dem Traum eines ganzen Lebens gerissen wurde.

Die erste greifbare Ursache dieser Entzauberung war eine vollständige Malausrüstung, die Dick am Freitagabend nach Hause brachte. Der Admiral hockte in der Ofenecke, wieder einmal etwas Whisky mit Soda ›nippend‹, während Esther mit ihrer Arbeit am Tische saß. Beide standen auf, um den Ankömmling zu begrüßen, und nachdem das junge Mädchen Dick von seiner unförmigen Last befreit hatte, machte sie sich daran, die Geschenke vor ihrem Vater auszubreiten. Van Tromps Laune sank um mehrere Grad; ja, er wurde direkt brummig.

»Gott schütze mich«, sagte er und fügte im Tone offener Feindseligkeit hinzu: »Ich muß dich wirklich bitten, Kind, dich nicht in meine Angelegenheiten einzumischen.«

»Vater, verzeihe mir«, entschuldigte sich seine Tochter. »Ich weiß, daß du deine Kunst aufgegeben hast.«

»Oh! Gewiß!« rief der Admiral. »Bis zum Tage des Jüngsten Gerichts habe ich nichts mehr mit Kunst zu schaffen!«

»Noch einmal: verzeih mir!« wiederholte sie fest.

»Aber ich kann nicht, nein, ich kann nicht glauben, daß du darin recht tust. Angenommen, die Welt ist ungerecht, angenommen, daß niemand dich versteht, so hast du doch noch eine Pflicht gegen dich selbst und, oh, verdirb mir nicht die Freude über deine Heimkehr! Zeige mir, daß du mein Vater sein kannst, ohne deine Bestimmung zu vernachlässigen. Ich bin nicht wie andere Töchter. Ich werde auf deine Kunst nicht eifersüchtig werden und will versuchen, sie zu verstehen.«

Die Situation war widerlich possenhaft. Richard stöhnte. Es drängte ihn, aufzuspringen und den ganzen Humbug aufzudecken. Und der Schwindler selbst? Glaubt ihr, ihm war leichter ums Herz? Ich persönlich bin überzeugt, daß ihm einfach erbärmlich zumute war. Aber er vertuschte seine Qualen durch einen vollkommen albernen und unwürdigen Wutausbruch, in dessen Verlauf er seine Pfeife in mehrere Stücke zerbrach, Schnaps und Wasser in das Kaminfeuer schleuderte und Worte gebrauchte, die nur allzu eindeutig waren, obwohl es unklar blieb, auf wen sie zielten. Das dauerte jedoch nur kurze Zeit. Van Tromp wurde wieder er selbst und befand sich drei Minuten nach diesem ersten Ausbruch in köstlichster Laune.

»Ich bin ein alter Narr«, gestand er offen. »Man hat mich als Kind verwöhnt. Du, Esther, du schlägst eher deiner Mutter nach. Du hast ein krankhaftes Pflichtgefühl, besonders für andere. Kämpfe dagegen an, mein Schatz – kämpfe dagegen an. Na, und was die Farben betrifft, eines Tages werde ich sie schon verwenden. Und zum Beweis, daß es mir damit Ernst ist, will ich Dick höflich ersuchen, eine Leinwand vorzubereiten.«

Dick wurde also mit dieser niedrigen Aufgabe betraut. Der Admiral kümmerte sich nicht darum, wie er's machte, sondern beschäftigte sich ruhig mit einem neuen Grog und seinem amüsanten Geschwätz.

Bald danach erhob sich Esther und ging unter irgendeinem guten oder schlechten Vorwand zu Bett. Dick blieb, an die Leinwand gekoppelt, etwa eine Stunde lang van Tromp ausgeliefert, zurück.

Am nächsten Sonnabend fand, wie es schien, eine kleine Auseinandersetzung zwischen Esther und ihrem Vater statt. Gegen Nachmittag traf Dick den letzteren, aus der Richtung des Wirtshauses heimkehrend, wo er mit dem Wirt fast Freundschaft geschlossen hatte. Dick wunderte sich, wer wohl diese Ausflüge bezahlte, und bei dem Gedanken, daß der Ruchlose sein Taschengeld aus der gleichen Quelle bezog, aus der er auch Kost und Logis schöpfte, nämlich aus der armen Esther Freigebigkeit, packte ihn fast der Wunsch, den alten Gentleman niederzuschlagen. Dieser dagegen strömte über von stolzem Getue, von Grazie und Heiterkeit.

»Lieber Dick«, sagte er und nahm seinen Arm, »das ist nachbarlich von Ihnen. Es beweist Ihren Takt, mir zu begegnen, grade da ich mich nach Ihnen sehne. Ich bin in glänzender Laune, und dann brauche ich einen Freund.«

»Es freut mich, zu hören, daß Sie glücklich sind«, erwiderte Dick erbittert. »Wahrhaftig, es gibt ja auch nicht viel, Sie zu beunruhigen.«

»Nein«, stimmte der Admiral zu, »nicht viel. Ich habe mich rechtzeitig davongemacht; und hier, nun hier gefällt mir alles. Ich bin ein Mann von schlichten Passionen. Apropos, Sie haben mich noch nie gefragt, wie mir meine Tochter gefällt.«

»Nein«, sagte Dick herb, »das habe ich bestimmt nicht.«

»Heißt das, Sie wollen es nicht? Und warum nicht,

Dick? Sie ist meine Tochter, natürlich; und ich bin ein Mann von Welt und ein Mann von Geschmack und vollkommen berufen, mit Unparteilichkeit eine Meinung abzugeben – ja, Dick, mit Unparteilichkeit. Ganz offen: ich bin von ihr nicht enttäuscht. Sie hat ein hübsches Gesicht; das hat sie von ihrer Mutter. Ich darf daher wohl sagen, ihr Aussehen gefällt mir. Sie ist mir ergeben, mir völlig ergeben.«

»Sie ist die beste Frau auf der Welt!« brauste Dick auf.

»Dick!« rief der Admiral und machte scharf halt. »Das hab ich erwartet. Lassen Sie uns – lassen Sie uns zurück in die ›Trevanion Arms‹ gehen, um uns bei einer Flasche über die Sache auszusprechen.«

»Bestimmt nicht!« erklärte Dick. »Sie haben bereits viel zuviel getrunken.«

Der Parasit war im Begriff, diese Bemerkung übelzunehmen, aber ein Blick in Dicks Gesicht und die Erinnerung an die Art, wie sie in Paris miteinander verkehrt hatten, kamen seiner Klugheit zu Hilfe und hielten ihn zurück.

»Wie Sie wollen«, sagte er, »obwohl ich nicht verstehe, was Sie meinen – oder befürchten. Doch wenn Sie es vorziehen, wollen wir einen Spaziergang machen. Sie sind noch ein junger Mann. Wenn Sie erst in meinem Alter sein werden … Ah, um fortzufahren, Sie gefallen mir, Dick; Sie haben mir vom ersten Augenblick an gefallen, und, um die Wahrheit zu sagen, Esther ist ein bißchen phantastisch, und es würde besser sein, wenn sie verheiratet wäre. Sie besitzt selbst Vermögen, wie Sie natürlich bemerkt haben; es stammt gleich ihrem Aussehen von dem armen, lieben, gütigen Geschöpf, ihrer Mutter. Sie ward gesegnet in ihrer Mutter. Ich denke, sie wird auch in ihrem Gatten gesegnet sein, und Sie, Dick, sind der richtige Mann, Sie und kein anderer. Heute nacht noch werde ich Esthers Neigung sondieren.«

Dick stand entgeistert. »Mr. van Tromp, ich beschwöre Sie, tun Sie persönlich, was Sie wollen, aber um Gottes willen lassen Sie Ihre Tochter in Ruhe.«

»Es ist meine Pflicht«, erwiderte der Admiral, »und unter uns, Sie Spitzbube, entspricht es auch meiner Neigung; ich bin als Heiratsvermittler so gut wie eine Mutter. Es wird für Sie besser sein, heute abend fernzubleiben. Leben Sie wohl! Sie überlassen Ihre Sache guten Händen. Ich habe den nötigen Herzenstakt für solche Angelegenheiten. Es ist nicht mein erster Versuch.«

Alle Argumente waren vergebens. Der alte Gauner blieb bei seinem Entschluß. Richard verhehlte sich durchaus nicht, wie sehr das seine Aussichten beeinträchtigen konnte, und kämpfte heftig dagegen an. Einmal zeigte sich ein Hoffnungsschimmer. Der Admiral brachte zum zweitenmal einen Abstecher nach den ›Trevanion Arms‹ in Vorschlag, und als Dick auch diesen zurückwies, war es einen Augenblick ungewiß, ob der alte Säufer nicht auf eigene Faust dorthin zurückkehren würde. Wäre das der Fall gewesen, so hätte Dick sich natürlich auf die Strümpfe machen und Esther vor dem, was kommen sollte, warnen und ihr sagen können, wie es angefangen hatte. Aber nach einer Pause entschied der Admiral sich doch für einen Trunk zu Hause und machte sich dorthin auf den Weg.

Über die ›Sondierung‹ wissen wir keine Einzelheiten. Am folgenden Tage bemerkte man den Admiral, sehr sorgfältig gekleidet, in der ländlichen Kirche. Er fand die richtigen Stellen im Gesangbuch und stimmte in die Responsorien und Lieder ein, als hätte er von Kindheit an nichts anderes getan. Seine Erscheinung erregte, wie es auch in seiner Absicht lag, die Aufmerksamkeit der Kirchenbesucher. Der alte Naseby zum Beispiel hatte ihn bemerkt.

»Es saß uns da so ein vertrunken aussehender Lump in der Kirche gegenüber«, sagte er zu seinem Sohn, als sie nach Hause fuhren. »Weißt du, wer das war?«

»Irgendein Mensch – van Tromp, glaube ich«, entgegnete Dick.

»Noch dazu ein Ausländer«, bemerkte der Gutsherr.

Dick konnte sich gar nicht genug beglückwünschen, daß er noch so glücklich durchgeschlüpft war. Hätte der Admiral ihn mit seinem Vater getroffen, was wäre wohl das Ergebnis gewesen? Doch ließ sich eine solche Katastrophe lange hinausschieben? Es schien ihm, daß der Sturm nahe bevorstünde; aber das Unwetter war noch näher, als er vermutete.

Zurückgehalten von Furcht und Scham, ging er am Nachmittag nicht in das Häuschen, und als das Diner in Naseby House vorüber war und der Gutsherr sich zu einem behaglichen Dämmerstündchen zurückgezogen hatte, schlüpfte Dick aus dem Zimmer und lief zuerst querfeldein, teils um Zeit zu gewinnen, teils um zu verhindern, daß sein Mut erlahme. Jetzt haßte er den Gedanken an das Häuschen und den Admiral, und wenn er auch Esther nicht haßte, fürchtete er sich doch, an sie zu denken.

Ihm fehlte der Schlüssel zu ihren Gedanken, aber er konnte seinem eigenen Herzen nicht verhehlen, daß er in ihrer Achtung gesunken sein mußte, und der Anblick ihrer Verblendung quälte ihn wie eine Beleidigung.

Er klopfte und wurde eingelassen. Das Zimmer sah genauso aus wie bei seinem letzten Besuch; Esther saß am Tisch und van Tromp neben dem Kamin.

Aber der Ausdruck auf den Gesichtern beider erzählte eine sehr abweichende Geschichte. Das Mädchen war blasser als gewöhnlich, ihre Augen waren verdunkelt, Schatten lagen darunter, ihr flüchtiger Blick war gespannt und starr. Das Gesicht des Admirals dagegen war gerötet, schlaff und schweißbedeckt; die Backen hingen welk über seinen Hemdkragen; sein Lächeln war verloren und unstet, und er hatte die natürliche Kontrolle über seine Augen so völlig eingebüßt, daß das eine aufwärts gerichtet war, als wolle es das Wachstum des Furunkels beobachten. Wir hüten uns vor bösen Urteilen, aber der Admiral war bestimmt nicht nüchtern. Als Richard eintrat, machte er nicht einmal den Versuch aufzustehen, sondern schwenkte nur flüchtig seine Pfeife durch die Luft und blinzelte ein Willkommen. Esther beachtete ihn so wenig wie möglich.

»Ah, Dick!« rief der Maler, »ich bin in der Kirche gewesen, ja, auf mein Wort, und ich sah Sie dort, obgleich Sie mich nicht sahen, und ich sah da ein verteufelt appetitliches Frauenzimmer. Beim Himmel! Wenn nicht diese Kahlköpfigkeit wäre und eine gewisse Gebrechlichkeit – deren Vorhandensein ich mir nicht verhehle –, wenn es nicht das wäre, na, und jenes und die andere Sache – ich ... ich hab vergessen, was ich sagen wollte. Nein, nicht das, nicht diese Geschichten, ich muß einen Haufen Sachen sagen. Ich bin heut abend in sehr mitteilsamer Laune, heute will ich all meine Geheimnisse ausplaudern, alle, bis zum letzten. Ich stehe, wie ich das nenne, auf der Bühne, und alles, was ich mir wünsche, um so glücklich zu sein wie Nebukadnezar, ist ein Zuhörer, selbst wenn er taub wäre.«

Von den beiden Stunden, die jetzt folgten, ist es unnötig, mehr zu geben als eine Skizze. Der Admiral war außergewöhnlich albern, dann und wann versonnen, doch nicht wirklich anstößig. Es war klar, daß er die

Gegenwart seiner Tochter nie vergaß und seine Themen und die Art seiner Rede so wählte, daß sie eine Dame nicht beleidigen konnten. Fast bei jeder anderen Gelegenheit würde sich Dick über die Szene amüsiert haben. Van Tromps trunkgefärbte Selbstgefälligkeit ging bisweilen über bloße Eitelkeit hinaus. Er wurde leutselig und weitschweifig, versuchte seine Zuhörer vollständig in sein Vertrauen zu ziehen und verriet ihnen seine geheimsten Ansichten über sich selbst. Schwankend zwischen dieser Selbsterkenntnis, die beträchtlich war, und seiner Eitelkeit, die ungeheuer war, schuf er ein seltsames Zwitterwesen und benannte es mit seinem eigenen Namen. Wie plusterte er sich auf wegen Tugenden, die das Herz eines Cäsar oder des heiligen Paulus erfreut haben würden! Und dann wieder vollendete er sein Bildnis mit einem jener Pinselstriche von erbarmungslosem Realismus, den der Satiriker so oft vergebens sucht.

»Ja, da ist Dick«, sagte er. »Der ist schlau. Er durchschaute mich gleich beim erstenmal, als wir uns trafen, und sagte es mir direkt ins Gesicht. Na, und ich hatte den Mut, gute Miene dazu zu machen. Ich trage Ihnen das nicht nach, Dick. Sie hatten ganz recht. Ich bin ein Schwindler.«

Man kann sich vorstellen, wie Esther unter dieser neuen Art litt, in der sich ihre beiden Idole miteinander unterhielten.

Und dann wieder beiläufig: »Das war«, fuhr van Tromp fort, »als ich meine traurigen Schmierereien hinklecksen mußte.«

Und wieder ein wenig später setzte er leicht lachend, mit einem Anschein von Aufrichtigkeit hinzu: »Nie habe ich auch nur im leisesten gezögert, irgendeine menschliche Kreatur auszusaugen.«

Jetzt sprang Dick auf. »Ich glaube«, sagte er, »es wäre vielleicht für uns alle besser, zu Bett zu gehen.« Und er lächelte ein verlegenes, um Entschuldigung bittendes Lächeln.

»Keineswegs!« rief der Admiral. »Ich weiß einen Spaß, der zweimal soviel wert ist. Die Katze hier«, und er wies auf seine Tochter, »soll ins Bett gehen. Doch Sie und ich, wir bleiben auf, bis alles blau ist.«

In finsterem Stolz erhob sich Esther. Zwei tödliche Stunden hatte sie gesessen und gelauscht, während welcher ihr Ideal sich selbst besudelte und seine Gottähnlichkeit wegspöttelte. Ihre Illusionen schwanden eine nach der anderen. Und jetzt wollte er sie ins Bett schikken, in ihrem eigenen Hause? Jetzt nannte er sie Katze! Grade jetzt, als er diese Worte, in seinen Stuhl zurücksinkend, aussprach, zerbrach er das Rohr seiner Pfeife in drei Stücke. Nie wandte sich ein Schaf mit einer gebieterischeren Stirn gegen seinen Scherer. Esthers Stimme klang ruhig, der Ton war ziemlich leise, aber vollkommen klar, und während sie sprach, stand sie vor ihm in der schlichtesten und mädchenhaftesten Haltung.

»Nein«, sagte sie, »Mr. Naseby wird die Güte haben, sofort nach Hause zu gehen, und du wirst dich ins Bett begeben.«

Dic zerbrochenen Stücke der Pfeife entsanken des Admirals Fingern. Nach seinem Aussehen zu schließen, schien er allzulange in einer seiner unwürdigen Welt gelebt zu haben. Aber es ist merkwürdig: er versuchte keine Einwendung und saß da wie vom Donner gerührt, mit offenem Munde. Dick wandte sich rasch der Tür zu, er konnte nichts anderes tun, als Esther zu gehorchen. Auf dem Vorplatz wagte er, als die Tür hinter ihm geschlossen war, stehenzubleiben und ihr zuzuflüstern: »Du hast recht gehandelt.«

»Ich handelte, wie es mir gefiel«, sagte sie. »Kann er malen?«

»Viele Leute lieben seine Gemälde«, erwiderte Dick mit erstickter Stimme. »Ich tat es nie. Ich habe das auch nie gesagt«, fügte er, ohne angegriffen worden zu sein, hinzu.

»Ich frage dich, ob er malen kann. Ich will mich nicht vertrösten lassen. Kann er malen?« wiederholte sie.

»Nein«, sagte Dick.

»Liebt er seine Kunst?«

»Ich glaube, nicht mehr.«

»Und er ist ein Trinker.« Mit Haß betonte sie dieses Wort.

»Er trank.«

»Geh«, sagte sie und wandte sich, um wieder das Haus zu betreten, als ein neuer Gedanke sie fesselte. »Triff mich morgen früh beim Gatter«, sagte sie.

»Ja«, erwiderte Dick.

Und dann schloß sich das Tor hinter Dick, und er stand allein in der Dunkelheit. Ein dünner Lichtstrahl drang über die Türschwelle, und ein warmer sanfter Schimmer fiel durch das Fenster. Das Dach des Häuschens, einige der Hügel und die Haselnußstauden zeichneten sich in tieferer Dunkelheit scharf gegen den Himmel ab, aber alles andere war unbestimmt, atemlos und stumm wie das Grab.

Dick verharrte, als Esther ihn verlassen hatte, steif, auf ein Bein gestützt, während der andere Fuß nur mit den Zehenspitzen den Boden berührte; und während er so dastand, lauschte er mit seiner ganzen Seele. Das Geräusch eines hart auf den Boden gestürzten Stuhles ließ sein Herz erstarren. Dann senkte sich wieder Schweigen über Haus und Nachbarschaft. Was sich während dieser Zwischenzeit ereignet hatte, blieb für die Welt ewig ein Geheimnis. Als das vorüber war, sprach Esthers Stimme gleichförmig und ohne Unterbrechung vielleicht eine halbe Minute lang. Und sobald sie schwieg, durchquerten schwere, unsichere Tritte das Wohnzimmer und stiegen schlurfend die Treppe hinauf. Das junge Mädchen hatte ihren Vater gezähmt; van Tromp war gehorsam zu Bett gegangen. Soviel war für den Lauscher auf der Landstraße gewiß. Und dennoch stand er mit gespanntem Ohr und wartete voll Angst und Leid im Herzen. Wäre Esther ihrem Vater gefolgt, hier, wo sich Menschen und Natur zum Schweigen verschworen hatten, so hätte das Dick auf seiner Wacht vor dem Tore sofort vernehmen müssen. Aber konnte Esther nicht ohnmächtig geworden sein, oder war sie gar tot, da sich im Haus nichts regte?

Er hörte, wie die Hausuhr bedächtig die Sekunden maß; für ihn aber stand die Zeit still. Eine fast abergläubische Angst lähmte seine Sinne. Endlich konnte er es nicht länger ertragen. In zwei Sätzen durchquerte er den kleinen Garten und preßte sein Gesicht gegen die Fensterscheibe. Der Vorhang, der nicht ganz heruntergezogen war, ließ unten am Fenster eine etwa zollbreite Spalte frei, so daß das ganze Zimmer vor Dicks Blicken offen lag. Esther saß aufrecht am Tisch, das Haupt auf die Hand gestützt, die Augen starr auf die Kerze geheftet. Ihre Brauen waren leicht zusammengezogen, der Mund war ein wenig geöffnet, ihre ganze Haltung ruhig und gefaßt. Dick sah deutlich, daß sie atmete. Das Geräusch von Dicks Nahen hatte sie nicht aufgeschreckt. Bald durchbrach ein störender Ton das tiefe Schweigen der Nacht: die Uhr erhob ihre Stimme, erst quarrend wie ein Rebhuhn, dann rief es elfmal »Kuckuck«. Noch immer blieb Esther unbeweglich und starrte auf den

Leuchter. Mitternacht folgte und dann ein Uhr morgens, und noch immer hatte sie sich nicht gerührt, und Richard Naseby hatte es nicht gewagt, das Fenster zu verlassen. Endlich, es mochte halb zwei Uhr sein, flakkerte die Kerze, die Esther unverwandt beobachtet hatte, und bei ihrem letzten Aufflammen sprang sie mit einem Aufschrei auf die Füße, blickte sich um, löschte das Licht, wandte sich ab, und er hörte, wie sie eilig in der Dunkelheit die Treppe hinaufstieg. Wieder blieb Dick allein in der Finsternis jenem trostlosen, dumpfen Geisteszustand überlassen, in welchem ein Mensch glaubt, jetzt müßte das Unheil das Schlimmste vollbracht haben, und bei diesem Gedanken sich fast befreit fühlt. Er wandte sich zum Gehen und wanderte langsam dem Gatter zu. Esther hatte ihm keine Stunde genannt, und er war entschlossen, sie sollte ihn, wann sie auch käme, wartend dort finden. Als er am Gatter anlangte, begann der Tag zu dämmern, und er lehnte sich über den Zaun und beobachtete, wie die Schatten nach und nach wichen. Endlich brach die Sonne aus einer Wolkenwand hervor, die sich allmählich im Osten zu lichten begann. Ein den Tag verkündender Wind hatte sich aufgemacht, um die blätterbedeckte Erde sauberzufegen und die angesammelten Tautropfen aufzuschlürfen. ›Mein Gott‹, dachte Dick, ›kann nach diesem qualvollen Tage ein neuer Tag kommen?‹ Ihm fehlte das Wissen von morgen.

7

Die Entführung

Es mochte etwa zehn Uhr sein, und Dick war, gegen den Grabenrand gelehnt, kurze Zeit in einen Dämmerzustand versunken, als Esther, mit einem Paket in der Hand, die Straße heraufkam. Ein instinktives Gefühl, vielleicht auch der ferne, leichte Schritt, erweckten Dicks Lebensgeister, während die Geliebte noch eine ziemliche Strecke entfernt war. Er erhob sich halb und blinzelte verschlafen in die Natur. Es dauerte einige Zeit, bis er seine Gedanken gesammelt hatte. Er war mit einem gewissen verwirrten und kindlichen Gefühl der Freude erwacht, wie ein Mann, der über Nacht ein Vermächtnis empfangen hat. Doch langsam erstarb dieses Empfinden, und plötzlich und überwältigend folgte die Erkenntnis der Wahrheit. Das ganze Erlebnis der verflossenen Nacht stand mit jeder Einzelheit wieder vor seinem Geiste, als sähe er alles unmittelbar in rascher Folge noch einmal an seinem Auge vorüberziehen, und er erhob sich von dem Grabenrand und schritt mit kläglichem Mute seiner Geliebten entgegen.

Mit stetigem, festem Schritt kam sie auf ihn zu, das Antlitz zwar bleich, aber sonst allem Anschein nach vollkommen gefaßt. Und sie zeigte weder Überraschung noch Erleichterung noch Freude, ihren Liebsten dort zu finden. Sie reichte ihm auch nicht die Hand.

»Hier bin ich«, sagte er.

»Ja«, erwiderte sie, und dann, ohne Pause oder irgendeine Veränderung in der Stimme, fügte sie hinzu: »Ich will, daß du mich fortbringst.«

»Fort?« wiederholte er. »Wie? Wohin?«

»Heute noch«, sagte sie. »Es ist mir gleich, wohin.

Aber ich wünsche, daß du mich fortbringst.« – »Für wie lange? Ich verstehe dich nicht«, stammelte Dick.

»Ich werde nie wieder hierher zurückkehren«, war alles, was sie antwortete.

Unsinnige Worte, ausgesprochen wie diese, mit vollkommener Ruhe in Benehmen und Stimme, üben auf den Geist des Hörers eine doppelte Wirkung aus. Dick war bestürzt. Er erholte sich von seinem Erstaunen nur, um in Zweifel und Unruhe zu versinken. Er blickte auf ihre frostige Haltung, so entmutigend für einen Liebhaber, und bebte vor dem Gedanken, den ihr Verhalten verriet, zurück.

»Zu mir?« fragte er. »Bist du zu mir gekommen, Esther?«

»Ich will, daß du mich fortbringst«, erwiderte sie mit steigender Ungeduld. »Bring mich fort – bring mich fort von hier!«

Die Lage war nicht genügend geklärt. Dick fragte sich beunruhigt, ob sie wohl ganz bei Sinnen wäre. Sie fortzubringen, sie zu heiraten, ihr zuliebe sich die Hände wund zu arbeiten, dazu war Dick bereit, doch er verlangte ihrerseits ein Zeichen der Liebe. Er gehörte nicht zu jenen dickhäutigen und kleinmütigen Männchen, die ihre Liebste lieber mit der Spitze des Bajonetts erobern, als auf sie verzichten. Er wollte, daß ein Weib sich mit zwingender Bereitwilligkeit, wenn nicht mit Inbrunst, in seine Arme würfe, aber Esthers Wesen zeugte eher von Verzweiflung als von Liebe: es erkältete ihn und machte ihn besonnen.

»Liebste«, drängte er, »sage mir, was du wünschst, und du sollst es haben. Vertraue mir deine Gedanken an, dann kann ich dir raten. Aber von hier fortgehen, ohne Plan, ohne Vorbedacht, in der Hitze des Augenblicks, ist verrückter als verrückt und kann zu nichts führen. Ich spreche nicht wie ein Mann, aber ich spreche die Wahrheit. Und ich sage dir noch einmal: die Sache ist sinnlos, ungerecht und verderblich.«

Sie sah ihn mit einem trüben, matten Blick des Zornes an. »Du willst mich also nicht fortbringen?« fragte sie. »Gut, ich werde allein gehen.«

Und sie begann den Weg weiterzuschreiten. Doch er stellte sich ihr entgegen. »Esther! Esther!« rief er.

»Laß mich gehen – berühr mich nicht, welches Recht hast du, dich einzumischen? Wer bist du, daß du mich anzurühren wagst?« stieß sie hervor, schrill und zornig. Gerade durch ihre Heftigkeit kühn gemacht, packte er sie rauh am Arme und hielt sie fest, während er sprach. »Du weißt recht gut, wer ich bin und was ich bin und daß ich dich liebe. Du sagst, ich wolle dir nicht helfen; doch dein Herz weiß das Gegenteil. Du bist es, die mir nicht helfen will, denn du willst mir nicht sagen, was du wünschst. Du siehst – oder könntest es wenigstens sehen, wenn du dir nur die Mühe gäbest, zu sehen –, wie ich hier gewartet habe, gewartet die ganze Nacht, um zu deinen Diensten bereit zu sein. Ich verlange nur Aufschluß. Ich verlange nur, daß du dich besinnst. Und ich verlange von dir und bitte dich, dir deine Phantastereien noch einmal zu überlegen. Doch wenn dein Entschluß feststeht, mag es sein. Ich werde nicht länger bitten. Ich werde dir Verhaltungsmaßregeln geben und werde nicht erlauben – nicht erlauben, daß du allein fortgehst.«

Eine Zeitlang blickte sie ihn mit kaltem, bösem Forschen an wie jemand, der die Beschaffenheit eines Werkzeuges prüft.

»Gut, führe mich also fort«, sagte sie mit einem Seufzer.

»In Gottes Namen«, sagte Dick. »Komm mit mir in

die Stallungen. Wir werden den Ponywagen nehmen und zur Station fahren. Heute abend bist du in London. Ich bin so ganz dein, daß keine Worte das noch zu verstärken vermögen. Das weißt du, und alle Worte sind sinnlos. Möge Gott mir helfen, daß ich gut zu dir bin, Esther – möge Gott mir helfen, denn du willst es ja nicht.«

Ohne ein weiteres Wort machten sie sich gemeinsam auf den Weg und waren bereits eine ziemliche Strecke von dem Gatter entfernt, ehe er bemerkte, daß sie noch immer das Paket trug. Sie gab es ihm widerstandslos; doch als er ihr seinen Arm bot, schüttelte sie nur den Kopf und verzog den Mund. Die Sonne schien klar und freundlich. Der Wind traf frisch und scharf ihre Gesichter und duftete nach Wäldern und Matten. Als sie in das Tal der Thyme hinabstiegen, durchdrang das Murmeln des Flusses die Luft wie ein ständiges Lachen. Auf den fernen Bergen vollführten Sonnenschein und Schatten entlang den Hängen einen Wettlauf und sprangen von Spitze zu Spitze. Erde, Luft und Wasser, alles erschien besser und gesünder und barg in sich mehr von dem beißenden Salze des Lebens als an einem gewöhnlichen Morgen; und von Ost nach West, vom tiefsten Tal bis zur Höhe des Himmelsgewölbes, aus jedem Blick, aus jeder Berührung, aus jedem Duft konnte das menschliche Wesen die begeisternde Vernunft, die Dauerhaftigkeit und die Seele des Weltalls schöpfen.

Durch all diese Schönheit trippelte Esther mit kleinen Schritten wie ein Vogel, aber schweigend und mit einer Wolke um ihre dichten Brauen. Sie schien weder die Natur noch die Gegenwart ihres Gefährten zu empfinden. Ihr eigenes Selbst nahm sie völlig in Anspruch, und sie blickte weder rechts noch links, nur immer unverwandt vor sich auf den Weg. Als sie jedoch zur

Brücke kamen, machte sie halt, lehnte sich über das Geländer und starrte einen Augenblick auf die durchsichtige braune Wasserfläche und auf die rasch vorübereilenden Gischtgebilde der Fälle.

»Ich will hinuntergehen und trinken«, sagte sie und stieg den gewundenen Pfad zum Ufer hinab.

Dort trank sie gierig aus ihren Händen und benetzte die Schläfen mit Wasser. Die Kühle schien einen Augenblick den Zauber zu brechen, der auf ihr lastete, denn anstatt sofort wieder in dumpfem, unermüdlichem Schritt vorwärtszuhasten, stand sie noch fast eine Minute lang dort, wo sie war, und blickte gerade vor sich nieder. Und Dick sah oben von der Brücke, auf der er stand und über sie wachte, ein seltsames und unbestimmtes Lächeln langsam über ihr Gesicht gleiten und dann plötzlich schwinden, und düster wie zuvor stand sie da. Das Gefühl der Ferne, das für einen Liebenden so grausam zu ertragen ist, lastete mit jedem Augenblick schwerer auf ihrem Gefährten. All ihre Gedanken waren geheim, ihr Herz war verschlossen und verriegelt, und er stand ausgeschlossen und flehte vergebens mit seinen Augen.

»Fühlst du dich besser?« erkundigte sich Dick, als sie sich endlich ihm wieder zugesellte, und nach dem Zwang so langen Schweigens klang ihm seine Stimme selbst fremd im Ohr.

Sie sah in fast eine Minute lang an, bevor sie antwortete, und als sie es tat, geschah es nur mit der einen Silbe: »Ja.«

Dicks Besorgnis erkaltete. Die Worte starben ihm auf der Zunge. Selbst seine Augen, bar jeden Trostes, hörten auf, die ihren zu suchen; und sie gingen stumm weiter durch Kirton, wo ein alter Mann ihnen mit den Blikken folgte und sie vielleicht um ihre Jugend und Liebe beneidete. Und weiter gingen sie durch das Efeutal, wo die Mühle das Wasser aufschäumen ließ und leise Donnerworte grollte, und durch den gedämpften Schatten des Grundes, dort, wo der Müller vor dem Tore das Mehl von seinen Händen klopfte und ein Liedchen pfiff, und hinauf durch das hohe Gestrüpp, von wo aus sie die Berge auf der anderen Seite erblickten, und wieder hinunter den Hügel zu den Hinterhöfen und Nebengebäuden von Naseby House. Den ganzen Weg entlang war Esther vorangeschritten und Dick gehorsam nachgeschlichen. Doch als sie sich den Ställen näherten, eilte er voraus und übernahm die Führung. Er würde es vorgezogen haben, wenn sie ihn auf der Straße erwartet hätte, während er ging und den Wagen holte, aber nach so zahlreichen Zurückweisungen und Ablehnungen fehlte ihm der Mut, diesen Vorschlag zu machen. Vielleicht dünkte es ihn auch klüger, seine Begleiterin nicht aus dem Auge zu verlieren. So betraten sie im Gänsemarsch, wie ein Landstreicher und sein Weib, den Hof. Der Stallknecht zog die Augenbrauen hoch, als er den Befehl empfing, den Ponywagen anzuspannen, und er hielt sie während der ganzen Vorbereitung hochgezogen. Esther stand starr und steif und blickte unverwandt auf einige Hennen in der Ecke des Hofes. ›Master Richard‹, dachte der Stallknecht, ›ist nicht in seiner gewöhnlichen Verfassung.‹ Und wirklich, Richard trug das Paket wie einen Talisman und stand entweder teilnahmslos da oder rannte plötzlich mit lebhaften Schritten hin und her. Dann hatte er es offenbar auch verabsäumt, seine Hände zu waschen, und erweckte den Eindruck eines Menschen, der von einer etwas ausgedehnten durchschwärmten Nacht zurückkehrt. Auf dem Gesicht des Stallknechtes machte sich allmählich ein Ausdruck geltend, als hätte er Lust zu pfeifen, und kaum war der Wagen um die Ecke gebogen und ratterte mit diesem unerklärlichen Paar die Landstraße entlang, da brach auch schon das Pfeifen los – gedehnt und langsam und tremolierend, und nachdem sich der Knecht wenigstens auf diese Weise Erleichterung verschafft hatte, drückte er den Rest seines Erstaunens in einem schlichten englischen Wort aus, vertraut dem Munde von Jan Maat und jedem russischen Schachtarbeiter. Dann eilte er, die Neuigkeit im Gesindezimmer von Naseby House zu verbreiten. In etwas mehr als einer Stunde würde das Mittagessen auf dem Tisch stehen und der Gutsherr beim Niedersetzen schwerlich verfehlen, sich nach Master Richard zu erkundigen. Wie der intelligente Leser vermutlich vorauszusehen vermag, ist der Stallknecht nämlich dazu bestimmt, in dieser Geschichte eine Rolle zu spielen.

Inzwischen hatten Dick ernste und bittere Gedanken beschäftigt. Es schien ihm, als wäre seine Liebe von ihm gewichen. In Wahrheit war sie jedoch nur eine kleine Strecke fortgegangen. Er brauchte nur den rechten Klang zu finden, und Esthers Herz würde ihn aufs neue erkennen und sich erweichen. Dennoch wagte er nicht, seinen Mund zu öffnen, und fuhr schweigend weiter, bis sie das große Parktor passiert hatten und in die Abkürzung längs der Mauer einbogen. Dann sagte er sich, daß er jetzt oder nie reden müßte.

»Siehst du nicht, daß du mich tötest?« rief er. »Sprich zu mir, sieh mich wenigstens an! Behandle mich wie ein menschliches Geschöpf!«

Sie wandte sich langsam und sah ihm ins Gesicht mit Augen, die freundlicher blickten. Er ließ die Zügel fallen und ergriff ihre Hand, und sie leistete keinen Widerstand, obgleich der Druck unerwidert blieb. Doch als er sie mit seinen Armen umschlang und ihre Lippen zu küssen versuchte – weiß Gott, nicht wie ein Liebhaber, das wollte er gar nicht, sondern wie ein Verzweifelter, der sein Schicksal auf die Probe stellt –, zog sie sich mit gerunzelter Stirn zurück, ungestüm den Kopf wendend, und schob ihn mit der Hand von sich. Da blieb kein Raum mehr für Zweifel. Und Dick sah klar wie das Sonnenlicht, daß sie Ekel vor ihm empfand oder einen tiefen Groll nährte. »Du liebst mich also nicht«, sagte er und zog sich gleichfalls von ihr zurück, als hätte ihn ihre Berührung gebrannt. Und dann, als sie keine Antwort gab, wiederholte er die Frage in einem anderen Tone, herrisch und dennoch rührend. »Du liebst mich nicht, du liebst mich also nicht!«

»Ich weiß es nicht«, erwiderte sie. »Warum fragst du? Oh, wie soll ich es wissen? Es waren ja alles nur Lügen – Lügen und Lügen und Lügen!«

Da rief er ihren Namen, scharf wie ein Mann, der eine tätliche Beleidigung empfangen hat. Es war das letzte Wort, das zwischen ihnen gewechselt wurde, bis sie den Bahnhof von Thymebury erreichten.

Die Station lag einsam im Moor, jedoch an der Hauptstrecke nach London. Die nächste Stadt, Thymebury selbst, war sieben Meilen entfernt in der das Tal der Thymebahn genannten Schlucht.

Es war jetzt fast halb ein Uhr. Der Zug war gerade abgegangen, und bis halb vier, zu welcher Zeit der Lokalzug einlief, um den um dreiviertel vier eintreffenden Expreßzug zu erreichen, ruhte jeder Verkehr. Der Stationsvorsteher hatte sich bereits in seinen Garten begeben, der eine halbe Meile abseits in einer Senke des Moors lag. Ein Dienstmann, der gerade fortgehen wollte, übernahm die Sorge für den Wagen und versprach, ihn vor Dunkelwerden nach Naseby House zurückzubringen. Nur ein tauber, verdrießlicher, uralter Mann blieb als Anstandswärter für Dick und Esther.

Ehe noch der Wagen fortgefahren war, hatte das junge Mädchen den Bahnhof betreten und sich auf einer Bank niedergelassen. Vor ihr erstreckte sich das endlose, öde, offene Moorland, dessen einzige Grenze der Horizont war. Zwei Schienenstränge, ein Waggonschuppen und ein paar Telegraphenstangen bildeten die einzige Aussicht. Die Stille wurde durch nichts unterbrochen außer durch das Summen der Telegraphendrähte und das Rufen der Kiebitze in dieser Einöde. Mit Nahen der Mittagszeit hatte sich der Wind mehr und mehr gelegt. Es war zum Ersticken heiß, und die Luft flimmerte im Sonnenlicht. Einen Augenblick zögerte Dick auf der Schwelle zum Bahnsteig. Dann war er mit zwei Schritten an ihrer Seite und sprach fast schluchzend: »Esther, habe Mitleid mit mir. Was habe ich getan? Kannst du mir nicht vergeben? Esther, du liebtest mich einst – kannst du mich nicht noch lieben?«

»Wie kann ich dir das sagen? Wie soll ich es wissen?« antwortete sie. »Du bist für mich nur eine Lüge – eine einzige Lüge nur, von Anfang bis Ende. Du lachtest über meine Torheit, spieltest mit mir wie mit einem Kinde zur gleichen Zeit, als du mir erklärtest, du liebtest mich. Was war wahr? War überhaupt etwas wahr, oder war alles nur Hohn und Spott? Ich bin zu müde, das herauszufinden. Und du sagst, ich hätte dich geliebt. Ich liebte meines Vaters Freund, dich liebte ich nie; nie hörte ich etwas von dir, bis jener Mann kam und meine Enttäuschung begann. Gib mir meinen Vater zurück, sei, was du vorher warst, und dann magst du von Liebe reden.«

»Kannst du mir denn nicht vergeben – kannst du es nicht?« fragte er.

»Ich habe nichts zu vergeben«, lautete die Antwort, »du verstehst mich nicht.«

»Ist das dein letztes Wort, Esther?« fragte er kreideweiß und biß sich auf die Lippen, damit sie nicht zittern sollten.

»Ja, das ist mein letztes Wort«, erwiderte sie.

»Dann sind wir hier unter falschen Voraussetzungen und bleiben nicht länger hier. Hättest du mich noch geliebt: recht oder unrecht, ich würde dich mit mir fortgenommen haben, denn dann hätte ich dich glücklich machen können. Jetzt aber – ich muß offen sprechen –, was du vorschlägst, ist erniedrigend für dich, eine Beleidigung für mich und eine häßliche Lieblosigkeit gegen deinen Vater. Dein Vater mag so oder so sein – du müßtest ihn doch wie ein Mitgeschöpf behandeln.«

»Was meinst du damit?« zischte sie. »Ich überließ ihm mein Haus und all mein Geld. Das ist mehr, als er verdient. Ich wundere mich, daß du es wagst, mit mir über jenen Mann zu sprechen. Und außerdem ist das ja alles, wonach er trachtet. Mag er es nehmen. Aber ich will nie wieder etwas von ihm hören!«

»Ich dachte, Väter hätten etwas Romantisches für dich?«

»Ist das Hohn?« forschte sie.

»Nein, es ist ein Argument! Niemand kann dich zwingen, ihn zu lieben. Aber erniedrige ihn nicht vor seinen eigenen Augen. Er ist alt, Esther, alt und niedergebrochen. Selbst mir tat er leid, und doch bedeutete er für mich den Verlust alles dessen, worauf ich hoffte. Schreibe deiner Tante. Wenn ich ihre Antwort sehe, kannst du ruhig fortgehen, und ich werde dich selbst zu deiner Tante Tür bringen. Doch inzwischen mußt du nach Hause zurückkehren. Du hast kein Geld und bist daher hilflos und mußt tun, was ich dir sage. Und glaub mir, Esther, ich tue alles nur zu deinem Besten, nur zu deinem Besten, so wahr mir Gott helfe!«

Sie hatte ihre Hand in ihre Tasche gesteckt und sie leer wieder herausgezogen.

»Ich rechnete auf dich«, klagte sie.

»Dann rechnetest du richtig«, erwiderte er. »Ich werde aber nicht, um dich einen Augenblick zu erfreuen, uns beide für unser Leben unglücklich machen. Und da ich dich nicht heiraten kann, sind wir schon allzulange fortgewesen und müssen gleich nach Hause gehen.«

»Dick!« schrie sie plötzlich. »Vielleicht könnte ich – vielleicht mit der Zeit – vielleicht ...«

»In dieser Sache gibt es kein Vielleicht«, unterbrach sie Dick. »Ich muß gehen und den Wagen holen.«

Damit verließ er die Station, glühend vor Leidenschaft und Tugend. Esther, deren Augen bei seinen letzten Worten Leben bekommen und deren Wangen sich gerötet hatten, versank nach einer Sekunde wieder in einen Zustand der Versteinerung. Ohne Bewegung blieb sie während seiner Abwesenheit, und als er zurückkehrte, duldete sie es wie eine Idiotin oder wie ein ermüdetes Kind, daß er sie in den Wagen hob und die Rückfahrt antrat. Verglichen mit dem, was sie jetzt war, schien ihr Zustand am Morgen tatsächlich noch ein natürlicher. Sie saß bleich und kalt und schweigend da, und in ihren Augen war keine Spur von Leben. Der arme Dick peitschte und peitschte auf das Pony, und einmal versuchte er zu pfeifen, aber sein Mut war dahin. Dichte Wolken der Verzweiflung ballten sich in seiner Seele, und nur von Zeit zu Zeit durchdrang ein jäher Blitzstrahl der Sehnsucht und der Reue dieser Dunkelheit. Er hatte seine Liebe verloren; er hatte sie verloren, für immer verloren.

Das Pony war müde, die Höhen dehnten sich lang und steil, und die Luft war schwüler denn je, denn jetzt schwieg der Wind gänzlich. Es schien, als wollte diese unselige Fahrt nie enden, als würde der arme Dick nie fähig sein, Esther zu verlassen, und sich selbst nur immer noch elender machen. Sein einziger Wunsch war, ihrer Gegenwart und den Vorwürfen ihrer abgewandten Blicke zu entgehen. Er hatte seine Liebste verloren – so glaubte er –, er hatte seine Liebste verloren, für immer.

Sie befanden sich bereits unweit des Häuschens, als sein Herz noch einmal schwankte, und noch einmal wandte er sich ihr zu und sprach leise und eifrig, in abgerissenen Sätzen.

»Ich kann nicht ohne deine Liebe leben«, schloß er.

»Ich verstehe nicht, was du meinst«, erwiderte sie, wie ich glaube, vollkommen aufrichtig.

»Dann«, sagte er, aufs tiefste verwundet, »mag deine Tante selbst kommen und dich holen. Natürlich kannst du über mich gebieten, wie es dir gutdünkt, aber ich glaube, so ist es besser.«

»O ja«, sagte sie müde, »so ist es besser.«

Das waren die einzigen Worte, die bis gegen vier Uhr zwischen ihnen gewechselt wurden. Als der Wagen die Straße hinauffuhr, zeigte sich das kleine Haus zwischen den belaubten Hängen. Eine dünne Rauchwolke stieg senkrecht aus dem Schornstein auf, die Blumen im Garten, der Hagedorn am Wege ließen in der Hitze die Köpfe hängen; nur der Klang der Hufe unterbrach die Stille. Unmittelbar vor dem Zaun ritt ein livrierter Diener langsam auf und ab und führte ein gesatteltes Pferd am Zügel. Mit Schaudern erkannte Dick seines Vaters Braunen.

Ach, armer Richard, was hat das zu bedeuten?

Der Diener stieg pflichtgemäß ab und nahm den Wagen unter seine Obhut. Dennoch hatte Dick den Eindruck, als zöge er mit einem leichten Grinsen den Hut. Esther, teilnahmsloser denn je, ließ sich herabhelfen und durchquerte den Garten mit langsamem und mechanischem Schritt. Und Dick, der dicht hinter ihr folgte, hörte aus dem Innern des Hauses seines Vaters zu einem Anathema erhobene Stimme und die schrilleren Töne des Admirals, der in kriegerischer Weise antwortete.

8

Der große Kampf

Als sich der Gutsherr zum Mittagessen niedersetzte, erkundigte er sich nach Dick, den er seit dem Abendessen des vorigen Tages nicht mehr gesehen hatte. Und da der Diener verlegen antwortete, daß Master Richard zurückgekommen, dann aber gleich wieder mit dem Pony-Phaeton fortgefahren wäre, erwachte Mr. Nasebys Argwohn, und er unterzog den Mann so lange einem Kreuzverhör, bis alles heraus war. Aus diesem Verhör ging hervor, daß Dick seit nahezu einem Monat mit einem Mädchen im Tale verkehrte – einer Miss van Tromp, daß dieses Mädchen dicht am oberen Walde Lord Trevanions wohnte; daß vor kurzem Miss van Tromps Papa nach langer Abwesenheit in fremden Erdteilen zurückgekehrt wäre; daß dieser Papa ein alter Gentleman sei, sehr geschwätzig und in Wirtshäusern äußerst freigebig mit seinem Gelde – bei welcher Nachricht sich Mr. Nasebys Gesicht hochrot zu färben begann; daß ferner dieser Papa angeblich ein Admiral wäre – bei welcher Nachricht Mr. Naseby einen Pfiff ausstieß, kurz und zornig wie einen Fluch; daß Master Dick anscheinend sehr befreundet mit dem Papa wäre; »Gott steh ihm bei!« sagte Mr. Naseby; daß Master Dick vergangene Nacht nicht nach Hause gekommen und heute früh in dem Phaeton mit der jungen Dame fortgefahren wäre.

»Jungem Frauenzimmer«, verbesserte Mr. Naseby.

»Jawohl, Herr«, entgegnete der Diener, dem es von Anfang an unangenehm genug war, petzen zu müssen, und den die Wirkung seiner Aussage über den jungen Herrn völig eingeschüchtert hatte. »Einem jungen Frauenzimmer.«

»Hatten sie Gepäck?« erkundigte sich der Gutsherr.

»Jawohl, Herr ...«

Einen Augenblick saß Mr. Naseby schweigend da, bemüht, seiner Bewegung Herr zu werden, und er meisterte sie auch weit genug, um sich zu einer sarkastischen Stimmung zu zwingen, gerade in dem Augenblick, als er in der höchsten Gefahr war, vor Sorge fast zu vergehen.

»Und war dieser – dieser van Tromp bei ihnen?« fragte er, verächtlich den Namen dehnend.

Der Diener glaubte es nicht und deutete, eifrig bemüht, die Verantwortlichkeit des Gesprächs auf andere Schultern abzuwälzen, an, der Herr würde vielleicht besser tun, sich über alles Nähere bei dem Stallknecht George zu erkundigen.

»Sage ihm, er soll den Braunen satteln und mich begleiten. Er kann den Grauschimmel nehmen. Wir wollen sofort ausreiten. Du kannst dies Zeug hier fortnehmen«, fuhr Mr. Naseby, auf das Essen deutend, fort und stand auf, erhaben in seinem Zorn, und begab sich auf die Terrasse, um sein Pferd zu erwarten. Furchtsam näherte sich ihm dort Dicks alte Amme, denn die Neuigkeiten hatten sich rasch wie ein Waldbrand durch das ganze Naseby House verbreitet, und schüchtern sprach sie die Hoffnung aus, daß doch wohl nichts Schlimmes mit dem jungen Herrn passiert wäre.

»Ich werde ihn schon durchbekommen«, entgegnete der Gutsherr grimmig, als hätte er die Absicht, ihn durch eine Dreschmaschine zu ziehen. »Ich werde ihn schon aus den Händen dieser Bande retten. Dann mag ihm Gott weiterhelfen! Er hat einen Hang zu schlechter Gesellschaft, und keine natürliche Zuneigung gibt ihm Halt. Sein Vater war für ihn kein passender Gesellschafter; er mußte fortlaufen, um mit einem Holländer zu saufen, Nancy, und jetzt sitzt er in der Falle. Wir wollen beten, daß es ihm zur Lehre dienen möge«, fügte er gravitätisch hinzu, »aber Jugend ist dazu da, sich ins Unglück zu stürzen, und Alter, um ihr wieder herauszuhelfen.«

Nancy jammerte und erinnerte den alten Herrn an verschiedene Episoden aus Dicks Kindheit, die Mr. Naseby veranlaßten, seine Nase zu schneuzen und ihr kräftig die Hände zu schütteln. Glücklicherweise kamen jetzt die Pferde. Ohne Verzug schwang er sich in den Sattel und sprengte davon.

Er ritt mit eingedrückten Sporen direkt nach Thymebury, wo er jedoch, wie zu erwarten stand, keinerlei Nachrichten über die Flüchtlinge erfahren konnte. Man hatte sie nicht im ›George‹ gesehen, man hatte sie nicht auf der Station gesehen. Die Wolke auf Mr. Nasebys Gesicht verdüsterte sich.

Die Zwischenstation fiel ihm nicht ein, seine letzte Hoffnung war van Tromps Haus. Dorthin befahl er George, ihn zu führen, und dorthin folgte er ihm, Schmerz, Sorge und Unwillen im Herzen.

»Wir sind da, Herr«, sagte George und parierte sein Pferd.

»Was? Auf meinem eigenen Grund und Boden!« schrie Mr. Naseby. »Wie kommt das? Ich habe diesen Platz irgend jemandem verpachtet – M'Whirter oder M'Glashan.«

»Miss M'Glashan ist, wie ich glaube, die Tante der jungen Dame«, versetzte George.

»Ah – Strohmänner«, knirschte der Gutsherr. »Ich werde auch noch meinem Pachtzins nachpfeifen können. Hier, halte mein Pferd!«

Der Admiral saß an diesem heißen Nachmittage mit einem großen Glase neben dem Fenster. Er kannte den Gutsherrn bereits von Ansehen, und als er ihn jetzt vor dem Häuschen absteigen und breitspurig durch den Garten stapfen sah, folgerte er, ohne auch nur einen Moment zu zweifeln, er käme, um bei ihm um Esthers Hand anzuhalten.

›Deshalb ist also das Mädel noch nicht zu Hause‹, überlegte er. ›Wirklich, sehr zartfühlend von dem jungen Naseby!‹ Und er setzte sich möglichst pomphaft hin und beantwortete das laute Rasseln der Reitpeitsche gegen die Tür mit einem melodischen »Herein!« Gleichzeitig trat er mit einer Verbeugung und einem Lächeln hervor.

»Mr. Naseby, glaube ich?« fragte er.

Der Gutsherr kam, zum Kampf gerüstet. Er umfaßte seinen Mann mit einem raschen, verächtlichen Blick von Kopf bis Fuß und entschied sich sofort für den von ihm einzuschlagenden Weg. Der Kerl mußte sehen, daß er ihn durchschaut hatte.

»Sie sind Mr. van Tromp«, erwiderte er rauh, ohne von der ihm dargebotenen Hand auch nur die geringste Notiz zu nehmen.

»Der nämliche, mein Herr«, erwiderte der Admiral. »Bitte, nehmen Sie Platz.«

»Nein, mein Herr«, sagte der Gutsherr derb. »Ich werde mich nicht setzen. Mir wurde erzählt, Sie seien ein Admiral«, fügte er hinzu.

»Nein, mein Herr, ich bin nicht Admiral«, erwiderte van Tromp, der jetzt auch anfing, gereizt zu werden und den Sinn der Unterredung zu verstehen.

»Warum nennen Sie sich dann so, mein Herr?«

»Ich muß um Entschuldigung bitten, aber ich tue das gar nicht«, entgegnete van Tromp pomphaft wie der Papst. Doch bei dem Gutsherrn half ihm das nichts.

»Von Anfang bis Ende segeln Sie unter falscher Flagge«, begann er. »Selbst das Haus wurde unter falschem Namen gemietet.«

»Es ist nicht mein Haus. Ich bin der Gast meiner Tochter«, erwiderte der Admiral. »Wenn es mein Haus wäre ...«

»Nun«, sagte der Gutsherr, »was dann? He?«

Der Admiral blickte ihn erhaben an, schwieg jedoch.

»Passen Sie auf«, sagte Mr. Naseby. »Derartige Einschüchterungsversuche sind nur Zeitverschwendung. Sie verfangen bei mir nicht. So was macht auf mich keinen Eindruck. Ich werde auch nicht gestatten, daß Sie mit Ihren Spiegelfechtereien Zeit gewinnen. Ich nehme an, mein Herr, daß Sie jetzt begreifen, was mich hierher führt.«

»Es ist mir völlig unmöglich, einen Grund für Ihr Eindringen zu finden«, versetzte van Tromp mit einer Verbeugung und großartigen Geste.

»Dann will ich versuchen, Ihnen meine Gründe klarzumachen. Ich bin hier in meiner Eigenschaft als Vater« – klatschend sauste die Reitpeitsche auf den Tisch –, »ich habe Recht und Gericht auf meiner Seite. Ich durchschaue Ihre Berechnung. Aber Sie rechneten ohne mich. Ich bin ein Mann von Welt und sehe durch Sie und Ihre Machenschaften hindurch. Ich habe es hier mit einer Verschwörung zu tun – ich brandmarke sie als solche, und ich werde sie aufdecken und vernichten. Und jetzt befehle ich Ihnen, mir mitzuteilen, wie weit die Dinge bereits gediehen sind und wohin Sie meinen unglücklichen Sohn verschleppt haben.«

»Mein Gott«, brach van Tromp los, »jetzt hab ich aber mehr als genug hiervon! Ihr Sohn? Gott weiß, wo der sich befindet. Was zum Teufel habe ich mit Ihrem Sohne zu schaffen! Meine Tochter ist fort, darum handelt es sich. Und was würden Sie wohl dazu sagen, wenn ich Sie fragte, wo sie sich befindet? Doch das ist ja alles Wahnsinn. Nennen Sie eindeutig Ihre Absicht, und dann scheren Sie sich zum Teufel!«

»Wie oft soll ich es Ihnen noch sagen!« rief der Gutsherr. »Wohin hat Ihre Tochter meinen Sohn heute morgen mit dem verdammten Ponywagen entführt?«

»In einem Ponywagen?« wiederholte van Tromp.

»Jawohl, mein Herr – mit Gepäck.«

»Gepäck?« Van Tromp war etwas blaß geworden.

»Gepäck, sagte ich, Gepäck!« brüllte Mr. Naseby. »Verschonen Sie mich mit Ihren Ausflüchten. Wo ist mein Sohn? Sie sprechen zu einem Vater, mein Herr, zu einem Vater.«

»Halt!« gebot van Tromp in einem neuen Ton, »wenn Ihre Behauptungen stimmen, bin ich es, der eine Erklärung zu fordern hat.«

»Fein gesprochen! Da haben wir ja die Verschwörung«, entgegnete Naseby und fügte hinzu: »Oh, ich bin ein Mann von Welt, ich durchschaue Sie, durch und durch.«

Van Tromp begann allmählich klarzusehen.

»Sie sprechen sehr viel über Vatersein, Mr. Naseby«, hub er an, »aber Sie vergessen, glaube ich, daß diese Bezeichnung uns beiden gebührt. Mir fehlt jedes Verständnis dafür, jedes auch noch so dunkle Verständnis, wie ein Mann – ich habe nicht gesagt, ein Gentleman – so schamlos einen anderen beleidigen kann, wie Sie mich ständig beleidigt haben, seit Sie dieses Haus betraten. Zum erstenmal begreife ich jetzt Ihre niedrigen

Unterstellungen, und ich verachte diese und Sie selbst. Wie man mir sagte, sind sie ein Fabrikant; ich bin ein Künstler. Ich habe bessere Tage gesehen. Ich habe mich in Kreisen bewegt, in denen man Sie nicht empfangen würde, und gespeist, wo Sie froh wären, ein Pfund zu bezahlen, nur um mich dort speisen zu sehen. Die sogenannte Geldaristokratie, mein Herr, verachte ich. Ich lehne es ab, Ihnen zu helfen; ich lehne es ab, mir von Ihnen helfen zu lassen. Dort ist die Tür!«

Aufrecht, wie in einem Glorienschein, stand der Admiral da. Gerade in diesem Augenblick betrat Dick das Zimmer. Er hatte einige Zeit in der Vorhalle gewartet, Esther teilnahmslos neben ihm. Er hatte seine Hand ausgestreckt, um sie am Hineingehen zu hindern, und ohne Erstaunen hatte sie das geduldet. Obgleich sie zu lauschen schien, verstand sie anscheinend kaum ein Wort. Dick dagegen war weiß wie ein Tischtuch, seine Augen brannten, und seine Lippen bebten vor Zorn, als er plötzlich die Tür aufriß und Esther mit zeremonieller Ritterlichkeit hineinführte. Und nun stand er hochaufgerichtet und drückte seinen Hut fester auf den Kopf, wie jemand, der im Begriffe ist, einen Sprung zu wagen.

»Was hat das alles zu bedeuten?« erkundigte er sich.

»Ist das Ihr Vater, Mr. Naseby?« fragte der Admiral.

»Ja«, entgegnete der junge Mann.

»Dann spreche ich Ihnen meinen Glückwunsch aus«, erwiderte van Tromp.

»Dick!« rief der Gutsherr, von plötzlicher Angst gepackt. »Es ist doch noch nicht zu spät? Sag es mir. Ich bin hergekommen, um dich zu retten. Komm, komm fort mit mir – komm weg von diesem Ort!«

Und er streichelte Dick mit beiden Händen.

»Nimm deine Hände weg!« rief Dick. Er meinte es

nicht unfreundlich, aber seine Nerven waren durch die fortgesetzten trübseligen Ereignisse erschüttert.

»Nein, nein«, sagte der alte Mann. »Stoße deinen Vater nicht zurück, Dick, da er doch gekommen ist, dich zu retten. Stoß mich nicht zurück, mein Junge. Vielleicht bin ich nicht immer freundlich zu dir gewesen, nicht verständnisvoll genug. Zu streng! Mein Junge, es geschah nicht aus Mangel an Liebe. Erinnere dich alter Zeiten. Damals war ich doch gut zu dir, nicht wahr? Als du ein Kind warst und deine Mutter noch bei uns war.« Ein Schluchzen erstickte Mr. Nasebys Stimme. Dick stand und blickte ihn bestürzt an. »Komm weg«, fuhr der Vater flüsternd fort. »Du brauchst nicht Angst zu haben vor irgendwelchen Folgen. Ich bin ein Mann von Welt, Dick. Und sie kann auf dich keinen Anspruch erheben – keinen Anspruch, ich sage es dir. Und wir werden auch großzügig sein, Dick – wir werden ihnen eine gute runde Summe geben, Vater und Tochter, und damit hat es ein Ende!«

Er hatte versucht, Dick nach der Tür zu drängen, aber der letztere weigerte sich.

»Sie hätten es sich besser überlegen sollen, welche schwere Beleidigung Sie gegen diese Dame aussprachen«, entgegnete sein Sohn finster wie die Nacht.

»Du willst doch nicht zwischen deinem Vater und deiner Geliebten wählen?« antwortete der Vater.

»Wie nennen Sie sie?« rief Dick scharf und klar.

Langmut und Geduld gehörten nicht zu Mr. Nasebys Eigenschaften.

»Ich nannte sie deine Geliebte!« brüllte er. »Ich hätte sie auch nennen können eine ...«

»Das ist eine unwürdige Lüge«, erwiderte Dick leise.

»Dick!« rief der Vater. »Dick!«

»Ich habe nichts zurückzunehmen«, entgegnete der

Sohn, indem er gegen sein eigenes Herz ankämpfte, »ich – ich habe es gesagt, und es ist die Wahrheit.«

Eine Pause entstand.

»Dick«, sagte der alte Herr endlich mit einer Stimme, als würde sie vom Wind geschüttelt. »Ich gehe jetzt. Ich lasse dich bei deinen Freunden – bei deinen Freunden. Ich kam, um dir zu helfen, und gehe jetzt fort, ein gebrochener Mann. Seit Jahren habe ich dies kommen sehen, und jetzt ist es gekommen. Du hast mich nie geliebt. Jetzt bist du mein Tod geworden. Du magst stolz darauf sein. Ich verlasse dich jetzt, Gott verzeihe dir!« Damit war er gegangen, und die drei, die zusammen zurückblieben, hörten die Hufschläge seines Pferdes die Straße hinunterhallen.

Während der ganzen Unterredung hatte Esther nicht ein Lebenszeichen von sich gegeben, und auch jetzt, da alles vorüber war, verharrte sie in ihrem Schweigen. Doch der Admiral, der sich ein- oder zweimal vorwärts bewegt und wieder zurückgezogen hatte, trat nun endgültig vor.

»Sie sind ein mutiger Mann«, sagte er zu Dick. »Aber obgleich ich kein Freund bin von elterlichen Einmischungen, muß ich sagen, daß Sie zu dem alten Herrn hart waren.« Dann fügte er mit einem Auflachen hinzu: »Sie haben das Leben mit einem silbernen Löffel im Munde angefangen, Richard, und jetzt sitzen Sie auf dem trockenen, wie die übrigen. Arbeit, Arbeit, nichts als Arbeit! Sie haben Fähigkeiten, Sie besitzen Lebensart; wenn Sie sich anstrengen, können Sie als Millionär sterben.«

Dick schüttelte sich. Er ergriff Esther bei der Hand und blickte sie schmerzlich an.

»Dann heißt es also jetzt ›Lebe wohl!‹« sagte er.

»Ja«, antwortete sie; ihre Stimme war ohne Klang, und sie erwiderte seinen Blick nicht.

»Für immer«, fügte Dick hinzu.

»Für immer«, wiederholte sie mechanisch.

»Mir ist böse mitgespielt worden«, fuhr er fort. »Mit der Zeit hätte ich dir, glaube ich, beweisen können, daß ich deiner wert bin. Aber die Zeit war nicht lang genug, um dir zu zeigen, wie sehr ich dich liebe. Es sollte nicht sein. Ich habe alles verloren.«

Er ließ ihre Hand fahren, blickte sie aber noch immer an, und sie wandte sich ab, im Begriff, das Zimmer zu verlassen.

»Warum? Was in des Himmels Namen hat das alles zu bedeuten?« rief van Tromp. »Esther, komm zurück!«

»Lassen Sie sie gehen«, sagte Dick. Und mit seltsam gemischten Empfindungen beobachtete er ihr Entschwinden. Doch er befand sich in jenem Geisteszustand, da der Mensch, in den Strudel des Unglücks hineingerissen, Schicksalsschläge direkt sucht und jeder Entscheidung entgegendrängt, um sich, selbst wenn es seinen Ruin bedeutet, von Ungewißheit zu befreien. Das ist eine jener zahlreichen schwächlichen Arten des Selbstmordes.

»Sie liebt mich nicht«, sagte er, zu ihrem Vater gewandt.

»Das fürchtete ich fast, als ich ihr auf den Zahn fühlte«, versetzte der Admiral. »Armer Dick, armer Dick! Und doch bin ich selbst wohl ebensoschwer betroffen wie Sie. Ich war geboren, um andere glücklich zu sehen.«

»Sie vergessen«, erwiderte Dick fast spöttisch, »daß ich jetzt ein Bettler bin.«

Van Tromp schnippte mit den Fingern.

»Unsinn!« sagte er. »Esther hat genug für uns alle!«

Dick blickte ihn erstaunt an. Er hatte nie geahnt, daß dieser mittellose, verschwenderische, unwürdige, saugende Parasit trotz alledem im Grunde seines Wesens nicht habsüchtig war. Und dennoch war es so.

»Ich muß jetzt gehen«, sagte Dick.

»Gehen?« rief van Tromp. »Wohin? Nicht einen Fuß weit, Mr. Richard Naseby. Sie werden inzwischen hierbleiben und – nun, irgendwas Praktisches unternehmen – eine Stellung als Privatsekretär suchen, und wenn Sie die gefunden haben, dann gehen Sie meinetwegen. Doch inzwischen, Herr, keinen falschen Stolz. Wir müssen zu unseren Freunden halten. Jetzt müssen wir mal ein Weilchen Papa van Tromp ausbeuten, der so oft uns ausgebeutet hat.«

»Bei Gott!« rief Dick. »Ich glaube, Sie sind der Beste von der ganzen Gesellschaft.«

»Dick, mein Junge«, erwiderte der Admiral blinzelnd, »Sie verstehen mich. Ich bin nicht der Schlechteste.«

»Doch warum?« begann Dick und stockte dann. »Und Esther«, hub er von neuem an und unterbrach sich noch einmal. »Tatsache ist, Admiral«, sagte er endlich rundheraus, »Ihre Tochter wünschte Ihnen zu entfliehen, und ich brachte sie nur mit Schwierigkeiten zurück.«

»In dem Ponywägelchen?« fragte der Admiral mit der Albernheit höchsten Erstaunens.

»Ja«, antwortete Dick.

»Aber warum denn? Wovor, in Teufels Namen, wollte sie denn ausreißen?«

Dick fand die Frage außerordentlich schwer zu beantworten.

»Warum? Na, Sie wissen schon. Sie sind doch so ein Stück von einem Liederjan.«

»Ich benahm mich dem Mädchen gegenüber wie ein Archidiakonus«, erwiderte van Tromp mit Wärme.

»Hm – verzeihen Sie mir –, aber Sie wissen, daß Sie trinken«, beharrte Dick.

»Ich weiß, daß ich früher nur ein Fetzen Papier im Winde war – früher, bevor ich diesen Ort hier erreichte«, entgegnete der Admiral. »Doch selbst damals verstand ich mich in jedem Salon zu bewegen. Ich möchte Sie bitten, mir zu sagen, wie viele Väter, Laien und Geistliche, Tag für Tag mit einem Gesicht, rot wie ein Hummer, und mit Schellfischaugen schlafen gehen – und dabei noch stumpfsinnig sind – und nicht einmal Spaß von ihrem Gelde haben. Nein, wenn sie deswegen fortgerannt ist, kann ich nur sagen, lassen wir sie laufen.«

»Sie müssen doch verstehen«, begann Dick von neuem, »sie hat eben ihre romantischen Vorstellungen …«

»Verdammt seien ihre Vorstellungen!« rief van Tromp. »Ich behandelte sie liebevoll. Sie ging ihren eigenen Weg. Ich war ihr Vater. Außerdem hatte ich eine Zuneigung zu dem Mädel gefaßt und wollte immer bei ihr bleiben. Aber ich will Ihnen sagen, was es ist, Dick. Seit sie mit Ihnen getändelt hat – o gewiß, das hat sie getan –, seitdem ist ihr alter Papa nicht mehr gut genug für sie – der Teufel soll sie holen, sage ich.«

»Sie werden aber wenigstens freundlich zu ihr sein«, entgegnete Dick.

»Ich war noch zu keiner lebenden Seele je unfreundlich«, erwiderte der Admiral. »Ich kann wohl fest sein, aber nicht unfreundlich.«

»Nun«, sagte Dick und bot ihm seine Hand, «Gott segne Sie, und leben Sie wohl!«

Der Admiral beschwor ihn bei allen Göttern, nicht zu gehen. »Dick«, sagte er, »Sie sind ein so selbstsüchtiger Hund. Sie vergessen Ihren alten Admiral; Sie wollen ihn doch nicht allein lassen? Das können Sie doch nicht wollen.«

Es war zwecklos, ihn daran zu gemahnen, daß er nicht über das Haus zu verfügen hätte. Das war eine Erwägung, die seinem Verstand verschlossen blieb. So riß sich Dick endlich gewaltsam los, rief dem Hause noch ein Lebewohl zu und machte sich auf den Weg nach Thymebury.

9

Der Herausgeber der liberalen Zeitung erscheint als Deus ex machina

Es war vielleicht eine Woche später. Der alte Mr. Naseby saß brütend in seinem Arbeitszimmer, als ein kleiner, schäbig gekleideter, hektischer Gentleman in einer dringenden Geschäftsangelegenheit zu ihm geführt wurde.

»Ich muß Sie wegen dieser Zudringlichkeit um Entschuldigung bitten, Mr. Naseby«, sagte er, »aber ich bin hergekommen, um eine Pflicht zu erfüllen. Meine Karte ist Ihnen überbracht worden, aber vielleicht wissen Sie nicht, was sie Ihnen verschweigt, daß ich der Herausgeber des ›Thymebury Star‹ bin.«

Mr. Naseby blickte indigniert auf.

»Ich kann mir nicht vorstellen«, bemerkte er, »daß wir viel Gemeinsames zu besprechen hätten.«

»Ich habe nur ein Wort zu sagen – gewissermaßen eine Nachricht zu übermitteln. Vor einigen Monaten hatten wir – Sie werden entschuldigen, wenn ich mich darauf beziehe, aber es ist absolut unvermeidlich –, nun, wir hatten eine unglückliche Meinungsverschiedenheit über Tatsachen.«

»Sind Sie gekommen, um sich zu entschuldigen?« fragte der Gutsherr streng.

»Nein, nein, mein Herr, nur um einen bestimmten Umstand zu erwähnen. An dem fraglichen Morgen kam Ihr Sohn, Mr. Richard Naseby ...«

»Ich erlaube nicht, daß sein Name erwähnt wird.«

»Sie werden es mir dennoch gestatten!«

»Sie sind grausam«, sagte der Gutsherr.

Das war die Wahrheit: der Alte war ein gebrochener Mann.

Dann schilderte der Herausgeber Dicks bedrohlichen Besuch und wie er in des Burschen Augen gelesen hätte, daß etwas wie eine Tracht Schläge in der Luft läge, und wie er nur aus Mitleid der Sache entgangen wäre – so drückte es der Herausgeber aus – , »nur aus Mitleid, mein Herr! Und, o Herr«, fuhr er fort, »wenn Sie gesehen hätten, wie er für Sie eintrat, ich bin überzeugt, Sie wären auf Ihren Sohn stolz gewesen. Das weiß ich bestimmt. Ich bewunderte den Burschen ja selbst. Und tatsächlich, das ist es auch, was mich hierher führt.«

»Ich habe ihm unrecht getan«, sagte der Gutsherr. »Wissen Sie, wo er sich aufhält?«

»Ja, mein Herr, er liegt krank in Thymebury.«

»Können Sie mich nicht zu ihm bringen?«

»Das kann ich.«

»Ich flehe zu Gott, daß er jetzt mir verzeihen möge«, sagte der Vater.

Und er und der Herausgeber machten sich eiligst auf den Weg nach dem Landstädtchen.

Am nächsten Tag verbreitete sich die Nachricht, daß Mr. Richard sich mit seinem Vater ausgesöhnt hätte und wieder in Naseby House aufgenommen worden wäre. Er sei noch leidend, hieß es, und der Gutsherr pflege ihn mit der sprichwörtlichen Hingabe einer Frau. In diesem Falle entsprach das Gerücht der lauteren Wahrheit. Und über dem Krankenlager wurden zahlreiche Bekenntnisse ausgetauscht, und Wolken, die sich seit Jahren angehäuft hatten, lösten sich in wenigen Stunden und – wie die törichte Menschenseele nur zu gern hofft – für immer auf. Manches lange Gespräch verlief zwar, was Äußerlichkeiten anbetrifft, fruchtlos, aber dennoch fruchtbar für das beiderseitige Verstehen. Und endlich, an einem regnerischen Dienstag, konnte man den Gutsherrn auf dem Wege nach dem Häuschen an der Straße beobachten.

Der alte Herr hatte seine Gesichtszüge mehr im Hinblick auf Selbstbeherrschung als auf äußerliche Heiterkeit abgestimmt, und so betrat er gelegentlich seines Versöhnungsversuches das Häuschen mit dem Ausdruck eines Geistlichen, der kommt, um einen Todesfall zu melden.

Der Admiral und seine Tochter waren beide im Zimmer, und beide blickten ihren Besuch mehr überrascht als freundlich an.

»Mein Herr«, begann Mr. Naseby, zu van Tromp gewandt, »man sagt mir, ich hätte Ihnen sehr unrecht getan.«

Ein schwacher Laut entrang sich Esthers Kehle, und mit einer plötzlichen Bewegung preßte sie die Hände aufs Herz.

»Das haben Sie in der Tat, mein Herr; allein das Zugeständnis genügt mir«, erwiderte der Admiral. »Seitdem ich gehört habe, daß Sie die Sache mit meinem Freund Dick in Ordnung gebracht haben, bin ich geneigt, Ihnen entgegenzukommen. Aber ich möchte Sie daran erinnern, daß Sie auch dieser jungen Dame eine Abbitte schuldig sind.«

»Ich werde die Tollkühnheit haben, sie sogar um mehr als nur um Verzeihung zu bitten«, versetzte der Gutsherr. »Miss van Tromp«, fuhr er fort, »damals befand ich mich in großer Verzweiflung und wußte nichts von Ihnen und Ihrem Charakter. Aber ich glaube, Sie werden einem alten Manne, der Sie von ganzem Herzen um Entschuldigung bittet, ein paar rauhe Worte verzeihen. Seit damals habe ich viel von Ihnen gehört, denn Sie gebieten in meinem Hause über einen glühenden Fürsprecher. Ich denke, Sie werden verstehen, daß ich von meinem Sohne rede. Mit Trauer muß ich sagen, daß es ihm ganz und gar nicht gut geht. Er erholt sich nicht, wie die Ärzte es erwartet hatten. Eine schwere Last ruht auf seiner Seele; um Ihnen die Wahrheit zu sagen, mein Kind, wenn Sie uns nicht helfen wollen, so fürchte ich, werden wir ihn verlieren. Kommen Sie, verzeihen Sie ihm. Ich war selbst einst über ihn erzürnt, und ich sah ein, daß ich unrecht hatte. Dies ist ja, wie das andere, auch nur ein Mißverständnis, glauben Sie mir. Und mit einem einzigen freundlichen Wort können Sie ihn glücklich machen und mich und sich selbst!«

Esther machte eine Bewegung in Richtung zur Tür, aber lange bevor sie sie erreicht hatte, brach sie in Schluchzen aus.

»Es ist alles in Ordnung«, sagte der Admiral. »Ich verstehe mich auf Frauen. Erlauben Sie mir, Ihnen meine Glückwünsche auszusprechen, Mr. Naseby.«

Der Gutsherr fühlte sich viel zu erleichtert, um ärgerlich zu werden.

»Mein Herzchen«, sagte er zu Esther, »Sie müssen sich nicht selbst so quälen.«

»Das beste ist, sie geht sofort zu ihm und sieht nach dem Rechten«, regte van Tromp an.

»Ich hatte nicht gewagt, das vorzuschlagen«, erwiderte der Gutsherr. »Les convenances, glaube ich …«

»Je m'en fiche«, rief der Admiral und schnippte mit den Fingern. »Sie wird gehen und meinen Freund Dick besuchen. Lauf, Esther, mach dich fertig.«

Esther gehorchte wortlos.

»Sie ist doch nicht – doch nicht wieder weggelaufen?« erkundigte sich Mr. Naseby, sobald sie gegangen war.

»Nein«, sagte van Tromp, »nicht wieder. Sie ist aber ein verteufelt merkwürdiges Mädel, wenn Sie das meinen.«

›Den Mann mit dem Furunkel kann ich aber nicht ertragen‹, überlegte der Gutsherr.

Und das ist der Grund, weshalb es einen neuen Haushalt und ein funkelnagelneues Baby im Naseby-Witwen-Haus gibt und weshalb der große van Tromp ein angenehmes Leben an den Küsten Englands führt; und weshalb sechsundzwanzig Exemplare des ›Thymebury Star‹ täglich an de. Tür von Naseby House in Empfang genommen werden.

Der Schatz von Franchard

1

Bei dem sterbenden Gaukler

Kurz vor sechs hatte man nach dem Bourroner Arzt geschickt. Um acht fanden sich die Dorfbewohner zur Vorstellung ein, und man sagte ihnen, wie es stünde. Daß ein Gaukler ganz wie ein ehrbarer Bürger zu erkranken wagte, erschien ihnen als Dreistigkeit, und sie gingen murrend wieder fort. Um zehn begann Madame Tentaillon ernstlich besorgt zu werden und schickte die Straße hinunter zu Doktor Desprez.

Der Bote traf den Doktor zu Hause in der einen Ecke des kleinen Speisezimmers über seinen Manuskripten, während seine Frau in der anderen neben dem Feuer ihr Nickerchen machte.

»Sapristi!« sagte der Doktor, »Ihr hättet mich früher rufen sollen. Der Fall scheint eilig.« Und er folgte dem Boten, ohne sich umzuziehen, in Pantoffeln und Hauskäppchen.

Der Gasthof lag keine dreißig Yard entfernt, aber der Bote machte dort nicht halt. Er ging zu der einen Tür hinein und zu einer anderen hinaus auf den Hof und schritt voran eine kurze Treppe hinauf, die neben dem Stall auf den Heuboden führte, wo der kranke Gaukler lag. Und wenn Doktor Desprez tausend Jahre alt werden sollte, wird er das Betreten dieses Raumes nicht vergessen. Die Szene, die sich ihm bot, war nicht nur äußerst malerisch, sondern dieser Moment sollte zu einem Markstein in seinem Leben werden. Wir pflegen unser Leben – warum, weiß ich nicht – von unserem ersten kläglichen Auftreten in der menschlichen Gesellschaft, also von unserer ersten Niederlage, an zu datieren; mit üblerem Anstande betritt wohl kein Schauspieler die Bühne. Um jedoch nicht zu weit zurückzugreifen und uns überflüssiger Neugierde schuldig zu machen, wollen wir lieber feststellen, daß es in unser aller Leben später noch zahlreiche rührende und einschneidende Ereignisse gibt, die mit ganz dem gleichen Recht wie der Tag der Geburt eine neue Periode eröffnen. Da war zum Beispiel Doktor Desprez, ein Mann in den Vierzigern, der, wie man es wohl nennt, im Leben gescheitert und überdies noch verheiratet war und der sich in dem Augenblick vor einem neuen Lebensabschnitt befand, da er die Tür öffnete, die zum Heuschober über Tentaillons Stall führte.

Es war ein großer Raum, den nur eine einzige auf dem Fußboden stehende Kerze erhellte. Der Gaukler lag mit dem Rücken auf einer Matratze; er besaß einen massigen Körper und eine Nase à la Don Quijotte, die vom Trinken gerötet war. Madame Tentaillon beugte sich über ihn mit einer feuchten, heißen Senfpackung für seine Füße; dicht daneben auf einem Stuhl baumelte ein Bürschchen von elf, zwölf Jahren mit den Beinen. Diese drei waren, die Schatten ausgenommen, die einzigen Bewohner des Schuppens. Allein die Schatten bildeten an sich schon eine ganze Gesellschaft; der große Raum verzerrte sie ins Riesenhafte, und von unten herauf leuchtete das Licht der Kerze und erzeugte groteske und verunstaltende Verkürzungen. Das Profil des Gauklers zeichnete sich zur Karikatur vergrößert an der Mauer ab, und es war seltsam anzusehen, wie seine Nase im Luftzug der Flamme sich verlängerte und zusammenschrumpfte. Was Madame Tentaillon anbetrifft, so glich ihr Schatten einem mächtigen Schulterberg, dann und wann überragt von der Halbkugel ihres Kopfes. Die Stuhlbeine waren zu spindeldürren Stelzen verlängert, und der Junge hockte über ihnen dicht unter dem Dache wie auf einer Wolke.

Der Junge vor allem fesselte des Doktors Aufmerksamkeit. Er hatte einen großen, gewölbten Schädel, Stirn und Hände eines Musikers und ein Paar Augen, die einen nicht wieder losließen. Es rührte nicht daher, daß sie groß und von sanftestem rötlichem Braun waren und sehr fest blickten. Es sprach ein Etwas aus ihnen, das den Doktor bis ins Innerste berührte und ihn mit Unruhe erfüllte. Er wußte, er war diesem Blick schon vorher begegnet, konnte sich aber des Wie und Wo nicht erinnern. Es war, als hätte dieser Junge, den er noch nie zuvor gesehen, die Augen eines alten Freundes oder vielleicht auch eines Feindes. Und der Junge ließ ihn nicht zur Ruhe kommen; er schien im höchsten Maße gleichgültig gegen alles, was um ihn her vorging, ja durch eine überlegene Ruhe von allem abgesondert. Da saß er mit über dem Schoß gefalteten Händen und baumelte sanft mit den Beinen gegen die Querleisten des Stuhles. Und trotzdem folgten seine Augen dem Doktor auf Schritt und Tritt mit gedankenvoller Beharrlichkeit. Desprez wußte nicht, ob er den Jungen faszinierte oder der Junge ihn. Er wandte sich dem Kranken zu, stellte Fragen, fühlte den Puls, scherzte, ereiferte sich ein wenig und fluchte: dennoch, sooft er sich umblickte, waren die braunen Augen da und warteten auf ihn mit dem gleichen fragenden melancholischen Ausdruck.

Endlich ging dem Doktor blitzartig ein Licht auf. Jetzt wußte er, wo er dem Blick begegnet war. Das Kerlchen hatte, wenn auch kerzengerade gewachsen, die Augen eines Buckligen. Sein Körper war nicht im geringsten verwachsen, trotzdem war es, als blickten einen unter jenen Brauen die Augen eines Krüppels an. Der Doktor holte tief Atem, so erleichtert fühlte er sich, als er endlich eine Theorie gefunden hatte – er liebte Theorien –, mit deren Hilfe er sein Interesse zu erklären und aufzulösen vermochte.

Trotzdem versorgte er den Kranken mit ungewöhnlicher Eile und wandte sich, noch mit dem einen Bein auf dem Boden kniend, halb um, um mit Muße den Jungen betrachten zu können. Dieser ließ sich nicht im geringsten aus der Fassung bringen, sondern starrte seinerseits den Doktor in ungetrübter Ruhe an.

»Ist das dein Vater?« fragte Desprez.

»O nein«, versetzte der Junge, »mein Herr.«

»Hast du ihn gern?« fragte der Doktor weiter.

»Nein, Herr«, sagte der Junge.

Madame Tentaillon und Desprez wechselten ausdrucksvolle Blicke.

»Das ist schlimm, junger Mann«, fuhr letzterer mit einem Anflug von Strenge fort. »Jeder sollte einen Sterbenden liebhaben oder doch wenigstens seine Gefühle verbergen; und dein Herr liegt im Sterben. Wenn ich eine Weile zugesehen habe, wie ein Vogel meine Kirschen stiehlt, fühle ich eine leise Enttäuschung, wenn er über meinen Gartenzaun fliegt und ich ihn auf den Wald zusteuern und verschwinden sehe. Wieviel mehr also bei einem Geschöpf wie diesem da, so stark, so klug, so reich begabt! Wenn ich mir vor Augen halte, daß in wenigen Stunden seine Rede zum Schweigen gebracht, sein Atem gestorben, ja sogar der Schatten dort an der Wand verschwunden sein wird, so bin selbst ich, der ich ihn nie zuvor gesehen habe, und jene Dame dort, die ihn nur als Gast kennt, von einer Art Liebe bewegt.«

Der Junge schwieg eine Weile, scheinbar in Gedanken versunken.

»Sie kannten ihn nicht«, antwortete er schließlich. »Er war ein schlechter Mensch.«

»Das ist ein kleiner Heide«, sagte die Wirtin. »In dem Punkt sind sie einer wie der andere, diese Gaukler, Akrobaten, Artisten und dergleichen. Sie besitzen keine Seele.«

Der Doktor musterte den jungen Heiden immer noch mit gerunzelter Stirn und hochgezogenen Brauen.

»Wie heißt du?« fragte er.

»Jean-Marie«, sagte der Junge.

Desprez schoß auf ihn zu in einem ihm eigenen Anfall plötzlicher Aufregung und betastete mit ethnologischem Interesse seinen Kopf von allen Seiten.

»Keltisch, keltisch!« rief er.

»Keltisch!« wiederholte Madame Tentaillon, die das Wort wohl mit hydrozephalisch verwechselte. »Armer Junge! Ist es gefährlich?«

»Es kommt drauf an«, erwiderte grimmig der Doktor. Dann wandte er sich abermals an den Jungen: »Womit verdienst du dir deinen Lebensunterhalt, Jean-Marie?« erkundigte er sich.

»Ich schlage Purzelbäume«, lautete die Antwort.

»So, so, Purzelbäume!« wiederholte der Doktor. »Wahrscheinlich sehr gesund. Ich wage zu vermuten, Madame Tentaillon, daß Purzelbäumeschlagen eine gesunde Lebensweise ist. Und hast du jemals etwas anderes getan als Purzelbäume schlagen?«

»Bevor ich das lernte, habe ich gestohlen«, antwortete Jean-Marie ernsthaft.

»Bei meinem Wort!« rief der Doktor. »Du bist für

dein Alter ein sauberes Pflänzchen. Madame, wenn mein Kollege aus Bourron eintrifft, werden Sie ihm meine wenig günstige Ansicht unterbreiten. Ich überlasse ihm den Fall; sollten natürlich irgendwelche besorgniserregende Symptome oder gar Zeichen der Besserung sich einstellen, so zögern Sie nicht, mich zu rufen. Ich habe, gottlob, aufgehört, Arzt zu sein; aber ich bin einmal einer gewesen. Gute Nacht, Madame. Schlafe wohl, Jean-Marie.«

2

Eine Morgenunterhaltung

Doktor Desprez pflegte früh aufzustehen. Noch ehe der Rauch in die Lüfte stieg, ehe der erste Viehwagen auf dem Wege zur Tagesarbeit auf den Feldern über die Brücke holperte, konnte man ihn in seinem Garten spazierengehen sehen. Bald pflückte er eine Weintraube, bald aß er unter dem Spalier eine Birne; bald zeichnete er alle möglichen Schnörkel mit dem Stock auf den Gartenweg; dann wieder ging er zum Fluß hinunter und sah dem endlos fließenden Wasser zu, das an dem hölzernen Landungssteg, wo sein Boot angekettet lag, vorüberströmte. Zum Theoretisieren, pflegte er zu sagen, gäbe es keine bessere Zeit als die Morgenstunden. »Ich stehe früher auf als sonst irgendeiner im Dorfe«, prahlte er einmal. »Folglich weiß ich auch mehr als alle anderen, suche freilich mit meinem Wissen weniger anzufangen.«

Der Doktor war ein Kenner von Sonnenaufgängen und liebte als Auftakt des Tages einen guten theatralischen Effekt. Er hatte eine eigene Theorie über den

Tau, auf Grund welcher er das Wetter vorauszusagen vermochte. Ja, die meisten Dinge mußten zu diesem Zweck herhalten: der Klang der Glocken der umliegenden Dörfer, der Geruch des Waldes, die Wanderungen und das Verhalten der Vögel und Fische, das Aussehen der Pflanzen in seinem Garten, die Wolkenbildungen, die Farbe des Lichts und, als letztes und Wichtigstes, ein ganzes Arsenal meteorologischer Instrumente, die in einem Verschlag auf dem Rasen untergebracht waren. Seit seiner Niederlassung in Gretz hatte er sich allmählich zum Lokalmeteorologen und unbezahlten Anwalt des dortigen Klimas entwickelt. Anfänglich glaubte er, daß es im ganzen Arrondissement keinen gesünderen Flecken gäbe als Gretz; schon nach zwei Jahren behauptete er, es gäbe keinen zuträglicheren Ort in dem ganzen Departement. Und bereits lange vor seinem Zusammentreffen mit Jean-Marie war er bereit, ganz Frankreich und den größten Teil von Europa in die Schranken zu rufen, daß kein Ort sich mit seinem Lieblingsaufenthalt messen könnte.

»Doktor«, pflegte er zu sagen, »die Bezeichnung Doktor hat einen üblen Klang. Man sollte sie vor Damen nicht gebrauchen. Sie gemahnt an Krankheiten. Ich betrachte es als einen Mangel unserer Zivilisation, daß wir nicht den nötigen Abscheu vor Krankheiten haben. Ich für mein Teil habe wie Pontius Pilatus meine Hände rein gewaschen; ich bin kein Doktor; ich bin ein schlichter Beter vor dem Altar der Göttin Hygieia. Glauben Sie mir, sie ist es, die den Cestus trägt! Und hier, in diesem verborgenen Weiler, hat sie ihren Tempel aufgeschlagen: hier haust sie, hier streut sie freigebig ihre Gaben aus. Hier wandle ich in frühen Morgenstunden in ihrer Gesellschaft, und sie zeigt mir, wie stark sie die Bauern gemacht, wie fruchtbar die Felder, wie stattlich unter ihren Augen die Bäume wachsen, wie in ihrer Gegenwart die Fische im Fluß frisch und munter werden. – Rheumatismus!« pflegte er wohl bei einer vorwitzigen Unterbrechung auszurufen, »ja, ja, ich gebe schon zu, daß wir einigen Rheumatismus haben. Das läßt sich, wissen Sie, kaum vermeiden, wenn man an einem Flusse lebt. Und natürlich ist der Ort ein wenig niedrig gelegen; und die Wiesen sind auch ohne Zweifel etwas sumpfig. Aber sehen Sie sich, lieber Herr, einmal Bourron an! Bourron liegt hoch. Bourron hat einen Wald in der Nähe; Ozon die Hülle und Fülle sollte man meinen. Und verglichen mit Gretz ist Bourron doch ein Loch.«

Am Morgen, nachdem man ihn zu dem sterbenden Gaukler gerufen hatte, stattete er dem Landungsplatz am Ende seines Gartens einen Besuch ab und schaute angelegentlich in das fließende Wasser. Das nannte er seine Andacht halten; ob indes sein Gottesdienst der Göttin Hygieia oder einer orthodoxeren Gottheit galt, war niemals einwandfrei zu ergründen. Tat er doch mitunter dunkle Orakelsprüche wie: der Fluß sei ein Sinnbild körperlicher Gesundheit; dann wieder pries er ihn als gewaltigen Verkünder der Moral, der dem gequälten menschlichen Geist unablässig Frieden, Stetigkeit und Beharrlichkeit vorpredige. Nachdem er einige Meilen klaren Wassers an sich hatte vorüberfließen lassen und etliche Fische als schmale Silberstreifen an die Oberfläche hatte tauchen sehen, nachdem er ferner nach Herzenslust die langen Schatten der Bäume bewundert hatte, die vom jenseitigen Ufer halb über den Fluß herüberragten und schwimmende Sonnenflecken auf dem Wasserspiegel zeichneten, schlenderte er mit dem Gefühl verjüngter Frische durch den Garten ins Haus zurück und auf die Straße.

Das Geräusch seiner Schritte auf dem Fahrdamm leitete das Geschäft des Tages ein, während das Dorf noch in festem Schlafe lag. Der Kirchturm wirkte im Sonnenglanze wie schwerelos; vereinzelte Vögel, die ihn umkreisten, schienen in einer Atmosphäre von ungewöhnlicher Leichtigkeit zu schweben, und der in Begleitung seines langen, durchsichtigen Schattens schreitende Doktor sog seine Lungen voll Luft und gestand sich, mit dem Morgen recht wohl zufrieden zu sein.

Vor Tentaillons Toreinfahrt gewahrte er eine dunkle, kleine Gestalt gedankenvoll auf einem der Pfosten hokken und erkannte augenblicklich Jean-Marie.

»Aha!« sagte er und blieb, beide Hände in launiger Haltung auf die Schenkel gestützt, vor ihm stehen. »Wir sind also auch ein Frühaufsteher! So, so. Es scheint, wir besitzen sämtliche Laster der Philosophen.«

Der Junge sprang auf die Füße und machte eine ernsthafte Verbeugung.

»Und wie geht es unserem Patienten?« fragte Desprez.

Es stellte sich heraus, daß es ihm unverändert ging.

»Und weshalb stehst du morgens so früh auf?« fragte er weiter.

Jean-Marie gestand nach langem Schweigen, daß er es selbst kaum wüßte.

»Du weißt es kaum?« wiederholte Desprez. »Wir wissen schwerlich etwas, junger Mann, was wir nicht zu erforschen suchen. Befrage dein Bewußtsein. Komm, gehen wir dieser Frage auf den Grund. Tust du es gern?«

»Ja«, sagte der Junge sehr langsam, »ja, ich tue es gern.«

»Und weshalb tust du es gern?« fuhr der Doktor fort. »Wir befolgen jetzt die sokratische Methode. – Weshalb tust du es gern?«

»Es ist überall so still«, entgegnete Jean-Marie, »und ich habe nichts zu tun; und dann kommt es mir vor, als wäre ich gut.«

Doktor Desprez nahm auf dem gegenüberliegenden Pfosten Platz. Er fing an, der Unterhaltung Interesse abzugewinnen, denn es war klar, daß der Junge, bevor er antwortete, nachdachte und die Wahrheit sagen wollte. »Es scheint also, daß du Geschmack am Gutsein findest«, sagte der Doktor. »Darin gibst du mir allerdings ein Rätsel auf; denn du sagtest doch, du seist ein Dieb gewesen; und beides ist unvereinbar.«

»Ist Stehlen denn so schlimm?« fragte Jean-Marie.

»Es gilt im allgemeinen dafür, mein Jungchen«, erwiderte der Doktor.

»Ich meine, so wie ich gestohlen habe«, erklärte der Junge. »Es blieb mir ja nichts anderes übrig. Ich meine, es ist doch recht, Brot zu haben; es muß doch recht sein, weil man es so entbehrt, wenn man es nicht hat. Dann haben sie mich auch schrecklich geschlagen, wenn ich ohne was heimkam«, fügte er hinzu. »Ich wußte schon, was gut und böse ist; das hatte mich ein Priester ganz genau gelehrt, und er war sehr gut zu mir.« – Der Doktor schnitt beim Ausdruck ›Priester‹ eine Grimasse. – »Es schien mir etwas ganz anderes zu sein, wenn man nichts zu essen hat und dafür geschlagen wird. Ich hätte, glaube ich, keinen Kuchen gestohlen; aber Bäckerbrot hätte doch jeder genommen.«

»Und dann«, sagte der Doktor mit immer höhnischerem Grinsen, »hast du vermutlich Gott um Verzeihung gebeten und ihm den Fall haarklein auseinandergesetzt.«

»Warum, Herr?« fragte Jean-Marie. »Ich verstehe nicht, was Sie meinen.«

»Dein Priester würde mich schon verstehen«, entgegnete Desprez.

»Glauben Sie?« fragte, zum ersten Male beunruhigt, der Junge. »Ich dachte immer, Gott wüßte Bescheid.«

»Was?« knurrte bissig der Doktor.

»Ich glaubte immer, Gott würde mich verstehen«, versetzte Jean-Marie. »Sie verstehen mich nicht, wie ich sehe; aber Gott hat mir doch den Gedanken eingegeben, nicht wahr?«

»Jungchen, Jungchen«, sagte Doktor Desprez, »habe ich dir nicht gesagt, daß du die Laster der Philosophen besäßest; wenn du obendrein noch ihre Tugenden zeigst, so muß ich gehen. Ich bin ein Schüler der göttlichen Lehren der Gesundheit, ein Beobachter der schlichten und mäßigen Natur in ihrem alltäglichen Lauf, und ich bin außerstande, in Gegenwart eines Ungeheuers meinen Gleichmut zu bewahren. Hast du mich verstanden?«

»Nein, Herr«, sagte der Junge.

»Ich will dir klarmachen, was ich meine«, entgegnete der Doktor. »Betrachte einmal den Himmel, zuerst dort hinter dem Glockenturm, wo er so licht ist, dann höher und immer höher – beug nur den Kopf ganz zurück – bis an den Scheitelpunkt der Kuppel, wo er schon blau wie am Mittag ist. Ist das nicht eine schöne Farbe? Erfreut sie nicht das Herz? Wir haben sie unser Leben lang gesehen, bis sie uns zur Gewohnheit geworden ist. Jetzt«, in einen anderen Ton fallend, »nimm einmal an, der Himmel würde plötzlich glühend und grell bernsteinfarben wie brennende Kohlen und am Scheitelpunkt scharlachrot – ich will nicht sagen, daß er weniger schön wäre; aber würde er dir dann so gut gefallen?«

»Wahrscheinlich nicht«, antwortete Jean-Marie.

»Ebensowenig kann ich dich leiden«, entgegnete schroff der Doktor. »Ich hasse alle merkwürdigen Menschen, und du bist der seltsamste kleine Junge von der Welt.«

Jean-Marie schien eine Weile tief nachzudenken, hob dann den Kopf und sah den Doktor mit einem Blick aufrichtiger Wißbegierde an. »Sind Sie denn nicht auch ein recht seltsamer Herr?« fragte er.

Der Doktor warf seinen Stock weg, sprang auf den Jungen zu, drückte ihn an die Brust und küßte ihn auf beide Wangen. »Göttlicher, göttlicher Schlingel!« schrie er. »Welch ein Morgen, welch eine Stunde für einen zweiundvierzigjährigen Theoretiker! Nein«, fuhr er, zum Himmel gewendet, fort, »ich wußte nicht, daß solche Jungen existieren; ich ahnte nicht, daß ihresgleichen erschaffen wären; ich zweifelte an meiner Rasse – und jetzt! Es ist«, fügte er hinzu und hob den Stock auf, »es ist, als hätten sich zwei Liebende gefunden. Ich habe in einem Augenblick der Begeisterung meinen Lieblingsstock beschädigt. Der Schaden ist jedoch gering.« Er entdeckte, daß der Junge ihn offensichtlich erstaunt, verlegen und erschrocken anblickte. »Hallo!« sagte er, »warum siehst du mich so an? Donnerwetter, ich glaube gar, der Junge verachtet mich. Verachtest du mich, Junge?«

»Ach nein«, erwiderte ernsthaft Jean-Marie; »ich verstehe Sie nur nicht.«

»Sie müssen mich entschuldigen, Herr«, entgegnete gesetzt der Doktor, »ich bin ja noch so jung. Hol ihn der Teufel!« fügte er zu sich selbst hinzu, begab sich wieder auf seinen Platz und beobachtete den Jungen ironisch. ›Er hat mir meine Morgenruhe gestört‹, dachte er. ›Ich werde den ganzen Tag über nervös sein und mir während der Verdauung ein Fieberchen holen. Fassen wir uns!‹ Damit wandte er sich mit einiger Willensanstrengung, in der er sich seit langem geübt hatte, von dem ab, was ihn beschäftigte, und ließ seine Seele in beschaulicher Betrachtung des Morgens in die Ferne schweifen. Kritisch sog er die Luft ein, wie ein Kenner den Wein, und atmete sie langsam mit hygienischem Behagen wieder aus. Er zählte die Wölkchen am Himmel und tat es den Vögeln nach, die um den Kirchturm kreisten. In weitem Bogen schossen die Gedanken zum Himmel, verharrten ein Weilchen in der Schwebe, schlugen in der Phantasie lustige Purzelbäume oder regten im Winde die imaginären Flügel. Und so gewann er den Frieden der Seele und seine leibliche Ruhe zurück, ward sich seiner Glieder, seiner Augen bewußt, bewußt, daß die Luft sich kühl wie eine Frucht an seinen Gaumen legte, und begann schließlich vollkommen entzückt zu singen. Der Doktor kannte nur eine einzige Melodie: »Malbrough s'en va-t-en guerre«, und auch mit der stand er auf reinem Grußfuß. Seine musikalischen Anwandlungen waren daher nur Stunden der Einsamkeit und vollkommenen Glücks vorbehalten.

Ein schmerzlicher Ausdruck auf dem Gesicht des Jungen rief ihn unvermittelt zur Erde zurück. »Was hältst du von meinem Singen?« fragte er, mitten in einer Zeile innehaltend, und wiederholte, nachdem er eine Weile vergeblich auf Antwort gewartet hatte, gebieterisch: »Was hältst du davon?«

»Es gefällt mir nicht«, stammelte Jean-Marie.

»Na, na!« rief der Doktor. »Kannst du etwa selber singen?«

»Besser als so schon«, antwortete der Junge.

Der Doktor starrte ihn einen Augenblick wie versteinert an. Er fühlte, daß er sich ärgerte, mußte über sich selbst erröten und wurde folglich noch ärgerlicher. »Ist das die Art, wie du mit deinem Herrn redest?« meinte er schließlich achselzuckend und gestikulierend.

»Mit ihm rede ich überhaupt nicht«, erwiderte der Junge. »Ich mag ihn nicht leiden.«

»Mich magst du also leiden?« fragte der Doktor bissig und mit ungewöhnlichem Eifer.

»Ich weiß nicht«, antwortete Jean-Marie.

Der Doktor erhob sich. »Ich wünsche dir einen guten Morgen«, sagte er. »Du bist zuviel für mich. Vielleicht hast du Blut in den Adern, vielleicht himmlisches Ichor, vielleicht kreist auch nichts Gröberes als respirable Luft in dir. Von einem bin ich jedenfalls unauslöschlich überzeugt: du bist kein menschliches Wesen. Nein, Junge« – er drohte ihm mit dem Stock –, »ein menschliches Wesen bist du nicht. Merk es dir, grab es in dein Gedächtnis ein: Ich bin kein menschliches Wesen, habe keinen Anspruch darauf, ein menschliches Wesen zu sein – ich bin ein böser Geist, ein Traum, ein Engel, ein Akrostichon, ein Wahngebilde, kurz, was du willst, nur kein menschliches Wesen. Und hiermit genehmige meinen untertänigsten Gruß und gehabe dich wohl!«

Mit diesen Worten wandte sich der Doktor in nicht gelinder Aufregung die Straße hinab und ließ den Jungen innerlich starr vor Staunen zurück.

3

Die Adoption

Madame Desprez, eine rundliche Brünette, die auf den Rufnamen Anastasie hörte und prächtig anzusehen war, stellte mit ihren kühlen, glatten Wangen, den ruhigen dunklen Augen und weißen Händen, die weder Kunst noch Natur hätten vollkommener gestalten können, einen erfreulichen Typus ihres Geschlechtes dar. Sie gehörte zu den Menschen, über die das Unglück wie eine Sommerwolke hinwegzieht; in schlimmen Fällen pflegte sie vorübergehend die Stirn zu runzeln, bis eine einzige senkreche Falte hervortrat, die aber im nächsten Augenblick wieder verschwand. Sie besaß die Gelassenheit einer zufriedenen Nonne, ohne jedoch ebenso fromm zu sein; denn Anastasie war eine recht weltliche Natur mit einer Schwäche für Austern, alten Wein und gewagte Scherze und ihrem Manne mehr um ihrer selbst als um seinetwillen ergeben. Ihre Laune war unverbrüchlich gut, aber ohne jede Opferwilligkeit. In jenem hübschen alten Hause mit dem grünen Garten dahinter und bunten Blumen vor den Fenstern zu leben, vom Essen und Trinken stets das Beste zu haben, ein Viertelstündchen mit der Nachbarin schwätzen zu können, niemals ein Mieder, nur bei Besorgungen in Fontainebleau ein Kleid tragen zu müssen, ständig mit pikanten Romanen versorgt zu werden und ohne Grund zur Eifersucht mit Doktor Desprez verheiratet zu sein füllte den Kelch ihrer Natur bis zum Überfließen. Wer Doktor Desprez aus seiner Junggesellenzeit her kannte, während der er zwar nicht minder mit Theorien, freilich von ganz anderer Art, vollgepfropft gewesen war, schrieb seine gegenwärtige Philosophie dem Studium von Anastasie zu. Ihre animalische Genußfreude pflegte er vernünftig zu gestalten und nicht ganz erfolgreich nachzuahmen.

Madame Desprez produzierte sich in der Küche als Künstlerin und verstand Kaffee bis zur Vollendung zuzubereiten. Sie besaß die Gabe der Ordnung, die sich auch auf den Doktor übertragen hatte. Alles stand an seinem Platz; was poliert war, glänzte prachtvoll, und Staub war aus ihrem Reiche verbannt. Aline, ihr einziges Dienstmädchen, hatte nichts auf dieser Welt zu tun, als zu scheuern und zu putzen. So lebte der Doktor Desprez in seinem Hause wie ein gutgemästetes Kalb und wurde nach Herzenslust verwöhnt und gehätschelt.

Das Mittagsmahl war vortrefflich. Es gab eine reife Melone, einen Fisch aus dem Fluß mit einer bemerkenswerten Sauce Béarnaise, Frikassee von einem fetten Huhn, ein Spargelgericht und Obst als Nachtisch. Der Doktor trank als eheliches Privileg eine halbe Flasche *plus* ein Glas, seine Frau eine halbe Flasche *minus* der gleichen Menge ausgezeichneten siebenjährigen Côte-Rôtie. Dann wurde Kaffee serviert, mit einer Flasche Chartreuse für Madame, denn der Doktor verachtete derartiges Gebräu und mißtraute ihm, und dann überließ Aline das Ehepaar den Freuden der Erinnerung und Verdauung.

»Es ist ein großes Glück, meine Teure«, bemerkte der Doktor, »dieser Kaffee ist adorabel – im großen und ganzen ein großes Glück –, Anastasie, ich bitte dich, laß das Gift heute stehen; laß es einen einzigen Tag unberührt, und du wirst, bei meinem Rufe als Arzt, den Nutzen davon spüren.«

»Was ist ein großes Glück, mein Freund?« erkundigte sich Anastasie, ohne auf seinen täglich wiederkehrenden Protest zu achten.

»Daß wir keine Kinder haben, meine Schöne«, entgegnete der Doktor. »Je älter wir werden, desto öfter muß ich daran denken, und um so mehr wächst meine Dankbarkeit gegen die Macht, die uns dieses Kreuz erspart hat. Wie sehr hätten deine Gesundheit, mein Liebling, meine nachdenkliche Muße, unsere kleinen Leckerbissen darunter leiden müssen, welche Opfer hätten wir bringen müssen! Und zu welchem Zweck? Kinder sind der Inbegriff der menschlichen Unvollkommenheit. Die Gesundheit flieht vor ihrem Angesicht. Sie weinen, meine Liebe; sie stellen lästige Fragen; sie verlangen, daß man sie füttert, wäscht, erzieht, ihnen die Nase putzt. Und wenn man sie so weit hat, dann brechen sie einem das Herz, so wie ich dieses Stückchen Zucker zerbreche. Ein paar eingefleischte Egoisten wie du und ich sollten der Nachkommenschaft wie einer Untreue aus dem Wege gehen.«

»Was du nicht sagst!« rief sie lachend. »Das sieht dir wieder einmal ähnlich – dich mit einer Sache zu brüsten, für die du nichts kannst.«

»Liebes Kind«, entgegnete der Doktor, »wir hätten ja welche adoptieren können.«

»Niemals!« rief Madame. »Niemals mit meiner Zustimmung, Doktor. Ein Kind von meinem eigenen Fleisch und Blut, gut. Aber mir eines anderen Menschen Fehltritt aufzuhalsen, dazu, mein lieber Freund, bin ich zu vernünftig.«

»Sehr richtig«, erwiderte der Doktor. »Beide waren wir zu vernünftig. Und dein Verstand entzückt mich um so mehr, als … als …« Er sah ihr scharf ins Gesicht.

»Als was?« fragte sie mit dem leisen Vorgefühl kommender Gefahr.

»Als ich jetzt das richtige Wesen gefunden habe«, entgegnete der Doktor mit Festigkeit, »und es noch heute nachmittag adoptieren werde.«

Anastasie sah ihn wie durch einen Nebel an. »Du hast den Verstand verloren«, sagte sie, und in ihrer Stimme war ein Ton, der nichts Gutes verhieß.

»Durchaus nicht, meine Liebe«, war seine Antwort; »ich bin in vollem Besitz meiner Geisteskräfte. Zum Beweis: statt meine Inkonsequenz bemänteln zu wollen, habe ich sie im Gegenteil, um dich vorzubereiten, erst recht betont. Du wirst darin, wie ich glaube, den Philosophen wiedererkennen, der das überschwengliche Glück hat, dich Gattin zu nennen. Tatsache ist, daß ich bisher stets ohne den Zufall gerechnet habe. Ich glaubte niemals, einen Sohn von mir finden zu können. Gestern nacht habe ich ihn gefunden. Beunruhige dich nicht unnötig, meine Liebe; er hat, soviel ich weiß, nicht einen einzigen Tropfen Blut von mir. Sein Geist, mein Liebling, sein Geist ist es, der mich Vater nennt.«

»Sein Geist!« wiederholte sie mit halb hysterischem, halb verächtlichem Lachen. »Wirklich, sein Geist! Henri, ist dies ein blöder Scherz, oder bist du toll geworden? Sein Geist! Und wie steht es mit dem meinigen?«

»Das«, versetzte der Doktor achselzuckend, »das ist der wunde Punkt. Er wird meiner ewig schönen Anastasie in höchstem Maße unsympathisch sein. Sie wird ihn niemals verstehen; er wird sie niemals verstehen. Du hast den animalischen Teil meiner Natur geheiratet, mein Herz; meine geistige Verwandtschaft habe ich in Jean-Marie gefunden, und zwar in so hohem Maße, daß ich, um die Wahrheit zu sagen, mitunter selbst vor ihm Angst habe. Du hast zweifellos sofort begriffen, daß ich hiermit für dich ein Unglück angekündigt habe. Bitte«, versetzte er in einem Tone aufrichtiger Besorgnis, »bitte brich nicht nach dem Essen in Tränen aus, Anastasie. Du würdest bestimmt unter Verdauungsstörungen zu leiden haben.«

Anastasie faßte sich. »Du weißt, wie gern ich dir in allem nachgebe«, sagte sie, »in allen vernünftigen Dingen. Aber in diesem Punkt ...«

»Mein liebes Herz«, unterbrach sie der Doktor hastig, um einer Weigerung zuvorzukommen, »wer hatte den Wunsch, von Paris fortzuziehen? Wer hat mich gezwungen, die Karten aufzugeben, die Oper, den Boulevard, meine gesellschaftlichen Beziehungen, kurz alles, was vor unserer Bekanntschaft mein Leben ausmachte?

Bin ich dir treu gewesen? Habe ich dir gehorcht? Habe ich mein Schicksal nicht mit Heiterkeit ertragen? Sei ehrlich, Anastasie, habe ich nicht ein Recht, jetzt meinerseits Forderungen zu stellen? Ich habe es, und du weißt das. Ich fordere meinen Sohn.«

Anastasie fühlte ihre Niederlage und zog sofort die Flagge ein. »Du brichst mir noch das Herz«, seufzte sie.

»Durchaus nicht«, sagte er. »Du wirst dich vier Wochen lang ein wenig unbehaglich fühlen, so wie ich es tat, als ich nach diesem abscheulichen Dorfe gebracht wurde; dann werden dein bewunderungswürdiger Verstand und deine gute Laune triumphieren, und ich sehe dich bereits zufrieden wie immer deinen Gatten zum Glücklichsten aller Sterblichen machen.«

»Du weißt, daß ich dir nichts abschlagen kann«, seufzte sie mit letztem, schwindendem Widerstande, »nichts, das dich wirklich glücklich macht. Wird es aber auch bei dieser Adoption der Fall sein? Bist du dessen sicher, lieber Mann? Du sagtest, du hättest ihn erst gestern nacht gefunden. Vielleicht ist er ein ausgemachter Schwindler.«

»Ich glaube nicht«, erwiderte der Doktor. »Aber denke ja nicht, daß ich so unvorsichtig bin, ihn sofort zu adoptieren. Ich bin, wie ich mir schmeichle, ein vollendeter Weltmann; ich habe alle Möglichkeiten ins Auge gefaßt. Mein Plan rechnet mit sämtlichen. Ich nehme den Burschen als Stalljungen auf. Maust er, murrt er, will er wieder fort, so ist das der Beweis, daß ich mich geirrt habe. Ich werde ihn alsdann nicht als einen Sohn von mir anerkennen und ihn wieder auf die Landstraße schicken.«

»Das wirst du niemals tun, wenn es erst soweit ist«, sagte seine Frau, »ich kenne dein gutes Herz.«

Sie streckte ihm mit einem Seufzer die Hand entgegen; der Doktor lächelte, als er sie ergriff und an die Lippen führte. Der Sieg war ihm leichter geworden, als er zu hoffen gewagt hatte. Wohl zum zwanzigsten Male hatte er die Wirksamkeit seines zuverlässigsten Gegenmittels erprobt, seines guten Schwerts Excalibur: die Rückkehr nach Paris. Ein sechsmonatiger Aufenthalt in der Hauptstadt bedeutete für einen Mann mit dem Vorleben und den Beziehungen Doktor Desprez' kein geringeres Unglück als den völligen Ruin. Anastasie hatte die Reste seines Vermögens dadurch gerettet, daß sie ihn fest auf dem Lande angekettet hielt. Schon das Wort Paris genügte, um sie in Heidenangst zu versetzen. Lieber hätte sie ihrem Mann gestattet, sich hinten im Garten eine ganze Menagerie zu halten, von einem simplen Stalljungen ganz zu schweigen, als auch nur die Frage der Rückkehr aufs Tapet zu bringen.

Ungefähr um vier Uhr nachmittags gab der Gaukler seinen Geist auf; seit dem Anfall hatte er das Bewußtsein nicht wiedererlangt. Doktor Desprez wohnte seiner letzten Reise bei und erklärte die Posse für beendet. Darauf nahm er Jean-Marie bei der Schulter und führte ihn in den Garten des Gasthofes, wo am Ufer des Flusses eine bequeme Bank stand. Hier setzte er sich hin und hieß den Jungen sich zu seiner Linken niederlassen.

»Jean-Marie«, sagte er ernst, »diese Welt ist ungeheuer groß, und selbst Frankreich, das nur ein Zipfelchen von ihr darstellt, ist für einen kleinen Jungen wie dich ein weites Land. Unglücklicherweise steckt es voll eifriger, vorwärtsstrebender Menschen; und im Vergleich zu so vielen Mäulern sind die Bäckerläden recht dünn gesät. Dein Herr ist tot; du bist nicht imstande, dir selbst dein Brot zu verdienen; du willst doch nicht stehlen? Nein. Deine Lage ist also unerfreulich. Ja, im

Augenblick sogar kritisch. Andererseits siehst du in mir einen zwar nicht alten, aber ältlichen Mann, der sich immer noch der Jugend seines Herzens erfreut; einen Mann der Bildung, der in weltlicher Hinsicht bequem situiert ist und eine gute Tafel führt: kurz, einen Mann, der weder als Wirt noch als Freund zu verachten ist. Ich biete dir Nahrung und Kleidung und will dich abends unterrichten, was bei einem Jungen mit deinen Anlagen unendlich viel besser anschlagen wird, als wenn sämtliche Priester Europas es täten. Ich schlage dir keinerlei Lohn vor, sollte dir jedoch jemals der Gedanke kommen, mich zu verlassen, so wirst du die Tür offen finden, und ich werde dir zu deinem Eintritt in die Welt hundert Francs schenken. Dagegen habe ich ein altes Pferd mit Chaise, die sauber und in Ordnung zu halten du sehr rasch erlernen würdest. Beeile dich ja nicht, zu antworten, nimm an oder lehne ab, ganz wie du es für richtig hältst. Vergiß nur nicht, daß ich kein sentimentaler oder wohltätiger Mensch bin und daß, wenn ich dir diesen Vorschlag mache, ich meinen eigenen Zweck dabei verfolge – weil ich nämlich meinen Vorteil ganz klar ins Auge gefaßt habe. Und jetzt überlege es dir.«

»Ich werde mich sehr freuen. Ich wüßte gar nicht, was ich sonst anfangen sollte. Ich danke Ihnen von Herzen, Herr, und werde versuchen, mich nützlich zu machen«, sagte der Junge.

»Danke«, sagte der Doktor warm, indem er sich erhob und sich die Stirn trocknete, denn er hatte Qualen ausgestanden, solange die Sache in der Schwebe war. Eine Weigerung hätte ihn nach der Szene am Mittag mit Anastasie lächerlich gemacht. »Wie heiß und schwül der Abend ist, findest du nicht auch? Ich habe von jeher gewünscht, im Sommer ein Fisch zu sein hier in der Loing bei Gretz, Jean-Marie. Dann würde ich mich unter einer Seerose verstecken und den Glocken zuhören, die von da unten ganz wunderbar zart klingen müssen. Das wäre ein Leben – meinst du nicht auch?«

»Ja«, sagte Jean-Marie.

»Gott sei Dank, du hast Phantasie«, rief der Doktor und umarmte den Jungen mit der ihm eigenen überströmenden Herzlichkeit, obwohl die Prozedur den Leidtragenden fast ebensosehr aus der Fassung brachte wie einen gleichaltrigen englischen Schulbuben. »Und jetzt«, fügte er hinzu, »bringe ich dich zu meiner Frau.«

Madame Desprez saß in einem leichten Morgenkleid im Eßzimmer. Alle Läden waren heruntergelassen und die mit Kacheln ausgelegte Diele erst vor kurzem mit Wasser besprengt. Madame Desprez hielt die Augen halb geschlossen, obwohl sie bei dem Eintritt der beiden vorgab, einen Roman zu lesen. Trotz ihrer Rührigkeit liebte sie es, sich von Zeit zu Zeit auszuruhen, und besaß einen ganz außergewöhnlichen Appetit auf Schlaf. Der Doktor entledigte sich einer feierlichen Vorstellungszeremonie, an deren Schluß er im Hinblick auf beide Teile hinzufügte: »Ihr müßt um meinetwillen versuchen, einander gern zu haben.«

»Er ist sehr hübsch«, sagte Anastasie. »Willst du mir nicht einen Kuß geben, mein hübsches Kerlchen?«

Der Doktor war wütend und zerrte sie in den Gang hinaus. »Bist du verrückt, Anastasie?« fragte er. »Wo bleibt der berühmte weibliche Takt? Weiß der Himmel, ich bin ihm noch nie begegnet. Du sprichst mit einem kleinen Philosophen, als hättest du einen Säugling vor dir. Bitte ihn mit mehr Respekt anzureden; er darf nicht geküßt und eia-popeiat werden wie irgendein x-beliebiges Kind.«

»Ich hab's doch nur dir zu Gefallen getan, das kannst

du mir glauben«, entgegnete Anastasie; »aber ich will mir Mühe geben, es besser zu machen.«

Der Doktor entschuldigte sich wegen seiner Heftigkeit. »Weißt du, ich möchte wirklich, daß er sich bei uns zu Hause fühlt«, fuhr er fort. »Und dein Benehmen, meine Teuerste, war tatsächlich so blöde, so gänzlich, so hoffnungslos verfehlt, daß man selbst einem Heiligen einen etwas gar zu heftigen Tadel nicht hätte verargen können. Bitte, bitte, versuche doch, ob nicht auch eine Frau junge Leute zu verstehen vermag – aber das ist natürlich unmöglich, ich hätte ebensogut meine Worte sparen können. So halte wenigstens den Mund und beobachte aufs genaueste mein Verhalten. Es mag dir als Vorbild dienen.«

Anastasie tat, wie ihr geheißen, und beobachtete des Doktors Verhalten. Sie bemerkte, daß er den Jungen im Laufe des Abends dreimal umarmte und es erreichte, den kleinen Kerl so zu verwirren und einzuschüchtern, daß er weder zu essen noch zu sprechen vermochte. Allein sie besaß in den kleinen Dingen des Lebens einen echt weiblichen Heroismus. Sie verzichtete, an dem Doktor eine billige Rache zu nehmen, indem sie ihm seine Mißgriffe vorhielt, ja, tat ihr möglichstes, um deren nachteilige Wirkung auf Jean-Marie aufzuheben. Als Desprez hinausging, um vor dem Schlafen ein letztes Mal frische Luft zu schöpfen, trat sie zu dem Jungen und ergriff seine Hand.

»Du darfst dich über meines Mannes Art nicht wundern und mußt auch keine Angst vor ihm haben«, sagte sie. »Er ist der gütigste aller Menschen, aber so klug, daß er manchmal schwer zu verstehen ist. Du wirst dich bald an ihn gewöhnen, und dann wirst du ihn liebgewinnen, denn man kann ja gar nicht anders, als ihn lieben. Was mich betrifft, so kannst du sicher sein, daß ich mein möglichstes tun werde, dich glücklich zu machen, und daß ich dich nie quälen werde. Ich glaube, du und ich werden rasch Freundschaft schließen. Ich bin nicht klug, aber sehr gutmütig. Willst du mir nicht einen Kuß geben?«

Er hielt ihr sein Gesicht hin, und sie nahm ihn in ihre Arme und fing an zu weinen. Sie hatte in ihrer Gutmütigkeit als Frau gesprochen, hatte sich an ihren eigenen Worten erwärmt, und Zärtlichkeit war die Folge. Als der Doktor eintrat, fand er sie innig umschlungen; er schloß daraus, daß seine Frau wieder einen Fehler begangen hätte, und wollte eben mit fürchterlicher Stimme anfangen: »Anastasie –«, als sie ihn lächelnd ansah und ihm mit dem Finger drohte. Darauf schwieg er erstaunt, während sie den Jungen in seine Dachkammer führte.

4

Die Erziehung zum Philosophen

Der adoptierte Stalljunge war somit glücklich in den Haushalt aufgenommen, und das Getriebe im Leben des Doktorhauses setzte seinen Lauf reibungslos fort. Jean-Marie lag am Morgen seinen Stallpflichten ob, half mitunter im Hause oder ging auch wohl mit dem Doktor spazieren, um aus der Quelle der Weisheit zu schöpfen; abends wurde er dann in die Wissenschaften und in die toten Sprachen eingeführt. Hierbei behielt er die ihm eigentümliche innere und äußere Gelassenheit seines Wesens bei; er war selten zu tadeln, machte hingegen in seinen Studien nur recht mäßige Fortschritte und blieb im großen und ganzen ein Fremder in der Familie.

Der Doktor war ein Muster an Gewissenhaftigkeit. Den ganzen Vormittag arbeitete er an seinem großen Werke: ›Vergleichende Pharmacopoeia oder Historisches Wörterbuch der Medizinischen Wissenschaften‹, das vorläufig in der Hauptsache aus Zetteln und Klammern bestand. Später sollte es dann zahlreiche höchst stattliche Bände füllen und antiquarisches Interesse mit wissenschaftlicher Brauchbarkeit vereinen. Allein der Doktor liebte den literarischen Stil und das Pittoreske; eine Anekdote, eine Eigenart, ein moralischer Vorzug oder ein klingendes Epitheton wurden von ihm wissenschaftlichen Qualitäten regelmäßig vorgezogen; es hätte nicht viel gefehlt, und er hätte die ›Vergleichende Pharmacopoeia‹ in Versen geschrieben. Der Artikel ›Mummia‹ war zum Beispiel fertig, obwohl das übrige Werk noch nicht über den Buchstaben A hinaus gediehen war. Das Werk war äußerst umfangreich, amüsant, originell und lebendig geschrieben, exakt, gelehrt, mit einem Wort, eine literarische Leistung, aber als Hilfsmittel für einen modernen praktischen Arzt vermochte es schwerlich zu dienen. Mit weiblichem Einfühlungsvermögen hatte seine Frau das erkannt und sich hinreißen lassen, ihm unverblümt über diesen Punkt die Wahrheit zu sagen, denn selbstverständlich wurde ihr das Wörterbuch auf seinem endlosen Weg zur Vollendung Satz für Satz vorgelesen, während sie zwischen Schlafen und Wachen schwebte; ja, der Doktor war in puncto Mumien ein wenig empfindlich und pflegte auf Anspielungen in dieser Richtung mitunter sogar mit Heftigkeit zu reagieren.

Nach dem Mittagessen und nach Ablauf einer angemessenen Verdauungsfrist ging er, mitunter allein, mitunter mit Jean-Marie, spazieren, da Madame jede andere Art von Strapaze einem Spaziergang vorzog.

Sie war, wie gesagt, überaus geschäftig, unausgesetzt ums leibliche Wohl bemüht und stets bereit, wenn sie nichts zu tun hatte, über einem Roman einzuschlafen, was um so weniger störend wirkte, als sie niemals schnarchte oder während des Schlafes häßlich oder abgespannt aussah. Im Gegenteil, sie war das Bild üppigen, appetitlichen Behagens und pflegte, wenn sie dann plötzlich erwachte, sofort munter zu sein und alle fünf Sinne beisammen zu haben. Eigentlich war sie nicht viel mehr als ein einfaches Geschöpf, aber ein liebes, das man gern um sich duldet. Darin hatte sie wenig mit Jean-Marie gemein, trotzdem blieb die Sympathie, die am ersten Abend zwischen ihnen entsprungen war, ungeschwächt fortbestehen. Sie unterhielten sich auch dann und wann, meist über hauswirtschaftliche Fragen, und zogen sogar mitunter, zu des Doktors bitterster Enttäuschung, selbander in jenen Tempel entwürdigenden Aberglaubens: die Dorfkirche. Zweimal im Monat fuhren Madame und Jean-Marie in ihren besten Sonntagskleidern nach Fontainebleau, von wo sie mit Einkäufen beladen heimkehrten. Mit einem Wort, obwohl der Doktor fortfuhr, sie als zwei unversöhnlich gegensätzliche Naturen zu betrachten, standen sie doch so freundschaftlich und vertraut miteinander, wie ihre Charaktere es gestatteten.

Zwar ist zu befürchten, daß Madame in ihrem tiefsten Herzen den Jungen auf ihre gutmütige Art und Weise verachtete und bemitleidete. Sie besaß für die Vorzüge seines Wesens kein Verständnis. Ihr gefielen die aufgeweckten, dienstfertigen, naseweisen, schelmischen Bürschchen, die, schnellfüßig, die Mütze in der Hand, ihr ohne Schüchternheit in die Augen sahen, besser. Sie liebte Redseligkeit, Charme, ein wenig Laster – kurz einen zweiten Doktor Desprez en miniature.

Außerdem war es ihr unerschütterlicher Glaube, daß Jean-Marie dumm sei. »Armer lieber Junge«, sagte sie bei einer Gelegenheit, »wie traurig, daß er so dumm ist.« Sie wiederholte diese Bemerkung jedoch niemals, denn Doktor Desprez tobte wie ein wilder Stier, warf ihr die tierische Stumpfheit ihres Gehirns vor, bejammerte sein Los, das ihn so ungleich mit einer Eselin gepaart hatte, und drohte, was Anastasie vor allem naheging, durch seine wütenden Gestikulationen das Tafelservice zu zerschmettern. Dennoch beharrte sie im stillen auf ihrer Ansicht, und wenn Jean-Marie in stoischer, gedankenloser Ruhe, ohne jedoch deswegen betrübt zu sein, über seinen unvollendeten Aufgaben brütete, benutzte sie die Abwesenheit des Doktors, um zu ihm hinzugehen, die Arme um seinen Hals zu legen, ihre Wange an die seine zu lehnen und ihm ihr Mitgefühl für seine Nöte zu bezeigen. »Nimm es dir nicht zu Herzen«, tröstete sie ihren Schützling, »ich bin selbst etwas beschränkt, und du kannst mir glauben, das schadet einem im Leben gar nicht.«

Der Doktor war natürlich abweichender Meinung. Dieser liebenswürdige Herr ward es nie müde, sich selbst reden zu hören, und er besaß in der Tat eine recht wohlklingende Stimme. Endlich hatte er einen Zuhörer gefunden, der nicht Anastasies zynischen Gleichmut besaß und der ihn gelegentlich durch die treffendsten Einwände auf die Probe stellte. Und war es nicht sogar seine Pflicht, den Jungen zu erziehen? Darin sind sich sämtliche Philosophen einig, daß die Erziehung der Jugend die philosophischste aller Pflichten ist. Und kann einem armen Sterblichen etwas Himmlischeres beschert werden, als wenn sein Steckenpferd sich in eine Staatsbürgerpflicht verwandelt? Dann, wahrlich, werden die Gewohnheiten des Lebens zu einem Genuß.

Noch nie hatte der Doktor so begründeten Anlaß gehabt, mit seiner Begabung zufrieden zu sein. Philosophische Lehren träufelten reichlich von seinen Lippen. Er war ein so gewandter Dialektiker, daß er seinen Unsinn, wenn nötig, auf irgendeinen sinnvollen Ursprung zurückzuführen vermochte und ihn als Blüten seines Systems darstellte. Den Antinomien entschlüpfte er wie ein Fisch, was seinen Jünger in Staunen über des Rabbis Abgründigkeit versetzte.

In der tiefsten Tiefe seines Herzens war der Doktor über den Mißerfolg seines formalen Unterrichts enttäuscht. Ein Junge, den ein so scharfsinniger Beobachter wie er auf Grund von dessen Fähigkeiten zum Schüler auserlesen hatte und dem ein so philosophischer Erzieher den Weg zur Weisheit wies, müßte nach den Gesetzen des Universums offensichtlichere und gründlichere Fortschritte erzielen. Nun war aber Jean-Marie in allen Dingen schwerfällig und in manchen Dingen unergründlich; und sein Talent zum Vergessen hielt mit seinem Talent zum Lernen Schritt. Daher legte der Doktor ganz besonderen Wert auf die peripatetischen Vorträge, denen der Junge beiwohnte, die ihm gewöhnlich auch Freude machten und aus denen er nicht selten etwas lernte. Viele solcher Unterhaltungen fanden zwischen den beiden statt, Gesundheit und Mäßigung waren das Hauptthema von Doktor Desprez' Ausführungen, auf das er immer wieder das Gespräch lenkte.

»Ich führe dich durch grüne Triften«, pflegte er zu beginnen. »Mein System, mein Glaube, meine Medizin lassen sich in einem einzigen Satz zusammenfassen – meide den Exzeß. Natur, die göttliche, gesunde, mäßige Natur, verabscheut und verfemt jeden Exzeß. Die menschlichen Gesetze sind in dieser Hinsicht ein, wenn auch sehr entferntes, Abbild der Natur, und an uns ist es, die Gesetze in diesen Bestrebungen zu unterstützen. Jawohl, Junge, wir selbst und unsere Mitmenschen müssen uns schützend vor das Gesetz stellen – die lex armata –, das bewaffnete, gebieterische, tyrannische Gesetz. Siehst du ein gebrechliches menschliches Wesen Schnupftabak nehmen, so schlage ihm die Dose aus der Hand! Der Richter ist in meinen Augen, obwohl er gleichfalls eine Konzession an das Übel bedeutet, doch ein geringerer Greuel als der Arzt oder der Priester. Vor allem der Arzt – der Arzt und der ganze faule Plunder und Trödel seiner Pharmacopoeia! Reine Luft – vorzüglich aus der Nähe eines Fichtenhaines, wegen des Terpentins –, unverfälschter Wein und die Betrachtungen eines arglosen Gemüts angesichts der Werke der Natur: dies, mein Junge, sind die besten Medikamente und die trefflichste Erbauung. Ihnen gib dich hin. Horch! Sind das nicht die Glocken von Bourron? – Der Wind steht im Norden, wir können also auf schönes Wetter rechnen. – Welch klarer, luftiger Ton! Die Nerven legen sich zur Ruhe; der Geist wird auf Schweigen gestimmt. Bemerke nur, wie leicht und regelmäßig dein Herz klopft! Der unaufgeklärte Arzt würde diesen Empfindungen zwar nichts entnehmen; du selbst jedoch erkennst sie als die Zeichen der Gesundheit. – Hast du übrigens heute morgen an deine Chinarinde gedacht? Gut! Chinarinde ist gleichfalls ein Werk der Natur; es ist schließlich nur ein Teil eines Baumes, und wir könnten sie uns selbst sammeln, wenn wir in jenen Gegenden lebten. – Welch eine wunderbare Welt! Mir als überzeugtem Atheisten ist es dennoch eine Freude, für die Welt Zeugnis abzulegen. Denk an die Heilmittel und Genüsse, die kostenlos unsern Pfad umranden! Am Saume unseres Gartens fließt der Fluß vorbei, unser Bad, unser Fischteich, unsere natürliche Drainageanlage. Im Hofe ist ein Brunnen, der sprudelndes Wasser in Hülle und Fülle aus dem Herzen der Erde spendet, sauberes, kühles Wasser, das, mit ein wenig Wein vermischt, äußerst zuträglich ist. Der Bezirk ist als gesund berühmt; Rheumatismus ist das einzige endemische Übel, ich selbst habe auch davon bisher nicht das geringste gespürt. Ich sage dir – und meine Ansicht stützt sich auf die kühlsten, klarsten Schlüsse der Logik –, solltest du oder ich je diesen Ort der Freude verlassen wollen, es wäre die Pflicht, ja das Vorrecht unserer besten Freunde, uns daran zu hindern, selbst wenn sie uns eine Kugel durch die Brust jagen müßten.«

Eines schönen Junitages saßen sie auf dem Hügel außerhalb des Dorfes. Der Fluß schimmerte hier und dort blau wie der Himmel zwischen den Zweigen hindurch. Die unermüdlichen Vögel kreisten und flatterten um den Gretzer Kirchturm. Vom Walde her wehte ein erquickender Wind, und das Geräusch aber Tausender grüner Wipfel und Millionen über Millionen grüner Blätter schwirrte durch die Luft und füllte das Ohr mit einem Klang zwischen Flüstern und Singen. Es war, als hielte jeder Grashalm ein Heimchen verborgen, die Felder sangen ihr lustiges Lied, weit und breit tönte es wie Schlittengeläut der Feenkönigin. Von ihrem Platze am Bergesabhang umfaßte das Auge auf der einen Seite ein großes Stück der pappelumsäumten Ebene und auf der anderen Seite die welligen Waldhügel, und dazwischen geborgen lag Gretz, eine Handvoll Dächer. Unter dem weiten blauen Himmelsbogen war das Dorf zu Spielzeuggröße zusammengeschrumpft. Es schien unglaublich, daß in diesem winzigen Erdenwinkel tatsächlich Menschen hausten, die sich drehen und wenden oder die atmen konnten. Dieser Gedanke kam dem Jungen vielleicht zum erstenmal, und er verlieh ihm Worte.

»Wie klein es aussieht«, seufzte er.

»Jawohl«, erwiderte der Doktor, »heute sieht es recht winzig aus. Und doch war es einmal eine blühende, mit Mauern umgürtete Stadt voll pelzgekleideter Bürger und waffentragender Männer, voll geschäftigen Treibens, mit hohen Türmen und festen Zinnen und was weiß ich. Tausend Schornsteine hörten beim Abendläuten zu rauchen auf. Vor den Toren standen die Galgen so dicht wie Vogelscheuchen. In Kriegszeiten rannten die Stürmenden mit Leitern gegen die Wälle an, Pfeile schwirrten dicht wie Blätter, die Verteidiger machten stürmische Ausfälle über die Zugbrücke, jede Partei ließ während des Ringens ihren Kampfruf erschallen. Weißt du, daß die Wälle sich bis zur Komturei erstreckten? Die Sage berichtet es. Ach, wie fern liegt dies Getümmel – nichts ist davon übriggeblieben, die paar stillen Worte ausgenommen, die ich dir jetzt sage –, und die Stadt selbst ist zu jenem Dörfchen zu unseren Füßen zusammengeschrumpft. Dann kamen die englischen Kriege – von den Engländern wirst du später noch mehr erfahren, ein dummes Volk, das indes mitunter trotz aller Tolpatschigkeit einiges Gute geschaffen hat –, und Gretz wurde erobert, geplündert und gebrandschatzt. Die Leidensgeschichte zahlreicher anderer Städte, aber Gretz hat sich niemals davon erholt. Es wurde nicht wieder aufgebaut; seine Ruinen dienten aufstrebenden, rivalisierenden Städten als Steinbruch; die Steine von Gretz stehen jetzt aufrecht entlang den Straßen von Nemours. Es freut mich, daß unser altes Haus als erstes aus dem Staube aufblühte; nach dem Fall der Stadt wurde es der Grundstein zu dem Dorfe.«

»Ich bin auch froh darüber«, sagte Jean-Marie.

»Es müßte zum Tempel aller schlichten Tugenden werden«, entgegnete der Doktor mit feinschmeckerischem Behagen. »Vielleicht liebe ich den kleinen Ort nur darum so, weil er die gleiche Geschichte hat wie ich. Habe ich dir schon erzählt, daß ich früher einmal reich war?«

»Ich glaube, nein«, antwortete Jean-Marie. »Ich glaube, das hätte ich nicht vergessen. Es tut mir leid, daß Sie Ihr Vermögen verloren haben.«

»Leid?« rief der Doktor. »Ich sehe, daß ich trotz allem nicht einmal die Anfangsgründe zu deiner Erziehung gelegt habe. Achte auf das, was ich sage. Würdest du lieber in dem alten oder in dem neuen Gretz wohnen, ohne die Schrecken des Krieges, umgeben von grünen Wiesen, ohne Lärm und ohne Pässe, ohne die Ausschreitungen der Soldateska, ohne das Gebimmel der Abendglocke, die uns schon bei Sonnenuntergang ins Bett schicken möchte?«

»Wahrscheinlich lieber in dem neuen«, lautete des Jungen Antwort.

»Sehr richtig«, entgegnete der Doktor, »ich auch. Und ebenso ziehe ich mein bescheidenes Vermögen von heute meinem früheren Reichtum vor. ›Goldene Mittelmäßigkeit!‹ riefen die bewunderungswürdigen Alten; und ich teile ihre Begeisterung. Habe ich nicht guten Wein, gutes Essen, gute Luft, Wald und Feld zum Spazierengehen, ein Haus, eine ausgezeichnete Frau und einen Jungen, den ich buchstäblich wie einen Sohn liebe? Wäre ich indes noch reich, so würde ich meinen Wohnort ganz zweifellos in Paris aufschlagen – du kennst natürlich Paris –, Paris und Paradies sind nicht ein und dasselbe Wort. Das angenehme Geräusch des Windes in den Zweigen verwandelt in das geisttötende babylonische Stimmengewirr der Straße, ödes, grelles Pflaster anstelle dieses ruhigen Musters aus Grün und Grau, abgenutzte Nerven, gestörte Verdauung – welch ein Sturz! Du siehst bereits die Konsequenzen; der Geist wird aufgepeitscht, das Herz klopft nach einem anderen Rhythmus, der Mensch hört auf, er selbst zu sein. Ich habe mich selbst mit Hingebung studiert – das ist das wahre Studium des Philosophen. Ich kenne meinen Charakter wie der Musiker die Griffe seiner Flöte. Falls ich nach Paris zurückkehrte, würde ich mich durch Spiel ruinieren; mehr noch – meiner Anastasie durch Untreue das Herz brechen.«

Das war für Jean-Marie zu viel. Daß irgendein Ort den tefflichsten aller Männer derart zu verwandeln vermöchte, überstieg selbst seine Gutgläubigkeit. Paris, stammelte er, sei sogar eine recht angenehme Stadt. »Als ich dort wohnte, habe ich keinen großen Unterschied gefühlt«, sagte er beschwörend.

»Was?« rief der Doktor. »Hast du nicht gestohlen, während du dort warst?«

Allein der Junge war nicht zu bewegen, einzugestehen, daß er mit Stehlen Unrecht begangen hätte. Auch der Doktor war davon nicht überzeugt; aber dieser Herr pflegte ja, wenn um eine Antwort verlegen, zu keiner Zeit sonderlich gewissenhaft zu sein.

»Na!« fuhr er fort, »fängst du jetzt an zu begreifen? Meine einzigen Freunde waren die Menschen, die mich ruinierten. Gretz ist meine Akademie, mein Sanatorium, mein Himmel unschuldiger Freuden. Und würden mir Millionen geboten, ich würde sie zurückweisen; Apage, Satanas! Hebe dich hinweg von mir, Böser! Halte dir immer mein Beispiel vor Augen; verachte den Reichtum, vermeide den demoralisierenden Einfluß der Städte. Hygiene, Hygiene und ein mittelmäßiges Vermögen – dies sei deine Parole des Lebens!«

Des Doktors System von Hygiene entsprach in überraschender Weise seinen Neigungen; sein Bild eines vollkommenen Lebens war ein getreues Abbild des Lebens, das er zur Zeit führte. Es ist leicht, einen Knaben zu überzeugen, wenn man selbst ihn mit allem notwendigen Tatsachenmaterial für die Diskussion versieht. Überdies besaß des Doktors Philosophie einen Vorzug: die Begeisterung des Philosophen. Niemals gab es jemand mit einem festeren Vorsatz, froh und zufrieden zu sein, und verfügte er auch über keine starke Logik und somit auch nicht über die Gabe, den Intellekt zu überzeugen, so war er doch zweifellos etwas von einem Dichter mit dem Zauber, Herzen zu verführen. Was er nicht in der bei ihm üblichen Stimmung strahlender Bewunderung seiner selbst und seiner Lebensumstände zu erreichen vermochte, bewirkte er mitunter in kurzen Anfällen von Trübsinn.

»Junge«, pflegte er dann zu sagen, »geh mir heut aus dem Wege. Wäre ich abergläubisch, ich bäte dich sogar um einen Anteil an deinen Gebeten. Ich bin in meiner schwarzen Stimmung; der böse Geist König Sauls, die Vettel des Kaufmanns Abudah, der persönliche Teufel des mittelalterlichen Mönchs weilt bei mir – in mir«, rief er, sich auf die Brust schlagend. »Die Laster meines Wesens haben jetzt die Oberhand; unschuldige Freuden locken mich vergebens; ich sehne mich nach Paris, ich lechze danach, mich im Kote zu suhlen. Sieh«, fuhr er fort und zog eine Handvoll Silbermünzen aus der Tasche, »ich entblöße mich selbst, man darf mir nicht einmal das Reisegeld anvertrauen. Nimm es, hebe es für mich auf, verschwende es für schädliches Zuckerwerk, wirf es in die Tiefe des Flusses – ich werde deiner Handlungsweise beipflichten. Errette mich von dem Teil meines Ichs, den ich nicht anerkenne. Siehst du mich straucheln, so zaudere nicht; wenn nötig, bring den Zug zum Entgleisen! Ich spreche natürlich in Parabeln. Jedes Unglück wäre besser, als daß ich lebend Paris erreiche.«

Zweifellos genoß der Doktor diese kleinen Szenen, da sie eine Variante seiner Rolle bildeten; sie stellten das Byronsche Element in der etwas künstlichen Poesie seines Daseins dar; dem Jungen schnitten jedoch solche Szenen, obwohl auch er unklar das Theatralische dabei empfand, ins Herz. Der Doktor machte sich vielleicht zuwenig, der Junge indes zuviel aus der Wirklichkeit und Bedeutung dieser Versuchungen.

Eines Tages kam Jean-Marie eine große Erleuchtung. »Läßt sich Reichtum nicht auch gut anwenden?« fragte er.

»Der Theorie nach schon«, entgegnete der Doktor, »aber die Erfahrung lehrt, daß niemand das wirklich tut. Ein jeder denkt, er würde eine Ausnahme bilden, wenn er zu Reichtum gelangte; allein der Besitz wirkt erniedrigend, neue Begierden keimen, und der alberne Hang zur Prahlerei zehrt die Seele des Genusses auf.«

»Dann würden also auch Sie sich wohler fühlen, wenn Sie weniger Geld besäßen?« fragte der Junge.

»Durchaus nicht«, versetzte der Doktor, aber seine Stimme zitterte dabei.

»Warum?« drängte die erbarmungslose Unschuld.

Doktor Desprez sah im Augenblick sämtliche Farben des Regenbogens vor sich; das stabile Weltall um ihn schien zusammenstürzen zu wollen. »Weil«, sagte er und gab sich nach einer peinlichen Pause den Anschein der Überlegenheit, »weil ich mein Leben nach meinem gegenwärtigen Einkommen eingerichtet habe. Es ist für Männer meines Alters nicht gut, gewaltsam aus lieben Gewohnheiten gerissen zu werden.«

Die Sache war heikel gewesen. Der Doktor atmete schwer und verfiel den Nachmittag über in dumpfes

Brüten. Was den Jungen betraf, so war er entzückt über die Lösung seiner Zweifel; ja, er wunderte sich sogar, daß er die naheliegende und bündige Antwort nicht vorausgesehen hatte. Sein Glaube an den Doktor war eine solide Sache. Desprez pflegte nach Tisch, besonders nach Rhone-Wein, seinem Lieblingslaster, einige Ähnlichkeit mit einer Wetterfahne zu bekunden. Er verweilte dann bei der Wärme seiner Gefühle für Anastasie, debattierte mit brennenden Wangen und einem lockeren, unsicheren Lächeln über alle möglichen Dinge und versuchte, auf eine schwache, indiskrete Weise witzig zu sein. Der adoptierte Stalljunge gestattete sich auch dann nie einen Zweifel, der nach Undankbarkeit hätte schmecken können. Ein Mann kann sehr wohl wie ein zweiter Vater sein und dennoch gern etwas über den Durst trinken; doch das sind Wahrheiten, die selbst von den gütigsten Naturen anerkannt werden.

Der Doktor herrschte unumschränkt über Jean-Maries Herz, wenn er auch seinen Einfluß auf dessen Geist vielleicht überschätzte. Zwar machte sich der Knabe zweifellos einige der Ansichten seines Herrn zu eigen, aber niemand hat je erfahren, daß er eine seiner eigenen aufgegeben hätte. Überzeugungen lebten in ihm, wie Gott sie ihm eingegeben hatte; sie waren jungfräulich, ungeschliffen, roher Kristall. Er konnte zwar neue Erkenntnisse aufnehmen, aber nicht alte fallenlassen; auch war es ihm gleichgültig, ob sie sich miteinander vertrügen, und seine geistige Freude bestand weder darin, an ihnen Kritik zu üben, noch sie mit Worten zu rechtfertigen. Worte waren für ihn nichts als eine Kunst, wie zum Beispiel Tanzen. Wenn er allein war, waren seine Freuden fast vegetabilisch. Er pflegte in die Wälder bei Achères zu entschlüpfen und am Eingang einer Höhle unter grauen Birken zu sitzen. Seine ganze Seele lag in seinen Augen; er rührte sich weder, noch faßte er einen Gedanken; Sonnenlicht, schlanke, schwankende Schatten im Winde, die Umrisse der Tannen gegen den Himmel abgezeichnet, erfüllten und bannten seine Sinne. Er war eine vollkommene Einheit, ein völlig losgelöster Geist. Eine einzige Stimmung hielt ihn ganz gefangen, zu der alle durch die Sinne wahrnehmbaren Dinge beitrugen, wie die Farben des Spektrums alle im Weiß zusammenfließen und verschwinden.

Also versank, während der Doktor sich an Worten berauschte, der angenommene Stalljunge in Sinnen und Schweigen.

5

Der Schatz wird gefunden

Der Wagen des Doktors war ein zweirädriges Gig mit Verdeck, ein Gefährt, das besonders von Landärzten bevorzugt wird. Wie oft ist man ihm auf entlegenen Landwegen, zwischen den Pappeln oder auf der Dorfstraße, an irgendeinen Torpfosten gebunden, begegnet! Diese Art Wagen leidet – besonders im Trott – an einer Art schaukelnder Bewegung quer zur Achse, die ihm ein recht albernes Aussehen gibt. Das Verdeck beschreibt einen stattlichen Bogen in der Landschaft und übt auf den nachdenklichen Fußgänger eine feierlich-lächerliche Wirkung aus. Das Fahren in solch einem Wagen kann daher nicht zu den Annehmlichkeiten des Lebens gerechnet werden, mag sich bei Leberleiden indes als eine recht nützliche Massage erweisen. Daher die große Beliebtheit des Gigs bei Ärzten.

Eines Morgens führte Jean-Marie des Doktors Einspänner aus dem Stall, öffnete das Tor und erklomm den Kutschersitz. Der Doktor folgte ihm, von Kopf bis Fuß in schneeweißes Leinen gekleidet, mit einem ungeheuren fleischfarbenen Sonnenschirm bewaffnet und einer Botanisiertrommel am Gürtel, und das Gefährt fuhr alsbald in schlankem Trabe im selbsterzeugten Wirbelwind davon. Das Ziel war Franchard, der Zweck, Pflanzen zu sammeln, im Hinblick auf die ›Vergleichende Pharmacopoeia‹.

Ein kurzes Rattern auf der offenen Landstraße, und sie hatten den Rand des Waldes erreicht und bogen in einen unbefahrenen Weg ein. Das Gig schaukelte unter dem Geräusch der knackenden Zweige sanft über den Sand hinweg. Zu Häupten spannte sich eine große, grüne, leise murmelnde Wolke dichten Laubes. In den Bogengängen des Waldes hatte die Luft die Frische der Nacht beibehalten. Die athletische Haltung der Bäume, die statuengleich jeder einen Berg Blätter zu stemmen schienen, erfreute das Herz; und die Umrisse der Stämme führten den bewundernden Blick aufwärts, wo die äußersten Blattspitzen in azurfarbenem Glanze funkelten. Kurz, es war der richtige Ort für einen Anhänger der Göttin Hygieia.

»Bist du schon in Franchard gewesen, Jean-Marie?« erkundigte sich der Doktor. »Ich glaube nicht.«

»Niemals«, erwiderte der Junge.

»Es ist eine in einer Schlucht gelegene Ruine«, fuhr Desprez in belehrendem Tonfall fort; »die Ruine einer Einsiedelei und Kapelle. Die Geschichte weiß viel von Franchard zu erzählen: daß die Einsiedler häufig von Räubern ermordet wurden, daß sie eine höchst ungenügende Diät hielten, während man von ihnen erwartete, daß sie ihre Tage im Gebet zubrachten. Ein Brief voll der vorzüglichsten hygienischen Ratschläge von einem Vorgesetzten des Ordens an einen dieser Einsiedler ist uns erhalten geblieben; er rät ihm, von seinem Buch zum Gebet sich zu wenden und dann, der Abwechslung halber, wieder zum Buch zurückzukehren, und, wenn er beides satt habe, im Garten zu wandeln und den Honigbienen zuzuschauen. Dies ist auch heute noch mein System. Du wirst häufig bemerkt haben, daß ich – oft in der Mitte des Satzes – meine Pharmacopoeia im Stich lasse, um in Sonne und Luft spazierenzugehen. Ich bewundere den Verfasser dieses Briefes aus tiefstem Herzen; er war ein Mann, der über die meisten Dinge nachgedacht hat. Ja, hätte ich im Mittelalter gelebt – Gott sei Dank, daß ich es nicht tat –, ich wäre auch Eremit geworden – das heißt, wenn ich nicht von Beruf Narr geworden wäre. Diese waren damals noch die einzigen, die philosophisch leben durften, ob lachend, ob weinend, ob im Spott, ja, man kann sagen, sogar in Tränen. Bis die Sonne der Wissenschaft aufging, blieb dem Weisen nichts übrig, als zwischen diesen beiden zu wählen.«

»Ich wäre natürlich ein Narr geworden«, bemerkte Jean-Marie.

»Ich kann mir nicht denken, daß du dich in deinem Berufe ausgezeichnet hättest«, sagte der Doktor, den Ernst des Jungen bewundernd. »Lachst du eigentlich jemals?«

»Oh, ja«, entgegnete Jean-Marie. »Ich lache häufig. Ich habe Witze sehr gern.«

»Seltsames Wesen!« murmelte Desprez. »Aber ich schweife ab. – Ich merke an tausend Dingen, daß ich alt werde. – Franchard wurde schließlich in den englischen Kriegen, die auch Gretz schleiften, zerstört. Aber, und hierauf kommt es an, die Klausner – denn inzwischen gab es ihrer schon mehrere – hatten die Gefahr vorausgesehen und die Opfergefäße sorgfältig versteckt. Diese Gefäße besaßen einen ungeheuren Wert, Jean-Marie – einen ungeheuren, ja, man kann sagen, unschätzbaren Wert; sie waren herrlich gearbeitet, von kostbarstem Material. Und jetzt höre auf mich – man hat sie niemals gefunden. Unter der Regierung Ludwigs XIV. gruben einige Kerle ganz in der Nähe der Ruinen nach dem Schatz. Plötzlich – tock! – stieß der Spaten gegen einen harten Gegenstand. Stell dir vor, wie die Männer sich anblickten; wie ihre Herzen klopften, wie sie die Farbe wechselten. Es war eine Truhe – und Franchard der Ort, wo der Schatz begraben lag! Wie hungrige Raubtiere rissen sie den Deckel hoch. Aber ach! Es war nicht der Schatz, nur einige Priestergewänder, die, sowie sie mit der zerstörenden Luft in Berührung kamen, zusammensanken und in Staub zerfielen. Der Schweiß dieser braven Kerle ward ihnen am Körper eiskalt, Jean-Marie. Ich möchte meinen Ruf dafür verpfänden, daß, falls gerade ein schneidender Wind wehte, der eine oder andere von ihnen sich für seine Mühe sogar eine Lungenentzündung geholt haben wird.«

»Ich hätte gern gesehen, wie sie in Staub zerfielen«, sagte Jean-Marie. »Sonst wäre es mir ziemlich gleichgültig gewesen.«

»Du besitzt keine Phantasie!« rief der Doktor. »Stell dir doch die Szene vor! Verweile bei dem Gedanken: Ein großer Schatz liegt jahrhundertelang in der Erde; das Mittel für eine Existenz des Leichtsinns, der Fülle und des Überflusses liegt brach; Kleider und herrliche Bilder werden nicht gekauft; die flinksten Pferde rühren, wie von einem Zauber befallen, keinen Huf; Frauen, mit der lieblichen Gabe des Lächelns begabt, lächeln nicht; Karten, Würfel, Operngesang, Orchester,

Schlösser, wundervolle Gärten und Parks, große Schiffe mit Türmen von Segeltuch, liegen alle ungeboren im Sarge – und die dummen Bäume wachsen im Sonnenlicht Jahr um Jahr über alles hinweg. Der Gedanke kann einen doch rasend machen.«

»Es ist doch nur Geld«, entgegnete Jean-Marie. »Es würde ja nur schaden.«

»Na, na«, rief Desprez, »das ist Philosophie; das ist ja alles sehr schön, trifft aber den Nagel nicht auf den Kopf. Außerdem handelt es sich ja nicht nur um ›Geld‹, wie du es nennst; es waren auch Kunstwerke dabei; die Gefäße waren getrieben. Du redest wie ein Kind. Weiß Gott, du ermüdest mich, meine Worte so wie ein Papagei, aus jedem Zusammenhang gerissen, daherzuplappern!«

»Nun, uns geht die Sache ja nichts an«, sagte der Junge gehorsam.

In diesem Augenblick gelangten sie auf die große Landstraße, und der plötzliche Wechsel von Waldesstille zum ratternden Straßenpflaster bewirkte, zusammen mit dem Ärger, daß der Doktor schwieg. Das Gig holperte weiter; die Bäume glitten in schweigender Haltung vorüber, als hätten sie etwas auf dem Herzen. Vorbei ging's an der Wegkreuzung; dann hatten sie Franchard erreicht. Sie stellten das Pferd in dem kleinen einsamen Gasthof ein und gingen im Schlenderschritt weiter. Die Schlucht glühte dunkelrot von Heidekraut; die Felsen und Birken leuchteten in der Sonne. Lautes Bienengesumm machte Jean-Marie schläfrig, und er setzte sich auf ein Büschel Heidekraut, während der Doktor beim Sammeln seiner Kräuter in raschen Wendungen hin und her ging.

Dem Jungen war der Kopf leicht auf die Brust gesunken, die um die Knie geschlungenen Finger hatten sich entspannt, als er durch einen plötzlichen Schrei auf die Füße gerissen wurde. Es war ein seltsamer Laut, dünn und abgehackt; er fiel gleichsam zu Boden, und Stille kehrte wieder ein, als hätte man sie nie gestört. Er hatte des Doktors Stimme nicht erkannt; da aber niemand anderes sich in dem Tal befand, mußte es offenbar der Doktor gewesen sein, der den Laut ausgestoßen. Jean-Marie spähte nach links und rechts, und da stand Desprez in einer Nische zwischen zwei Felsblöcken und blickte auf seinen Adoptivsohn mit einem Gesicht, weiß wie Papier. »Eine Viper!« schrie Jean-Marie und rannte auf ihn zu. »Eine Viper! Sie sind gebissen worden!«

Der Doktor trat schweren Schrittes aus dem Spalt heraus und ging schweigend auf den Jungen zu, den er rauh bei der Schulter packte.

»Ich habe ihn gefunden«, sagte er und rang nach Atem.

»Eine Pflanze?« fragte Jean-Marie.

Desprez bekam einen Anfall unnatürlicher Heiterkeit, den die Felsen aufgriffen und zurückwarfen. »Eine Pflanze!« wiederholte er verächtlich. »Ja – natürlich –, eine Pflanze. Und hier«, fuhr er plötzlich fort, seine rechte Hand ausstreckend, die er bisher hinter dem Rücken verborgen gehalten hatte, »hier ist eine der Zwiebeln.«

Jean-Marie erblickte einen schmutzigen, dick mit Lehm überkrusteten Teller.

»Das?« rief er. »Das ist ja ein Teller!«

»Das ist ein Wagen und Pferd!« schrie der Doktor. »Junge«, fuhr er, wärmer werdend fort, »ich riß ein dikkes Moospolster von diesem Felsen los und entdeckte einen Spalt; und als ich in den Spalt hineinsah, was meinst du wohl, was ich da erblickte? Ich sah ein Haus in Paris mit Hof und Garten, sah meine Frau in Diamanten erstrahlen, sah mich selbst als Deputierten, sah dich – ja, dich –, ich sah deine Zukunft«, schloß er ein wenig matt. »Ich habe soeben Amerika entdeckt«, fügte er hinzu.

»Aber was ist es denn wirklich?« fragte der Junge.

»Der Schatz von Franchard!« schrie der Doktor, und seinen braunen Strohhut auf die Erde werfend stieß er ein Indianergeheul aus und stürzte sich auf Jean-Marie, den er mit Umarmungen erstickte und mit Tränen benetzte. Dann warf er sich der Länge nach ins Heidekraut und lachte erneut, daß das Tal widerhallte.

Allein der Junge empfand jetzt ein eigenes Interesse, das Interesse eines Knaben. Kaum hatte er sich von des Doktors Umklammerung befreit, als er auch schon in die Nische sprang, seine Hand in die Spalte schob, und nacheinander die von einer jahrhundertealten Erdschicht überzogenen Kelche, Leuchter und Hostienteller der Einsiedelei von Franchard hervorholte. Als letztes kam ein festverschlossener und sehr schwerer Kasten zum Vorschein.

»Ach, welch ein Spaß!« rief er.

Als er sich jedoch nach dem Doktor umsah, der ihm auf den Fersen gefolgt war und ihn stumm beobachtete, erstarben ihm die Worte auf der Zunge. Desprez war wieder aschgrau geworden; seine Lippen zuckten und zitterten; eine Art bestialischer Gier hatte sich seiner bemächtigt.

»Das ist kindisch«, sagte er. »Wir verlieren hier kostbare Zeit. Zurück in den Gasthof, spann an und bringe den Wagen hierher an diesen Abhang. Lauf, als gälte es das Leben, und vergiß nicht – zu keinem Menschen ein Wort. Ich bleibe als Wache hier zurück.«

Jean-Marie tat, wie ihm geheißen war, wenn auch nicht ohne einige Verwunderung. Das Gig wurde an den angegebenen Platz gebracht, und die beiden trugen Stück für Stück den Schatz aus seinem Versteck in den Verschlag unter dem Kutschersitz. Sobald er verstaut war, gewann der Doktor seine alte Heiterkeit zurück.

»Ich bringe voller Dankbarkeit meinen Tribut dem Genius dieses Tales dar«, sagte er. »Wer jetzt glühende Kohle, eine Färse und einen Krug Landwein hätte! Ich bin in der richtigen Stimmung für ein Opfer, für eine vortreffliche Trankspende. Warum auch nicht? Wir sind hier in Franchard. Helles englisches Bier ist zu haben – es ist zwar nicht klassisch, aber ausgezeichnet. Junge, wir werden Bier trinken.«

»Ich dachte, Bier wäre ungesund«, widersprach Jean-Marie. »Außerdem ist es sehr teuer.«

»Papperlapapp!« rief der Doktor lustig. »Auf nach dem Wirtshaus!«

Damit kletterte er in das Gig und warf mit elastischer, jugendlicher Geste den Kopf zurück. Das Pferd mußte wenden, und nach wenigen Minuten machten sie vor dem Zaun des Wirtshausgartens halt.

»Hier«, sagte Doktor Desprez –, »hier bei diesem Tisch, so daß wir ein Auge auf die Sachen haben können.«

Sie banden das Pferd an und betraten den Garten, der Doktor singend, mitunter in phantastischen Kopftönen, dann wieder die tiefsten Resonanzklänge aus der Brust hervorholend. Er nahm Platz, klopfte laut gegen den Tisch und überschüttete den Kellner mit geistvollen Bemerkungen, und als die Flasche, die mit Kohlensäure weit stärker geladen war als selbst der berauschendste Champagner, endlich erschien, schenkte er ein hohes Glas Schaum ein und schob es Jean-Marie zu. »Trink«, sagte er, »trink tief.«

»Ich möchte lieber nicht«, stammelte, seiner Erziehung treu, der Junge.

»Was?« donnerte Desprez.

»Ich fürchte mich davor«, sagte Jean-Marie, »mein Magen ...«

»Nimm oder laß es stehen«, unterbrach ihn wütend der Doktor; »aber merke dir ein für allemal – es gibt nichts Verächtlicheres als einen Puritaner.«

Hier war wieder mal eine neue Lektion! Der Junge saß in Gedanken versunken und starrte, ohne davon zu kosten, das Glas an, während der Doktor das seinige leerte und von neuem füllte, anfänglich mit umwölkter Stirn; allmählich jedoch gab er der Sonne, dem prikkelnden, zu Kopf steigenden Getränk und seinem eigenen Hang, glücklich zu sein, nach.

»Mitunter«, sagte er schließlich, als eine Art Konzession an die strengere Haltung des Knaben, »ganz mitunter und in einem so kritischen Moment, ist solches Bier ein Nektar für die Götter. Die Gewohnheit, freilich, ist demoralisierend; Wein, der Saft der Traube, ist der wahre Trank der Franzosen, wie ich des öfteren zu bemerken Gelegenheit hatte; und ich weiß nicht einmal, ob ich dich ob deiner Weigerung, dies ausländische Stimulationsmittel zu genießen, tadeln soll. Du darfst dir Wein und Kuchen bestellen. Ist die Flasche schon leer? Nun, wir werden nicht stolz sein; wir werden uns deines Glases erbarmen.«

Als das Bier zu Ende war, wurde der Doktor, während Jean-Marie seinen Kuchen vertilgte, über die Maßen ungeduldig. »Ich brenne darauf, aufzubrechen«, sagte er, nach der Uhr schauend. »Großer Gott, wie langsam du ißt!« Dennoch entsprach das Langsamessen seinem ureigensten Rezept, ja stellte, seiner Meinung nach, das Hauptgeheimnis der Langlebigkeit dar.

Sein Martyrium hatte jedoch schließlich ein Ende; das Paar nahm seine Plätze in dem Wägelchen wieder ein, und Desprez kündigte, sich wohlig in die Polster zurücklehnend, seine Absicht an, nach Fontainebleau zu fahren.

»Nach Fontainebleau?« wiederholte Jean-Marie.

»Meine Worte sind stets wohl erwogen«, sagte der Doktor. »Los!«

Der Doktor fuhr durch die Pforte des Paradieses; die Luft, das Licht, die schimmernden Blätter, ja selbst die Bewegungen des Gefährtes schienen sich seinen sinnenden Betrachtungen anzupassen. Mit zurückgebogenem Haupte träumte er eine Reihe sonniger Visionen: das Bier und die Freude tanzten in seinen Adern. Endlich hub er zu sprechen an:

»Ich werde Casimir telegraphieren«, sagte er. »Der gute Casimir! Ein Bursche von einer niedrigeren Art von Intelligenz, Jean-Marie, entschieden unschöpferisch und unpoetisch; trotzdem wird er dir deine Mühe vergelten. Sein Vermögen ist ungeheuer und voll und ganz die Frucht seines Fleißes. Er ist genau der richtige Mann, um uns beim Verkauf unserer Kostbarkeiten zu helfen, uns in Paris ein passendes Haus zu suchen und die Einzelheiten unsrer Übersiedlung zu besorgen. Der vortreffliche Casimir, einer meiner ältesten Schulkameraden! Nebenbei geschah es auf seinen Rat hin, daß ich mein kleines Vermögen in türkischen Obligationen anlegte; haben wir erst die Schätze der mittelalterlichen Kirche unseren Einsätzen im Reiche Mohammeds hinzugefügt, mein Jungchen, so werden wir uns in Dublonen wälzen, ja förmlich wälzen! Prächtiger Wald, fahr wohl!« rief er. »Obwohl nach anderen Schauplätzen berufen, werde ich dich doch nicht vergessen. Dein Name ist mir ins Herz gegraben. Ich werde unter dem Einfluß der Prosperität noch dithyrambisch, Jean-Marie. Dies ist der Impuls der natürlichen Seele, die Veranlagung des urtümlichen Menschen. Und ich – nun, ich will das Lob nicht zurückweisen –, ich habe meine Jugend wie eine Jungfräulichkeit bewahrt; jeder andere, der jahrelang dies schläfrige Bauernleben geführt hätte, wäre rustifiziert, stereotyp geworden; allein ich, ich preise meine glückliche Veranlagung, ich habe mir meine Jugendfrische erhalten. Diese Opulenz und ein neuer Pflichtenkreis finden mich in der Begeisterung ungeschwächt und nur an Kenntnissen gereift. Was nun diesen künftigen Wechsel anbelangt, Jean-Marie – er hat dich vielleicht schockiert. Sage es nur geradeheraus, hat er dich nicht ein wenig inkonsequent angemutet? Gestehe es nur – es hat keinen Zweck, dich verstellen zu wollen –, er hat dich geschmerzt?«

»Jawohl«, sagte der Junge.

»Siehst du«, entgegnete der Doktor mit erhabener Einfalt, »ich habe deine Gedanken gelesen! Es überrascht mich auch gar nicht – deine Erziehung ist noch unvollständig; man hat dich noch nicht in den höheren Pflichten des Menschen unterwiesen. Bis wir mehr Muße haben, mag dir ein Wink genügen. Jetzt, da ich wieder über bescheidenen Wohlstand verfüge; jetzt, nachdem ich mich so lange Zeit hindurch durch Beschaulichkeit hinreichend vorbereitet habe, ruft mich die höhere Pflicht nach Paris. Meine wissenschaftliche Ausbildung, meine zweifellos große Rednerbegabung befähigen mich, dem Vaterlande zu dienen. Bescheidenheit wäre in diesem Falle eine Schlinge. Wäre Sünde ein philosophischer Ausdruck, so würde ich sie als Sünde bezeichnen. Ein Mann darf seine offensichtliche Begabung nicht verleugnen, denn das hieße seinen Verpflichtungen ausweichen. Jetzt gilt es, sich zu rühren und zu schaffen. Ich darf in der Schlacht des Lebens nicht fahnenflüchtig werden.«

So schwatzte er weiter, die Räder seiner Unbeständigkeit mit einem Überfluß an Worten ölend, während der Knabe schweigend, die Augen fest auf das Pferd gerichtet, in einem Aufruhr der Gedanken zuhörte. Des Doktors Beredsamkeit war verlorene Liebesmüh; keine noch so große Schaustellung von Worten vermochte je Jean-Maries Überzeugung zu erschüttern, und so fuhr er denn, von Mitleid, Schrecken, Empörung und Verzweiflung erfüllt, in Fontainebleau ein.

In der Stadt mußte Jean-Marie, auf dem Kutschbock angenagelt, den Schatz hüten, während der Doktor, seltsam leicht beschwingt und leise angeheitert, in den Cafés aus und ein schwirrte, den verschiedenen Garnisonsoffizieren die Hand schüttelte und sich mit der Exaktheit alter Erfahrung seinen Absinth mischte. Auch in den Läden ging er aus und ein, von wo er, mit köstlichen Früchten, einer echten Schildkröte, einem prachtvollen Stück Seide für seine Frau, einem gänzlich unmöglichen Stock für sich selbst und einem hypermodernen Käppi für den Jungen beladen, zurückkehrte; dann ging es zum Postamt, wo er ein Telegramm aufgab und drei Stunden später eine Antwort mit dem Versprechen eines Besuches am folgenden Tage erhielt, und so schwängerte er ganz Fontainebleau mit dem ersten prächtigen Aroma seiner göttlich guten Laune.

Die Sonne stand bereits tief, als sie sich wieder auf den Weg machten. Die Schatten der Stämme streckten sich über die breite Landstraße, welche sie ihrem Heim zuführte; schon stieg der durchdringende Geruch des abendlichen Waldes wie eine Weihrauchwolke von der weiten Fläche der Gipfel auf und senkte sich gleich einer fernen Musik in Wellen und Fluten in die Straßen des Städtchens nieder, in dem die Luft den ganzen Tag über zwischen den weißen Kalkmauern geschmort hatte. Als sie den halben Weg zurückgelegt hatten, schwand das letzte goldene Flackern von einer großen Eiche zur Linken; und als sie die jenseitige Grenze des Waldes erreichten, war die Ebene im perlgrauen Nebel versunken, und ein großer, blasser Mond zog in himmelansteigendem Bogen durch die durchsichtige Reihe der Pappeln.

Der Doktor sang, der Doktor pfiff, der Doktor redete. Er sprach von den Wäldern, von den Kriegen, vom Tau; er wurde immer ausgelassener und schwatzte von Paris; in einer Wolke dunstigen Bombastes entschwebte er aufwärts in die Herrlichkeit der politischen Arena. Alles sollte anders werden; mit dem scheidenden Tag sollten auch die Spuren einer überlebten Existenz schwinden, und die Sonne des Morgens würde das Neue mit sich bringen.

»Fort, fort«, rief er, »mit diesem Leben der Kasteiung!« Seine Frau – immer noch schön, oder er müsse beklagenswert voreingenommen sein – sollte nicht länger hier lebendig begraben sein; sie würde in der Gesellschaft glänzen. Jean-Marie würde die Welt zu seinen Füßen sehen, der Weg zum Erfolg, zu Reichtum, zu Ehren stünde ihm offen. »Apropos«, sagte er »halt nur um Himmels willen den Mund! Du bist ja ein höchst verschwiegenes Bürschchen, eine Eigenschaft, die ich mit Freuden anzuerkennen bereit bin – Schweigen, das goldene Schweigen! Dies jedoch ist eine sehr ernste Angelegenheit. Kein Wort davon darf an die Öffentlichkeit dringen; einzig der gute Casimir soll etwas davon erfahren, wir werden die Gefäße wahrscheinlich in England losschlagen müssen.«

»So gehören sie uns also nicht einmal?« rief der Junge fast schluchzend – es war das einzige Mal, daß er den Mund auftat.

»In dem Sinne schon, daß sie niemand sonst gehören«, erwiderte der Doktor. »Aber der Staat würde vielleicht einen gewissen Anspruch erheben. Würden sie zum Beispiel gestohlen, so könnten wir keinen Ersatz verlangen; wir hätten keinen Besitztitel vorzuweisen; ja, wir dürften die Sache nicht einmal der Polizei melden. So ist der ungeheuerliche Zustand unserer Gesetze. Es ist nur ein Beispiel dafür, was es noch zu tun gibt, der Ungerechtigkeit zu steuern, die durch einen eifrigen, rührigen und philosophiebeflissenen Deputierten gesühnt werden muß.«

Jean-Marie setzte seine Hoffnungen auf Madame Desprez, und während sie zwischen rauschenden Pappeln die Bourroner Chaussee entlangfuhren, betete er insgeheim und trieb sein Pferd zu ungewohnter Eile an. Sicherlich würde Madame gleich nach der Ankunft ihre Charakterfestigkeit beweisen und diesem wachen Alpdruck ein Ende bereiten.

Ihre Einfahrt in Gretz wurde von wütendem Hundegebell angekündigt und begleitet; sämtliche Dorfköter schienen den im Gig verborgenen Schatz zu wittern. Auf der Straße befand sich jedoch niemand, ausgenommen drei müßige Landschaftsmaler vor Tentaillons Tür. Jean-Marie öffnete das grüngestrichene Tor und führte Wagen und Pferd hinein; fast im gleichen Moment betrat Madame Desprez mit einer brennenden Laterne die Küchenschwelle. Der Mond stand noch nicht hoch genug, um über die Gartenmauer zu sehen.

»Schließe das Tor, Jean-Marie!« rief der Doktor, indem er etwas unsicher vom Wagen kletterte. »Anastasie, wo ist Aline?«

»Sie ist in Montereau auf Besuch bei ihren Eltern«, sagte Madame.

»Alles wendet sich zum Guten!« rief der Doktor bewegt. »Komm rasch zu mir; ich möchte nicht zu laut sprechen«, fuhr er fort. »Liebling, wir sind reich!«

»Reich!?« wiederholte seine Frau.

»Ich habe den Schatz von Franchard gefunden. Schau her, hier sind die ersten Früchte davon; eine Ananas, ein Kleid für meine stets schöne Anastasie – es wird ihr stehen, vertrau auf eines Gatten, eines Liebhabers Geschmack! Umarme mich, mein Liebling! Die Periode der Dürftigkeit ist vorüber; der Schmetterling entfaltet seine bunten Flügel. Morgen wird Casimir hier sein; in einer Woche sind wir vielleicht schon in Paris – und sind unendlich glücklich! Du sollst Brillanten bekommen. Jean-Marie, hol alles mit größter Sorgfalt unter dem Kutschbock hervor und bring die Sachen Stück für Stück ins Speisezimmer. Wir werden Silbergeschirr auf der Tafel haben! Liebling, beeile dich, diese Schildkröte zu bereiten, sie wird appetitanreizend wirken – ein angenehmes Plus für unsere übliche Magerkost. Ich selbst werde mich in den Keller begeben. Wir werden ein Fläschchen von jenem Beaujolais trinken, den du so liebst, und den Abend mit Hermitage beschließen; es sind noch drei Flaschen da. Ein würdiger Wein für eine würdige Gelegenheit.«

»Aber, lieber Mann, mir schwindelt der Kopf – ich verstehe kein Wort.«

»Die Schildkröte, meine Angebetete, die Schildkröte!« rief der Doktor und schob seine Ehehälfte mitsamt der Laterne der Küche zu.

Jean-Marie war sprachlos. Er hatte sich eine ganz andere Szene ausgemalt, einen zornigen Protest – und seine Hoffnung begann zu schwinden.

Der Doktor war überall zu gleicher Zeit, wenn auch etwas unsicher auf den Beinen und sich ab und zu mit der Schulter an die Wand lehnend. Es war schon lange her, daß er Absinth gekostet hatte, und jetzt spürte er selbst, daß Absinth ein Mißgriff gewesen war. Nicht, daß er an diesem herrlichen Tage den Exzeß bereute; aber er machte sich im Geiste eine Notiz, vor Absinth auf der Hut zu sein. Er durfte nicht ein zweites Mal einer so schädlichen Gewohnheit zum Opfer fallen. Im Handumdrehen hatte er den Wein aus dem Keller geholt; er stellte die noch immer mit der historischen Erdkruste behafteten Opfergefäße teils auf den weißgedeckten Tisch, teils auf das Büfett; alle paar Augenblicke eilte er in die Küche, setzte Anastasie mit Wermut zu, feuerte sie mit Ausblicken auf die Zukunft an und berechnete ihren Reichtum in ständig ansteigenden Zahlen. Noch ehe sie sich zu Tisch setzten, waren dieser Dame Tugenden in dem Feuer seiner Begeisterung geschmolzen und ihre Ängstlichkeit geschwunden. Auch sie begann, mit Verachtung von dem Leben in Gretz zu sprechen, und als sie Platz genommen hatte und die Suppe reichte, funkelten ihre Augen im Glanze zukünftiger Diamanten.

Während der Mahlzeit schmiedeten sie und der Doktor Märchenpläne. Sie nickten und prosteten einander zu und beugten sich über den Tisch. Ihre Gesichter zerflossen in Lächeln, aus ihren Augen schossen Freudenstrahlen, während sie sich des Doktors politische Auszeichnungen und die Salontriumphe der Dame ausmalten.

»Du wirst doch kein Roter werden!« rief Anastasie.

»Ich bin linkes Zentrum bis aufs Blut!« entgegnete der Doktor.

»Madame Gastein wird uns einführen – du wirst sehen, man wird uns vergessen haben«, sagte seine Frau.

»Niemals«, widersprach der Doktor. »Schönheit und Talent lassen ihre Spuren zurück.«

»Ich habe tatsächlich vergessen, wie man sich anzieht«, seufzte Madame.

»Liebling, du machst mich erröten«, rief er. »Du hast eine traurige Partie gemacht.«

»Aber dein Erfolg«, rief sie, »zu sehen, wie man dich schätzt und ehrt, in sämtlichen Zeitungen deinen Namen zu lesen, das wird mehr als eine Freude, das wird der Himmel sein!«

»Und einmal die Woche«, sagte der Doktor mit koketter Betonung der einzelnen Silben, »einmal die Woche – ein einziges niedliches Spielchen Baccarat?«

»Nur einmal die Woche?« fragte sie, ihm mit dem Finger drohend.

»Ich schwöre es, bei meiner Ehre als Politiker.«

»Ich verwöhne dich«, sagte sie und reichte ihm die Hand.

Er bedeckte sie mit Küssen.

Jean-Marie schlüpfte in die Nacht hinaus. Der Mond stand hoch über Gretz. Er ging in den Garten hinunter und setzte sich auf den Landungssteg. Der Fluß, ein Wirbel flüssigen Silbers, strömte mit leiser, eintöniger Melodie zu seinen Füßen. Zarte Nebelschleier bewegten sich zwischen den Pappeln des jenseitigen Ufers. Das Schilfrohr nickte lautlos. Wohl hundertmal zuvor hatte der Knabe schon in ähnlichen Nächten hier gesessen und in ungetrübtem Nachdenken dem eilenden Flusse zugeschaut. Und heute sollte es vielleicht das letzte Mal sein. Er sollte dies ihm so vertraute Dorf, dies grüne, rauschende Land, den hellen, stillen Strom verlassen. Er sollte in die große Stadt zurück. Seine liebe Herrin würde sich aufgeputzt in Salons bewegen; sein guter, geschwätziger, warmherziger Herr ein zänkischer Deputierter werden; und beide würden für immer Jean-Marie und ihrem besseren Ich verlorengehen. Er wußte, im

Trubel der Stadt würde er zu immer geringerer Bedeutung, vom Sohn zum Dienstboten herabsinken. Die trüben Prophezeiungen des Doktors tauchten wie ein Alpdruck in seiner Erinnerung auf. Schon jetzt war die Veränderung auffallend. Zum ersten Male versagte sein edelmütiges Nichtglaubenkönnen; selbst ein Kind mußte erkennen, daß der Hermitage vollendet, was der Absinth begonnen hatte. War dies der erste Tag, wie würde dann der letzte sein? »Wenn nötig, bring den Zug zum Entgleisen«, murmelte er, eingedenk der Parabel des Doktors. Er ließ seine Blicke über das entzükkende Bild schweifen und sog die von Heuduft geschwängerte, zauberhafte Nachtluft in tiefen Zügen ein. »Wenn nötig, bring den Zug zum Entgleisen«, wiederholte er. Und er erhob sich und kehrte ins Haus zurück.

6

Eine Kriminaluntersuchung in zwei Teilen

Am nächsten Morgen herrschte ein ungewöhnlicher Aufruhr im Doktorhause. Als letztes vor dem Schlafengehen hatte der Doktor die Wertsachen in den Speisezimmerschrank geschlossen, und siehe da, als er aufstand, was etwa um vier Uhr geschah, war der Schrank erbrochen und die Wertsachen verschwunden. Madame und Jean-Marie wurden aus ihren Zimmern gerufen und erschienen in oberflächlicher Kleidung. Sie fanden den Doktor tobend vor. Er rief den Himmel zum Zeugen und zur Rache auf und rannte barfuß im Zimmer auf und ab, wobei die Zipfel seines Nachthemdes bei jeder Wendung flatterten.

»Fort!« schrie er, »die Sachen sind fort, das Vermögen ist beim Teufel. Wir sind wieder bettelarm. Junge, weißt du etwas hiervon? Heraus mit der Sprache, heraus damit. Weißt du irgend etwas? Wo sind sie?« Er packte ihn am Arm und schüttelte ihn wie einen Sack; des Knaben Worte kamen, wenn überhaupt, ruckweise in undeutlichem Gemurmel heraus. Plötzlich, als schäme er sich seiner Heftigkeit, ließ der Doktor den Jungen los. Anastasie war in Tränen ausgebrochen. »Anastasie«, stöhnte er mit gänzlich veränderter Stimme, »beruhige dich, beherrsche deine Gefühle. Ich möchte nicht, daß du dich pöbelgleich dem Affekte überläßt. Dies – dies nebensächliche Ereignis muß überwunden werden. Jean-Marie, bring mir meinen kleineren Medizinkasten. Ein mildes Laxativ ist hier angebracht.«

Und er verabreichte der gesamten Familie ein Abführmittel, wobei er selbst mit einer doppelten Dosis voranging. Die unglückliche Anastasie, die in ihrem ganzen Leben nicht krank gewesen war und alle Medikamente aus tiefster Seele verabscheute, vergoß Ströme von Tränen, während sie nippte, sich ekelte und protestierte, worauf sie tyrannisiert und angeschrien wurde, bis sie abermals nippte. Was Jean-Marie betraf, so schluckte er seine Portion stoisch hinunter.

»Ich habe ihm ein geringeres Quantum gegeben«, bemerkte der Doktor, »seine Jugend schützt ihn vor Emotionen. Und jetzt, da wir etwaigen krankhaften Folgen vorgebeugt haben, wollen wir uns die Sache überlegen.«

»Mir ist so kalt«, jammerte Anastasie.

»Kalt!« rief der Doktor. »Gott sei Dank, daß ich aus feurigerem Stoffe bin. Ich bitte Sie, Madame, ein Schlag wie dieser müßte selbst einen Frosch zum Schwitzen bringen. Ist Ihnen kalt, so können Sie sich ja zurückziehen; nebenbei könntest du mir meine Hosen herunterwerfen. Es ist etwas kühl um die Beine.«

»O nein«, protestierte Anastasie. »Ich bleibe bei dir.«

»Nein, Madame, Sie sollen durch Ihre Treue nicht zu leiden haben«, sagte der Doktor. »Ich werde Ihnen selbst einen Schal holen.« Und er begab sich nach oben und kehrte vollständig angekleidet und mit einem Arm voll Mäntel für die zähneklappernde Anastasie zurück. »Und nun«, fuhr er fort, »wollen wir dies Verbrechen untersuchen. Laßt uns auf induktivem Wege vorgehen. Anastasie, weißt du etwas, was uns weiterbringt?«

Anastasie wußte nichts.

»Du etwa, Jean-Marie?«

»Ich auch nicht«, entgegnete der Junge bestimmt.

»Gut«, erwiderte der Doktor. »Wir wenden unsere Aufmerksamkeit nunmehr den materiellen Beweisen zu. – Ich bin der geborene Detektiv; ich besitze sein Auge und seinen systematischen Geist. – Erstens, man hat hier Gewalt angewendet. Die Tür ist erbrochen worden; nebenbei ist zu bemerken, daß das Schloß nach dieser Erfahrung viel zu teuer war; deswegen werde ich noch ein Hühnchen mit Meister Goguelat zu rupfen haben. Zweitens, hier ist das Instrument, das dabei verwendet wurde, eines unserer eigenen Tafelmesser, eines unserer allerbesten, meine Liebe; was seitens der Bande – falls es eine Bande war – auf keinerlei Vorbereitungen schließen läßt. Drittens bemerke ich, daß bis auf die Franchardschen Gefäße und die Truhe nichts gestohlen worden ist; unser eigenes Silber hat man aufs genaueste respektiert. Das ist schlau, es beweist Intelligenz, Kenntnis der Gesetze, den Wunsch, gerichtlichen Konsequenzen aus dem Wege zu gehen. Aus dieser Tatsache schließe ich, daß sich unter der Bande auch respektable Personen befinden – von äußerlicher Respektabilität, wohlgemerkt, rein äußerlicher, wie dieser Einbruch beweist. Zweitens folgere ich daraus, daß wir in Franchard selbst belauscht und den ganzen Tag über mit einer Geschicklichkeit und Geduld verfolgt worden sind, die ich als vollendet zu bezeichnen wage. Kein gewöhnlicher Mensch, kein Gelegenheitsverbrecher hätte sich derartiger Kombinationen fähig gezeigt. In unserer Nachbarschaft befindet sich daher höchstwahrscheinlich ein privatisierender Bandit von höchster Intelligenz.«

»Großer Gott«, rief die erschrockene Anastasie, »Henri, wie kannst du nur so reden!«

»Meine Teuerste, ich verfolge hier ein induktives Verfahren«, war die Antwort des Doktors. »Wenn irgendeiner meiner Schritte unrichtig ist, so korrigiere mich bitte. Bist du stumm? Nein? Dann sei bitte nicht so unlogisch, vor meinen Schlüssen zurückzuschrecken. Wir sind nunmehr zu einer Vorstellung von der Beschaffenheit der Bande gelangt«, fuhr er fort, »denn ich neige immer noch zu der Annahme, daß es mehr als eine Person war, und verlassen jetzt dies Zimmer, das uns keinerlei weitere Aufschlüsse zu geben vermag, um unsere Aufmerksamkeit dem Hof und dem Garten zuzuwenden. – Jean-Marie, ich hoffe, du folgst meinen einzelnen Schlüssen ganz genau; du kannst hieraus Vortreffliches lernen. – Komm mit mir zur Tür. Keine Fußspuren auf dem Hof; es ist beklagenswert, daß unser Hof gepflastert ist. Von welchen unbedeutenden Einzelheiten mitunter das Schicksal solcher delikaten Untersuchungen abhängt! Hallo! Was haben wir hier? Ich habe euch genau an die richtige Stelle geführt«, sagte er, indem er großartig rückwärts auf das grüne Tor wies. »Wie ihr selbst sehen könnt, ist hier jemand über den Zaun geklettert.«

Tatsächlich war die grüne Farbe an verschiedenen Stellen abgeschabt und abgeblättert; und auf einem der

Bretter war der Abdruck eines genagelten Schuhes zurückgeblieben. Der Fuß war ausgeglitten, so daß die Größe des Schuhs schwer und die Anordnung der Nägel überhaupt nicht zu erkennen waren.

»Der ganze Raub«, schloß der Doktor, »ist somit Schritt für Schritt rekonstruiert worden. Weiter vermag die induktive Wissenschaft nicht zu gehen.«

»Es ist wunderbar«, meinte seine Frau. »Du hättest wirklich Detektiv werden sollen, Henri. Ich hatte keine Ahnung von deinen Talenten.«

»Meine Liebe«, entgegnete herablassend der Doktor, »ein Mann mit wissenschaftlichem Kombinationsvermögen besitzt auch die unwichtigeren Eigenschaften. Er ist ebensosehr Detektiv wie Publizist oder General; das sind lediglich Spezialproben seines besonderen Talentes. Wollt ihr aber«, fuhr er fort. »daß ich noch weiter gehe? Wollt ihr, daß ich meine Hand auf den Schuldigen lege? Oder vielmehr, denn ganz so viel kann ich euch nicht versprechen, soll ich euch das Haus zeigen, wo er oder sie wohnen? Das dürfte uns eine Genugtuung gewähren, zum mindesten wird es die einzige Genugtuung bleiben, die uns zuteil werden wird, da uns die Hilfe der Gesetze versagt ist. Um den von mir gegebenen Umriß des Verbrechens auszufüllen, brauche ich einen Menschen, der von Haus aus müßig in den Wäldern herumschweift, einen Menschen von Bildung und über die Erwägungen der Moral erhaben. Diese sämtlichen drei Voraussetzungen finden sich in Tentaillons Pensionären vereinigt. Sie sind Maler, folglich treiben sie sich ständig im Wald umher. Sie sind Maler, folglich werden sie wahrscheinlich einen Schimmer von Bildung besitzen. Schließlich sind sie, da sie Maler sind, wahrscheinlich auch unmoralisch. Das kann ich auf zweierlei Art beweisen. Erstens ist die Malerei eine Kunst, die sich lediglich an das Auge wendet; sie setzt in keinerlei Weise den moralischen Sinn in Bewegung. Zweitens läßt die Malerei, wie alle anderen Künste, auf die gefährliche Eigenschaft der Phantasie schließen. Ein Mann von Phantasie ist niemals moralisch; er setzt sich über die Schranken der Wirklichkeit hinweg und sieht das Leben von so vielen schwankenden Gesichtspunkten an, daß er sich unmöglich mit den gehässigen Unterscheidungen der Gesetze abzufinden vermag.«

»Aber du hast doch immer gesagt – wenigstens habe ich dich so verstanden«, unterbrach ihn Madame, »daß diese Burschen auch nicht die geringste Phantasie bezeigten.«

»Meine Liebe, sie haben Phantasie bezeigt, und zwar von sehr phantastischer Art«, entgegnete der Doktor, »als sie ihren bettlerhaften Beruf ergriffen. Außerdem – dieses Argument wird genau auf deinem intellektuellen Niveau stehen – sind viele von ihnen Engländer und Amerikaner. Wo sonst sollen wir denn einen Dieb suchen? Und jetzt siehst du wohl am besten nach deinem Kaffee. Weil uns ein Schatz verlorengegangen ist, brauchen wir noch nicht zu hungern. Ich für meinen Teil werde mein Frühstück mit Weißwein beginnen. Ich fühle mich ganz unerklärlich erhitzt und hungrig. Ich vermag das nur dem Schreck über die Entdeckung zuzuschreiben. Dennoch müßt ihr mir das Zeugnis ausstellen, daß ich die Aufregung großartig getragen habe.«

Der Doktor hatte sich inzwischen wieder in vorzügliche Laune geredet, und während er in der Laube saß und voller Behagen eine große Portion Weißwein hinuntergoß und mit nicht sehr stürmischem Appetit an einem kleinen Brocken Brot und Käse knabberte, weilten seine Gedanken, wenn auch zu einem Drittel bei dem verschwundenen Schatz, so doch zu zwei Dritteln in einer angenehmen Weise bei seiner Geschicklichkeit als Detektiv.

Etwa um elf Uhr traf Casimir ein; er hatte einen Frühzug nach Fontainebleau benutzt und war, um Zeit zu sparen, von dort aus mit dem Wagen gefahren. Jetzt war dieser bei Tentaillon untergestellt, und seine Uhr zu Rate ziehend, sah er, daß er anderthalb Stunden Zeit hätte. Casimir kehrte mit Vorliebe den Geschäftsmann heraus, seine Sprache war kurz und energisch, und er liebte es, auf gedankenvolle Art die Stirn zu runzeln. Als Anastasies leiblicher Bruder verschwendete er an diese Dame nicht viel brüderliches Gefühl, sondern gab ihr nach englischer Familienart einen Kuß und verlangte unverzüglich zu essen.

»Ihr könnt mir eure Geschichte beim Essen erzählen«, bemerkte er. »Gibt's was Gutes heute, Stasie?«

Man versprach ihm etwas Gutes. Das Trio setzte sich in der Laube zu Tisch. Jean-Marie aß mit und wartete zugleich auf, und der Doktor berichtete in blumigstem Erzählerstil, was ihm zugestoßen war. Casimir hörte unter Lachsalven zu.

»Welch fortgesetzter Dusel, mein guter Bruder«, bemerkte er, als der Bericht zu Ende war. »Wärest du nach Paris gezogen, du hättest die ganze Geschichte in drei Monaten durchgebracht. Dein eigenes Vermögen wäre den gleichen Weg gegangen, und du wärst wieder einmal als Bittsteller zu mir gekommen, wie das vorige Mal. Aber ich warne dich – Stasie mag ruhig weinen und Henri seine logischen Beweise zu Rate ziehen –, ein zweites Mal kommt ihr damit nicht durch. Euer nächster Zusammenbruch wird endgültig sein. Ich glaubte, dir das schon einmal gesagt zu haben. Stasie? He? Noch immer keine Vernunft?

Der Doktor war zusammengezuckt und hatte Jean-Marie verstohlen angesehen; aber der Junge schien teilnahmslos zu sein.

»Aber was seid ihr auch für Kinder«, brach Casimir von neuem los, »ungezogene Kinder, bei Gott! Wie konntet ihr den Wert von all dem Plunder bestimmen? Vielleicht taugte er überhaupt nichts oder doch nur wenig.«

»Verzeihung«, sagte der Doktor. »Ich sehe, du redest mit deinem üblichen Temperament, aber mit noch weniger Überlegung als gewöhnlich. Ich bin nicht so ganz unbewandert in diesen Angelegenheiten.«

»Nicht so ganz unbewandert in allem, was mir je zu Ohren gekommen ist«, unterbrach ihn Casimir, indem er sich erhob und ihm mit einer Art naseweiser Höflichkeit zuprostete.

»Zum mindesten habe ich mich, das wirst du mir wohl glauben, mit der Sache befaßt«, fuhr der Doktor fort, »meiner Schätzung nach müßte sich unser Kapital etwa verdoppeln.« Und er schilderte ihm die Art des Fundes.

»Bei meinem Wort!« sagte Casimir, »ich glaube dir halb und halb! Doch hängt natürlich viel von der Qualität des Goldes ab.«

»Die Qualität, mein lieber Casimir, war ...« Und der Doktor küßte mangels passender Worte seine Fingerspitzen.

»Auf dein Wort möchte ich mich nicht verlassen, mein lieber Freund«, antwortete der Mann der Geschäfte. »Du bist ein Mensch mit sehr rosigen Ansichten. Aber dieser Raub«, fuhr er fort, »dieser Raub ist eine seltsame Sache. Natürlich lege ich auf deinen Unsinn von Banden und Landschaftsmalern und so weiter keinen Wert. Mir ist das alles nur ein Traum. Wer war denn gestern hier im Hause?«

»Niemand außer uns«, war die Antwort des Doktors.

»Und dieser junge Herr da?« fragte Casimir mit einem Ruck seines Kopfes in der Richtung Jean-Maries.

»Er auch ...«, gestand der Doktor.

»Nun, und wenn die Frage gestattet ist, wer ist er?« fuhr der Schwager fort.

»Jean-Marie«, erwiderte der Doktor, »vereinigt in sich die Eigenschaften eines Sohnes und eines Stalljungen. Er begann als letzterer, ist jedoch rasch zu dem ehrenvolleren Rang in unserer Neigung gestiegen. Er ist, das kann ich ruhig behaupten, unser größter Trost im Leben.«

»Ha!« sagte Casimir. »Und bevor er euer Trost wurde?«

»Jean-Marie hat ein außerordentliches Leben geführt; seine Erlebnisse waren in der Hauptsache bildend«, entgegnete Doktor Desprez. »Hätte ich für meinen Sohn eine Erziehung zu wählen gehabt, ich hätte ihm die gleiche ausgesucht. Da er mit Gauklern und Dieben anfing und zu der Gesellschaft und Freundschaft von Philosophen überging, kann man von ihm behaupten, daß er das Buch des Lebens im Fluge gelesen hat.«

»Dieben?« wiederholte der Schwager mit nachdenklicher Miene.

Der Doktor hätte sich die Zunge abbeißen mögen. Er sah voraus, was kommen würde, und bereitete sich im Geist auf eine kräftige Verteidigung vor.

»Hast du jemals selbst gestohlen?« fragte Casimir, indem er sich plötzlich nach Jean-Marie umdrehte und zum erstenmal ein an seinem Halse befestigtes Monokel in Bewegung setzte.

»Ja, Herr«, erwiderte der Junge mit tiefem Erröten.

Casimir wandte sich mit aufgeworfenen Lippen wieder den anderen zu und nickte bedeutungsvoll. »He?« sagte er. »Was sagt ihr dazu?«

»Jean-Marie gibt der Wahrheit die Ehre«, versetzte der Doktor, sich in die Brust werfend.

»Er hat noch niemals gelogen«, fügte Madame hinzu. »Er ist der beste aller Jungen.«

»Noch niemals gelogen, so, so«, bemerkte Casimir. »Sonderbar, höchst sonderbar. Schenk mir mal deine Aufmerksamkeit, junger Freund«, fuhr er fort. »Du wußtest von diesem Schatz?«

»Er hat geholfen, ihn nach Hause zu bringen«, warf der Doktor dazwischen.

»Desprez, ich bitte dich um das eine, den Mund zu halten«, versetzte Casimir. »Ich beabsichtige, diesen deinen Stalljungen auszufragen; wenn du seiner Unschuld so sicher bist, so laß ihn bitte allein antworten. Also, junger Mann«, redete er weiter, sein Einglas auf Jean-Marie gerichtet, »du wußtest, daß der Schatz ohne Gefahr einer Strafe gestohlen werden konnte? Du wußtest, daß man dich nicht gerichtlich belangen würde? Heraus mit der Sprache! Ja oder Nein?«

»Ich wußte es«, antwortete Jean-Marie in jämmerlichem Flüsterton. Er saß da, lief immer wieder rot an und erbleichte, wie ein sich drehender Leuchtturm. Seine Finger in höchster Erregung verkrampfend, nach Luft schnappend, gab er ein Bild der Schuld ab.

»Du weißt, wo er sich befand?« bohrte der Frager weiter.

»Ja«, kam es von Jean-Marie.

»Du sagst, du bist früher ein Dieb gewesen«, fuhr Casimir fort. »Wie soll ich da wissen, daß du jetzt keiner mehr bist? Ich nehme an, du bist imstande, das grüne Tor zu überklettern.«

»Jawohl«, noch leiser seitens des Schuldigen.

»Nun, dann bist du es auch gewesen, der diese Sachen gestohlen hat. Du warst es, du wagst es nicht zu leugnen. Sieh mir ins Gesicht! Sieh mich an mit deinen Diebsaugen und antworte!«

Aber anstelle einer Antwort oder dergleichen brach Jean-Marie fassungslos in Tränen aus und floh aus der Laube. Anastasie fand, ehe sie dem Opfer nachsetzte, um es einzufangen und zu trösten, noch Zeit, einen Partherpfeil zu entsenden. »Casimir, du bist ein brutaler Mensch!«

»Mein Bruder«, sagte Desprez mit unübertrefflicher Würde, »du nimmst dir Freiheiten heraus ...«

»Desprez«, unterbrach ihn Casimir, »um Himmels willen, zeige dich mal als Weltmann. Du telegraphierst mir und ersuchst mich, mein Geschäft im Stich zu lassen und hierher zu kommen, um für dich ein Geschäft zu erledigen. Ich komme, frage nach dem Geschäft und du sagst: ›Finde mir diesen Dieb!‹ Nun, ich finde ihn; ich sage: ›Das ist er!‹ Es mag dir vielleicht nicht behagen, aber du hast kein Recht, darüber beleidigt zu sein.«

»Nun«, entgegnete der Doktor, »ich will das zugeben; ich will dir sogar für deinen unangebrachten Eifer danken. Aber deine Hypothese ist so ungeheuerlich ...«

»Paß einmal auf«, unterbrach ihn Casimir von neuen, »bist du oder ist Stasie es gewesen?«

»Ganz entschieden nicht«, war des Doktors Antwort.

»Nun gut, dann war es der Junge. Aber sprechen wir nicht weiter davon«, sagte der Schwager und holte seine Zigarrentasche hervor.

»Ich möchte nur noch das eine sagen«, versetzte Desprez; »wenn jener Junge käme und es selbst behauptete, würde ich ihm nicht glauben. Und wenn ich ihm glaubte, so grenzenlos ist mein Vertrauen, ich würde folgern, daß er es zum Guten getan hat.«

»Schön, schön«, meinte Casimir nachsichtig. »Hast du Feuer? Ich muß jetzt gehen. Übrigens wollte ich, Ihr erlaubtet mir, die Türkenrente für euch zu verkaufen. Ich habe dir ja schon lange gesagt, daß sie eines Tages zum Teufel gehen wird. Ich sage es dir heute noch einmal. Ja, zum Teil bin ich deswegen eigens zu euch gekommen. Du hast meinen Brief nie beantwortet – eine ganz unverzeihliche Angewohnheit.«

»Mein guter Bruder«, entgegnete der Doktor liebenswürdigst, »ich habe deine Geschäftstüchtigkeit niemals geleugnet, aber ich sehe auch ihre Grenzen.«

»Zum Donnerwetter noch mal, mein Freund, ich gebe dir das Kompliment zurück«, versetzte der Mann der Geschäfte. »Deine Grenze besteht darin, total unvernünftig zu sein.«

»Bemerke bitte unsere relativ verschiedene Haltung«, erwiderte lächelnd der Doktor. »Du glaubst durch dick und dünn nur an eines einzigen Menschen Urteil – das deinige. Ich hege die gleiche Ansicht, aber kritisch und mit offenen Augen. Welcher ist nun der Vernünftigere? – Die Entscheidung überlasse ich dir.«

»Mein lieber Desprez!« rief Casimir, »bleib bei deinen Türken, bleib bei deinem Stalljungen, geh in allen Dingen auf deine private Manier zum Teufel und bleibe dort. Aber komme mir nicht mit der Logik – ich halte das nicht aus. Und damit gehab dich wohl. Bei dem, was ich ausgerichtet habe, hätte ich genausogut wegbleiben können. Sag in meinem Namen Stasie adieu, sag meinetwegen auch dem mürrischen Stalljungen adieu, wenn du darauf bestehen solltest. Ich mache mich aus dem Staube.«

Und Casimir ging. An jenem Abend analysierte der

Doktor vor Anastasie seinen Charakter. »Das eine hat er wenigstens aus seiner langen Bekanntschaft mit deinem Gatten gelernt, meine Schönste«, sagte er, »das Wort Logik. Das glänzt in seinem Vokabularium wie ein Juwel in einem Müllhaufen. Und deshalb gebraucht er es fortwährend, freilich falsch. Denn du wirst bemerkt haben, daß er es gleichsam im Spott anwendet, im Sinne von Zungendrescherei, womit er andeuten will, daß ich quasi zur Sophistik neige. Armer Kerl! Was nun sein Verhalten gegen Jean-Marie betrifft, so muß man ihm seine Grausamkeit verzeihen – sie liegt nicht in seiner Natur, sondern in der Natur seines Lebens. Ein Mensch, der mit Geld zu tun hat, ist ein verlorener Mensch, meine Liebe.«

Bei Jean-Marie ging der Versöhnungsprozeß etwas langsamer. Anfänglich war er untröstlich, wollte durchaus fort von der Familie, verfiel aus einem Weinkrampf in den anderen, und erst nachdem Anastasie sich über eine Stunde mit ihm eingeschlossen hatte, kam sie wieder zum Vorschein, suchte den Doktor auf und berichtete ihm mit Tränen in den Augen das Vorgefallene.

»Anfangs, lieber Mann, wollte er von nichts wissen«, sagte sie. »Stell dir nur vor, wenn er uns verlassen hätte! Was wäre daneben der Schatz gewesen! Der abscheuliche Schatz, er ist an allem schuld! Endlich, nachdem er sich das Herz aus dem Leibe geschluchzt hatte, willigte er ein zu bleiben, unter einer Bedingung: daß wir nie wieder die Sache vor ihm erwähnen, diesen schändlichen Verdacht, und auch nicht einmal den Diebstahl. Nur unter dieser Bedingung will der arme grausame Junge einwilligen, bei seinen Freunden zu bleiben.«

»Aber dieses Verbot«, sagte der Doktor, »dieses Embargo kann – kann sich doch nicht auch auf mich beziehen?«

»Auf uns alle«, versicherte Anastasie.

»Mein Liebling«, protestierte Desprez, »du mußt ihn mißverstanden haben. Es kann sich nicht auf mich beziehen.«

»Henri«, sagte sie, »es bezieht sich auch auf dich; ich schwöre dir, daß es der Fall ist.«

»Das ist ein schmerzlicher, ein höchst schmerzlicher Umstand«, sagte der Doktor, ein wenig finster blickend. »Ich kann nicht verhehlen, Anastasie, daß ich mich mit Recht verletzt fühle. Es geht mir nahe, liebe Frau, sehr nahe.«

»Ich wußte, daß es so kommen würde«, sagte sie. »Aber hättest du nur seinen Kummer gesehen! Wir müssen auf ihn Rücksicht nehmen, müssen ihm unsere Gefühle zum Opfer bringen.«

»Ich hoffe, meine Liebe, du hast mich noch niemals einem Opfer abgeneigt gefunden«, meinte der Doktor äußerst steif.

»Du erlaubst mir also, ihm zu sagen, daß du eingewilligt hast? Das sieht deinem edlen Charakter ähnlich«, rief sie.

In der Tat! So war es! Das sah er sofort ein. Gleich stieg seine Laune, sie triumphierte bei dem Gedanken. »Geh, mein Liebling«, sagte er edelmütig. »Das Thema ist zwischen uns begraben; mehr noch: ich werde mir Mühe geben – meinen Willen habe ich an derartige Anstrengungen gewöhnt –, und die Sache ist vergessen.«

Kurz darauf erschien Jean-Marie in tödlicher Verlegenheit und mit geschwollenen Augen und machte sich ostentativ an seine Arbeit. Von denen, die sich an jenem Abend zu Tisch setzten, war er der einzig Unglückliche. Der Doktor strahlte förmlich. Dem Schatze sang er, wie folgt, das Requiem:

»Im großen und ganzen«, sagte er, »ist diese ganze Episode höchst amüsant gewesen. Wir sind um keinen Pfennig ärmer geworden, im Gegenteil, wir haben enorm gewonnen. Unsere Philosophie wurde in Bewegung gesetzt; etwas von der Schildkröte ist auch noch übriggeblieben – von dieser bekömmlichsten aller Delikatessen; ich habe meinen Stock, Anastasie ihr neues Kleid, Jean-Marie ist der glückliche Besitzer eines schicken Käppis. Außerdem gab es gestern abend ein Gläschen Hermitage; sein Feuer durchglüht mich noch immer. Ich fing an, in bezug auf den Hermitage geradezu geizig zu werden, geizig, sage ich. Laßt mich den Wink beherzigen: Eine Flasche tranken wir, um das Auftauchen unseres visionären Reichtums zu feiern; die zweite Flasche soll uns über sein Verschwinden trösten. Die dritte dediziere ich hiermit Jean-Marie zu seiner Hochzeit.«

7

Der Fall des Hauses Desprez

Dem Doktorhause ist noch nicht die Ehre einer Beschreibung zuteil geworden, und es ist jetzt hohe Zeit, dieses Versäumnis nachzuholen, denn das Haus selbst ist eine handelnde Person dieser Geschichte, eine, deren Rolle bald ausgespielt ist. Zweistöckig, mit Mauern in warmem Gelb und uralten rotbraunen Ziegeln, die mit Moos und Flechten geschmückt waren, stand es mit der einen Straßenwand in einem Winkel zu des Doktors Besitztum. Es war geräumig, zugig und unpraktisch. In die schweren Balken waren hie und da rohe Zeichen und Muster eingegraben; das Treppengeländer war mit ländlichen Arabesken geschmückt; eine feste Säule aus Holz, deren Aufgabe es war, das Speisezimmerdach zu stützen, trug auf ihrer Schattenseite geheimnisvolle Schriftzüge, Runen, wenn man dem Doktor glauben wollte. Auch versäumte er nie, wenn er die legendäre Geschichte des Hauses und seiner Besitzer erzählte, bei dem skandinavischen Gelehrten zu verweilen, dessen Hinterlassenschaft sie waren. Dielen, Türen und Balken bildeten die verschiedenartigsten Winkel; jeder Raum besaß seine eigene Ebene; der Giebel hatte sich nach Art eines schiefen Turms nach dem Garten zu gesenkt, und einer der früheren Besitzer hatte das Gebäude von der Seite her mit einer schweren Holzstrebe gestützt. Im großen und ganzen wies das Haus deutliche Spuren des Verfalls auf; es war ein Haus, das die Ratten verlassen hätten, und nichts als seine glänzende Sauberkeit – die geputzten leuchtenden Fensterscheiben, der klare Farbanstrich, das strahlende Messing, ja selbst die ganz mit Kletterpflanzen überwucherte Stütze –, nichts, außer seiner Ähnlichkeit mit einem wohlgepflegten, lächelnden Veteranen, der mit seinen Krücken und allem sonstigen Zubehör in einem sonnigen Winkel eines Gartens sitzt, machte es zu einer für Bequemlichkeit liebende Menschen bewohnbaren Wohnstätte. Unter schlechter oder achtloser Verwaltung wäre es gar bald in das Landstreicherstadium des Verfalls übergegangen. So, wie es war, liebte es die ganze Familie, und der Doktor war nie poetischer gestimmt, als wenn er die Geschichte des Hauses erzählte, wie sie ihm vorschwebte, oder die Charaktere seiner verschiedenen Besitzer schilderte, angefangen von dem jüdischen Kaufmann, der nach dem Brande der Stadt die Mauern neu errichtete, über den geheimnisvollen Runenschnitzer bis zu dem langschädeligen, schmutzigen Toffel, von dem er selbst es unter ungeheuren Kosten erworben hatte. Was die Dauerhaftigkeit anbetraf, so war ihm niemals der Gedanke gekommen, diese zu bezweifeln. Was vier Jahrhunderte lang gestanden hatte, würde wohl noch ein wenig länger aushalten.

Ja, in diesem besonderen Winter, nachdem der Schatz verlorengegangen war, quälte die Desprez' eine ganz andere und ihrem Herzen weit näherliegende Sorge. Jean-Marie war entschieden nicht mehr er selbst. Er bekam Anfälle fieberhaften Tätigkeitsdranges, während derer er sich auffällig bemühte zu gefallen, er sprach mehr und rascher als gewöhnlich und betrieb seine Studien weit eifriger. Diese Anfälle wurden jedoch von Stunden der Melancholie und brütenden Schweigens abgelöst, in denen der Junge fast unleidlich war.

»Schweigen«, moralisierte der Doktor, »du siehst, was das Schweigen für Folgen hat, Anastasie. Hätte der Junge sein Herz ausgeschüttet, wie es sich gehörte, die kleine Enttäuschung über den Schatz, das bißchen Ärger über Casimirs Unhöflichkeit wäre längst vergessen. Unter diesen Umständen aber zehrt es an ihm wie eine Krankheit. Er magert ab, sein Appetit ist unregelmäßig und im großen und ganzen schwächer. Ich halte ihn unter strenger Zucht, verwende die kräftigsten Tonika, alles umsonst.«

»Meinst du nicht, daß du ihm zu viel eingibst?« fragte Anastasie schüchtern.

»Eingibst?« rief der Doktor. »Ich eingeben? Anastasie, ich glaube, du bist verrückt!«

Die Zeit verstrich, und des Knaben Gesundheitszustand verschlechterte sich ständig. Der Doktor schrieb es dem Wetter zu, das kalt und stürmisch war. Er ließ den Kollegen aus Bourron kommen, faßte eine Vorliebe für ihn, verhimmelte sein Können und befand sich bald selbst in Behandlung – für welches Leiden, war kaum ersichtlich. Er und Jean-Marie mußten zu verschiedenen Tageszeiten verschiedene Medizinen einnehmen. Der Doktor pflegte, die Uhr in der Hand, auf den genauen Moment zu warten. »Es geht nichts über Regelmäßigkeit«, sagte er dann, teilte die Dosen ein und pries die Heilkraft der Tränklein; und wenn der Junge auch keine Besserung verspürte, so wurde dem Doktor wenigstens nicht schlechter.

Am fünften November ging es dem Jungen besonders schlecht. Es war unfreundliches, böiges Wetter. Unheimliche, bizarre Wolkenmassen segelten eilig den Himmel entlang; flüchtige Sonnenstrahlen huschten, gefolgt von Dunkelheit und einem weißen, fliegenden Regen, über das Dorf. Mitunter erhob der Wind brüllend seine Stimme. Die Bäume an den Wiesenrainen peitschten sich gegenseitig, und die Blätter zerstoben wie Staub.

Bei dem Wetter und des Jungen Krankheit war der Doktor ganz in seinem Element, galt es doch eine Theorie zu beweisen. Da saß er, die Taschenuhr in der Hand und das Barometer vor sich, und wartete die Windausbrüche ab, um ihre Wirkung auf den menschlichen Puls zu notieren. »Dem wahren Philosophen«, bemerkte er entzückt, »wird jede Erscheinung in der Natur zum Spiele.« Ein Brief wurde ihm gebracht; da aber seine Ankunft mit dem Eintreffen eines Windstoßes zusammenfiel, stopfte er ihn nur in die Tasche und widmete sich Jean-Marie, und im nächsten Augenblick zählten beide um die Wette ihren Puls.

Bei Anbruch der Nacht steigerte sich der Wind zum Orkan. Er belagerte das Dörfchen von allen Seiten wie mit Kanonen. Das Haus erzitterte und krachte in allen Fugen; glühende Kohlen wurden über die Dielen gefegt. Das Toben und Grauen der Nacht hielt die Menschen lange wach; lauschend, mit bleichen Gesichtern hockten sie in den Zimmern.

Es schlug zwölf Uhr, als die Familie Desprez sich niederlegte. Um halb zwei Uhr, als der Sturm seinen Höhepunkt bereits überschritten hatte, erwachte der Doktor aus einem unruhigen Schlummer und richtete sich auf. Noch immer klang ein fremdes Geräusch in seinen Ohren, ob es jedoch aus dieser Welt oder aus der Welt der Träume stammte, vermochte er nicht zu sagen. Ein neuer Windstoß folgte. Er wurde von einem schwindelerregenden Schwanken des ganzen Hauses begleitet, und in der darauffolgenden Stille konnte Desprez die Dachziegel wasserfallähnlich in den Heuboden über seinem Kopfe hinabstürzen hören. Er riß Anastasie buchstäblich aus dem Bett.

»Lauf«, schrie er, ihr einige Kleidungsstücke in die Hand drückend »das Haus stürzt zusammen! Laufe in den Garten!«

Sie ließ sich das nicht zweimal sagen, im Nu war sie die Treppe hinunter. Niemals hätte sie sich einer solchen Beweglichkeit für fähig gehalten. Inzwischen hatte der Doktor mit der Schnelligkeit eines Akrobaten und ohne auf zerschundene Knie zu achten, Jean-Marie herausgetrommelt, Aline ihrem jungfräulichen Schlummer entrissen, sie bei der Hand gepackt und war, das noch halb schlafende Mädchen hinter sich her schleifend, die Treppe hinunter in den Garten gerast.

Die Flüchtlinge trafen sich, wie durch gemeinsamen Instinkt geleitet, in der Laube. Eine Sekunde lang brach sich der Mond durch die Wolken Bahn und enthüllte vier aneinandergedrängte Gestalten in bunt durcheinandergewürfelten, flatternden und äußerst mangelhaften Bekleidungen. Bei diesem demütigenden Schauspiel raffte Anastasie ihr Nachthemd verzweifelt zusammen und brach in geräuschvolles Weinen aus. Der Doktor versuchte sie zu trösten, aber sie schob ihn weg. In jedem einzelnen vermutete sie einen Zuschauer, und die Dunkelheit schien ihr von spähenden Augen erfüllt.

Ein zweiter Strahl und ein neuer heftiger Windstoß; man sah das Haus in seinen Grundfesten wanken, und gerade als das Licht erlosch, verkündete ein Krachen, das das Brüllen des Windes übertönte, seinen Fall. Im nächsten Augenblick schwirrte der ganze Garten von fliegenden Dachpfannen und Mauerziegeln. Eins dieser Wurfgeschosse berührte im Vorbeisausen des Doktors Ohr; ein zweites fiel Aline auf den Fuß, die sogleich die Nacht mit dem Grausen ihrer Schreie erfüllte.

Inzwischen war das Dorf munter geworden, Lichter blitzten in den Fenstern auf, Zurufe drangen bis zu den vieren, und der Doktor versuchte, heldenmütig gegen Aline und das Unwetter ankämpfend, sie zu beantworten. Allein die Aussicht auf Hilfe erfüllte Anastasie mit noch heftigerem Schrecken.

»Henri, es werden Leute kommen!« schrie sie ihrem Gatten ins Ohr.

»Ich hoffe es«, war die Antwort.

»Das ist unmöglich. Lieber sterbe ich«, jammerte sie.

»Liebes Kind«, sagte der Doktor tadelnd, »du bist aufgeregt. Ich habe dir doch Kleider gebracht. Was hast du mit ihnen gemacht?«

»Ach, ich weiß es nicht – ich muß sie weggeworfen haben. Wo sind sie nur?« schluchzte sie.

Desprez tappte durch die Dunkelheit. »Ausgezeichnet!« rief er, »meine graue Manchesterhose! Gerade das, was du brauchst.«

»Gib sie her!« schrie Madame Desprez krampfhaft. Sobald sie die Hose in der Hand hielt, schien sie wie umgewandelt – einen Augenblick stand sie stumm, dann drängte sie dem Doktor das Kleidungsstück wieder auf. »Gib sie Aline«, sagte sie, »armes Mädchen.«

»Unsinn«, sagte der Doktor. »Aline weiß gar nicht, wie ihr geschieht. Sie hat vor Schrecken den Verstand verloren. Außerdem ist sie nur ein Bauernmädel. Aber ich bin ernstlich besorgt über diese Bloßstellung einer Person mit so haushockerischen Angewohnheiten, wie du es bist. Meine Besorgnis und deine phantastische Schamhaftigkeit deuten beide auf das gleiche Gegenmittel – die Pantalons.« Und er hielt sie ihr wieder hin.

»Es ist unmöglich, du verstehst mich nicht«, sagte sie würdevoll.

Mittlerweile war Hilfe genaht. Es hatte sich als unmöglich herausgestellt, von der Straße her einzudringen, da das Tor von Mauerwerk verschüttet war und die schwankenden Ruinen einzustürzen drohten. Aber zwischen dem Garten des Doktors und dem Nachbargarten zur Rechten gab es jene überaus malerische Vorrichtung – einen Gemeindebrunnen. Die Tür nach der Desprezschen Seite hin war zufällig unverriegelt, und jetzt tauchten in der gewölbten Öffnung das bärtige Gesicht eines Mannes und ein Arm auf, der mit einer Laterne die stürmische Welt der Dunkelheit erhellte, in der Anastasie ihre Leiden verbarg. Das Licht fiel hier und dort auf die schwankenden Apfelbaumzweige und schimmerte auf dem Grase; aber die Laterne wurde für Anastasie zum Mittelpunkt der Welt. Sie schrak vor dem Eindringling zurück.

»Hierher«, schrie der Mann, »seid ihr in Sicherheit?«

Aline rannte schreiend auf den Ankömmling zu und wurde mit dem Kopfe voran durch die Maueröffnung gezerrt.

»Jetzt ist die Reihe an dir, vorwärts, Anastasie«, sagte der Gatte.

»Ich kann nicht«, erwiderte sie.

»Sollen wir hier vielleicht alle an Erkältung sterben, Madame?« donnerte Doktor Desprez sie an.

»Du kannst ja gehen!« rief sie. »Geh doch, geh doch! Ich will hierbleiben; mir ist ganz warm.«

Mit einem Fluch packte sie der Doktor bei den Schultern.

»Halt!« schrie sie, »ich werde sie anziehen.«

Sie nahm die verhaßten Dinger zum zweiten Male in die Hand, aber ihr Widerwille war stärker als ihre Scham. »Niemals!« rief sie schaudernd und schleuderte die Beinkleider in weitem Bogen in die Nacht hinaus.

Im nächsten Moment hatte der Doktor sie nach dem Brunnen gezerrt. Der Mann mit der Laterne stand immer noch dort. Anastasie schloß die Augen, und ihr war, als ob sie sterben müsse. Auf welche Weise sie unter dem Bogen hindurchgeschoben wurde, wußte sie nicht, kaum war sie jedoch auf der anderen Seite angekommen, wurde sie sogleich von der Nachbarsfrau in Empfang genommen und in warme Tücher gehüllt.

Betten wurden für die beiden Frauen zurechtgemacht, Kleidungsstücke jeder Größe für den Doktor und Jean-Marie, und den Rest der Nacht, während Madame halb wachend, halb schlafend in Regionen hart an der Grenze der Hysterie weilte, saß ihr Gatte am Feuer und hielt den bewundernden Nachbarn Vorträge. Des langen und breiten erklärte er ihnen die Ursache des Unglücks. Seit Jahren, sagte er, sei der Zusammensturz zu befürchten gewesen. Ein Zeichen wäre dem anderen gefolgt. Die Fugen hätten sich erweitert, der Wandbewurf wäre abgeblättert, die alten Mauern hätten sich nach innen gebogen. Seit drei Wochen wäre die Kellertür kaum noch auf- und zugegangen. »Der Keller!« wiederholte er, bedenklich über einem Glase angewärmten Weines den Kopf schüttelnd. »Das erinnert mich an meine armen Weine. Dank einer freundlichen Vorsehung war der Hermitage beinahe zu Ende. Eine Flasche – eine einzige Flasche dieses unvergleichlichen Weines ist mir verlorengegangen. Ich hatte sie für Jean-Maries Hochzeit aufgehoben. Nun, ich werde mir neuen hinlegen müssen; das wird meinem Leben noch Interesse verleihen. Ich bin jedoch in den Jahren schon etwas vorgerückt. Mein großes Werk liegt gleichfalls unter den Trümmern meines schlichten Heims begraben; es wird niemals vollendet werden – mein Name ist in den Sand geschrieben. Und dennoch sehen Sie mich innerlich ruhig – ja, ich möchte sagen, fast heiter. Vermögen Ihre Priester mehr zu tun?«

Beim ersten Morgenstrahl verließen alle den Kamin und begaben sich auf die Straße. Der Wind war abgeflaut, trieb aber nach wie vor eine Welt unruhiger Wolken vor sich her. Die Luft war schneidend wie bei Frost, und die ganze Gesellschaft klopfte sich, während sie in der regnerischen Morgendämmerung unter den Ruinen umherstand, auf die Brust und blies sich erwärmend in die Hände. Das Haus war gänzlich zusammengestürzt, die Mauern nach außen, das Dach nach innen. Es bildete einen riesigen Schutthaufen, aus dem hier und da ein zersplitterter Balken hervorragte. Eine Wache wurde bei den Trümmern aufgestellt, um das Eigentum des Besitzers zu schützen, und die ganze Gesellschaft begab sich zu Tentaillon, um auf Kosten des Doktors zu frühstücken. Hierbei kreiste die Flasche ausgiebig, und noch bevor sie vom Tische aufstanden, hatte es zu schneien begonnen.

Drei Tage lang schneite es unaufhörlich, und die mit Öltuch zugedeckten und von einer Schildwache gehüteten Ruinen blieben unberührt. Die Desprez' waren inzwischen zu Tentaillons gezogen. Madame brachte ihre Zeit in der Küche zu, wo sie mit Hilfe der bewundernden Madame Tentaillon kleine Leckerbissen bereitete, oder sie saß, in Gedanken versunken, neben dem Feuer. Der Fall des Hauses hatte sie merkwürdig wenig berührt. Der Schlag war durch einen zweiten pariert worden. In Gedanken kämpfte sie immer noch den Kampf mit den Hosen. Hatte sie recht oder unrecht getan? Einmal lobte sie sich wegen ihrer Standhaftigkeit, dann beklagte sie wieder mit einem bitteren Erröten vergeblicher Reue den Verlust der Hosen. Keine Krise in ihrem Leben hatte ihre Urteilskraft auf eine so harte Probe gestellt. Inzwischen hatte sich der Doktor mit ungeheurer Genugtuung in die Situation hineingefunden. Zwei der Sommerpensionäre waren in Erwartung von Geldsendungen als Gefangene dort zurückgeblieben. Beide waren Engländer, aber der eine sprach ziemlich fließend französisch und war außerdem ein humorvoller, geistig beweglicher Mensch, mit dem der Doktor in dem sicheren Gefühl, verstanden zu werden, stundenlang debattieren konnte. Manch ein Glas leerten sie zusammen, und zahlreich waren die Themata, die sie berührten.

»Anastasie«, sagte der Doktor am dritten Morgen, »nimm dir ein Beispiel an deinem Gatten und an Jean-Marie. Die Aufregung hat bei dem Jungen besser angeschlagen als alle meine Kräftigungsmittel. Er absolviert seinen Dienst als Schildwache mit absoluter Begeisterung. Und was mich betrifft, so sieh mich doch an. Ich habe mit den Ägyptern Freundschaft geschlossen, und mein Pharao, ich versichere es dir, ist sogar ein äußerst angenehmer Mensch. Du allein bist verstimmt. Wegen eines Hauses – ein paar Kleidern? Was sind die im Vergleich mit meiner Pharmacopoeia – der Arbeit vieler Jahre, die unter Steinen und Hölzern hier in diesem deprimierenden Dorfe begraben liegt? Der Schnee fällt; ich schüttle ihn mir vom Mantel. Mir solltest du nacheifern. Unser Einkommen wird zwar leiden, das gebe ich zu, da wir bauen müssen; aber Mäßigkeit, Geduld und Philosophie werden sich an unserem Herde versammeln. Inzwischen sind die Tentaillons höchst gefällig; das Essen ist, dank deiner Ergänzungen, ganz leidlich; nur der Wein ist abscheulich – nun, ich werde mir heute welchen kommen lassen. Mein Pharao wird sich freuen, mal wieder einen anständigen Tropfen zu trinken, haha! Und ich werde sehen, ob er die Krone aller Veranlagungen besitzt – eine Weinzunge. Hat er eine Weinzunge, so ist er einfach vollkommen.«

»Henri«, sagte sie kopfschüttelnd, »du bist ein Mann; du kannst meine Gefühle nicht verstehen. Keine Frau wäre imstande, die Erinnerung an eine derartige öffentliche Demütigung abzuschütteln.«

Der Doktor vermochte ein Kichern nicht zu unterdrücken. »Verzeih, mein Liebling«, sagte er, »aber wirklich, dem philosophischen Verstande erscheint der Vorfall als ein wenig nebensächlich. Du sahst außerordentlich ...«

»Henri!« rief sie.

»Schon gut, schon gut, ich sage nichts mehr«, war seine Antwort. »Obwohl, wenn du eingewilligt hättest, meine – apropos«, unterbrach er sich, »meine Hosen! Sie liegen noch immer im Schnee – meine Lieblingshosen!« Und fort war er, auf der Suche nach Jean-Marie.

Zwei Stunden später kehrte der Junge mit einem Spaten unter dem einen Arm und einem merkwürdig aussehenden Bündel aufgeweichter Fetzen unter dem anderen ins Gasthaus zurück.

Der Doktor nahm es ihm mit trauriger Miene ab. »Sie sind gewesen!« sagte er. »Vorbei! Vortrefflichste

Pantalons, ihr seid nicht mehr! Halt, in dieser Tasche steckt etwas«, und er zog ein Blatt Papier hervor. »Ein Brief! Ah, jetzt erinnere ich mich; ich erhielt ihn am Morgen des Unwetters, als ich gerade in heiklen Untersuchungen verstrickt war. Er ist immer noch lesbar. Von dem armen, lieben Casimir. Wie gut«, sagte er behaglich lachend, »daß ich ihn zur Geduld erzogen habe. Der arme Casimir, und erst seine Korrespondenz – seine endlose, ängstliche, idiotische Korrespondenz!«

Inzwischen hatte er vorsichtig den nassen Brief entfaltet, als er sich jedoch darüber bückte, um ihn zu entziffern, umwölkte sich seine Stirn.

»Bigre!« rief er, wie elektrisiert zusammenzuckend.

Im nächsten Augenblick flog der Brief ins Feuer, und im Handumdrehen hatte er die Mütze auf den Kopf gestülpt.

»Zehn Minuten! Wenn ich laufe, kann ich ihn noch erwischen!« schrie er. »Er hat ja immer Verspätung. Ich fahre nach Paris – werde telegraphieren.«

»Henri, was ist denn los?« rief seine Frau.

»Türkenrente!« erscholl es von dem verschwindenden Doktor; und Anastasie und Jean-Marie blieben mit den durchnäßten Hosen allein. Desprez war nach Paris gereist, das zweite Mal in sieben Jahren. Er war nach Paris gereist, bekleidet mit ein Paar Holzschuhen, einer gestrickten Weste, einer schwarzen Bluse, einer Bauernnachtmütze und mit zwanzig Francs in der Hosentasche. Der Fall des Hauses war nur noch ein Wunder zweiten Grades, die ganze Welt hätte zusammenstürzen können, seine Familie wäre kaum weniger erstaunt gewesen.

8

Der Lohn der Philosophie

Am nächsten Morgen wurde der Doktor, nur noch ein Schatten seines alten Ichs, unter Casimirs Obhut zurückgebracht. Sie fanden Anastasie und den Jungen zusammen am Feuer sitzend. Desprez, der seine Toilette gegen einen billigen fertig gekauften Anzug eingetauscht hatte, winkte ihnen beim Eintritt mit der Hand zu und sank dann, der Rede nicht mächtig, in den nächsten Stuhl. Madame wandte sich direkt an Casimir.

»Was ist geschehen?« rief sie.

»Ja«, sagte Casimir, »was habe ich euch die ganze Zeit über gepredigt? Es ist jetzt eingetroffen. Diesmal ist radikal Schluß. Also ist's am gescheitesten, ihr nehmt euch zusammen und tragt es, so gut ihr könnt. Das Haus gleichfalls futsch, was? Pech, das muß ich sagen.«

»Sind – sind – wir ruiniert?« stammelte sie.

Der Doktor streckte ihr die Arme entgegen. »Ruiniert«, entgegnete er, »durch deinen unglückseligen Gatten.«

Casimir beobachtete die darauffolgende Umarmung durch das Weinglas und wandte sich dann an Jean-Marie. »Hörst du?« sagte er. »Sie sind ruiniert; keine einträglichen Geschäftchen mehr, kein Haus, keine fetten Koteletts. Es scheint mir, mein Freund, daß du jetzt am besten dein Bündel schnürst; die gegenwärtige Spekulation hat sich so ziemlich erschöpft.« Und er nickte ihm vielsagend zu.

»Niemals!« rief Desprez aufspringend. »Jean-Marie, wenn du es vorziehst, mich jetzt, wo ich arm bin, zu verlassen, kannst du gehen. Du wirst deine hundert Francs erhalten, falls mir soviel noch bleibt. Wenn du aber bei uns bleiben willst« – der Doktor vergoß ein paar Tränen –, »Casimir bietet mir eine Stellung an, als Buchhalter«, fuhr er fort. »Das Gehalt ist zwar kärglich, aber es reicht für drei. Es ist schon zuviel, mein ganzes Vermögen verloren zu haben; muß ich auch noch meinen Sohn verlieren?«

Jean-Marie schluchzte bitterlich, ohne indes eine Silbe von sich zu geben.

»Ich kann Jungen, die ewig weinen, nicht leiden«, bemerkte Casimir. »Dieser hier weint ununterbrochen. Hör mal, du da, verdufte jetzt auf ein Weilchen; ich habe mit deinem Herrn und deiner Herrin Geschäftliches zu besprechen, und diese Familiengefühle können, wenn ich fort bin, ihre Erledigung finden. Marsch!« und er hielt ihm die Tür auf.

Jean-Marie schlich davon wie ein überführter Dieb. Um zwölf saßen, mit Ausnahme von Jean-Marie, alle bei Tisch.

»He!« sagte Casimir. »Fort, wie du siehst. Hat sich sofort den Wink gemerkt.«

»Ich gestehe«, sagte Desprez, »ich gestehe, daß ich seine Abwesenheit nicht zu entschuldigen suche. Sie bezeugt einen Mangel an Herz, der mich schwer enttäuscht.«

»Mangel an Manieren«, verbesserte Casimir. »Herz hat er niemals gehabt. Wirklich, Desprez, für einen klugen Menschen bist du so leicht hereinzulegen wie kein anderer auf der Welt. Dein Unverständnis der menschlichen Natur und menschlicher Geschäfte übersteigt alle Begriffe. Erst wirst du von heidnischen Türken beschwindelt, dann von vagabundierenden Kindern, betrogen von oben bis unten, von rechts nach links. Ich glaube, deine Phantasie ist schuld daran. Dem Himmel sei Dank, daß ich keine besitze.«

»Verzeihung«, erwiderte Desprez demütig, aber dennoch mit einigem Temperament, da es hier einen Unterschied zu ziehen galt. »Verzeihung, Casimir. Du besitzt in hohem Maße geschäftliche Phantasie, während mein Mangel daran – es scheint, das ist mein schwacher Punkt – all diese Schläge verursacht hat. Dank der geschäftlichen Phantasie sieht der Finanzier das Schicksal seiner Investierungen voraus, erkennt er das Fallissement ...«

»Donnerwetter«, unterbrach ihn Casimir, »unser Freund, der Stalljunge, scheint sein Teil davon abbekommen zu haben.«

Der Doktor verstummte, und das Mahl wurde in der Hauptsache von dem nicht gerade sehr trostreichen Gespräch des Schwagers begleitet. Die beiden jungen englischen Maler ignorierte er vollständig, indem er allen ihren Grüßen ein blindes Einglas entgegenkehrte und in seiner Rede fortfuhr, als befände er sich allein im Schoße der Familie. Mit jedem zweiten Wort versetzte er dem Luftballon der Eitelkeit Desprez' einen neuen Hieb. Als der Kaffee zu Ende war, war der arme Doktor schlaff wie eine Serviette.

»Nun wollen wir gehen und die Ruinen besichtigen«, sagte Casimir.

Sie schlenderten zusammen auf die Straße. Der Sturz des Hauses hatte, ähnlich wie eine Zahnlücke einem menschlichen Antlitz, dem Dorfe ein gänzlich verändertes Aussehen gegeben. Durch den so entstandenen Spalt gewann man einen weiten Blick über eine große Strecke freien, schneebedeckten Landes, und der Ort selbst schien gleichsam zusammenzuschrumpfen. Er glich einem Raum mit einer offenen Tür. Die Schildwache stand neben dem grünen Tor und sah sehr rot und verfroren aus, hatte aber ein freundliches Wort für den Doktor und seinen reichen Verwandten.

Casimir blickte auf den Trümmerhaufen und prüfte die Qualität des Öltuches. »Hm«, sagte er, »hoffentlich hat das Kellergewölbe standgehalten. Ist das der Fall, mein guter Bruder, so bin ich bereit, dir für deine Weine einen anständigen Preis zu zahlen.«

»Wir werden morgen zu graben anfangen«, sagte die Schildwache. »Schneegefahr ist nicht mehr vorhanden.«

»Sie täten besser, zu warten, bis Sie Ihr Geld bekommen haben.«

Der Doktor zuckte zusammen und bemühte sich, seinen unmöglichen Schwager zu Tentaillons zurückzuschleppen. Im Hause würde es weniger Lauscher geben, außerdem waren ja bereits alle in das Geheimnis seines Falles eingeweiht.

»Hallo!« rief Casimir, »da geht der Stalljunge mitsamt seinem Gepäck. Nein, bei Gott, er bringt es ins Wirtshaus zurück.«

Wahrhaftig, Jean-Marie überquerte gerade den schneeigen Fahrdamm und ging, unter einem großen Korbe fast zusammenbrechend, zu Tentaillons hinein.

Der Doktor hielt, von einer plötzlichen wilden Hoffnung gepackt, inne.

»Was kann er nur tragen?« fragte er. »Wir wollen gehn und nachsehen.« Und er hastete weiter.

»Sein Gepäck natürlich«, spottete Casimir. »Er befindet sich auf der Wanderschaft, dank seiner geschäftlichen Phantasie.«

»Ich habe den Korb dort seit – seit Ewigkeiten nicht mehr gesehen«, bemerkte der Doktor.

»Und du wirst ihn auch in Ewigkeit nicht wiedersehen«, lachte Casimir höhnisch; »das heißt, wenn wir uns nicht einmischen. Übrigens bestehe ich auf einer Untersuchung.«

»Das wird nicht nötig sein«, sagte der Doktor

schluchzend und setzte sich, einen triumphierenden Blick auf Casimir werfend, in Trab.

›Was zum Teufel ist in ihn gefahren?‹ überlegte sich Casimir; und da seine Neugierde siegte, folgte er dem Beispiel des Doktors und setzte sich auch in Trab. Der Korb war so schwer und groß und Jean-Marie selbst so klein und müde, daß er eine lange Zeit gebraucht hatte, um ihn die Treppe hinauf in Desprez' Privatzimmer zu befördern. Eben hatte er ihn vor Anastasie hingesetzt, als der Doktor, dicht gefolgt von dem Mann der Geschäfte, erschien. Knabe und Korb waren beide in einem traurigen Zustand, denn der eine hatte vier Monate unter der Erde in einer gewissen Höhle in der Richtung von Achères zugebracht, und der andere war etwa fünf Meilen gelaufen, so schnell seine Beine ihn nur tragen konnten, die Hälfte der Strecke dazu unter einer erdrückenden Last.

»Jean-Marie«, rief der Doktor mit einer Stimme, die allzu seraphisch war, um hysterisch zu sein, »ist das …? Er ist es!« schrie er. »O mein Sohn, mein Sohn!« Und er setzte sich auf den Korb und weinte wie ein kleines Kind.

»Jetzt werden Sie doch nicht nach Paris ziehen?« sagte Jean-Marie halb zuversichtlich, halb fragend.

»Casimir«, sagte Desprez, sein nasses Gesicht erhebend, »siehst du den Jungen da? Er ist der Dieb; er nahm den Schatz einem Manne fort, dem man seinen Gebrauch nicht anvertrauen konnte. Er bringt ihn mir zurück, nachdem ich ernüchtert und gedemütigt worden bin. Dies, Casimir, sind die Früchte meiner Lehren und dieser Augenblick der Lohn meines Lebens.«

»Tiens«, sagte Casimir.

Der Strand von Falesa

Erzählung eines Südseehändlers

1

Eine Südseehochzeit

Zum ersten Male sah ich die Insel zwischen Nacht und Morgen. Der Mond ging im Westen unter, aber er war noch groß und hell. Gegen Osten und mitten in der rosig gefärbten Dämmerung glänzte der Morgenstern wie ein Diamant. Die Landbrise wehte uns entgegen und duftete stark nach wilden Zitronen und Vanille; auch nach anderem noch, aber dies beides war am auffälligsten; und ihre Kälte brachte mich zum Niesen. Ich muß noch einfügen, daß ich jahrelang auf einer flachen Insel in der Nähe des Äquators gelebt hatte und zum größten Teil einsam unter Eingeborenen. Aber hier erwartete mich ein neues Erlebnis: sogar die Sprache war mir ganz fremd, und der Anblick dieser Wälder und Berge und ihr seltsamer Duft belebten mein Blut.

Der Kapitän blies die Lampe am Kompaßhäuschen aus.

»Dort«, sagte er, »dort steigt Rauch auf, Mister Wiltshire, hinter dem Felsenvorsprung. Das ist Falesa, dort ist Ihr Laden; es ist das letzte Dorf nach Osten; nach der Windseite wohnt keiner, ich weiß auch nicht, warum. Wenn Sie das Glas nehmen, können Sie die Häuser erkennen.«

Ich nahm das Glas, und der Strand sprang näher; ich sah das Gewirr von Wäldern und das Schäumen der

Brandung; und die braunen Dächer und das schwarze Innere der Häuser lugten zwischen den Bäumen vor.

»Sehen Sie den weißen Punkt da nach Osten?« fuhr der Kapitän fort. »Das ist Ihr Haus, aus Korallen gebaut und hoch gelegen, mit einer Veranda, so breit, daß drei nebeneinander drauf stehen können; das beste Geschäft im Südpazifik. Als der alte Adams das sah, nahm er meine Hände, schüttelte sie und sagte: ›In ein weiches Nest setz ich mich ja hier!‹ – ›Allerdings‹, habe ich da noch gesagt, ›und es war auch Zeit.‹ Der arme Johnny! Ich habe ihn dann bloß noch einmal wiedergesehen, und da hatte er einen ganz komischen Kurs weitergesteuert, konnte irgendwie mit den Eingeborenen nicht zurechtkommen oder mit den Weißen oder so, und als wir dann das nächste Mal hier vorbeikamen, war er schon tot und unter der Erde. Ich habe ihm eine Holzlatte aufgestellt: ›John Adams zum Gedenken achtzehnhundertachtundsechzig. Gehe hin und tue desgleichen.‹ Ich hab den Mann richtig vermißt. Ich fand Johnny nicht übel.«

»Woran ist er denn gestorben?« forschte ich.

»An irgendeiner Krankheit«, sagte der Kapitän. »Es hat ihn anscheinend schnell erwischt. Muß wohl nachts aufgestanden sein und wollte sich mit Schmerztöter und Kennedys Entdecker volltrinken. Aber das hatte keinen Zweck; der Kennedy hat ihm schon nicht mehr helfen können. Dann hat er probiert, einen Kasten mit Schnapsflaschen aufzumachen. Das ging auch nicht; ist wohl nicht stark genug gewesen. Dann muß er sich zur Veranda umgedreht haben und rausgelaufen sein und ist übers Gitter runtergefallen. Als sie ihn am nächsten Morgen dann gefunden haben, war er rein verrückt und regte sich dauernd über jemanden auf, der ihm seine Kopra wässerte. Armer Johnny!«

»Hat man denn gedacht, daß die Insel schuld dran ist?« fragte ich.

»Ja, man hat gedacht, es ist die Insel oder die Krankheit oder sonst irgendwas«, erwiderte er. »Aber ich hab's nie anders gehört, als was das hier für eine gesunde Gegend ist. Unserm Letzten, dem Vigours, ist es hier sehr gut gegangen. Er ist dann wegen dem Dorf ausgerissen – er meinte, er hätte Angst vor dem Schwarzen Jack und Case und dem Pfeifenden Jimmy, der seinerzeit noch am Leben war, aber der ist ja dann bald im Suff ertrunken. Der alte Kapitän Randall ist schon seit ewigen Zeiten hier – seit achtzehnhundertvierzig, fünfundvierzig. Ich hab an Billy nie was Unrechtes finden können oder irgendeine Veränderung. Es sieht so aus, als ob er so alt werden könnte wie Methusalem. Nein, ich denke schon, die Luft ist ganz gesund.«

»Da, jetzt kommt ein Boot«, sagte ich. »Es ist gerade in der Einfahrt; sieht aus wie ein sechzehn Fuß langer Walfänger, zwei Weiße auf den Achtersitzen.«

»Das ist das Boot, mit dem der Pfeifende Jimmy ertrunken ist!« rief der Kapitän. »Geben Sie mal das Glas. Ja, wahrhaftig, das ist Case mit dem Schwarzen. Die haben einen verdammt schlechten Ruf, aber Sie können sich ja denken, was so geklatscht wird hier am Strand. Ich glaube, der schlimmste Bösewicht war der Pfeifende Jimmy, und Sie wissen ja, der ist schon im Himmel. Was wetten Sie, daß die nach Wacholderschnaps kommen? Ich wette fünf zu zwei, die nehmen sechs Kisten.«

Als die beiden Händler an Bord kamen, gefielen sie mir auf den ersten Blick, oder vielmehr beide gefielen mir dem Aussehen nach und einer seiner Sprache wegen. Ich war ganz wild auf weiße Nachbarn nach meinen vier Jahren am Äquator, die ich immer wie Jahre der Gefangenschaft ansah: tabu sein und runter ins Sprechhaus gehen, sehen, daß man es wieder los wurde, und wieder weggehen, Schnaps kaufen, sich einen tollen Abend machen und dann sich mit Gewissensbissen herumplagen und dann immer nachts zu Hause sitzen, keine bessere Gesellschaft als die Lampe, oder am Strand herumlaufen und darüber nachgrübeln, was man doch für ein Narr war, da zu bleiben, wo man war. Keine anderen Weißen gab es auf meiner Insel, und wenn ich zur nächsten segelte, war der größte Teil der Gesellschaft rohes Volk. So war es also ein Vergnügen, diese zwei jetzt zu sehen, wie sie an Bord kamen. Einer war allerdings ein Neger; aber beide waren schneidig herausstaffiert, in gestreiften Schlafanzügen und Strohhüten, und Case hätte sich auch in einer Stadt sehen lassen können. Er war gelb und ziemlich klein, hatte eine Habichtsnase im Gesicht, blasse Augen, und sein Bart war mit einer Schere gestutzt. Niemand wußte, woher er kam. Er beherrschte die englische Sprache, und man konnte wohl sehen, daß er aus einer guten Familie stammte und ausgezeichnet erzogen war. Er hatte auch allerhand Fertigkeiten, spielte großartig Akkordeon, und wenn man ihm ein Stück Bindfaden gab oder einen Korken oder ein Kartenspiel, dann konnte er einem Tricks vorführen, die jedem Zauberkünstler Ehre gemacht hätten. Wenn er wollte, konnte er Salongespräche führen, und wenn er wollte, konnte er schlimmer fluchen als ein Bootsmaat aus den Nordstaaten und so derb reden, daß einem Kanaken davon übel werden konnte. Case verstand es, immer genau das Benehmen zu wählen, das ihm für den Augenblick am geeignetsten schien, und immer wirkte es natürlich und als sei es ihm so angeboren. Er hatte einen Löwenmut und war von der Gewandtheit einer Ratte; und es gibt überhaupt keine Hölle, wenn er heute nicht drin schmort. Nur eine einzige gute Seite hatte dieser Mann, soviel ich weiß; er hatte seine Frau gern und war gut zu ihr. Es war eine Samoa-Frau; ihre Haare färbte sie sich rot auf Samoanerart, und als er tot war – davon erzähle ich noch –, entdeckte man etwas Sonderbares: er hatte ein Testament gemacht wie ein Christ, und die Witwe kriegte eine Unmenge: alles von ihm, wurde erzählt, und alles vom Schwarzen Jack und das meiste von Billy Randall noch dazu, denn Case führte die Bücher. Sie ist dann auf dem Schoner ›Manua‹ heimgefahren und spielt zu Hause die große Dame bis auf den heutigen Tag.

Aber von all dem hatte ich an diesem ersten Morgen noch keine blasse Ahnung. Case behandelte mich als feinen Herrn und als Freund, hieß mich in Falesa willkommen und stellte mir seine Dienste zur Verfügung, und das war mir um so lieber, weil ich ja über die Eingeborenen überhaupt nicht Bescheid wußte. Den besten Teil des Tages hockten wir da in der Kabine und tranken auf unsere Bekanntschaft, und nie vorher habe ich einen Mann mehr und eifriger reden hören. Es gab auf den Inseln keinen tüchtigeren Händler und keinen gerisseneren. Ich fand, Falesa müßte so gerade das Richtige sein, und je mehr ich trank, desto leichter wurde mir ums Herz. Unser letzter Händler hatte die Gelegenheit benützt, als ein Arbeiterschiff von Westen kam, und den Ort binnen einer halben Stunde verlassen. Als der Kapitän gekommen war, hatte er den Laden geschlossen gefunden, die Schlüssel waren beim Eingeborenenpastor abgegeben worden und dabei ein Brief, in dem der Ausreißer gestand, daß das Leben hier ihm einfach grauenhaft wäre. Seit damals war die Firma nicht vertreten, und natürlich war keine Schiffsladung da. Im übrigen war der Wind günstig, der Kapitän hoffte, die nächste Insel bei Tagesanbruch mit der Flut zu erreichen, und so wurde eifrig begonnen, meine Geschäftseinrichtung an Land zu bringen. Case sagte, es wäre nicht nötig, daß ich mich damit herumplagte; keiner würde meine Sachen anrühren, in Falesa wäre jeder ehrlich, es sei denn, es handle sich um ein Hähnchen oder ein Messer oder gelegentlich ein Päckchen Tabak; und am besten wär's, wenn ich still sitzen bliebe, bis das Schiff die Anker lichten würde; dann sollte ich geradenwegs zu seinem Haus kommen, den alten Kapitän Randall begrüßen, den Vater des Strandes, vorliebnehmen mit dem, was er mir vorsetzen könnte, und dann nach Hause schlafen gehen, wenn es dunkel würde. So war der Mittag vorbei und der Schoner unterwegs, als ich meinen Fuß in Falesa an Land setzte.

Ich hatte an Bord ein paar Gläser getrunken, hatte eine längere Seereise hinter mir, und der Boden schwankte unter mir wie ein Schiffsdeck. Die ganze Welt war mir wie neu angemalt, meine Füße gingen dahin wie im Tanz. Falesa mag das Seemannsparadies gewesen sein, wenn es so einen Ort überhaupt gibt, und es wäre wirklich ein Jammer, wenn es so was nicht gäbe. Es tat so gut, auf dem Rasen zu gehen, zu den grünen Bergen aufzusehen, die Männer zu betrachten mit ihren grünen Kränzen und die Frauen in ihren glänzenden Kleidern, rot und blau. Weiter gingen wir in der prallen Sonne und im kühlen Schatten, und beides tat gut, und alle Kinder des Dorfes trotteten hinter uns her mit ihren geschorenen Köpfen und braunen Körpern und stießen so etwas wie dünne Hurra-Rufe aus, die so ähnlich klangen wie das Krähen von Geflügel.

»Übrigens«, sagte Case, »wir müssen dir ja eine Frau besorgen.«

»Richtig«, sagte ich, »da habe ich noch gar nicht dran gedacht.«

Eine Menge Mädchen war um uns herum, und ich straffte mich und ließ meinen Blick über sie hinschweifen wie ein Pascha. Sie waren alle herausgeputzt, weil das Schiff gekommen war, und die Frauen von Falesa sind ein nettes Völkchen; wenn sie einen Fehler haben, dann den, daß sie etwas zu breit gebaut sind; und das dachte ich eben, als Case mich anstieß.

»Da ist was Hübsches«, sagte er.

Ich sah eine auf der anderen Seite allein daherkommen. Sie war fischen gewesen; alles, was sie trug, war ein Hemd, und das war durchnäßt. Sie war jung und als Inselmädchen sehr schlank, mit einem langen Gesicht, einer hohen Stirn und einem scheuen, sonderbar verschleierten Blick, halb wie eine Katze, halb wie ein Säugling.

»Wer ist das?« fragte ich. »Die ist die richtige.«

»Das ist Uma«, sagte Case, und er rief sie an und redete mit ihr in der Sprache der Eingeborenen. Ich verstand nicht, was er sagte, aber als er mitten im Sprechen war, sah sie schnell und schüchtern zu mir auf, wie ein Kind, das einem Schlag ausweicht. Dann sah sie wieder zu Boden, und bald darauf lächelte sie. Sie hatte einen großen Mund, die Lippen und das Kinn waren geschnitten wie bei einer Statue; und das Lächeln tauchte für einen Augenblick auf und verschwand. Dann stand sie mit gesenktem Kopf und hörte Case zu Ende an, antwortete in der anmutigen polynesischen Sprache und sah ihm dabei frei ins Gesicht, hörte wieder seine Antwort und schickte sich dann zum Weitergehen an. Die Verbeugung galt auch mir, aber kein Blick aus ihren Augen traf mich und von Lächeln war gar keine Rede mehr.

»Ich denke, es wird gehen«, sagte Case. »Du kannst sie haben, glaube ich. Mit der alten Dame, das bringe ich schon in Ordnung. Für einen Priem Tabak kannst du dir von allem das Beste aussuchen«, fügte er spöttisch lächelnd hinzu.

Ich glaube, es war das Lächeln, das sich in meinem Bewußtsein festhakte, denn ich gab scharf zurück: »So sieht sie mir nicht aus.«

»Ich weiß nicht, wie sie so ist«, sagte Case. »Ich denke mir, sie ist ganz ordentlich, hält sich zurück, läuft nicht mit den anderen rum und so. Nein, nein, du mußt mich richtig verstehen, Uma ist ganz in Ordnung.« Ich fand, er sprach lebhaft, und das gefiel mir. »Wirklich«, fuhr er fort, »ich wär gar nicht so sicher, daß du sie haben kannst, aber du gefällst ihr soweit. Du mußt jetzt bloß dichthalten und mich auf meine Art mit der Mutter verhandeln lassen. Ich bring dann das Mädel schon herum zum Kapitän zur Hochzeit.«

Das Wort ›Hochzeit‹ behagte mir nicht, und das sagte ich ihm.

»Ach, bei der Hochzeit passiert nichts weiter«, sagte er. »Der Schwarze Jack ist der Kaplan.«

Inzwischen war das Haus dieser drei Weißen in Sicht gekommen; ein Neger gilt hier als Weißer und ebenso ein Chinese, eine seltsame Vorstellung, aber so üblich auf den Inseln. Es war ein Holzhaus mit einer schmalen, baufälligen Veranda. Der Laden lag nach vorn mit einem Ladentisch, einer Waage und den kümmerlichsten Spuren von Verkauf; eine Kiste oder zwei mit Büchsenfleisch, ein Laib hartes Brot, ein paar Ballen Baumwolle, mit meinen gar nicht zu vergleichen; Schmuggelwaren als einziges gab es reichlich, Schußwaffen und Likör. ›Wenn das meine einzige Konkurrenz ist‹, dachte ich, ›bin ich ja in Falesa ganz am

Platze.‹ Wirklich, es war nur dies beides, wodurch sie mich schlagen konnten: Waffen und Getränke.

Im Hinterzimmer fand ich den alten Kapitän Randall; er hockte nach Art der Eingeborenen auf dem Fußboden, fett und blaß, nackt bis zum Gürtel, grau wie ein Dachs, und der Trunk sah ihm aus den Augen. Sein Körper war mit grauem Haar bedeckt, und es wimmelte darauf von Fliegen; eine saß ihm im Augenwinkel – er beachtete sie gar nicht; und die Moskitos summten um ihn herum wie die Bienen. Jeder Mann mit etwas Sinn für Reinlichkeit hätte diese Kreatur auf der Stelle hinausgejagt und versteckt; ihn so zu sehen und zu denken, daß er siebzig Jahre alt war, und dran zu denken, daß er einmal ein Schiff kommandiert hatte, daß er an Land gegangen war in seinem schneidigen Anzug und in Bars und auf Konsulaten große Reden geschwungen hatte und auf den Veranden von Klubhäusern gesessen hatte, ekelte mich an und machte mich ganz nüchtern. Als ich kam, versuchte er aufzustehen, aber es war hoffnungslos; er reichte mir also statt dessen die Hand und lallte eine Begrüßung.

»Papa hat heute mal wieder einen schönen sitzen«, bemerkte Case. »Wir haben hier eine Epidemie gehabt, und Kapitän Randall meint, Wacholderschnaps wäre die beste Prophylaxe – nicht, Papa?«

»Ich denke gar nicht dran – im Leben nicht!« schrie der Kapitän entrüstet. »Ich nehme Schnaps für meine Gesundheit, Mister – wie war bloß der Name? –, als Vorbeugungsmittel.«

»Schon gut, Papa«, sagte Case, »aber du wirst dich jetzt aufraffen müssen. Wir haben eine Hochzeit vor. Mister Wiltshire hier wird sich verheiraten.«

Der Alte fragte: »Mit wem?«

»Mit Uma«, sagte Case.

»Uma?« fuhr der Kapitän auf. »Wozu will er denn Uma? Ist er denn bloß zum Spaße hergekommen? Zu was braucht er denn Uma, verdammt noch mal?«

»Hör auf, Papa«, sagte Case, »du bist's doch nicht, der sie heiraten soll, und schließlich bist du auch nicht ihr Patenonkel oder ihre Patentante. Ich glaube, Mister Wiltshire wird machen, was ihm paßt.«

Hiermit entschuldigte er sich bei mir, da er sich um die Hochzeit kümmern müsse, und ließ mich allein mit dem armen Teufel, der sein Partner war und, um die Wahrheit zu sagen, auch sein Narr. Handel und Laden gehörten beide Randall; Case und der Neger waren Schmarotzer; sie schwirrten um ihn herum und nährten sich von ihm wie die Fligen, und er benahm sich dabei auch nicht viel klüger. Wirklich – ich will gar nichts gegen Billy Randall gesagt haben, aber er erregte mir eben einfach Übelkeit, und die Zeit, die ich jetzt mit ihm verbrachte, war mir wie ein Angsttraum.

Das Zimmer war zum Ersticken heiß und voller Fliegen, denn das Haus war schmutzig, niedrig und klein und stand an einem ungünstigen Platz hinter dem Dorf am Rand des Busches und gegen Wind geschützt. Die Betten der drei waren auf dem Fußboden aufgeschlagen, und Pfannen und Schüsseln standen unordentlich herum. Möbel gab es keine, Randall schlug alles kurz und klein, wenn er wütend war. Da saß ich nun also und aß ein Mahl, das uns von Cases Frau serviert wurde, und den ganzen Tag unterhielt mich dieses Überbleibsel von Mann, dessen Zunge zwischen schlechten alten Witzen und alten Geschichten herumstolperte, und sein eigenes schnarrendes Gelächter hatte er immer bereit, deshalb bemerkte er meine Niedergeschlagenheit nicht. Die ganze Zeit nippte er am Schnaps. Manchmal schlief er ein und wachte wieder auf, jammerte und fröstelte, und immer wieder fragte er mich, warum ich Uma heiraten wolle. ›Mein Lieber‹, dachte ich den ganzen Tag, ›so ein alter Narr darfst du nicht werden.‹

Es mochte gegen vier Uhr am Nachmittag sein, als die Hintertür langsam aufgestoßen wurde und eine sonderbare Eingeborene fast auf ihrem Bauch ins Haus watschelte. Von Kopf bis Fuß war sie in schwarzen Stoff gewickelt. Sie hatte graues, strähniges Haar, ihr Gesicht war tätowiert, was auf dieser Insel nicht üblich war, ihre Augen blickten groß und glänzend und blöde. Sie heftete sie auf mich mit einem verzückten Ausdruck, dem ich ansah, daß er gespielt war. Sie sagte kein klares Wort, sondern schmatzte und murmelte mit den Lippen und summte laut wie ein Kind über seinem Weihnachtspudding. Sie kam geradenwegs durch das Haus, steuerte auf mich zu, und als sie neben mir war, ergriff sie meine Hand und schnurrte und summte drüber wie eine große Katze. Davon ging sie in eine Art Gesang über.

»Wer ist denn das, zum Kuckuck?« rief ich, denn die ganze Sache ängstigte mich.

»Das ist Fa'avao«, sagte Randall, und ich sah, daß er auf dem Boden bis in die entfernteste Ecke gerutscht war.

»Du hast doch nicht etwa Angst vor ihr?« schrie ich.

»Ich und Angst!« plusterte sich der Kapitän. »Mit der nehm ich's schon auf, mein Lieber. Die kommt mir sonst nicht über die Schwelle. Ich denke bloß, heute ist es was anderes wegen der Hochzeit. Das ist die Mutter von Uma.«

»Ja, das habe ich mir gedacht; was redet sie denn immerzu?« fragte ich, gereizter und vielleicht erschreckter, als ich mich zeigen wollte, und der Kapitän sagte mir, daß sie eine Menge Dichtungen verfaßte, mir zum Preise, weil ich Uma heiraten wollte. »Schon gut, alte Dame«, sagte ich mit einem ziemlich mißglückten Lachen, »ganz zu Diensten. Aber wenn du meine Hand nicht mehr benötigst, dann laß es mich gütigst wissen.«

Sie tat, als hätte sie verstanden; der Gesang erhob sich zu einem Schrei und brach ab; das Weib watschelte auf demselben Wege, den es gekommen war, aus dem Haus und mußte sofort im Busch untergetaucht sein, denn als ich ihr zur Tür folgte, war sie schon verschwunden.

»Das sind ja drollige Manieren!« sagte ich.

»Komisches Volk!« sagte der Kapitän, und zu meiner Verwunderung schlug er das Zeichen des Kreuzes über seine bloße Brust.

»Nanu«, sagte ich, »bist du katholisch?«

Er wies diesen Gedanken verächtlich zurück. »Hartgesottener Baptist«, sagte er. »Aber die Katholiken haben auch ein paar gute Ideen gehabt, mein lieber Freund, und das ist eine davon. Nimm dir meinen Rat zu Herzen, und wenn dir Uma oder Fa'avao oder Vigours oder so einer von der Sorte über den Weg läuft, dann nimm dir ein Beispiel an den Priestern und mach das, was ich mache. Verstehst du?« sagte er, wiederholte das Zeichen und zwinkerte mir mit seinen trüben Augen zu. »Nein, mein Herr«, brach er wieder los, »Katholiken gibt's hier keine!« Und lange Zeit unterhielt er mich mit seinen religiösen Ansichten.

Ich mußte wohl gleich an Uma Gefallen gefunden haben, sonst wäre ich bestimmt aus dem Haus geflohen und an die frische Luft gegangen oder hätte in der reinen See oder in einem nahen Fluß gebadet; allerdings war ich Case ja verpflichtet, und ich hätte mich auch nie auf der Insel behaupten können, wenn ich einem Mädchen in unserer Hochzeitsnacht weggelaufen wäre.

Die Sonne war untergegangen, der Himmel brannte wie Feuer, und die Lampe war schon eine Weile angezündet, als Case mit Uma und dem Neger zurückkam. Sie war angekleidet und duftete; ihr kurzer Rock war von feinem Bastgewebe und sah mit seinen Falten prächtiger aus als irgendwelche Seide; ihre Brust, von einer Farbe wie dunkler Honig, war bloß und nur geschmückt mit einem halben Dutzend Ketten von Samen und Blumen; hinter den Ohren und im Haar trug sie scharlachrote Eibischblüten. Sie zeigte das beste Betragen, das man von einer Braut hätte erwarten können, ernst und still; und ich schämte mich so, mit ihr in diesem ärmlichen Haus und vor diesem grinsenden Neger zu stehen. Ich fand es einfach schändlich; der Quacksalber war mit einem großen Papierkragen angetan, das Buch, aus dem er angeblich vorlas, war irgendein Romanband und der Wortlaut seines Gottesdienstes nicht eben zum Niederschreiben geeignet. Mir schlug das Gewissen, als wir die Hände ineinanderlegten. Und als sie ihre Urkunde bekam, war ich nahe daran, den Schwindel aufzudecken und alles zu gestehen. Hier ist das Schriftstück. Case schrieb es auf ein Blatt aus dem Hauptbuch, mit Unterschriften und allen Schikanen:

> Hiermit wird bescheinigt, daß Uma, Tochter der Fa'avao aus Falesa, mit Mister John Wiltshire auf eine Woche illegal verheiratet wird, und es steht Mister John Wiltshire anheim, sie zum Teufel zu jagen, wenn er Lust hat.
>
> John Blackamoar
> Kaplan vom Schiffswrack
>
> Auszug aus dem Standesamtregister
> William T. Randall
> Kapitän zur See

Hübsch, so ein Papier einem Mädchen in die Hand zu drücken und zu sehen, wie sie es fortsteckt, als wäre es ein Stück Gold. Sogar ohne das hätte ich mich schon wie ein Schuft gefühlt. Aber es war eben in der Gegend so üblich, und ich sagte mir selber, es ist ja doch ganz und gar nicht die Schuld von uns Weißen, sondern die Missionare sind schuld dran. Wenn sie die Eingeborenen in Ruhe gelassen hätten, dann hätte ich diesen Betrug nicht nötig gehabt, ich hätte mir die Frauen genommen, die ich wollte, und hätte sie gehen lassen, wenn es mir paßte, und das mit gutem Gewissen.

Je mehr ich mich schämte, desto eiliger hatte ich es, wegzukommen, und da so unsere Wünsche sich trafen, bemerkte ich nicht die Wandlung im Benehmen der Händler. Case war voller Geschäftigkeit gewesen, um mich zu halten; jetzt, als hätte er sein Vorhaben ausgeführt, schien er eifrig drauf bedacht zu sein, mich loszuwerden. Uma, sagte er, könnte mich zu meinem Haus führen, und die drei sagten uns auf Wiedersehen.

Es war fast Nacht; das Dorf roch nach Bäumen und Blumen, nach Meer und gekochten Brotfrüchten; von den Felsen herüber kam das sanfte Rauschen der See und von fern zwischen Wäldern und Häusern viele trauliche Laute von Menschen und Kindern. Es tat mir gut, die frische Luft zu atmen; ich war froh, den Kapitän los zu sein und statt dessen das Geschöpf an meiner Seite zu sehen. Ich hatte ein Gefühl, als wäre sie irgendein Mädchen von zu Hause aus England, und für einen Augenblick vergaß ich mich und nahm ihre Hand beim Gehen. Ihre Finger schmiegten sich in meine, ich hörte, wie sie tief und schnell atmete, und plötzlich hob sie meine Hand an ihr Gesicht und preßte sie dagegen. »Du gut!« rief sie und lief mir voraus, hielt an und sah zurück, lächelte und lief mir wieder voraus; so führte sie mich am Rand des Busches hin auf einem stillen Weg zu meinem eigenen Haus.

Nun war es so gewesen: Case hatte nach allen Regeln der Kunst für mich geworben, hatte ihr gesagt, ich wäre ganz verrückt nach ihr, und es wäre mir ganz egal, was auch draus würde, und das arme Ding, das etwas erfuhr, was ich selber noch nicht wußte, glaubte es Wort für Wort, und die Selbstgefälligkeit und Dankbarkeit hatten ihr fast den Kopf verdreht.

Von dem allen hatte ich keine Ahnung; ich war einer von denen, die am meisten gegen den Unsinn mit Eingeborenenfrauen redeten, denn ich hatte schon zu viele gesehen, die von den Verwandten der Frau förmlich aufgefressen worden waren und bei dem ganzen Handel den kürzeren gezogen hatten; und ich sagte mir, daß ich der Sache sofort ein Ende machen und sie zur Vernunft bringen mußte. Aber sie sah so wunderlich und niedlich aus, wie sie so fortlief und dann auf mich wartete, und sie tat das so wie ein Kind oder ein gutmütiger Hund, daß es mir das beste schien, so eben hinter ihr herzugehen, wenn sie weiterlief, dem Geräusch zuzuhören, das ihre bloßen Füße machten, und dem Schimmer ihres Körpes in der Dämmerung nachzusehen. Und ein anderer Gedanke war mir in den Sinn gekommen. Jetzt, wo wir allein waren, spielte sie Kätzchen mit mir, aber in dem Haus hatte sie sich aufgeführt wie eine Prinzessin, so stolz und demütig. Und mit ihrem Kleid – es war so wenig und ziemlich natürlich –, in ihrem prächtigen Bastgewebe, mit ihrem herrlichen Duft, den roten Blumen und Samen, die wie Juwelen glitzerten und nur größer waren – es überkam mich plötzlich, als sei sie wahrhaftig so etwas wie eine Prinzessin, angetan, um große Sänger in einem Konzert anzuhören, und gar nicht die Frau für einen armen Händler wie mich.

Sie war zuerst im Haus; und während ich noch draußen war, sah ich ein Streichholz aufflammen und das Licht der Lampe in den Fenstern. Die Station war außerordentlich schön, aus Korallen gebaut, mit einer sehr weiten Veranda und das Wohnzimmer hoch und groß. Meine Truhen und Kisten waren zu Bergen aufgetürmt und machten eine ziemliche Unordnung, und mitten in diesem Wirrwarr stand Uma am Tisch und wartete auf mich. Ihr Schatten stieg hinter ihr bis in die Wölbung des Eisendaches; hell stand sie davor, und das Licht der Lampe schimmerte auf ihrer Haut. Ich blieb in der Tür stehen; sie sagte nichts und sah mich an mit Augen, die ungeduldig und doch verschüchtert blickten, dann tippte sie sich an die Brust.

»Ich dein Weib!« sagte sie. So hatte es mich noch nie gepackt; das Verlangen nach ihr faßte und schüttelte mich wie der Sturm ein Segel von der Windseite.

Ich hätte nicht sprechen können, wenn ich gewollt hätte; und hätte ich es gekonnt, dann hätte ich es doch nicht gewollt. Ich schämte mich, von einer Eingeborenen so erschüttert zu sein; ich schämte mich wegen der Heirat und der Bescheinigung, die sie in ihrem Röckchen hütete; ich wandte mich zur Seite und tat, als kramte ich zwischen den Truhen. Das erste, was mir in die Augen kam, war eine Kiste Wacholderschnaps, die einzige, die ich mitgebracht hatte; und zum Teil des Mädchens wegen und zum Teil, weil's mir gruselte bei der Erinnerung an den alten Randall, faßte ich einen plötzlichen Entschluß. Ich brach den Deckel auf. Mit einem Taschenkorkenzieher öffnete ich eine Flasche nach der anderen und schickte Uma hinaus, um das Zeug von der Veranda zu gießen.

Nach der letzten kam sie zurück und sah mich an wie verlegen.

»Nicht gut«, sagte ich, denn jetzt war ich etwas mehr Herr meiner Zunge. »Wenn Mann trinkt, er nicht gut.«

Damit war sie einverstanden, aber noch immer überlegte sie. »Warum du ihn mitbringen?« fragte sie bald darauf. »Wenn nicht trinken willst, du nicht bringen ihn, ich denken.«

»Na ja«, sagte ich, »mal will ich zuviel trinken, jetzt gar nicht. Siehst du, ich nicht verstehen, wie kleines Weibi kriegen; wenn jetzt Schnaps trinken, kleines Weibi vor mir Angst.«

Aber ich brachte es kaum fertig, freundlich zu ihr zu sprechen; ich hatte geschworen, ich würde mich nie mit einer Eingeborenen abgeben, und so gab's jetzt nur eins: still zu sein.

Sie stand da und sah ernst zu mir nieder, wie ich dasaß bei der offenen Kiste. »Ich denken du guter Mann«, sagte sie. Und plötzlich warf sie sich vor mir auf den Fußboden. »Ich dir gehören wie Schwein!« rief sie.

2

Der Bann

Ich kam am Morgen auf die Veranda, kurz ehe die Sonne aufging. Mein Haus war das letzte nach Osten; eine bewaldete Landzunge und Felsen dahinter verbargen den Sonnenaufgang. Im Westen strömte ein schneller, kalter Fluß nieder, und jenseits lag der Dorfanger, umstanden von Kokospalmen, Brotfruchtbäumen und Häusern. Einige Fensterläden waren heruntergelassen, einige standen offen; ich sah die Moskitonetze, noch ausgespannt, mit Schatten von erwachenden Menschen, die sich drinnen aufsetzten; und auf dem Anger gingen andere lautlos umher, in ihre vielfarbigen Schlafgewänder gehüllt, wie Beduinen auf biblischen Bildern. Es war totenstill, feierlich und kühl, und das Licht des anbrechenden Tages lag auf der Lagune wie Feuerschein.

Aber was mich beunruhigte, lag näher. Etwa ein Dutzend junger Männer und Kinder bildeten seitlich um mein Haus eine Art Halbkreis; der Fluß trennte sie, einige waren diesseits, einige drüben und einer auf einem Felsblock in der Mitte; und sie alle saßen still, in ihre Tücher gehüllt, und starrten mich und mein Haus an, wachsam wie Hühnerhunde. Ich fand das sonderbar, als ich herauskam. Als ich gebadet hatte und wieder zurückkehrte und sie alle da fand und noch zwei oder drei mehr dabei, kam es mir noch seltsamer vor. Ich überlegte mir, was sie an meinem Haus finden konnten, daß sie so starrten, und ging hinein.

Aber der Gedanke an diese gaffende Schar ging mir nicht aus dem Sinn, und bald darauf trat ich wieder hinaus. Die Sonne war jetzt aufgegangen, aber sie stand noch hinter den Wäldern der Landzunge. Etwa eine Viertelstunde mochte vergangen sein. Die Menge war gewaltig angewachsen, das jenseitige Flußufer war ein gutes Stück Wegs wie gesäumt von etwa dreißig Erwachsenen und etwa doppelt soviel Kindern; einige standen, ein paar hockten auf dem Boden, und alle starrten mein Haus an. In einem Südseedorf hatte ich einmal ein Haus so belagert gesehen, da verdrosch ein Händler drin seine Frau, und sie schrie. Aber hier war doch nichts los; der Ofen war geheizt, der Rauch stieg ganz christlich in die Luft. Alles war ordentlich und nach Bristoler Art. Freilich – ein Fremder war gekommen, aber die Gelegenheit, diesen Fremden zu sehen, hatten sie gestern schon gehabt, und sie hatten sie gelassen genug hingenommen. Was fehlte ihnen bloß jetzt?

Ich stützte meine Arme auf das Geländer und starrte zurück. Aber sie zuckten nicht mit der Wimper. Ab und zu konnte ich die Kinder schwatzen sehen, aber sie sprachen so leise, daß das Summen ihrer Stimmen nicht einmal bis zu mir drang. Die anderen saßen wie Götzenbilder, sie starrten mich mit ihren glänzenden Augen stumm und sorgenvoll an, und es kam mir in den Sinn, daß alles nicht viel anders aussehen würde, wenn ich unter dem Galgen stünde und diese guten Leute gekommen wären, um zu sehen, wie ich gehängt werde.

Ich fühlte, daß ich eingeschüchtert wurde, und ich bekam Angst, man würde es mir ansehen, und das hätte ja nun gar nichts genützt. So richtete ich mich auf, tat, als rekelte ich mich, ging die Verandastufen hinunter und schritt zum Fluß. Ein Summen ging von einem zum anderen, wie man es im Theater hört, wenn der Vorhang aufgeht; einige von den nächsten gingen um einen Schritt zurück. Ich sah, wie ein Mädchen einen jungen Mann mit der Hand antippte und mit der anderen eine Geste nach oben machte; dabei sagte sie etwas in der Eingeborenensprache mit erschreckter Stimme. Drei kleine Jungen saßen an dem Weg, den ich gehen mußte, drei Fuß von mir entfernt. Gehüllt in ihre Tücher, mit ihren geschorenen Köpfen, dem bißchen Haarbüschel und den komischen Gesichtern sahen sie aus wie Figuren auf einem Kaminsims. Eine Weile saßen sie da auf dem Boden, ernst wie der Tod. Ich ging mit ziemlicher Geschwindigkeit wie einer, der etwas Bestimmtes vorhat, und es kam mir vor, als sähe ich in den drei Gesichtern ein Zucken und Würgen. Dann sprang einer auf – der am weitesten entfernte – und lief zu seiner Mammi. Die anderen beiden, die seinen Spuren folgen wollten, verhedderten sich, purzelten brüllend auf den Boden, schlüpften aus ihren Tüchern, splitterfasernackt, und einen Augenblick später jagten alle drei davon, als gelte es ihr Leben, und quiekten wie die Ferkel. Die Eingeborenen, die sich nie einen Spaß entgehen lassen, nicht einmal bei einem Begräbnis, lachten und hörten wieder auf, so unvermittelt wie Hundegebell.

Man sagt, die Menschen fürchten sich, allein zu sein. Keineswegs! Was einem bange macht in der Dunkelheit oder im dichten Busch, ist dies, daß man nichts Gewisses ausmachen kann, und stünde einem auch eine Armee zur Seite. Am meisten aber fürchtet man sich inmitten einer Menge, wenn man keine Ahnung hat, was sie vorhat. Als dieses Lachen aufhörte, blieb ich auch stehen. Die Jungen hatten sich noch nicht sehr weit entfernt, sie rannten noch aus Leibeskräften den einen Weg entlang, als ich mich schon wieder zurückgewandt hatte und in der anderen Richtung entfernte. Wie ein Hanswurst war ich gekommen in meiner Eile; wie ein Hanswurst steuerte ich nun wieder zurück. Es muß ein denkbar komisches Schauspiel gewesen sein, und was mich wunderte, war, daß diesmal keiner lachte; nur ein altes Weib stieß ein frommes Stöhnen aus, so wie man Dissidenten in der Kapelle bei ihrer Predigt stöhnen hören kann.

»Solche Narren von Kanaken wie deine Leute hier habe ich überhaupt noch nicht gesehen«, war alles, was ich zu Uma sagte, als ich aus dem Fenster auf die gaffende Menge sah.

»Nichts wissen«, sagte Uma mit einem Ausdruck von Widerwillen, den sie gut heraus hatte.

Das war alles, was wir über diese Angelegenheit sprachen, denn ich ärgerte mich, und Uma nahm die Sache so selbstverständlich hin, daß ich mich etwas schämte.

Den ganzen Tag saßen die Narren da an der Westseite meines Hauses herum und jenseits des Flusses, ab und zu weniger, dann mehr, und warteten auf das Schauspiel, was es nun auch sein mochte: wahrscheinlich Feuer, das vom Himmel fallen und mich mit Haut und Haar verzehren würde. Aber gegen Abend waren sie, als echte Inselbewohner, ihrer Beschäftigung überdrüssig, gingen fort und tanzten statt dessen im großen Haus des Dorfes, und ich hörte sie singen und in die Hände klatschen bis gegen zehn Uhr abends, und am nächsten Tag hatten sie anscheinend vergessen, daß ich existierte. Wenn Feuer vom Himmel gekommen wäre oder wenn die Erde sich geöffnet und mich verschlungen hätte, wäre niemand dagewesen, der sich den Spaß angesehen oder eine Lehre daraus gezogen hätte oder wie man es sonst sagen will. Aber ich sollte merken, daß sie es doch nicht vergessen hatten und unentwegt weiter nach wunderbaren Erscheinungen ausspähten, die über meinem Weg auftauchen würden.

Zwei Tage lang war ich schwer damit beschäftigt, meine Geschäftseinrichtung in Ordnung zu bringen und den Bestand aufzunehmen, den Vigours hinterlassen hatte. Das war eine Tätigkeit, die mich ganz fertigmachte und mich hinderte, viel an anderes zu denken. Ben hatte bei seiner letzten Fahrt den Bestand aufgenommen – ich wußte, daß ich Ben trauen konnte –, aber es war offensichtlich, daß sich einer indessen hier etwas zu viel herausgenommen hatte. Ich stellte fest, daß ich soviel los war, wie sechs Monate Lohn und Gewinn ausmachen, und ich hätte mich selber ohrfeigen können, daß ich so ein verdammter Esel gewesen war, mit Case dazusitzen und zu saufen, anstatt mich um meine eigenen Angelegenheiten zu kümmern und Inventur zu machen.

Aber es hat keinen Zweck, über vergossene Milch zu

jammern. Es war nun mal so, und man konnte es nicht ungeschehen machen. Alles, was ich tun konnte, war, das, was noch da war, und meine neuen Sachen – meine eigene Auswahl – in Ordnung zu bringen, eine Jagd auf Ratten und Küchenschaben zu veranstalten und diesen Laden regelrecht im Sidney-Stil herzurichten. Ich machte ihn prächtig zurecht; und am dritten Morgen, als ich mir meine Pfeife angezündet hatte, am Eingang stand, hineinschaute und mich umwandte, hoch zum Berg hinaufblickte, die Kokosnüsse winken sah und die Tonnen von Kopra berechnete, drüben auf dem Dorfanger die Inselgecken sah und überschlug, wieviel Meter Baumwolle sie für ihre Röckchen und Kleider brauchen würden, da hatte ich das Gefühl, als wäre ich am rechten Platz, um mein Glück zu machen und dann nach Hause zu fahren und ein Gasthaus aufzumachen. Da saß ich nun auf der Veranda, in einer Umgebung, wie man sie sich schöner nicht hätte denken können – glänzende Sonne und ein herrlicher, frischer, gesunder Wind, der einem das Blut in Wallung brachte wie ein Bad in der See, und all das war mir vollständig entschwunden, und ich träumte von England, das doch schließlich nur ein häßliches, kaltes, trübes Loch ist und wo es nicht einmal so hell ist, daß man lesen kann; und ich malte mir aus, wie mein Gasthaus aussehen würde, an einer breiten Hauptstraße gelegen, einer Art Allee, und davor das Wirtshausschild an einem grünen Baum.

So sah es am Morgen aus, aber der Tag ging vorbei, und man kümmerte sich den Teufel um mich, und nach allem, was ich von Eingeborenen anderer Inseln wußte, kam mir das merkwürdig vor. Die Leute hatten etwas über unsere Firma und ihre großartigen Geschäfte gelacht und besonders über den Laden in Falesa. Alle Kopra im Distrikt würde in fünfzig Jahren die Kosten dafür nicht einbringen, hörte ich sie sagen, und das war meiner Meinung nach übertrieben. Aber als der Tag verging und der Verkauf überhaupt nicht in Gang kam, wurde ich niedergeschlagen. Gegen drei Uhr nachmittags machte ich einen Spaziergang, um mich aufzumuntern. Auf dem Anger sah ich einen weißen Mann im Priestergewand kommen, und an seiner Kleidung und seinem Gesicht erkannte ich den Geistlichen. Er schien eine gutmütige alte Haut zu sein, war schon etwas ergraut und so schmutzig, daß man auf ihm hätte schreiben können wie auf ein Stück Papier.

»Guten Tag, Sir!« sagte ich.

Er antwortete mir lebhaft in der Sprache der Eingeborenen.

»Sprechen Sie nicht englisch?« sagte ich.

»Französisch«, sagte er.

»Nun«, sagte ich, »das tut mir leid, das kann ich nicht.«

Er versuchte es eine Zeitlang auf französisch und dann wieder in der Eingeborenensprache, die er anscheinend für die aussichtsreichste Möglichkeit hielt. Ich fand heraus, daß er mehr wollte, als nur mir die Tageszeit wünschen; er wollte mir etwas mitteilen, und ich hörte aufmerksamer zu. Ich hörte die Namen Adams und Case und Randall – am häufigsten Randall – und das Wort Gift oder so was ähnliches und ein eingeborenes Wort, das er sehr oft sagte. Ich ging nach Hause und wiederholte es vor mich hin.

»Was heißt ›fussy-ocky‹?« fragte ich Uma, denn das klang so ähnlich, wie ich es nur irgend sagen konnte.

»Tot machen«, sagte sie.

»Den Teufel was!« sagte ich. »Hast du schon mal gehört, daß Case Johnny Adams vergiftet haben soll?«

»Alle Leute das wissen«, sagte Uma verächtlich. »Weißen Sand ihm geben – schlechten Sand. Er noch Flasche haben. Denke, er dir Schnaps geben, du nicht nehmen.«

Nun hatte ich schon viele solche Geschichten auf anderen Inseln gehört, und immer fing es mit diesem weißen Pulver an; deshalb machte ich mir nicht soviel Gedanken darüber. Trotzdem ging ich hinüber zu Randall, um zu sehen, was ich dort in Erfahrung bringen könnte, und ich fand Case auf der Türschwelle, wie er sein Gewehr putzte.

»Gute Gelegenheit zum Schießen hier?« sagte ich.

»Ja«, sagte er. »Im Busch gibt's alle Vogelarten. Ich wünschte, es gäbe ebensoviel Kopra«, sagte er – hinterhältig, kam es mir vor. »Aber da scheint sich nichts zu tun.«

Ich konnte den Schwarzen Jack im Laden sehen, wie er einen Kunden bediente.

»Aber das sieht doch aus wie Geschäft«, sagte ich.

»Der erste Verkauf seit drei Wochen«, sagte er.

»Das kannst du mir doch nicht erzählen«, sagte ich. »Seit drei Wochen? Na, na!«

»Teufel noch eins, wenn du mir nicht glaubst, geh doch ins Koprahaus und sieh nach!« rief er etwas hitzig. »Bis jetzt ist es noch halb leer.«

»Du mußt doch einsehen, daß ich davon auch nicht klüger werde«, sagte ich. »Denn gestern kann es ja ganz leer gewesen sein. Was weiß ich?«

»Das stimmt!« sagte er mit einem kurzen Auflachen.

»Übrigens«, sagte ich, »was für ein Mensch ist denn dieser Priester? Ganz netter Bursche anscheinend.«

Da lachte Case laut heraus. »Aha«, sagte er, »jetzt sehe ich, wo der Hase läuft. Galuchet ist bei dir gewesen.«

Pater Galoschen war der Name, unter dem ihn die meisten kannten. Case gab ihm immer den französischen Anstrich, auch ein Grund, festzustellen, weshalb wir ihn für vornehmer hielten als das gemeine Volk.

»Ja, ich habe ihn gesehen«, sagte ich. »Ich konnte feststellen, daß er von deinem Kapitän Randall nicht viel hält.«

»Allerdings nicht«, sagte Case, »wegen der Sache mit dem alten Adams. Am letzten Tag, als er im Sterben lag, war der junge Buncombe hier. Hast du Buncombe mal kennengelernt?«

Ich sagte nein.

»Eine Strafe ist das, dieser Buncombe«, lachte Case. »Na, jedenfalls hatte sich Buncombe in den Kopf gesetzt, wir sollten Pater Galuchet holen lassen, weil kein anderer Priester da war, nur Kanakenpastoren, und sollten den alten Mann trösten und ihm das Abendmahl geben lassen. Du kannst dir vorstellen, mir war das egal; aber ich sagte, meiner Meinung nach müßte man Adams erst fragen. Der schwatzte herum von gewässerter Kopra und lauter solchem Unsinn. ›Sieh mal‹, sagte ich, ›du bist ziemlich krank. Möchtest du nicht Galoschen sehen?‹ Er stützte sich auf seinen Ellbogen und richtete sich auf. ›Hol den Priester‹, sagte er, ›hol den Priester, laß mich hier nicht krepieren wie einen Hund!‹ Er redete hitzig und ungeduldig, aber klar genug. Es war nichts dagegen einzuwenden; so schickten wir nach Galuchet und baten ihn zu kommen. Natürlich wollte er! Er hüpfte förmlich in seiner dreckigen Wäsche bei dem bloßen Gedanken. Aber wir hatten unsere Rechnung ohne Papa gemacht. Er ist ein eingefleischter Baptist, unser Papa, Katholiken haben bei ihm gar nichts zu vermelden. Und er ging und schloß die Tür zu. Buncombe sagte ihm, er wäre engstirnig, und ich dachte, er würde darüber einen Tobsuchtsanfall kriegen. ›Engstirnig?‹ sagte er, ›ich engstirnig? Habe ich nötig, mir das von so einem Naseweis sagen zu lassen?‹ Und er ging auf Buncombe los, und ich mußte sie auseinanderbringen, und mitten zwischen allem lag Adams, der wieder irre redete und wie ein Narr von Kopra schwatzte. Es war ein tolles Schauspiel, und ich war vor Lachen ganz außer Puste, als Adams sich plötzlich aufrichtete, sich an die Brust schlug und in Todesschauer fiel. Er ist schwer gestorben, der alte John Adams«, sagte Case in einer Art plötzlicher Düsterkeit.

»Und was wurde aus dem Priester?« fragte ich.

»Der Priester?« sagte Case. »Ach, der hämmerte draußen an die Tür und schrie nach den Eingeborenen, sie sollten kommen und sie einschlagen, und er schrie, er wollte doch eine Seele retten und so. Er war furchtbar aufgeregt, der Priester. Aber was wollte er noch? Johnny hatte die Anker gelichtet und war hier nicht mehr anzutreffen. Für die Verwaltung war der Fall also erledigt. Das nächste, was Randall zu Ohren kam, war, daß der Priester an Johnnys Grab betete. Papa hatte einen tüchtigen sitzen, nahm einen Prügel und steuerte geradenwegs dorthin, und da kniete Galoschen, und eine Menge von Eingeborenen sah zu. Man möchte gar nicht glauben, daß Papa sich um irgend etwas anderes als Schnaps so kümmern könnte; aber er und der Priester lagen sich zwei volle Stunden in den Haaren, beschimpften sich in der Sprache der Eingeborenen, und jedesmal, wenn Galoschen niederknien wollte, ging Papa mit dem Prügel auf ihn los. Solch einen Auftritt hat es in Falesa überhaupt noch nicht gegeben. Das Ende vom Lied war, daß Kapitän Randall in einer Art Anfall umkippte – Schlaganfall oder so – und der Priester doch noch seinen Willen hatte. Aber so einen wütenden Priester hast du bestimmt noch nie gesehen; er beklagte sich bei den Häuptlingen über diese ›Gewalttat‹, wie er sagte. Aber das hatte nichts zu sagen, denn unsere Häuptlinge hier sind Protestanten; und außerdem hatte er irgendwie Schwierigkeiten gemacht wegen der Trommel für die Morgenschule, und sie freuten sich, daß sie ihm eins auswischen konnten. Jetzt schwört er, daß der alte Randall dem Adams Gift gegeben hat oder so was, und wenn die beiden sich treffen, fletschen sie sich an wie die Affen.«

Er erzählte diese Geschichte so natürlich wie möglich und wie einer, der Freude an Späßen hat; aber wenn ich jetzt, so lange später, drüber nachdenke, kommt es mir doch vor, als hätte er da ein übles Garn gesponnen. Jedenfalls war Case niemals sanft, sondern rauh und herzlich, jeder Zoll ein Mann, und ehrlich gesagt, er verblüffte mich immer von neuem.

Ich ging nach Hause und fragte Uma, ob sie eine ›Popey‹ wäre, denn ich hatte herausgefunden, daß dies das Wort der Eingeborenen für Katholik sei.

»E le ai!« sagte sie. Sie sprach immer in der Eingeborenensprache, wenn sie ihr ›Nein‹ besonders betonen wollte, und wirklich kam noch etwas hinterher. »Popey nicht gut«, fügte sie hinzu.

Dann fragte ich sie nach Adams und dem Priester, und sie spann dasselbe Garn auf ihre Art, so daß mir auch nicht weitergeholfen war, und ich war geneigt zu glauben, daß der Kern der Sache der Streit ums Sakrament war und das mit dem Vergiften nur Gerede.

Der nächste Tag war ein Sonntag; also brauchte ich mich nicht um das Geschäft zu kümmern. Uma fragte mich morgens, ob ich ›beten‹ ginge; ich sagte ihr, selbstverständlich nicht, und sie selber blieb auch zu Hause, ohne noch ein Wort darüber zu verlieren. Ich fand, das passe nicht zu einer Eingeborenenfrau und schon gar nicht zu einer Frau, die sich in neuen Kleidern zeigen konnte; aber es kam mir selber sehr gelegen, und so machte ich kein Aufhebens davon. Seltsam war es, wie ich schließlich doch fast in die Kirche gekommen wäre, und ich werde nicht so bald vergessen, wie das geschah. Ich war auf einen Bummel ausgegangen und hörte ein Kirchenlied anstimmen. Das ist nun mal so: Wenn man Leute singen hört, das scheint einen irgendwie anzuziehen, und bald fand ich mich selber neben der Kirche. Es war ein kleiner, niedriger, langgestreckter Bau aus Korallen, an beiden Enden gerundet wie ein Walboot, ein großes Dach drauf, wie die Eingeborenen es haben, Fenster ohne Rahmen und Eingänge ohne Türen. Ich steckte meinen Kopf in eins der Fenster, und der Anblick war mir so neu – denn auf den Inseln, die ich kannte, hatte alles ganz anders ausgesehen –, daß ich stehenblieb und zusah. Die Gemeinde saß auf Matten auf dem Erdboden, auf der einen Seite die Frauen, auf der anderen die Männer, alle todschick aufgetakelt, die Frauen in Kleidern und Warenhaushüten, die Männer in weißen Jacken und Hosen. Das Lied war zu Ende, der Pastor, ein großer Kanake, stand auf der Kanzel und predigte, als ginge es um sein Leben; dabei gestikulierte er mit den Händen und redete mit schallender Stimme, stellte seine Thesen auf und schien mit den Leuten zu diskutieren; ich fand, er war eine Kanone auf seinem Gebiet. Nun, plötzlich sah er auf und fing meinen Blick auf, und – auf mein Wort – er taumelte auf seiner Kanzel, seine Augen quollen ihm aus dem Kopf hervor; seine Hand hob sich und zeigte auf mich, wie gegen seinen Willen, und die Predigt brach ab.

Es ist nicht sehr ehrenvoll für mich, es zu gestehen, aber ich rannte weg; und wenn ich morgen noch einmal einen solchen Schreck erleben würde, dann würde ich morgen wieder ausreißen. Den schwatzenden Kanaken beim bloßen Anblick meiner Person so aus der Fassung geraten zu sehen – ich hatte ein Gefühl, als ob die Welt aus den Fugen ginge. Ich ging geradenwegs nach Hause, und da blieb ich und sagte kein Wort. Man könnte denken, ich hätte Uma davon erzählt, aber das hätte sich nicht mit meinen Prinzipien vertragen. Man könnte auch meinen, ich wäre zu Case gegangen und hätte ihn um Rat gefragt, aber, offen gestanden, ich schämte mich, davon zu reden; ich dachte, jeder würde mir ins Gesicht lachen, so hielt ich den Mund und dachte um so mehr, und je mehr ich dachte, desto weniger behagte mir die ganze Sache.

Montag abend war es mir ganz klar, daß ich tabu sein mußte. Daß ein neuer Laden in einem Dorf eröffnet war und kein Mann und keine Frau kam, um den Handel zu begaffen, war einfach unglaublich.

»Uma«, sagte ich, »ich glaube, ich bin tabu.«

»Ich denke auch«, sagte sie.

Ich überlegte eine Weile, ob ich sie mehr fragen sollte, aber es ist nicht gut, wenn man Eingeborene glauben läßt, daß man ihren Rat braucht, deshalb ging ich zu Case. Es war dunkel, und er saß allein auf den Stufen wie meistens und rauchte.

»Case«, sagte ich, »was Komisches. Ich bin tabu.«

»Ach, Unsinn«, sagte er. »Das gibt es hier auf den Inseln nicht.«

»Gibt's oder gibt's nicht«, sagte ich. »Wo ich war, gab's das auch. Du kannst sicher sein, ich weiß, wie das ist, und ich sage dir, es ist tatsächlich so: ich bin tabu.«

»Na schön«, sagte er, »aber was hast du denn angestellt?«

»Das möchte ich ja eben wissen«, sagte ich.

»Ach, das kann doch gar nicht sein«, sagte er. »Das ist ja nicht möglich. Aber ich will dir mal was sagen: Damit du dich beruhigst, kann ich ja mal herumhorchen und die Lage sichten. Tanz herein und unterhalte dich mit Papa.«

»Danke«, sagte ich. »Ich möchte lieber hier draußen auf der Veranda warten. In eurem Haus ist so stickige Luft.«

»Dann ruf ich Papa heraus«, sagte er.

»Laß nur, Case«, sagte ich. »Offen gesagt, ich kann mit Mister Randall nicht warm werden.«

Case lachte, nahm eine Laterne aus dem Laden und machte sich auf den Weg ins Dorf. Er war vielleicht eine Viertelstunde fort, und als er wiederkam, sah er mächtig ernsthaft aus.

»Wahrhaftig«, sagte er und setzte die Laterne auf die Verandastufen, »das hätte ich nie gedacht. Wer weiß, woran sich diese Kanaken mit ihrer Unverschämtheit das nächste Mal machen werden; die haben anscheinend allen Respekt vor Weißen verloren. Was wir brauchen, wäre jemand Kriegerisches – ein Deutscher am besten –, der weiß, wie man mit Kanaken umgeht.«

»Dann bin ich also wirklich tabu?« rief ich aus.

»So was ähnliches«, sagte er. »Das ist das Übelste, was ich je gehört habe. Aber ich stehe zu dir, Wiltshire, Mann zu Mann. Komm morgen gegen neun her, und wir verhandeln dann mit den Häuptlingen; die haben Angst vor mir oder hatten sie jedenfalls immer; aber neuerdings tragen sie ihre Nasen so hoch, daß ich gar nicht weiß, was ich davon halten soll. Versteh mich richtig, Wiltshire; ich sehe das nicht als deine Sache an«, fuhr er mit großer Entschlossenheit fort, »ich betrachte das als unsere Sache, die Sache des weißen

Mannes, und ich werde dazu stehen durch dick und dünn, und da hast du meine Hand drauf.«

»Hast du ausfindig gemacht, was der Grund ist?« fragte ich.

»Noch nicht«, sagte Case, »aber morgen werden wir sie festnageln.«

Im großen ganzen war ich recht angenehm berührt von seiner Haltung und fast noch mehr am nächsten Tage, als wir uns trafen, um zu den Häuptlingen zu gehen, und ich ihn so ernst und entschlossen sah. Die Häuptlinge erwarteten uns in einem ihrer großen, ovalen Häuser, das uns schon auf dem Wege durch die Menge kenntlich war, die sich um sein Dach geschart hatte, etwa hundert, wenn es nicht noch mehr waren, Männer, Frauen und Kinder. Viele von den Männern waren auf dem Weg zur Arbeit und trugen grüne Kränze, und das rief in mir Erinnerungen an den ersten Mai zu Hause wach. Die Menge teilte sich und summte um uns zwei, wie wir da hineingingen, mit einer plötzlichen, ärgerlichen Lebhaftigkeit. Fünf Häuptlinge waren da, vier mächtig stattliche Männer, der fünfte alt und runzlig. Da saßen sie auf Matten in ihren weißen Röckchen und Jacken; wie feine Damen hatten sie Fächer in der Hand, und zwei von den jüngeren trugen katholische Medaillons, die mich stutzig machten. Unser Platz war bestimmt, die Matten für uns lagen gegenüber diesen großen Herren, an der linken Seite des Hauses. Die Mitte war leer; die Menge dicht hinter unserem Rücken murmelte und reckte die Hälse und drängelte sich, um zuzusehen, und ihre Schatten tanzten vor uns auf den reinen Steinen des Fußbodens. Die Unruhe im Volk hätte mich um ein Haar aus der Fassung gebracht; aber das zivilisierte Auftreten der Häuptlinge beruhigte mich, um so mehr, als dann ihr Sprecher anhob, mit leiser Stimme eine lange Rede zu halten, dabei manchmal mit der Hand auf Case wies, manchmal auf mich und manchmal mit dem Knöchel auf die Matte klopfte. Eins war klar: keine Spur von Ärger war an den Häuptlingen zu entdecken.

»Was hat er gesagt?« fragte ich Case, als er fertig war.

»Ach, nur eben, daß sie erfreut sind, dich zu sehen, daß sie durch mich wissen, daß du eine Art Klage erheben willst und daß du losschießen sollst, und sie werden die Sache in Ordnung bringen.«

»Es hat ganz schön lange gedauert, das zu sagen«, sagte ich.

»Ach, das übrige war Speichelleckerei und Bonjour und so was«, sagte Case. »Du weißt ja, wie die Kanaken sind.«

»Na, von mir werden sie nicht viel Bonjour zu hören kriegen«, sagte ich. »Sag ihnen, wer ich bin. Ich bin ein weißer Mann und britischer Untertan und ein mächtiger Häuptling zu Hause, und ich bin hergekommen, um ihnen Gutes zu tun und ihnen Zivilisation zu bringen; und kaum habe ich meinen Laden eingerichtet, da kommen sie und erklären mich für tabu, und keiner wagt, zu mir zu kommen. Sag ihnen, ich will nicht irgendeinen Streit herausfordern; und wenn sie Geschenke wollen, dann werde ich tun, was recht und billig ist. Ich tadle keinen, der sieht, wo er bleibt, sag ihnen, denn das liegt in der menschlichen Natur; aber wenn sie denken, sie können mir mit ihren Eingeborenenideen kommen, haben sie sich getäuscht, das werden sie sehen. Und sag ihnen deutlich, daß ich als Weißer und als britischer Untertan verlange, den Grund für diese Behandlung zu erfahren.«

Das war meine Rede. Ich weiß doch, wie man mit Kanaken umgehen muß: man muß ein klares Wort mit ihnen reden und sie anständig behandeln, und sie dukken sich immer – alles, was recht ist. Sie haben keine richtige Regierung und kein richtiges Gesetz, das muß man ihnen in die Köpfe hämmern, und wenn sie auch eins gehabt hätten, wäre es ja ein Witz gewesen, hätte man das auf einen Weißen anwenden wollen. Es wäre doch komisch, wenn wir von so weither kämen und nicht tun und lassen könnten, was uns paßt. Diese bloße Vorstellung hat mich schon immer zur Raserei gebracht, und ich trug meine Rede ziemlich hochmütig vor. Dann übersetzte sie Case – oder er tat wenigstens so –, und der erste Häuptling antwortete und dann der zweite und der dritte, alle im selben Stil, leicht und vornehm, aber feierlich dabei. Einmal wurde Case eine Frage gestellt, und er beantwortete sie, und die ganze Gesellschaft – die Häuptlinge und das Volk – lachten laut heraus und sahen mich an. Am Schluß fingen der runzlige alte Knabe und der große, junge Häuptling, der zuerst gesprochen hatte, an, Case in eine Art Kreuzverhör zu nehmen. Manchmal stellte ich fest, daß Case zu parieren versuchte; sie waren hinter ihm her wie die Hunde, und der Schweiß lief ihm übers Gesicht, kein sehr erfreulicher Anblick für mich, und bei einigen seiner Antworten murrte und murmelte die Menge, und das zu hören war noch weniger erfreulich. Eine Affenschande, daß ich die Eingeborenensprache nicht verstand, denn heute glaube ich, sie fragten Case wegen meiner Heirat, und es muß schwierig für ihn gewesen sein, sich da aus der Affäre zu ziehen. Aber laßt nur Case; er hatte Grips genug, um ein ganzes Parlament zu führen.

»Na, ist das alles?« fragte ich, als eine Pause kam.

»Komm, los«, sagte er und wischte sich das Gesicht. »Ich erzähl dir draußen.«

»Meinst du, sie heben das Tabu nicht auf?« schrie ich.

»Das ist was Komisches!« sagte er. »Ich erzähl dir's draußen, komm lieber!«

»Von denen laß ich mir das nicht bieten!« schrie ich. »So einer bin ich nicht. Das wirst du nicht erleben, daß ich vor so einer Bande Kanaken ausreiße.«

»Tu's lieber!« sagte Case.

Er machte mir mit den Augen ein Zeichen; und die fünf Häuptlinge sahen mich ganz höflich an, aber irgendwie anzüglich, und das Volk sah auf mich und reckte die Hälse und drängelte. Ich dachte an die Menge vor meinem Haus und wie der Pastor auf der Kanzel zusammengefahren war bei meinem bloßen Anblick; und die ganze Angelegenheit schien so ungewöhnlich, daß ich aufstand und Case folgte. Wieder öffnete sich die Menge, um uns durchzulassen, aber weiter als vorher; die Kinder am Rande rannten und schrien, und alle standen und beobachteten uns zwei weiße Männer, wie wir fortgingen.

»Was soll das alles nun eigentlich heißen?« fragte ich.

»Offen gesagt, ich kann es selber nicht richtig rauskriegen. Sie mögen dich nicht«, sagte Case.

»Einen Mann für tabu erklären, weil man ihn nicht mag!« rief ich. »So was habe ich überhaupt noch nicht gehört.«

»Es ist noch schlimmer, weißt du«, sagte Case. »Du bist nicht tabu – ich hab dir ja gesagt, das gibt es nicht. Die Leute wollen nicht zu dir kommen, Wiltshire, da liegt der Hase im Pfeffer.«

»Nicht zu mir kommen? Was meinst du damit? Warum wollen sie nicht zu mir kommen?« rief ich.

Case zögerte. »Es sieht aus, als ob sie sich fürchteten«, sagte er mit gedämpfter Stimme.

Ich hielt jäh an. »Fürchten?« wiederholte ich. »Bist du verrückt geworden. Case? Wovor fürchten die sich denn?«

»Ich wünschte, ich kriegte es heraus«, antwortete Case mit Kopfschütteln. »Anscheinend eine von ihren verrückten abergläubischen Vorstellungen. So was finde ich einfach fürchterlich«, sagte er. »Wie die Sache mit Vigours.«

»Ich möchte wissen, was du damit meinst, und ich möchte dich doch bemühen, mir das mitzuteilen«, sagte ich.

»Na, du weißt doch, Vigours ließ alles stehen und liegen und ist verduftet«, sagte er. »Irgend so ein Aberglauben spielte da mit – ich bin nie dahintergekommen, aber es fing schon an, faul auszusehen, ehe die Sache zu Ende war.«

»Darüber habe ich eine andere Geschichte gehört«, sagte ich, »und ich glaube, es ist das beste, ich erzähle sie dir. Ich habe gehört, er ist deinetwegen weggelaufen.«

»Na ja, ich glaube, er hat sich geschämt, die Wahrheit zu sagen«, sagte Case. »Wahrscheinlich kam es ihm dumm vor, und das stimmt, daß ich ihn weggeschickt habe. ›Was würdest du tun, alter Junge?‹ sagte er. ›Abhauen‹, sagte ich, ›und mir die Sache nicht zweimal überlegen.‹ Ich war überglücklich, als ich sah, daß er wegkam. Es ist nicht meine Gewohnheit, einem Kollegen den Rücken zu kehren, wenn er in der Falle sitzt, aber es gab einen solchen Rummel im Dorf, daß ich nicht absehen konnte, wo das noch hinaussollte. Ich war ein Narr, daß ich so viel mit Vigours zusammensteckte. Sie werfen mir's heute noch vor. Hast du nicht Maea gehört – das ist der junge Häuptling, der große –, wie er das mit ›Vika‹ wieder auskramte? Hinter dem waren sie her. Irgendwie vergessen sie das anscheinend nicht.«

»Das ist alles ganz schön«, sagte ich, »aber da dran sehe ich nicht, was hier nicht stimmt und was sie sich so vorstellen.«

»Ja, das möchte ich selber wissen«, sagte Case. »Deutlicher kann ich es nicht sagen.«

»Ich finde, du hättest fragen können«, sagte ich.

»Das habe ich ja«, sagte er. »Aber wenn du nicht blind bist, mußt du selber gesehen haben, daß sie den Spieß umdrehten und selber fragten. Ich gehe so weit, wie ich es für einen anderen Weißen wagen kann. Aber wenn ich sehe, daß ich selber in die Klemme komme, muß ich mich zuerst selber in Sicherheit bringen. Mein Fehler ist, daß ich zu gutmütig bin, und ich erlaube mir, dir zu sagen, daß du einem Mann, der deinetwegen in der Patsche sitzt, deine Dankbarkeit auf komische Art zeigst.«

»Da denke ich gerade an etwas«, sagte ich. »Du warst ein Narr, daß du so viel mit Vigours zusammengesteckt hast. Ein Glück, daß du nicht viel mit mir zusammensteckst. Ich muß bemerken, daß du nie in meinem Haus gewesen bist. Gib zu, du hast das schon vorher gewußt?«

»Nein, wahrhaftig, das wußte ich nicht«, sagte er. »Es war Nachlässigkeit, und es tut mir leid, Wiltshire. Aber wenn du damit sagen willst, ich soll jetzt kommen, will ich dir gar nichts vormachen.«

»Du meinst, du willst nicht?« fragte ich.

»Es tut mir leid, alter Junge, aber du hast's getroffen«, sagte Case.

»Kurz gesagt, du hast Angst«, sagte ich.

»Kurz gesagt, ich habe Angst«, sagte er.

»Und ich soll immer noch tabu sein, so für nichts und wieder nichts?« fragte ich.

»Ich sage dir, du bist nicht tabu«, erwiderte er. »Die

Kanaken kommen nicht zu dir, das ist alles. Und wer will sie dazu zwingen? Wir Händler haben eine gute Portion Unverschämtheit, muß ich sagen. Diese armen Kanaken müssen ihre Gesetze zurücknehmen und ihre Tabus aufheben, wenn es uns zufällig gerade paßt. Aber du willst doch nicht sagen, daß du ein Gesetz erwartest, das die Leute zwingt, mit dir Geschäfte zu machen, ob sie wollen oder nicht? Du willst mir doch nicht erzählen, daß du diese Unverschämtheit hast? Und wenn du sie wirklich hättest, wäre es komisch, mir das vorzuschlagen. Ich möchte dich doch darauf aufmerksam machen, Wiltshire, daß ich selber ein Händler bin.«

»Wenn ich du wäre, würde ich nicht von Unverschämtheit reden«, sagte ich. »So wie ich mir das zusammenreime, kommt es nämlich darauf hinaus, daß keiner von den Leuten bei mir kaufen soll; alle sollen mit dir handeln. Du sollst die ganze Kopra haben, und ich kann zum Teufel gehen und in den Mond gucken. Ich verstehe die Eingeborenensprache nicht, und du bist hier der einzige vernünftige Mensch, der englisch spricht, und du hast die Unverschämtheit, zu kommen und mir anzudeuten, daß mein Leben in Gefahr ist, und weiter hast du mir nichts zu sagen, als daß du den Grund nicht weißt.«

»Aber das ist wahrhaftig alles, was ich dir sagen kann«, sagte er. »Ich weiß nichts, ich wünschte, ich wüßte was.«

»Und jetzt kehrst du mir also den Rücken und überläßt mich meinem Schicksal? Steht es so?« sagte ich.

»Ja, wenn du es ungezogen ausdrücken willst«, sagte er. »Ich sage es nicht so. Ich sage nur: ich werde mich von dir fernhalten; denn wenn ich das nicht täte, würde ich selber in Gefahr geraten.«

»Na«, sagte ich, »du bist mir ein schöner Weißer!«

»Oh, ich verstehe schon, daß du verärgert bist«, sagte er, »das wäre ich auch. Das kann ich entschuldigen.«

»Oh, bitte sehr«, sagte ich, »geh und entschuldige dich sonstwo. Mein Weg geht hier, deiner dort.«

Damit trennten wir uns, und ich ging geradenwegs heim, kochend vor Zorn, und fand Uma beim Anprobieren vor einem Haufen von Waren, wie ein kleines Kind.

»Laß den Unsinn«, sagte ich. »Da hast du ja was Schönes angerichtet, als ob ich nicht ohnehin genug Ärger hätte. Ich dachte, ich hätte dir gesagt, daß du Essen machen sollst.«

Und dann, glaube ich, sprach ich etwas in meiner rauhen Sprache mit ihr, wie sie es verdiente. Sie stand sofort auf wie ein Posten vor seinem Offizier; denn das muß ich sagen, sie benahm sich immer sehr wohlerzogen und hatte großen Respekt vor Weißen.

»Und jetzt hör zu«, sagte ich. »Du gehörst doch hierher, du mußt das doch verstehen. Warum haben sie mich denn bloß für tabu erklärt? Oder wenn ich nicht tabu bin, warum fürchten sich die Leute vor mir?«

Sie stand und sah mich an mit Augen wie Untertassen. »Du nicht verstehen?« keuchte sie endlich.

»Nein«, sagte ich, »wieso denkst du denn das? Da, wo ich herkomme, haben wir solchen Blödsinn nicht.«

»Ese dir nicht gesagt haben?« fragte sie wieder.

Ese war der Name der Eingeborenen für Case. Es kann fremd oder außergewöhnlich bedeuten; es kann auch Zwergapfel heißen; aber wahrscheinlich hatte man nur seinen eigenen Namen falsch verstanden und in Kanakensprache buchstabiert.

»Nicht viel«, sagte ich.

»Verfl... Ese!« rief sie.

Es könnte einem komisch vorkommen, ein solcher

Fluch auf den Lippen dieses Kanakenmädchens. Aber es wirkte nicht so; es war kein Fluchen, und auch kein Ärger war dabei; sie stand über dem Ärger und meinte die Worte einfach und ernst. Aufrecht stand sie da, als sie das sagte. Ehrlich gesagt, ich habe nie vorher oder nachher eine Frau so gesehen, und es machte mich sprachlos. Dann machte sie eine Art Verbeugung, aber auf die stolzeste Weise, und streckte die Hände offen aus.

»Ich schämen«, sagte sie. »Ich denken, du wissen. Ese mir sagen, du wissen, er mir sagen, du nichts kümmern drum, mir sagen, du mich zu sehr lieben. Tabu sein für mich«, sagte sie und tippte sich an die Brust, wie sie in unserer Hochzeitsnacht getan hatte. »Jetzt ich gehen, Tabu auch weggehen. Dann du sehr viel Kopra bekommen. Du lieber mehr Kopra haben, ich denken. Tofá, alii«, sagte sie in der Eingeborenensprache – »Lebe wohl, Häuptling!«

»Halt!« rief ich, »nicht so schnell!«

Sie sah mich mit einem Lächeln von der Seite an. »Du sehen, du Kopra haben«, sagte sie, wie man einem Kind Bonbons anbietet.

»Uma«, sagte ich, »sei vernünftig. Ich wußte es nicht, das stimmt. Case hat uns anscheinend ziemlich gemein an der Nase herumgeführt. Aber jetzt weiß ich es, und es macht mir nichts aus; ich hab dich zu lieb; du nicht fortgehen, du mich nicht verlassen, ich zu traurig.«

»Du mich nicht lieben«, rief sie, »du mir falsch Wort sagen!« Und sie warf sich auf den Fußboden in die Ecke und fing an zu weinen.

Nun, ich bin kein Gelehrter, aber ich bin auch nicht erst gestern auf die Welt gekommen, und ich dachte, das schlimmste Unglück wäre vorbei. Aber da lag sie nun, drehte mir den Rücken zu, kehrte das Gesicht zur

Wand und schluchzte wie ein kleines Kind, daß selbst ihre Füße dabei zuckten. Seltsam, wie das einen Mann trifft, wenn er verliebt ist; denn es hat keinen Zweck, um die Dinge herumzureden – Kanake hin, Kanake her –, ich war verliebt in sie oder doch so gut wie verliebt. Ich versuchte, ihre Hand zu fassen, aber sie mochte nicht. »Uma«, sagte ich, »es hat doch keinen Zweck, so weiterzumachen. Ich will, du hierbleiben, ich will mein kleines Weibi, ich sage dir Wahrheit.«

»Du nicht Wahrheit sagen«, schluchzte sie.

»Gut«, sagte ich, »ich werde warten, bis du fertig bist.« Und ich setzte mich neben sie auf den Fußboden und fing an, ihr mit der Hand übers Haar zu streichen. Zuerst wandte sie sich weg, wenn ich sie anrührte; dann schien sie mich nicht mehr zu bemerken; dann ließ ihr Schluchzen immer mehr nach, und das nächste, was ich noch weiß, war, daß sie ihr Gesicht zu meinem aufhob. »Du mir Wahrheit sagen? Du wollen, ich bleiben?« fragte sie.

»Uma«, sagte ich, »du bist mir lieber als alle Kopra der Südsee.« Das war ein sehr großes Wort, und das sonderbarste daran war, daß ich es wirklich ehrlich meinte.

Sie umarmte mich, schmiegte sich an mich, preßte ihr Gesicht an meins und küßte mich auf die Art der Insulaner, so daß ich von ihren Tränen ganz naß wurde, und mein Herz flog ihr ganz und gar zu. Mir ist niemals etwas so nahegekommen wie dieses kleine braune Ding. Vieles kam zusammen, und alles half dazu, mir den Kopf zu verdrehen; sie war zum Fressen niedlich; es schien, als wäre sie mein einziger Freund in diesem komischen Land; ich schämte mich, daß ich so hart mit ihr geredet hatte, und sie war eine Frau und meine Frau und außerdem eine Art kleines Kind, das mir leid tat;

das Salz ihrer Tränen war in meinem Mund; ich vergaß Case und die Eingeborenen; und ich vergaß, daß ich keine Kopra bekommen würde und so meinen Lebensunterhalt nicht bestreiten konnte; und ich vergaß meine Arbeitgeber und dachte nicht daran, daß ich ihnen einen sonderbaren Dienst erwies, wenn meine Laune mir wichtiger war als ihr Geschäft; selbst das vergaß ich, daß Uma nicht meine richtige Frau war, sondern eben nur ein betrogenes Mädchen und betrogen auf eine ziemlich schäbige Art. Aber da greife ich schon vor. Dazu komme ich erst später.

Es war spät, als wir ans Essen dachten. Der Ofen war ausgegangen und eiskalt geworden; aber nach einer Weile heizten wir an und kochten jeder ein Gericht, halfen und hinderten einander und machten uns ein Spiel draus wie Kinder. Mich verlangte so sehr nach ihrer Nähe, daß ich mich mit meinem Mädchen auf dem Schoß zum Essen niedersetzte, sie mit einer Hand festhielt und mit der anderen aß. Und damit nicht genug. Ich glaube, sie war die schlechteste Köchin, die der liebe Gott geschaffen hat. Es hätte einen rechtschaffenen Gaul krank gemacht, von den Gerichten zu fressen, die sie zubereitet hatte; trotzdem aß ich an diesem Tage Umas Gebräu, und ich kann mich nicht erinnern, daß ich jemals mit solchem Genuß gegessen hätte.

Ich machte mir selber nichts vor, und ich machte auch ihr nichts vor. Ich sah, daß ich ganz vernarrt in sie war, und wenn sie mich nun zum Narren halten wollte, dann mußte sie es eben tun. Und ich glaube, das war es, was sie so redselig machte, denn nun war sie sicher, daß wir Freunde waren. Sie erzählte mir eine Menge, wie sie so auf meinem Schoß saß und mein Gericht aß, während ich zum Spaß ihres aß – eine Menge von sich selber und ihrer Mutter und Case, und das war alles sehr langweilig; es würde Seiten füllen, wenn ich es in Beach-la-mar wiedergeben wollte, aber ich will es in klarem Englisch kurz andeuten, und etwas erzählte sie über mich selber, was von großer Wichtigkeit für mich war, wie man bald hören wird.

Sie war anscheinend auf einer Insel am Äquator geboren. In dieser Gegend war sie erst zwei oder drei Jahre und erst ein Jahr in Falesa; hergekommen war sie mit einem Weißen, der ihre Mutter geheiratet hatte und dann gestorben war; vorher war sie viel herumgezogen, immer mit dem weißen Mann, einem von den unruhigen Geistern, die ewig auf der Suche nach einem bequemen Pöstchen sind. Sie reden, als wollten sie das Blaue vom Himmel herunterholen, aber wenn einer nach einer Beschäftigung sucht, bei der er bleiben kann bis zu seinem Tode, dann laßt ihn auf die Jagd nach solch einem bequemen Pöstchen gehen. Da hat er zu essen und zu trinken und Bier und Kegel, denn man hört nie, daß jemand dabei verhungert wäre, und selten sieht man sie nüchtern, und was ihre ständige Unterhaltung betrifft, ist Hahnenkampf nicht gerade ihr Geschmack. Dieser Strandräuber jedenfalls schleppte Weib und Tochter überall herum, aber meist auf abgelegenen Inseln, wo es keine Polizei gab und wo, wie er vielleicht dachte, so ein bequemer Posten schon auf ihn warten würde. Ich hatte so meine eigene Ansicht über diesen alten Strolch, aber zugleich war ich auch froh, daß er Uma von Apia und Papeete, diesen Verbrechernestern, ferngehalten hatte. Endlich ließ er sich in Fale-alii, auf dieser Insel, nieder, erwarb einen Handel – Gott weiß wie! –, wurstelte so hin im üblichen Stil und starb ziemlich ohne einen roten Heller; nur ein Stück Land in Falesa hatte er für unbezahlte Außenstände bekommen, und das brachte Mutter und Tochter auf den Gedanken, herzukommen und hier zu leben. Anscheinend hatte Case sie ermutigt, sosehr er konnte, und ihnen geholfen, ihr Haus zu bauen. Zu dieser Zeit war er sehr freundlich und gab Uma Arbeit, und zweifellos hatte er von Anfang an ein Auge auf sie geworfen. Kaum hatten sie sich jedoch niedergelassen, da tauchte ein junger Mann auf, ein Eingeborener, und wollte sie heiraten. Er war ein kleiner Häuptling, hatte prächtige Matten und alte Lieder in seiner Familie und war ›sehr nett‹, wie Uma sagte. Und alles in allem war es eine ausgezeichnete Partie für ein bettelarmes Mädchen, das noch nicht einmal von der Insel stammte.

Bei den ersten Worten davon wurde ich ganz krank vor Eifersucht.

»Und du willst sagen, du hättest ihn geheiratet?« rief ich.

»Joe, ja«, sagte sie, »ich zu gern wollen.«

»So«, sagte ich, »und wenn ich dann aufgetaucht wäre?«

»Ich dich jetzt mehr lieber wollen«, sagte sie. »Aber denken, ich heiraten Joane, ich ein gute Frau. Ich nicht gewöhnlicher Kanake. Ich gutes Mädchen«, sagte sie.

Das hätte mich nun freuen sollen, aber ich versichere, ich fand durchaus keinen Gefallen an der ganzen Sache, und das Ende von diesem Garn behagte mir nicht mehr als der Anfang. Denn anscheinend war dieser Heiratsplan der Anfang aller Unruhe. Man hatte natürlich schon vorher auf Uma und ihre Mutter herabgesehen als Leute, die nicht von der Insel stammten und ohne Verwandtschaft waren, aber man hatte nichts gegen sie; sogar als Joane auftauchte, gab es zuerst noch weniger Aufregung, als man hätte denken sollen. Und dann plötzlich, etwa sechs Monate vor meiner Ankunft, rückte Joane aus und verließ diesen Teil der Insel, und von diesem Tage an wurden Uma und ihre Mutter gemieden. Niemand besuchte sie, niemand sprach auf der Straße mit ihnen. Wenn sie zur Kirche gingen, zogen die anderen Frauen ihre Matten weg und ließen sie auf einem gesonderten Platz allein. Es war eine regelrechte Exkommunikation, wie man es aus dem Mittelalter hört, und der Grund davon war nicht zu erraten. Es war tala pepelo, sagte Uma, eine Lüge, eine Verleumdung; und alles, was sie darüber wußte, war dies, daß die Mädchen, die auf ihr Glück mit Joane neidisch gewesen waren, sie mit ihrem Alleinsein hänselten, und wenn sie sie allein im Wald trafen, riefen sie ihr zu, daß sie sich niemals verheiraten würde. »Sie mir sagen, kein Mann mich heiraten. Er zu sehr Angst«, sagte sie.

Die einzige Menschenseele, die noch nach dieser Absonderung mit ihnen verkehrte, war Meister Case. Auch er machte sich kostbar und kam meist abends; und ziemlich bald fing er an, seine Karten aufzudecken und sich an Uma heranzumachen. Ich war noch über Joane bekümmert, und als Case nun mit denselben Absichten aufkreuzte, wurde ich einfach grob.

»Aha«, sagte ich spöttisch lächelnd, »wahrscheinlich fandest du Case ›sehr nett‹ und ›zu gern wollen‹?«

»Nun du dumm reden«, sagte sie. »Weißer Mann, er herkommen, ich ihn heiraten, bin doch Kanake, gut, dann er mich heiraten wie weiße Frau. Denken, er nicht heiraten, er weggehen, Frau er dalassen. Ist doch Dieb, leere Hand, Tonga-Herz, nicht lieben kann. Nun du kommen, mich heiraten. Du weites Herz – du nicht schämen Inselmädchen. Das Ding für ich dich lieben zu sehr. Ich stolz.«

In meinem ganzen Leben habe ich mich nie so elend gefühlt. Ich legte meine Gabel hin und schob mein ›Inselmädchen‹ weg. Irgendwie hatte ich anscheinend für beides keine Verwendung. Ich stand auf und lief im Hause auf und ab, und Uma folgte mir mit den Augen, denn sie war besorgt, und das war auch kein Wunder. Aber besorgt war gar kein Ausdruck für den Zustand, in dem ich mich befand. Ich sehnte mich so und fürchtete mich so, offen zu gestehen, was für ein Hundsfott ich gewesen war.

Und gerade in dem Augenblick kam ein Singen von der See; es erhob sich plötzlich klar und nah, als das Boot die Landzunge umschiffte, und Uma, die zum Fenster gelaufen war, rief, es sei ›Misi‹, der auf seiner Rundfahrt vorbeikam.

Ich dachte, es sei doch eine seltsame Sache, daß ich froh war, einen Missionar da zu haben; aber wenn es auch seltsam war, so stimmte es doch.

»Uma«, sagte ich, »du bleibst hier im Zimmer und rührst dich nicht fort, bis ich zurückkomme.«

3

Der Missionar

Als ich auf die Veranda trat, schoß das Missionarsboot in die Flußmündung. Es war ein langer, weiß gestrichener Walfänger, achtern mit einem Stück Segeltuch überspannt; ein Eingeborenenpastor saß in der hinteren Ecke und steuerte; etwa vierundzwanzig Ruder blitzten auf und tauchten unter im Takt des Bootsliedes; und der Missionar in seinen weißen Gewändern unter dem Segeltuch las aus einem Erbauungsbuch vor! Es war hübsch zu sehen und zu hören; es gibt doch keinen reizenderen Anblick auf den Inseln als ein Missionarsboot mit einer guten Besatzung und hübschen Stimmen; und ich betrachtete es eine Weile, mit etwas Neid vielleicht, und schlenderte dann zum Fluß hinunter.

Von der entgegengesetzten Seite steuerte ein anderer Mann denselben Platz an, aber er rannte und war zuerst da. Es war Case; zweifellos war es seine Absicht, mich von dem Missionar fernzuhalten, der mir als Dolmetscher dienen könnte, aber ich hatte anderes im Sinn. Ich dachte daran, wie er uns mit der Heirat hereingelegt hatte und daß er sich schon vorher an Uma herangemacht hatte, und ich bebte vor Zorn bei seinem Anblick.

»Verschwinde, du gemeiner, verlogener Spitzbube!« rief ich.

»Was sagst du?« sagte er.

Ich wiederholte ihm meine Worte und bekräftigte sie mit einem anständigen Schwur. »Und wenn ich dich jemals auf eine Entfernung von sechs Klaftern um mein Haus herum erwische«, schrie ich, »dann schieße ich dir eine Kugel in dein elendes Gestell!«

»Um dein Haus ’rum kannst du tun und lassen, was dir paßt«, sagte er, »und im übrigen habe ich dir ja gesagt, dorthin komme ich sowieso nicht; aber das hier ist ein öffentlicher Platz.«

»Es ist ein Platz, an dem ich private Geschäfte zu erledigen habe«, sagte ich. »Ich denke gar nicht dran, einen Hund wie dich horchen zu lassen, und ich teile dir mit, daß du dich zu verziehen hast.«

»Diese Mitteilung kümmert mich aber gar nicht«, sagte Case.

»Dann werde ich dich’s lehren«, sagte ich.

»Das werden wir noch sehen«, sagte er.

Mit seinen Händen war er flink, aber er hatte weder Größe noch Gewicht und war eine kümmerliche Kreatur neben einem Mann wie mir, und außerdem hatte meine Wut einen solchen Grad erreicht, daß ich hätte Bäume ausreißen können. Ich gab ihm ein paar hinter die Ohren, daß ich seinen Kopf krachen und knacken hörte, und er fiel sofort hin.

»Hast du genug?« schrie ich. Aber er sah nur auf, weiß und verwirrt, und das Blut lief ihm übers Gesicht wie Wein über ein Mundtuch. »Hast du genug?« schrie ich wieder. »Sag's und lüg nicht und stell dich nicht krank, oder ich nehme meine Füße zu Hilfe.«

Da richtete er sich auf und hielt sich den Kopf – wer ihn ansah, konnte sehen, daß ihm schwindlig war –, und das Blut lief ihm über seinen Schlafanzug.

»Für diesmal hab ich genug«, sagte er, stand schwankend auf und ging den Weg zurück, den er gekommen war.

Das Boot war nahe herangekommen; ich sah, daß der Missionar das Buch zur Seite gelegt hatte, und ich lächelte vor mich hin. ›Jedenfalls wird er wissen, daß ich ein Mann bin‹, dachte ich.

Zum ersten Mal, seit ich im Pazifik lebte, sprach ich mit einem Missionar, und noch nie hatte ich einen um einen Gefallen gebeten. Die Gesellschaft war mir unsympathisch wie allen Händlern; sie sehen auf uns herab und machen kein Hehl draus; außerdem sind sie teilweise von Kanaken beeinflußt und für sie eingenommen statt für andere Weiße, wie sie selber sind. Ich trug einen sauberen gestreiften Schlafanzug, denn ich hatte mich natürlich anständig angezogen, als ich vor den Häuptlingen erscheinen sollte, aber als ich den Missionar aus dem Boot treten sah in seiner üblichen Kleidung, dem weißen Anzug aus Leinen, einem festen Helm, im weißen Hemd mit Binder und gelben Stiefeln, hätte ich ihn steinigen können. Als er näher kam und mich spöttisch und neugierig betrachtete – wahrscheinlich wegen der Rauferei –, sah ich, daß er todkrank war, er war fiebrig und hatte im Boot soeben einen Anfall gehabt.

»Mister Tarleton, nehme ich an?« sagte ich, denn ich wußte seinen Namen.

»Und Sie sind vermutlich der neue Händler?« sagte er.

»Ich möchte Ihnen gleich sagen, daß ich es nicht mit Missionaren halte«, fuhr ich fort, »und daß ich glaube, Sie und Ihresgleichen machen eine Menge Schaden, füttern die Eingeborenen mit Altweibergeschichten und Aufgeblasenheiten.«

»Sie haben ganz und gar recht mit Ihren Ansichten«, sagte er und sah etwas gefährlich aus, »aber ich habe kein Verlangen, sie zu hören.«

»Es ist nun einmal so, daß Sie sie hören müssen«, sagte ich. »Ich bin kein Missionar und kein Liebhaber von Missionaren; ich bin kein Kanake und auch kein Freund von Kanaken; ich bin eben ein Händler; ich bin eben ein gemeiner, ganz kleiner, gottverdammter weißer Mann und britischer Untertan von der Sorte, an der Sie sich die Schuhe abwischen möchten. Ich hoffe, ich bin deutlich.«

»Jawohl, mein Herr«, sagte er, »es ist mehr deutlich als ehrenwert. Wenn Sie nüchtern sind, werden Sie das bereuen.«

Er wollte weitergehen, aber ich hielt ihn mit der Hand zurück. Die Kanaken fingen an zu knurren. Wahrscheinlich gefiel ihnen mein Ton nicht, denn ich sprach zu dem Mann so offen, wie ich zu jedem anderen sprechen würde.

»So, nun können Sie nicht sagen, daß ich Sie betrogen habe«, sagte ich, »und ich kann fortfahren. Ich möchte, daß Sie mir einen Dienst erweisen – oder zwei

Dienste eigentllich; und wenn Sie sich diese Mühe machen, werde ich vielleicht mehr Interesse für das bekommen, was Sie Christentum nennen.«

Er war einen Augenblick still. Dann lächelte er. »Sie sind ein komischer Kauz«, sagte er.

»Ich bin genauso, wie mich Gott geschaffen hat«, sagte ich. »Ich spiele mich nicht als Gentleman auf.«

»Dessen bin ich nicht ganz sicher«, sagte er. »Und was kann ich für Sie tun, Mister ...?«

»Wiltshire«, sagte ich, »man nennt mich allerdings meist Welsher, aber Wiltshire wird es geschrieben, wenn die Leute an der Küste sich nur nicht die Zunge dabei zerbrechen würden. Und was ich will? Gut, ich will Ihnen das erste erzählen. Ich bin das, was ihr Sünder nennt – ich nenne es Schweinehund –, und ich möchte, daß Sie mir helfen, es einem Menschen zu bekennen, den ich betrogen habe.«

Er wandte sich um und sprach in der Eingeborenensprache zu seiner Schiffsmannschaft. »Und nun bin ich zu Ihrer Verfügung«, sagte er, »aber nur solange meine Mannschaft Mittag ißt. Vor Abend muß ich noch viel weiter küstenabwärts sein. Seit heute morgen haben sie mich in Papa-Malua aufgehalten, und morgen abend habe ich in Fale-alii eine Verabredung.«

Stumm führte ich ihn den Weg zu meinem Haus, und ich war recht zufrieden mit mir, das Gespräch so geführt zu haben, denn ich mag es gern, wenn einer seine Selbstachtung behält.

»Es tat mir leid, Sie raufen zu sehen«, sagte er.

»Ach ja, das ist der andere Teil der Geschichte, den will ich Ihnen auch noch erzählen«, sagte ich. »Das ist der Dienst Nummer zwei. Wenn Sie es angehört haben, können Sie mir sagen, ob es Ihnen leid tut oder nicht.«

Wir gingen durch den Laden ins Haus, und ich war

überrascht, als ich sah, daß Uma den Eßtisch abgeräumt hatte. Das war ihr so wenig ähnlich, daß ich merkte, sie hatte es aus Dankbarkeit getan, und ich mochte sie noch lieber dafür. Sie und Mister Tarleton nannten sich bei Namen, und er war offenbar sehr höflich gegen sie; aber ich machte mir darüber nicht viel Gedanken; für einen Kanaken finden sie immer höfliche Worte, nur uns Weißen gegenüber kehren sie den Herrn heraus. Im übrigen beschäftigte mich Tarleton selbst in diesem Augenblick wenig. Ich war dabei, meinen großen Wurf zu tun.

»Uma«, sagte ich, »gib uns deinen Trauschein.« Sie machte ein böses Gesicht. »Komm«, sagte ich, »du kannst Vertrauen zu mir haben. Gib ihn her.«

Wie gewöhnlich hatte sie ihn bei sich; ich glaube, sie hielt ihn für einen Passierschein in den Himmel und dachte, wenn sie stürbe, ohne ihn zur Hand zu haben, würde sie in die Hölle kommen. Ich hatte das erste Mal nicht gesehen, wohin sie ihn gesteckt hatte, ich konnte jetzt nicht sehen, woher sie ihn nahm; er schien ihr in die Hand zu springen, wie bei dem Blavatsky-Trick, von dem man in den Zeitungen liest. Aber das ist bei all diesen Inselfrauen das gleiche, und wahrscheinlich lernen sie es schon, wenn sie noch ganz jung sind.

»Nun«, sagte ich, die Bescheinigung in der Hand, »ich bin von dem Schwarzen Jack, dem Neger, mit diesem Mädchen getraut worden. Die Bescheinigung wurde von Case geschrieben, und ich kann Ihnen versichern, es ist ein köstliches Stück Literatur. Seitdem habe ich festgestellt, daß über diese meine Frau im Ort irgendeine Art Gerücht umgeht, und solange ich sie behalte, kann ich nicht Handel treiben. Was würde wohl ein anderer an meiner Stelle tun, wenn er ein Mann wäre?« sagte ich. »Das erste, was er tun würde, wäre wahrscheinlich dies«, und ich nahm die Bescheinigung, zerriß sie und streute die Fetzen auf den Boden.

»O weh!« schrie Uma und rang die Hände, von denen ich eine erfaßte.

»Und das zweite, was er tun würde«, sagte ich, »wenn er das wäre, was ich einen Mann nenne und was Sie einen Mann nennen würden, Mister Tarleton, wäre, dies Mädel zu Ihnen oder irgendeinem anderen Missionar zu bringen, gradezustehen und zu sagen: ›Ich war mit dieser meiner Frau ungesetzlich verheiratet, aber ich halte sehr viel von ihr, und ich möchte jetzt rechtmäßig mit ihr verheiratet werden.‹ Schießen Sie los, Mister Tarleton, und ich glaube, Sie machen es besser in der Eingeborenensprache, das wird meiner alten Dame gefallen«, sagte ich und gab ihr gleich den passenden Namen, der ihr als Ehefrau eines Mannes zukam. So holten wir zwei von der Schiffsmannschaft als Zeugen herein und wurden in unserem eigenen Haus getraut, und ich muß sagen, der Priester betete eine ordentliche Litanei, aber nicht so lang wie sonst üblich, und schüttelte uns beiden die Hände.

»Mister Wiltshire«, sagte er, als er die Scheine ausgeschrieben und die Zeugen fortgeschickt hatte, »ich muß Ihnen für eine große Freude danken. Ich habe die Trauungszeremonie selten mit gehobeneren Empfindungen durchgeführt.«

Das war ja nun, was man so Geschwätz nennt. Es ging übrigens noch in dem Stil weiter, und ich war bereit, alles Zuckerzeug zu schlucken, das er auf Lager hatte, denn ich war bei guter Laune. Aber Uma hatte die halbe Trauung über etwas auf dem Herzen gehabt und platzte jetzt mitten hinein.

»Wie deine Hand kaputt?« fragte sie.

»Frag Cases Kopf, alte Dame!« sagte ich.

Sie sprang freudig hoch und stieß einen Schrei aus.

»Aus der haben Sie aber keine gute Christin gemacht«, sagte ich zu Mister Tarleton.

»Wir hielten sie nicht für eine unserer schlechtesten«, sagte er, »als sie in Fale-alii lebte; und wenn Uma Groll hegt, bin ich geneigt zu glauben, daß sie guten Grund hat.«

»Aha, da sind wir bei Dienst Nummer zwei«, sagte ich. »Ich möchte Ihnen unsere Geschichte erzählen und sehen, ob Sie ein bißchen Licht hineinbringen können.«

»Ist sie lang?« fragte er.

»Ja«, rief ich, »allerdings, das ist eine gewaltig lange Geschichte!«

»Nun, ich will Ihnen alle Zeit zur Verfügung stellen, die ich erübrigen kann«, sagte er und sah auf seine Uhr. »Aber ich muß Ihnen ehrlich sagen, ich habe seit fünf Uhr morgens nichts gegessen, und wenn Sie mir nicht etwas geben können, werde ich wahrscheinlich vor sieben oder acht Uhr abends nichts essen können.«

»Um Gottes willen, wir geben Ihnen doch ein Mittagessen!« rief ich.

Mitten in meinem Schwören fühlte ich mich etwas unbehaglich, da doch bis jetzt alles so schön glatt gegangen war, und ich glaube, der Missionar hatte es auch gemerkt, aber er tat so, als sähe er aus dem Fenster, und dankte uns.

Wir tischten ihm also ein kleines Mahl auf. Ich mußte die alte Dame mit helfen lassen, um mit ihr zu prahlen, und ich beauftragte sie also, den Tee zu kochen. Ich glaube, ich habe noch nie im Leben so einen Tee gesehen, wie sie ihn zustande brachte. Aber das war nicht das schlimmste, sondern sie kam mit der Salzbüchse an, die sie wohl für eine besondere europäische Finesse hielt, und verwandelte mein Gulasch in Seewasser. Alles in allem bekam Mister Tarleton ein verteufeltes Essen, aber außerdem hatte er viel Unterhaltung, denn die ganze Zeit, während wir kochten, und nachher, während er sich so stellte, als ob er esse, unterrichtete ich ihn über Meister Case und den Strand von Falesa, und er stellte Fragen, die zeigten, daß er eifrig folgte.

»Nun«, sagte er, »ich fürchte, Sie haben einen gefährlichen Feind. Dieser Case ist sehr klug und anscheinend wirklich boshaft. Ich muß Ihnen sagen, ich habe ihn schon fast ein Jahr im Auge, und bei unseren Begegnungen habe ich immer den kürzeren gezogen. Um die Zeit, als der letzte Vertreter Ihrer Firma so plötzlich auf und davon ging, bekam ich von Namu, dem Eingeborenenpastor, einen Brief, in dem er mich bat, sobald es mir passe, nach Falesa zu kommen, da seine ganze Herde ›katholische Sitten annehme‹. Ich hatte großes Vertrauen zu Namu, aber ich fürchte, das zeigt nur, wie leicht wir uns betrügen lassen. Jeder, der ihn predigen hörte, war überzeugt, daß er ein Mann von außerordentlichen Fähigkeiten ist. Alle unsere Inselleute erwerben leicht eine gewisse Beredsamkeit und verstehen mit viel Aufwand und Phantasie eine Predigt aus zweiter Hand ganz wirkungsvoll und anschaulich hinzulegen, aber Namus Predigten waren selbsterdacht, und ich kann nicht leugnen, daß ich sie als ein Mittel göttlicher Gnade empfand. Darüber hinaus nimmt er lebhaften Anteil an weltlichen Dingen, fürchtet sich auch vor der Arbeit nicht, ist geschickt im Zimmern und hat sich unter den Nachbarpastoren einen solchen Respekt verschafft, daß wir ihn halb im Scherz, halb ernsthaft den ›Bischof des Ostens‹ nennen. Kurz, ich war stolz auf den Mann, und um so mehr wunderte mich sein Brief, und ich benützte eine Gelegenheit, herzukommen. Am

Morgen vor meiner Ankunft war Vigours an Bord des ›Löwen‹ gegangen, und Namu war beruhigt; offensichtlich schämte er sich wegen seines Briefes und hatte gar nicht die Absicht, ihn zu erklären. Das konnte ich natürlich nicht zulassen, und er gestand, daß er sehr besorgt gewesen wäre, festzustellen, daß seine Leute das Zeichen des Kreuzes schlügen, aber seit er die Erklärung dafür gehört habe, sei er ganz zufrieden. Denn Vigours hätte den bösen Blick, etwas Häufiges in einem europäischen Lande, Italien genannt, wo von dieser Art Teufel oft Leute umgebracht würden, und anscheinend wäre das Zeichen des Kreuzes ein Zaubermittel gegen diese Gewalt.

›Und ich erkläre mir das so, Misi‹, sagte Namu, ›daß dies europäische Land ein katholisches Land ist und der Teufel des bösen Blicks ein katholischer Teufel oder wenigstens an katholische Sitten gewöhnt. Ich folgerte also: Wenn dieses Zeichen des Kreuzes in katholischem Glauben gebraucht würde, wäre es Sünde; wenn es aber nur gebraucht wird, um Leute vor einem Teufel zu schützen – an sich eine harmlose Sache –, muß das Zeichen auch harmlos sein, wie eine Flasche weder gut noch böse ist, sondern harmlos. Denn das Zeichen an sich ist weder gut noch schlecht. Aber wenn die Flasche voller Schnaps ist, dann ist der Schnaps schlecht; und wenn das Zeichen im Aberglauben gebraucht wird, ist der Aberglauben schlecht‹, und als rechter Eingeborenenpastor hatte er gleich einen passenden Text über die Austreibung von Teufeln zur Hand.

›Und wer hat dir vom bösen Blick erzählt?‹ fragte ich. Er gab zu, daß es Case war. Nun fürchte ich, Sie werden mich sehr engherzig finden, Mister Wiltshire, aber ich muß Ihnen sagen, daß ich unangenehm berührt war, und ich finde überhaupt, ein Händler ist nicht der rechte Mann, um meine Pastoren zu beraten oder zu beeinflussen. Und außerdem waren gewisse Gerüchte im Land herumgeschwirrt von dem alten Adams und daß er vergiftet worden sein sollte. Ich hatte dem keine große Aufmerksamkeit geschenkt, aber in diesem Augenblick fiel es mir ein.

›Und führt dieser Case einen gottesfürchtigen Lebenswandel?‹ fragte ich.

Er gab zu, daß Case das nicht tat; er trank zwar nicht, aber er war liederlich mit Frauenzimmern und hatte keine Religion.

›Dann‹, sagte ich, ›denke ich, je weniger du mit ihm zu tun hast, desto besser wird es sein.‹

Aber es ist nicht leicht, bei einem Mann wie Namu das letzte Wort zu haben. Im Augenblick hatte er ein Beispiel bei der Hand. ›Misi‹, sagte er, ›du hast mir erzählt, daß es weiße Männer gibt, keine Pastoren und durchaus keine Heiligen, die viele Dinge wissen, die nützlich zu lehren sind – über Bäume zum Beispiel und Tiere und wie Bücher gedruckt und Steine gebrannt werden, damit man Messer daraus machen kann. Solche Leute lehren euch in euren Schulen, und ihr lernt von ihnen, aber ihr hütet euch davor, Unheiliges zu lernen. Misi, Case ist meine Schule.‹

Ich wußte nicht, was ich sagen sollte; Mister Vigours war offensichtlich aus Falesa durch Cases Machenschaften vertrieben worden, und es sah mir alles nach geheimem Einverständnis mit meinem Pastor aus. Ich erinnerte mich, daß es Namu gewesen war, der mich über Adams beruhigt hatte und das Gerücht auf das Übelwollen des Priesters zurückgeführt hatte. Und ich sah ein, daß ich mich an einer unparteiischen Stelle genauer über die Sache unterrichten mußte. Hier ist ein alte Schurke von Häuptling, Faiaso; Sie haben ihn wahrscheinlich heute beim Rat gesehen. Sein ganzes Leben lang ist er aufrührerisch und hinterhältig gewesen, hat Aufstände geschürt und war der Mission und der Insel ein Dorn im Auge. Dabei ist er sehr scharfsinnig und einer, der die Wahrheit sagt, außer wenn es sich um seine Privatangelegenheiten und Missetaten handelt. Ich ging zu ihm hin und erzählte ihm, was ich gehört hatte, und beschwor ihn, offen zu sein. Ich glaube, ich habe nie eine peinlichere Unterredung gehabt. Vielleicht werden Sie mich verstehen, Mister Wiltshire, wenn ich Ihnen sage, daß ich diesen Altweiberklatsch, den Sie mir vorwerfen, ganz ernst nehme und daß ich ebenso darauf bedacht bin, für die Inseln Gutes zu stiften, wie Sie bemüht sind, Ihre hübsche Frau zu schützen und ihr zu gefallen. Und bedenken Sie, ich hielt Namu für ein Vorbild und war stolz auf den Mann als auf eine der ersten reifen Früchte meiner Mission, und jetzt erfuhr ich, daß er in eine Art Abhängigkeit von Case geraten war. Zuerst ist wohl alles ganz redlich zugegangen. Furcht und Ehrerbietung machten zweifellos den Anfang, hervorgerufen durch Zauberei und Tricks. Aber ich erschrak, als ich entdeckte, daß vor kurzem ein anderes Element dazugekommen war, daß nämlich Namu selber in Cases Geschäfte verstrickt war und daß man ihn tief in dessen Schuld glaubte. Was Case auch sagen mochte, Namu glaubte es mit Furcht und Zittern. Er war darin nicht allein; viele im Dorf lebten in einer ähnlichen Abhängigkeit, aber er war der einflußreichste; durch Namu hatte Case am meisten Unheil gestiftet; und mit einer gewissen Gefolgschaft unter den Häuptlingen und mit dem Pastor, den er in die Tasche stecken konnte, war der Mann so gut wie Herr im Dorf. Sie wissen von Vigours und Adams, aber Sie haben vielleicht noch nichts von dem alten Underhill gehört, Adams Vorgänger. Er war ein ruhiger, gutmütiger, alter Bursche, soweit ich mich erinnere, und man erzählte uns, er sei plötzlich gestorben. Weiße sterben in Falesa überhaupt sehr plötzlich. Die Wahrheit, die ich jetzt erfuhr, ließ mir das Blut in den Adern erstarren. Er war anscheinend vom Schlag getroffen, und alles an ihm war gelähmt bis auf ein Auge, mit dem er immerzu zwinkerte. Das Gerücht kam in Umlauf, daß der hilflose Alte jetzt ein Teufel sei, und dieser niederträchtige Bursche Case schürte die Angst der Eingeborenen, gab vor, sich selber zu fürchten, und behauptete, er wage es nicht, allein in das Haus zu gehen. Schließlich wurde weit am Ende des Dorfes ein Grab gegraben und der lebende Körper beerdigt. Namu, mein Pastor, den zu erziehen ich mitgeholfen hatte, sprach bei dieser grauenhaften Szene ein Gebet.

Ich war in einer sehr schwierigen Lage. Vielleicht wäre es meine Pflicht gewesen, Namu anzuzeigen und ihn abzusetzen. Das denke ich jetzt, aber damals schien die Sache nicht so klar. Er hatte großen Einfluß, der sich hätte stärker erweisen können als mein eigener. Die Eingeborenen neigen zum Aberglauben. Wenn ich sie erregt hätte, dann hätten diese gefährlichen Vorstellungen vielleicht noch mehr Wurzel geschlagen und sich noch mehr verbreitet, und außerdem war Namu, abgesehen von diesem fluchwürdigen Einfluß, ein guter Pastor, ein fähiger Mann und religiös gesinnt. Wie sollte ich einen besseren suchen? Wo sollte ich einen ebenso guten finden? In diesem Augenblick, das Vergehen Namus frisch vor Augen, schien mir mein ganzes Lebenswerk vergebens; alle Hoffnung in mir war vernichtet. Lieber wollte ich solche Kreaturen, wie ich sie da hatte, wieder auf den rechten Weg bringen, als auf die Suche nach anderen ausgehen, die sich sicherlich als noch schlechter erweisen würden. Und ein Skandal ist etwas, was man am besten vermeidet, wenn es menschenmöglich ist. Ob es nun recht oder unrecht war, ich entschied mich jedenfalls für eine stillschweigende Lösung. Die ganze Nacht hindurch machte ich dem sündigen Pastor Vorwürfe, debattierte mit ihm, schalt ihn wegen seiner Unwissenheit und seines Unglaubens, tadelte ihn wegen seiner erbärmlichen Haltung, zeigte ihm klar die Kehrseite der Medaille: daß er gewissenlos bei einem Mord geholfen hatte und wegen einiger krankhafter Zuckungen in diese kindische Aufregung geraten war; und lange vor Tag hatte ich ihn auf den Knien und in Tränen gebadet, die wahrhafte Reue zu zeigen schienen. Am Sonntagmorgen bestieg ich die Kanzel und predigte aus dem ersten Buch der Könige, neunzehntes Kapitel, über das Feuer, das Erdbeben und die Stimme, die die wahre geistliche Gewalt verkündet, und ich bezog mich, so deutlich ich es wagen konnte, auf die jüngsten Ereignisse in Falesa. Die Wirkung war groß und wuchs noch mehr, als Namu seinerseits aufstand und bekannte, daß er treulos und ungläubig gewesen sei und sich schlecht aufgeführt hätte und daß er von seiner Sünde überzeugt sei. Soweit war denn alles gut; aber ein unglücklicher Umstand kam dazu. Die Zeit unseres ›Mai‹ auf der Insel kam heran, zu der die Beiträge der Eingeborenen für die Mission eingezogen werden; es war meine Pflicht, darauf hinzuweisen, und das gab meinem Gegner eine Chance, und er beeilte sich, sie auszunützen und sich mit ihrer Hilfe seinen Vorteil zu sichern.

Sobald die Kirche aus war, mußte die Nachricht von allem Vorgefallenen zu Case gedrungen sein, und an demselben Nachmittag führte er eine Gelegenheit herbei, mich mitten im Dorf zu treffen. Er kam mit solchem Eifer und so feindselig auf mich zu, daß ich fühlte, es würde mir schaden, wenn ich ihm auswiche.

›So‹, sagte er in der Eingeborenensprache, ›da ist der heilige Mann. Er hat gegen mich gepredigt, aber das war nicht in seinem Herzen. Er hat über die Liebe Gottes gepredigt, aber auch die hatte er nicht in seinem Herzen, nur auf den Lippen hatte er sie. Wollt ihr wissen, was in seinem Herzen war?‹ schrie er. ›Ich werde es euch zeigen!‹ Und damit griff er schnell nach meinem Kopf, tat so, als ziehe er einen Dollar heraus, und hielt ihn in die Luft.

Eine Bewegung ging durch die Menge, so wie eben die Polynesier ein Wunder aufnehmen. Ich selber stand verblüfft. Es war ein ganz gemeiner Taschenspielertrick, den ich zu Hause hundertmal gesehen hatte; aber wie sollte ich die Dorfbewohner davon überzeugen? Ich wünschte, ich hätte lieber Taschenspielerei gelernt statt Hebräisch, daß ich dem Burschen mit gleicher Münze hätte heimzahlen können. Aber da stand ich nun, ich durfte nicht stumm bleiben, das Beste, was mir zu sagen einfiel, wäre doch bedeutungslos gewesen.

›Ich möchte Sie darum ersuchen, nicht noch einmal Hand an mich zu legen‹, sagte ich.

›Ich denke gar nicht dran‹, sagte er, ›und ich will Sie auch nicht Ihres Dollars berauben. Da ist er‹, sagte er und warf ihn mir vor die Füße. Man erzählt, daß er drei Tage da gelegen hat, wo er hingefallen war.«

»Sehr gut gespielt war das, muß ich sagen«, bemerkte ich.

»Oh, er ist klug«, entgegnete Mister Tarleton, »und Sie können jetzt selber sehen, wie gefährlich er ist. Er war beteiligt bei dem furchtbaren Tod des Gelähmten; er ist angeklagt, Adams vergiftet zu haben; mit Lügen, die zum Mord führen konnten, hat er Vigours vertrieben, und es besteht gar kein Zweifel, daß er jetzt entschlossen ist, sich Ihrer zu entledigen. Wie er das versuchen will, davon haben wir keine Ahnung; aber seien Sie gewiß, es wird etwas Neues sein. Seine Gewandtheit und Erfindungsgabe kennen keine Grenzen.«

»Er gibt sich gewaltige Mühe«, sagte ich, »und wozu eigentlich?«

»Nun, wieviel Tonnen Kopra mögen in diesem Bezirk erzeugt werden?« fragte der Missionar.

»Sechzig Tonnen, nehme ich an.«

»Und wie groß ist der Gewinn für den Händler im Ort?«

»Drei Pfund kann man ungefähr annehmen.«

»Dann können Sie sich ja ausrechnen, für wieviel er es tut«, bemerkte Mister Tarleton. »Aber wichtiger ist es, daß wir ihn zu Fall bringen. Es ist klar, daß er ein Gerücht gegen Uma ausgestreut hat, um sie abzusondern und sie seinem verfluchten Willen gefügig zu machen. Da ihm dies nicht gelang und er einen neuen Rivalen auftauchen sah, benützte er sie auf eine andere Weise. Das erste, was wir nun ausfindig machen müssen, ist, was Namu dazu sagte. Uma, als die Leute anfingen, dich und deine Mutter zu meiden, was tat Namu da?«

»Bleiben auch weg genauso«, sagte Uma.

»Ich fürchte, der Hund ist zu seinem Auswurf zurückgekehrt«, sagte Mister Tarleton. »Was soll ich nun für Sie tun? Ich werde mit Namu sprechen, ich werde ihn warnen und ihm sagen, daß er beobachtet wird; es wäre doch sonderbar, wenn etwas Unrechtes geschähe, solange er auf der Hut ist. Aber ebenso kann diese Vorsichtsmaßregel auch fehlschlagen, und dann müssen Sie sich woandershin wenden. Zwei Leute haben Sie an der Hand, an die Sie sich halten können. Da ist zuerst der

Priester, der Sie durch die Belange der Katholiken schützen kann; sie sind zwar eine kümmerlich kleine Gemeinde, aber darunter zwei Häuptlinge. Und dann ist da der alte Faiaso. Ja, wenn es vor ein paar Jahren gewesen wäre, da hätten Sie sonst niemanden gebraucht. Aber sein Einfluß ist viel geringer geworden und in Maeas Hände übergegangen, und Maea, fürchte ich, ist einer von Cases Helfershelfern. Wenn es schließlich zum Ärgsten kommen sollte, müssen Sie eben nach Fale-alii schicken oder selber kommen; ich brauche zwar für einen Monat nicht wieder nach der Insel zu kommen, aber ich will schon sehen, was sich tun läßt.«

So verabschiedete sich Mister Tarleton; eine halbe Stunde später sang die Bootsmannschaft, und die Ruder des Missionsbootes blitzten auf.

4

Teufelswerk

Fast ein Monat verging, ohne daß viel geschah. Am Abend unserer Hochzeit kam Galoschen zu uns und benahm sich außerordentlich aufmerksam; er richtete es ein, immer gegen Dunkelwerden vorzusprechen und bei uns seine Pfeife zu rauchen. Er konnte sich natürlich mit Uma unterhalten, und zugleich fing er an, mich die Eingeborenensprache und Französisch zu lehren. Er war freundlich und ein gutmütiger Tropf, wenn auch so dreckig, wie man sich's nur wünschen konnte, und er überschüttete mich mit einem Sprachengewirr, schlimmer als beim Turmbau zu Babel.

So hatten wir eine Beschäftigung, und sie gab mir das

Gefühl, nicht so verlassen zu sein; aber bei der Sache sprang nichts heraus, denn wenn der Priester auch kam und saß und schwatzte, so ließ sich doch keiner von seinen Leuten in meinen Laden locken, und wir hätten kein Pfund Kopra im Haus gehabt, wenn uns nicht die andere Beschäftigung, die ich ergriffen hatte, etwas eingebracht hätte. Meine Idee war die: Fa'avao, Umas Mutter, hatte eine Menge fruchttragender Bäume. Natürlich konnten wir keine Arbeitskräfte finden, weil wir so gut wie tabu waren, und so fingen die zwei Frauen und ich also an, mit eigner Hand Kopra zu machen. Es war Kopra, bei der einem das Wasser im Munde zusammenlaufen konnte, wenn sie fertig war. Ehe ich diese vierhundert Pfund mit eigner Hand gemacht hatte, hatte ich gar nicht gewußt, wie sehr die Eingeborenen mich betrogen – sie war so leicht, daß ich sie selber am liebsten genommen und gewässert hätte.

Als wir so bei der Arbeit waren, stand den größten Teil des Tages eine ganze Menge Kanaken da herum und sah zu, und einmal tauchte dieser Neger auf. Er stand im Hintergrund bei den Eingeborenen und lachte und spielte den großen Herrn und den Hanswurst, bis mir die Galle überlief.

»Komm mal her, du Nigger!« sagte ich.

»Ich rede nicht mit Ihn, Härr«, sagte der Neger. »Ich spreche nur mit fein Leutn.«

»Ich weiß«, sagte ich, »aber zufällig rede ich mal grade mit dir, Mr. Black Jack, und ich möchte bloß mal wissen, ob du dir Cases werte Visage ungefähr vor einer Woche angesehen hast?«

»Nein, Härr«, sagte er.

»Na gut«, sagte ich, »da werde ich dir mal den Zwilling davon zeigen, nur schwarz, und das in höchstens zwei Minuten.«

Und ich ging ganz langsam auf ihn zu und ließ die Hände dabei hängen; nur in meinen Augen hockte der Zorn, wenn irgend jemand sich die Mühe gemacht hätte, genau hinzusehen.

»Sie sind ein gemeina, eigensinniga Busche, Härr«, sagte er.

»Aber gewiß!« sagte ich.

Indessen fand er wohl, daß ich ihm nahe genug gekommen war, und er riß aus, daß einem das Herz im Leibe lachen konnte, wie man ihn so sausen sah. Das war alles, was ich von dieser prachtvollen Bande zu sehen bekam, bis sich das zutrug, wovon ich jetzt erzählen will. Es war eine meiner Hauptbeschäftigungen in diesen Tagen, in die Wälder jagen zu gehen, und wie Case mir auch gesagt hatte, fand ich sie reich an Wild. Ich sprach schon von der Landzunge, die das Dorf und mein Haus gegen Osten abschloß. Ein Pfad führte um ihren Rand zur nächsten Bucht. Tag für Tag blies hier ein heftiger Wind, und da die Mauer von Klippen bis zum Ende der Landzunge reichte, schlug eine schwere Brandung an den Strand der Bucht. Ein kleiner, felsiger Hügel, nahe am Strand gelegen, durchschnitt das Tal, und zur Zeit der Flut brachen sich die Wellen unmittelbar an seinem Fuß, so daß aller Verkehr unterbrochen war. Waldige Berge umgaben die Bucht von allen Seiten. Die Mauer gegen Osten war besonders steil und baumreich, gegen die See stürzte sie in glatten, schwarzen, mit Zinnoberstreifen durchzogenen Klippen ab, der obere Teil wirkte massig durch die Wipfel großer Bäume. Ein paar der Bäume waren hellgrün, einige rot und der Sand des Strandes kohlrabenschwarz. Viele Vögel schwebten um die Bucht, manche unter ihnen schneeweiß, und eine Art Fledermaus, Vampir genannt, flog dort im hellsten Tageslicht und knirschte mit den Zähnen.

Lange kam ich nur bis zu diesem Jagdrevier und ging nie weiter. Jenseits war keine Spur von Weg mehr zu finden, und die Kokospalmen vorn auf dem Grund des Tales waren die letzten auf diesem Weg. Denn das ganze ›Auge‹ der Insel – so nennen die Eingeborenen die Seite der Insel, die dem Wind zugewendet ist – lag verlassen. Auf der ganzen Strecke von Falesa nach Papa-Malulu traf ich kein Haus, keinen Menschen, keinen gepflanzten Obstbaum, und weil es hier fast keine Klippen mehr gab und die Küste schroff war, rollte die Brandung gegen den Felsen, und es gab kaum eine Stelle zum Landen.

Eins muß ich noch erzählen: Als ich anfing, in den Wäldern herumzustreifen, fanden sich genug Leute, die mir gern die Tageszeit wünschten, wo keiner sie sah, wenn sich auch keiner in der Nähe meines Ladens zeigte, und da ich anfing, die Eingeborenensprache zu lernen und die meisten von ihnen ein paar Worte Englisch konnten, knüpfte ich allerlei belanglose Gespräche mit ihnen an, nicht weil ich irgend etwas wollte, aber es vertrieb doch die bedrückte Stimmung, denn es ist etwas Schreckliches, wenn man leben soll wie ein Aussätziger.

Eines Tages gegen Monatsende geschah es, daß ich in dieser Bucht am Rande des Busches mit einem Kanaken beisammensaß und wir gegen Osten sahen. Ich hatte ihm eine Pfeife voll Tabak gegeben, und wir unterhielten uns, so gut wir konnten; er verstand allerdings auch mehr Englisch als die meisten.

Ich fragte ihn, ob nach Osten kein Weg ginge.

»Einmal ein Weg«, sagte er. »Jetzt er tot.«

»Niemand hier gehen?« fragte ich.

»Nichts gut. Zuviel Teufel hier sein.«

»Oho«, sagte ich, »viele Teufel im Busch sein?«

»Mannteufel, Weibteufel, zuviel Teufel. Alle Zeit hierbleiben. Mann hingehen, nicht wiederkommen.«

Ich dachte, wenn der Bursche so gut über Teufel Bescheid weiß und so offenherzig von ihnen spricht – denn das ist sonst nicht üblich –, wäre es gut, einige Erkundigungen über mich und Uma einzuziehen.

»Uma, sie Teufel?«

»Nicht denken Teufel«, sagte er beruhigend. »Denken, alle Narren.«

»Uma, sie Teufel?« fragte ich wieder.

»Nein, nein, nicht Teufel; Teufel bleibt Busch«, sagte der junge Mann.

Ich sah vor mich hin über die Bucht, und plötzlich bemerkte ich, wie die hängenden Zweige am Waldrand sich auftaten und Case, ein Gewehr in der Hand, in den Sonnenschein auf den schwarzen Strand trat. Er trug einen hellen Schlafanzug, fast weiß, sein Gewehr funkelte, er war ganz deutlich zu erkennen, und die Landkrabben ringsumher flohen vor ihm in ihre Löcher.

»Hallo, mein Freund, du nicht ganz die Wahrheit sagen. Ese er gehen, er wiederkommen.«

»Ese nicht genauso, Ese Tiapolo«, und mit einem »Auf Wiedersehen!« stahl er sich zwischen den Bäumen davon.

Ich beobachtete Case, wie er den Strand entlangging, wo Ebbe war, und ließ ihn auf dem Heimweg nach Falesa an mir vorbeigehen. Er war tief in Gedanken versunken, und die Vögel schienen das zu wissen, denn sie liefen ganz nahe bei ihm auf dem Strand herum oder sie umkreisten ihn und kreischten ihm in die Ohren. Als er an mir vorüberkam, konnte ich an der Bewegung seiner Lippen sehen, daß er Selbstgespräche führte, und es freute mich mächtig, daß er immer noch mein Warenzeichen an der Stirn hatte. Ganz ehrlich gesagt: ich hatte Lust, ihm eine Büchsenladung ins Gesicht zu geben, aber dann besann ich mich eines Besseren.

Die ganze Zeit und während ich hinter ihm her nach Hause ging, wiederholte er immerzu dieses Wort aus der Eingeborenensprache: Ti - a - po- -lo.

»Uma«, sagte ich, als ich zu Hause war, »was heißt Tiapolo?«

»Teufel«, sagte sie.

»Ich dachte, aitu wäre das Wort dafür.«

»Aitu anderer Teufel, bleibt Busch, ißt Kanake; Tiapolo großer Oberteufel bleibt zu Hause, wie Christenteufel.«

»Na schön, aber da bin ich auch nicht schlauer. Wie kann Case sein Tiapolo?«

»Nicht genauso«, sagte sie, »Ese gehören Tiapolo, Tiapolo zu groß; Ese wie Sohn; glauben Ese er etwas wollen, Tiapolo ihm machen.«

»Das ist ja sehr bequem für Case, und was macht er denn da für ihn?«

Na, da kam ein dummes Geschwätz heraus und alle möglichen Geschichten, von denen mir viele – wie der Dollar, den er Mister Tarleton aus dem Kopf gezogen hatte – ganz klar waren, aber auf andere konnte ich mir keinen Vers machen; und was die Kanaken am meisten erstaunte, wunderte mich am wenigsten, nämlich daß er in die Einöde unter all die Aitus ging. Ein paar von den Mutigsten waren allerdings mitgegangen und hatten gehört, wie er mit den Toten gesprochen und ihnen Befehle gegeben hatte, und waren unter seinem Schutz unversehrt zurückgekehrt. Manche sagten, er hätte dort eine Kirche, in der er Tiapolo verehrte und Tiapolo ihm erschien, andere schworen, daß gar keine Hexerei dabei wäre, daß er seine Wunder durch die Macht des Gebetes vollbrächte, und die Kirche wäre keine Kirche, sondern ein Kerker, in dem er einen gefährlichen Aitu gefangenhielte. Namu war einmal mit ihm im Busch gewesen, und als er zurückkam, hatte er Gott gepriesen ob dieser Wunder. Alles in allem fing ich an, einen Schimmer von der Stellung des Mannes und von den Mitteln, mit denen er sie erreicht hatte, zu kriegen, und wenn ich auch sah, daß es hier eine harte Nuß zu knakken gab, war ich doch durchaus nicht niedergeschlagen.

»Ausgezeichnet«, sagte ich, »die Anbetungsstätte, die Meister Case da hat, die will ich mir doch mal selber ansehen, und dann werden wir schon sehen, was es mit den Lobpreisungen auf sich hat.«

Bei diesen Worten geriet Uma ganz außer sich; wenn ich in den tiefen Busch ginge, käme ich nie zurück; niemand könne dorthin gehen, wenn er nicht unter Tiapolos Schutz stünde.

»Ich will es mal unter Gottes Schutz wagen«, sagte ich. »Laß mich nur, Uma, ich bin ja ein ganz guter Bursche, soweit Menschen gut sein können, und ich glaube, der liebe Gott wird mich schon sicher führen.«

Sie schwieg eine Weile. »Ich denken«, sagte sie gewaltig ernst – und dann, bald darauf: »Viktoriia, er großer Häuptling?«

»Aber sicher!« sagte ich.

»Er dich zu sehr gern haben?« fragte sie wieder. Ich antwortete ihr mit einem Lächeln, daß ich glaubte, die alte Dame könnte mich ganz gut leiden.

»Gut«, sagte sie, »Viktoriia er großer Häuptling, dich zu sehr gern haben; nichts kann machen, zu weit weg. Maea er kleiner Häuptling – bleiben hier. Annehmen, er dich lieben – dich in Ordnung machen. So genau Gott und Tiapolo. Gott er großer Häuptling, zuviel Arbeit haben. Tiapolo, er kleiner Häuptling, er gern haben, du sehen, was macht – arbeiten viel.«

»Ich werde dich Mister Tarleton anvertrauen«, sagte ich, »deine Theologie ist dir ja ganz aus den Fugen geraten, Uma!«

Wir blieben jedenfalls den ganzen Abend bei diesem Thema, und mit den Gespenstergeschichten, die sie mir von der Einöde und ihren Gefahren erzählte, redete sie sich immer mehr ins Gruseln hinein. Ich kann mich natürlich an die meisten nicht mehr erinnern, denn ich hörte nicht besonders aufmerksam zu; aber zwei sind mir noch lebhaft im Gedächtnis.

Etwa sechs Meilen küstenaufwärts liegt eine geschützte Bucht, Fanga-anaana genannt – ›der Hafen der Höhlen‹. Ich habe ihn selber von See aus gesehen, so nahe, wie sich meine Jungens nur hineinwagen wollten; da ist ein schmaler Streifen von gelbem Sand, schwarze Klippen hängen drüber, voller schwarzer Höhlenmünder; große Bäume neigen sich über die Klippen, Lianengewinde hängen herunter, und an einer Stelle, etwa in der Mitte, stürzt sich ein breiter Bach als Wasserfall herunter. Dort also war ein Boot aus Falesa mit sechs jungen Männern vorbeigefahren, ›alle sehr nett‹, wie Uma sagte, und das war ihr Verderben. Es stürmte heftig, die See ging hoch, sie waren alle müde und durstig; das Wasser war ihnen ausgegangen, als sie Fanga-anaana entdeckten und den weißen Wasserfall sahen und den geschützten Strand. Einer schlug vor, zu landen und zu trinken, und leichtsinnig, wie die Burschen waren, stimmten sie alle zu bis auf den Jüngsten. Lotu war sein Name. Er war ein prächtiger junger Mann und sehr klug; er erklärte sie für verrückt und sagte ihnen, daß der Ort Geistern und Teufeln und den Toten überantwortet sei, und es gäbe kein lebendes Wesen auf sechs Meilen in der einen Richtung und vielleicht auf zwölf in der anderen. Aber sie lachten über das, was er sagte, und da sie fünf gegen einen waren, ruderten sie hinein, legten das Boot an und gingen an Land. Es war ein ungewöhnlich schönes Fleckchen Erde, erzählte Lotu, und das Wasser war ausgezeichnet. Sie gingen am Strand umher, aber nirgends konnten sie einen Weg finden, auf dem man hätte die Felsen erklimmen können, und das beruhigte sie. Und endlich setzten sie sich nieder, um aus dem mitgebrachten Essen ein Mahl zu bereiten. Kaum hatten sie sich gesetzt, als in dem Eingang zu einer der schwarzen Höhlen sechs Mädchen auftauchten, so schön, wie man sie sich schöner nicht denken könnte; sie trugen Blumen im Haar und hatten die schönsten Brüste und Halsketten von scharlachrotem Samen, und sie fingen an, mit den jungen Leuten zu scherzen, und die jungen Leute gaben alle Scherze zurück, außer Lotu. Der aber wußte, daß es an einem solchen Ort keine lebenden Wesen geben konnte, und er bedeckte sein Gesicht und betete. Während der ganzen Zeit sprach Lotu ein Gebet nach dem anderen, und das war alles, was er davon wußte, bis seine Freunde zurückkamen und ihn hießen, sich aufzusetzen; sie schifften aus der Bucht, die jetzt wieder ganz verlassen lag, in die See, und von den sechs Mädchen fiel kein Wort. Aber was Lotu am meisten erschreckte, war dies, daß keiner sich an das erinnerte, was geschehen war, sondern sie waren alle wie trunken und sangen und lachten im Boot und trieben allerhand Possen. Der Wind war heftiger geworden und stürmte unheilvoll, und die See ging außerordentlich hoch; es war ein Wetter, dem jeder auf den Inseln den Rücken gekehrt hätte und heim nach Falesa geflohen wäre; aber diese fünf waren wie irre, setzten alle Segel und steuerten ihr Boot aufs offene Meer hinaus. Lotu schöpfte das Wasser aus; keiner von den anderen dachte daran, ihm zu helfen, sondern sie sangen und trieben Unsinn und fuhren weiter und redeten seltsame Dinge, die kein Mensch verstehen konnte, und wenn sie sie sagten, lachten sie laut dabei. So schöpfte Lotu den Rest des Tages Wasser aus dem Grund des Bootes und war bis auf die Haut von Schweiß und kaltem Seewasser durchnäßt, und keiner achtete auf ihn. Wider alles Erwarten kamen sie durch den furchtbaren Sturm sicher nach Papa-Malulu, wo die Palmen ächzten und die Kokosnüsse wie die Kanonenkugeln auf dem Dorfanger herumflogen. Und in derselben Nacht erkrankten die fünf jungen Leute und sprachen kein vernünftiges Wort mehr, bis sie starben.

»Und du willst mir wirklich erzählen, daß du so ein Seemannsgarn für bare Münze nimmst?« fragte ich.

Sie erzählte mir, das wüßten doch alle, und hübschen jungen Männern, die allein unterwegs wären, passierte das sogar oft; aber dies war das einzige Mal, daß die Weiberteufel mehrere an einem Tage mit ihrer Liebe umgebracht hätten, während noch jemand dabei war, und es hatte auf der Insel große Aufregung darüber gegeben, und sie müßte ja verrückt sein, wenn sie das nicht glauben wollte.

»Na, jedenfalls«, sagte ich, »brauchst du um mich keine Angst zu haben. Ich habe für Weiberteufel gar keine Verwendung. Du bist alle Frauen, die ich brauche, und alle Teufel dazu, alte Dame!«

Darauf antwortete sie, es gäbe auch andere Arten, eine hätte sie mit eigenen Augen gesehen. Sie war eines Tages zur nächsten Bucht gegangen und vielleicht der Grenzlinie gegen den verrufenen Wald zu nahe gekommen. Die Zweige des hohen Busches auf dem Abhang des Hügels überschatteten sie, aber sie selbst war außerhalb an einer flachen, sehr steinigen Stelle, auf der lauter Zwergapfelbäume wuchsen, vier und fünf Fuß hoch.

Es war ein dunkler Tag in der Regenzeit, und bald kamen Böen, die die Blätter losrissen und sie davontrieben, bald war alles still wie in einem Haus. In einem dieser stillen Augenblicke flatterte ein ganzer Schwarm Vögel und Fledermäuse erschreckt aus dem Busch auf. Bald darauf hörte sie ein nahes Rascheln und sah, wie an der Baumgrenze zwischen den Zwergapfelbäumen ein dürrer, grauer, alter Eber auftauchte. Als er so kam, schien er nachzudenken wie ein Mensch. Plötzlich, als sie ihn beim Näherkommen genau betrachtete, wurde sie gewahr, daß es kein Eber war, sondern so etwas wie ein Mensch mit menschlichen Gedanken. Da rannte sie los und das Schwein hinter ihr her, und wie das Schwein so rannte, schrie es laut hallo, daß alles davon widerhallte.

»Ich wünschte, ich wäre mit meinem Gewehr dabeigewesen«, sagte ich, »dann hätte das Schwein wahrscheinlich so laut hallo geschrien, daß es sich über sich selber gewundert hätte.«

Aber sie sagte mir, bei solchen Erscheinungen nütze ein Gewehr nichts, denn das seien die Totengeister.

Diese Unterhaltung also nahm den ganzen Abend in Anspruch, und das war ihr einziger Vorteil; aber natürlich änderte sie nichts an meiner Meinung, und am nächsten Tag ging ich mit meinem Gewehr und einem guten Messer auf Entdeckungsreisen aus. Ich ging so nahe, wie ich konnte, an die Stelle heran, wo ich Case hatte herauskommen sehen; denn ich dachte, wenn er wirklich so etwas wie eine Niederlassung im Busch hatte, müßte ich einen Weg finden. Der Anfang der Wildnis war durch eine Mauer bezeichnet, wenn man sie so nennen will, denn eigentlich war es mehr ein langer Wall von Steinen. Man sagte, sie gehe quer über die ganze Insel, aber woher man das wissen will, ist mir rätselhaft, denn ich zweifle dran, daß auch nur einer in hundert Jahren die ganze Reise gemacht hat; die Eingeborenen bleiben nämlich meist an der See, und ihre kleinen Kolonien liegen längs der Küste, und dieser Teil ist ungeheuer hoch und steil und felsig. Gegen das westliche Ende der Mauer war der Boden gerodet, und da standen Kokospalmen und Zwergapfelbäume, Myrtenbäume und unzählige Mimosen. Jenseits fing bald der Busch an, und hoher Busch sogar, Bäume, die aufragten wie Schiffsmasten; Lianengewinde hingen nieder wie Schiffstakelagen, und häßliche Orchideen wuchsen in den Astgabeln wie Pilze. Wo es kein Unterholz gab, sah der Boden aus wie ein einziger Geröllhaufen. Ich sah viele grüne Tauben, die ich hätte schießen können, aber ich hatte ganz anderes im Sinn. Viele Schmetterlinge taumelten über den Boden hin wie welke Blätter, manchmal hörte ich einen Vogel rufen, manchmal den Wind über mir und immer die See von der Küste her.

Aber es ist schwer, einem die Seltsamkeiten des Busches zu schildern, der nie selber allein im hohen Busch gewesen ist. Zur hellsten Tageszeit ist es dort drin immer düster. Nirgends kann man ein Ende absehen; wohin man auch sieht, überall schließt sich der Wald, die Zweige greifen ineinander wie gefaltete Hände, und wenn man horcht, hört man immer wieder etwas anderes – Männer, die sich unterhalten, lachende Kinder, weit, weit vorn die Schläge einer Axt und manchmal eine Art schnelles, heimliches Hasten, daß man zusammenfährt und zu den Waffen greift. Schön und gut; man sagt sich, man ist doch allein, ringsherum nur Bäume und Vögel. Aber man kann es doch selber nicht glauben; wohin man sich auch wendet, es ist, als lebte alles und sähe zu. Denkt nur nicht, es wären Umas Räubergeschichten gewesen, die mich aus der Fassung gebracht hätten; auf solches Eingeborenengeschwätz gebe ich keinen roten Heller; das ist nun mal so im Busch, das ist alles.

Als ich mich dem Gipfel des Hügels näherte, denn der Waldboden steigt an dieser Stelle so steil an wie eine Leiter, fing der Wind an, heftiger zu wehen, und trieb die Blätter auseinander, so daß sie das Licht hereinließen. Das war mir lieber, es war immerzu dasselbe Geräusch, und dabei gab es nichts zu erschrecken. Ich war bis zu einem Unterholz von wilden Kokosnüssen gelangt – so nennt man sie, und sie sind wunderhübsch mit ihren scharlachroten Früchten –, als der Wind mir einen singenden Laut zutrug. So etwas Ähnliches hatte ich vorher noch nie gehört. Schön und gut: ich redete mir ein, es wären die Zweige, aber ich wußte doch, daß es das nicht sein konnte. Ich bildete mir ein, es wäre ein Vogel; aber ich hatte noch nie einen Vogel so singen hören. Es stieg auf und wurde stärker, erstarb und wurde wieder lauter, und dann dachte ich, es war so, als ob jemand weinte, aber schöner; dann kam es mir vor wie Harfenspiel; und eins war mir klar: es war viel zu schön, um an einem Ort wie diesem geheuer zu sein. Ihr könnt lachen, wenn ihr wollt; aber ich dachte wahrhaftig an die sechs jungen Mädchen mit ihren scharlachroten Halsketten in der Höhle von Fanga-anaana und überlegte mir, ob sie wohl so gesungen hatten. Wir lachen über die Eingeborenen und ihren Aberglauben; aber man muß nur sehen, wie viele Händler ihn annehmen, glänzend erzogene Weiße, von denen ein paar zu Hause Buchhalter und Schriftführer gewesen sind. Ich glaube, ein Aberglauben wächst irgendwo auf, wie Unkräuter wachsen; und als ich dastand und dieses Wehklagen anhörte, zitterte ich vor Aufregung.

Man mag mich einen Feigling schelten, daß ich mich fürchtete; ich hielt es schon für tapfer genug, daß ich überhaupt weiterging. Aber ich ging sehr vorsichtig, den Hahn an meinem Gewehr gespannt, spähte rundum wie ein Jäger, ganz darauf gefaßt, irgendwo im Busch ein hübsches junges Weib sitzen zu sehen, und fest entschlossen, wenn das geschähe, es mal mit einer Ladung Schrot zu versuchen. Und wirklich: ich war nicht lange gegangen, da begegnete mir etwas Seltsames. Ein heftiger Windstoß ging durch die Wipfel des Waldes und wehte das Laubwerk vor mir auseinander, und einen Augenblick lang sah ich etwas in einem Baum hängen. Im nächsten Augenblick war es vorbei, der Wind strich weiter, und die Blätter schlossen sich. Ich will euch ganz offen sagen: ich war darauf gefaßt, einen Aitu zu finden, und wenn das Ding wie ein Schwein oder wie eine Frau ausgesehen hätte, wäre ich nicht so erschrocken. Das Aufregende dran war, daß es viereckig zu sein schien, und die Vorstellung von etwas Viereckigem, was lebendig war und sang, machte mich rein verrückt. Ich muß eine ganze Weile da gestanden haben; endlich stellte ich mit ziemlicher Sicherheit fest, daß das Singen genau aus diesem Baum kam. Dann kam ich wieder etwas zu mir.

»Na«, sagte ich mir, »wenn das hier wirklich ein Ort ist, wo es viereckige Dinger gibt, die singen, bin ich sowieso verloren. Dann will ich aber für mein Geld auch meinen Spaß haben.«

Aber ich dachte, ich könnte noch diese letzte Gelegenheit benützen, um ein Gebet zu sagen, und das könnte bestimmt nichts schaden; so fiel ich auf die Knie nieder und betete laut; und die ganze Zeit, während ich betete, klang das sonderbare Getön aus dem Baum, klang bald hoch, bald tief, mal lauter, mal leiser, genau wie Musik, aber man konnte doch sehen, daß es nichts Menschliches war – es war ja nichts da, worauf einer hätte blasen können.

Sobald ich auf eine ordentliche Art und Weise zu Ende gekommen war, legte ich mein Gewehr hin, nahm mein Messer zwischen die Zähne, ging geradenwegs zu dem Baum hin und fing an, hinaufzuklettern. Ich sage euch, mein Herz war wie Eis. Aber bald darauf, während ich aufwärts kletterte, konnte ich noch einen flüchtigen Blick auf das Ding werfen, und da wurde mir leichter ums Herz, denn es kam mir vor, als sähe es aus wie ein Kasten. Und als ich oben angekommen war, fiel ich fast vom Baum vor Lachen.

Es war wahrhaftig ein Kasten, eine Kerzenkiste mit dem Warenzeichen an der Seite, und drüber waren Banjosaiten gespannt, so daß es tönte, wenn der Wind hindurchging. Ich glaube, man nennt das Ding ›Äolsharfe‹, was auch immer das bedeuten mag.

»Na, Freund Case«, sagte ich, »einmal hast du mich erschreckt, aber ein zweites Mal lasse ich mich nicht von dir ins Bockshorn jagen«, und damit rutschte ich herunter und machte mich wieder auf den Weg, um das Hauptquartier meines Feindes aufzuspüren, das meiner Meinung nach nicht weit entfernt sein konnte.

Das Unterholz war an dieser Stelle sehr dicht; ich konnte keinen Schritt weit sehen, und ich mußte mir meinen Weg bahnen, indem ich mit aller Kraft meiner Hände das Messer brauchte, während ich ging, die Schlingen der Lianen zerschnitt und ganze Bäume mit einem Hieb umschlug. Ich nenne sie Bäume, weil sie so groß waren, aber in Wirklichkeit waren sie nur große Unkräuter und beim Durchschneiden saftig wie Mohrrüben. Von all diesem Pflanzengewirr, dachte ich gerade bei mir selber, ist dieser Ort vielleicht einmal ganz frei gewesen, als ich über einen Steinhaufen auf die Nase fiel. Ich sah sofort, daß dies eine Arbeit von Menschenhand war. Weiß Gott, wann es gemacht und wann verlassen worden war, denn dieser Teil der Insel hat ungestört gelegen, schon lange, ehe die Weißen kamen. Ein paar Schritte weiter stieß ich auf den Pfad, nach dem ich immerzu gesucht hatte. Er war schmal, aber viel begangen, und ich sah, daß Case viele Anhänger hatte. Es galt anscheinend wirklich als ein besonders rühmliches Abenteuer, sich mit dem Händler hier hereinzuwagen, und ein junger Mann hielt sich wahrscheinlich nicht für erwachsen, solange er erstens nicht seinen Allerwertesten tätowiert gekriegt und zweitens Cases Teufel nicht gesehen hatte. Das sieht den Kanaken mächtig ähnlich; aber wenn man die Sache andersherum betrachtet, ist es bei uns Weißen genauso.

Als ich den Weg ein Stück entlanggegangen war, mußte ich stehenbleiben und mir die Augen reiben: Da vor mir war ein Wall – der Pfad führte durch eine Lücke hindurch. Er war eingestürzt und anscheinend sehr alt, aber aus großen wohlgefügten Steinen aufgeführt, und kein Eingeborener lebt heute mehr auf der Insel, der auch nur eine Ahnung davon hätte, wie man so ein Bauwerk errichtet. Obendrauf stand eine Reihe komischer Figuren, Götzenbilder oder Vogelscheuchen oder was sonst. Sie hatten abscheuliche geschnitzte und bemalte Gesichter. Ihre Augen und Zähne waren von Muscheln, ihr Haar und ihre hellen Kleider wehten im Winde, und einige schwankten hin und her. Im Westen gibt es Inseln, wo man heute noch solche Figuren macht; aber wenn sie auf dieser Insel irgendwann mal hergestellt worden waren, dann war doch jetzt das Verfahren und die Erinnerung daran längst in Vergessenheit geraten. Und das sonderbare war, daß diese Gestelle alle so frisch waren wie aus einem Spielzeugladen.

Dann fiel mir ein, daß Case am ersten Tag mir gegenüber geäußert hatte, er sei ein guter Fälscher von Inselraritäten – ein Gewerbe, durch das sich viele Händler ein hübsches Geld verdienen. Und da sah ich nun die Bescherung, und wie diese Schau dem Mann zu einem doppelten Zweck diente: erstens ließ er sein Spielzeug verwittern, und zweitens jagte er denen, die ihn besuchen kamen, einen tüchtigen Schreck ein.

Und dann muß ich noch sagen, daß die Äolsharfe die ganze Zeit über mir in den Bäumen klang und daß ein grüngelber Vogel, der wahrscheinlich beim Nestbauen war, sogar während ich zusah, anfing, einer von den Figuren die Haare aus dem Kopf zu ziehen, und das machte die ganze Sache noch merkwürdiger.

Ein Stück weiter fand ich das beste Stück dieses Museums. Das erste, was ich sah, war ein länglicher Erdhügel mit einem Knick darin. Als ich die Erde mit der Hand weggrub, fand ich darunter ein Segeltuch auf Bretter gespannt, und ich sah, daß es das Dach eines Kellers war. Es lag auf der höchsten Stelle des Hügels; der Eingang war auf der anderen Seite, zwischen zwei Felsen, wie der Eingang zu einer Höhle. Ich ging hinein bis zur Biegung, und als ich um die Ecke sah, erblickte ich ein leuchtendes Gesicht. Es war groß und häßlich wie eine Maske aus einer Pantomime, und seine Helligkeit wurde stärker und nahm wieder ab, und manchmal rauchte es.

»Oho!« sagte ich. »Leuchtfarbe!«

Ich muß sagen, ich bewunderte die Erfindungsgabe dieses Mannes. Mit einem Handwerkskasten und ein paar ganz einfachen Kniffen hatte er einen Tempelteufel zustande gebracht. Jeder arme Kanake, den man hier in diese Düsternis brächte, wo die Harfen um ihn her wimmerten, und dem man dieses rauchende Gesicht auf dem Grund des Erdloches zeigte, würde keinen Augenblick dran zweifeln, daß er genug Teufel für sein ganzes Leben gesehen und gehört hätte. Es ist ja so leicht herauszukriegen, wie die Kanaken denken. Seht euch selber an, so zwischen zehn und fünfzehn Jahren, und ihr habt einen Durchschnittskanaken. Ein paar sind pflichteifrig, wie's ja auch pflichteifrige Jungen gibt; die meisten sind, wie eben Jungen, mittelmäßig ehrlich und machen sich einen Heidenspaß draus, mal zu stehlen, lassen sich leicht erschrecken und finden das sogar wunderbar. Ich denke noch an einen Jungen, mit dem ich zu Hause in die Schule ging und der dort Cases Rolle spielte. Der Bursche wußte überhaupt nichts; er konnte nichts, er hatte keine Leuchtfarbe und keine Äolsharfen; er sagte ganz einfach, er wäre ein Zauberer, und jagte uns furchtbare Schrecken ein, und wir waren begeistert davon. Dann fiel mir ein, wie der Schulmeister diesen Jungen mal verprügelt hatte und wie erstaunt wir alle waren, als wir sahen, daß es den Zauberer ebenso erwischte und er dabei genauso schrie wie jeder andere. Und da dachte ich bei mir: ›Ich muß doch was ausdenken, daß es Meister Case mal so geht.‹ Und im nächsten Augenblick hatte ich eine Idee.

Ich ging den Weg zurück, der ganz leicht zu finden und zu gehen war, wenn man ihn einmal gefunden hatte; und als ich auf den schwarzen Sand hinaustrat, wen anders sah ich da als Meister Case! Ich spannte den Hahn an meinem Gewehr und hielt es bereit, und wir marschierten aufeinander los und gingen aneinander vorbei, ohne ein Wort zu sagen, und jeder behielt den anderen im äußersten Winkel seines Blickfeldes; und kaum waren wir aneinander vorbei, da drehten wir uns beide auch schon um wie zwei beim Exerzieren und standen uns Auge in Auge gegenüber. Ihr versteht schon: wir hatten beide denselben Gedanken, den nämlich, daß einer dem anderen eine Gewehrladung in den Rücken verabfolgen könnte.

»Du hast ja nichts geschossen«, sagte Case.

»Ich bin heute nicht auf der Jagd«, sagte ich.

»Na, meinetwegen geh zum Teufel«, sagte er.

»Du auch«, sagte ich.

Aber wir blieben stehen, wo wir standen; kein Gedanke dran, daß einer von uns sich weggerührt hätte.

Case lachte. »Wir können ja schließlich nicht den ganzen Tag hier stehen«, sagte er.

»Geh doch, ich hindre dich ja nicht«, sagte ich.

Er lachte wieder. »Sag mal, Wiltshire, hältst du mich für einen Idioten?« fragte er.

»Für einen Schurken eher, wenn du's wissen willst«, sagte ich.

»Denkst du wahrhaftig, es würde mir was nützen, wenn ich dich hier am offenen Strand erschießen würde?« sagte er. »Ich denke gar nicht dran; jeden Tag kommen die Leute zum Fischen her. Eine Menge kann jetzt da oben im Tal sein und Kopra machen; ein halbes Dutzend kann auf dem Hügel hinter dir bei der Taubenjagd sein; ich würde mich gar nicht wundern, wenn sie uns in diesem Augenblick zusehen würden. Mein Ehrenwort: mir liegt nichts dran, dich zu erschießen. Warum sollte ich denn? Du störst mich absolut nicht. Du hast noch kein Pfund Kopra gekriegt außer der, die du mit deinen eigenen Händen gemacht hast wie ein Negersklave. Du vegetierst – so nenne ich das –, und mich kümmert's nicht, wo du vegetierst und wie lange. Gib mir dein Wort, daß du mich nicht erschießt, dann ziehe ich als erster los.«

»Gut«, sagte ich, »du bist so offen und so nett, dann werde ich's also auch sein. Ich habe nicht die Absicht, dich heute zu erschießen. Warum denn? Die Sache fängt ja erst an; die ist noch lange nicht zu Ende, Herr Case. Einen Schrecken habe ich dir schon eingejagt; bis jetzt sehe ich noch die Spuren von meinen Fäusten an deinem Kopf, und ich habe noch allerhand vorrätig für dich. Ich bin nicht gelähmt wie Underhill. Ich heiße nicht Adams und nicht Vigours, und ich werde dir zeigen, daß du jemanden vor dir hast, der dir gewachsen ist.«

»Das ist ja dummes Geschwätz«, sagte er. »Damit bringst du mich auch nicht von hier weg.«

»Meinetwegen«, sagte ich, »bleib, wo du bist. Du weißt ja, ich habe keine Eile. Ich kann einen ganzen Tag hier am Strand stehen, das macht gar nichts. Ich brauche mich um keine Kopra zu scheren. Ich brauch nach keiner Leuchtfarbe zu sehen.«

Es tat mir leid, daß ich das letzte gesagt hatte, aber es war mir herausgerutscht, ehe ich es mir überlegt hatte. Ich sah, wie es ihm den Wind aus den Segeln nahm. Er stand und starrte mich mit hochgezogenen Augenbrauen an. Dann, glaube ich, entschloß er sich, der Sache auf den Grund zu gehen.

»Ich nehme dich beim Wort«, sagte er, drehte sich um und ging mitten in den Teufelsbusch hinein.

Ich ließ ihn natürlich gehen, denn ich hatte mein Wort gegeben. Aber ich beobachtete ihn, solange er in Sicht war, und dann ging ich so blitzschnell in Dekkung, wie man sich's nur denken kann; den Rest des Weges lief ich durch den Busch nach Haus, denn ich traute ihm nicht über den Weg. Eines war mir klar, nämlich daß ich ein Esel gewesen war, ihn zu warnen, und daß ich sofort durchführen mußte, was ich vorhatte.

Man möchte meinen, ich hätte für einen Morgen genug Aufregung gehabt, aber es wartete noch eine andere Neuigkeit auf mich. Als ich weit genug um die Landzunge herumgegangen war, daß ich mein Haus sehen konnte, bemerkte ich, daß dort Fremde waren; als ich noch ein Stück weitergegangen war, gab es keinen Zweifel mehr. Ein paar bewaffnete Eingeborene hockten vor meiner Tür. Ich konnte mir nur denken, daß man in der Sache mit Uma endlich Ernst gemacht und das Geschäft beschlagnahmt hatte, und ich dachte nichts anderes, als daß Uma schon gefangengenommen worden war und daß die Bewaffneten darauf warteten, es mit mir genauso zu machen.

Als ich aber in höchster Geschwindigkeit näher kam, sah ich, daß ein dritter Eingeborener wie zu Besuch auf der Veranda saß und daß Uma sich mit ihm unterhielt wie eine Gastgeberin. Als ich noch näher herankam, stellte ich fest, daß es der große junge Häuptling Maea war und daß er offenherzig lächelte und rauchte. Und was rauchte er? Keine von euren europäischen Zigaretten – die sind übrigens alle für die Katze – und auch nicht so eine richtige Hau-mich-um, wie sie die Eingeborenen haben und mit der man sich im Notfall die Zeit vertreiben kann, wenn die Pfeife kaputt ist, sondern eine Zigarre, und noch dazu eine von meinen mexikanischen, das hätte ich schwören können. Bei diesem Anblick fing mir das Herz an zu klopfen, und mir kam die wilde Hoffnung, daß die ganze Aufregung vorbei und Maea auf Besuch gekommen wäre.

Uma deutete auf mich, als ich herankam, und er empfing mich oben auf meiner eigenen Treppe wie ein vollendeter Weltmann.

»Vilivili«, sagte er, denn besser kriegten sie meinen Namen nicht zurecht, »ich erfreut.«

Wenn ein Inselhäuptling höflich sein will, dann kann er es auch, da gibt es gar keinen Zweifel. Aus seinen

Worten hörte ich sofort, wie es um die Sache stand. Es war gar nicht nötig, daß Uma mir erst sagte: »Er keine Angst Case jetzt, kommen Kopra bringen.« Ich sage euch, ich schüttelte diesem Kanaken die Hand, als wäre er der prächtigste Weiße von ganz Europa.

Die Sache war die: Case und er waren hinter demselben Mädchen her gewesen, oder Maea hatte jedenfalls den Verdacht. Er hatte nun beschlossen, bei dieser Gelegenheit mit dem Händler abzurechnen. Er hatte sich herausgeputzt, ein paar von seinen Gefolgsleuten sauber und bewaffnet bei sich, um die Sache recht auffällig zu machen; dann hatte er gewartet, bis Case aus dem Dorf war, und jetzt war er hergekommen, um alles, was er brauchte, bei mir einzukaufen. Er war ebenso reich wie mächtig. Ich glaube, der Mann war seine fünfzigtausend Nüsse im Jahre wert. Ich berechnete ihm den Preis, der am Strande üblich war, und einen viertel Cent mehr, und was Kredit betraf, hätte ich ihm gern den ganzen Bestand des Ladens und außerdem noch alle Ausstattungsgegenstände vorschießen mögen, so froh war ich, daß ich ihn da hatte. Ich muß sagen, er kaufte ein wie ein feiner Herr: Reis und Büchsen und Biskuits, genug für ein Fest von acht Tagen, und ganze Ballen Stoff. Außerdem war er sehr liebenswürdig und in bester Laune, und wir rissen Witze miteinander, meist durch die Dolmetscherin, denn er konnte miserabel Englisch, und meine Kenntnisse der Eingeborenensprache waren noch ziemlich unzulänglich. Eines stellte ich fest: er konnte nie wirklich schlecht von Uma gedacht haben; er konnte auch nie wirklich Angst gehabt haben und mußte sich eben nur aus Berechnung so gestellt haben und weil er dachte, daß Case großen Einfluß im Dorf hatte und ihm nützlich sein konnte.

Das brachte mich auf den Gedanken, daß wir ja

beide in der Klemme saßen, er und ich. Er hatte dem ganzen Dorf ins Gesicht geschlagen, und das konnte ihn seine Autorität kosten. Und mehr als das: Nach meinem Gespräch mit Case am Strande dachte ich, es könnte mich sehr wohl mein Leben kosten. Case hatte es so gut wie ausgesprochen, daß er mich umbringen würde, wenn ich jemals irgendwelche Kopra bekäme; wenn er nach Hause kam, würde er entdecken, daß das beste Geschäft vom ganzen Dorf in andere Hände übergegangen war, und ich dachte, das Beste, was ich tun könnte, wäre, mit dem Umbringen schneller zu sein als er.

»Hör mal, Uma«, sagte ich, »sag ihm, es tut mir leid, daß ich ihn warten ließ, aber ich habe mir mal Cases Tiapolo-Laden im Busch angesehen.«

»Er wissen will, du keine Angst«, übersetzte Uma.

Ich lachte auf. »Nicht sehr«, sagte ich, »sag ihm, das ist ein lustiger Spielzeugladen. Sag ihm, in England geben wir solche Sachen Kindern zum Spielen.«

»Er wissen will, ob du hören Teufel singen«, fragte sie dann.

»Sieh mal«, gab ich zur Antwort, »ich kann das jetzt nicht vormachen, weil ich keine Banjosaiten im Lager habe; aber wenn das Schiff das nächste Mal vorbeikommt, werde ich eine von diesen neuen Erfindungen hier auf meiner Veranda aufhängen, und er kann dann selber sehen, was da für Teufelei dahinter ist. Sag ihm, sobald ich die Saiten erhalte, werde ich ihm eine für seine Gören machen. Äolsharfe nennt man das Ding, und du kannst ihm sagen, der Name bedeute auf englisch, daß bloß verdammte Narren einen Cent dafür geben.«

Diesmal war er so erfreut, daß er es noch einmal mit seinem Englisch probieren mußte. »Du richtig sagen?« entgegnete er.

»Ja freilich«, sagte ich, »richtig wie Bibel. Bring eine Bibel heraus, Uma, wenn du so was hast, ich werde sie küssen. Oder halt! Ich weiß noch was Besseres«, sagte ich und stürzte mich kopfüber in mein Wagnis, »frag ihn, ob er Angst hat, selber bei Tage hinzugehen.«

Es stellte sich heraus, daß er sich nicht fürchtete; bei Tag und in Gesellschaft würde er sich das zutrauen.

»Das ist dann das Richtige. Sag ihm, der Mann ist ein Schurke und der ganze Laden eine Narretei, und wenn er morgen dorthin geht, wird er schon sehen, wieviel noch davon übrig ist. Aber erzähle ihm das, Uma, und paß auf, daß er es versteht: wenn er darüber redet, wird es Case zu Ohren kommen, und dann bin ich ein toter Mann. Sag ihm, ich spiele ein gewagtes Spiel für ihn, und wenn er ein Wort ausplaudert, dann wird mein Blut über ihn kommen und ihn in die Verdammnis stürzen hier und in der Ewigkeit.«

Sie unterbreitete ihm das, und er schüttelte mir kräftig die Hand mit den Worten: »Keine Rede. Ich gehe morgen. Du mein Freund?«

»Nein, Herr«, erwiderte ich, »keine Dummheiten. Ich bin hierher gekommen, um zu handeln, und nicht, um Freunde zu suchen. Aber über Case sind wir uns einig. Den werde ich in die ewige Herrlichkeit befördern.«

So ging Maea davon, und ich konnte sehen, daß er recht erfreut war.

5

Nacht im Busch

So, jetzt gab es keine andere Möglichkeit mehr: Tiapolo mußte noch vor dem nächsten Tag kurz und klein geschlagen sein. Ich hatte alle Hände voll zu tun mit Vorbereitungen, und es gab nun auch noch Auseinandersetzungen. Mein Haus war der reine Debattierklub. Uma beharrte steif und fest auf ihrer Meinung, ich dürfte nicht bei Nacht in den Busch, und wenn ich doch ginge, würde ich nicht mehr wiederkommen. Ihren Stil im Argumentieren kennt ihr ja; eine Probe davon habt ihr gehört, die über Königin Viktoria und den Teufel, und ich will es euch überlassen, euch auszumalen, ob ich es vor Anbruch der Dunkelheit satt hatte oder nicht.

Endlich kam mir eine gute Idee. ›Warum soll ich meine Perlen vor die Säue werfen?‹ dachte ich. Etwas von ihrem eigenen Heu würde mir bessere Dienste tun.

»Ich will dir mal was sagen«, sagte ich. »Du holst deine Bibel, und die nehme ich mit. Das wird mir helfen.«

Sie schwor, daß eine Bibel nichts nützen würde.

»Das ist eine Kanakendummheit. Bring die Bibel her!«

Sie brachte sie, und ich schlug die Titelseite auf, weil ich dachte, da würde etwas Englisches stehen, und da stand auch etwas. »Hier, sieh her! ›London; gedruckt für die Britische und Ausländische Bibelgesellschaft, Blackfriars‹; und das Datum, das kann ich nicht lesen, da sind diese X drin. Kein Teufel wagt sich an die Bibelgesellschaft Blackfriars heran. Sag mal, du Dummerchen, wie stellst du dir denn vor, daß wir sonst mit unseren eigenen Aitus zu Hause fertig werden? Das besorgt alles die Bibelgesellschaft!«

»Ich denken, ihr keinen haben. Weißer Mann, er mir sagen, ihr nicht haben.«

»Hört sich doch unwahrscheinlich an, nicht? Warum sollten denn die Inseln so voll davon sein, und in Europa soll es keine geben?«

»Ihr eben keine Brotfrucht haben«, sagte sie.

Ich hätte mir die Haare raufen können. »Ich bitte dich, alte Dame, hör endlich auf, jetzt hab ich's wirklich satt. Ich nehm die Bibel, die wird mich schon richtig an Ort und Stelle befördern, und damit basta.«

Die Nacht senkte sich ungewöhnlich dunkel herab, mit Sonnenuntergang kamen Wolken auf und bedeckten alles; kein Stern zeigte sich, nur ein bißchen Mondschein würde es geben, aber erst in den frühen Morgenstunden. Das Dorf, wo die Lichter und Feuer in den offenen Häusern brannten, und die Fackeln der Fischer, die sich zwischen den Klippen bewegten, sahen lustig aus wie eine Illumination, aber die See und die Wälder und Berge waren vollkommen verschwunden. Ich glaube, es war acht Uhr, als ich mich auf den Weg machte, beladen wie ein Esel. Da war erst mal diese Bibel, ein Buch, so groß wie mein Kopf, das ich mir durch meine eigene Narrheit aufgeladen hatte. Dann mein Gewehr und Messer, die Laterne und Patentzündhölzer – das brauchte ich ja alles. Und dann noch der eigentliche Vorrat an Handwerkszeug für das Unternehmen, eine tolle Portion Schießpulver, etwas Dynamit vom Fischfang und zwei oder drei Lunten, die ich mir aus den Blechkästen geangelt und zusammengefilzt hatte, so gut ich konnte; denn die Lunten waren bloß Handelsware, und man wäre ja verrückt, wenn man sich auf den Kram verlassen wollte. Alles in allem hatte ich das Zeug für eine hübsche Explosion beisammen, wie ihr seht; die Ausgaben kümmerten mich nicht; ich wollte die Sache gleich richtig erledigen.

Solange ich im Freien war und die Lampe aus meinem Hause mir leuchtete, ging alles gut. Aber als ich auf den Pfad kam, wurde es so dunkel, daß es kein Vorwärtskommen mehr gab, ich rannte an Bäume an und fluchte dabei wie einer, der in einem Schlafzimmer die Zündhölzer sucht. Ich wußte, es war gefährlich, meine Laterne anzuzünden, denn das würde man den ganzen Weg lang bis zum Ende der Landzunge sehen, und weil keiner nach Anbruch der Dunkelheit dort entlanggeht, würde man drüber reden, und es würde Case zu Ohren kommen. Aber was blieb mir anders übrig? Entweder ich mußte mein Vorhaben aufstecken und würde mich vor Maea blamieren, oder ich mußte die Lampe anzünden und die Sache so gut wie möglich in Angriff nehmen.

Solange ich auf dem Weg war, ging ich schon schnell, aber als ich auf den schwarzen Strand kam, mußte ich gar laufen, denn die Flut war schon im Steigen, und wenn ich mit meinem Pulver trocken zwischen der Brandung und dem steilen Abhang durchkommen wollte, mußte ich mich, so sehr ich konnte, beeilen. Das Wasser reichte mir ohnehin schon bis an die Knie, und ich wäre beinahe über einen Stein gefallen. Die ganze Zeit über hielt mich die Eile, in der ich war, die klare Luft und der Geruch von der See her lebendig. Aber als ich einmal im Busch war und anfing, den Pfad hinaufzuklettern, nahm ich mir mehr Zeit. Die Schrecken des Waldes waren für mich ziemlich gebannt, seit ich Meister Cases Banjosaiten und Götzenbilder gesehen hatte, aber ich fand doch, es war eine trübselige Wanderung, und ich dachte, wenn seine Anhänger hier wären, würden sie sich schauerlich fürchten. Das Licht der Laterne, das all die Bäume und Astgabeln und das verflochtene Tauwerk der Lianen streifte, machte den ganzen Busch oder jedenfalls alles, was ich davon sehen konnte, zu einem Gewirr von tanzenden Schatten. Sie kamen auf mich zu, gewaltig wie Riesen und schnell, und dann sprangen sie weiter und verschwanden, hoben sich über einen wie Keulen und flogen davon in die Nacht wie Vögel. Auf dem Boden des Busches schimmerte es von totem Holz wie eine Zündholzschachtel, wenn man ein Hölzchen angezündet hat. Von den Zweigen über mir fielen große, kalte Tropfen wie Schweiß herunter. Wind war kaum zu spüren, nur der eiskalte Hauch einer Landbrise, die nichts bewegte, und die Harfen schwiegen.

Die erste Pause machte ich, als ich, durch den Busch wilder Kokosnüsse steuernd, die Schreckgespenster auf dem Wall erblickte. Im Licht der Laterne sahen sie ganz merkwürdig aus mit ihren bemalten Gesichtern und ihren Muschelaugen, mit ihren Kleidern und hängenden Haaren. Ich zog sie alle heraus und stapelte sie übereinander auf das Kellerdach, damit sie mit dem übrigen Zeug zum Teufel gehen sollten. Dann wählte ich einen Platz hinter einem der großen Steine am Eingang, vergrub mein Pulver und die zwei Patronen und legte meine Lunte den Weg entlang. Endlich warf ich zum Abschied noch einen Blick auf das rauchende Gesicht. Es leuchtete großartig.

»Faß Mut!« sagte ich. »Du hast ausgespielt.«

Zuerst hatte ich es anzünden und mich dann auf den Heimweg machen wollen, denn da im Dunkel, wo nur das verfaulte Holz schimmerte und die Schatten von meiner Laterne tanzten, war mir schrecklich verlassen zumute. Aber ich wußte, wo eine von den Harfen hing; ich fand es schade, daß sie nicht mit dem übrigen in die Luft fliegen sollte; aber zugleich mußte ich auch selbst zugeben, daß ich mein Geschäft mehr als satt hatte und am liebsten zu Hause und hinter verschlossenen Türen gewesen wäre. Ich trat aus dem Keller und überlegte alles Für und Wider. Fern unter mir an der Küste rauschte das Meer, in der Nähe regte sich kein Blatt.

Ich war wohl das einzige lebende Wesen diesseits von Kap Hoorn. Als ich nun so stand und nachdachte, war es, als wachte der Busch auf und füllte sich mit Geräuschen. Es waren kleine Geräusche, da gab es keinen Zweifel; etwas knisterte und rauschte; mir blieb förmlich der Atem weg, und meine Kehle war salztrocken; nicht, daß ich mich vor Case gefürchtet hätte, wie es mir mein gesunder Menschenverstand hätte sagen können; an Case dachte ich überhaupt nicht; was mich zittern ließ, waren diese Altweibergeschichten von Weiberteufeln und Menschenschweinen. Fast wäre ich weggelaufen, aber dann ermannte ich mich, trat hinaus, hielt die Laterne hoch, als ob ich vollkommen den Verstand verloren hätte, und sah mich um.

In der Richtung von Dorf und Pfad war nichts zu sehen; aber als ich mich gegen das Inselinnere wandte, war es einfach ein Wunder, daß ich nicht umfiel. Da, mitten aus der Wildnis, mitten aus dem verrufenen Busch – da, wahrhaftig, kam ein Weiberteufel und sah genauso aus, wie ich sie mir vorgestellt hatte. Ich sah das Licht auf den bloßen Armen und in den glänzenden Augen schimmern, und da stieß ich einen solchen Schrei aus, daß ich dachte, ich müßte davon zerspringen.

»Halt! Nicht schreien!« sagte der Weiberteufel in einer Art hohem Flüstern. »Warum du sprechen große Stimme? Mach Licht aus. Ese er kommen!«

»Allmächtiger Gott, Uma, bist du's?« rief ich.

»Ja« sagte sie. »Ich schnell kommen. Ese er hier bald.«

»Du allein?« fragte ich. »Keine Angst?«

»Ach, zu sehr Angst«, flüsterte sie und faßte meine Hand. »Ich denken sterben.«

»Nun«, sagte ich mit einem gerührten Lächeln, »ich

lach dich nicht aus, Frau Wiltshire, denn ich bin selber so erschrocken wie wahrscheinlich noch nie ein Mensch im ganzen südlichen Pazifik.«

In kurzen Worten erzählte sie mir, was sie herführte. Ich war anscheinend kaum fortgewesen, da war Fa'avao gekommen, und die alte Dame hatte den Schwarzen Jack getroffen, der von unserem Haus zu Case gelaufen war, so schnell ihn seine Füße tragen wollten. Uma hatte kein Wort verloren und keine Zeit, sondern war gleich losgelaufen, um mich zu warnen. Sie war mir so dicht auf den Fersen gewesen, daß die Laterne ihr am Strande leuchtete, und durch ihren Schimmer zwischen den Bäumen hatte sie später die Richtung den Hügel herauf gefunden. Nur als ich den Gipfel erstiegen hatte oder im Keller war, hatte sie sich Gott weiß wohin verirrt und eine Menge kostbare Zeit verloren. Sie hatte nicht gewagt zu rufen aus Angst, Case sei ihr auf den Fersen, und war durch den Busch geirrt, daß sie sich dabei geschunden und grün und blau geschlagen hatte. Dabei mußte sie zu weit nach Süden abgekommen sein, und so ist sie mir dann endlich in die Flanke geraten und hat mich derart erschreckt, daß es mir einfach die Rede verschlagen hat.

Aber schließlich war mir so ein Weiberteufel lieber als alles andere, nur ihre Geschichte kam mir ziemlich bedenklich vor. Der Schwarze Jack brauchte schließlich nicht um mein Haus herumzustreichen, wenn er nicht zum Spionieren ausgeschickt war, und jetzt sah es aus, als hätte meine dumme Bemerkung gegen den Farbigen und vielleicht ein Geschwätz von Maea uns alle ziemlich in die Klemme gebracht. Eins war klar: Uma und ich mußten über Nacht hierbleiben. Wir konnten es nicht wagen, vor Tag nach Hause zu gehen, und sogar morgen würde es noch sicherer sein, in die Berge zu steigen und von da rückwärts ins Dorf zu kommen, sonst konnten wir in einen Hinterhalt fallen. Außerdem war mir klar, daß die Mine sofort explodieren mußte, wenn Case es nicht mehr verhindern sollte.

Ich ging in den Stollen – Uma klammerte sich fest an mich –, öffnete meine Laterne und zündete die Lunte an. Die erste Länge brannte wie ein Fidibus, und ich stand benommen, sah sie brennen und dachte, wir würden mit Tiapolo in die Luft gehen, aber das war doch keineswegs meine Absicht. Die zweite brannte besser, wenn auch schneller, als mir lieb war; und dabei kam ich wieder zur Besinnung, zerrte Uma aus dem Durchgang, blies die Laterne aus und ließ sie fallen; dann tappten wir beide unsern Weg in den Busch hinein, bis ich dachte, es müßte sicher sein, und legten uns unter einen Baum.

»Alte Dame«, sagte ich, »diese Nacht werde ich dir nicht vergessen. Du bist ein Prachtkerl, das muß ich schon sagen.«

Sie klammerte sich eng an mich. Sie war so losgerannt, wie sie war, und hatte nichts an als ihr Röckchen; sie war ganz naß vom Tau und von der See am schwarzen Strand und schauderte vor Kälte, aus Angst vor der Dunkelheit und vor den Teufeln.

»Zu sehr Angst«, war alles, was sie sagte.

Die hintere Seite von Cases Hügel senkte sich steil wie ein Abgrund in das nächste Tal. Wir waren gerade an der Böschung, ich konnte das faule Holz schimmern sehen und hörte von weit unten das Rauschen der See. Ich war etwas besorgt wegen unserer Lage, die jeden Rückzug unmöglich machte, aber ich hatte auch Angst, mich wegzurühren. Dann sah ich, daß ich noch einen schlimmeren Fehler gemacht hatte, und zwar mit der Laterne: ich hätte sie brennen lassen sollen, so daß ich

Case hätte eins draufbrennen können, wenn er in ihren Lichtkreis gekommen wäre; da ich jedoch nicht klug genug gehandelt hatte, so war es auf jeden Fall dumm, die gute Laterne mit den Götzenbildern in die Luft zu sprengen. Das Ding gehörte mir schließlich und war sein Geld wert, und man hätte es sicher noch mal ganz gut brauchen können. Wenn ich mich auf die Lunte hätte verlassen können, wäre ich noch hingelaufen und hätte sie gerettet. Aber wer konnte der Lunte trauen? Ihr wißt ja, was so Handelsware ist. Das Zeug ist gut genug für Kanaken, die damit fischen gehen, wo sie sowieso auf dem Posten sein müssen und höchstens dabei riskieren, daß ihnen eine Hand zerrissen wird, aber für jemanden, der so eine Sprengung vorhat wie ich, war die Lunte einfach Schund.

Schließlich war es eben doch das gescheiteste, was ich tun konnte, still zu liegen, mein Schießgewehr bei der Hand, und auf die Explosion zu warten. Und das war direkt eine feierliche Angelegenheit. Die Dunkelheit der Nacht schien undurchdringlich zu sein, das einzige, was man sehen konnte, war der scheußliche, gespenstische Schimmer von dem abgestorbenen Holz, und nach Geräuschen spitzte ich meine Ohren so lange, bis ich glaubte, die Lunte im Stollen brennen zu hören. Im übrigen war der Busch still wie ein Grab. Ab und zu hörte man ein Knacken, aber ob es nahe oder fern war, ob es Case war, der ein paar Yard entfernt mit dem Fuß irgendwo anstieß, oder ein Baum, der meilenweit entfernt umstürzte, das hätte ich beim besten Willen nicht sagen können.

Und dann plötzlich fing der Vesuv an zu spucken. Es hatte lange gedauert; aber als es kam – wenn ich auch gestehen muß, daß ich einen solchen Ausbruch selber gar nicht gewollt hatte –, hätte kein Mensch es sich toller wünschen können. Zuerst krachte es wie eine Kanonensalve, dann gab es einen Feuerstrahl, und der Busch wurde so hell davon, daß man hätte lesen können, dann ging der Trubel los. Uma und ich wurden halb begraben unter einer ganzen Wagenladung von Erde und waren heilfroh, daß es noch so gut abging, denn einer von den Felsen, die am Eingang des Stollens gelegen hatten, wurde in die Luft geschleudert und stürzte ein paar Fuß von der Stelle nieder, wo wir lagen; er kippte über die Böschung des Hügels und rollte mit wuchtigen Stößen ins nächste Tal. Ich sah, daß ich unsere Entfernung ziemlich unterschätzt oder an Dynamit und Pulver des Guten zuviel getan hatte.

Und bald sah ich, daß ich noch einen Fehler gemacht hatte. Der Lärm, der die ganze Insel erschütterte, ließ nach, das Blitzlicht ging vorbei, und doch kam die Nacht nicht so wieder, wie ich erwartet hatte. Denn im ganzen Wald waren rotglühende und brennende Holzstücke verstreut; sie lagen alle um mich herum auf dem Boden, einige waren ins Tal hinuntergefallen, ein paar hingen und loderten in den Baumwipfeln. Ich fürchtete nicht einen Brand, denn diese Wälder sind zu naß, um sich zu entzünden. Aber der Kummer war der, daß alles erleuchtet war – nicht sehr hell, aber genug, um dabei zu schießen, und so wie die Glut verstreut lag, konnte Case ebensogut im Vorteil sein wie ich. Ich kann euch sagen, überall spähte ich nach seinem weißen Gesicht aus; aber keine Spur von ihm war zu entdecken. Was Uma betraf, so schienen das Getöse und das Feuer ihr alles Leben ausgetrieben zu haben.

Eins war faul in meinem Spiel: Keine vier Yard von mir entfernt war eins von den verdammten Götzenbildern heruntergekommen, Haar, Kleider und Körper in Flammen. Ich spähte wie ein Schießhund nach allen

Seiten; noch war kein Case zu sehen, und ich beschloß, dieses brennende Bündel wegzubringen, denn sonst würde er mich erschießen wie einen Hund.

Mein erster Gedanke war, hinzukriechen, aber dann sagte ich mir, Schnelligkeit ist jetzt das wichtigste, und ich erhob mich, um schnell zu laufen. In diesem Augenblick kamen ein Blitz und ein Knall von irgendwoher zwischen mir und der See, und eine Gewehrkugel pfiff mir am Ohr vorbei. Ich drehte mich blitzschnell um und hob mein Gewehr, aber dieses Scheusal hatte eine Winchester, und ehe ich ihn unschädlich machen konnte, legte mich sein zweiter Schuß um wie einen Kegel. Ich schien in die Luft zu fliegen, kam im Eiltempo wieder herunter und lag eine Weile ganz benommen; und dann fand ich, daß meine Hände leer waren: mein Gewehr war mir über den Kopf geflogen, als ich stürzte. Es macht einen schon gewaltig scharfsichtig, wenn man so in der Falle sitzt. Ich wußte kaum, wo und ob ich überhaupt verletzt war oder nicht, aber ich wälzte mich herum, um auf dem Bauch nach meiner Waffe zu kriechen. Wenn ihr nicht mal versucht habt, mit einem gebrochenen Bein vorwärts zu kriechen, wißt ihr überhaupt nicht, was Schmerzen sind; ich stieß jedenfalls ein Gebrüll aus wie ein Ochse.

Das war das unglückseligste Geräusch, das ich je in meinem Leben von mir gegeben hatte. Bis dahin war Uma bei ihrem Baum geblieben, ein empfindsames Frauenzimmer, das wußte, daß es nur im Wege war; aber als sie mich schreien hörte, eilte sie hervor. Die Winchester krachte, und sie brach zusammen.

Trotz meines Beins hatte ich mich aufgerichtet, um sie aufzuhalten; aber als ich sie taumeln sah, fiel ich zurück, wo ich war, lag still und fühlte nach dem Griff meines Messers. Vorher war ich hastig und verwirrt gewesen. Das war jetzt vorbei. Er hatte mir mein Mädel niedergeschossen, und das sollte er mir bezahlen; da lag ich und knirschte mit den Zähnen und berechnete meine Chancen. Mein Bein war kaputt, mein Gewehr hin. Case hatte noch zehn Schuß in seiner Winchester. Mein Vorhaben sah ziemlich hoffnungslos aus. Aber ich verzweifelte nicht – ich dachte gar nicht dran zu verzweifeln. Dieser Mann mußte dran glauben.

Eine ganze Zeitlang verriet sich keiner von uns. Dann hörte ich, wie Case sich näher im Busch bewegte, aber gewaltig vorsichtig. Die Puppe war verbrannt, nur ein paar Reste lagen hier und da, und der Wald war zum größten Teil dunkel, bis auf ein schwaches Glühen, wie von einem verglimmenden Feuer. Dabei entdeckte ich Cases Kopf, der über einem großen Farnbusch nach mir auslugte, und zur gleichen Zeit sah mich dieses Untier und legte seine Winchester an. Ich lag ganz still und sah so ungefähr in den Flintenlauf; es war meine letzte Chance, aber ich glaubte, das Herz müßte mir stillstehen. Dann feuerte er. Zum Glück für mich war es keine Schrotflinte, denn die Kugel verfehlte ihr Ziel und spritzte mir den Schmutz ins Gesicht.

Versucht das mal und seht, ob ihr still liegen könnt, wenn einer einen gezielten Schuß auf euch abgibt und euch um ein Haar verfehlt. Aber ich konnte es, und das war mein Glück. Eine Weile stand Case, das Gewehr vor der Brust; dann lachte er ein wenig vor sich hin und kam um den Farnbusch herum.

›Lach nur!‹ dachte ich. ›Wenn du auch nur etwas Verstand hättest, dann würdest du beten.‹

Ich war angespannt wie ein Schiffstau oder wie die Feder in einer Uhr, und sobald er in Reichweite kam, erfaßte ich ihn beim Fußknöchel, zog ihm die Füße weg, warf ihn zu Boden und war über ihm, noch ehe er zur

Besinnung gekommen war, trotz meinem gebrochenen Bein und allem anderen. Seine Winchester war denselben Weg gegangen wie meine Schrotflinte; jetzt war er mir nicht mehr gefährlich, und ich fragte den Teufel danach. Ich bin immerhin ziemlich kräftig, aber nie habe ich gewußt, was für Kräfte in mir stecken, bis ich Case unter die Finger bekam. Der Sturz hatte ihn für eine Weile kampfunfähig gemacht, und er warf beide Hände hoch wie ein ängstliches Frauenzimmer, so daß ich sie beide mit meiner Linken fassen konnte. Das brachte ihn in Harnisch, und er biß mich mit den Zähnen in den Unterarm wie ein Wiesel. Aber da kümmerte ich mich nicht viel drum! Mein Bein verursachte mir große Schmerzen, und ich zog mein Messer und stach los.

»Jetzt habe ich dich endlich«, sagte ich, »und jetzt mach ich dich fertig, eine prima Sache ist das! Merkst du was? Das ist für Underhill und das für Adams! Und das hier ist für Uma, und das wird dir deine verfluchte Seele zum Teufel jagen!«

Damit gab ich ihm den kalten Stahl, so tief ich konnte. Sein Körper sprang unter mir wie ein gefedertes Sofa; er gab ein entsetzliches langes Stöhnen von sich und lag dann still.

›Ich möchte wissen, ob du tot bist. Hoffentlich!‹ dachte ich, denn mir schwindelte. Aber ich wollte mich keiner Gefahr aussetzen, dazu war mir sein eigenes Beispiel zu nahe vor Augen; ich versuchte, das Messer herauszuziehen und es von neuem hineinzustechen. Ich weiß noch, daß mir das Blut über die Hände lief, und dabei fiel ich in Ohnmacht und sank mit meinem Kopf auf seinen Mund.

Als ich zu mir kam, war es stockdunkel; die Reste waren ausgebrannt; nichts konnte man erkennen, nur den Schimmer toten Holzes, und ich konnte mich weder besinnen, wo ich war, noch, weshalb ich solche Schmerzen hatte, noch, wovon ich so durchnäßt war. Dann fiel mir alles ein, und das erste, was ich erledigte, war, daß ich ihm das Messer ein halbes dutzendmal bis zum Heft hineinstach. Ich glaube, er war schon tot, aber es schadete ihm nichts. »So, jetzt bist du bestimmt tot«, sagte ich. Dann rief ich nach Uma.

Keine Antwort kam, und ich machte eine Bewegung, um im Dunkel nach ihr zu tappen, stieß mit meinem gebrochenen Bein an und wurde wieder ohnmächtig.

Als ich das zweite Mal zu mir kam, hatten sich die Wolken verzogen, bis auf ein paar, die weiß wie Watte dahinsegelten. Der Mond war aufgegangen – ein tropischer Mond. Daheim läßt der Mond einen Wald schwarz erscheinen, aber hier zeigte selbst dieses kümmerliche Stückchen Mond den Wald so grün wie bei Tag. Die Nachtvögel – oder vielmehr eine Art früher Morgenvögel – sangen ihre langen, absinkenden Melodien wie Nachtigallen. Ich konnte den Toten sehen, auf dem ich lag; er sah mit seinen offenen Augen mitten in den Himmel, nicht blasser, als er bei Lebzeiten gewesen war. Ein Stück entfernt lag Uma, auf die Seite hingestreckt. Ich kroch zu ihr hinüber, so vorsichtig, wie sich das nur machen ließ. Als ich zu ihr kam, war sie hellwach und weinte und schluchzte vor sich hin; dabei machte sie weniger Geräusch als eine Fliege. Anscheinend fürchtete sie sich, laut zu weinen, wegen der Aitus. Sie war nicht gerade schwer verletzt, aber in Todesangst; schon lange war sie wieder zu sich gekommen; sie hatte nach mir gerufen, keine Antwort gehört, hatte gedacht, wir wären beide tot, und hatte seitdem dort gelegen und vor Angst keinen Finger gerührt. Die Kugel hatte ihre Schulter gestreift, und sie hatte eine ganze Menge Blut verloren; aber das hatte ich bald mit dem unteren Teil meines Hemdes und mit einem Halstuch, das ich trug, verbunden, ganz wie es sich gehört. Dann ließ ich mich nieder, bettete Umas Kopf an mein gesundes Knie und lehnte mich mit dem Rücken an einen Baum, um so den Morgen zu erwarten. Uma war zu nichts nütze, noch war sie eine Zierde; sie klammerte sich nur an mich und zitterte und weinte. Ich glaube, so hat sich überhaupt noch nie jemand gefürchtet, und man mußte gerecht sein; sie hatte wirklich eine lebhafte Nacht hinter sich. Ich selber hatte große Schmerzen und Fieber, aber wenn ich still saß, war es nicht so schlimm; und jedesmal, wenn ich zu Case hinübersah, hätte ich singen und pfeifen können. Was brauchte ich Essen und Trinken? Wenn ich diesen Mann da so mausetot liegen sah, machte mich das vollständig zufrieden.

Nach einer Weile hörten die Nachtvögel auf zu singen; dann wurde das Licht im Osten anders, ganz orangefarben, der ganze Wald fing an zu singen und zu schwirren wie eine Spieldose, und der helle Tag stieg auf.

Ich erwartete Maea noch lange nicht, ich dachte sogar, es wäre vielleicht möglich, er könnte der ganzen Sache aus dem Wege gehen und überhaupt nicht kommen. Um so erfreuter war ich, als ich eine Stunde nach Tagesanbruch Reisig knacken hörte und eine Menge Kanaken anrückten, die lachten und sangen, um sich Mut zu machen. Bei dem ersten Geräusch davon setzte sich Uma ganz lebhaft auf, und bald darauf sahen wir eine Gruppe im Gänsemarsch den Weg entlangkommen. Maea vornweg und hinter ihm ein Weißer mit einem Tropenhelm. Es war Mister Tarleton, der spät in der Nacht in Falesa aufgetaucht war; er hatte sein Boot zurückgelassen und war das letzte Stück mit einer Laterne gegangen.

Sie begruben Case auf dem Felde seines Ruhms, in

dem Loch, wo er das rauchende Haupt aufgestellt hatte. Ich wartete, bis die Sache zu Ende war; und Mister Tarleton betete; ich fand das zwar ziemlich komisch, aber ich muß sagen, er eröffnete einen ziemlich trüben Ausblick auf die Aussichten des teuren Verstorbenen und schien so seine eigenen Ideen über die Hölle zu haben. Später setzte ich mich dann mal mit ihm drüber auseinander und sagte ihm, er hätte seine Pflicht vernachlässigt; er hätte gradestehen sollen wie ein Mann und den Kanaken offen sagen, daß Case verdammt war und daß es ein Segen für uns war, ihn los zu sein; aber ich konnte ihn nie dazu überreden, die Sache so anzusehen wie ich. Dann machten sie mir eine Bahre aus Stangen und trugen mich hinunter zur Station. Mister Tarleton richtete mir das Bein und machte einen regelrechten Missionsverband drum; davon hinke ich noch bis auf den heutigen Tag. Als er das getan hatte, brachte er meine, Umas und Maeas Aussage zu Papier, schrieb alles fein säuberlich auf und ließ uns unterzeichnen; dann holte er die Häuptlinge zusammen und marschierte hinüber zu Papa Randall, um Cases Papiere zu beschlagnahmen.

Alles, was sie fanden, war ein kleines Heft, das seit vielen Jahren da lag, und drin stand alles mögliche über Koprapreise und gestohlene Kücken und so was, und die Geschäftsbücher und sein Letzter Wille, von dem ich am Anfang schon erzählt hatte. Dabei stellte sich heraus, daß der ganze Laden mit Stumpf und Stiel der Samoanerin gehörte. Ich habe sie dann zu einem sehr anständigen Preis ausgezahlt, denn sie hatte es eilig, nach Hause zu kommen. Randall und der Schwarze wurden auf die Straße gesetzt, erhielten eine Art Laden an der Papa-Malulu-Küste und machten schlechte Geschäfte, denn der Haken war der, daß keiner von den beiden was davon verstand; sie lebten zum größten Teil von Fischen, und das war auch die Ursache für Papa Randalls Tod. Eines Tages war anscheinend ein hübscher Fischschwarm da, und Papa ging mit Dynamit drauflos; entweder die Lunte brannte zu schnell oder Papa war betrunken oder alles beides – die Patrone ging wie üblich los, ehe er sie geworfen hatte, und wo blieb Papas Hand? Na, das wäre ja noch weiter kein Unglück gewesen; die Inseln im Norden sind alle voll von Leuten mit einer Hand wie die Karawanen in Tausendundeiner Nacht; aber der alte Randall war entweder zu alt oder er trank zuviel; kurz und gut, er starb. Bald danach wurde der Neger von der Insel gewiesen, weil er Weiße bestohlen hatte, und ging nach Westen, wo er auf Leute von seiner eigenen Farbe stieß; ich weiß allerdings nicht, ob ihm daran etwas lag, denn die Leute von seiner eigenen Farbe nahmen ihn und fraßen ihn auf bei einer Art Mondscheintanz, und ich hoffe von ganzem Herzen, daß er ihnen gut geschmeckt hat.

Da war ich nun allein in meiner Gloria in Falesa, und als der Schoner kam, lud ich ihn voll und gab ihm eine Deckladung mit, halb so hoch wie ein Haus. Ich muß sagen, Mister Tarleton tat für uns, was er konnte, aber er verlangte dafür eine gewaltige Entschädigung.

»Nun, Mister Wiltshire«, sagte er, »ich habe Sie jetzt mit allen hier in ein gutes Einvernehmen gebracht; da Case weg ist, war das keine Schwierigkeit; aber ich habe es getan und dabei mein Wort gegeben, daß Sie anständig mit den Eingeborenen handeln werden. Ich muß Sie bitten, mein Wort zu halten.«

Das habe ich denn auch getan. Gewöhnlich hatte ich meine Last mit meinem Geschäftsumsatz, aber ich brachte ihn zustande. Wir haben's alle schwer damit, und die Eingeborenen wissen dies und wässern ihre Kopra so, daß für sie noch genug dabei herausspringt.

Aber offen gesagt, ich hatte viel Scherereien dabei, und obwohl ich mich in Falesa sehr wohl fühlte, war ich doch froh, als mich die Firma in ein anderes Geschäft schickte, wo mich nicht irgendein Versprechen band und wo ich meinen Gewinn im Auge haben konnte.

Was die alte Dame angeht, so kennt ihr sie ja so gut wie ich. Sie hat nur den einen Fehler; wenn man nicht die Augen offenhielte, würde sie einem das Dach vom Haus wegschenken. Na ja, das scheint den Kanaken eben so angeboren zu sein. Sie ist jetzt sehr dick geworden und könnte wohl einen Londoner Bobby über die Schulter werfen. Aber das ist bei den Kanaken gewöhnlich so, im übrigen aber ist sie eine prachtvolle Frau.

Mister Tarleton ist nach Hause gefahren, seine Dienstzeit war vorbei; er war der beste Missionar, den ich jemals getroffen habe, und jetzt predigt er wohl da unten in Somerset irgendwo. Das ist schließlich auch das beste für ihn, dort hat er keine Kanaken, die ihn fast verrückt gemacht haben.

Mein Gasthaus? Keine Spur davon, und es wird wahrscheinlich auch nichts daraus. Ich glaube, ich bleibe hier hängen. Ich mag nicht von den Kindern weg, versteht ihr? Und darüber gibt es gar kein Wort zu verlieren – die sind hier besser aufgehoben als in einem Land unter lauter Weißen, wenn auch Ben den Ältesten mit nach Auckland genommen hat, wo er aufs beste erzogen wird. Aber was mir Sorge macht, sind die Mädels. Natürlich sind sie nur Mischlinge, das weiß ich so gut wie ihr, und keiner denkt geringer von Mischlingen als ich, aber schließlich gehören sie mir und sind alles, was ich habe. Ich kann mich nicht an den Gedanken gewöhnen, daß sie an Kanaken Gefallen finden könnten, und ich möchte wissen, wo ich die Weißen hernehmen soll!

Die Insel der Stimmen

Keola hatte Lehua, Tochter Kalamakes, des weisen Mannes von Molokai, geheiratet und wohnte bei dem Vater seines Weibes. Es gab keinen schlaueren Menschen als jenen Propheten; er las in den Sternen, er verstand aus den Körpern der Toten und mit Hilfe böser Geschöpfe zu weissagen: ja, er wagte allein auf die höchsten Spitzen der Berge zu steigen, in das Reich der Dämonen, wo er Fallen zu stellen pflegte, um die Geister der Alten einzufangen.

Aus diesem Grunde war im ganzen Königreich Hawaii keines Mannes Rat so begehrt wie der seine. Vorsichtige Leute kauften und verkauften, heirateten und führten ihr Leben ganz nach seinen Ratschlägen; zweimal hatte ihn der König nach Kona berufen, um Kamehamehas Schätze aufzuspüren. Niemand war so gefürchtet wie er; einige seiner Feinde schwanden kraft seiner Beschwörungen durch Siechtum dahin, andere verzauberte er an Leib und Leben, so daß die Angehörigen sogar vergeblich nach ihren Knochen forschten. Ein Raunen ging an, er besäße die Kunst und Gaben der alten Helden. Menschen hatten ihn nachts in den Bergen belauscht, wie er von Fels zu Fels schritt; in den hohen Wäldern hatten sie ihn wandeln sehen, wo er die Bäume um Hauptes- und Schulterlänge überragte.

Dieser Kalamake war seltsam anzuschauen. Er entstammte dem besten Blute Molokais und Mauis in reiner Abkunft, aber dennoch war seine Haut weißer als die aller Ausländer. Sein Haar hatte die Farbe trockenen Grases, und seine Augen waren rot und trübe, so daß die Worte: ›Blind wie Kalamake, der über morgen hinaussieht‹, zu einem Sprichwort auf den Inseln wurden.

Von diesem Tun und Treiben seines Schwiegervaters war Keola manches vom Hörensagen bekannt, einiges argwöhnte er nur, und von dem Rest wußte er nichts. Aber eines bekümmerte ihn schwer. Kalamake war ein Mann, der sich nichts abgehen ließ, weder an Essen noch an Trinken und Kleidung; für alles zahlte er in blanken Dollar. ›Blank wie Kalamakes Dollar‹, lautete eine weitere Redensart auf den Acht Inseln. Dennoch trieb er weder Handel, noch pflanzte er, noch nahm er Lohn – außer gelegentlich für seine Zaubereien –, und niemand kannte die Quelle für so viele Silbermünzen.

Eines Tages geschah es, daß Keolas Weib auf Besuch nach Kaunakakai auf der Leeseite der Insel ging, während sich die Männer beim Fischfang auf dem Meere befanden. Keola aber war ein müßiger Gesell, er sonnte sich auf der Veranda und sah zu, wie die Brandung gegen die Küste lief und die Vögel die Klippen umflogen. Der Gedanke an die blanken Dollar ging ihm niemals aus dem Sinn. Wenn er im Bette lag, wunderte er sich, warum es deren so viele seien, und erwachte er am Morgen, so fragte er sich, weshalb sie alle neu wären; diese Fragen wichen nie aus Keolas Kopfe. Gerade an diesem Tage fühlte er sich einer Lösung des Rätsels sicher. Denn es schien, als habe er den Ort entdeckt, wo Kalamake seine Schätze aufbewahrte, einen verschließbaren Schreibtisch an der Wand des Wohnzimmers unter einem Öldruck Kamehamehas des Fünften und einer Photographie der Königin Viktoria mit einer Krone auf dem Haupte; und es scheint ferner, daß er erst in der verflossenen Nacht Gelegenheit gefunden hatte, in den

Schreibtisch hineinzuschauen, und siehe da: der Beutel war leer. Heute aber war der Tag des Dampfschiffes; er konnte bereits den Rauch auf der Höhe von Kalaupapa sehen, und bald mußte es eintreffen mit Waren für einen Monat: Dosenlachs und Gin und allen möglichen seltenen Delikatessen für Kalamake.

›Ob er heute auch imstande ist, seine Waren zu bezahlen?‹ überlegte Keola. ›In diesem Falle bin ich meiner Sache sicher, daß der Mann ein Zauberer ist und daß die Dollar aus des Teufels Tasche stammen.‹

Während er noch darüber nachgrübelte, stand plötzlich sein Schwiegervater hinter ihm, er schien verärgert zu sein.

»Ist das dort das Dampfschiff?« fragte er.

»Ja«, entgegnete Keola. »Es legt nur noch in Pelekunu an und wird bald hier sein.«

»So bleibt nichts anderes übrig, als dich in mein Vertrauen zu ziehen, Keola«, entgegnete Kalamake, »ich kenne keinen Besseren. Begleite mich ins Haus.«

Gemeinsam betraten sie das Wohnzimmer, das ein sehr schöner Raum war, tapeziert und mit Öldrucken behangen und mit einem Schaukelstuhl, einem Tisch und einem Sofa in europäischem Stil ausgestattet. Außerdem gab es auch noch ein Regal mit Büchern; eine Familienbibel lag in der Mitte des Tisches, und der verschließbare Schreibtisch stand an der einen Wand, so daß jeder erkennen konnte, daß er sich im Hause eines wohlhabenden Mannes befand.

Kalamake hieß Keola die Fensterläden schließen, während er selbst alle Türen verriegelte und den Deckel des Schreibpultes öffnete. Diesem entnahm er ein paar Halsketten, an denen Amulette und Muscheln hingen, ein Bündel getrockneter Kräuter, dürres Laub und einen grünen Palmzweig.

»Was ich jetzt vorhabe«, sagte er, »liegt jenseits aller Wunder. Die Männer der Vergangenheit waren weise, sie wirkten Wunderbares, unter anderem auch dieses; doch geschah es in der Nacht, im Dunkeln, wie es sich ziemte, unter den Sternen und in der Wüste. Ein gleiches werde ich hier in meinem eigenen Hause und unter dem offenen Auge des Tages tun.«

Mit diesen Worten schob er die Bibel unter das Sofakissen, so daß sie ganz bedeckt war, holte von der gleichen Stelle eine Matte aus wunderbar feinem Geflecht hervor und häufte Kräuter und Blätter auf eine mit Sand bestreute zinnerne Pfanne. Dann hingen er und Keola sich Halsketten um und stellten sich an gegenüberliegenden Seiten der Matte auf.

»Die Zeit ist gekommen«, sagte der Hexenmeister; »fürchte dich nicht.«

Gleichzeitig steckte er die Kräuter in Brand und begann unter dem Schwingen des Palmzweiges vor sich hin zu murmeln. Anfangs war das Licht infolge der geschlossenen Fensterläden nur trübe, allein die Kräuter brannten hell, die Flammen schlugen Keola entgegen, und das Zimmer glühte vom Widerschein des Brandes. Rauch stieg auf, so daß es Keola schwindelte und seine Augen sich verdunkelten; das Geräusch von Kalamakes Gemurmel summte in seinen Ohren. Und plötzlich ruckte und zuckte es, schneller als der Blitz, an der Matte, auf der sie standen. Im gleichen Augenblick waren Zimmer und Haus verschwunden, und der Atem wich aus Keolas Leibe. Wellen von Licht schlugen über seinen Augen und seinem Haupte zusammen, und er fand sich an den Strand des Meeres unter eine starke Sonne versetzt, während eine gewaltige Brandung tobte; er und der Zauberer standen immer noch auf der nämlichen Matte, atemlos und sich aneinanderklammernd, und fuhren sich mit der Hand über die Augen.

»Was war das?« rief Keola, der, da er der Jüngere war, als erster wieder zu sich kam. »Der Schmerz war wie der Schmerz des Todes.«

»Das macht nichts«, keuchte Kalamake. »Nun ist es vorbei.«

»Und wo in Gottes Namen sind wir?« fragte Keola.

»Das tut nichts zur Sache«, entgegnete der Zauberer. »Nun wir hier sind, haben wir Arbeit vor uns, die erledigt werden will. Begib dich, während ich meinen Atem zurückgewinne, an den Saum des Waldes und bringe mir die Blätter von einem bestimmten Kraut und von einem gewissen Baum, die, wie du sehen wirst, dort in Mengen wachsen – drei Handvoll von jedem. Aber spute dich. Wir müssen daheim sein, noch ehe das Dampfschiff eintrifft; es würde Staunen erregen, wenn wir verschwunden wären.« Und er setzte sich, nach Atem ringend, auf den Sand.

Keola eilte den Strand hinauf, der aus leuchtendem Sand und Korallen bestand, vermischt mit seltsamen Muscheln, und er dachte in seinem Herzen: ›Wie kommt es, daß ich diesen Strand nicht kenne? Ich werde wiederkommen und hier Muscheln sammeln.‹

Vor ihm zeichnete sich eine Reihe Palmen gegen den Himmel ab, sie glichen nicht den Palmen der Acht Inseln, sondern waren hochgewachsen, frisch und schön, und ihre welken Fächer ragten gleich Gold aus dem Grün hervor, und er dachte in seinem Herzen: ›Es ist merkwürdig, daß ich diesen Hain noch nie entdeckt habe. Ich werde wiederkommen, wenn es warm ist, und hier schlafen.‹ Und er dachte: ›Wie heiß ist es plötzlich geworden!‹ Denn es war Winter in Hawaii, und der Tag war kühl gewesen. Und weiter dachte er: ›Wo sind die grauen Berge? Und wo die hohen Klippen mit dem hängenden Walde und den kreisenden Vögeln?‹ Und je mehr er sann, um so weniger begriff er, in welcher Gegend der Insel er sich befände.

Am Saume des Haines, dort, wo dieser den Strand berührte, wuchs das Kraut, der Baum jedoch weiter hinten. Als nun Keola sich dem Baume näherte, wurde er eines Mädchens gewahr, das an ihrem Leibe nichts trug als einen Blättergürtel.

›Nun‹, dachte Keola, ›mit ihrer Kleidung nehmen sie es in diesem Teil des Landes nicht sehr genau.‹ Und er hielt inne in der Meinung, daß sie ihn sehen und entfliehen werde, und da er merkte, daß sie immer noch vor sich hin starrte, blieb er stehen und summte eine Melodie. Bei dem Klange sprang sie auf. Ihr Gesicht war aschgrau; sie blickte scheu nach allen Richtungen, und ihr Mund stand weit offen vor Grauen in ihrer Seele. Seltsam jedoch war es, daß ihre Augen nicht auf Keola ruhten.

»Guten Tag«, sagte er. »Du brauchst dich nicht zu fürchten. Ich will dich nicht fressen.« Kaum hatte er seinen Mund aufgetan, als das junge Weib in den Busch entfloh.

›Das sind ja sonderbare Manieren‹, dachte Keola, und ohne zu überlegen, was er tat, lief er ihr nach.

Im Laufen stieß sie unaufhörlich Worte in einer Sprache aus, die in Hawaii ungebräuchlich war, doch waren einige der Ausdrücke die gleichen, und er verstand, daß ihr Ruf andere warnen sollte. Bald sah er viele Menschen laufen – Männer, Weiber und Kinder, und alle flohen eilig, wie Menschen vor einem Feuer. Da kam ihn selbst Furcht an, und er kehrte, die Blätter mit sich nehmend, zu Kalamake zurück. Und er erzählte ihm, was er gesehen.

»Du mußt nicht darauf achten«, entgegnete der Zauberer. »Wir gehen hier, dank dieser Zaubermittel, am hellichten Tage unsichtbar spazieren. Indessen können sie uns hören, und daher ist es gut, leise zu sprechen, so wie ich es tue.«

Und er bildete mit Hilfe von Steinen einen Kreis um die Matte und legte die Blätter in die Mitte.

»Deine Aufgabe ist es«, sagte er, »Sorge zu tragen, daß die Blätter weiterbrennen, und das Feuer langsam zu schüren. Während sie aufflammen – was nur während eines kurzen Augenblickes geschieht –, muß ich meine Arbeit verrichten; und noch ehe die Asche schwarz geworden ist, wird die gleiche Macht, die uns hierher gebracht hat, uns wieder wegführen. Halte das Zündholz bereit und sieh zu, daß du mich rechtzeitig rufst, damit die Flammen nicht verlöschen und ich zurückbleibe.«

Sobald die Blätter Feuer gefangen hatten, sprang der Zauberer wie ein Hirsch aus dem Kreise hinaus und begann, einem Jagdhunde gleich, der gebadet hat, den Strand entlangzuhetzen. Und im Laufen bückte er sich fortwährend nieder, um Muscheln aufzusammeln; und Keola schien es, als blitzten die Muscheln beim Einsammeln auf. Die Blätter brannten mit einer klaren Flamme, die sie rasch verzehrte; bald war Keola nur noch eine Handvoll übriggeblieben, und der Zauberer rannte und bückte sich noch immer in weiter Ferne.

»Zurück!« schrie Keola. »Zurück! Die Blätter sind gleich verbrannt!«

Bei diesen Worten kehrte Kalamake um, und war er vorher gelaufen, so flog er jetzt. Aber so rasch er auch lief, die Blätter brannten noch rascher. Schon war die Flamme fast erloschen, als er mit einem gewaltigen Satz auf die Matte sprang. Der Luftzug seines Sprunges verlöschte die Flamme, und im gleichen Augenblick waren Strand, Sonne und Meer verschwunden, und sie standen wieder in der Dämmerung des verdunkelten Wohnzimmers und waren abermals erschüttert und geblendet, aber auf der Matte zwischen ihnen lag ein Haufen blanker Dollars. Keola stürzte zu den Fensterläden, da lag bereits der Dampfer hart am Ufer und schwankte in der Dünung.

In der gleichen Nacht nahm Kalamake seinen Schwiegersohn beiseite und drückte ihm fünf Dollar in die Hand.

»Keola«, sagte er, »wenn du ein kluger Mann bist – was ich bezweifle –, so wirst du glauben, du seiest heute nachmittag auf der Veranda eingeschlafen und hättest im Schlafe geträumt. Ich bin ein Mann von wenig Worten und pflege zu meinen Gehilfen nur Menschen mit kurzem Gedächtnis zu erwählen.«

Kein weiteres Wort ließ Kalamake fallen, noch kam er je wieder auf die Angelegenheit zu sprechen. Allein sie ging Keola fortwährend im Kopfe herum – und war er früher faul, so wollte er jetzt überhaupt nichts mehr tun.

›Weshalb soll ich arbeiten‹, dachte er, ›wenn ich einen Schwiegervater habe, der aus Seemuscheln Dollar macht?‹

Rasch war sein Anteil ausgegeben. Er verschwendete den ganzen Betrag für schöne Kleider. Aber dann tat ihm das leid.

»Ich hätte besser daran getan, mir eine Ziehharmonika zu kaufen, mit der könnte ich mir den ganzen Tag die Zeit vertreiben.« Und er begann in seinem Inneren Kalamake zu zürnen.

›Dieser Mann besitzt die Seele eines Hundes‹, schoß es ihm durch den Kopf. ›Er kann, sooft er will, am Strande Dollars aufsammeln, trotzdem läßt er mich nach einer Ziehharmonika schmachten. Er mag sich hüten: ich bin kein Kind, ich bin so schlau wie er und im Besitz seines Geheimnisses.‹ Darauf sprach er mit seinem Weibe Lehua und beschwerte sich bei ihr über ihres Vaters Geiz.

»Ich ließe den Vater in Frieden«, warnte Lehua. »Es ist gefährlich, seine Pläne zu durchkreuzen.«

»So viel kümmere ich mich um ihn!« rief Keola und schnippte mit den Fingern. »Ich halte ihn an der Nase und kann ihn zwingen, zu tun, was mir beliebt.« Und er erzählte Lehua sein Erlebnis.

Doch sie schüttelte nur den Kopf.

»Du kannst tun, was du magst«, sagte sie, »aber wenn du meinen Vater erzürnst, wird man nie wieder etwas von dir hören. Denke an diesen und jenen, denke an Hua, der ein Lord des Repräsentantenhauses war und alljährlich nach Honolulu reiste, und es war kein Knochen und kein Haar mehr von ihm zu finden. Erinnere dich an Kamau, wie er zu einem Zwirnsfaden abmagerte, so daß seine Frau ihn mit einer Hand vom Boden aufhob. Keola, du bist in den Händen meines Vaters hilflos wie ein Säugling; er wird dich zwischen Daumen und Zeigefinger nehmen und dich gleich einer Krabbe verschlingen.«

Keola hatte vor Kalamake Angst, aber er war eitel, und die Worte seiner Frau brachten ihn auf.

»Gut«, sagte er, »wenn du so gering von mir denkst, werde ich dir zeigen, wie sehr du im Irrtum bist.« Und er ging schnurstracks zu seinem Schwiegervater, den er im Wohnzimmer sitzend fand.

»Kalamake«, sagte er, »ich möchte eine Ziehharmonika haben.«

»So? Wirklich?« sagte Kalamake.

»Ja«, sagte er, »und ich möchte dir rundheraus erklären, daß ich entschlossen bin, eine zu bekommen. Ein

Mann, der Dollar am Strande aufsammelt, kann sich ohne Zweifel eine Ziehharmonika leisten.«

»Ich ahnte gar nicht, daß du so viel Mut besäßest«, entgegnete der Hexenmeister. »Ich hielt dich für einen schüchternen, unbrauchbaren Burschen, und ich kann gar nicht sagen, wie ich mich freue, meinen Irrtum einzusehen. Jetzt beginne ich zu glauben, daß ich in dir einen Gehilfen und Nachfolger für mein schwieriges Geschäft gefunden habe. Eine Ziehharmonika? Du sollst die beste in ganz Honolulu bekommen. Bereits heute abend, sobald es dunkel geworden ist, werden du und ich ausgehen und uns das Geld holen.«

»Werden wir zu dem Strande zurückkehren?« fragte Keola.

»Nein! Nein!« erwiderte Kalamake, »du mußt erst mehr von meinen Geheimnissen erfahren. Das letzte Mal lehrte ich dich, Muscheln zu sammeln, diesmal werde ich dich lehren, Fische zu fangen. Bist du stark genug, um Pilis Boot flottzumachen?«

»Ich glaube, ja«, versetzte Keola. »Aber weswegen nehmen wir nicht dein eigenes Boot, das ja schon flott ist?«

»Ich habe dafür einen Grund, den du noch vor morgen gründlich verstehen wirst«, sagte Kalamake. »Pilis Boot ist besser für meine Zwecke geeignet. Wir wollen uns also dort bei Dunkelwerden treffen und bis dahin die Sache für uns behalten, denn es hat keinen Zweck, die Familie in unser Geschäft einzuweihen.«

Honig konnte nicht süßer sein als die Stimme Kalamakes, und Keola vermochte seine Befriedigung kaum zu verbergen.

›Ich hätte meine Ziehharmonika schon vor einer Woche haben können‹, dachte er, ›man braucht doch nichts in dieser Welt als ein bißchen Mut.‹

Bald darauf sah er Lehua weinen und bekam halb und halb Lust, ihr zu sagen, daß alles in bester Ordnung wäre.

›Aber nein‹, dachte er, ›ich werde warten, bis ich ihr die Ziehharmonika zeigen kann; wir werden ja sehen, was der Naseweis dann tun wird. Vielleicht wird sie in Zukunft begreifen, daß ihr Gatte ein Mann von einiger Klugheit ist.‹

Sowie es dunkel geworden war, machten Vater und Schwiegersohn Pilis Boot flott und hißten die Segel. Die See ging hoch, und es blies stark von Lee; aber das Boot war schnell, leicht und trocken und schoß über die Wogen. Der Zauberer hatte eine Laterne, die er anzündete und mit seinem Finger am Ringe festhielt; die beiden saßen am Heck und rauchten Zigarren, von denen Kalamake stets einen Vorrat mit sich führte; sie sprachen wie Freunde von Magie und von den großen Summen Geldes, die sie durch deren Ausübung verdienen könnten, und was sie zuerst kaufen wollten und was an zweiter Stelle; und Kalamake redete wie ein Vater.

Nach einer Weile blickte er rings um sich, dann zu den Sternen empor und rückwärts nach der Insel, die bereits zu drei Viertel im Meere verschwunden war, und er schien ihre Lage eingehend zu erwägen.

»Schau«, sagte er, »da, schon weit hinter uns liegt Molokai und da Maui, einer Wolke gleich; und aus der Stellung dieser Sterne erkenne ich, daß ich bin, wo ich sein wollte. Dieser Teil des Meeres wird das Meer der Toten genannt. Es ist an dieser Stelle außerordentlich tief, und der Boden ist ganz mit Menschenknochen bedeckt, und in den Höhlen hausen teils Götter, teils Dämonen. Die Meeresströmung zieht nach Norden, und wer hier über Bord geworfen wird, den trägt sie gleich einem wilden Roß hinaus ins fernste Weltmeer. Binnen kurzem ist es mit seiner Kraft zu Ende, seine Gebeine werden zu den übrigen versammelt, und die Götter verschlingen seinen Geist.«

Furcht überschlich bei diesen Worten Keola, er blickte um sich, und beim Licht der Sterne schien es ihm, als ginge mit dem Hexenmeister eine seltsame Veränderung vor.

»Was fehlt dir?« fragte Keola rasch und heftig.

»Ich bin es nicht, dem etwas fehlt«, erwiderte der Hexenmeister, »aber einer befindet sich hier, dem sehr übel ist.«

Gleichzeitig änderte er seinen Griff an der Lampe, und siehe da! Als er seinen Finger aus dem Ring ziehen wollte, blieb der Finger stecken, der Ring barst, und seine Hand schwoll zu der Größe von drei Händen an.

Bei diesem Anblick schrie Keola auf und schlug die Hände vors Gesicht.

Kalamake hob die Laterne hoch. »Sieh lieber in mein Gesicht!« befahl er – und sein Kopf war groß wie eine Tonne; noch immer wuchs und wuchs er, wie die Wolke auf den Bergen; Keola saß schreiend auf der Bank, und das Boot schoß durch die hochgehende See.

»Und jetzt«, spottete der Zauberer, »was hältst du jetzt von jener Ziehharmonika? Bist du ganz sicher, daß du nicht lieber eine Flöte haben möchtest? – Nein?« fragte er. »Das freut mich, denn ich liebe es nicht, wenn meine Familie schwankenden Sinnes ist. Aber ich fange an zu glauben, daß ich gut daran tue, dieses elende kleine Boot zu verlassen, denn mein Umfang schwillt immer stärker an, und wenn wir nicht vorsichtig sind, wird das Boot bald kentern.«

Während er so sprach, hob er seine Beine über Bord, und gleichzeitig wuchs die Größe des Mannes um das Dreißig- und Vierzigfache, so daß das tiefe Meer nicht einmal seine Achselhöhlen bedeckte und sein Kopf und seine Schultern gleich bergigen Inseln aus den Fluten hervorragten; und wie die Dünung gegen ein Riff anläuft und zerschellt, so brachen sich die anstürmenden Wogen an seiner Brust. Das Boot hielt nach wie vor seinen nördlichen Kurs, da streckte der Zauberer seine Hand aus, nahm den Kiel zwischen Daumen und Zeigefinger und zerdrückte die Planken wie einen Kuchen, so daß Keola ins Meer geschleudert wurde. Die Trümmer des Schiffes zermalmte der Zauberer in der hohlen Hand und warf sie meilenweit in die Nacht hinaus.

»Verzeih, daß ich die Laterne mitnehme«, sagte er, »aber ich muß noch lange Zeit waten, und der Meeresgrund ist uneben, ich spüre die Knochen unter meinen Sohlen.«

Damit wandte er sich ab und eilte mit weitausholenden Schritten ins Dunkle, und wenn Keola in den Strudeln versank, konnte er ihn nicht erblicken, aber wenn die Wellen ihn dann wieder emporhoben, sah er, wie er zusammenschrumpfend sich entfernte und beim Weiterschreiten die Lampe hoch über sein Haupt hielt und wie die Wogen sich schäumend an seinem Leibe brachen.

Seit die ersten Inseln aus dem Meer auftauchten, hat es nie einen so entsetzten Menschen wie Keola gegeben. Er schwamm zwar, aber er schwamm, wie ein junger Hund schwimmt, den man zum Ertränken ins Wasser wirft und der nicht weiß, wohin. Nur an den unheimlich aufgeschwollenen Körper des Hexenmeisters, an dessen Gesicht, groß wie ein Berg, an die Schultern, breit wie eine Insel, und an die See, die vergeblich dagegen anstürmte, vermochte er zu denken. Auch an die Ziehharmonika und an die Gebeine der Toten erinnerte er sich, und bei diesem Gedanken schüttelte ihn Furcht.

Plötzlich sah er etwas Dunkles sich gegen die schwankenden Sterne abheben und weiter unten ein Licht und eine Helligkeit in der aufgewühlten See, und er vernahm die Stimmen von Menschen. Da schrie er gellend auf, und eine Stimme antwortete ihm; im Handumdrehen schwebte der Rumpf eines Schiffes über ihm auf einer Woge, gleich einem Ding auf einer Waagschale, um im nächsten Augenblick von neuem in die Tiefe zu sinken. Mit beiden Händen griff er in die Ketten des Schiffes, wurde in einem Moment in der tosenden See begraben und im nächsten von Seeleuten an Bord gezogen.

Sie gaben ihm Gin, Zwieback und trockene Kleider und fragten ihn, wie er dorthin gekommen wäre, wo sie ihn gefunden hatten, und ob das Licht, das sie gesehen, der Leuchtturm von Lae o Ka Laau sei. Allein Keola wußte, daß die weißen Leute wie Kinder sind und nur an ihre eigenen Geschichten glauben. So erzählte er ihnen, was ihm gerade einfiel, und was das Licht anbetraf, das von Kalamakes Laterne ausstrahlte, so schwor er, keines gesehen zu haben.

Dieses Schiff war ein nach Honolulu bestimmter Schoner, der mit den flachen Inseln Handel treiben sollte. Zum Glück für Keola hatte der Schoner während einer Bö einen Mann vom Bugspriet verloren. Keola wußte, daß es zwecklos sei, sich etwas vorzumachen. Er konnte es nicht wagen, auf den Acht Inseln zu bleiben. Nachrichten verbreiten sich schnell, und alle Menschen lieben es sehr, zu schwatzen und Neuigkeiten zu erzählen; falls er, Keola, sich am Nordende von Kauai oder am Südrande von Kauehi verborgen hielte, würde der Zauberer noch vor Ablauf eines Monats von seiner Anwesenheit Wind bekommen, und dann wäre sein Ende gekommen. So tat er, was ihm am weisesten dünkte. Er nahm Heuer an Stelle des Ertrunkenen.

In mancher Hinsicht hatte er es auf dem Schiffe gut. Das Essen war fett und reichlich, es gab Tag für Tag Zwieback und gesalzenes Rindfleisch und zweimal in der Woche Erbsensuppe und Pudding aus Mehl und Talg, so daß Keola ganz feist wurde. Der Kapitän war ein guter Mann und die Besatzung nicht ärger als andere Weiße. Der schlimmste von allen Menschen, mit denen Keola zu tun gehabt hatte, war der Maat. Er war am schwersten zufriedenzustellen, und jeden Tag schlug und verfluchte er Keola für das, was dieser getan und was zu tun er unterlassen hatte. Die vom Maat ausgeteilten Schläge waren äußerst schmerzhaft, denn der Kerl war stark, und die Worte, die er gebrauchte, für Keola, der einer vornehmen Familie entstammte und an Achtung gewöhnt war, wenig schmackhaft. Aber das schlimmste von allem war, daß, sooft Keola eine Gelegenheit zu einem Schläfchen gefunden zu haben glaubte, der Maat aufpaßte und ihm mit einem Tauende wieder auf die Beine half.

So konnte das nicht weitergehen, sagte sich Keola und beschloß zu fliehen.

Sie mochten noch einen Monat von Honolulu entfernt sein, als Land in Sicht kam. Es war eine schöne, sternklare Nacht, die See spiegelglatt und der Himmel hell. Ein stetiger Passat blies, und da, zu ihrer Wetterseite, lag die Insel, ein flach auf dem Meere ausgebreiteter Palmengürtel. Kapitän und Maat betrachteten sie durch das Nachtglas, nannten das Eiland bei Namen und unterhielten sich über sie, während sie neben dem Ruder standen, das von Keola geführt wurde. Offenbar wurde die Insel nie von Händlern aufgesucht. Aus den Worten des Kapitäns ging hervor, daß die Insel unbewohnt wäre, der Maat freilich war anderer Meinung.

»Von der Zuverlässigkeit der Seekarte halte ich

nichts«, sagte er. »Eines Nachts bin ich auf dem Schoner ›Eugenie‹ hier vorbeigekommen, grad in so 'ner Nacht wie heute, und da fischten sie bei Fackelschein, und der Strand wimmelte nur so von Lichtern wie eine Stadt.«

»Schon gut, schon gut«, erwiderte der Kapitän, »Hauptsache ist, daß die Küste steil abfällt und, nach der Karte zu schließen, auch keine gefährlichen Riffe in der Nähe vorhanden sind, wir können uns also dicht unter Lee halten. Hab ich dir nicht befohlen, schnurstracks auf sie zuzuhalten!« brüllte er Keola an, der so angestrengt lauschte, daß er zu steuern vergessen hatte.

Der Maat fluchte und schwor, der Kanake sei zu nichts auf der Welt nütze, und wenn er erst einmal mit einem Belegnagel hinter ihm drein sei, würde es für Keola einen kalten Tag geben.

Nach diesem Wutausbruch streckten sich Kapitän und Maat auf dem Dach der Kajüte aus und überließen Keola seinen Gedanken.

›Diese Insel würde mir sehr gut passen‹, überlegte Keola. ›Wenn keine Händler dort an Land gehen, wird auch der Maat niemals dahin kommen. Und was Kalamake anbetrifft, so kann er unmöglich so weit reisen.‹

Und damit begann er den Schoner mehr und mehr nach Land hin zu halten. Er mußte das in aller Heimlichkeit tun, denn das schlimmste bei diesen weißen Leuten, besonders beim Maat, war, daß man ihrer niemals sicher sein konnte. Anscheinend schliefen sie fest wie ein Dachs oder taten wenigstens so, aber ein Segel brauchte nur zu zittern, sofort waren sie auf den Füßen und fielen mit einem Tauende über einen her. Daher steuerte Keola den Schoner mit straffgespannter Leinwand Faden um Faden dem Eiland zu; schon bald segelten sie dicht längs der Küste, und das Geräusch der gegen die Bordwände schlagenden Wellen wurde lauter.

In diesem Augenblick richtete sich der Maat auf dem Kajütendach plötzlich auf.

»Was tust du da?« brüllte er. »Gleich wird das Schiff auflaufen!«

Und er sprang in einem einzigen Satz auf Keola los, aber Keola vollführte einen Sprung quer über die Reling hinweg und hinab in die sternfunkelnde See. Als er auftauchte, hatte der Schoner bereits wieder seinen richtigen Kurs eingeschlagen, der Maat stand selbst am Ruder, und Keola hörte ihn fluchen. Das Meer war unter dem Schutz der Küste spiegelglatt und das Wasser warm; zum Glück hatte Keola sein Seemannsmesser umgeschnallt und brauchte die Haie nicht zu fürchten. Dicht vor ihm hörte plötzlich der Palmgürtel auf, im Uferrand zeigte sich eine Lücke, gleich der Mündung eines Hafens, und die Flut, die gerade eingesetzt hatte, trug ihn in die Lagune. Er ließ sich auf dem weiten flachen Wasser, das von zehntausend Sternen funkelte, treiben; rings um ihn dehnte sich der Landgürtel mit seinem Palmensaum. Erstaunt schaute er sich um; die Insel sah so völlig anders aus als alle Inseln, von denen er je gehört hatte.

Die Zeit, die Keola auf der Insel weilte, schied sich in zwei Perioden – die eine verbrachte er einsam, und während der zweiten lebte er bei dem Stamme. Anfänglich suchte er vergeblich nach Menschen, ohne einen einzigen entdecken zu können; nur einige Häuser standen zu einem Dorfe vereint, und es waren auch Spuren von Herdfeuer vorhanden. Doch die Asche war erkaltet, der Regen hatte sie zerstreut, und ein Sturm hatte einige Hütten umgeweht. In diesem Dorfe schlug Keola seine Wohnung auf. Er verfertigte sich einen Feuerbohrer und einen Muschelhaken, fischte, kochte sich seine Fische und sammelte grüne Kokosnüsse, deren Milch er trank; denn auf der ganzen Insel gab es kein Wasser. Die Tage wurden ihm lang, und die Nächte erfüllten ihn mit Schrecken. Eine Kokosnußschale diente ihm als Lampe, das Öl lieferten ihm die Nüsse, und den Docht drehte er aus deren Fasern; wenn der Abend nahte, verriegelte er seine Hütte, zündete die Lampe an und lag zitternd bis zum Morgen. Mehr als einmal dachte er in seinem Herzen, es wäre beser, wenn er jetzt auf dem Grunde des Meeres läge und seine Knochen dort mit den anderen geschaukelt würden.

Während dieser ganzen Zeit hielt er sich an der Binnenseite der Insel auf, denn die Hütten standen am Ufer der Lagune, und in der Lagune wimmelte es von schmackhaften Fischen. Nur ein einziges Mal wanderte er bis zum Meer, ging den Strand entlang und kehrte zitternd nach Hause zurück. Der Anblick des mit Muscheln übersäten, von brennender Sonne überschienenen, blendenden Sandes und das Brüllen der Brandung hatten seine Nerven aufgepeitscht.

»Ich täusche mich«, murmelte er, »aber doch stimmt alles genau. Wer hätte das für möglich gehalten! Die Weißen tun zwar so, als wüßten sie, wohin sie segeln, in Wahrheit laufen sie die gleiche Gefahr wie die übrigen Menschen. Vielleicht sind wir im Kreise gefahren, ich befinde mich womöglich ganz in der Nähe von Molokai, und dies ist der gleiche Strand, von dem mein Schwiegervater seine Dollars aufsammelt.«

Nach dieser Entdeckung wurde Keola vorsichtig und blieb auf der Binnenseite.

Etwa einen Monat später trafen die Bewohner des Ortes ein – sechs große Boote voll. Die Insulaner waren eine schöne Menschenrasse und redeten eine vom Idiom Hawaiis abweichende Sprache, aber zahlreiche Worte waren doch die gleichen, so daß Keola eine Verständigung nicht schwerfiel. Die Männer benahmen sich sehr höflich und die Weiber äußerst zuvorkommend; sie hießen Keola willkommen, bauten ihm ein Haus und gaben ihm eine Frau, und, was ihn am meisten verwunderte, er wurde niemals mit den anderen jungen Männern auf Arbeit geschickt. Jetzt durchlebte Keola drei Perioden: erst eine Periode der Niedergeschlagenheit, dann eine der Ausgelassenheit, zuletzt kam die dritte, und da war er der angsterfüllteste Mensch in allen vier Weltmeeren.

Die Ursache der ersten Periode war das Mädchen, das man ihm zur Frau gegeben hatte. In betreff der Insel war Keola seiner Sache nicht ganz sicher, auch hinsichtlich der Sprache, von der er gelegentlich seines Besuches auf der Matte in Gesellschaft des Hexenmeisters nur einige abgerissene Brocken vernommen hatte, kamen ihm Zweifel. Aber bezüglich seiner Frau war kein Irrtum möglich, sie war das gleiche Mädchen, das vor ihm schreiend in den Wald geflüchtet war. So hatte er also die lange Reise vergeblich gemacht und hätte ebensogut in Molokai bleiben können; er hatte Weib, Heimat und alle seine Freunde im Stich gelassen, einzig und allein, um seinem Feinde zu entrinnen, und nun hatte er gerade an jener Küste Zuflucht gesucht, an der sein Feind unsichtbar zu wandeln pflegte und wo dessen Jagdgründe lagen. Während dieser Periode hielt sich Keola ängstlich an der Lagunenseite und wagte kaum, den Schutz seiner Hütte zu verlassen.

Das Gerede, das er von seiner Frau und den Inselhäuptlingen vernahm, leitete die zweite Periode ein. Keola selbst sprach wenig. Er fühlte sich seiner neuen Freunde niemals ganz sicher, ihre übertriebene Höflichkeit flößte ihm wenig Vertrauen ein; seit er seinen Schwiegervater auf so bedenkliche Weise näher kennengelernt hatte, war Keola vorsichtiger geworden. Daher erzählte er ihnen nichts von seinem früheren Leben und erwähnte nur seinen Namen und seine Abstammung und daß er auf den Acht Inseln daheim wäre und wie schön diese Inseln seien. Er sprach auch von des Königs Palast in Honolulu und rühmte sich seiner Freundschaft mit dem König und den Missionaren. Seinerseits stellte er zahlreiche Fragen und erfuhr manches. Die Insel, auf der er sich aufhielt, wurde die Insel der Stimmen genannt. Sie gehörte dem Stamme, obgleich dieser auf einer anderen, etwa drei Segelstunden südwärts gelegenen Insel wohnte. Dort lebten sie, und dort hatten sie ihre Dauerwohnungen; es wäre eine reiche Insel, auf der es Eier, Hühner und Schweine gäbe und vor der Handelsschiffe mit Rum und Tabak ankerten. Dorthin hatte sich auch der Schoner nach Keolas Flucht begeben, und dort war auch der Maat gestorben, Narr von einem Weißen, der er war. Offenbar war auf der Insel bei Ankunft des Schiffes grade die kranke Jahreszeit angebrochen, während der die Fische in der Lagune giftig sind und alle Menschen, die von ihnen essen, anschwellen und sterben. Die Insulaner warnten den Maat; er sah, wie die Boote gerüstet wurden, weil das Volk während der kranken Jahreszeit seine Wohnstätten verläßt und nach der Insel der Stimmen segelt. Aber er war eben ein Narr von einem Weißen, der nur an seine eigenen Geschichten glaubt, und er fing einen dieser Fische, kochte ihn, aß ihn, schwoll auf und starb, eine Nachricht, die Keolas Ohren willkommen war. Und was die Insel der Stimmen anbetraf, so lag sie den größten Teil des Jahres verlassen da, nur gelegentlich landete ein Schiff voll Menschen auf der Suche nach Kopra in der Lagune; und während der schlechten Jahreszeit, wenn die Fische der Hauptinsel giftig wurden, zog sich der Stamm mit Kind und Kegel dorthin zurück. Ihren Namen hatte die Insel von einem Wunder erhalten: an ihrer Meeresküste hausten anscheinend zahllose unsichtbare Teufel; Tag und Nacht konnte man fremde Zungen reden hören, Tag und Nacht flammten am Strande kleine Lichter auf, um rasch wieder zu verlöschen, kein Mensch vermochte die Ursache all dieser Rätsel zu ergründen. Keola erkundigte sich, ob auf ihrer Heimatinsel gleichfalls Gespenster ihr Wesen trieben, und sie antworteten ihm, weder dort noch auf irgendeiner der hundert anderen Inseln, die ringsum verstreut im Meere lägen, der Spuk beschränke sich ausschließlich auf die Insel der Stimmen. Sie erzählten ferner, daß diese Feuer und diese Stimmen stets nur an der seewärts gelegenen Seite am Saume des Waldes zu sehen und zu hören wären und daß ein Mensch wohl zweitausend Jahre – wenn er so lange leben würde – an der Lagune hausen könnte, ohne je gestört zu werden, aber auch die am Strande hausenden Teufel wären harmlos, wenn man sie in Ruhe ließe. Einmal hätte ein Häuptling mit dem Speer nach den Stimmen geworfen, und noch in gleicher Nacht wäre er von einer Kokospalme gestürzt und gestorben.

Keola zergrübelte sich den Kopf. Er erkannte, daß alles sich zum Guten wenden würde, sobald der Stamm erst wieder zur Hauptinsel zurückgekehrt wäre, daß er aber auch jetzt nichts zu fürchten hätte, sofern er nur an der Lagune blieb; aber er wollte versuchen, seine Lage, wenn möglich, noch günstiger zu gestalten. Daher erzählte er dem obersten Häuptling, er wäre einmal auf einer Insel gewesen, die von der gleiche Plage heimgesucht worden sei, aber die Bewohner hätten ein Mittel gefunden, um sich von dem Übel zu befreien.

»Im dortigen Busch«, sagte er, »wuchs ein bestimmter Baum, der anscheinend von den Teufeln aufgesucht wurde, um dessen Blätter einzusammeln. Daher fällte das Volk den Baum, wo immer er zu finden war, und die Teufel kehrten nicht wieder.«

Sie erkundigten sich, was für ein Baum das gewesen wäre, und er zeigte ihnen den Baum, dessen Blätter Kalamake zu verbrennen pflegte. Obwohl die Insulaner nicht so recht an die Wahrheit dieser Erzählung glauben wollten, hielt sie dieser Gedanke doch gefangen. Nacht für Nacht erörterten sie die Angelegenheit in ihrem Rate, allein der Oberhäuptling, ob er auch ein tapferer Mann war, schreckte vor der Tat zurück und gemahnte sie stündlich an den Häuptling, der mit dem Speer nach den Stimmen geworfen hatte, und diese Erinnerung ließ sie zaudern.

Obwohl Keola zunächst die Vernichtung der Bäume nicht erreichte, war er doch wohl zufrieden, und er begann um sich zu sehen und wieder Freude an seinem Leben zu gewinnen. Er wurde auch freundlicher zu seiner Frau, so daß das Mädchen ihn innig zu lieben begann. Als er eines Tages seine Hütte betrat, lag sie weinend am Boden.

»Was ist geschehen«, fragte Keola, »was fehlt dir, Kind?«

Es wäre nichts, erklärte die junge Frau.

In der gleichen Nacht weckte sie ihn. Die Lampe brannte matt, aber er erkannte an dem Ausdruck ihres Gesichts, daß sie bekümmert war.

»Keola«, sagte sie, »halte dein Ohr an meinen Mund, auf daß ich flüstern kann, denn niemand darf uns hören. Zwei Tage, bevor man anfängt, die Boote zu rüsten, begib dich an die Meeresküste der Insel und verbirg dich im Dickicht. Wir, du und ich, werden vorher einen Platz aussuchen und Nahrung dort verbergen, und allnächtlich werde ich singend vorbeigehen. Kommt eine Nacht, in der du mich nicht hörst, so wirst du wissen, daß wir die Insel verlassen haben, und dann kannst du in Sicherheit wieder zum Vorschein kommen.«

Keolas Seele erstarb in seiner Brust.

»Was heißt das?« rief er. »Ich kann nicht unter Teufeln leben. Ich will nicht auf dieser Insel zurückbleiben. Ich sterbe vor Sehnsucht, von hier fortzukommen.«

»Du wirst die Insel nie lebend verlassen, mein armer Keola«, sagte das Mädchen, »ich will dir die Wahrheit gestehen: Meine Stammesbrüder sind Menschenfresser, doch halten sie dies geheim. Weshalb man dich vor unserer Abreise schon töten will? Weil unsere Insel von Schiffen besucht wird und weil Donat-Kimaran kommt und für die Franzosen redet und weil ein weißer Händler in einem Hause mit einer Veranda auf der Insel wohnt sowie ein Katechet. Oh, es ist ein sehr schöner Ort: der Händler hat ganze Fässer mit Mehl gefüllt, und ein französisches Kriegsschiff erschien einmal in der Lagune und teilte an alle Wein und Zwieback aus. Ach, mein armer Keola, ich wollte, ich könnte dich dorthin bringen, denn groß ist meine Liebe zu dir, und mit Ausnahme Papeetes ist unsere Insel die schönste in der Südsee.«

Diese Worte verwandelten Keola zu dem angsterfülltesten Mann in den vier Weltmeeren. Er hatte bereits früher von Menschenfresserei auf den südlichen Inseln reden hören. Diese Vorstellung allein hatte ihm Schrekken eingejagt, und jetzt pochte die Wirklichkeit hart an seine Tür. Außerdem hatten Reisende ihm gar manches von den Gebräuchen der Wilden erzählt: daß sie die Menschen, die sie zu schlachten beabsichtigten, hegen und pflegen wie eine Mutter ihr Lieblingskind, genau wie es ihm geschah. Das war sicher auch der Grund, weswegen man ihm ein Haus und eine Frau gegeben und ihn von aller Arbeit befreit hatte und weshalb die alten Häuptlinge sich mit ihm wie mit einer Person von Bedeutung unterhielten. So lag er denn auf seinem Bette und fluchte seinem Geschick, und es überlief ihn heiß und kalt.

Am folgenden Tage waren die Stammesgenossen auf ihre Weise besonders höflich zu ihm. Sie waren alle gewandte Redner und machten wunderschöne Verse und scherzten bei ihren Mahlzeiten; ein Missionar wäre sicherlich gestorben vor Lachen. Doch was fragte Keola nach ihren schönen Manieren! Er sah nur die weißen Zähne in ihren Mäulern schimmern, und ihm wurde bei diesem Anblick übel; als sie ihre Mahlzeit beendet hatten, ging er fort und schlief wie ein Toter im Busche.

Der folgende Tag verlief genauso, doch seine Frau schlich ihm nach.

»Keola«, sagte sie, »wenn du nicht ißt, wirst du bereits morgen getötet und gebraten, das sage ich dir rundheraus. Mehrere der alten Häuptlinge murren schon. Sie glauben, du seiest krank geworden und verlörest Fleisch.«

Bei diesen Worten sprang Keola auf, Zorn brannte in seinem Innern.

»Ich frage wenig, wie es enden mag!« rief er. »Hier schwebe ich zwischen einem Abgrund rechts und einem links. Wenn ich sterben soll, so laßt mich auf die rascheste Weise sterben; und da ich im besten Falle gefressen werde, so will ich lieber von Geistern als von Menschen gefressen werden. Lebe wohl!« Mit diesen Worten ließ er sie stehen und eilte zum Meeresstrand der Insel.

Der Strand blendete unter den brennenden Strahlen der Sonne; kein Mensch war zu sehen, aber der Sand zeigte Fußspuren, und wohin Keola sich wandte, überall hörte er flüsternde Stimmen, und Lichter flammten auf und brannten wieder nieder. Sämtliche Zungen der Welt wurden hier gesprochen: französisch, holländisch, russisch, chinesisch und Tamil. Alle Länder, die von Magie etwas wußten, hatten ihre Boten entsandt, die in Keolas Ohren flüsterten. Der Strand war stark besucht wie ein Jahrmarkt, und doch war kein Mensch zu erblikken, aber beim Gehen sah Keola die Muscheln vor sich verschwinden, jedoch niemand las sie auf. Ich glaube, selbst der Teufel hätte sich in solcher Gesellschaft gefürchtet; Keola aber war jetzt über jede Furcht erhaben, er suchte den Tod. Wenn die Feuer aufglimmten, stürzte er wie ein Stier auf sie los. Körperlose Stimmen riefen hier und dort; unsichtbare Hände schütteten Sand auf die Flammen, und sie verschwanden vom Strande, ehe Keola sie zu erreichen vermochte.

›Kalamake ist nicht hier, das ist klar‹, dachte Keola, ›sonst hätte er mich längst getötet.‹

Da er müde war, setzte er sich am Rande des Waldes nieder und stützte sein Kinn in die Hände. Das Schauspiel dauerte an; der Strand summte von Stimmen, Flammen schossen auf und versanken, die Muscheln schwanden und erneuerten sich, während er zuschaute.

›Verglichen mit diesem Treiben, war es ein stiller Tag, als ich zum erstenmal hierher kam‹, dachte er.

Sein Kopf schwindelte bei dem Gedanken an die Millionen und Millionen von Dollar sowie an die Hunderte und Hunderte von Menschen, die das Geld am Strande auflasen und sich höher und schneller als Adler in die Lüfte schwangen.

»Und zu denken, wie sie mich mit ihrem Gerede von Münzstätten zum Narren gehalten haben«, schalt er, »und daß das Geld dort hergestellt würde, nun es doch ganz klar ist, daß sämtliches neues gemünztes Geld der Welt hier an diesem Strande aufgelesen wird! Aber das nächste Mal bin ich klüger!« sagte er.

Schließlich, er wußte nicht, wie oder wann, senkte sich Schlaf auf Keola hinab, und er vergaß die Insel und alle seine Kümmernisse.

Früh am anderen Tage, ehe noch die Sonne aufgegangen war, wurde er von lärmenden Stimmen aus dem Schlafe geschreckt. Die Angst ermunterte ihn; er dachte, der Stamm wäre im Schlaf über ihn gekommen, aber diese Furcht war unbegründet. Nur die körperlosen Stimmen riefen einander zu, und unsichtbare Schritte schienen in wilder Hast längs der Küste an seinem Schlupfwinkel vorbeizueilen.

›Was ist jetzt im Gange?‹ überlegte Keola. Und es wurde ihm klar, daß etwas Außergewöhnliches vorgefallen sein müßte, denn weder wurden Feuer angezündet noch Muscheln gesammelt, aber in ununterbrochener Kette hetzten die körperlosen Stimmen am Strande entlang, einander zurufend und verklingend. Immer neue Scharen folgten, und aus ihrem Tone konnte man erkennen, daß die Zauberer zornig waren.

›Ich bin es nicht, auf den sie böse sind‹, dachte Keola, ›sonst würden sie nicht an mir vorübereilen.‹

Wie Hunde oder Pferde bei einem Rennen oder Städter auf dem Wege zu einem Feuer vorbeistürmen und alle von dem Strome mitgerissen werden, so erging es jetzt Keola; er wußte nicht, was er tat noch weshalb er es tat. Aber siehe da! Plötzlich lief er, sich den Stimmen anschließend.

Er jagte an der einen Landspitze der Insel vorüber, und die zweite kam in Sicht; dort, dessen erinnerte er sich, wuchsen zu Dutzenden die Zauberbäume und bildeten einen ganzen Wald. Von diesem Punkte stieg ein unbeschreiblicher Lärm durcheinanderschreiender menschlicher Stimmen auf; und aus den Rufen erkannte Keola, daß die Stimmen, denen er folgte, das gleiche Ziel hätten. Je näher sie dem Ziele kamen, desto deutlicher hörte er, daß sich in das Stimmengewirr der Klang von vielen Äxten mischte. In diesem Augenblick kam ihm der Gedanke, daß der Oberhäuptling endlich seine Zustimmung erteilt hätte, daß die Männer des Stammes bei der Arbeit wären, jene Bäume zu fällen, daß die Kunde davon die Runde um die Insel, von Zauberer zu Zauberer, gemacht hätte und daß diese sich jetzt versammelten, um ihre Bäume zu schützen. Der Wunsch, seltsame Dinge zu schauen, wurde übermächtig. Unaufhaltsam rannte er mit den Stimmen weiter, überquerte den Strand, erreichte den Saum des Waldes und blieb staunend stehen. Ein Baum war bereits gefallen, andere drohten zu stürzen. Jetzt sah er die Stammesmitglieder dicht gedrängt stehen. Sie standen Rücken gegen Rücken, und Blut floß zu ihren Füßen. Die Farbe der Furcht lag auf allen ihren Gesichtern, und ihre Stimmen stiegen gen Himmel, schrill wie Wieselgeschrei.

Habt ihr schon einmal ein Kind gesehen, wenn es ganz allein ist, ein Holzschwert hat, damit ficht, hin und her springt und in die leere Luft schlägt? Genauso standen die Menschenfresser, Rücken gegen Rücken gepreßt, schwangen ihre Äxte, hieben ins Leere und schrien, während sie wilde Streiche führten. Aber siehe da! Niemand war dort, der gegen sie stritt. Nur hier und da gewahrte Keola eine Axt ohne Hände in der Luft schweben, und ein Mann des Stammes sank in zwei Teile gespalten zu Boden, und lautlos entfloh seine Seele.

Wie im Traume verfolgte Keola das grausige Schauspiel, dann packte ihn Todesfurcht und bleicher

Schrecken, so etwas mit ansehen zu müssen. Im gleichen Augenblick entdeckte ihn der Oberhäuptling des Stammes, wie er zitternd dort stand, deutete auf ihn und rief seinen Namen. Die anderen Stammesmitglieder wurden seiner ebenfalls gewahr; ihre Augen blitzten, und ihre Zähne knirschten.

›Ich bin allzulange schon hier gewesen‹, dachte Keola, sprang aus dem Walde hinaus und lief weiter am Strand entlang, ohne zu fragen, wohin.

»Keola«, sagte eine Stimme dicht neben ihm auf dem leeren Sande.

»Lehua! Bist du's?« schrie er, nach Atem ringend, und spähte vergeblich nach ihr aus, denn dem Augenschein nach war er mutterseelenallein.

»Ich sah dich schon einmal vorübereilen«, entgegnete die Stimme, »aber du wolltest nicht hören. Rasch! Sammle die Blätter und Kräuter und laß uns davoneilen!«

»Bist du mit der Matte da?« fragte er.

»Hier an deiner Seite«, sagte sie. Und er fühlte, wie ihre Arme ihn umschlangen. »Rasch! Die Blätter und Kräuter, ehe mein Vater wiederkehrt!«

Keola rannte um sein Leben und holte die magischen Blätter: Lehua geleitete ihn zurück, setzte seine Füße auf die Matte und entzündete das Feuer. Und die ganze Zeit, während es brannte, stand Keola lauschend und zitternd daneben und beobachtete, wie die unsichtbaren Hände Lehuas neue Blätter aufschütteten. Sie arbeitete emsig, und die Flammen stiegen immer höher und versengten Keolas Hände; doch Lehua fachte das Feuer noch mit ihrem Atem an. Endlich war das letzte Blatt verzehrt, die Flamme erlosch, ein Ruck erfolgte, und Keola und Lehua waren wieder daheim in ihrem Zimmer.

Als nun Keola sein Weib endlich sehen konnte, war er über die Maßen froh, und über die Maßen froh war er auch, wieder zu Hause in Molokai zu sein und sich zu einer Schüssel Poi niedersetzen zu können; denn an Bord der Schiffe bereitet man keinen Poi, und auf der Insel der Stimmen gab es auch keinen. – Er war außer sich vor Freude, so glücklich den Menschenfressern entronnen zu sein. Aber eine andere Angelegenheit war nicht so klar: Lehua und Keola unterhielten sich die ganze Nacht darüber. Kalamake war auf der Insel geblieben, und wenn er mit Gottes Hilfe dort verweilte, war ja alles gut; sollte es ihm aber glücken, fortzukommen und nach Molokai zurückzukehren, so versprach das ein schlimmer Tag für seine Tochter und deren Gatten zu werden. Sie sprachen von seiner Gabe anzuschwellen und fragten sich, ob er wohl imstande wäre, eine weite Strecke durch das Meer zu waten. Keola hatte inzwischen erfahren, wo jene Insel lag, nämlich in dem Niederen oder Gefährlichen Archipel. So schleppten sie denn einen Atlas herbei und studierten die Entfernung auf einer Landkarte, und soweit sie erkennen konnten, war es für einen alten Herrn eine weite Marschstrecke. Trotzdem schien es nicht ratsam, sich vor einem Hexenmeister wie Kalamake allzu sicher zu fühlen, und sie beschlossen daher, einen weißen Missionar zu Rate zu ziehen. Keola erzählte dem ersten besten, der seinen Weg kreuzte, seine Erlebnisse. Der Missionar machte ihm heftige Vorwürfe, daß er auf den flachen Inseln eine zweite Frau genommen hatte; was jedoch das übrige betraf, so schwor er, auch nicht den geringsten Sinn darin entdecken zu können.

»Wie dem aber auch sei«, sagte er, »wenn ihr glaubt, daß das Geld eures Vaters unrechtmäßig erworben ist, so ist mein Rat der, einen Teil davon den Aussätzigen zu geben und den Rest dem Missionsfonds zu stiften. Und was diesen sonderbaren Unsinn betrifft, so tut ihr am klügsten, ihn für euch zu behalten.«

Er benachrichtigte jedoch die Polizei in Honolulu, daß, soweit er es verstehen könnte, Kalamake und Keola Falschmünzerei betrieben hätten und daß es angebracht wäre, ein Auge auf sie zu halten.

Keola und Lehua nahmen seinen Rat an und gaben viele Dollars den Aussätzigen und dem Missionsfonds. Und zweifellos muß der Rat gut gewesen sein, denn von Stund an bis auf den heutigen Tag hat man nie wieder etwas von Kalamake gehört. Ob er aber in der Schlacht an den Bäumen gefallen ist, oder ob er immer noch auf der Insel der Stimmen seine Daumen dreht, wer kann das sagen?

Der Flaschenteufel

1

Es war ein Mann auf der Insel Hawaii, den will ich Keawe nennen. Er lebt nämlich noch, und sein Name soll nicht genannt werden; sein Heimatort ist nicht weit von Honaunau entfernt, wo die Gebeine Keawes des Großen in einer Höhle liegen. Der Mann war arm, brav und arbeitsam; er konnte lesen und schreiben wie ein Schulmeister; auch war er ein vortrefflicher Seemann; er fuhr eine Zeitlang auf den Inseldampfern und steuerte ein Walboot an der Hamakuaküste. Endlich kam es Keawe in den Sinn, einen Blick in die große Welt zu tun und fremde Städte zu sehen, und er schiffte sich nach San Francisco ein.

Das ist eine prächtige Stadt mit einem herrlichen Hafen und unzähligen reichen Leuten, und besonders ein Hügel ist mit stattlichen Häusern wie besät. Auf diesem Hügel ging Keawe eines Tages spazieren, die Taschen voll Geld, und betrachtete mit Vergnügen die großen Häuser zu beiden Seiten. ›Was sind das für herrliche Häuser‹, dachte er, ›und wie glücklich müssen die Menschen sein, die darin wohnen und sich nicht um die Zukunft sorgen.‹ Dieser Gedanke kam ihm in den Sinn, als er an einem Haus vorüberkam, das kleiner war als manches andere, aber vollendet schön und zierlich wie ein Spielzeug. Die Stufen dieses Hauses glänzten wie Silber, die Beete im Garten blühten wie Blumengewinde, die Fenster blitzten wie Diamanten, und Keawe blieb stehen vor Verwunderung über den herrlichen

Anblick, der sich ihm bot. Wie er so stand, gewahrte er einen Mann, der zu ihm herausblickte durch ein so klares Fenster, daß Keawe ihn sehen konnte, wie man einen Fisch im Teich über einem Stein sieht. Der Mann war ältlich und kahlköpfig und trug einen schwarzen Bart. Sein Gesicht war von Sorge durchfurcht, und er seufzte bitterlich. Und um die Wahrheit zu sagen: wie Keawe zu dem Mann hineinsah und der Mann heraussah zu Keawe, war jeder auf den anderen neidisch.

Plötzlich lächelte der Mann, nickte, winkte Keawe, hereinzukommen, und kam ihm bis zur Haustür entgegen.

»Mein Haus ist schön, nicht wahr?« sagte der Mann und seufzte bitterlich. »Willst du nicht einmal die Zimmer ansehen?«

So führte er Keawe überall umher, vom Keller bis zum Dachgeschoß, und da war nichts, was nicht in seiner Art vollkommen gewesen wäre, und Keawe wunderte sich sehr.

»Wirklich«, sagte er, »das ist ein wunderschönes Haus, und wenn ich in solch einem Hause lebte, würde ich lachen von früh bis spät. Wie kommt es denn, daß du so seufzest?«

»Warum«, sagte der Mann, »solltest du nicht auch ein Haus haben, das diesem auf ein Haar gleich wäre und noch schöner, wenn du willst? Du hast doch wohl ein wenig Geld?«

»Ich habe fünfzig Dollar«, sagte Keawe, »aber solch ein Haus wird mehr kosten als fünfzig Dollar.«

Der Mann rechnete nach. »Schade, daß du nicht mehr hast«, sagte er, »denn das kann dir später einmal Sorgen machen, aber für fünfzig Dollar soll es dein sein.«

»Das Haus?« fragte Keawe.

»Nein, das Haus nicht«, erwiderte der Mann, »aber die Flasche. Ich muß dir nämlich etwas erzählen, da du mich für so reich und glücklich hältst: All mein Glück und selbst dieses Haus und sein Garten kommen aus einer Flasche, die nicht viel mehr faßt als ein halbes Liter. Da ist sie.«

Mit diesen Worte öffnete er eine fest verschlossene Lade und nahm eine rundbäuchige Flasche mit einem langen Hals heraus. Ihr Glas war weiß wie Milch, und alle Regenbogenfarben schillerten darin. Innen bewegte sich etwas undeutlich wie Schatten und Feuer.

»Da ist die Flasche«, sagte der Mann, und als Keawe lachte, fügte er hinzu: »Du glaubst mir nicht? Versuch es doch selber! Sieh, ob du sie zerschlagen kannst!«

Keawe nahm die Flasche und schlug sie auf den Fußboden, bis er müde war. Aber sie sprang auf dem Boden umher wie ein Kinderball und nahm keinen Schaden.

»Das ist eine seltsame Sache«, sagte Keawe, »denn wenn man sie anfaßt und ansieht, so möchte man meinen, sie sei aus Glas.«

»Sie ist auch aus Glas«, entgegnete der Mann und seufzte noch bekümmerter als vorher. »Aber ihr Glas ist gehärtet in den Flammen der Hölle. Ein Kobold lebt darin, und das ist der Schatten, der sich darin bewegt, oder das denke ich mir jedenfalls. Wenn jemand diese Flasche kauft, so steht der Geist ihm zu Diensten; alles, was er begehrt – Liebe, Ruhm, Geld, Häuser wie dieses, ja selbst eine Stadt wie diese Stadt –, alles ist sein, sobald er nur den Wunsch ausspricht. Napoleon hatte diese Flasche, und sie machte ihn zum Herrn der Welt; aber er verkaufte sie schließlich und stürzte. Kapitän Cook hatte die Flasche, und mit ihrer Hilfe fand er den Weg zu so vielen Inseln. Aber auch er verkaufte sie und wurde auf Hawaii erschlagen. Denn wenn sie einmal verkauft ist, sind Macht und Schutz dahin, und wenn einer sich dann nicht zufriedengibt mit dem, was er hat, ergeht es ihm übel.«

»Und doch denkst du selber daran, sie zu verkaufen?« sagte Keawe.

»Ich habe alles, was ich mir wünsche, und ich werde alt«, entgegnete der Mann. »Eins ist es, worüber der Geist keine Macht hat – er kann das Leben nicht verlängern. Und es wäre nicht recht, dir zu verbergen, daß die Flasche einen Nachteil hat: wenn ein Mensch stirbt, bevor er sie verkauft hat, muß er ewig in der Hölle brennen.«

»Das ist allerdings ein Nachteil, da hast du recht!« rief Keawe aus. »Damit will ich nichts zu tun haben. Ich kann Gott sei Dank auch ohne das Haus leben, aber eins will ich nie und nimmer: verdammt werden.«

»Nicht so hitzig, mein Lieber«, erwiderte der Mann. »Alles, was du zu tun hast, ist, die Macht des Kobolds mit Maßen zu gebrauchen und sie dann irgend jemand anderem zu verkaufen, so wie ich sie dir verkaufe, und dein Leben in aller Behaglichkeit zu beschließen.«

»Schon recht, aber zweierlei fällt mir auf«, sagte Keawe, »erstens, daß du die ganze Zeit immerzu seufzest wie ein verliebtes Mädchen, und zweitens, daß du die Flasche so billig verkaufst.«

»Ich habe dir doch schon gesagt, warum ich seufze«, sagte der Mann. »Deshalb, weil ich fürchte, daß meine Gesundheit angegriffen ist, und du sagst selber: sterben und vom Teufel geholt werden, ist für jeden schlimm. Und warum ich sie so billig verkaufe? Da muß ich dir erklären, daß es mit der Flasche eine besondere Bewandtnis hat. Vor langer Zeit, als der Teufel sie auf die Erde brachte, war sie unerhört teuer, und zuerst kaufte sie Priester Johannes für viele Millionen Dollar, aber sie kann nur zu einem niedrigeren Preis verkauft werden. Wenn du sie für ebensoviel verkaufst, wie du selber dafür bezahlt hast, kommt sie zu dir zurück wie eine Brieftaube. Auf diese Weise ist der Preis im Laufe der Jahrhunderte dauernd gesunken, und nun ist die Flasche erstaunlich billig. Ich selbst habe sie von einem meiner reichen Nachbarn auf diesem Hügel gekauft, und der Preis, den ich dafür bezahlte, betrug nur neunzig Dollar. Ich könnte sie für neunundachtzig Dollar und neunundneunzig Cent verkaufen, aber nicht einen Penny teurer, denn dann müßte sie zu mir zurückkommen. Nun sind zwei Schwierigkeiten dabei. Erstens, wenn man eine so einzigartige Flasche für achtzig Dollar und einiges anbietet, dann denken die Leute, man macht Spaß. Und zweitens – aber damit hat es keine Eile, und das braucht uns auch nicht zu beunruhigen. Denk nur daran: es muß geprägtes Geld sein, wofür du sie verkaufst.«

»Wie soll ich aber wissen, ob all das wahr ist?« fragte Keawe.

»Einiges davon kannst du gleich ausprobieren«, erwiderte der Mann. »Gib mir fünfzig Dollar, nimm die Flasche und wünsche dir deine fünfzig Dollar zurück in deine Tasche. Ich gebe dir mein Ehrenwort: wenn dein Wunsch nicht in Erfüllung geht, will ich von dem Handel abstehen und dir dein Geld wiedergeben.«

»Betrügst du mich auch nicht?« fragte Keawe.

Der Mann schwor einen großen Eid.

»Nun, soviel will ich wagen«, sagte Keawe, »denn das kann nichts weiter schaden.« Damit gab er dem Mann sein Geld, und der Mann gab ihm die Flasche.

»Geist der Flasche«, sagte Keawe, »ich wünsche mir meine fünfzig Dollar zurück.« Und wirklich – kaum hatte er das Wort gesagt, da war seine Tasche so schwer wie vorher.

»Das ist allerdings eine wunderbare Flasche«, sagte Keawe.

»Und nun leb wohl, Kamerad, der Teufel sei mit dir!« sagte der Mann.

»Halt«, sagte Keawe, »so haben wir nicht gewettet! Hier, nimm deine Flasche zurück!«

»Du hast sie für weniger gekauft, als ich dafür bezahlt habe«, erwiderte der Mann und rieb sich die Hände. »Jetzt ist sie dein, und ich wünsche nichts weiter, als dich von hinten zu sehen.« Damit läutete er seinem chinesischen Diener und ließ Keawe aus dem Hause weisen.

Als Keawe nun auf der Straße ging, die Flasche unter dem Arm, fing er an nachzudenken. ›Wenn alles mit der Flasche seine Richtigkeit hat, habe ich vielleicht ein schlechtes Geschäft gemacht‹, überlegte er. ›Aber vielleicht hat der Mann mich nur gefoppt.‹ Das erste, was er tat, war, daß er sein Geld zählte: die Summe stimmte genau – neunundvierzig Dollar und ein chilenischer Dollar. »Das sieht aus, als wäre es wirklich so«, sagte Keawe. »Nun, ich will noch etwas anderes ausprobieren.«

Die Straßen in diesem Teil der Stadt waren rein wie ein Schiffsdeck, und obwohl es Mittag war, sah man keinen Menschen. Keawe stellte die Flasche in den Rinnstein und ging weiter. Zweimal sah er sich um, und da stand die milchige, rundbäuchige Flasche, wohin er sie gestellt hatte. Ein drittes Mal sah er zurück und ging um die Ecke, aber kaum hatte er das getan, als etwas an seinen Ellbogen stieß, und siehe da! es war der lange Flaschenhals, der herausguckte, und der runde Bauch war in die Tasche seiner Matrosenjacke gezwängt.

»Das sieht ja aus, als ob das auch stimmte«, sagte Keawe.

Das nächste, was er tat, war, daß er in einem Laden einen Korkzieher kaufte und hinaus auf die Felder an eine abgelegene, verborgene Stelle ging. Dort versuchte er, den Kork herauszuziehen, aber sooft er den Korkenzieher hineindrehte, kam er wieder heraus, und der Kork war so heil wie zuvor.

»Das ist eine neue Art Kork«, sagte Keawe, und nun fing er plötzlich an zu zittern und zu schwitzen, denn er fürchtete sich vor der Flasche.

Auf dem Rückweg zum Hafen sah er einen Laden, in dem ein Mann Muscheln und Keulen von den wilden Inseln verkaufte, heidnische Götzenbilder, alte Münzen, Bilder aus China und Japan und allerlei, was Seeleute in ihren Schiffstruhen mitbringen. Da kam ihm ein Gedanke. Er ging hinein und bot die Flasche für hundert Dollar zum Verkauf an. Der Mann im Laden lachte ihn zuerst aus und bot ihm fünf. Aber es war wirklich eine sonderbare Flasche – solches Glas war wohl nie in einem menschlichen Glaswerk geblasen worden, so reizend schimmerten die Farben unter dem milchigen Weiß, und so seltsam schwebte der Schatten in der Mitte. Nachdem der Mann so eine Weile hin und her geredet hatte, wie Leute seinesgleichen zu tun pflegen, gab er Keawe sechzig Dollar für das Ding und setzte es auf ein Bord in der Mitte des Schaufensters.

»Nun«, sagte Keawe, »habe ich für sechzig verkauft, was ich für fünfzig gekauft habe – oder, genau gesagt, für etwas weniger, denn einer von meinen Dollar war aus Chile. Jetzt werde ich also noch die Wahrheit über einen anderen Punkt erfahren.«

So ging er zurück an Bord seines Schiffes. Als er seine Truhe öffnete, war die Flasche schon da und war schneller hingekommen als er selbst. Nun hatte Keawe einen Kameraden an Bord mit Namen Lopaka.

»Was fehlt dir«, sagte Lopaka, »daß du so in deine Truhe starrst?«

Sie waren allein auf dem Vorderschiff, und Keawe nahm ihm das Versprechen ab, nicht darüber zu reden, und erzählte ihm alles.

»Das ist eine sehr merkwürdige Sache«, sagte Lopaka, »und ich fürchte, du wirst mit deiner Flasche noch Sorgen haben. Aber eins ist sicher: die Sorgen hast du sowieso, und da solltest du aus dem Handel auch deinen Nutzen ziehen. Denk dir aus, was du von der Flasche willst; gib den Befehl, und wenn er so ausgeführt ist, wie du es dir wünschst, werde ich selber die Flasche kaufen. Ich habe nämlich eine Idee – ich möchte mir einen Schoner verschaffen und auf den Inseln Handel treiben.«

»Das möchte ich nicht«, sagte Keawe. »Ich möchte lieber ein schönes Haus mit einem Garten an der Konaküste, wo ich geboren bin, wo die Sonne zur Tür hereinscheint, mit Blumen im Garten, Glas in den Fenstern, Bildern an den Wänden und Nippsachen und prächtigen Decken auf den Tischen, genau wie das Haus, in dem ich dieser Tage war – nur ein Stockwerk höher und rundum mit Balkons wie ein Königspalast. Dort möchte ich ohne Sorge leben und mit meinen Freunden und Verwandten froh und guter Dinge sein.«

»Nun«, sagte Lopaka, »wir wollen sie mit nach Hawaii zurücknehmen, und wenn sich alles erfüllt, wie du es dir denkst, werde ich die Flasche kaufen, wie gesagt, und mir einen Schoner wünschen.«

Darüber einigten sie sich miteinander, und nicht lange danach kehrte das Schiff mit Keawe, Lopaka und der Flasche nach Honolulu zurück. Kaum waren sie an Land gegangen, als sie am Strand einem Bekannten begegneten, der sogleich anfing, Keawe sein Beileid auszusprechen.

»Ich weiß gar nicht, um wen ich trauern sollte«, sagte Keawe.

»Hast du denn wahrhaftig nicht gehört«, sagte der Freund, »daß dein Onkel gestorben ist – der gute alte Mann – und dein Vetter – der hübsche Junge – im Meer ertrunken?«

Keawe wurde sehr traurig, fing an zu weinen und zu klagen und vergaß die Flasche. Aber Lopaka dachte wohl daran, und als Keawes Kummer ein wenig besänftigt war, sagte Lopaka: »Ich habe eben nachgedacht. Hatte dein Onkel nicht Ländereien in Hawaii, in der Gegend von Kaü?«

»Nein«, sagte Keawe, »in Kaü nicht; sie liegen am Berghang – ein Stück südlich von Hookena.«

»Diese Ländereien sind also nun dein?« fragte Lopaka.

»Ja, freilich«, sagte Keawe und begann wieder um seine Verwandten zu klagen.

»Ich bitte dich, hör auf zu jammern«, sagte Lopaka. »Wie denn, wenn dies das Werk der Flasche wäre? Denn dort ist ja jetzt Platz für dein Haus!«

»Wenn das wirklich so wäre«, klagte Keawe, »dann ist es eine üble Art und Weise, mir dadurch zu dienen, daß man mir meine Verwandten umbringt. Aber es kann wahrhaftig sein. Denn gerade an solch einem Ort habe ich mir das Haus vorgestellt.«

»Allerdings ist das Haus noch nicht gebaut«, sagte Lopaka.

»Nein«, sagte Keawe, »und dazu wird es wahrscheinlich auch nicht kommen; denn mein Onkel hat zwar etwas Kaffee, Awa und Bananen, aber das wird nicht mehr sein, als ich brauche, um ohne Sorgen zu leben, und das übrige Land ist schwarze Lava.«

»Wir wollen doch zum Rechtsanwalt gehen«, sagte Lopaka. »Mir läßt dieser Gedanke keine Ruhe.«

Als sie nun zum Rechtsanwalt kamen, stellte es sich heraus, daß Keawes Onkel in seinen letzten Tagen ungeheuer reich geworden und eine Menge Geld da war.

»Da ist das Geld für das Haus!« rief Lopaka.

»Wenn Sie an ein neues Haus denken«, sagte der Rechtsanwalt, »hier ist die Karte eines neuen Architekten, von dem man sich große Dinge erzählt.«

»Es wird immer besser«, rief Lopaka. »Hier ist uns der Weg schon geebnet. Wir wollen doch weiter alle Befehle befolgen.«

So gingen sie zu dem Architekten, und er hatte Zeichnungen von Häusern auf seinem Tisch.

»Sie wünschen etwas Besonderes?« fragte der Architekt. »Wie gefällt Ihnen dies?« Und er reichte Keawe eine Zeichnung.

Als nun Keawe einen Blick auf diese Zeichnung geworfen hatte, stieß er einen Schrei aus; denn da war sein Wunschbild genau aufgezeichnet.

›Das Haus ist mir bestimmt‹, dachte er. ›Sowenig mir die Art behagt, auf die ich dazu komme: ich soll es nun einmal haben, und warum soll ich nicht neben dem Schlimmen auch das Gute mitnehmen?‹

So sagte er dem Architekten genau, wie er sich alles dachte, wie er das Haus eingerichtet haben wollte und von den Bildern an den Wänden und den Nippsachen auf den Tischen, und er fragte den Mann ohne Umschweife, für welche Bezahlung er das Ganze übernehmen würde.

Der Architekt stellte viele Fragen, nahm seinen Bleistift und machte einen Überschlag; als er damit fertig war, nannte er genau die Summe, die Keawe geerbt hatte.

Lopaka und Keawe sahen sich an und nickten.

›Es ist ganz klar‹, dachte Keawe, ›daß ich auf jeden

Fall dieses Haus haben soll. Es kommt vom Teufel, und ich fürchte, ich werde wenig Gutes dabei ernten; und eins weiß ich genau: Solange ich diese Flasche noch habe, tue ich keine Wünsche mehr. Aber das Haus gehört mir nun einmal, und warum soll ich neben der Gefahr nicht auch den Vorteil haben?‹

So einigte er sich mit dem Architekten, und sie unterzeichneten einen Vertrag. Dann gingen Keawe und Lopaka wieder an Bord und segelten nach Australien, denn sie waren übereingekommen, daß sie sich in keiner Weise einmischen wollten, sondern es ganz allein dem Architekten und dem Flaschengeist überlassen würden, dieses Haus nach ihrem eigenen Gutdünken zu bauen und einzurichten.

Die Reise ging gut vonstatten, nur hielt Keawe die ganze Zeit an sich, denn er hatte ja geschworen, er würde keinen Wunsch mehr tun und keine Geschenke vom Teufel mehr annehmen. Die Zeit war verstrichen, und sie kehrten zurück. Der Architekt teilte ihnen mit, daß das Haus fertig sei, und so fuhren Keawe und Lopaka auf der ›Hall‹ nach Kona, um das Haus zu besichtigen und zu sehen, ob alles genauso gemacht war, wie Keawe es sich vorgestellt hatte.

Da stand das Haus nun am Berghang, und von allen Schiffen aus konnte man es sehen. Darüber verlor sich der Wald bis in die Regenwolken hinein, unten aber stürzten die schwarzen Lavaklippen bis zu den alten Königsgräbern hinab. Rund um das Haus blühte ein Garten mit Blumen in allen Farben; auf der anderen Seite lag ein Obstgarten mit Papaiabäumen und auf der anderen einer mit Brotfruchtbäumen; vorn in der Mitte gegen die See war ein Schiffsmast errichtet und trug eine Flagge. Das Haus selber war drei Stockwerke hoch, mit großen Zimmern, und jedes hatte einen großen Balkon. Die Fenster waren aus reinstem Glas gemacht, durchsichtig wie Wasser und hell wie der Tag. Alle Arten von Möbeln zierten die Zimmer. Bilder hingen an den Wänden in goldenen Rahmen: Bilder von Schiffen und kämpfenden Männern, von den schönsten Frauen und einzigartigen Gegenden. Nirgends in der Welt gibt es Bilder von so leuchtenden Farben, wie Keawe sie in seinem Hause fand. Die Nippsachen waren ausgesucht fein: Uhren mit Glockenspiel und Spieldosen, kleine Männer mit nickenden Köpfen, Bücher voller Bilder, kostbare Waffen aus allen Gegenden der Welt und die anmutigsten Geduldsspiele, einem Einsamen die Zeit zu vertreiben. Und da niemand in solchen Zimmern würde leben wollen, sondern nur durchgehen und sie betrachten, waren die Balkons so breit gebaut, daß eine ganze Stadt bequem darauf hätte leben können. Und Keawe wußte nicht, was er schöner finden sollte – die Halle an der Rückseite, wo man den Landwind atmete und auf die Obstgärten und Blumen sah, oder den Vorderbalkon, wo man den Seewind trinken und über die steile Wand von Bergen hinunterblicken und die ›Hall‹ sehen konnte, die ungefähr einmal in der Woche zwischen Hookena und den Bergen von Pele verkehrte, oder auch die Schoner, die regelmäßig nach Holz, Awa und Bananen die Küste entlangfuhren.

Als Keawe und Lopaka alles angesehen hatten, saßen sie in der Vorhalle nieder.

»Nun«, fragte Lopaka, »ist alles so, wie du es dir gedacht hast?«

»Ich kann es gar nicht in Worten beschreiben«, sagte Keawe. »Es ist schöner, als ich es mir träumen ließ, und ich könnte gar nicht zufriedener sein.«

»Aber man muß bedenken: all das kann ja mit rechten Dingen zugehen«, sagte Lopaka, »und der Flaschengeist hat vielleicht nicht das geringste damit zu tun. Wenn ich die Flasche nun kaufen würde und am Ende doch keinen Schoner bekäme, hätte ich umsonst soviel riskiert. Ich weiß, ich habe dir mein Wort gegeben, aber ich denke doch, du würdest es mir nicht abschlagen, noch eine Probe zu machen.«

»Ich habe geschworen, daß ich keine Geschenke mehr annehme«, sagte Keawe. »Ich bin schon tief genug gesunken.«

»Ich denke auch nicht an ein Geschenk«, erwiderte Lopaka. »Ich möchte nur gern den Geist selber einmal sehen. Dabei ist nichts zu gewinnen, und du brauchst dich deswegen nicht zu schämen. Aber wenn ich ihn einmal gesehen hätte, wäre ich meiner Sache ganz sicher. Gib mir doch noch soweit nach und laß mich den Geist sehen. Hier in meiner Hand habe ich das Geld, und dann kaufe ich sie dir ab.«

»Ich fürchte nur eins«, sagte Keawe. »Der Geist ist vielleicht ganz abscheulich anzusehen, und wenn du ihn einmal zu Gesicht bekommen hast, liegt dir vielleicht gar nichts an der Flasche.«

»Ich stehe zu meinem Wort«, sagte Lopaka. »Hier zwischen uns liegt das Geld.«

»Schon gut«, erwiderte Keawe. »Ich bin selber neugierig. So kommt, erlaubt uns, einen Blick auf Euch zu werfen, Herr Geist!«

Sobald dies gesagt war, schaute der Geist aus der Flasche und war wieder drin, geschwind wie eine Eidechse; Keawe und Lopaka saßen da wie zu Stein erstarrt. Die Nacht war hereingebrochen, ohne daß einer von beiden einen Gedanken gefaßt hätte, und hätte auch einer etwas gedacht, so hätte er es doch nicht aussprechen können. Dann schob Lopaka das Geld hinüber und nahm die Flasche.

»Ich stehe zu meinem Wort«, sagte er, »und täte ich das nicht, so würde ich es nicht wagen, die Flasche auch nur mit dem Fuß zu berühren. Gut, ich werde meinen Schoner bekommen und einen Dollar oder zwei als Taschengeld. Und dann will ich diesen Teufel loswerden, so schnell ich kann. Denn ich muß dir ganz offen sagen: sein Anblick hat mich niedergeschmettert.«

»Lopaka«, sagte Keawe, »denk nicht allzuschlecht von mir. Ich weiß, es ist Nacht, die Wege sind schlecht, und so spät den Pfad an den Gräbern vorüberzugehen ist gruslig, aber ich muß gestehen: seit ich dieses kleine Gesicht gesehen habe, werde ich nicht essen noch schlafen noch beten können, bis es fort ist. Ich gebe dir eine Laterne und einen Korb, um die Flasche hineinzutun, und irgendein Bild oder etwas Hübsches aus diesem Haus, was dir gefällt – nur geh gleich und schlaf in Hookena bei Nahinu!«

»Keawe«, sagte Lopaka, »viele würden das übelnehmen, vor allem, da ich dir einen solchen Gefallen tue, mein Wort halte und die Flasche kaufe; außerdem ist es Nacht, und die Dunkelheit und der Weg an den Gräbern vorbei sind ja zehnmal gefährlicher für jemanden, der eine solche Sünde auf seinem Gewissen hat und solch eine Flasche unter dem Arm. Aber ich bin selber so furchtbar erschrocken, daß ich es nicht übers Herz bringe, dir deshalb einen Vorwurf zu machen. So geh ich denn, und ich werde Gott bitten, daß du glücklich sein magst mit deinem Haus und ich glücklich mit meinem Schoner und daß wir beide am Ende in den Himmel kommen, trotz dieses Teufels und seiner Flasche.«

So ging Lopaka den Berg hinunter, und Keawe stand auf seinem vorderen Balkon, lauschte dem Klappern der Pferdehufe und sah die Laterne mit ihrem Schein den Pfad hinunterwandern und an den Felsenhöhlen hin, wo die alten Toten begraben sind; die ganze Zeit zitterte er, rang die Hände, betete für seinen Freund und pries Gott, daß er selbst dieser Not entronnen war.

Aber der nächste Tag stieg wahrhaft strahlend herauf, und sein neues Haus war so wunderhübsch anzusehen, daß er seine Schrecken vergaß. So vergingen die Tage, einer nach dem anderen, und Keawe lebte dort in einer Glückseligkeit, die kein Ende nehmen wollte. Er hatte seinen Platz in der hinteren Halle; dort aß und wohnte er und las die Geschichten in den Zeitungen von Honolulu. Und wenn irgend jemand vorüberging, kam er herein und betrachtete die Zimmer und die Bilder. Und der Ruhm des Hauses verbreitete sich im ganzen Land. In ganz Kona nannte man es Ka-Hale Nui – das Große Haus – und manchmal das Glänzende Haus; denn Keawe hatte einen Chinesen, der von früh bis spät Staub wischte und putzte; das Glas, die Vergoldungen, die edlen Hölzer und die Bilder blitzten so hell wie der Morgen. Keawe selber konnte nicht durch die Zimmer gehen, ohne zu singen, so leicht war ihm ums Herz, und wenn Schiffe auf dem Meer vorbeifuhren, hißte er seine Flagge am Mast.

2

So verging die Zeit, bis Keawe eines Tages auf Besuch zu Freunden nach Kailua ritt. Man bewirtete ihn festlich, und am nächsten Morgen brach er so zeitig wie möglich auf und ritt eilig; denn er war ungeduldig, sein schönes Haus wiederzusehen; außerdem war die kommende Nacht die, in der die Toten aus alten Tagen in der Gegend von Kona umgehen; und da er schon mit dem Teufel zu tun gehabt hatte, fürchtete er sich um so mehr, den Toten zu begegnen. Wie er so weit nach vorn schaute, gewahrte er – ein Stück jenseits von Honaunau – eine Frau, die am Rande des Meeres badete. Es schien ein hübschgewachsenes Mädchen zu sein, aber er beachtete sie nicht weiter. Dann sah er ihr weißes Hemd flattern, als sie es anzog, und dann ihr weites, rotes Gewand. Als er bis zu ihr gekommen war, hatte sie sich indessen fertig angekleidet, war von der See heraufgekommen und stand am Wegrand in ihrem roten Gewand, ganz frisch vom Bad, und ihre Augen glänzten freundlich. Kaum hatte Keawe sie erblickt, da zügelte er sein Pferd.

»Ich dachte, ich kenne jeden hier«, sagte er. »Wie kommt es denn, daß ich dich nicht kenne?«

»Ich bin Kokua, Kianos Tochter«, sagte das Mädchen, »und ich bin vor kurzem aus Oahu zurückgekommen. Wer bist du?«

»Ich werde dir bald sagen, wer ich bin«, sagte Keawe und stieg vom Pferd, »aber noch nicht gleich. Ich möchte dich nämlich etwas fragen, und wenn du wüßtest, wer ich bin, hättest du vielleicht von mir gehört und würdest mir keine ehrliche Antwort geben. Aber sag mir vor allem eins: bist du verheiratet?«

Darüber mußte Kokua laut lachen. »Was du für Fragen stellst!« sagte sie. »Bist du denn selber verheiratet?«

»Nein, Kokua, das bin ich nicht«, erwiderte Keawe, »und ich habe niemals daran gedacht bis zu dieser Stunde. Aber ich will ganz ehrlich sein: Als ich dich hier am Wegrand getroffen habe und deine Augen gesehen, die wie Sterne sind, ist mein Herz dir zugeflogen, so schnell wie ein Vogel. Wenn du nun nichts von mir wissen willst, so sag es, dann gehe ich meiner Wege; aber wenn du mich nicht schlechter findest als jeden anderen jungen Mann, dann will ich für heute mit zu deinem Vater gehen, und morgen will ich mit dem guten Mann reden.«

Kokua sagte die ganze Zeit kein Wort, sondern sah aufs Meer hinaus und lachte.

»Kokua«, sagte Keawe, »wenn du nichts sagst, so will ich das als eine gute Antwort nehmen. Dann wollen wir also zum Hause deines Vaters gehen.«

Sie ging ihm voran, noch immer ohne zu sprechen; nur manchmal blickte sie zurück, sah wieder fort und hatte die Bänder von ihrem Hut im Mund.

Als sie nun bei der Tür angekommen waren, trat Kiano auf die Veranda und begrüßte ihn freudig mit seinem Namen. Da horchte das Mädchen auf, denn der Ruhm des Großen Hauses war ihr zu Ohren gekommen; und das war allerdings eine große Versuchung. Den ganzen Abend waren sie sehr vergnügt miteinander; Kokua war dreist und übermütig unter den Augen ihrer Eltern und machte sich über Keawe lustig, denn sie hatte einen scharfen Verstand. Am nächsten Tag sprach Keawe mit Kiano und traf dann das Mädchen allein an.

»Kokua«, sagte er, »du hast dich den ganzen Abend über mich lustig gemacht, und noch ist es Zeit, mich gehen zu heißen. Ich wollte dir nicht sagen, wer ich bin; denn ich habe ein so schönes Haus, daß ich Angst hatte, du würdest zu sehr an das Haus denken und zu wenig an den Mann, der dich liebt. Nun weißt du alles, und wenn dir nichts an mir liegt, so sag es nur gleich.«

»Nein«, sagte Kokua, aber diesmal lachte sie nicht, und Keawe fragte nicht weiter.

Das war Keawes Werbung. Es war alles sehr schnell gegangen, aber so fliegt ein Pfeil, und die Kugel eines Gewehres fliegt noch schneller, und doch können beide ihr Ziel wohl erreichen. Es war alles sehr schnell gegangen, aber auch weit war es gegangen, und der Gedanke an Keawe ging dem Mädchen nicht aus dem Sinn. Sie hörte seine Stimme im Brausen der Brandung, und für diesen jungen Mann, den sie erst zweimal gesehen hatte, wäre sie von Vater und Mutter fortgegangen und hätte ihre heimatlichen Inseln verlassen. Keawes Pferd jagte indessen den Bergpfad hinan, unter den Gräberfelsen vorbei, und das Klappern der Hufe und der Schall von Keawes Stimme, der vor sich hin sang vor Glück, hallte wider in den Höhlen der Toten. Er saß auf dem großen Balkon und aß, und der Chinese wunderte sich, als er hörte, daß sein Herr beim Essen sang. Die Sonne stieg nieder in die See, die Nacht kam, und Keawe ging bei Lampenlicht auf seinen Balkonen auf und ab, droben über den Bergen, und der Schall seiner Stimme schreckte die Männer auf den Schiffen.

»So hoch bin ich nun gestiegen«, sagte er zu sich selbst. »Schöner kann das Leben nicht mehr sein. Das ist der Gipfel des Berges; alles um mich neigt sich nun zum Abstieg. Zum erstenmal will ich alle Zimmer beleuchten und baden in meinem herrlichen Bad mit dem warmen Wasser und dem kalten und allein schlafen in dem Bett meines Brautgemachs.«

So befahl er dem Chinesen, aufzustehen und die Öfen anzuheizen; und als dieser drunten bei den Öfen hantierte, hörte er seinen Herrn singen und sich freuen oben in den erleuchteten Zimmern. Als das Wasser anfing, heiß zu werden, rief der Chinese seinen Herrn; Keawe ging in das Badezimmer, und der Chinese hörte ihn singen, während er die Marmorwanne füllte, und er hörte ihn mit Unterbrechung singen, während er sich auskleidete, bis er plötzlich ganz und gar verstummte. Der Chinese horchte und horchte. Er rief durchs Haus nach oben und fragte Keawe, ob alles recht sei; und

Keawe antwortete ja und befahl ihm, zu Bett zu gehen. Aber kein Gesang wurde mehr im Glänzenden Haus vernommen, und die ganze Nacht hindurch hörte der Chinese seinen Herrn ruhelos auf den Balkonen umherwandern.

Das kam so: Als Keawe sich zum Bad auskleidete, entdeckte er an seinem Körper einen kleinen Fleck, wie eine Flechte an einem Felsen. Da hörte er auf zu singen, denn er wußte, was dieser Fleck bedeutete: daß er vom Aussatz befallen war.

Für jeden, der von dieser Krankheit befallen wird, ist das etwas Furchtbares. Und für jeden wäre es schrecklich, ein so schönes großes Haus und alle seine Freunde zu verlassen, an die Nordküste von Molokai zu gehen und dort zwischen Klippen und Brandung zu hausen. Aber was war das alles gegen das Schicksal Keawes, der eben gestern seiner Liebe begegnet war, sie erst an diesem selben Morgen für sich gewonnen hatte und nun alle seine Hoffnungen in einem Augenblick zerbrechen sah wie ein Stück Glas?

Eine Zeitlang saß er auf dem Rand des Bades. Dann sprang er mit einem Schrei auf und lief hinaus und auf und ab, auf und ab auf den Balkonen, wie einer, der am Verzweifeln ist.

›Willig würde ich Hawaii verlassen, die Heimat meiner Väter‹, dachte Keawe, ›leichten Herzens könnte ich aus meinem Haus fortgehen, das so herrlich hier auf den Bergen liegt mit seinen vielen Fenstern. Mutig würde ich nach Molokai gehen, nach Kalaupapa in die Klippen, mit den Aussätzigen leben und dort schlafen, fern von meinen Vätern. Aber was für ein Unrecht habe ich begangen, welche Sünde beschwert meine Seele, daß ich Kokua traf, als sie am Abend so frisch aus dem Seewasser stieg? Kokua, du hast mir meine Seele verzaubert, Kokua, du Licht meines Lebens! Niemals werde ich dich freien, nie mehr darf ich dich sehen, nie wieder dich liebkosen mit zärtlicher Hand! Nur darum klage ich so, nur um deinetwillen, Kokua!‹

Nun kann man sehen, was für ein Mensch Keawe war, denn er hätte jahrelang in dem Glänzenden Haus leben können, und niemand hätte von seiner Krankheit gewußt; aber das galt ihm nichts, weil er Kokua verlieren mußte. Wiederum hätte er Kokua heiraten können, wenn es auch so um ihn stand, und viele hätten das getan, weil sie gemein denken in ihrem Herzen, aber Keawes Liebe zu dem Mädchen war tapfer, er wollte ihr kein Leid zufügen und sie nicht in Gefahr bringen.

Kurz nach Mitternacht kam ihm der Gedanke an die Flasche in den Sinn. Er setzte sich in die Hinterhalle, rief sich den Tag ins Gedächtnis zurück, an dem er den Teufel gesehen hatte, und bei diesem Gedanken ward das Blut in seinen Adern zu Eis.

›Entsetzlich ist diese Flasche‹, dachte er, ›schaurig der Geist, und furchtbar ist es, die Gefahr des höllischen Feuers auf sich zu nehmen. Aber welche andere Hoffnung bleibt mir, meine Krankheit zu heilen und Kokua zu heiraten? Wie?‹ dachte er. ›Ich hätte dem Teufel einmal getrotzt, nur um ein Haus zu besitzen, und würde ihm nicht noch einmal entgegentreten, um Kokua zu gewinnen?‹

Dann fiel ihm ein, daß am nächsten Tag die ›Hall‹ auf ihrer Rückfahrt nach Honolulu vorüberkam. ›Dorthin muß ich zuerst‹, dachte er, ›zu Lopaka. Denn die einzige Hoffnung, die ich noch habe, ist jetzt, diese Flasche zu finden, die ich so gern loswerden wollte.‹

Er tat die ganze Nacht kein Auge zu. Das Essen blieb ihm im Halse stecken. Er schrieb Kiano einen Brief, und um die Zeit, zu der der Dampfer gewöhnlich kam, ritt er hinab, an den Gräberfelsen vorüber. Es regnete. Träge ging sein Pferd; er sah auf zu den schwarzen Mündern der Gräber und beneidete die Toten, die da schliefen und keine Sorgen mehr hatten; er erinnerte sich, wie er am Tage vorher daran vorübergaloppiert war, und wunderte sich. So kam er hinab nach Hookena, und dort waren die Leute aus dem ganzen Land wie gewöhnlich zur Ankunft des Dampfers zusammengeströmt. Im Schuppen vor dem Lagerhaus saßen sie, scherzten und tauschten Neuigkeiten aus. Aber Keawe hatte nichts auf dem Herzen, was er hätte aussprechen können. Er saß mitten unter den anderen, sah in den Regen, der draußen auf die Dächer fiel, in die Brandung, die zwischen den Felsen zerschellte, und seufzte ohne Unterlaß.

»Keawe vom Glänzenden Haus ist schlechter Laune«, sagte einer zum anderen. Das war er allerdings, und es war auch kein Wunder.

Dann kam die ›Hall‹, und das Walboot brachte ihn an Bord. Das Heck des Schiffes war voller Haolen, die nach altem Brauch den Vulkan besucht hatten, das Mittelschiff war überfüllt von Kanaken und der Bug von wilden Stieren aus Hilo und Pferden aus Kaü, aber Keawe saß fernab von allem in seiner Sorge und spähte nach Kianos Haus aus. Da war es, nicht hoch überm Strand in den schwarzen Felsen und überschattet von Kokospalmen, und bei der Tür ein roter Punkt, nicht größer als eine Fliege, der lief geschäftig auf und ab wie eine Ameise. »Ach, Königin meines Herzens«, rief er, »meine Seligkeit will ich wagen, um dich zu gewinnen!«

Bald darauf brach die Dunkelheit herein, die Kabinen wurden erleuchtet, und die Haolen saßen und spielten Karten nach ihrer Gewohnheit. Keawe aber ging die ganze Nacht auf dem Deck umher, und den ganzen nächsten Tag, als sie im Windschatten von Maui und Molokai fuhren, ging er immer noch auf und ab wie ein wildes Tier im Käfig.

Gegen Abend passierten sie Diamond Head und legten am Kai von Honolulu an. Keawe verließ das Schiff mit der Menge und fing an, nach Lopaka zu fragen. Er war anscheinend Eigentümer eines Schoners geworden, wie es rings auf den Inseln keinen besseren gab, und war nach Pola-Pola oder Kahiki auf Abenteuer ausgezogen. So war von Lopaka keine Hilfe zu erwarten. Keawe erinnerte sich an einen seiner Freunde, einen Rechtsanwalt in der Stadt – seinen Namen darf ich nicht nennen –, und er erkundigte sich nach ihm. Man sagte, er sei plötzlich reich geworden und besitze ein prächtiges neues Haus an der Waikiki-Küste. Dies ließ Keawe aufhorchen; er mietete sich eine Lohnkutsche und fuhr zum Haus des Rechtsanwalts.

Das Haus war neu erbaut, die Bäume im Garten nicht höher als Spazierstöcke, und der Rechtsanwalt, als er kam, trug ein sehr zufriedenes Aussehen zur Schau.

»Womit kann ich Euch dienen?« fragte der Rechtsanwalt.

»Ihr seid mit Lopaka befreundet«, erwiderte Keawe. »Lopaka hat mir ein gewisses Stück abgekauft, und ich dachte, Ihr könntet mir dabei helfen, es wiederzufinden.«

Das Gesicht des Rechtsanwalts verfinsterte sich. »Ich will mich nicht stellen, als verstünde ich Euch nicht, Herr Keawe«, sagte er, »wenn es auch unangenehm ist, damit zu tun zu haben. Seid versichert, ich weiß gar nichts, aber ich habe einen Verdacht, und wenn Ihr in einer gewissen Richtung Nachforschungen anstellt, so denke ich, werdet Ihr Weiteres erfahren.«

Und er nannte den Namen eines Mannes, den ich

wiederum lieber nicht wiederholen will. So ging es tagelang, Keawe lief von einem zum anderen, fand überall neue Kleider, Wagen und prächtige neue Häuser und überall Menschen in großer Zufriedenheit, wenn ihre Gesichter sich auch freilich verdüsterten, sobald er seine Absicht andeutete.

›Ohne Zweifel bin ich auf der richtigen Spur‹, dachte Keawe. ›Diese neuen Kleider und Wagen sind alle die Gaben des kleinen Geistes, und diese frohen Gesichter sind die Gesichter derer, die ihren Nutzen daraus gezogen haben und sich nun vor dem höllischen Ding in Sicherheit gebracht haben. Wenn ich blasse Wangen sehe und Seufzer höre, dann werde ich wissen, daß ich der Flasche nahe bin.‹

So geschah es endlich, daß er an einen Haolen in der Beritania Street gewiesen wurde. Als er um die Zeit der Abendmahlzeit zu der Tür kam, bemerkte er die gewohnten Zeichen: das neue Haus, den jungen Garten und das elektrische Licht, das aus den Fenstern schien, aber als der Eigentümer kam, erschrak Keawe in Hoffnung und Furcht, denn vor ihm stand ein junger Mann, leichenblaß, mit dunklen Ringen unter den Augen, das Haar auf seinem Haupt zerwühlt und einen Ausdruck im Gesicht wie einer, der darauf wartet, gehängt zu werden.

›Hier ist es bestimmt‹, dachte Keawe, und so verschleierte er diesem Mann gegenüber sein Vorhaben nicht erst. »Ich bin gekommen, um die Flasche zu kaufen«, sagte er.

Bei diesen Worten taumelte der junge Haole von der Beritania Street gegen die Wand.

»Die Flasche!« keuchte er, »die Flasche zu kaufen!«

Dann war es, als müsse er ersticken, und er nahm Keawe beim Arm, führte ihn in ein Zimmer und goß Wein in zwei Gläser.

»Euch zum Wohlsein!« sagte Keawe, der in jener Zeit viel mit Haolen zu tun gehabt hatte. »Ja«, sagte er noch einmal, »ich bin gekommen, die Flasche zu kaufen. Wie ist der Preis jetzt?«

Bei diesen Worten ließ der junge Mann sein Glas fallen und sah Keawe an wie einen Geist.

»Der Preis!« sagte er. »Der Preis! Ihr wißt den Preis nicht?«

»Darum frage ich Euch ja«, gab Keawe zur Antwort. »Aber warum seid Ihr so bestürzt? Stimmt etwas nicht mit dem Preis?«

»Sie ist sehr viel billiger geworden seit Eurer Zeit, Mister Keawe«, stammelte der junge Mann.

»Gut, gut, dann werde ich eben noch weniger bezahlen müssen«, sagte Keawe. »Wieviel hat sie Euch gekostet?«

Der junge Mann war weiß wie Kalk. »Zwei Cent«, sagte er.

»Was?« schrie Keawe auf, »zwei Cent? Dann könnt Ihr sie nur für einen verkaufen. Und der sie kauft ...«

Die Worte erstarben Keawe auf den Lippen. Der sie kaufte, konnte sie nie wieder verkaufen. Die Flasche und der Flaschengeist mußten bei ihm bleiben, bis er starb, und wenn er tot war, würden sie ihn mit sich nehmen ins rote Höllenfeuer.

Der junge Mann von der Beritania Street fiel vor ihm auf die Knie. »Um Gottes willen kauft sie!« schrie er. »Ihr könnt obendrein noch alle meine Reichtümer haben. Ich war wahnsinnig, als ich sie zu diesem Preise kaufte. Aber ich hatte in meinem Laden Geld unterschlagen. Ich wäre sonst verloren gewesen, ich wäre ins Gefängnis gekommen.«

»Armer Kerl«, sagte Keawe. »Ihr hättet Eure Seele für ein so verzweifeltes Abenteuer gewagt und um der gerechten Strafe für Euer Vergehen zu entkommen, und Ihr glaubt, ich könnte zögern, jetzt, da Liebe auf mich wartet. Gebt mir die Flasche; das Wechselgeld habt Ihr wohl schon zur Hand. Hier ist ein Fünfcentstück.«

Es war, wie Keawe vermutet hatte. Der junge Mann hatte das Wechselgeld in einer Schublade bereit; die Flasche ging aus einer Hand in die andere, und kaum umschlossen Keawes Finger ihren Hals, als er schon den Wunsch ausgesprochen hatte, rein zu sein. Und wirklich – als er heimkam in sein Zimmer und sich vor dem Spiegel entkleidete, war sein Fleisch heil wie das eines Kindes. Und nun geschah etwas Sonderbares: Kaum hatte er dies Wunder gesehen, da ging eine Wandlung in ihm vor; der Aussatz kümmerte ihn nicht mehr und Kokua herzlich wenig. Er hatte nur den einen Gedanken, daß er nun an den Geist gekettet war für Zeit und Ewigkeit und daß ihm keine Hoffnung blieb, sondern daß er zu Asche brennen mußte in den Flammen der Hölle. Weit vor sich sah er sie im Geiste lodern, seine Seele schauderte, und Dunkel senkte sich auf alles Licht.

3

Als Keawe sich ein wenig gefaßt hatte, fiel ihm ein, daß dies der Abend war, an dem die Kapelle im Hotel spielte. Dorthin ging er, denn er fürchtete sich, allein zu sein, und dort zwischen glücklichen Gesichtern schlenderte er hin und her, hörte die Melodien steigen und fallen, sah Berger den Takt schlagen, und die ganze Zeit hörte er die Flammen knistern und sah das rote Feuer brennen in der unergründlichen Hölle. Plötzlich spielte das Orchester Hiki-ao-ao, ein Lied, das er mit Kokua gesungen hatte, und bei diesem Klang kehrte ihm sein Mut zurück.

›Es ist nun geschehen‹, dachte er, ›und ich will doch noch einmal neben dem Schlimmen auch das Gute mitnehmen.‹

So kam es, daß er mit dem ersten Dampfer nach Hawaii zurückkehrte, und sobald es sich einrichten ließ, wurde er mit Kokua getraut und führte sie heim in das Glänzende Haus am Berghang.

Nun war es so mit den beiden: Keawes Herz wurde ruhig, wenn sie beieinander waren. Aber sobald er allein war, verfiel er in dumpfes Brüten, hörte die Flammen knistern und sah das rote Feuer brennen in der unergründlichen Hölle. Das Mädchen war nun wirklich ganz und gar zu ihm gekommen. Bei seinem Anblick hüpfte ihr das Herz in der Brust, ihre Hand hielt die seine fest, und vom Haar auf ihrem Kopfe bis zu den Zehennägeln war sie so geschaffen, daß keiner sie ohne Freude ansehen konnte. Sie war freundlich in ihrem Wesen. Sie hatte immer ein gutes Wort auf den Lippen. Voller Lieder war sie und ging hin und her in dem Glänzenden Hause, das Glänzendste in seinen drei Stockwerken. Sie jubilierte wie ein Vogel, Keawe sah und hörte sie voller Freuden, aber wenn er an den Preis dachte, den er für sie bezahlt hatte, mußte er sich zur Seite wenden und weinen und seufzen, und dann mußte er seine Augen trocknen, sein Gesicht waschen, zu ihr gehen und mit ihr auf dem großen Balkon sitzen, in die Lieder einstimmen und mit krankem Gemüt ihr Lächeln erwidern.

Und es kam ein Tag, da wurden ihr die Füße schwer, und ihre Lieder wurden seltener; und nun war es nicht allein Keawe, der einsam weinte, sondern jeder mied den anderen und saß auf dem entgegengesetzten Balkon, und zwischen beiden war die ganze Breite des Glänzenden Hauses. Keawe war so in Verzweiflung versunken, daß er die Veränderung kaum bemerkte und nur froh war, wenn ihm mehr Stunden blieben, allein zu sitzen und über sein Geschick nachzugrübeln, und daß er nicht so oft dazu verurteilt war, seinem kranken Herzen ein Lächeln abzuzwingen. Aber eines Tages, als er leise durch das Haus ging, hörte er etwas wie das Weinen eines Kindes, und da lag Kokua, das Gesicht auf dem Fußboden des Balkons, und weinte wie eine Verdammte.

»Du tust recht daran, in diesem Hause zu weinen, Kokua«, sagte er, »und doch würde ich mein Leben dafür geben, wenn wenigstens du glücklich sein könntest.«

»Glücklich!« rief sie. »Keawe, als du allein in deinem Glänzenden Hause lebtest, galtest du auf der ganzen Insel als glücklich; Lachen und Lieder waren in deinem Mund, und dein Gesicht war hell wie der Sonnenaufgang. Dann hast du die arme Kokua geheiratet; der liebe Gott weiß, was mit ihr ist – aber von diesem Tage an hast du nie mehr gelächelt. Ach«, klagte sie, »was fehlt mir? Ich dachte, ich wäre schön, und ich wußte, daß ich ihn liebte. Was fehlt mir, daß ich solches Unglück über meinen Mann bringe?«

»Arme Kokua«, sagte Keawe. Er setzte sich neben ihr nieder und suchte ihre Hand zu fassen, aber sie zog sie fort. »Arme Kokua«, sagte er wieder. »Mein armes Kind – mein liebes. Ich dachte immerzu, dich zu schonen. Gut, du sollst alles wissen. Dann wirst du wenigstens Mitleid mit dem armen Keawe haben. Dann wirst du verstehen, wie sehr er dich schon immer geliebt hat – daß er, um dich zu besitzen, der Hölle Trotz bot – und wie sehr er dich noch liebt, der arme Verdammte, daß er noch lächeln kann, wenn er dich betrachtet.«

Damit erzählte er ihr alles ganz von Anfang an.

»Das hast du für mich getan!« rief sie aus. »Ach, wie gut! Warum sorge ich mich dann so?« Und sie umarmte ihn und weinte an seiner Brust.

»Du Kind«, sagte Keawe, »wenn ich an das Feuer der Hölle denke, dann sorge ich mich wohl sehr.«

»Sag das nicht wieder«, sagte sie, »ein Mensch kann ja nicht verloren sein, weil er Kokua liebte und gar nichts Böses tat. Ich sage dir, Keawe, mit diesen Händen werde ich dich retten oder mit dir untergehen. Was denn? Du hast mich geliebt und deine Seele geopfert, und du denkst, ich werde nicht sterben wollen, um dich zu retten?«

»Ach, Liebes, du magst hundertmal sterben«, seufzte Keawe, »was würde das weiter nützen, als daß du mich allein läßt, bis die Zeit meiner Verdammnis gekommen ist?«

»Was weißt denn du?« sagte sie. »Ich bin in einer Schule in Honolulu erzogen. Ich bin kein gewöhnliches Mädchen. Und das sage ich dir, ich werde meinen Geliebten retten. Was sagst du da von einem Cent? Amerika ist ja nicht die Welt! In England haben sie ein Geldstück, das nennen sie einen Farthing, und das ist ungefähr ein halber Cent. O Jammer!« rief sie aus, »das nützt uns auch nichts, denn dann muß der Käufer verdammt sein, und wir werden niemanden finden, der so tapfer ist wie mein Keawe. Aber dann ist da noch Frankreich. Dort haben sie eine kleine Münze, die nennen sie einen Centime, und davon gehen fünf oder so auf einen Cent. Komm, Keawe, wir wollen auf die französischen Inseln fahren. Etwas Besseres können wir gar nicht tun. Wir wollen nach Tahiti, so schnell uns

Schiffe tragen können. Dort gibt es vier Centimes, drei Centimes, zwei Centimes, einen Centime; viermal kann man sie dort kaufen und verkaufen, und zu zweien werden wir das Geschäft betreiben. Komm, mein Keawe, küß mich und vergiß deine Sorgen. Kokua wird dich schützen!«

»Du Gottesgabe!« rief er. »Ich kann mir nicht denken, daß Gott mich strafen wird, weil ich nach etwas so Gutem Verlangen trug. Sei es denn, wie es wolle! Nimm mich mit, wohin du willst! Ich lege mein Leben und meine Rettung in deine Hände.«

Zeitig am nächsten Tag war Kokua bei ihren Vorbereitungen. Sie nahm Keawes Truhe, mit der er auf Segelfahrt gegangen war, und legte zuerst die Flasche in eine Ecke. Dann packte sie sie voll mit den prächtigsten Kleidern und den schönsten Nippsachen aus dem ganzen Haus. »Denn«, sagte sie, »wir müssen als reiche Leute auftreten, wer glaubt sonst an die Flasche?« Während der ganzen Zeit der Vorbereitungen war sie froh wie ein Vogel, nur wenn sie Keawe ansah, sprangen ihr die Tränen in die Augen, und sie mußte hinlaufen und ihn küssen. Ihm, Keawe selbst, war ein Stein vom Herzen gefallen. Nun, da er sein Geheimnis mitgeteilt hatte und ein wenig Hoffnung vor sich sah, schien er wie neugeboren, seine Füße gingen unbeschwert über den Boden, und das Atmen war ihm wieder leicht. Und doch war ihm noch immer das Grauen nahe, und wieder und wieder, wie der Wind eine Kerze ausbläst, starb die Hoffnung in ihm; er sah die Flammen lodern und das rote Feuer in der Hölle brennen.

Im Lande ringsum wurde gesagt, sie seien zum Vergnügen nach den Staaten gegangen; man fand das seltsam und doch war es nicht so seltsam wie die Wirklichkeit, wenn irgend jemand die hätte erraten können. So fuhren sie auf der ›Hall‹ nach Honolulu und von da auf der ›Umatilla‹ nach San Francisco mit einer Menge von Haolen, und in San Francisco schifften sie sich auf der Postbrigantine, dem ›Tropenvogel‹, nach Papetee – der Hauptstadt der Franzosen auf den südlichen Inseln – ein. Nach einer angenehmen Fahrt kamen sie an einem klaren Tag zur Zeit der Passatwinde dort an, sahen die Felsenriffe mit der stürzenden Brandung und Motuiti mit seinen Palmen und dem Schoner, der im Hafen schaukelte, die weißen Häuser der Stadt am Strand zwischen grünen Bäumen und darüber die Berge und Wolken von Tahiti, der weißen Insel.

Sie hielten es für das klügste, ein Haus gegenüber dem des Britischen Konsulates zu mieten; dort wollten sie mit großem Aufwand an Geld prunken und sich mit Wagen und Pferden auffällig zeigen. Das war sehr einfach, solange sie die Flasche noch hatten, denn Kokua war kühner als Keawe, und wann immer sie Lust hatte, verlangte sie von dem Geist zwanzig oder hundert Dollar. Auf diese Weise wurden sie schnell in der Stadt bekannt, und die Fremden aus Hawaii, ihr Reiten und Herumkutschieren, die schönen Gewänder und die reichen Spitzen von Kokua wurden der Gegenstand vieler Gespräche.

Nach den ersten Schwierigkeiten kamen sie mit der tahitischen Sprache gut zurecht; sie ähnelt in der Tat, außer einem Wechsel von einigen Lauten, der hawaiischen; und sobald sie über einige Redegewandtheit verfügten, fingen sie an, den Verkauf der Flasche zu betreiben. Man muß bedenken, es war etwas durchaus Ungewöhnliches, worauf sie das Gespräch bringen mußten; es war nicht leicht, die Leute zu überzeugen, daß man es ernst meine, wenn man anbot, ihnen für vier Centimes den Frühling ewiger Gesundheit und unerschöpfliche Reichtümer zu verkaufen. Außerdem mußte man die Gefahren der Flasche erklären. Entweder glaubten die Leute das Ganze nicht und lachten, oder sie bedachten mehr die Nachteile, wurden ernst und zogen sich von Keawe und Kokua zurück wie von jemandem, der Geschäfte mit dem Teufel hat. So waren die beiden weit davon entfernt, Boden zu gewinnen, und fingen sogar an, zu bemerken, daß sie in der Stadt gemieden wurden; die Kinder liefen schreiend vor ihnen fort – etwas Unerträgliches für Kokua. Katholiken bekreuzigten sich, wenn sie vorübergingen, und alle begannen einmütig, sich vor ihrer Annäherung zurückzuziehen.

Mutlosigkeit überfiel sie. Am Abend nach den Mühen des Tages saßen sie in ihrem neuen Haus und wechselten kein Wort, nur bisweilen wurde die Stille durch Kokuas plötzliches Schluchzen unterbrochen. Manchmal beteten sie miteinander, manchmal hatten sie die Flasche auf dem Fußboden stehen, saßen den ganzen Abend und sahen zu, wie der Schatten in der Mitte sich bewegte. An solchen Abenden fürchteten sie sich, zur Ruhe zu gehen. Es dauerte lange, bis Schlummer zu ihnen kam, und wenn einer in leichten Schlaf fiel, so nur, um wieder zu erwachen und den anderen im Dunkel still weinend zu finden, oder auch, um allein zu erwachen – dann war der andere aus dem Haus sowie der Nachbarschaft der Flasche entflohen und ging unter den Bananen im kleinen Garten auf und ab oder irrte bei Mondlicht am Strand umher.

4

Eines Nachts, als Kokua erwachte, war Keawe fortgegangen. Sie tastete nach seinem Bett: sein Platz war kalt. Da erschrak sie und setzte sich im Bett auf. Ein wenig Mondlicht sickerte durch die Vorhänge. Das Zimmer war hell, und sie konnte die Flasche auf dem Fußboden stehen sehen. Draußen stürmte der Wind, die großen Bäume auf der Straße ächzten laut, und die fallenden Blätter raschelten auf der Veranda. Dazwischen hörte Kokua einen anderen Laut; sie hätte kaum sagen können, ob er von einem Tier oder von einem Menschen herrührte, aber er war traurig wie der Tod und schnitt ihr ins Herz. Leise stand sie auf, öffnete die Tür halb und sah hinaus in den mondhellen Garten. Dort unter den Bananen lag Keawe, das Gesicht im Staub, und stöhnte.

Kokuas erste Regung war, hinauszulaufen und ihn zu trösten; aber dann hielt sie sich gewaltsam zurück. Keawe hatte sich gegenüber seiner Frau so tapfer gezeigt, daß es ihr nicht zukam, sich in die Stunde seiner Schwachheit einzudrängen und ihn zu beschämen. Mit diesem Gedanken ging sie ins Haus zurück.

›O Gott!‹ dachte sie, ›wie gedankenlos und blind bin ich doch! Er ist es, nicht ich, er lebt in dieser unendlichen Gefahr. Er war es, nicht ich, der den Fluch auf seine Seele lud. Um mich, um die Liebe eines Geschöpfes, das so wenig wert ist und solch eine schwache Hilfe, sieht er nun die Flammen der Hölle so nahe vor sich – weh! und riecht ihre Dünste, und nun liegt er allein da in Wind und Mondlicht. Bin ich denn so schwerfällig, daß ich noch nie bis heute auf den Gedanken gekommen bin, meine Pflicht zu tun, oder habe ich sie schon gesehen und die Augen davor verschlossen? So will ich wenigstens jetzt meine Seele meiner Liebe opfern; den weißen Stufen des Himmels will ich entsagen und den wartenden Gesichtern meiner Freunde ‚Lebet wohl!' zurufen. Liebe für Liebe, und meine soll der von Keawe nicht nachstehen. Seele für Seele, und so soll es meine sein, die verdammt wird!‹

Sie war geschickt mit ihren Händen und rasch angekleidet; dann nahm sie das Wechselgeld in die Hand – die kostbaren Centimes hatte sie immer bei sich; denn diese kleine Münze ist wenig gebräuchlich, und sie hatten einen Vorrat davon in einer Kasse zusammengebracht. Als sie draußen auf der Straße war, kamen im Wind Wolken auf, und der Mond verdunkelte sich. Die Stadt schlief, und Kokua wußte nicht, wohin sie sich wenden sollte, bis sie ein Husten aus dem Schatten der Bäume hörte.

»Alter Mann«, sagte Kokua, »was treibst du hier draußen in der kalten Nacht?«

Der Alte konnte sich vor Husten kaum verständlich machen, aber sie hörte heraus, daß er alt und arm war sowie ein Fremder auf der Insel.

»Willst du mir einen Gefallen tun?« sagte Kokua. »Als Fremder der Fremden, als alter Mann einer jungen Frau – willst du einer Tochter von Hawaii helfen?«

»Aha«, sagte der alte Mann, »so bist du die Hexe von den Acht Inseln und willst sogar meine alte Seele umgarnen? Aber ich habe schon von dir gehört, mich fängst du nicht mit deinem Teufelswerk.«

»Setz dich hierher«, sagte Kokua, »ich will dir eine Geschichte erzählen.« Und damit erzählte sie ihm die Geschichte von Anfang bis zu Ende.

»Und nun«, sagte sie, »bin ich seine Frau, die er mit seiner Seele Seligkeit gekauft hat. Was soll ich tun? Ginge ich selbst zu ihm und böte ihm an, sie zu kaufen, so würde er sich weigern. Wenn du aber gehst, wird er sie dir gern verkaufen; ich warte hier auf dich; du kaufst sie für vier Centimes, und ich kaufe sie wieder für drei. Gott stehe mir Armen bei!«

»Wenn du mich betrügen wolltest«, sagte der Alte, »so denke ich, würde Gott dich strafen.«

»Das würde er«, rief Kokua. »Ganz gewiß, das würde er! So falsch könnte ich nicht sein – das würde Gott nicht zulassen!«

»Gib mir die vier Centimes und warte hier auf mich«, sagte der alte Mann.

Als Kokua nun so allein auf der Straße stand, verging ihr aller Mut. Der Wind rauschte in den Bäumen, und ihr war es wie das Lodern der Flammen in der Hölle; die Schatten schwankten im Licht der Straßenlaterne, sie schienen ihr wie die haschenden Hände von bösen Kobolden. Wenn sie Kräfte gehabt hätte, so wäre sie davongelaufen, und wenn sie den Atem gehabt hätte, so hätte sie wohl laut aufgeschrien; aber sie konnte weder das eine noch das andere und stand zitternd auf der Straße wie ein Kind, das sich fürchtet.

Dann sah sie den alten Mann zurückkommen; er hatte die Flasche in der Hand.

»Ich habe getan, was du wolltest«, sagte er. »Als ich von deinem Mann fortging, weinte er wie ein Kind; heute nacht wird er gut schlafen.« Mit diesen Worten hielt er ihr die Flasche hin.

»Ehe du sie mir gibst«, sagte Kokua und atmete schwer, »nimm neben dem Übel auch das Gute mit und verlange, daß du deinen Husten los wirst.«

»Ich bin alt«, erwiderte der andere, »und dem Tor des Todes zu nahe, um vom Teufel Geschenke anzunehmen. Aber was ist denn das? Warum nimmst du die Flasche nicht? Zögerst du?«

»Ich zögere nicht!« schrie Kokua. »Nur schwächlich bin ich. Laß mir noch einen Augenblick Zeit. Meine Hand gehorcht mir nicht, jeder Blutstropfen in mir schreckt zurück vor dem verruchten Ding. Einen Augenblick nur noch!«

Der Alte sah Kokua gütig an. »Armes Kind!« sagte er, »du fürchtest dich. Deine Seele warnt dich. Nun, laß, ich behalte sie. Ich bin alt und kann auf dieser Welt nicht mehr glücklich werden, und in der anderen …«

»Gib sie mir«, stöhnte Kokua. »Hier ist dein Geld. Denkst du so schlecht von mir? Gib mir die Flasche.«

»Gott helfe dir, Kind«, sagte der alte Mann.

Kokua barg die Flasche unter ihrem Gewand, sagte dem Alten Lebewohl und ging davon, die Straße entlang, ohne Ziel. Alle Straßen waren für sie nun gleich, alle führten in die Hölle. Bald ging sie langsam, bald lief sie; manchmal schrie sie in die Nacht hinaus, manchmal lag sie am Straßenrand im Staub und weinte. Alles, was sie je von der Hölle gehört hatte, fiel ihr wieder ein; sie sah die Flammen lodern, sie atmete den Rauch, und ihr Fleisch verbrannte an den Kohlen.

Gegen Morgen kam sie wieder zur Besinnung und kehrte zum Haus zurück. Es war genau, wie der Alte gesagt hatte: Keawe schlummerte wie ein Kind. Kokua stand und sah nieder auf sein Gesicht.

»Nun ist es an dir, zu schlafen, mein lieber Mann«, sagte sie. »Wenn du aufwachst, wirst du es sein, der singt und lacht. Aber für die arme Kokua – ach, ich will nichts Böses sagen! –, aber für die arme Kokua gibt es keinen Schlaf mehr, kein Singen, keine Freude, nicht auf Erden und nicht im Himmel.«

Damit legte sie sich zu Bett an seine Seite, und ihre Verzweiflung überwältigte sie, so daß sie augenblicklich in tiefen Schlummer sank.

Spät am Morgen weckte ihr Mann sie auf und erzählte ihr die frohe Nachricht. Er schien wie von Sinnen vor Freude, denn er schenkte ihrem Kummer gar keine Beachtung, obwohl sie ihn schlecht verbarg. Die Worte blieben ihr in der Kehle stecken, aber das machte nichts; Keawe bestritt die Unterhaltung. Sie aß keinen Bissen, aber wer hätte es sehen sollen? Denn Keawe leerte die Schüssel. Kokua sah und hörte ihn, wie man etwas Seltsames im Traume sieht; es gab Augenblicke, in denen sie alles vergaß oder an allem zweifelte und die Hände an die Stirn legte; sich selber verdammt zu wissen und ihren Mann so schwatzen zu hören schien ungeheuerlich.

Die ganze Zeit aß und redete Keawe. Er machte Pläne für ihre Heimfahrt, er dankte ihr, daß sie ihn gerettet hatte, streichelte sie und nannte sie seinen treuen Helfer in der Not. Er lachte über den alten Mann, der so verrückt war, die Flasche zu kaufen.

»Er schien ein würdiger Alter zu sein«, sagte Keawe. »Aber man kann eben nicht nach dem Äußeren urteilen. Denn warum kaufte der alte Sünder die Flasche?«

»Mein Mann«, sagte Kokua bescheiden, »er hat es vielleicht in guter Absicht getan.«

Keawe lachte ärgerlich.

»Unsinn!« rief er, »ein alter Schurke, sage ich dir, und außerdem ein alter Esel. Denn die Flasche für vier Centimes zu verkaufen war schon schwierig genug; für drei wird es ganz unmöglich sein. Die Spanne bis zur Hölle ist zu klein, die Sache fängt an, versengt zu riechen – brrr!« Und er schüttelte sich. »Ich habe sie freilich selber für einen Cent gekauft, als ich noch nicht wußte, daß es noch kleinere Münzen gibt. Ich war ein Narr, das alles auf mich zu nehmen; ein zweiter wird sich niemals finden, und der die Flasche jetzt hat, wird sie mit in die Hölle nehmen.«

»Oh, mein Gemahl«, sagte Kokua, »ist es nicht furchtbar, sich selber zu retten durch das ewige Verderben eines anderen? Mir ist, als könnte ich nicht lachen. Ich würde ganz demütig werden. Ich würde voller Trauer sein. Beten würde ich für den Armen, der sie jetzt hat.«

Keawe aber, der wohl fühlte, daß sie die Wahrheit sagte, wurde um so zorniger. »Dummheiten!« rief er. »Du kannst ja trauern, wenn du willst. Aber eine gute Ehefrau täte das nicht. Wenn du überhaupt an mich denken würdest, müßtest du dich schämen.«

Damit ging er hinaus, und Kokua war allein.

Wieviel Aussicht hatte sie, die Flasche für zwei Centimes zu verkaufen? Keine, das fühlte sie. Und hätte sie eine gehabt, so nahm doch ihr Mann sie nun bald mit fort in ein Land, wo es keine geringere Münze gab als einen Cent. Und nun – an dem Morgen, an dem sie ihm ein solches Opfer gebracht hatte – schalt ihr Mann sie und ließ sie allein.

Sie nahm nicht einmal die Zeit wahr, die sie hatte, sondern saß im Haus, hatte die Flasche herausgenommen, sah sie mit unaussprechlicher Furcht an und versteckte sie dann voller Abscheu.

Bald kam Keawe zurück und wollte sie auf eine Spazierfahrt mitnehmen.

»Mein Gemahl, ich bin krank«, sagte sie. »Mir ist das Herz so schwer. Verzeih mir, ich kann nicht fröhlich sein.«

Da wurde Keawe noch wütender als vorher. Über sie, weil er glaubte, sie grüble über die Sache mit dem alten Mann nach, und über sich selber, weil er dachte, daß sie recht hatte, und sich schämte, so glücklich zu sein.

»Das ist deine Treue und deine Liebe!« rief er. »Dein Mann ist eben vom ewigen Verderben erlöst, das er auf sich genommen hatte aus Liebe zu dir – und du kannst nicht fröhlich sein. Kokua, du hast ein treuloses Herz!«

Zornig ging er fort und lief den ganzen Tag in der Stadt umher. Er traf Freunde und trank mit ihnen; sie mieteten einen Wagen, fuhren aufs Land und tranken dort weiter. Die ganze Zeit fühlte Keawe sich unbehaglich, weil er es sich wohl sein ließ, während seine Frau traurig war, und weil er in seinem Herzen fühlte, daß sie mehr recht hatte als er; und eben weil er das wußte, trank er um so mehr.

Nun gab es da einen alten rohen Haolen, der mit ihm trank, der hatte einmal als Bootsmaat auf einem Walboot gedient, war desertiert, hatte in Goldminen gegraben und in Gefängnissen gesessen. Er war von niedriger Gesinnung und führte häßliche Reden; so gern er selber trank, so gern sah er auch andere betrunken, und er nötigte Keawe immer wieder zum Trinken. Bald hatte keiner in der Gesellschaft mehr Geld.

»Hier, du!« sagte der Maat, »du sagst immer, du bist reich; du hast eine Flasche oder so was Verrücktes.«

»Ja«, sagte Keawe, »reich bin ich; ich muß nur nach Hause gehen und etwas Geld von meiner Frau holen. Die hebt es auf.«

»Das ist eine faule Sache, Genosse«, sagte der Maat. »Einem Unterrock soll man in Geldsachen nicht trauen. Die sind alle falsch wie Wasser. Auf die muß man aufpassen.«

Diese Worte trafen Keawe, denn er war vom Trinken ganz benommen.

›Ich würde mich wahrhaftig nicht wundern, wenn sie wirklich falsch wäre‹, dachte er. ›Warum wäre sie sonst seit meiner Erlösung so niedergeschlagen? Aber ich werde ihr zeigen, daß ich nicht der Mann bin, der sich an der Nase herumführen läßt. Ich werde sie auf frischer Tat ertappen.‹

Als sie also in die Stadt zurückkamen, hieß er den Bootsmaat an der Ecke beim alten Gefängnis auf ihn warten und ging allein die Straße hinauf bis zu seinem Haus. Die Nacht war angebrochen; drin brannte ein Licht, aber kein Laut war zu hören. Keawe schlich um die Ecke, öffnete die Hintertür und sah hinein.

Da saß Kokua auf dem Fußboden, die Lampe neben sich. Vor ihr stand eine milchweiße Flasche mit rundem Bauch und langem Hals, und während Kokua sie betrachtete, rang sie die Hände.

Lange stand Keawe am Eingang und sah hinein. Zuerst war er ganz verwirrt, dann überfiel ihn die Angst, der Handel habe nicht richtig gegolten und die Flasche sei zu ihm zurückgekommen, wie in San Francisco. Bei diesem Gedanken fingen ihm die Knie an zu zittern, und der Weinrausch hob sich von ihm auf, wie Nebel am Morgen von einem Fluß aufsteigen. Und dann hatte er einen anderen Gedanken, der war so wunderlich, daß ihm das Gesicht davon zu glühen anfing.

›Darüber muß ich Gewißheit haben‹, dachte er.

So schloß er die Tür, ging vorsichtig wieder um die Ecke und kam dann lärmend herein, als wenn er erst jetzt zurückkäme. Und siehe da! Als er die Vordertür öffnete, war keine Flasche zu sehen, und Kokua saß auf einem Sessel und schreckte auf, als sei sie aus dem Schlaf aufgewacht.

»Ich habe den ganzen Tag getrunken und mich gut unterhalten«, sagte Keawe. »Ich war mit guten Freunden zusammen; jetzt komme ich nur nach Geld, dann gehe ich wieder tüchtig mit ihnen zechen.«

Sein Gesicht und die Stimme waren ernst wie das Jüngste Gericht, aber Kokua war so bekümmert, daß sie es nicht bemerkte.

»Du tust gut daran, von deinem Eigentum Gebrauch zu machen, mein Gemahl«, sagte sie, und ihre Stimme bebte.

»Oh, ich tue in allen Dingen gut«, sagte Keawe, indem er geradeswegs zur Truhe ging und Geld herausnahm. Aber dabei sah er in die Ecke, wo sie die Flasche immer aufbewahrt hatten, aber keine Flasche war zu sehen.

Da hob und senkte sich die Truhe vor ihm auf dem Boden wie eine Welle, und das Haus wogte um ihn wie eine Rauchwolke, denn nun sah er, daß er verloren war und daß es kein Entrinnen mehr gab. ›Es ist wirklich, wie ich fürchtete‹, dachte er. ›Sie hat sie gekauft.‹

Dann kam er ein wenig zu sich und raffte sich auf. Aber der Schweiß lief ihm eiskalt über die Stirn.

»Kokua«, sagte er, »ich habe heute etwas zu dir gesagt, das hätte ich nicht sagen sollen. Jetzt gehe ich wieder trinken mit meinen lustigen Freunden«, und dabei lachte er ein wenig im stillen. »Ich hätte mehr Vergnügen am Trinken, wenn du mir verzeihen würdest.«

Augenblicklich hatte sie seine Knie umklammert und küßte sie unter strömenden Tränen.

»Ach«, weinte sie, »ich wollte ja nichts weiter als ein freundliches Wort!«

»Wir wollen niemals schlecht voneinander denken«, sagte Keawe und verließ das Haus.

Das Geld aber, das Keawe genommen hatte, war nur etwas von dem Vorrat an Centimestücken, den sie bei ihrer Ankunft zusammengetragen hatten. Zu zechen hatte er nun wahrhaftig keine Lust mehr. Seine Frau hatte ihre Seele für ihn gegeben, nun mußte er seine für ihre geben. Keinen anderen Gedanken gab es für ihn auf der ganzen Welt.

An der Ecke beim alten Gefängnis wartete der Bootsmaat.

»Meine Frau hat die Flasche«, sagte Keawe, »und wenn du mir nicht hilfst, wieder in ihren Besitz zu gelangen, gibt es heute nacht kein Geld mehr und keinen Likör.«

»Du willst doch nicht sagen, daß du das mit der Flasche ernst meinst?« schrie der Maat.

»Hier ist die Lampe«, sagte Keawe. »Sehe ich aus, als ob ich Possen triebe?«

»Du hast recht«, sagte der Bootsmaat, »ernst wie ein Gespenst siehst du aus.«

»Also gut«, sage Keawe, »hier sind zwei Centimes. Du mußt zu meiner Frau ins Haus gehen und sie ihr für die Flasche anbieten; wenn mich nicht alles täuscht, wird sie sie dir augenblicklich geben. Bring sie mir her, und ich kaufe sie von dir für einen zurück. Denn das ist das Gesetz dieser Flasche, daß sie immer für eine geringere Summe verkauft werden muß. Aber was du auch tust, verrate ihr mit keinem Wort, daß du von mir kommst.«

»Kamerad, ich möchte wissen, ob du mich zum Narren hältst?« fragte der Bootsmaat.

»Es würde dir nichts schaden, wenn ich es täte«, erwiderte Keawe.

»Da hast du recht, Kamerad«, sagte der Bootsmaat.

»Wenn du Zweifel hast«, fügte Keawe hinzu, »so kannst du es ja ausprobieren. Sobald du richtig aus dem Hause heraus bist, wünsch dir deine Tasche voll Geld oder eine Flasche von dem besten Rum oder was du willst, und du wirst die Kraft der Flasche erfahren.«

»Gut, gut, Kanake«, sagte der Bootsmaat. »Ich will's versuchen, aber wenn du mir einen Streich gespielt hast, dann spiele ich dir mal mit einem Tauende einen Streich!«

So ging der Walfischfänger die Straße hinauf, und

Keawe stand und wartete. Es war fast dieselbe Stelle, an der Kokua in der Nacht vorher gewartet hatte, aber Keawe war entschlossener und zögerte keinen Augenblick, wenn auch seine Seele voll bitterer Verzweiflung war.

Es schien ihm, als hätte er eine Ewigkeit warten müssen, bis er eine Stimme in der Stille der Straße singen hörte. Er wußte, daß es die Stimme des Bootsmaates war, aber es war sonderbar, wie trunken sie auf einmal klang.

Dann torkelte der Mann selber in den Lichtkreis der Lampe. Er hatte die Teufelsflasche in seinen Mantel eingeknöpft, eine andere Flasche hielt er in der Hand, und eben, als er in Sicht kam, hob er sie zum Mund und trank.

»Ich sehe, du hast sie«, sagte Keawe.

»Hände weg!« schrie der Maat und sprang zurück. »Komm noch einen Schritt näher, und ich hau sie dir ins Gesicht! Du hast wohl gedacht, ich hol dir die Kastanien aus dem Feuer, was?«

»Wie meinst du das?« schrie Keawe.

»Meinen?« schrie der Bootsmaat. »Das ist meine liebe, gute Flasche, verstehst du? Das meine ich. Wie ich die für zwei Centimes gekriegt habe, das kann ich mir gar nicht mehr zusammenreimen. Aber das weiß ich: du kriegst sie nicht für einen!«

»Du meinst, du verkaufst sie nicht?« keuchte Keawe.

»Nein, mein Herr!« grölte der Bootsmaat, »aber einen Schluck Rum kannst du kriegen, wenn du willst.«

»Ich sage dir«, sagte Keawe, »der Mann, der die Flasche hat, muß in die Hölle.«

»Damit rechne ich sowieso«, antwortete der Seemann, »und die Flasche ist das Beste auf den Weg, was mir je begegnet ist. Nein, mein Herr!« schrie er wieder,

»das ist jetzt meine Flasche, du kannst dir eine andere fischen gehen!«

»Ist das denn möglich?« rief Keawe aus. »Nur deinetwegen beschwör ich dich, verkauf sie mir!«

»Dein Gerede interessiert mich gar nicht«, erklärte der Maat. »Du hast gedacht, ich bin verrückt, aber ich bin's nicht, wie du siehst, und damit basta! Wenn du keinen Rum mehr willst, ich will noch welchen. Prost und angenehme Nachtruhe!«

Damit ging er fort, die Straße hinunter zur Stadt, und mit ihm geht die Flasche fort aus unserer Geschichte.

Keawe aber lief zu Kokua, schnell wie der Wind. Groß war ihre Freude an diesem Abend, und groß ist seither der Frieden all ihrer Tage im Glänzenden Haus.

Erläuterungen

38 *ein bekannter Heiliger*: Columba (521–597), irischer Mönch, der Apostel Schottlands; ging 563 mit zwölf Schülern nach Schottland und gründete auf der Hebrideninsel Hy (später Iona) ein Kloster.

Hebrider: Bewohner der Felseninselgruppe der Hebriden vor der schottischen Nordwestküste.

Armada: die ›unbesiegbare Flotte‹, die Philipp II. (vgl. 1. Erl. zu S. 39) 1588 gegen England sandte; von 130 Schiffen kehrte nur die Hälfte, schwer beschädigt, zurück.

39 *König Philipps*: Philipp II., König von Spanien 1556–1598, Haupt der europäischen Gegenreformation; führte verlustreiche Kriege gegen Frankreich und England, wobei es 1588 zur Vernichtung der Armada kam.

Robertson, William (1721–1793): schottischer Geschichtsschreiber, Verfasser einer im Geist der Aufklärung geschriebenen ›Geschichte Schottlands während der Regierung Königin Marias und König Jakobs VI.‹ (1759); seit 1762 Rektor der Universität Edinburgh.

König James: James I., König von England 1603–1625, als James VI. König von Schottland 1567–1625.

40 *Unze*: spanische Goldmünze (onza) des 16. bis 19. Jh.

Dublone: spanische Goldmünze (doblon) des 16. bis 19. Jh., ein Viertel der Unze.

Cameronianer: Mitglieder einer radikalen Gruppe der schottischen Presbyterianer, der Anhänger einer Richtung des englischen Protestantismus, die eine demokratische Gemeindeordnung und einen betont einfachen Kult anstrebte, benannt nach einem ihrer Führer, dem schottischen Feldprediger Richard Cameron (1648–1680).

Clyde: Fluß in Südwestschottland.

42 *Clans*: blutsverwandtschaftliche keltische Lehnsverbände in Irland, Schottland und Wales mit gemeinsamem Grundeigentum und patriarchalischer Verfassung; zuletzt in Schottland 1745 von den Engländern unterdrückt.

Morven: Reich des sagenhaften Königs Fingal in Nordwestschottland, Schauplatz einer Anzahl von Heldenliedern, die der schottische Dichter James Macpherson (1736–1796) als Werke des legendären keltischen Sängers Ossian (angeblich 3. Jh.) veröffentlichte.

47 *David*: jüdischer König um 1005–um 965 v. u. Z., Begründer eines israelitischen Großreichs; der Nachwelt galt er als Verfasser der Mehrzahl der Psalmen.

60 *Kristiania*: Name von Oslo 1624–1924.

›*Die Pilgerreise* zur seligen Ewigkeit‹: christlich-allegorischer Erbauungsroman (1678) des englischen religiösen Schriftstellers John Bunyan (1628–1688).

69 *Jakobiten*: Anhänger von James (Jakob) II., König von England 1685–1688, und seinen Nachkommen aus der schottischen Dynastie der Stuarts; der 1688 gestürzte James II. floh nach Frankreich, mit dessen Hilfe er von Irland aus seinen Thron zurückzuerobern suchte.

Prinz Charlie: Charles Edward Stuart (1720–1788), englischer Thronprätendent. Enkel James II.; führte 1745/46 die fehlgeschlagene letzte jakobitische Erhebung zur Wiedererlangung des englischen Throns.

89 *Salz der Erde*: Gemeint ist ›vorbildhaft‹, nach einer Bezeichnung Jesu für seine Jünger (Matthäus 5, 13).

110 *Lehrer ... mit dem Buchstaben K.*: der schottische Arzt Robert Knox (1791–1862).

Burke, William (1792–1829): berüchtigter irischer Mörder und Leichenverkäufer; erdrosselte 16 Personen und verkaufte sie Knox zur anatomischen Untersuchung.

113 *quid pro quo*: lat., etwas für etwas.

116 *Castle Rock*: der 133 m hohe Felsen mit der mittelalterlichen Burg im Innern von Edinburgh.

119 ›*Cras tibi!*‹: lat., ›Morgen dir!‹

125 *Auferstehungsmänner* (resurrection-men): in England Bezeichnung für gewerbsmäßige Räuber von Leichen zum Verkauf an Anatomen; erst 1832, nach Aufdeckung der Verbrechen Burkes (vgl. 2. Erl. zu S. 110), erlaubte ein Gesetz die Sezierung der Leichen von Armenhäuslern und Gefängnisinsassen.

132 *Villon*, François: französischer Dichter (1431–um 1465); war ein Kind armer Eltern und wurde von einem Geistlichen adoptiert. Villon führte ein unstetes Leben, das ihn häufig in Konflikt mit der Justiz brachte.

134 *pikardisch*: aus der Picardie, einer historischen Landschaft in Nordfrankreich, stammend.

136 *Satansgigue*: Die Gigue in ihrer ursprünglichen Form ist ein in Irland und Schottland entstandener Matrosentanz. Sie wird mit steifem Oberkörper und lebhaftem Hackenstampfen getanzt, wobei der Tänzer unter einem Arm einen Stock hält.

Elias: altisraelischer Prophet im 9. Jh. v. u. Z., Eiferer für den Jahwekult; Elias ist eine legendäre Gestalt, nach jüdischer Überlieferung Vorläufer des Messias. Einer seiner Schüler sah ihn auf feurigem Wagen gen Himmel fahren.

Hominibus impossibile: lat., den Menschen unmöglich.

141 *Weißlinge*: in der Gaunersprache Bezeichnung für kleine, weißlich schimmernde Münzen.

142 *Henry V. von England* (1387–1422): englischer König ab 1413; war ab 1415 erfolgreich im Hundertjährigen Krieg gegen Frankreich und erzwang 1420 im Frieden von Troyes seine Anerkennung als Thronerbe Frankreichs.

156 *cui deus feminam tradit*: lat., dem Gott eine Frau gibt.

161 *Almaviva*: die Welt des alten Adels verkörpernde Gestalt aus den Komödien ›Der Barbier von Sevilla‹ (1775) und ›Figaros Hochzeit‹ (1784), den Hauptwerken des französischen Dramatikers Pierre-Augustin Caron de Beaumarchais (1732–1799).

162 *Mélingue*, Étienne-Marin (1808–1875): beliebter französischer Schauspieler an den Unterhaltungstheatern der Pariser Boulevards, auch Bildhauer.

Frédérick, eigentlich Antoine-Louis Prosper, Lemaître (1800–1876): führender französischer Schauspieler des romantischen Dramas an den Pariser Boulevardtheatern, glänzender Darsteller heftiger Leidenschaften.

163 *Sedan*: nordostfranzösische Stadt nahe der belgischen Grenze; hier errangen 1870 die deutschen Truppen im Deutsch-Französischen Krieg 1870/71 einen entscheidenden Sieg, der zum Sturz des französischen Zweiten Kaiserreichs führte.

165 *histrionische Kunst*: Schauspielkunst.

166 *1793*: der Höhepunkt der Französischen bürgerlichen Revolution 1789–1795.

Madama Benoîton: Gestalt aus der Komödie ›Die Familie Benoîton‹ (1865) des französischen Dramatikers Victorien Sardou (1831–1908); eine Frau, die nie zu Hause anzutreffen, sondern immer ausgegangen ist.

167 *Jeunesse dorée*: frz., goldene Jugend; ursprünglich Bezeichnung für die männliche Jugend der französischen Bourgeoisie, die nach dem Sturz der Jakobinerherrschaft 1794 die Demokraten verfolgte; im übertragenen Sinn die vergnügungssüchtige reiche Stadtjugend.

168 *›Y a des honnêtes gens partout!‹*: frz., ›Es gibt überall anständige Leute!‹

169 *Cromwell*, Oliver (1599–1658): bedeutendster englischer Staatsmann und Heerführer der bürgerlichen Revolution 1642–1660; seit 1653 regierte er als Lordprotektor fast mit den Vollmachten eines Monarchen.

171 *Deus ex machina*: lat., Gott aus der Maschine; unverhoffter Helfer.

172 *Waterloo*: belgisches Dorf 15 km südlich von Brüssel; hier errangen 1815 britische und preußische Truppen den endgültigen Sieg über Napoleon I.

175 *Sue*, Marie-Joseph, gen. Eugène (1804–1857): französischer Romanschriftsteller, Verfasser von zunächst in Zeitungen erschienenen utopisch-sozialistischen Sittenromanen; in einer Nebenhandlung seines bekanntesten Werkes, des Unterweltromans ›Die Geheimnisse von Pa-

ris‹ (1842/43), spielt der Maler Cabrion dem Portier Pipelet und dessen Frau alle möglichen boshaften Streiche.

178 *Béranger*, Pierre-Jean de (1780–1857): volkstümlicher französischer Liederdichter, Meister des politischen Chansons, mit dem er gegen die Reaktion ankämpfte.

Commissaire ...: frz., Kommissar, Kommissar! Colin prügelt seine Frau.

181 *Cooper*, James Fenimore (1789–1851): amerikanischer Romanschriftsteller und Essayist, der Verfasser der bekannten Lederstrumpferzählungen.

Alceste und Célimène: der Titelheld und seine ungleiche Geliebte in Molières Sittenkomödie ›Der Misanthrop‹ (1666).

›Die beiden Waisenkinder‹: ehemals äußerst erfolgreiches Melodrama (1875) der französischen Dramatiker Dennery (d'Ennery), eigtl. Adolphe Philippe (1811–1899), und Eugène Cormon, eigtl. Pierre-Étienne Piestre (1811–1903).

182 *›Dîtes, la jeune belle ...‹*: frz., ›Sagen Sie, meine junge Schöne, wohin wollen Sie gehen?‹

›Doch unter welchem König, du Halunk? ...‹: Zitat aus Shakespeares historischem Drama ›König Heinrich IV.‹ (1598/1600), Teil 2; 5,3.

189 *m'amour*: frz., Liebste.

190 *›Mögen Hunde sich vergnügen‹*: Anfang eines Studentenliedes.

Dupont, Pierre (1821–1870): volkstümlicher französischer Liederdichter, der seine Laufbahn mit Liedern über die Mühen und Freuden des Landlebens begann.

Savez-vous où gît ...: frz., Weißt du, wo der Mai ruht, der schöne Mond?

191 *Endymion*: in der griechischen Sage schöner Geliebter der Mondgöttin Selene.

192 *Admetos*: in der griechischen Sage König von Pherai in der nordostgriechischen Landschaft Thessalien; Apollon mußte zur Strafe für die Tötung der Kyklopen, der Schmiede der Donnerkeile, die seinen Sohn, den Heilgott

Asklepios, erschlagen hatten, neun Jahre lang seine Schafe hüten.

194 *Goneril und Regan*: die beiden bösen Töchter des Titelhelden in Shakespeares Tragödie ›König Lear‹ (1606).

196 *non – je ne me tairai pas* ...: frz., nein, ich kann nicht ruhig bleiben, das geht über meine Kräfte!

199 *O mon amante* ...: frz., O meine Geliebte, o mein Verlangen, laß uns die liebliche Stunde genießen!

201 *Mill*, John Stuart (1806–1873): englischer positivistischer Philosoph und Nationalökonom, der die kapitalistischen Verhältnisse als unveränderlich ansah und zwischen der klassischen Ökonomie und sozialistischen Auffassungen zu vermitteln suchte.

203 *Chiaroscuro*: it., Helldunkel.

205 *Coup d'œil*: frz., flüchtiger Blick.

207 *blasé*: frz., übersättigt.

215 *Benthamit*: Anhänger der Lehre des englischen Philosophen Jeremy Bentham (1748–1832), des Begründers des Utilitarismus, wonach jedes moralische Denken und Handeln auf Nützlichkeitserwägungen beruht.

Cant: Scheinheiligkeit, Heuchelei; hier: Kauderwelsch.

223 *Newton*, Isaac (1643–1727): bahnbrechender englischer Mathematiker, Physiker und Astronom, Begründer der klassischen Physik, Erfinder der Differential- und Integralrechnung und Entdecker des Gesetzes von der Schwerkraft.

231 *décavé*: frz., blank.

232 *Bonhomme*: frz., Biedermann.

233 *Amours-propres*: frz., Eitelkeiten.

245 *Nebukadnezar* II.: neubabylonischer König 604 bis 562 v. u. Z., der bedeutendste Herrscher des Reiches.

257 *Jan Maat*: Scherzname für Seemann.

263 *Phaeton*: leichter Kutschwagen.

275 *Deus ex machina*: Vgl. Erl. zu S. 171.

279 *Les convenances*: frz., der Anstand.

Je m'en fiche: frz., Ich schere mich den Teufel darum.

280 *Sapristi*: frz., Zum Donnerwetter!

286 *Pilatus*, Pontius: römischer Statthalter der südpalästinischen Landschaft Judäa 26–36; nach neutestamentlicher Überlieferung der Richter, der das Urteil zur Kreuzigung Jesu bestätigte; er selbst ›wusch die Hände vor dem Volk und sprach: Ich bin unschuldig an dem Blut dieses Gerechten‹ (Matthäus 27, 24).
Hygieia: griechische Göttin der Gesundheit.
Cestus: griech. Kestos; ein Gürtel, den die griechischen und römischen Frauen über dem Unterkleid trugen; der Kestos der Aphrodite galt als Liebe erregend.
292 *›Malbrough s'en va-t-en guerre‹*: frz., ›Marlborough zieht in den Krieg‹, französisches Lied über den englischen Feldherrn und Staatsmann John Churchill, Duke of Marlborough (1650–1722), den mehrmaligen Sieger über die Franzosen im Spanischen Erbfolgekrieg 1701–1714.
293 *Ichor*: in der griechischen Sage die ätherische Flüssigkeit in den Adern der Götter.
Akrostichon: Wort oder Satz aus den aneinandergereihten Anfangsbuchstaben, -silben oder -wörtern der Verse eines Gedichts.
304 *Pharmacopoeia*: lat., Lehre von der Arzneimittelherstellung.
Epitheton: als Stilmittel gebrauchtes Beiwort zu einem Substantiv.
307 *peripatetisch*: im Umhergehen.
313 *Saul*: israelitischer König um 1012–um 1004 v. u. Z.; nach alttestamentlicher Überlieferung litt er durch einen ›bösen Geist‹ unter Anfällen von Schwermut und Hysterie.
Abudah: Gestalt aus dem ›Talisman der Oromanen‹, der ersten der neun im Stil von ›Tausendundeiner Nacht‹ erzählten ›Geschichten der Geister oder Köstlichen Lehren Horans, des Sohnes Asmars‹ (1764), eines besonders bei Kindern noch im 19. Jh. beliebten Erfolgsbuches des englischen Feldkaplans James Ridley (1736–1765); Abudah, einem reichen Kaufmann aus Bagdad, erscheint allnächtlich eine kleine Hexe und fordert ihn zur Suche nach dem glückbringenden Talisman der Oromanen auf, den er schließlich in der Befolgung von Gottes Geboten findet.

314 *Byronsches Element*: Gemeint ist die Weltschmerzstimmung der Helden in den Dichtungen des englischen revolutionär-romantischen Dichters Lord George Gordon Noël Byron (1788–1824).

325 *Dublonen*: Vgl. 2. Erl. zu S. 40.

343 *Partherpfeil*: bissige Bemerkung im Fortgehen, benannt nach dem altiranischen Reitervolk der Parther (3. Jh. v. u. Z. bis 3. Jh. u. Z.), die im Fliehen ihre Pfeile auf die Verfolger schossen.

358 *Bigre!*: frz., Verdammt!

363 *Tiens*: frz., Sieh da!

405 *Beach-la-mar*: aus Englisch und Malaiisch gemischte Verkehrssprache auf den Südseeinseln.

413 *Blavatsky*, Jelena Petrowna (1831–1891): Russin, Begründerin der neueren Theosophie, nach deren Lehre es übersinnliche Welten gibt; angeblich besaß sie magische Kräfte.

465 *Kamehameha* I., der Große: eingeborener König von Hawaii 1789–1819; vereinigte die Inselgruppe zu einem Staat.

Molokai und Maui: Inseln der hawaiischen Inselgruppe.

493 *Poi*: Nationalgericht auf Hawaii, ein Brei aus der Wasserbrotwurzel (Taro), einem Arongewächs.

495 *Keawe der Große* (Keawe-i-Kekahi-alii-o-ka-moku, ›Keawe, der eine Herr der Insel‹): eingeborener König der Insel Hawaii im 17. Jh., Urgroßvater Kamehamehas I. (vgl. 1. Erl. zu S. 465) und Begründer dieser Dynastie, nach der Volksüberlieferung ein tapferer, kluger Herrscher, der den Frieden auf der Insel herstellte und wahrte; seine Grabstätte südlich von Honaunau an der mittleren Westküste Hawaiis ist heute zu einem Nationalpark erweitert.

497 *Cook*, James (1728–1779): englischer Erdumsegler; Wiederentdecker der Hawaii-Inseln.

498 *Priester Johannes*: legendärer christlicher Priesterkönig des Mittelalters in Asien oder Äthiopien.

515 *Haolen*: polyn., Weiße.

ISBN 3-7350-0026-6

Sechste, erweiterte Auflage 1987
Lizenz-Nr. 387/190/109/87 LSV 7321
Lichtsatz: INTERDRUCK,
Graphischer Großbetrieb Leipzig – III/18/97
Druck und buchbinderische Weiterverarbeitung:
LVZ-Druckerei ›Hermann Duncker‹, Leipzig
Schrift: Baskerville-Antiqua
Gestaltung: Renate Schiwek
Printed in the German Democratic Republic
Bestell-Nr. 786 301 4
00750